imaginist

想象另一种可能

理想国
imaginist

不止江湖

杨照 著

云南人民出版社

图书在版编目（CIP）数据

不止江湖 / 杨照著. -- 昆明：云南人民出版社，
2024.9
　　ISBN 978-7-222-22848-1

Ⅰ.①不… Ⅱ.①杨… Ⅲ.①金庸（1924-2018）－
侠义小说－小说研究 Ⅳ.①I207.425

中国国家版本馆CIP数据核字(2024)第103342号

著作权合同登记图字:23-2024-025号

责任编辑： 金学丽
特约编辑： 毮峿　张登邑
封面设计： 陈超豪
内文制作： 陈基胜
责任校对： 柳云龙
责任印制： 代隆参

不止江湖

杨照 著

出　版	云南人民出版社
发　行	云南人民出版社
社　址	昆明市环城西路609号
邮　编	650034
网　址	www.ynpph.com.cn
E-mail	ynrms@sina.com
开　本	880mm×1230mm　1/32
印　张	17.125
字　数	410千
版　次	2024年9月第1版第1次印刷
印　刷	山东韵杰文化科技有限公司
书　号	ISBN 978-7-222-22848-1
定　价	88.00元

自序

金庸可是好几代人的共同记忆，虽然提到金庸，每个人心头浮上来的印象、画面可能很不一样：有人立即想到的是古墓里睡在一根绳子上的小龙女，有人眼前出现了疯疯癫癫、左右互搏的周伯通，有人则因为乔峰和丐帮弟兄饮酒断义的想象画面而情绪激动……

有些人是透过文字阅读认识金庸，可能有更多的人是透过观看影视作品认识金庸，从影视剧而来的经验，又会牵涉到不同时代、不同地区的不同改编剧情、不同演员形象、不同武功的打斗表现方式……

而这些都是金庸，应该更准确地说都来自金庸所创作的武侠小说。对大部分人来说，金庸的主要身份是武侠小说的作者，不过必须特别强调的是，金庸不是一般的武侠小说作者。

在金庸之前，武侠小说早已存在。武侠小说是带有高度娱乐性质的"类型小说"，吸引了庞大的写作队伍投身其中，写出了数量惊人的众多作品。金庸前后创作武侠小说只有不到二十年的时间，到他写完《鹿鼎记》停笔后，武侠小说还在，而且又出现了许多作品。然而金庸之前的大部分武侠小说现在都没有读者了，作者与作品也几乎都被遗忘了；甚至在金庸之后，照理说时间上离我们更近的武侠小说应该被记住，但也都纷纷从大家的视野中消失了，只有金庸小说还在。

我小学时就开始从报纸副刊的连载上读武侠小说，中学有了一点零用钱，就到租书店搬了更多武侠小说来读；相对地，要更晚些，直到上高中之后，才有机会读到金庸的作品。那时候，我甚至不知道自己读到了金庸。在"戒严"时期的台湾，金庸被归为"左派报人""左派文人"，他写的书要被查禁，于是他的书能找到的都是盗版，封面上随便安放了别的作者名字，以此规避检查。

当时我已经读过那么多武侠小说，但立即感觉到自己所读的这部作品很不一样。那时候说不清如何不一样，但正因为已经太熟悉武侠的套路，一下子就对金庸不同于套路的写法如此着迷。

这个冲击和印象在我心中保存了将近四十年，一直到2018年。那一年金庸去世，掀起了一阵讨论风潮，我相信许多人受到刺激，都不只会重温记忆，还会想要重读金庸的作品。我也有很强烈的冲动想要重读，而且我让这份冲动实现了。不只如此，我还怀着一份强烈的问题意识开启这次的重读。

我的问题是：第一，过去对金庸的着迷，有多少是来自年少的环境与阅读经验？我多少有点忐忑不安，想要认真检视一下，经过多年阅读小说、诠释小说甚至评论小说的经验累积，对小说的看法必然比从前成熟许多，我还会觉得金庸写的是好小说，尤其是有了摆脱武侠小说类型的开创性恒久价值吗？第二，如果金庸真的不一样，那又如何不一样？

容我简单地总结这次重读得到的体会：金庸的武侠小说真的不一样，真的好，不只是好看，而且是经得起仔细分析的那种有基底、有厚度、有设计、有技巧的好。我之所以得出这样的结论，是因为我有意识地采取了明确不同于以前的阅读方式。

以前读金庸，认真检讨，逃不过三种态度，那就是"少""快""乱"，而这三者又彼此联结，互相影响。最核心的因素是"少"，我是在年纪很轻的时候接触武侠小说、着迷于武侠小说，然后在众多武侠小说中碰到或找到了金庸的作品。当时很自然地将包括金庸作品在内的所有武侠小说都当作消遣，它们不只是课外读物，往往还是违反规定、不被允许的"毒物"。在这种情况下，我不可能好好地端坐细读，经常需要躲躲藏藏，能把书弄到手的渠道不稳定，环境充满了禁制，于是拿到一本算一本，能读就赶快读，抢在书被发现、被夺走前，能读多少算多少。

在同学、朋友间流传的书，或在租书店里按日计费租来的书，我也没法计较。我更不可能计划先读哪本后读哪本，别说以一部一部为单位安排先后顺序，有时候一部书分成好多册，都不见得能够从第一册读到最后一册，各册在不同的人手中轮换，拿到哪册就看哪册吧！

那真是"乱"，而且可以乱到荒唐的地步。像《射雕英雄传》《神雕侠侣》《倚天屠龙记》这三部曲，在我们的阅读经验中很多人非但不是按照这个顺序读的，甚至从来没弄清楚人物角色和情节的前后关联。

金庸去世时超过九十岁了，而且在1972年之后的四十多年的时间中，他没有再写任何一部新的武侠小说，然而2018年他的去世竟然成为华文世界讨论热度最高的新闻。我不得不打心底问：为什么金庸没有被遗忘？为什么他五六十年前写的作品到今天还能如此流传甚广？更重要的是，金庸的武侠小说真的经得起巨大的时代因素变异带来的考验，继续存在下去吗？

"少""快""乱"的阅读方式，不单单是我自己有过的经验，毋宁是武侠小说流行时代的共同背景因素，离开了这样的因素，会从金庸小说中读到什么？

这一次，我刻意逆反原本的时代习惯，尽量放掉过去的印象，以"老"的态度——带着世故的认知与纯熟小说的理解——重读金庸。从前看得"快"，这次相反，有意识地放慢速度，不只是仔细地读，而且带着分析、思考的强烈动机来读。以往"乱"读一气，在"乱"中得到某种恣意的快感，这次却要有系统地读。最简单的系统，就是按照金庸创作的年代先后读下来，从1956年完成的《书剑恩仇录》开始，接到《碧血剑》，然后一路读到最后的《鹿鼎记》。

与"乱"相反，这回也搜罗了许多相关资料——关于金庸其人，他写作的经历，他所处的环境，在他之前就已经存在的武侠小说传统，乃至于在他停笔之后武侠小说的后续变化。我将这十几部武侠小说放入这个脉络中，予以对应查考，以求读出更立体、更丰富的收获。

世故、仔细、有系统地将金庸武侠完整地读过一遍后，我先告诉大家最强烈、最深刻的感受：这趟阅读旅程太有收获了，金庸比我原先认定、原先想象的还更了不起。

金庸在不到二十年的时间中，创作出八百万字的武侠小说，光是文字量就很惊人了。如此必然是快速写作完成的作品中，金庸竟然还能不断地突破，创造出自己之前作品写不出的新技巧、新层次、新境界、新意义。

例如，在一部相对篇幅较小的作品《雪山飞狐》中，金庸动用了类似舞台剧的技法，让一个个角色次第登场，他们的对话围绕着一个叫胡斐的人，讲述他的身世、讨论他的来历、猜测他的动机，同时大家一起等待着胡斐的出现。这里的戏剧效果是众声相应，彼此补充又互相更正，在那么多讲述、讨论、猜测乃至争辩之后，胡斐才上场。胡斐当然是小说的主角，然而他上场没多久之后，小说就结束了。

我们不只是没有在其他武侠小说中看过这种写法，也不曾在之前金庸自己的作品中看过类似的形式。

又例如，金庸写了那么多让人印象深刻的女性角色，黄蓉那么巧、小龙女那么痴、周芷若那么有心机。可是对于周芷若的心机，读者不会因此而讨厌她、恨她，而是能够理解她甚至同情她。金庸小说里的女性角色各有各的个性，各有各的千回百折的感情与心思。就是靠写出这些不一样的女性角色，金庸才能替原本以男性为主要受众的武侠小说，争取到大量的女性读者。

更值得注意与敬佩的，不论如何突破、创新，金庸总有办法让他的小说抓住读者的注意力、让读者喜爱。过去我们在快读中得到巨大的娱乐体验，现在我可以负责任地向大家保证：也可以慢读金庸，当作文学作品来欣赏，找出其中独特、原创的价值。

武侠小说惯常是以连载的方式发表与创作的，一部大长篇每天只写一小段，天天写，一段一段地连接起来，可能要一两年才能完成。在边写边连载的过程中，很多作者甚至照顾不到前后文的统一，更不必提设计、推进小说结构了。然而金庸的一些作品，却呈现了井然的结构，让你不得不相信，在开笔连载之前，他已经将未来两年要写的内容想得清清楚楚了，然后再以近乎不可思议的耐心与毅力，执行、实现那份设计蓝图。

《倚天屠龙记》当然是大长篇，在结构上却明明白白分成前后两部。前半部拉得很长，从金毛狮王谢逊写起，然后写到张无忌出生，再到张无忌遇见了祖师爷张三丰。这中间有很复杂的情节，但从结构角度看，漫长的前半部是一步一步、小心紧密的铺陈，几乎没有任何浪费的事件，也没有任何矛盾之处，引向"六大门派围攻光明顶"，合理地让六大门派联合起来，又合理地让张无忌必须一个人代表明教对抗并战胜了六大门派。

　　到了下半部，张无忌已经是明教教主，也练就了绝世武功，那小说还能写什么？于是金庸转换了重点，让赵敏上场，主题变成了张无忌要如何完成他的情感教育。他要学会什么是人情、什么是世故，这是武功盖世的张无忌必须面对的人生成长考验。

　　再进一步，如果将《射雕英雄传》《神雕侠侣》《倚天屠龙记》三部曲连贯起来，从大架构上看，会有一个主题浮现出来：什么是"正派"？"正"与"邪"究竟要以什么标准来划分？一般划分"正""邪"的标准真的能说服我们吗？这里碰触到社会评断机制，展开了关于正义观念的坚实讨论。

　　在《不止江湖》这本书中，我基本上依照金庸的创作顺序为大家逐一分析这些作品，让大家明了金庸的小说是如何经得起分析探究的，以及金庸庞大惊人的创造力如何落实在武侠作品中。借由这种方式，让我们体会并回答这样的问题：为何读过金庸小说之后，很难再在其他作者的武侠小说中得到满足？为什么距离金庸写完《鹿鼎记》已经四十多年了，却一直没有见到能超越金庸、超越《鹿鼎记》的其他武侠小说作品？

　　让我们一起来好好重新认识金庸和他的武侠小说吧。

目 录

上 篇

金庸：为武侠小说而生的人 003
为报纸而生 / 003　无可避免的时代投射 / 006　战争中的求学 / 011
报业生涯的开端：风云变幻 / 014　从报人到报业老板 / 017
中国武侠小说系谱下的金庸 / 020

武侠小说：现实与历史的投射 027
武侠小说：作为类型小说的一种 / 027　武侠小说的人物来历 / 033
连载小说的技艺锤炼 / 034　连载小说的套路和新意 / 041
难以跻身文学行列的连载小说 / 045　逝去的连载时代 / 050
滋养金庸武侠小说的土壤 / 051　武侠小说的"终结" / 054

侠：想象一个另类中国 065
儒以文乱法，侠以武犯禁 / 065　侠的两面性 / 072　何谓"儒侠" / 080
武侠的核心价值存在于虚构之外 / 090　武林：为新秩序而生 / 100
依靠想象维持尊严 / 103　帮派系谱的建立 / 106
中国的侠传统：集体高过个人 / 108
《侠隐》《城邦暴力团》：另一个武侠的黄昏末日 / 114
西方读者难以理解的"侠" / 120

下 篇

《书剑恩仇录》：历史武侠的尝试 131
考据学的继承者 / 133　群戏能耐 / 134
突破时代禁忌的两性关系描写 / 137　武功的限制在哪里？/ 139
少林寺最难过的关 / 142　失败的故事是令人回味的 / 146
《碧血剑》：探索明朝灭亡成因 / 148　复式的时间叙事 / 149
复仇故事里的现实投射 / 151　历史武侠无法摆脱真实"结局" / 153

《射雕英雄传》：侠之大者 158
金庸最像自己作品里的哪个角色？/ 158
黄蓉：懂吃、懂词、懂救命 / 165　正邪之间的暧昧角色 / 172
香港新武侠：似电影，若戏剧 / 179

《神雕侠侣》：问世间情是何物 182
逃港潮背景下的《明报》/ 182　出访日本 / 186
在海啸来袭的时候，筑一道墙 / 189
杨过：从《阿Q正传》里跑出的侠 / 193
私情比公义迷人 / 201　问世间情是何物 / 206
《神雕侠侣》中的感情畸人 / 208　新武侠及女性读者的开拓 / 213

《倚天屠龙记》：正邪之分 216
所有的线索，只为"六大门派围攻光明顶" / 216
正邪同在是张无忌的宿命 / 225　何谓正邪，从何而来？/ 234
憋气式的伏笔 / 241　邪的来源是偏执吗？/ 249
不被作者喜欢的男主角 / 256　杨过是理想，无忌乃金庸 / 259

《雪山飞狐》《飞狐外传》：金庸最难读的小说 264
正派的敌人，就活该被杀吗？/ 264　奇特的二连作 / 271
独一无二的舞台剧手法 / 273　再思考《雪山飞狐》那一刀 / 280
武功的完成和侠的完成 / 283　能解无药可救之毒的人 / 290
《鸳鸯刀》：咒语一般的"江湖上有言道" / 294
《白马啸西风》：强人从己之恶 / 301

《连城诀》：以荒诞靠近现实 309

用模糊的背景与主角彰显主题 / 309　被冤枉到极致的人 / 316
中国版《基督山恩仇记》/ 320　关于相信的故事 / 323
荒诞加荒诞，是不是就不荒诞？/ 327　《侠客行》：人生识字忧患始 / 330
第一部引进台湾的金庸小说 / 331　比郭靖还傻人有傻福的男主角 / 334
被冤枉的人间喜剧 / 338　难以破解的、公开的武功秘籍 / 346
如何面对子女之恶 / 354　反感武林的武林高手 / 358

《天龙八部》：寓言里的众生相 362

金庸个性与武侠特性的冲突 / 362　《天龙八部》是一部失败之作吗？/ 366
从新派武侠回到传统叙事 / 373　如何把庶民写成英雄 / 377
书名里的人间寓言 / 382　"珍珑棋局"：人们如何下棋，便会如何失败 / 389
深读《天龙八部》的路径 / 396　扫地僧：以高超的武功行最深刻的慈悲 / 401
从乔峰开始，重新审视民族主义 / 403　香港意识与中原意识 / 410
对佛法和中国传统的挑战 / 412

《笑傲江湖》：权力的解药 419

令狐冲："病侠"的意义 / 419　宁可好死，绝不赖活 / 427
升级版的段誉与萧峰 / 436　既是武林高手，更是政治人物 / 441
守规矩的浪子和虚伪的君子 / 445　东方不败："非个人化"的个人崇拜 / 451
权力的解药 / 457

《鹿鼎记》：超越民族主义的小人良知 466

逃避现实与道德朝圣 / 466　反英雄小说 / 474　油滑与天真并存 / 481
纯熟的小说技艺示范 / 490　回到武侠起点，"重写"《书剑恩仇录》/ 499
"颠覆"明明白白的历史 / 505　满人凭什么留下来？/ 513
历史上真的没有韦小宝吗？/ 517　畸形的权力来源 / 525

上篇

金庸：为武侠小说而生的人

为报纸而生

金庸（1924—2018）的武侠小说该如何谈起？读者为什么会津津有味地读金庸的武侠小说？这必须从小说的角度去探索和分析。

有时候，虽然你觉得金庸的武侠小说好看，但不见得你就能体会金庸武侠小说当中的故事背景。在阅读金庸武侠小说的经历中，去了解金庸如何创作武侠小说还是别具意义的，因为唯有这样，你才更能理解金庸武侠小说中的隐喻以及其中的深意。

提到金庸武侠小说的创作背景，就必须从金庸在报业的工作开始讲起。可以这么说，金庸武侠小说作品的生成，与编报、办报有极为密切的关系。而且，香港新派武侠小说之所以诞生，是因为香港报业的变化和发展，这必须从金庸创作武侠小说的过程及顺序来谈。

《书剑恩仇录》是金庸的第一部武侠小说，1955年《新晚报》开始刊登《书剑恩仇录》。金庸为何开始提笔写武侠小说，这与他原先在《大公报》担任国际新闻编译的渊源有关。

本来金庸在《大公报》从事国际新闻编译工作，因为香港报业受到左派及右派大斗争的震荡影响，《大公报》决定扩张，于是1950年创办了一份报刊《新晚报》。1954年，为了刺激读者掏钱买报，时任总编辑罗孚（1921—2014）在头版上预告"本报增刊武侠小说"，隔日开始连载梁羽生（1924—2009）的《龙虎斗京华》，日后其集结成梁羽生第一本武侠小说。

连载《龙虎斗京华》证明了一件事情，那就是刊登武侠小说有助于增加销量。于是《龙虎斗京华》连载七个月后，接着刊登《草莽龙蛇传》，最后一篇连载结束于1955年2月。梁羽生顾不上再写连载武侠小说，在此情况下，报社当务之急就是找人承接写武侠连载小说的重任。

金庸自1952年从《大公报》转调《新晚报》，他和梁羽生两人有共同的嗜好，都喜欢下围棋，私下也经常评说武侠小说。报社的人都知道金庸很懂武侠小说，于是指派他接替梁羽生写武侠小说连载。1955年2月5日《草莽龙蛇传》连载完结之后，2月8日金庸接着在《新晚报》的"天方夜谭"版面写《书剑恩仇录》。

对我而言，金庸开始写武侠小说的来历非常重要。正是为了卖报纸，才开启了金庸从此之后欲罢不能的写作生涯。他1955年写第一部武侠小说《书剑恩仇录》，的的确确对《新晚报》的销量有很大贡献。新派武侠小说的兴起，与香港报业、杂志业密切相关，另外，新派武侠小说与媒体也有密切的关联。

金庸曾经以笔名林欢为长城电影公司编写剧本，甚至一度在1957年离开了报业，专心为长城电影公司写剧本。1953—1985年，金庸出产了七部电影剧本。1956年，在《香港商报》连载第二部武侠小说《碧血剑》，直到写第三部作品《射雕英雄传》才真正开创出大名著的局面；1957—1959年，历时两年，《射雕英雄传》一共连载八百多集，最后一集刊登在1959年5月19日这一天的《香港商报》上。《射雕英雄传》连载一结束，隔天的5月20日，《明报》创刊，这是金庸——查良镛——创刊的报纸。甚至可以这样说，如果没有为报社写连载武侠小说的这段经验，金庸不会有勇气去办报。

过去写连载武侠小说刺激报纸销量的经验，让金庸确信借由武侠小说连载可以在一定程度上支撑起报业。所以说，5月19日《射雕英雄传》连载最后一集，5月20日《明报》创刊，这是经过精心安排的。如此一来，5月19日读者看完《射雕英雄传》结尾后，5月20日就要到《明报》看《神雕侠侣》连载，利用这种方式无缝接轨，打算将《香港商报》的读者引流到他的《明报》。

从此之后，金庸开始了创作生涯非常关键的历程。了解这段经历，对我们如何去读他的武侠小说，其实真的很重要。《明报》刚创刊的时候，只有三个员工，基本上是一人负责编辑部，一人负责营销部，另外一人是打杂的，整个编辑部实质上就只有金庸一人。草创时期，创办人金庸必须负责两件事情，这也是《明报》成功的关键。金庸采用香港小报（tabloid）的做法，以四开报的形式发行，根据金庸自己的说法，《明报》创办后三十天以内的报纸没有被保存下来，他曾一度悬赏以二十万港币收购任一张《明报》创刊后第一到第三十天的报纸，但仍一无所获。

《明报》四开报的形式，第一面头版主要刊载香港社会新闻或与香港有关的大事，第二版刊登小说，第三版刊载金庸《神雕侠侣》，第四版是杂文副刊。刚开始的时候，《明报》一天连载《神雕侠侣》一千一百字，一个礼拜之后增至一千二百字，接下来一个月之后一天刊载一千六百字。报纸办了一个多月之后，金庸进行第一次调整，他知道有人会甘愿为了武侠小说买报纸，但他也知道连载武侠小说存在另一个问题，读者太容易读完连载武侠小说后就丢掉报纸，或另觅免费的途径读报。在这种情况下，金庸必须另辟蹊径，让大众读者觉得购买这份报纸是值得的。

金庸做了一个决定，时至今日再回顾他此次调整，才觉得这是有道理的。金庸开始在《明报》头版开辟了社评专栏，社评的内容极为严肃，这与他过往在《大公报》担任国际新闻编译的经历有关，由于他擅长写国际新闻，才能够写出严肃的时评政论。金庸开始写社评之后，《明报》就变成香港报业中非常奇特的报纸，当时香港任何左派、右派的报纸，都少有《明报》那种严肃又有深度的社评。

例如《华侨日报》《星岛日报》，都是大型报纸。虽然大报一定会有社评，但此时都比不上《明报》社评的内容，缺乏像《明报》那样视野广泛又严肃的社评。为什么金庸创办《明报》时，香港其他报业无法企及他所写的社评？因为他结合了查良镛所写的社评，同时又有金庸的连载武侠小说，让市井小民追着看，又可以雅俗共赏，让人觉得这是一份值得买来看的小报。

金庸这个办报策略虽然高明，《明报》仍然经营得非常辛苦。幸好金庸有写武侠小说的本事，他极尽写作能力，在经营报业的同时，孜孜不倦地写连载武侠小说。因此，金庸创作武侠小说与他办报的历程，完全无法切割开来。

无可避免的时代投射

《神雕侠侣》正在连载时，金庸同时写了另一本奇特的武侠小说《飞狐外传》。在金庸所有的武侠小说里，《飞狐外传》的篇幅不长，但它的形式及写法都很特殊。

《明报》创刊时，财务状况极为困难，金庸必须想办法把他写武侠小说的本事变成挹注《明报》财务问题的资金，于是金庸另外创办杂志《武侠与历史》，创刊之后开始连载《飞狐外传》。这本杂志以周刊形式出刊，每七天刊登一篇武侠小说，正因为如此，金庸写《飞狐外传》就跟写《射雕英雄传》《神雕侠侣》的方式截然不同。他通常熬夜写稿，大概从晚上十二点开始写，写到隔天早上，篇幅约一万字。依照《飞狐外传》的写作背景来看，不同的连载形式势必影响同一作者在写作题材上的选择。

《明报》创刊之后，金庸的连载武侠小说一路支撑《明报》的收支。一直到1962年5月，发生一件极为关键的事情，让他进而将社评与武侠小说转变成经营《明报》的双刃。在严肃社评与通俗武侠小说这两种格格不入的写作基础上，《明报》以其特殊的风格渐渐稳固下来。

1962年5月，爆发了逃港潮。刚开始的时候，香港港督束手无策，只能采取拒收、遣返的应对之策，却进一步引发香港本地非常严重的大骚动。

《明报》在极短的时间内做出反应，坚持政治中立、不分左右派、不抱成见的立场。借由社评，金庸为《明报》的立场定调，《明报》是最早而且是惟一敢于冲撞港英政府政策的报纸，它谴责港督残酷对待处境艰难的难民，并且站在难民的角度，派记者到第一线报道，《明报》实质上建立起第一批记者。这批记者走到最前线，如实报道难民悲惨的境况。一夕之间，《明报》成为香港最有良心的声音，在报界的地位扶摇直上，引起读者重视，从此之后不再是小报。

即使不再是小报，《明报》的基本结构仍未改变，金庸还是一手写社评，一手写武侠小说。从《神雕侠侣》一直到他写完《鹿鼎记》前，前后大约有二十年的时间，金庸一直处在一手写社评、一手写武侠小说的状态。通常是下午写武侠小说，晚上撰写社评，这是他每一天的基本工作。从这个角度来看，就显露出社评与武侠小说两者之间必有互涉（intertextuality），金庸的武侠小说必然呼应了他在时评当中的观察。

阅读金庸武侠小说，对照金庸时评里所反映出来的时势变化，才能察觉单独阅读武侠小说时那些视而未见的意涵。在时评的对应之下，金庸武侠小说的层次变得立体起来。

回顾1962—1974年这段时间，金庸在时评里究竟反映了什么样的时局？

当他晚上写时评的时候，必须面对三个显而易见的议题。首先，是香港正在快速建设和变化，累积日后成为国际金融中心的基础。这其实与1962年英国港督政府调整政策，香港因此快速金融化，城市也迅速进行新的建设。倘若不对照金庸写时评的时局背景，可能无法体会到香港真正的样貌。金庸还没被《大公报》转调香港之前，长期待在上海《大公报》工作。当他1947年从上海抵达香港时，香港城市建设远远落后于上海，这跟我们今天的想象和理解不同。香港是在他写时评的这二十年当中，化身成为世界级的东方明珠。

其次，在香港脱胎换骨进行建设、转型成为现代化都市的同时，内地也经历了翻天覆地的动荡。他出身于赫赫有名的海宁世家、大地主查家，他的父亲因此受累而被枪毙，从这一渊源上来看，金庸对这段时间的动荡必然有深刻的感触和观察。

最后，是金庸与台湾、国民党之间的纠结，这必须回溯至他的求学背景。在他以金庸这个笔名写武侠小说之前，他没有正式的学历。查良镛的退学记录远超过毕业记录，他曾就读于现在政治大学的前身，也就是当时的政治干部学校，但他只在国民党的政治干部学校念了一年半的书就被退学。更重要的是，他其实很早就对国民党心生不满。在这个背景之下，金庸既写时评，又创作武侠小说。后来，国民党视他为眼中钉，他的武侠小说在台湾成为禁书，他本身也被禁止踏足台湾。

基于这些时代背景，金庸时评里的基本价值观一定会渗入他的武侠小说，在两者互涉的同时，金庸武侠小说呼应了香港、内地（大陆）及台湾的时事变化。如果有谁愿意翻出金庸当年的所有时评，在他所有武侠小说情节脉络中进行查证及对照，其实可以做出别有意义的研究。

从大局势来看，金庸武侠小说架构中的某些象征显而易见。例如《碧血剑》，小说主角是袁承志。明朝历史是武侠小说里的特别元素，金庸让真实的历史人物走进小说里，他从这条路数写武侠小说，以抗清儒将袁崇焕的儿子袁承志为主角。

拿历史人物当作武侠小说的素材，让真实的历史作为武侠小说的故事背景，必然会面临一个棘手的问题，那就是你不能随意篡改真实存在的历史。但金庸依循历史小说这条路数去撰写武侠小说，必须回溯到他小学时代的阅读经验。他曾经说过当时读《三国演义》，全然是护卫刘备蜀汉这一方。也许很多人也有这种情感上的投射，因为《三国演义》在罗贯中笔下，本来就是有意让读者认同蜀汉，尤其是敬佩诸葛亮。所以金庸说他第一次读到诸葛亮在五丈原归天时，他就合上《三国演义》，完全无法再读下去，心情备受煎熬。蜀汉从五丈原撤退之后发生的故事，金庸是从他表哥口中得知的。金庸不能接受蜀汉竟然会最先灭亡，为此和他表哥激烈辩论，以至于他表哥没有办法，只好搬出中学历史教科书。书上几行字指证历历，证明邓艾、钟会灭了蜀汉的历史真实，金庸才悻悻然服输，甚至流了不少眼泪。

这件事给了他很大的冲击，伤痕一直都在，致使他创作武侠小说时，经常喜欢试图在武侠小说中改写历史，但如此一来，不容你否认及推翻的历史真实也就会一直徘徊在小说中。《碧血剑》小说主角袁承志即是一例，他的武功如此高强，竭尽所能去帮助闯王得天下，他的最终目标就是对抗清军、诛杀明朝崇祯皇帝。但是说到底，历史是人力无法撼动的事实。李自成攻进北京城，然后崇祯上吊，接下来清兵入关，大败闯王李自成，多尔衮攻入北京，自始清朝入主中原。

金庸小说情节的主线，是以袁承志的复仇之志为铺陈。依照史实，袁崇焕以"通房谋叛"的罪名而遭凌迟，是故袁承志立誓辅助闯王进攻北京，以报父仇。至于他的报仇对象，想当然耳，必然是崇祯皇帝。袁崇焕服刑之惨烈，源头来自对抗金人——后来的清军入侵中原。

无论如何，清军终究还是攻进北京城，建立大清王朝，小说家不能为了成全袁承志报父仇的志愿去改写历史真实，所以在《碧血剑》连载的当下，金庸心里有数，只能让袁承志心灰意冷，草草结束小说结尾。金庸让袁承志意兴萧索之余，远征异域，选择在南方的海岛隐居。金庸刻意借由这座海岛来隐喻香港，这则隐喻含有深长意味。对照原先的连载版，以及金庸改写于20世纪70年代的修订版，我们发现小说开场及结尾都做了一番修改。

连载版《碧血剑》一开场，"陕西秦岭道上一个少年书生骑了一匹白马，正在逸兴横飞的观赏风景"。连载版描写了侯朝宗在"斜阳将堕，归鸦阵阵"时的少年身影，但到了修订版，开头改为叙述浡泥国（即今婆罗洲北部的婆罗乃）国王朝贡明成祖——"西南海外浡泥国国王麻那惹加那乃，率同妃子、弟、妹、世子及陪臣来朝"。金庸改写连载版本的小说开头，如此一来，就与袁承志隐居海岛的结局相呼应，并且借由让袁承志决定去海岛做化外之民的小说寓意，使象征性作用更为强烈。

此外，金庸武侠小说的框架承袭帮派、武林的大系统，但他的确曾经发明了性质鲜明的大帮派：一个是《倚天屠龙记》中对抗元廷的明教，由于教徒行事诡秘，教派仪式、口号及教风既神秘又暧昧，与其他江湖门派格格不入，江湖中人视之为"魔"；另一个则是彻彻底底的魔教，即《笑傲江湖》中的日月神教，用教主东方不败的口号"日出东方，唯我不败，东方教主，文成武德，千秋万载，一统江湖"，去对照金庸撰写《笑傲江湖》的时间点，其深意不言而喻。

战争中的求学

金庸小说作品生成的历程，必须从金庸生平来理解。金庸1924年出生于海宁查家，本名查良镛。海宁查家是明清以来的望族，金庸在第一部武侠小说《书剑恩仇录》里，刻意透过陈家洛这个角色，书写乾隆皇帝传说中的身世，其目的就是为了突显海宁查家的历史地位。

查良镛出生于大地主世家，但到了他十三岁的时候，1937年日军入侵江南。南京大屠杀之后，日军再往南边入侵，从江苏进入浙江。在嘉兴读书的查良镛开始了流亡学生的生活，跟着学校逃亡期间，途经丽水及衢州，一路完成初中及高中学业。

但查良镛的求学生涯颇为坎坷，就读中学时曾被退学一次，大学时又被退学一次。他在流亡中学念书时，学校最重要的人物不是校长，训育主任才是学校最高权威的代表，也才是掌管所有流亡学校的关键人物。查良镛在中学时写了一篇讽刺、影射小说《艾丽丝漫游记》，小说灵感当然来自《艾丽丝漫游奇境记》(*Alice's Adventures in Wonderland*)。小说描写艾丽丝来到中国，造访查良镛就读的流亡中学，遇到了一条眼镜蛇。这条眼镜蛇一直追着阿丽丝，艾丽丝走到哪里，这只眼镜蛇就在她后头追到哪里。所有学生一看到这条眼镜蛇，既害怕又厌恶，但无论怎么逃跑，眼镜蛇永远在他们后头穷追不舍，跟在每一个学生后面，使所有学生不断诅咒、咒骂和尖叫。眼镜蛇不但追着他们跑，还会说话，每当眼镜蛇说话，开头的公式都是说：如果……你们就完蛋了。每一句话都是威胁。

这篇文章发表在墙报上，立刻引起了全校学生传颂一时，所有人都察觉到那只眼镜蛇就是影射绰号叫做"如果先生"的训育主任沈乃昌。因为这件风云全校的风波，查良镛被退学了。这件事是个预兆，透过这件事，金庸展现了他的文字能力及创作风格，由此来看，金庸武侠小说里当然含有影射。

查良镛高中毕业之后，对日抗战还未结束。十四岁之前查良镛在富裕的大地主环境里长大，十四岁之后他成为流亡学生，这个人生巨大的转变关键在于1937年的日本全面侵华战争。因此，战争在查良镛的心中，必然留下极为深刻的伤痕。他成为流亡学生之后，家乡沦陷为战区。他的母亲在逃难途中生病，因为无法及时救治而过世。这段悲剧后来反映在《书剑恩仇录》里，连载时金庸妈妈的名字跟陈家洛母亲的名字只差一字，虽然后来经过改写，但还是让陈家洛的母亲姓徐。这部小说可说是查良镛最具自传性的武侠作品。

查良镛切身经历过战争，这段经历分述成三个阶段。第一个阶段是在沦陷区，那时候日本人还没有办法全面控制中国。在沦陷区，金庸不可能继续念大学。等到高中毕业，他决定跟几个同学结伴穿越沦陷区，一路途经赣南、湘西，到四川大后方去。穿越沦陷区，让他真正看清战争的本质。沿路堆满带血的尸体，当时他们徒步逃亡的路线与日军进军湖南的路线相平行，中间只差几公里的距离。换言之，查良镛他们一行人随时有可能遭遇日军，性命堪忧。

金庸亲眼看见过战争的残忍及伤亡，经历过人生的生别死离后，才到了重庆，而后考上了西南联大外文系。他报考外文系是因为已经定立志向，将来想成为外交官。但很可惜，他未能前往西南联大的所在地昆明，被迫留在重庆，与梦想擦肩而过，转而去念有学费补助的中央政治学校。中央政治学校就是政治大学的前身，当时的校长是陈果夫，他等于是进入国民党的核心干部学校。

一年半之后，查良镛被中央政治学校退学了。他自己从未说过其中的原委，只能参考他同学的两种说法。综合起来，金庸退学应该跟一件事情有密切关联。此时已到了战争后期，当时日军不断地往西南逼近，整个东南亚包括缅甸、泰国和泰北都在日军控制下，滇缅公路也在日军这次军事行动中被截断。日军的策略是绕过东南亚，再进入中国西南边，企图一举攻占重庆及四川盆地。战况一度非常危急，所以才有"一寸山河一寸血，十万青年十万军"的政策，号召青年从军救国，尤其是尚在念书的青年。国民党的子弟兵学校必须带头，号召青年军的口号一出来，国民党就要求中央政治学校的学生必须起而响应，意谓这次的号召不是自愿性质，而是强迫青年从军。

然而不会每一个学生都自愿从军，于是到后来，学校规定每一系、每一班的从军配额，因而造成校园里发生严重的分裂。学生分为两派：一批学生宣布自愿从军，他们或是死忠的国民党学生干部；另一批学生没有强烈的从军意愿，成为从军派学生的仇视对象。金庸属于后者。照金庸同学的回忆，本来金庸并不想惹是生非，可是情势所逼，学校默许这一群国民党的死忠学生干部霸凌那些不愿意从军的学生。所以，在这个过程中，金庸与这一群国民党学生爆发非常严重的冲突，最后酿成他被退学的结局。

我们必须把这一退学事件放在心上，因为这段历史阴影能说明金庸的特质以及他与政治之间的关联，可以通过这件事去理解他与国民党之间的关系。

退学之后没有多久，对日抗战就结束了。他回到先前的沦陷区，先是返回家乡，但他仍然念念不忘从事外交官的志业。当然他完全没有门路，所以只好先去《东南日报》当记者，这是他接触报业、新闻行业的起点。

报业生涯的开端：风云变幻

抗战结束后，查良镛开始担任《东南日报》的记者、编辑与撰稿人，后来他获得到上海《大公报》工作的机会。至今《大公报》仍是中国报业史上无法忽视的辉煌一页。张季鸾（1888—1941）所创办的《大公报》地位特殊，首先这是知识分子办报，其次《大公报》承袭、追随了美国"新闻古典时代的第四权"，以坚决的信念创办这份报纸，地位之高、待遇之好，吸引当时不少有志从事新闻业的青年才俊。

查良镛得到报考《大公报》的机会。根据其所有传记资料，在一百零九人当中，他以第一名考取《大公报》。此时查良镛虽然仅有二十岁出头，但由于考取了上海《大公报》的工作，成为报业精英的一分子。然而到了1947年，国共内战爆发，局势诡谲，所以《大公报》内部做出重要决策——成立香港《大公报》。刚开始的时候，香港《大公报》只是作为上海《大公报》分社，不过当时报社已经规划，万一内地时局发生变化，报社必须从上海迁往香港。这个规划来自《大公报》强调言论自由的理念。只有在自由的地方，《大公报》才能够生存下去，这是上海《大公报》最初的选择。由于另外两位同事，一个准备结婚，另一个要参加考试，他单身，又无其他挂念，所以就被派往香港分部。

但也因为这个际遇，查良镛从未确切看到1949年之后内地的激烈变化，他不在国共斗争的历史现场。在1949年历史的转折点上，他没有被迫选择国民党或共产党，而是保持了作为《大公报》

新闻精英分子的立场。1949年10月1日中华人民共和国成立后，查良镛曾在1950年离开香港，动身前往北京。此次旅程是因为他想借这次机会，圆梦成为新中国的外交官，后来，这个梦想被打破了，他才又返回香港。

回到香港之后，巨大的悲剧向他袭来。在土改、阶级斗争的过程中，他父亲是个地主，因而被枪杀身亡。不只是他父亲，整个海宁查家也彻底瓦解。查良镛别无选择，只能留在香港。但没有多久，他亲身经历香港激烈的时局变化。国民党在1949年撤退到台湾，进行彻底改组，成立改造委员会，目的是肃清国民党内部威胁蒋介石（1887—1975）权威的其他势力，驱逐陈果夫（1892—1951）及陈立夫（1900—2001）兄弟。眼看局势趋于不稳定，原来属于右派的国民党大佬及知识分子，他们落脚香港，观望局势如何演变。内地（大陆）、台湾的局势变化，促成香港特殊地位的形成。这些右派知识分子为什么在香港观望局势？因为在他们看来，台湾当时朝不保夕。如果选择在台湾定居，难免要再逃难一次，不如留在受英国殖民统治的香港安身立命。这群人被称为南来文人，他们对香港的变化，尤其是香港杂志、报业有非常重要的影响。

但是及至1950年6月，大历史就在眼前，查良镛或者是中国武侠小说不可能逃开大历史的旋涡，一定也受到这段历史变化的牵连。1950年6月，朝鲜战争爆发。美国势力卷入朝鲜战争，确立台湾是在美国保护之下。这之后在美国资助下，台湾必须立即寻找新的意识形态，也就是民主自由。这当然不是国民党及蒋介石所向往的，但情势迫不得已，想要获得美国援助，就必须鼓吹民主自由。

此后台湾局势开始变化，香港的定位也就愈趋复杂。香港在二战后被英国从日本手中夺走，地理位置就在内地旁边。即使在港英政府统治时期，水资源都要从北边运来，这是港英政府后来租借九龙半岛和新界的主要原因。在港英政府的统治下，香港变成地位奇特的避风港。可是自1950年之后，借由美国襄助，国民党在台湾站住脚跟。

自国共内战——尤其是东北围城——之后，直到蒋介石下野，这段时期迸发一股新的政治力量。这股政治力量后来称之为"第三势力"。国民党在台湾扎根，第三势力也随之保留下来。香港在这个局势当中，面临非常复杂的状况，各方力量均搅和其中。

这几股力量的最上头是港英政府，它仍然是实质统治者。港英政府的态度是什么？港英政府治理港人的基本政策是，排除港人接触政治的权利，换言之，港英政府拒绝港人参政。长期以来，这是港人历史的痛楚。直到1997年香港回归确定之后，最后一任港督彭定康（Christopher Francis Patten）才开始推动让港人参与政治、港人治港的政策。但一切都太迟了，港英政府统治近一百年，港人一直承受着两面性的统治政策：港人有充分自由，不只是现代的自由，更重要的是，港人还拥有传统生活的自由。即使到今天，香港都存在这种异质性：一方面，香港到处耸立着高楼大厦，从尖沙咀到铜锣湾，都是辉煌的金融中心面貌；另一方面，从北角走到旺角，你看到的都是最传统的生活方式，包括茶楼、街道，以及狭小到不能居住、接待客人的房屋。这是因为港英政府从未想过让港人成为英国公民，它甚至希望香港保留中国传统文化的特质——只要港人不涉足政治。所以，一方面港英政府给港人充分的自由生活，另一方面严格禁止并切割港人与政治、政务的一切联结，几乎只有英国与高等华人（又称太平绅士）才能够在有限度的情况下参与港英政府的政务。

由于港英政府的基本政策，所以在20世纪50年代衍生了各方势力聚集香港的结果，但各方势力不可能在政治上较量，只能通过媒体的力量各展其道。因此，20世纪50年代，香港媒体界喧腾一时。在政治立场上，亲共的左派、亲国民党的右派以及第三势力都来到香港。从另一个角度来看，部分在地的港人，受到这个局势的启发，选择其文化及政治立场。另外，也有部分南来文人向往大陆，或是心向台湾。在这个混乱局势下，香港媒体的黄金时代诞生了。

从报人到报业老板

对照看余英时（1930—2021）先生的《余英时回忆录》，其中有很精彩的一段。1949年12月31日，余英时先生去了香港，一直待到1955年他才离开香港。他回忆这五年当中，他与当时的几本重要杂志彼此之间的关系，譬如《人生杂志》《民主评论》等。这一时期，在香港杂志界、媒体界看来，《大公报》是核心的媒体。原本香港《大公报》成立时是上海《大公报》分社，但1949年之后香港《大公报》就面临巨大的抉择，一部分来自报社内部，另一部分则不在报社的控制范围内。正是因为《大公报》的名声太过响亮，所以很快便在新中国成立之后，变成新中国在香港建立据点的首要目标。

这个脉络非常清楚。《大公报》从此之后"左"倾，变成左派报纸。本来《大公报》在张季鸾创立之后一直遵从美国民主自由、记者第四权的理念，但在很短时间内，它转向了左派媒体。同时，第三势力的媒体进入香港之后，一直不断地受到左派势力排挤，活跃的空间越来越少，但就在这个时候，美国资援台湾，使得国民党能够在香港也创办了两份报纸——《华侨日报》和《新岛日报》。总的来说，在当时的局势下，整个政治立场与意识形态的冲突全部集中在报业的竞争上。

这段时间，查良镛离开《大公报》，一度投身《新晚报》工作，最后也离开了《新晚报》。在这段离开大公报集团的过程中，他着墨不多。但在《大公报》"左"倾的过程中，可以想见左翼思想给查良镛的生命经历带来的剧烈动荡。父亲在斗争中惨死枪下、海宁查家也被抄家，这对他有极强的刺激。但是从另一个角度来看，他也不可能会选择他早在重庆时就已经与之起过冲突的国民党政权。那么，如果他一定要在政治上有所选择，显然只会是第三势力。然而，他二十多岁时，抗战一结束，他已经是上海《大公报》的一分子，是中国顶尖的新闻精英分子，他不可能去参与余英时先生投入的第三势力新闻媒体，流亡学生与新闻精英分子这两者是无法相比拟的。所以毫无意外，查良镛选择离开《大公报》，到长城影业公司担任编剧，同时写作武侠小说。

在复杂局势中，《大公报》必须扩张它在香港的影响力，《新晚报》应运而生。创办时期，《大公报》的主要策略是找来本名叫陈文统的梁羽生写连载小说。

讲到香港的新武侠小说，有三个重要的代表人物。在1956年的长达三个月时间里，《新晚报》最负盛名、最受欢迎的专栏叫做"三剑楼随笔"，由三位作者执笔，他们分别是梁羽生、金庸与陈凡（1915—1997）。

金庸的第一部武侠小说在1955年发表，当时在香港《新晚报》上连载。那时在香港有左派与右派之间的斗争，其中一个重要的焦点就是媒体，要争夺媒体上言论的影响力。

当时左派媒体的龙头是《大公报》，《新晚报》等于是《大公报》所衍生的一个媒体。金庸在1955年的时候任职于《大公报》，他的本职是国际新闻编译。当《新晚报》创办的时候，因为是一家新报纸，所以需要有吸引读者的特别之处。《大公报》觉得连载武侠小说会是一个好方法，要用武侠小说来拉拢读者，所以就先派了梁羽生上阵来写武侠小说。

梁羽生在《新晚报》上写了两部武侠小说，一方面大概也是累了，另一方面也需要换一换。所以这个时候就从梁羽生身边找到了本名叫查良镛的金庸，要他接着写武侠小说。

因为是报社指派下来的任务，所以当时查良镛第一没得推辞，第二也没有多想，就单纯地把自己名字当中的第三个字"镛"拆开来，拆开来之后的两个字"金庸"就当作他的笔名。

为什么会找到本名叫查良镛的金庸呢？不过就是因为他经常跟梁羽生一起下棋，下棋的时候就侃大山。两个人都是武侠小说的热烈读者，两个人满腹都是读武侠小说的经验，累积了各种不同的记忆。很显然两个人聊的时候，一定会讨论什么样的武侠小说是好小说、什么是不好的、好的小说应该怎么写。可能在这样的交谈过程中，他们多多少少也在想，如果我自己来写武侠小说我会怎么写？所以梁羽生一开笔，就能写武侠小说。金庸也是一样，一开笔就写了《书剑恩仇录》。

《书剑恩仇录》虽然是金庸的第一部武侠小说，但是因为他已经阅读了这么多的武侠小说，又有了梁羽生开始在《新晚报》上写这种武侠小说的前例，所以一开始《书剑恩仇录》就已经有了一定的水准。

《书剑恩仇录》获得不少读者的青睐，顺理成章，金庸的下一份工作就是在长城电影公司当电影编剧。他身价也水涨船高，薪水从一个月一百五十港币，变成一个月两百港币。他通常每两到三个月，可以完成一部电影剧本，不论剧本最后是否成功拍摄为电影，都能拿到三千港币的酬劳，这当然是待遇非常优渥的工作。而且他还能亲近心仪的电影明星夏梦（1933—2016），金庸的爱情观一部分展现在他追逐夏梦的过程中。到了后来他创办《明报》，许多证据显示，金庸当时多多少少在想：如果我手上掌握一家报业，夏梦会待我更好。为什么我能这么断定？因为自从金庸创办了《明报》，《明报》前五年，确实除了连载金庸的武侠小说，这份报纸上刊登过最多的名字应该就属夏梦了。《明报》勤于报道夏梦消息是显而易见的，金庸甚至还出资让夏梦去加拿大旅游，旅途中按时发送海外旅行游记，那一度是《明报》最重要的新闻内容。

长城电影这一段历程，对金庸来说举足轻重。首先，他累积了一笔财富。其次，他遭遇了许多挫折，一部分是追逐夏梦的挫折，另一部分是编写的剧本拍摄为电影的概率很低，因此才会在1959年决定去办报。刚创刊的时候，报社共有两位合伙人，他和同学沈宝新。他先出资三万港币，沈宝新出资两万，但很快就赔完这五万，于是他又增资五万，维持住这五万资本。《明报》早期的资本，金庸总共投入八万，合伙人沈宝新投资两万，一直维持着这个股权比例。所以《明报》不折不扣是属于金庸的报纸，他在长城电影累积的薪资，让他足以支撑《明报》的营运，如果仅靠编译时期的薪水，是难以维系报业的。

创办《明报》之后，金庸的生命就进入另一个阶段。他的武侠小说在香港的复杂环境当中，走进香港读者的心中，他清楚明白报业的生存之道。借由撰写连载武侠小说的经验，他了解《明报》与其他报纸不一样的地方是跨越左中右派，因为无论站在哪一个政治立场，所有读者都会阅读武侠小说。这个立场直到1962年5月难民潮之后才有了转变。《明报》成为香港报业的大报，政治立场也变得鲜明，敢于挑战港英政府的权威。

中国武侠小说系谱下的金庸

过去有这么多武侠小说问世，在金庸之前，郑证因（1900--

1960）、王度庐（1909—1977）、宫白羽（1899—1966）、司马翎（1933—1989）、欧阳云飞（1930— ）、东方玉（1924— ）、卧龙生（1930—1997）前仆后继地闯荡在武侠小说世界中，这些作者让武侠小说界风起云涌。但另一方面，残酷的现实是他们在集体的环境下写作，他们依靠其他武侠小说所累积的江湖世界、武侠想象，吸引读者阅读；在读者心目中，武侠小说的江湖世界才是他们心向往之的，而不是任何单一的武侠小说。少林、武当、昆仑、峨眉印象反复出现在不同小说家的作品中，这一片江湖武林才是读者痴迷的对象。

为什么武侠小说最后几乎只剩下金庸独领风骚？包括上官鼎（刘兆玄、刘兆黎、刘兆凯三兄弟共同的笔名）在内的众多武侠小说家都被遗忘了，在金庸崛起之前，很少有武侠小说读者只读一家作品。但金庸塑造了不一样的武侠世界，他笔下的小说主角辨识度极高，读者常热烈讨论金庸小说里的角色像现实中的谁，在现实世界里找寻小说主角的面目。

这意味着金庸塑造太多令人无法遗忘的角色，譬如杨过、小龙女、张无忌这些形象鲜明的主角，或是抢眼的配角如岳不群。金庸在小说角色的介绍上，无论是人性心理的丰富性，或人物形象上的描摹刻画，都引起读者高度兴趣，展现高超的小说艺术。

黄蓉博学多才，中国诗词、术数等知识学问无所不精，在《射雕英雄传》之前，从来没有一部武侠小说出现过这样的角色。金庸等于是把想象中的武侠"隐世界"，套接到"显世界"的大传统中。大传统中的主流学问，包括中国诗词和术数，通过黄蓉显现出来，黄蓉这个角色则象征着大传统。除此以外，大传统中有名有姓的历史人物也被金庸写进武侠小说。

金庸大幅扩张中国武侠小说的可能性，并且加入了许多现代元素。他自己曾在《射雕英雄传》修订版序言里，提及"密室疗伤"那一回目。郭靖身受重伤,在牛家庄密室里疗伤七天七夜,郭靖和黄蓉必须待在密室里,"七日七夜之间,两人手掌不可有片刻离开","决不可与第三人说一句话,更不可起立行走半步"。密室之外,各路人马不知道他们两人待在里头,发生各式各样的光怪陆离、尔虞我诈之事,郭靖和黄蓉暗暗在密室内目睹一切。这是一出舞台剧,而且还是个非常精彩的"单目"舞台剧,金庸用舞台剧形式写小说,实在精彩无比。

另外,也是在《射雕英雄传》里,郭靖和黄蓉遇见江南六怪之首柯镇恶,两人到了桃花岛,郭靖才发现五个师父都死在岛上。所有证据都指向东邪黄药师就是凶手,但这是金庸设置的机关,真正的凶手不是黄药师。小说场景换到了古庙,黄蓉在柯镇恶左手掌心写道:"告我父何人杀我。"她直接从藏身之处闯出去,与欧阳锋、傻姑一来一往地对话,一点一滴地套出事件真相。这一段情节是名副其实的推理小说,黄蓉化身为神探,在不合理的线索中重建案发现场,像一个神探般解谜,揭发真正的凶手。

在金庸之前,武侠小说是纯粹的类型小说,类型小说最大特色是集体创作与阅读。从中国侠义小说的脉络往下梳理,譬如《水浒传》《三侠五义》,及至清代盛行的公案小说,一路传承下来。清末民初,平江不肖生(1889—1957)开始创作新式的武侠、江湖概念;自此之后,中国类型小说从传统的侠义小说脱胎换骨,转变成现代武侠小说。

现代武侠小说在多元时代蓬勃发展,"南向北赵"[南向指向恺然,平江不肖生的本名;北赵指赵焕亭(1877—1951)]时期之后,郑证因、白羽、王度庐写出风格别具的武侠小说,紧接着出现还珠楼主(1902—1961,本名李寿民)的武侠奇书《蜀山剑侠传》。当时的武侠小说家擅用传体笔法,创造出变化多端的武功招数,栩栩如生地描摹这些武功的招式,而侠义小说《水浒传》

梁山泊英雄展现武功本领时，武打的场面都是在几句话之内结束，比较少细节描述。现代武侠小说家倾力着墨武功细节，这些小说家的笔下逐渐勾勒出江湖、武林中侠的人际关系及原则。

平江不肖生、赵焕亭、白羽、郑证因、王度庐、还珠楼主等现代武侠小说家，他们的风格和笔法差异颇大，及至1949年之后，武侠小说进入了新阶段。1949年之后，武侠小说不能在内地（大陆）继续存活下去，而是到了台湾另辟天地，开启另一段新的文学生命。

上述这些武侠小说家来到台湾之后，在武侠小说创作的背景上，他们几乎都是同一代小说家，大部分也有军中背景。流亡时，他们以武侠小说作为最重要的精神食粮。到了台湾，这些作家开始在杂志、报纸崭露头角，大量出版武侠小说，这些小说相互影响他们彼此的写作。

这一代小说家在大量创作的过程中，迸发出越来越强烈的共同性，他们亦步亦趋地模仿平江不肖生的江湖、武林门派，换句话说，他们的作品让平江不肖生成为传统武侠小说的代表性人物。因此，平江不肖生笔下的武侠门派也就成为台湾武侠小说的共同门派。在这个背景之下，包括平江不肖生式传统武侠小说在内的台湾武侠小说，影响了香港新武侠小说。从这个脉络来看，武侠小说的集体性格，也就更加明朗。

所谓集体性格，意味着无论这本武侠小说是由谁执笔的，小说内容不会有太大差别。虽然读者还是会在意图书封面冠上哪一位作家的名字，但是在武侠小说的阅读环境中，读者"博览群书"，你不可能只读卧龙生的小说，也不可能专攻东方玉的作品集，基本上不存在这样的武侠小说阅读方式。大部分读者会追着涉猎出版的所有武侠小说，当然很重要的阅读乐趣是去评价这些武侠小说家作品的优劣胜负。

在金庸出现之前，武侠小说面目模糊，它与读者之间的关系建构在它的集体性上。读者不会沉迷于单一小说或单一作者，而是沉浸在武侠小说共同塑造的集体记忆中。然而这种武侠小说的阅读形态，自从金庸小说出现之后就完全改变了，这也是直到今日金庸的武侠小说仍然值得一读的缘由。

从武侠小说传承的角度来看，金庸小说不再是集体论述当中的武林世界。金庸小说突显的独特性，是那么鲜活，以至于在武侠小说的集体意识中，金庸自成一格，建立起独树一帜的武侠招牌。

武侠小说原本是集体阅读的类型小说，一般来说，读者已经熟稔于所有武侠小说所建构出来的集体阅读经验。从这个角度来看，如果武侠小说写得太具原创性，风格太强烈，很可能就会让武侠小说的读者不买单，因为需要重头熟悉、记忆这个新创立的武侠体系，很容易造成阅读疲累。但是金庸打破了这种阅读规则，所有嗜读武侠小说的读者都沉迷在他的武侠小说中。即使他在武侠小说的集体意识中添加许多独创性的内容，仍然掀起一股阅读金庸武侠小说的风潮。这在武侠小说创作文类中，是前所未见的特立独行。

金庸的武侠小说催生了奇异的阅读效应，他的武侠小说养坏了读者的阅读口味。原本，武侠小说家都在集体的武林通则中混战，只要万变不离其宗，无论怎么写，读者都会买单。但金庸额外在武侠小说中增添了许多内在故事，以至于到后来，当读者阅读完金庸小说之后，就无法回头再看其他的武侠小说，读者在阅读的过程中有更多期待——武侠小说怎么可能就只写到这种程度，金庸的小说有更深的叙事结构及层次。金庸之后，武侠小说的创作迈向新的标准。

金庸武侠小说的叙事别具一格，其他作者无法任意模仿他的笔法，例如像黄蓉这个角色，容纳中国传统知识学问，琴棋书画，无所不知；阅读这个角色的同时，读者不知不觉在中国传统知识系统中潜移默化，而且注意到其他武侠小说不会给你这样的阅读经验。

你不需要完全理解黄蓉所精通的知识，当她为瑛姑解开三道算题，传授解题的算式："以三三数之，余数乘以七十；五五数之，余数乘以二十一；七七数之，余数乘十五。三者相加，如不大于一百零五，即为答数；否则须减去一百零五或其倍数。"即使你完全对于这个解答摸不着头绪，也无碍于阅读上的乐趣，反而跟着瑛姑神驰目眩，目不转睛地看着黄蓉解开一道又一道谜，暗暗赞叹，并且折服于这个角色的聪颖，进而被小说故事说服了。也因为如此，当我们看瑛姑为了解救困在桃花岛上的周伯通，日夜苦思、钻研术数，即使心知肚明她再研习一百年奇门术数也无用，无法胜过桃花岛主人黄药师的学问，仍然殚精竭虑，陷在术数的魅力中，欲罢不能，我们完全认同瑛姑的痴狂。读至此，小说角色和故事完全虏获了我们。

普通的小说家写不出这样满腹经纶、魅力十足又令人信服的角色，无法像金庸一般将中国传统知识架构在小说叙事里。叙事层次丰富的作者可以描写扁平的扁形人物（flat character），换言之，立体的圆形人物（round character）不可能出自叙事简单的作者笔下。对照之下，意味着小说最复杂的角色，往往回应了小说作者的复杂程度，由此来看，至少在武侠小说这个类型小说的领域里，金庸独一无二。

金庸创作过的角色，比如杨过、小龙女都令人印象深刻，这两个角色的纯粹形象都属于性格偏执的类型人物，一般小说家也可以掌握这种角色的叙事技巧。可是，金庸的最大挑战是那些错综复杂的角色。他早期的突破之作《射雕英雄传》，其中的关键人物是黄蓉，而非郭靖，相对而言，郭靖是比较好驾驭的角色，难写的是黄蓉及黄药师这两个角色。

到了创作中期，金庸在叙事上又有所超越，表现在《笑傲江湖》中岳不群这个角色身上。如果小说家的内心里不存在层次丰富的深度，绝对写不出像岳不群这种表里不一、诡计多端的人物。再往后看，在金庸武侠小说的创作史上，《鹿鼎记》极为重要，这部作品综合了金庸写作小说的本领和叙事技巧，所以说《鹿鼎记》是一部登峰造极之作，也就一点不令人意外。《鹿鼎记》之后，金庸再无新作，因为他已写尽他所能写的武侠小说。

写作初期，金庸创造出黄蓉；到了创作第二阶段，他描摹出《倚天屠龙记》中张无忌这样一个复杂角色；接下来，从岳不群这个角色延伸出去，则是《天龙八部》中的段誉；到了他小说创作的后期阶段，《鹿鼎记》韦小宝跃然纸上。这个角色的复杂性前所未有，考验作者的能耐；小说家本身的内涵一定超越了一般读者的想象，才能将韦小宝这个角色写得驾轻就熟。

武侠小说：现实与历史的投射

武侠小说：作为类型小说的一种

金庸曾多次提到他的武侠小说不是殿堂上的文学作品，意味着他所抱持的文学概念是文学高于武侠小说。据我个人意见，如果将武侠小说排除在文学之外，从某种意义上说，其实是破坏或伤害了文学。文学的类型不是只有唐诗宋词或经典名著，文学领域其实非常广泛，远超于此。从广泛的文学类型来探索，武侠小说其实是类型小说（genre fiction）。换句话说，在文学的范围里，会有不同的文学类型召唤读者，要求读者以不同的眼光及方式去阅读。类型小说当然与大部分文学作品不一样，具有大众化及娱乐读者的性质，即使如此，还是应该认真看待类型小说。

类型小说有它自己的创作公式，阅读类型小说，尤其是武侠小说，读者必须在开卷前有一些酝酿和准备，否则一辈子也走不进武侠世界。一个非常重要的准备就是必须搁置现实感，在阅读武侠文本的同时，暂时悬置怀疑的念头，这意味着你不能用现实世界的眼光和标准去看待武侠小说里的人物，以及武侠小说当中所发生的任何事件。

从另一个角度来看，武侠小说的虚构性质扮演了最重要的功能。由于它创造出"不真实"的感受，在阅读当下，读者能够暂时脱离现实，逃避现实世界中的狭厅，愈是深入武侠其境，愈是容易让人抛开外在的现实；有些时候，情况完全颠倒过来，反而是读者愿意逃避现实世界，从阅读武侠小说的过程中获得暂离现实的愉悦感。

当读者心甘情愿同意武侠小说的设定，虽然明知武侠世界是虚构的，但仍然愿意相信在江湖世界陆续登场的人物及事件，才能在阅读的过程中与武侠小说发生深刻的联结。简而言之，想借由阅读进入武侠世界，首先必须具备一项条件——相信武侠小说的特定规则，比如说，相信飞檐走壁的轻功、绝世的神剑及刀法。你必须认真看待盖世神功，哪怕只是稍有一点点现实的判准，对于神乎其技的武功招式、劈山裂石的掌风或是深厚的内力嗤之以鼻，你就无法神游在武侠世界里。

不仅如此，武林中有数不尽的"巧合"（coincidence）。"巧合"的设置在武侠小说中是非常明显的情节机关，透过这种精心布置的巧合，武侠故事才能在意外的转折中一直延续下去。比如说，《射雕英雄传》第三十一回"鸳鸯锦帕"写郭靖与黄蓉两人告别一灯大师，依依不舍下山之后，走到桃源县城中的"避秦酒楼"，两人吃着酒楼名菜蜜蒸腊鱼。郭靖想起了恩师洪七公，说道："不知恩师现在何处，伤势如何，教人好生挂怀。"黄蓉正待回答，只听楼梯脚步声响，上来一个道姑，身穿灰布道袍，用遮尘布帕蒙着口鼻，只露出了眼珠。黄蓉向道姑一望，只见道姑将遮在脸上的布帕揭开一角，露出脸来。黄蓉险些惊呼，眼前的道姑竟是穆念慈。三人下酒楼后结了账，约莫走了五六里路，三人在一株槐树下见面。穆念慈找郭靖和黄蓉说话，是为了告诉他们："你们雇的船是铁掌帮的。他们安排了诡计，要加害你们。"因为这桩巧合，郭靖和黄蓉才逃过一劫。

紧接着下一回目"湍江险滩"，郭靖、黄蓉两人在江上与铁掌帮裘千仞进行一场恶斗。后来两人在客店中歇息，说话间，忽听十余丈外脚步声响，两个夜行人施展轻身功夫，从南向北疾奔而去，依稀听得一人说道："老顽童已上了彭大哥的当，不用怕他，咱们快去。"一听到"老顽童"三个字，心想这不是周伯通吗？理所当然跟在这两个夜行人后头走，果然看到周伯通坐在地下僵硬不动。

无穷无尽的巧合兜来转去，穿插在这些小说角色之间，刚路过一桩巧合，不久之后又会遇到另一桩巧合。甚至在武侠小说的叙事架构中，郭靖、黄蓉他们两人的江湖旅程会一而再再而三地发生意外的转折，来回遇见认识的人。你不能用现实的逻辑去计较这是不自然的巧合叙事，你只能接受如此高频率的巧合。阅读类型小说，你必须要有所准备，接受江湖中各种难以想象的巧合，这也就意味着类型小说有其特殊的阅读规则。

在类型小说的领域里，金庸的武侠小说具有什么样的特殊意义，值得我们一再重读和探究？我的一本著作《雾与画：战后台湾文学史散论》，其中探讨了武侠小说系谱的来龙去脉，依循武侠小说的传统叙事架构和系谱脉络，更能定义金庸的文学成就。

一般而言，提及中国武侠小说的系谱，很多人偏向从《庄子·说剑》开始讲起，或者是唐传奇及《水浒传》，但如果要明确梳理武侠小说系谱，就必须先勾勒出江湖武林的形成。谈及武侠小说系谱的建立，至少一定要上溯至人称"现代武侠之父"的平江不肖生——向恺然。这是台湾武侠小说通林保淳教授都同意的共识。向恺然出生于1889年。他被长沙楚怡工业学校开除后，旋即赴日留学入华侨中学，一度返回中国。他原来计划二度前往日本，却苦于旅费无着，还好有同乡编剧家宋痴萍介绍，将其手写的《拳术讲义》卖给《长沙日报》。

向恺然写《拳术讲义》来自他的背景和本事，他出身武术世家，而且是有货真价实的拳脚功夫。《拳术讲义》的内容正是传授拳术及武术，卖掉这本书后，他用卖书的钱筹措旅费，再度动身前往日本留学。向恺然结束留学后，返回上海，将在日本的见闻裁减拼凑，写成《留东外史》，竟大受欢迎，成为清末民初留学史上的一本名著。接着，他连续又写《留东外史补》《留东新史》《留东艳史》等相关小说。《留东外史》比较趋近于纪实作品，但一本又一本留日见闻写下去后，及至《留东艳史》也就渐渐变成小说了。

台湾资深武侠迷、研究武侠小说的重要学者叶洪生，曾著《论剑——武侠小说谈艺录》，其中的一篇文章《近代武坛第一"推手"》写道："当《留东》四部曲陆续在上海出版时，因文中颇涉武功技击，真实有据，乃引起行家注意；加以向氏生性诙谐，健谈好客，遂与往来沪上的奇人异士、武林好手如杜心武（南侠）、刘百川（北侠）、佟忠义（武术名家）、吴鉴泉（太极拳家）、黄云标及柳惕怡、顾汝章、郑曼青等结交为好友，切磋武学。上海滩青洪帮首脑杜月笙、黄金荣、虞洽卿等亦为座上客，时相过从。由是见闻益广，对于江湖规矩、门槛无不知晓。"

向恺然凭借自己通晓武术拳法，以及擅写使读者好奇的通俗小说，再加上与现实帮派密切接触，这三项条件，成就了平江不肖生"现代武侠之父"的地位。

可是"现代武侠"到底是什么？平江不肖生究竟开创了什么前人未及发掘想象的武侠成分呢？平江不肖生最具代表性的作品，公推《江湖奇侠传》《近代侠义英雄传》。这两部小说皆以"传"

名，而且细绎其形式，明显是中国文学"纪传体"与章回小说的奇妙结合。

所谓"纪传体"，是指《江湖奇侠传》和《近代侠义英雄传》所传者皆非一人一侠。虽然电影推波助澜——"红姑怹儿子叫陈继志，她火烧红莲寺"，一度是非常轰动的闽南语电影和连续剧，使得《江湖奇侠传》书中的"红姑"声名大噪。不过红姑及"火烧红莲寺"故事，在原书中一直到八十回左右才登场，前面大肆铺写的是"争水路码头"（即武汉三镇，九省水路码头）的来龙去脉。"火烧红莲寺"之后，小说又热火火地拉出另一条张汶祥"刺马案"的轴线来。《近代侠义英雄传》以霍元甲贯穿其间，然而读者却不可能不对一开头就出场的大刀王五或后来的罗大鹤、孙福全等人留下深刻印象。

《江湖奇侠传》《近代侠义英雄传》二书都是"群传""群侠传"，平江不肖生在写这两部作品的时候，大量援引中国传统史学的"传"体，给出每位出场的英雄豪杰清楚的身世来历。换言之，每一位英雄豪杰都仿佛是现实存在的人，有真实的人生来历。

这种笔法在叙述"争水路码头"时最为明显，甚至有时引起读者阅读上的困扰。《江湖奇侠传》第四回中，平江不肖生先叙述了平江、浏阳两地"争水路码头"的事件梗概，继而说："只是平、浏两县农人的事，和笑道人、甘瘤子一般剑客，有什么相干呢？这里面的缘故，就应了做小说的一句套语，所谓说来话长了！待在下一一从头叙来。"

这一叙，先叙了杨天池的一大段来历，中间连带介绍杨继新出身，作为后文伏笔。杨天池拜师练艺，回到义父义母家，刚好遇上"争水路码头"，平江不肖生借事件转圜，改而追踪怪叫花常德庆的来历。常德庆的师父是甘瘤子，于是又得费一番唇舌讲甘瘤子，再由甘瘤子牵出桂武来。绕了一大圈，讲了五六人的曲折生平，好不容易回头写了一段常德庆与杨天池"争水路码头"的交涉，不料笔一转，平江不肖生又写起向乐山来！向乐山的事从第十二回写起，一路写到了第十九回，故事还是没回到常德庆、杨天池身上，却从向乐山再牵出朱复、万清和……

这种写法，一方面有章回小说如《儒林外史》的影子，一个角色牵出另外一个角色，如撞球般一个撞一个。不过另一方面换个角度看，这些角色的每一段详细刻画，事实上就等于一篇"奇侠传"。事件只是叙述的引子、幌子，真正重要的是留下这些"奇侠"的身世来历。给每一位奇侠一个来历，就是给他一个身份、一份真实性。这种真实性倒不必然如施济群（1896—1946）评注中所说的："向君言此书取材，大率湘湖事实，非尽向壁虚构者也。"是否事实，我们无须查考，不过一个角色有了那么详尽的生平故事，就显见他不是作者单纯为了情节推进方便而去捏造出来的。这些角色，作者不断喻示，有小说情节以外的丰富的生命经验可供取汲。这种"非功能性的叙传细节"，给了这些角色"真实性"。

引张大春的话说："侠不再是凭空从天而下的'机械降神'（deus ex machina）装置；侠必须像常人一样有他的血缘、亲族、师承、交友或其他社会关系上的位置。"（《小说稗类》）张大春还更进一步解释："在《江湖奇侠传》问世之前，身怀绝技的侠客之所以离奇非徒恃其绝技而已，还有的是他们都没有一个可供察考探溯的身世、来历，也就是辨识坐标。侠客的出现本身就是一个绝顶的离奇遭遇、一个无从解释的巧合。"然而在平江不肖生手里，众多奇侠不只个个有来历有身世，而且彼此关系交错，组成了一套人际系谱。

武侠小说的人物来历

前文提及，武侠小说是类型小说中的文类，读者阅读武侠小说时必须有所准备，读者和作家之间存在一种细腻的默契，读者必须愿意相信武侠小说家虚构的武侠神功。但在这个基础上，我想强调的是，中国武侠小说自平江不肖生之后，读者与作者之间所形成的这种默契，读者的这种容忍有其限度，也就是说，武侠世界可以超越现实，但这些武侠必须有身世来历。

作为新派武侠小说，金庸武侠小说的中心人物，必定是有双重来历。首先是身世背景的来历。金庸运用两种书写方式，让小说主角的身世来历极为具体。一种方式是早期他在写陈家洛、袁承志这些历史人物时，直接从历史记载中寻觅这些角色的足迹，如此一来，小说人物当然有身世来历。及至《射雕英雄传》，金庸尝试另一种更吸引读者的写作方式。主角郭靖的来历就很与众不同，郭靖的身世与杨康（即后来的完颜康）有千丝万缕的关系，他们是打娘胎就结为兄弟。金庸特意给郭靖如此漫长的身世来历，与黄蓉截然不同，小说走笔到了故事中间，黄蓉才突然从桃花岛上走进读者眼中。

金庸撰写《射雕英雄传》时，已经依循平江不肖生所建构起来的这一套中国武侠传统，按照这个传统的基本规范，每个角色都必须像郭靖一样有身世来历。金庸从白茫茫的风雪之夜追索郭靖的身世，接着丘处机极快的踏雪之声在牛家村东边大路上传来，因缘际会，结识郭靖之父郭啸天、杨康之父杨铁心。此时郭靖尚未正式上场，但丘处机和江南七怪竟受奸人拨弄而大打出手，因误会恶斗了一场。丘处机自知鲁莽行事，赔罪认输，但江南七怪仍纠缠不放，为了给自己一个台阶下，他提出了长远的大赌注；一切既是皆因拯救忠义之后而起，便由江南七怪寻找郭氏孤儿下落，悉心教导姓郭的孩子，丘处机则教杨氏孤儿习武。十八年后，当杨铁心和郭啸天的遗腹子长成十八岁，在嘉兴府醉仙楼相会，便让这两个孩子比试武艺。这是金庸笔下武侠人物的其中一种来历。

其次是指武功来历。《碧血剑》中袁承志的武功不会无缘无故地练成，而是一点一滴铺陈起来。借由小说情节开展，读者见识到人物的成长，进而与这个人物建立起交情，才能跟随着他的足迹进入人物的世界。

金庸小说中的这两种武侠来历，来自平江不肖生开始建立起来的惯例。人际系谱把侠组成了"江湖""武林"，也就是众多的奇侠构成一个异类世界。奇侠的异类世界是一个异质空间，它与现实人间系谱平行。人间系谱一面让奇侠世界不再只是一般凡人间的"奇观"，而是有了他们自己的生活、自己的交往；人际系谱另一面也让奇侠世界平行于"平凡世界"，两者关系交动，有了空前巨大的改变。

以前的侠，个个依其绝技存在，像点缀在巨大夜空当中的点点亮星。《江湖奇侠传》后，侠与侠组成的武林、江湖自成一片空间或"反空间"，与夜空同时存在，而且还偶尔透过"虫洞"交错穿越。

连载小说的技艺锤炼

《射雕英雄传》连载的1957—1959年这段时间，持续至《明报》创刊，金庸在香港长城电影公司担任编剧，甚至还参与过一部电影的共同导演。金庸很长一段时间作为电影工作者，他一定熟知许多电影，包括美国好莱坞电影在内，也必然能在相当程度上了如指掌。

因此，我们可以回溯20世纪50年代以来美国电影的变化及发展，稍晚至1962年，美国电视影集《勇士们》(Combat!)也在台湾轰动一时。这部黑白电视影集以二战为题材，以美国陆军为故事背景，其源自20世纪50年代后期重要的两项突破。首先是朝鲜战争。朝鲜战争结束之后，看似战争带来的残酷现实真的要远离美国。《勇士们》筹备拍摄时，距离朝鲜战争结束已将近十年，二战结束也已近二十年。美国社会终于能较为平静地面对战争的真实，或者说可以将战争转变成娱乐素材。

其次是来自好莱坞电影的新技术"特立尼达"(Trinity)，突破黑白影像技术，成功研发出彩色电影。在此环境下，美国人浑然不觉另一场战争如山雨欲来，即将爆发出令人心惊胆跳的越战。因此在这段时间，美国影剧圈盛行以战争为电影题材。战争电影流行一时，再加上发展了彩色影像技术，进而可以借由新科技将战争场面营造出娱乐效果，并且塑造出令人崇拜的战争英雄，尤其是彩色银幕画面的视觉效果震撼力十足，成功吸引观众的目光。譬如，1965年上映的电影《坦克大决战》(Battle of the Bulge)，虽然电影故事并未忠于史实，但的确取材于二战时希特勒所建立的一支快速打击部队。这支德军的重要核心部队侵入北非，德军装甲部队指挥官约阿希姆·派佩尔(Joachim Peiper, 1915—1976)发动突击，急攻盟军，与英国坦克部队对战，后来美国也加入这场战争。

这部电影精彩之处在于以北非沙漠为场景，数十辆坦克一字排开，气势磅礴，营造出一种壮丽的美感。电影特效塑造了沙漠战争场景，事实上不可能动员这么多辆坦克，而是利用电动模型成功打造出拟真的银幕特效。

另一部同样精彩的美国史诗战争片是《最长的一日》(The Longest Day)，电影上映于1962年。电影制片公司眼光独特，挑选二战最后关头的转折点——"诺曼底登陆"（D-Day），这是盟军抢滩法国诺曼底的两面战场。一面战场是抢滩，战况壮烈，导演勠力于还原十几万盟军登陆海滩的真实战况，但这场规模庞大的战役直到史蒂文·斯皮尔伯格（Steven Spielberg）执导的《拯救大兵瑞恩》（Saving Private Ryan，1998），才呈现出战争的残酷与壮烈，枪林弹雨的逼真程度极其骇人，重现战史上"血腥奥马哈海滩"的震撼场面。

另一面战场是伞兵部队作战，空降进入德国的制空领地，此时德国的制空权基本上已经岌岌可危。20世纪60年代初期，《坦克大决战》的磅礴场面震撼了观众目光，还有伞兵部队空降，跳伞在空中一朵一朵开花，呈现庞大的壮阔影像效果。金庸显然看过这部电影，并且留下深刻印象，证据藏在《射雕英雄传》里。金庸把伞兵大作战写进了武侠小说，郭靖回到漠北之后，跟随成吉思汗攻打花剌子模，在围攻撒马尔罕城时靠着黄蓉料事如神的破城计谋，割破帐篷，制成一万顶圆伞。郭靖领军的将士在腰间系上伞，从山峰跃入城中，一支万人伞兵军队攻入撒马尔罕的南城，攻破久攻不下的城池。摸清这段小说叙事的来历之后，坦白说，这段叙事在整部小说当中是最难以吞咽下去的描述。小说场景堪比好莱坞电影制片的规模，甚至比诺曼底登陆真实的伞兵空降更加庞大，超出所有武侠小说的写作规则。

金庸构思这段小说内容时，他用了很多铺陈，将这场伞兵攻城的段落放置在一环扣一环的故事情节中。从"铁枪庙中"这回章节开始铺陈，欧阳锋掳走黄蓉，所有人都以为欧阳锋杀死了黄蓉。大半年时间，关于黄蓉的下落一点消息都没有，因此郭靖才回到漠北，跟随着成吉思汗的军队行军。但在郭靖领军西征前，丐帮的鲁有脚长老与简、梁两位长老竟然来到草原，襄助郭靖西征。

丐帮长老鲁有脚帮助郭靖解决兵书难题的过程中，读者已能在小说的字里行间意识到黄蓉一定藏身在不远之处。接下来，掀起下段故事环节的关键角色出现了，西毒欧阳锋跑到大漠来，闯入郭靖的军帐中，呵斥郭靖交出黄蓉。黄蓉她人究竟在何处？从郭靖与欧阳锋一来一往的对话当中，得知黄蓉在太湖边归云庄逃脱出来，与欧阳锋两人一追一逃。到了蒙古边界，欧阳锋就追失了黄蓉的踪迹。欧阳锋料定黄蓉会来寻郭靖，于是日夜在郭靖军营中窥伺，想要守株待兔，捉拿黄蓉。欧阳锋想要逼郭靖说出黄蓉的藏身之处，提出一个订约：只要郭靖说出黄蓉的藏身之处，他绝不伤黄蓉一毫一发。没想到，郭靖反而另外提出一个非常奇怪的交易，如果欧阳锋愿意答应不伤黄蓉毫发，郭靖以另一项约定作为交换的条件："从今而后，你落在我手中之时，我饶你三次不死。"

这次订约委实奇怪，因为小说发展到此，郭靖的武功还是不如欧阳锋，所以欧阳锋哈哈大笑说道："十日之内，再来相访，且瞧是你饶我，还是我饶你？"正因为欧阳锋觉得荒谬、轻敌，所以一口就答应了。从这段情节又往下扣出另一段情节，熟悉金庸小说笔法的读者都知道，金庸又要安排黄蓉上场表演一番，运用黄蓉的连环巧计，让郭靖能够饶欧阳锋三次不死。第一次黄蓉的计策是在帐中掘了个深坑，"坑上盖以毛毡，毡上放了张轻便木椅。二十名健卒各负沙包，伏在帐外"。如是等到第四天，帐外传来欧阳锋纵声长笑，"踏进帐来，便往椅中坐落"，才一入座，喀喇喇一声响，他就连人带椅跌入七八丈深的坑中。郭靖立即命数十名骑兵纵马过去踩踏沙包，掘出闭气假死的欧阳锋后，郭靖履践前约，饶他一次不死。

接下来第二次，黄蓉又献计，依样画葫芦。冷冽的夜晚，地下冰雪都冻成冰时，"鲁有脚督率士兵，正在地下掘坑"，此时就连憨笨的郭靖都怀疑地问道:"这欧阳锋狡猾得紧,吃了一次亏,第二次又怎再能上钩?"鲁有脚揭露这条计谋运用的正是兵书中所云"虚者实之,实者虚之",正因为他不相信我会用同样方式骗他两次,他铁定会上当!果然,第二次欧阳锋又连人带椅落入陷阱,但是这一次欧阳锋得到的待遇是"水灌陷阱"。几锅水从他头顶上往下浇,在大漠酷寒之时,就把欧阳锋当场灌成一根冰柱。依照前约,郭靖饶他二次不死。

最后一次也很精彩。场景设在花剌子模名城撒马尔罕城边的雪峰。黄蓉相约郭靖在"纵是猿猴也决不能攀援而上"的雪峰绝顶见面。黄蓉想出一个登峰妙计,只要割下山羊的后腿,趁着血热,"按在峰上,顷刻间鲜血成冰,将一条羊腿牢牢的冻在峰壁,比用铁钉钉住还要坚固",羊腿登时变成了一节一节的"羊梯"。登上雪峰顶之后,在"万年寒冰结成一片琉璃世界"中,终于见到了黄蓉。久别重逢的场景之后,情节又一转折,他们假意研究《九阴真经》,引诱欧阳锋又一次上峰。郭靖与黄蓉在雪峰顶上的水晶宫中等候,欧阳锋果真现身偷听他们说话。但到了下峰时,郭靖他们把一条浇下石油的长索挂在羊梯上,一把火烧掉了冰冻的羊腿,将欧阳锋困在峰顶上。本来打算困他十天十夜,才饶他不死,可是等到第四天,欧阳锋竟然就脱困了。

欧阳锋急中生智,脱下裤子,"将两只裤脚都牢牢打了个结,又怕裤子不牢,将衣衫都除下来缚在裤上,双手持定裤腰,咬紧牙关纵身一跃"。欧阳锋"全身赤裸,头顶缚着两个大圆球",原来他用裤子做了一个降落伞,实在神乎其技。情节铺陈至此,欧阳锋给了黄蓉灵感,她终于想到一个攻城妙计,从老毒物的降落伞,联想到伞兵大队这个妙法。拆卸蒙古包之后,缝制降落伞,一万名伞兵登上冰雪绝峰,借着伞势跳进城里,一万名伞兵部队只死了几百人。

跳脱小说情境，就现实层面来看，这实在太荒唐。制作降落伞没那么容易，但读者没人在乎，因为阅读武侠小说时，读者与作者之间存在一个默契。读者会在进入小说的世界时搁置怀疑的念头，认可小说家的设定，相信小说中登场的人物、发生的事件，虽然明知小说未必真实，但仍然同意将作者的设定当作真实事件，读者可以容忍非现实的事物。

但是实质上，金庸把读者交托出来的这份默契扩张到极致，读者完全无法预期武侠小说竟会出现一支万人规模的伞兵部队，却不觉得突兀，仍然越陷越深地读下去，这是金庸的本事。他加入各式各样的现代元素，却仍符合传统武侠小说的铺陈原则。他并不是直接在情节中安插这个设置，因为如此一来，读者就会防备，而是按照武侠小说的叙事传统，套用章回小说的"中国套盒"，大的盒子套着小的盒子，一环扣一环，交代作者设置的小说情节。在欧阳锋三次与黄蓉斗智的小说段落中，读者放下怀疑的念头，信任小说家所建立的规则。

金庸武侠小说的形式是连载小说，而且绝大部分是每日连载。每一天产出多少字篇幅的小说内容，其实对于连载小说家来说，是不小的拘束和压力。简言之，每一次连载时，都必定要安排"事件"，也就是说，为了引诱读者每天有继续读下去的动力，维持读者的阅读兴趣，连载小说在叙事中必须持续描写出悬疑感，读者才会觉得作者没有辜负自己的期待，明天还会继续往下看。

连载小说的叙事面临两个难处。第一个难处在于小说情节不停地发展，一直到突发事件，在写作技巧上作者必须不断构思事件，这很容易就遇到瓶颈。第二个难处，其实更棘手，就是当武侠小说从连载出版成书，很容易让读者感觉到阅读疲劳，因为每隔一两页，小说角色就不断地处在突发事件的情境中。

倘若每篇连载一件新事件，很快就会面临无事可写的窘境，钻进了写作的死胡同,所以写连载小说必须运用各式各样的写作技巧。金庸刚开始写连载小说时,已经会运用纯熟的铺陈手法,他让武侠小说的各个角色"打群架","打群架"是最容易让小说连续好几天都维持在有事件发生的状态中。翻开《书剑恩仇录》,金庸在设计武打的桥段时,不是一对一过招,因为写一对一的武打场面,没办法延续很长一段篇幅,只有让多侠混战,才容易开展绵延不断的情节。

从这一点来看,《射雕英雄传》中郭靖的来历随着江南七侠（江南七怪）的踪迹而开展,是金庸在写作上的刻意构思。从江南七侠在醉仙楼登场的回目,可以感受到群戏的迷人之处,而且江南七侠一出场,单是描写其中一怪,足足可以铺陈三天。接着,安排丘处机与七怪决斗,一口数百斤重的铜酒缸端上来,轮流向七怪敬酒,酒缸在众人间推过来飞过去。光是描写七怪接招,最后铜酒缸飞到街外,老六韩宝驹倏忽接住铜缸这段情节,就可以大写特写写个三五天。

群戏的一大特色是热闹,金庸也擅长写群戏。除了群侠混战,还有另一种悬疑感十足的群戏,例如像《射雕英雄传》里的一段盲戏,几个人以武功过招,挥拳来、飞踢去,周伯通、郭靖、裘千仞及欧阳锋四人混战成一团,写出群戏的趣味。

由于铺陈群戏,读者很容易过目即忘,因为太多角色和事件夹杂在小说情节中,难以让读者留下深刻印象。金庸写完《书剑恩仇录》《碧血剑》之后,在创作《射雕英雄传》的过程中,才在写作上有了重要的突破,他找到一个贯穿小说的一个主题。虽然读者会在连续不断的事件及插曲中,忘记或混淆故事片段,但是对贯穿整部小说的核心主题铭记于心,譬如前文提到"铁枪庙中"开始铺陈欧阳锋、黄蓉斗智的情节,接着在"大军西征""从天而降"两个回目中贯穿这部小说的主题——郭靖和黄蓉之间的爱情。

当郭靖说饶欧阳锋三次不死，这并不是自大之语，而是金庸从黄蓉的角度来写郭靖的思考模式：郭靖为了保护黄蓉，虽然明知欧阳锋是杀了他五位师父的大仇人，而且他一生最坚持忠义之道，但为了保护黄蓉，只要欧阳锋答应不伤害黄容，他可以退让三次，他愿意在师门报仇这件事上付出三倍的代价。这是金庸小说叙事的深刻及动人之处。

金庸从来不写单一的场景，即使当他落笔写好莱坞电影伞兵大战的镜头，也表现出小说家的世故与圆融。他不会任由这个场景单独存在，而是将这一幕小说场景包覆在详细且完整的情节脉络下，让读者丝毫不觉得突兀，而且让读者在一层又一层的"中国套盒"、环环扣连的故事情节中，感受小说家真正的用意。

连载小说的套路和新意

我翻出了在那个时代，曾经比朱羽（1938—2014）的作品还要风光十倍的古龙代表作《绝代双骄》，除了重温那有名的简短文句、古怪对话外，还发现了一个秘密：古龙小说的情节，是靠连绵不断的意外转折来推动的，这里突然出现一个人、那里突然飞来两枚暗器、应该死掉的人却复活了、被点了穴道应该不能动的人却动了……这些无穷无尽的意外转折，其实都是前面引文里讲的"扣子"。在每天连载的结尾，摆上一个出人意表的神秘现象，于是就达成了"欲知后事，请看明天"的效果。换句话说，那些都是吊读者胃口的小把戏，因为必须不断吊读者胃口，结果小说中就不得不有意料之外与奇妙巧合了。

古龙这种笔法和朱羽一样，能迎合报馆卖报纸的业务要求。不过依照众家友人对古龙个性与生活习惯的记录、描述，我一边读《绝代双骄》，一边仿佛看见已经喝得微醺的古大侠。他一看报馆来取稿的时间到了，摊开稿纸随意写写，写到后来时间愈是紧迫，说不定报馆的人都已经伫立门口了，于是匆匆草草编了让一个声音、一个人影、一样武器凭空蹿出，只要故弄玄虚形容那声音那人影那武器，就能填满字数交差了事！

至于那声音那人影那武器究竟是什么，交完稿回头喝酒的古大侠，应该就没兴致再去想了吧！等明天再说。等明天又要交稿时，再来伤脑筋解释。没到下笔那刻，古龙自己也不知道究竟天外飞来的是人是鬼、是刀是箭。这是那个年代连载小说最大的特色，应该也是连载小说最被诟病的地方吧：连作者都不知道小说接下来要写什么，更不知道小说要发展到哪里。

不写武侠小说，但在连载时代跟朱羽、古龙一样红透半边天的高阳（1922—1992），有他自己的方式对付门外等稿子的人。高阳写历史小说，照理讲，故事的前因后果、来龙去脉都已经先被史实给卡紧了，不可能像武侠小说有那么大任想象随意挥洒的空间；历史小说得靠真实的历史人物来承载叙述，也不可能像写武侠小说那样在中间穿插编造那么多神奇意外。没关系，跟古龙一样才气纵横、跟古龙一样任侠好酒的高阳，自有他"跑野马"的绝招来应付连载所需。

高阳式的"跑野马"就是在历史故事主线中挑出一项零星琐事，从这些细枝末节中岔出故事情节，因为他腹有诗书气自华，随手拈来都是连篇累牍的历史小掌故。例如，要写汪精卫南京伪政权前后始末，一个历史名人都还没出场前，高阳光大写特写抗战前后南京的赌场设在哪、玩什么、什么规矩以及如何一夕致富或破产的轶事，就接连而来，令人目不暇接。读高阳小说，我也似乎看到了微醺中的高阳懒得费心编排情节，顺手拈来就写自己记得的、正好读到的掌故材料，从这条牵到那条、由这桩联想及那桩，随心所欲想到哪写到哪。

当高阳疏懒于编排情节时，他完全不理会历史情节进展到哪个段落，他从历史人物的身上勾勒细节，描绘人物行为或者历史场景，随手翻出脑袋里取之不尽的掌故资料，用工笔一丝不苟地描摹人物细节、还原历史场景，从这一条线索牵引到另一条线索的结尾，一桩事件扣住另一桩事件，随心所欲，任凭他以玲珑剔透之心发展故事情节，交稿完毕，继续去畅饮美酒。

这类历史小说虽然有一定的叙事架构，但高阳的春秋笔法独树一帜。虽然《粉墨春秋》以汪精卫政权的终始串联整部小说，但作者在章节中穿插无穷无尽的歧路，小说也就近乎可以无穷无尽地连载下去。换个角度来看，写连载小说的高阳，如同写武侠小说的古龙，他们开笔时都不曾设想自己笔下的小说会是什么样的面目；换言之，作者是在连载的过程中，且战且走，一路与自己的小说搏斗，不能完全掌握小说情节的主控权，这是连载小说的最大特色。每写一天，小说就展现一种新的可能，没到连载结束，作者也不晓得结局是什么。

这种写法违背了小说作为严肃艺术的标准。严肃艺术的小说应该灌注作者一种追求完美的精神，多一字不行减一字不可，谋篇有伏笔有呼应、有比例有策略，而且最好数易其稿、删删增增、左挪右移，才会达到精致典范的程度。连载小说完全反其道而行，大段大段的"跑野马"文字与主文没什么必然的、有机的关系，以至于写到后面忘了前面，自我矛盾冲突是常有的现象，甚至整部小说看起来就是由众多复杂的部分杂混拼凑起来的。难怪有着严肃现代小说品味的读者，会那么不满意于朱羽、古龙乃至高阳了！不过说老实话，连载小说与现代文学品位标准间的龃龉，并非起自朱羽、古龙，而有更远的渊源。

连载是项奇特的制度，连载打破小说独立自主的时间意识。小说时间与现实生活时间平行流淌着，而且不断地互相指涉。现实生活无穷无尽、日复一日地走下去，于是小说似乎也就会同样无穷无尽、日复一日地连载下去。连载小说因而没有了具体的头中尾的分配，不只是结构松散的问题，而且是永远隐伏着一个呼之欲出的"然后呢"。

有头有尾有中腰的文学作品，讲究的是选择好一段具特殊意义的时间，把它从长流中切截开来，封闭成一个完整、有机的单位。这样的文学美学，讲究小说应该有个"绝对"的开头、"绝对"的结尾。小说内在要展现出一种意义、一种姿态，"行于所当行，止于所当止"，就是在这里，小说完结了。多说一句都是累赘，都会破坏作品的完整性。连载小说不吃这一套，或者说连载条件使得这种小说不可能如此讲究。同样都叫"小说"，边写边登的连载小说其实是独树一格的文体，具备专属的风格，因而也就刺激诞生了不一样的写作与阅读经验。

我们看到连载小说的种种毛病，其实是因为透过有头有尾有中腰的美学，而不是连载小说自身的逻辑来进行评断的。连载小说有自己的逻辑、自己的美学吗？我认为有。连载小说能提供别的小说不能提供的乐趣，就在于其丰富的内在多元性以及层出不穷的意外转折。说白一点，连载小说之可贵，就在那些"跑野马"的内容，就在那些为了吸引读者读下去而刻意穿插的花招。内在多元性与意外转折，除了考虑"勾住"读者的因素，还受到作者写作过程的强烈影响。

连载作者几乎无可避免，都会把在漫长写作年月中的所遇所感所读所思带进作品里。连载每天要交稿、每天要找题材写下去，当然逼着作者东抓西捕，拉进什么是什么。连载小说跟随着作者呼吸、跟随着作者生活、跟随着作者成长或老化。好的连载小说，就是作者能够善用这些生活变化，顺带将小说写得多彩多姿，绝无冷场。

大家都说金庸小说好看，很多人读到金庸小说里有当时现实政治的影子，这两件事其实二而一、一而二。为什么金庸小说比别的武侠小说好看？因为别的作者用固定方式炮制武侠故事，金庸却边写武侠小说边办报写政论，报业兴衰荣枯、政治是非得失，全在他眼中、全在他心上，也就全到了他的笔下。所以他的武侠小说随日子而变、随政治经济的情势而走，就不会落套、不会无聊重复了。

难以跻身文学行列的连载小说

连载小说的此种特色，违背小说严肃的创作原则以及文学的标准。写作是一门艺术，创作者必须在创作时贯注完美的精神，文体精致，叙事结构裁剪合度，一字一笔皆须精心润饰，在字里行间预设伏笔、头尾呼应。连载小说这种文类在创作精神上，与严肃意义的小说艺术完全背道而驰。

无怪乎1975年9月出刊的《书评书目》中的一篇文章，会以"文学之死"攻讦武侠小说。"文学之死"意味着武侠小说不登大雅之堂，评论的人是用现代小说的品位批评它。但是连载小说真的不能与现代小说混为一谈，两者无法相提并论。

连载小说在中国报业的发展中，逐渐形成一种文类，自有其来历。这个来历不容小觑，因为无论是香港或台湾连载小说的起源，都不得不追索到晚清小说。

晚清时代，小说曾经如雨后春笋般冒出来，夹杂着文言和白话。其中最负盛名及影响最巨者是社会写实的黑幕小说。但晚清小说除了官场小说与黑幕小说，还有寓言、科幻小说，甚至是改写古典小说，譬如让林黛玉和贾宝玉结伴遨游太空，晚清小说的想象力异常惊人。

回顾晚清小说，王德威教授的文学评论令人钦佩，他极有耐心逐本阅读现存的晚清小说，应该是全世界阅读最多晚清小说的人，所以他的论断理应令人信服。据王德威教授研究，晚清小说最大特色在于不论书写的语言形式及内容如何，绝大多数晚清小说都有一个共同点，它们都没有结尾。

大多数晚清小说都没有完结，譬如晚清四大谴责小说之一《老残游记》，它的结局究竟为何？这是个谜，因为刘鹗没有写完小说；曾朴《孽海花》写到"欲知来者是何人，为何事，且听下文"就再也没有继续往下写，同样没有结尾。四部小说当中，有两部没写完，唯有李伯元《官场现形记》、吴趼人《二十年目睹之怪现状》各自写成之日就是全书告终之时，勉强算是有个收场。

1918年，胡适曾在《建设的文学革命论》这篇文章中，直言不讳地评断："我以为现在国内新起的一班'文人'，受病最深的所在，只在没有高明的文学方法。我且举小说一门为例。现在的小说（单指中国人自己著的），看来看去，只有两派。一派最下流的，是那些学《聊斋志异》的札记小说。篇篇都是'某生，某处人，生有异禀，下笔千言……一日于某地遇一女郎……好事多磨……遂为情死'；或是'某地，某生，游某地，眷某妓，情好綦笃，遂订白头之约……而大妇妒甚，不能相容，女抑郁以死……生抚尸一恸几绝'……此类文字，只可抹桌子，固不值一驳。还有那第二派是那些学《儒林外史》或是学《官场现形记》的白话小说。上等的如《广陵潮》，下等的如《九尾龟》。这一派小说，只学了《儒林外史》的坏处，却不曾学得他的好处。《儒林外史》的坏处在于体裁结构太不紧严，全篇是杂凑起来的。例如娄府一群人，自成一段；杜府两公子自成一段；马二先生又成一段；虞博士又成一段；萧云仙、郭孝子又各自成一段。分出来，可成无数札记小说；接下去，可长至无穷无极。《官场现形记》便是这样。如今的章回小说，大都犯这个没有结构、没有布局的懒病。

却不知道《儒林外史》所以能有文学价值者，全靠一副写人物的画工本领。我十年不曾读这书了，但是我闭了眼睛，还觉得书中的人物，如严贡生，如马二先生，如杜少卿，如权勿用……个个都是活的人物。正如读《水浒》的人，过了二三十年，还不会忘记鲁智深、李逵、武松、石秀……一班人。请问列位读过《广陵潮》和《九尾龟》的人，过了两三个月，心目中除了一个'文武全才'的章秋谷之外，还记得几个活灵活现的书中人物？所以我说，现在的'新小说'，全是不懂得文学方法的：既不知布局，又不知结构，又不知描写人物，只做成了许多又长又臭的文字；只配与报纸的第二张充篇幅，却不配在新文学上占一个位置。"

　　胡适从新文学的理念评论晚清小说是报屁股文章，只配给报纸的第二页充篇幅，不配在新文学占据一个位置。王德威则针对晚清小说做过最全面的学术研究，依照他的说法："晚清小说就算以中国的标准视之，它的文类仍大有问题，因为情节无漫无序，数据唯是堆积，主题无聊炫耀，角色光怪陆离，组成了一种非常庞杂的叙述类型，或者是变成一种反叙事类型，意味着很难叙说故事，因为杂堆了太多的东西，反而威胁作品的统一性和读者对小说结构的感知。晚清作家太急于说故事，反而没有时间好好发展一个角色或是一幕场景。在叙述当中，他们会转向不相干的事情，他们会彼此剽窃或者是重复。等而下之的，他们连作品到底完成没有，都不放在心上了。"

　　王德威从小说本身去做评断，仔细深究，他观察角度是从晚清小说的成书来看，但这些晚清小说固有的毛病及特性，其实来自当时盛行的连载风气，正因为这些小说是每一日、每三天或每一周，逐日逐期连载。胡适的评论没错，晚清小说的确是在报纸第二张上面充篇幅的。作者逐日逐期写作，报纸杂志提供的稿费又非常优渥，作者当然就会想办法多赚稿费，特意把小说篇幅写得长一点，最好一直连载不完，就无须去面对连载上档下档的酬劳风险。这种情况有点像连续剧，只要收视率愈高，连续剧的集数就拍摄得愈长，后来就演变成歹戏拖棚，叙事结构与节奏愈来愈慢，故事横生枝节。

晚清连载小说之所以有这种面目，完全来自它们担负晚清报业成长的功能。虽然胡适极为轻蔑晚清小说，认为它们只配给报纸第二张充作篇幅，但很不幸，报纸第二张的内容对于报业成长以及报社的生存影响甚巨。这是因为晚清时人们对社会各种光怪陆离的事情已经产生强烈的好奇心，但是报业记者在采访报道这一门功夫上还没有成熟到位的能力，所以为了满足社会大众的好奇心、引诱大众掏钱买报纸，就必须靠报纸第二张的连载小说。连载小说承载了报社业绩的兴衰。

这种形式的报业经营环境，不仅限于晚清时代，其实这个状态一直延续到金庸的《明报》。金庸刚开始创办《明报》时，报社内外没有记者，在缺乏记者的情况下，报社老板该如何吸引读者翻阅你的报纸？金庸扣准读者对于光怪陆离的故事充满好奇心，读者饥渴地想阅读离奇故事。一般记者没有这种写作能力，也没有办法报道洒狗血的新闻内容，只有绞尽脑汁去编写扣人心弦的故事。由于故事内容是逐期、一天一期编写下去的，所以连载小说这种类型的叙事结构势必不可能层次井然。连载小说的写作目标是维持读者的阅读动力，每一期都保持小说的悬念，让读者每读完一篇连载，仍然预期下一篇会有新的悬念，引诱读者每天阅报。

为了满足读者的阅读需求，也就造成连载小说没有结尾的形式，追根究底，连载小说的作者通常不是从创作意念上去控制故事情节，只要小说情节能够继续发展下去，作者就继续写个不停。那么，连载小说何时结尾？通常等到读者读腻了，报馆主事者为了防止读者对连载内容厌烦，于是下令结束连载。但连载小说最普遍的腰斩方法，主要是报馆倒闭。绝大部分晚清小说经常把报纸或杂志给写死了，写着写着报纸、杂志就已经不存在了，作者只好搁笔不写。然而，这间报社消失了，还有另一家报纸或杂志不断冒出头来，作者只要到新开张的报社或杂志社另起炉灶，就能继续赚稿费。

由于上述现实因素，晚清小说老是写不完，不仅是因为写作者心里不存在作品整全性的概念，社会氛围也不催促连载小说作者一定要完成作品。

连载小说虽自有其来历，但这并非中国晚清报业或晚清小说所发明的文类。这种写得又臭又长，总是有头没尾的创作，有更遥远的渊源，这意味着晚清报刊、晚清小说是抄袭、模仿而来的。连载小说是从19世纪的欧洲漂洋过海而来，尤其是法国、英国那一大堆轰动社会的大众小说。

这些大众小说一部比一部冗长。譬如大仲马名著《基督山恩仇记》，绝大部分的人一定没有真正读完完整版的《基督山恩仇记》，书市上流通的都是各个版本的节译本，如果要完整翻译全本中文版《基督山恩仇记》，会是四至五册合集本。

大仲马写《基督山恩仇记》的创作灵感是怎么来的？他撷取了发生于1807年8月28日的社会真实案件。这部小说在巴黎《辩论报》（*Journal des débats*）上一刊登，立即轰动一时。大众都爱读这个煽情故事，读者为了抢先阅读故事情节，甚至不惜一大早就去抢购刚印刷好的报纸。到了后来，还有人直接跑到印刷厂，贿赂印刷工人，只为了看明天报纸的连载小说。

《基督山恩仇记》的故事原型，来自巴黎警方档案保管人雅克·皮伽特（Jacques Peuchet）的回忆录。他提到一桩真实的怪案，发生在拿破仑时代，巴黎一家咖啡馆老板卢比昂与三个邻居对隔壁刚订婚的鞋匠皮埃尔·皮卡尔开了恶意的玩笑。这四个人诬告皮卡尔是英国间谍，皮卡尔惨遭冤枉，被捕入狱。他在狱中待了七年，偶然间在狱中结识一名意大利人，两人成为好友。这名意大利人临终前留下了遗嘱，将巨额遗产都赠予皮卡尔。七年之后，皮卡尔出狱，恢复自由之身，继承遗产之后，他变得十分富裕。然而他遭到一个更大的打击，在他入狱期间，未婚妻竟嫁给诬陷他的卢比昂，于是他誓愿要复仇。他乔装化名到卢比昂的咖啡馆里工作，处心积虑地要借机复仇。他先杀死同谋邻居当中的两人，耐心再等待十年后，决心要让卢比昂家破人亡。但当他正要手刃卢比昂时，却当场被幸存的第三个邻居杀死了。这是真实的社会案件情节。

在这件奇情社会档案中，大仲马加以增饰，写成一部超过百万字的小说。除了基督山伯爵的复仇计划，大仲马虚构许多复杂的复仇情节。由于节译本盛行，大部分中文读者其实并未读到《基督山恩仇记》中最精彩绝伦的情节，而且长期以来评论者断定大仲马的全本小说不值得阅读，情节太琐碎，跑了太多野马。

逝去的连载时代

金庸创作武侠小说的背景，离不开香港报业发展的历史，他每一部武侠小说都诞生自连载小说。今天的读者没有机会感受连载小说的魅力，连载小说已成为可堪怀念的历史现象。

我是个读连载小说长大的人，开始写作时又刚好赶上连载制度在台湾消逝前最后的尾声。《大爱》这部小说，就是从1989年起在《自立晚报·本土副刊》连载的。那是我第一次尝试写长篇小说，写的是一个时空交织错乱的故事。我在美国读史学博士班研究课程的第二年，同时密切观察着岛内风起云涌的社会运动。那种生活，也是时空交织错乱的。当时是台湾报纸连载最典型的时代，也几乎是台湾报业连载时代最后的终结点。1991年，我把第一部长篇小说《大爱》写完，台湾报业差不多走完了连载年代。

翻读旧杂志《书评书目》上的文章《文学之死》，该文批评道："朱羽的崛起，正好说明了各报副刊的堕落。朱羽的小说取材于民初的江湖人物，恩怨加上仇杀，完全是武侠小说的翻版，了无新思，更谈不上境界，但他能投编者（或者说是报馆老板）所好，在每日刊出字数的末了，一定制造一个'扣子'，引诱你明天再看……他的小说……一篇接一篇地在《中国时报》《联合报》《中华日报》和《大华晚报》连载，而真正作家的文学作品，却乏人问津！"

曾经担任过《联合报》副刊主编的平鑫涛（1927—2019），在回忆录《逆流而上》中说，他刚接编副刊时，对连载的武侠小说非常不喜欢，一直想把它停掉，可是却遭到业务部门的强烈反对，认为不登载武侠小说会影响销量。平鑫涛后来还是不动声色地腰斩了武侠小说的连载。等下一回开会，业务部门报告最近业务如何蒸蒸日上，他突然发言表示："这证明了停刊武侠小说对报纸销售没有负面影响。"业务经理当场目瞪口呆，因为他甚至没留意武侠小说已经不在版面上了！

连载时代的文字仍能"扣住"读者，让读者日日追读连载小说。从台湾报业史的角度来看，在已逝去的连载时代，每家报纸都有副刊，每份副刊上面天经地义一定会有武侠小说的连载；在香港，金庸靠着每天在自家报纸上写武侠小说，创造了"《明报》传奇"的时代。那是个文学中人对连载小说又爱又恨的时代。

滋养金庸武侠小说的土壤

细数连载小说的来历，从19世纪起连载小说的发展就一直与报业紧密相连，由欧洲传播到清末时的（内地）大陆，一路在中国报业界开枝散叶，再延续到港台地区。

阅读连载小说时，你不会去预测它何时结束，它本来就有自然的步调，每过一天，连载小说理所当然就会有一段新的故事。只要日子继续过下去，连载小说也就会继续发展剧情。因此，连载小说没有具体的头中尾的布局，它不只结构松散，而且必须永远都隐伏着呼之欲出的叙事。

好的连载小说与不好的连载小说中间，有一个评断标准。简而言之，连载小说之所以可贵，是因为它是一天接着一天写下去，作者写作的范围广阔，又能跑这么多野马，置入如此多的丰富内容。连载小说作者讲究两种本事。第一，扣住读者心弦的笔法，让读者看了前面一段内容，必须急切想知道下一段故事情节，作者必须有每天制造悬念的能力。第二，连载一结束，如果想让连载小说具有特殊意义，成为日后出版的作品，这部连载小说就必须符合另外一项标准，也就是作者是否能不断翻新故事，保持阅读时的刺激感，而不是一味重复相似的情节。

无可避免的是，连载小说作者经常将现实生活中的脉动写进故事里。连载小说作者必须每天交稿，不像一般作家动笔写一本书，可以今天写两万字，明天写三百字，自由控制书写的步调和方式。连载小说的作者是被连载的节奏所控制，每天都必须写一篇故事，不停地挖掘写作素材。作者被逼着写作，写出来的故事一定与作者的生活有关，他必须把生活中的变化带进小说里，才能让小说包罗万象、生动逼真且绝无冷场。

金庸武侠小说之所以好看，是因为他的生活比当时绝大部分写武侠小说的人来得丰富。他办报必须面对烦琐事务，同时他必须洞悉时局，才能写出精彩的时评，就连天分极高的古龙在这点上都不可能与金庸相提并论。这意味着一位作家在写武侠小说的过程中，他的生命经历过多少滋养，经常就决定他如何书写武侠小说。这情形与有意识写一部文学性小说是截然不同的,当然这是受到连载小说的结构及性质所影响。

再举古龙的例子。古龙小说内在或其基础根本就是文青特质,只要每次重看,就能指出哪些段落埋伏了007电影以及小说,或是海明威的,或是塞林格的。为什么?这跟古龙小说读起来好看是有密切关系的,因为古龙可以消化他在当下看到、读到的电影和小说。古龙所处的时代,美国大众文化传播至台湾,古龙接触到之后能进一步将它转化成小说素材,然后写进武侠小说里。无论是卧龙生或东方玉都没有这种本事,相较于古龙,他们的生活当中缺乏现代文化的滋养,或者纯粹是毫无本事把当下的文化滋养转化到小说里,他们过着没有个性的生活,所以他们所写的武侠小说缺乏个性。这也是梁羽生虽然同时是新武侠小说的起步者,后来的成就却远不及金庸的缘故。

1955年,金庸开始写武侠小说,紧接着香港时局发生变化,报业间互相倾轧和竞争。他在写作初期,又进入电影界写剧本,其间浸染于拍摄电影、编剧等新事物,他与女明星之间的接触,又让他经历了掺杂虚华与真情的复杂情境。直到他创办报纸,继续编译外电,分析国际局势,最关键的就是牵涉美国及苏联在冷战过程中的对峙,同时涉及国共之争。香港这个小岛夹在中间,如何在纷乱局势中生存下去,这些都是金庸每天面对的事情,所有这一切都成为滋养他武侠小说的土壤。

另外一部分不容忽略的背景是金庸的历史阅读经验,这让他跟同代小说家乃至前后崛起的大批武侠小说家大相径庭。他从小就储存、累积了历史典籍中的知识,这与他海宁查家的出身背景有关。作为世家后代,他耳濡目染了中国传统文化,在历史典籍中引发他对历史知识的兴趣。

金庸是在误打误撞的情况下被报馆交付连载任务,在1955

年开笔写第一部武侠小说。他的两部早期作品《书剑恩仇录》与《碧血剑》经常被忽略，主要是因为后来金庸写了《射雕英雄传》，其后又有《神雕侠侣》和《倚天屠龙记》，形成了一个非常巨大的三部曲，而且这三部曲写出了完全不一样的金庸风格。

在这三部曲当中，他以非常鲜明的人物个性，作为武侠小说情节推动的主力，写出了完全不同的武侠小说，开拓了很多新读者。所以相较之下，《书剑恩仇录》和《碧血剑》似乎没有那么特别，可是我们实在不应该轻视。比如说在第一部作品《书剑恩仇录》当中，他就大胆地做了一个尝试，在武侠小说的传统架构下放入非常鲜明的历史元素。

武侠小说的"终结"

华语小说家张大春，在接受采访的时候曾经讲过金庸终结武侠小说的问题。我也写过一篇文章《系谱的破坏与重建——论古龙的武林与江湖》，在这文章里会有比较准确而且完整的张大春的意见。

这篇文章原来是写古龙的，不过讲到武侠小说一个非常重要的背景和基础，那就是武侠建立在武林上，而武林是非常庞杂的一套江湖系谱。

面对庞大的江湖系谱，金庸和古龙的策略大不相同。金庸的策略是将历史人物写入江湖系谱中，让历史世界与武侠世界产生直接的联系，由历史来扩大系谱。

张大春说：金庸"……向《水浒传》里讨来一位赛仁贵郭盛，向《岳传》里讨来一位杨再兴，权充郭靖、杨康的先人"。我不知道多少听众、多少读者知道郭盛和杨再兴这两个人原来是有来历的。

我们继续读下去，大春说："至于《书剑恩仇录》里的乾隆、兆惠，《碧血剑》里的袁崇焕，《射雕英雄传》里的铁木真父子和丘处机，《倚天屠龙记》里的张三丰，《天龙八部》里的鸠摩智……以迄于《鹿鼎记》中的康熙，等等，无一不是扩大这系谱领域的棋子。"因为这些都是历史人物。

接下来对照古龙。古龙却是大开大阖，索性抛开了那套传统江湖系谱，来写作他主要的武侠杰作。

古龙的武侠小说是以性格突出到近乎畸形却又让人不得不爱的人物角色为中心的。读古龙小说，读者记得的"坐标"显然是楚留香、李寻欢、萧十一郎、江小鱼、傅红雪等这些侠客。

可是让我们考验自己的记忆，试问一下：这几部小说的情节是以何门何派的恩怨情仇为主题的？如此一问一寻索，我们只能得到一个结论：古龙的武侠小说，是不怎么理会原来那些江湖武林系谱的；古龙武侠小说当中，侠的个人与个性明显超越了江湖。

古龙小说里当然还是有门派、有帮派，可是那些门派、帮派，往往都是原本大系谱中的边缘角色，或者干脆是古龙自己编排、发明的。像"天星帮"，这是属于系谱边缘而面目模糊的帮派。还有比较特别、比较有趣的是"伊贺忍术"，一看就知道，这是从日本剑道小说里借来的，在过去其他人所写的武侠小说里是没看到过的。还有《绝代双骄》中占据中心位置的叫做"移花宫"，这是不折不扣古龙自己的发明。

换句话说，古龙的门派、帮派，都是传统武侠小说的读者不会有清楚印象、不会有固定概念的。熟读以前的武侠小说，无助于我们理解天星帮、伊贺忍术或移花宫。古龙将他的武侠事件从原来的大舞台移走了，让它们在别人不那么熟悉不那么习惯的另类舞台上扮演。

古龙的新派武侠之新，很多评论者集中注意他独特的文字风格。不过除了文字风格，古龙之新还有一部分在于他拆解江湖系谱的做法。

自觉或不自觉地，古龙跳脱了前面所说的"大互文结构"。大互文结构意味着那个时代所产生的不同作者所写的武侠小说作品，因为都在同样一个江湖武林的系谱上，都是那些帮派，都是那些武功，都是那几种武器，所以它就构成了一个互文结构。可是古龙却离开了平江不肖生开创出来的江湖系谱，自己去想象一个江湖，或者说如果用那样的标准对照来看，那是一个"非江湖"。

为什么说是"非江湖"？因为原本江湖的浮现是根基于群侠之上的，群侠彼此间的人际关系才构成了江湖。可是到了古龙笔下，总是单一角色盖过了群侠，武侠小说原本的"群性"被古龙以个性化的个人英雄主义取代了，于是群侠的关系不再重要，江湖也就不再重要了。

古龙武侠小说的"个性"相对于其他武侠小说的"群性"，在《绝代双骄》里表现得最彻底。这部小说的情节原本明白指向双主角，从小失散的双胞胎兄弟，一个是江小鱼，一个是花无缺。可是古龙一写，写活了那个古灵精怪、恶作剧不断，却又心地善良、近乎软弱的江小鱼。所以在"小鱼儿"的对照映衬之下，连花无缺都只能黯淡退位，变成了配角。

同样的，例如你去看《小李飞刀》，只要李寻欢一出来，其他人你都不会想要看，你干吗还要看其他人呢？一个人的个性或他那种完全的形象，整个操控了、笼罩了古龙的任何一部小说。所以，这本书虽然叫《绝代双骄》，可是读者读到的毋宁比较接近于《江小鱼及其兄弟的故事》。

从这里，我们就探测到古龙新派小说真正的秘诀。不是没有别人试着写过不在江湖系谱里的武侠故事，然而这种尝试往往都得不到读者的青睐。因为读者已经先预期了要在武侠类型小说里读到"类型"，也就是读到他们熟悉的东西，江湖系谱正是他们赖以辨识武侠小说这个文类的基本元素。找不到这个系谱，或发现系谱被改得面目全非，读者不会去欣赏作品的创意、突破，而是忿忿然评断："这不是武侠小说！"因此掉头而去。

古龙的成就就在于拆掉了别人熟悉的江湖，可是他了不起，他能够补以鲜活清楚的侠以及侠情，让习于江湖系谱的人转而在侠与侠情中得到满足与慰藉。古龙在武侠小说历史上最重要的地位，应该就是作为一个敢于拆解江湖系谱而且还能够吸引读者阅读眼光的杰出作者。

不过换个角度来看，或许我们就从这里看出晚近武侠小说快速没落的一点端倪。我们别忘了，遭到古龙挑战、破坏的这一套江湖系谱原本正是众多武侠小说彼此联系的根本。借着江湖系谱，这本可以通到那本，这位作者连到那位作者，读一本就为读下一本练了功、打了底；武侠小说全部互文来互文去，逃不开江湖关系，读者自然能在江湖系谱的反复熟悉中得到基本的阅读快乐。

如果没有了系谱，没有了互文，那么每一本武侠小说就只好孤零零地存在，靠自己的力量去寻找读者，去争取读者，去吸引读者。读者阅读武侠小说就不再是批发式类型的经验，转而变成零售式的精挑细选。

类型小说失去了类型的基础，就会变得要靠个别作者的个别本事来面对读者。金庸有那么大的才气，古龙有那么多的奇想，他们的作品可以独立存在，独立吸引读者。那其他作者作品呢？破坏掉了江湖系谱，也就等于拆掉了其他作者小说的主舞台，使得他们笔下那些精彩不足的人物和情节显得如此单调贫乏。

这并不是要把武侠小说没落的责任归咎于金庸和古龙这两位杰出的作者，而是要点出平江不肖生以降的那一套江湖系谱在武侠小说的创作以及阅读上曾经发挥过多大的作用。这套江湖系谱固然限制了武侠创作者的想象自由，使得大批武侠小说都面目相似，让部分作者得以快速复制大量的作品，不过这一套江湖系谱也保证了读者的基本兴趣以及最低满足标准。

我想要更进一步地跟大家解释武侠小说为什么没落。其中一个核心的原因，武侠小说界原来是没有明星的。

大家在这个舞台上混日子，就像今天我们都在网络小说平台上写作，大家都可以写，而且很多读者也都分不清楚到底谁是谁，谁写了什么作品，就这里一段那里一段挑选我们要看的。大家都在这里混，这没问题。

可是武侠小说界后来偏偏就出现了两个明星，这两个明星写的东西，别人没法复制、没法抄袭，甚至没法学习。

其中一个用历史扩大了武侠系谱，基本上把这个系谱搞到这种程度：你没有好好学历史，你就没有办法写武侠小说。在金庸成就的笼罩下，你就不可能再东抓一个西抓一个历史人物，然后把它放进武侠小说里，或者是随便给武侠小说一个历史时代的背景，爱怎么写就怎么写，你已经不可能了。

对武侠小说界来说，还有另外一个更糟的存在，那就是古龙：干脆把整个系谱都破坏掉了，他去写他自己的江湖和武林。他写他自己的武器库，他连别人平常在武侠小说里惯用的武器——因为惯用，所以剑就是剑，刀就是刀，判官笔就是判官笔，枪就是枪，就这么几种武器，三言两语，我一讲，读者就能够想象，因此我的武功打斗就能够写得下去——都不要，他要一个一个地去设计稀奇古怪的武器。

这是在炫耀，这也是表现他的奇想，然而这就等于是在拆其他武侠小说的台子。这个台子被古龙这样拆得差不多了，剩下的就是架子，这种架子也撑不了太多的人。

本来在这种江湖系谱下，大家写的可以让读者获得最低的阅读满足。以前的人读武侠小说，哪里会打算要从武侠小说里得到什么了不起的阅读经验、阅读收获，也不过就是读到我所熟悉的江湖武林。这是最低的满足，也是最低的要求。

正因为武侠小说在阅读上诉诸这种低度要求，而不是高度要求，所以江湖更重要。只要有江湖在那里，你随便怎么混。你的读者也没有要求你要写得很精彩，你混一混，他熟悉了，的确，这就叫武侠小说。那个时代在租书店里，一天五毛钱三本，他也就甘愿付了。可是到了金庸、古龙，用这种方法把人家的台子都拆了，那要再写武侠小说就麻烦了，这是武侠小说没落的其中一个原因。

还有另外一个相关的原因，也就是大家都混于这种江湖武侠界，只有低度阅读满足的写法，写到了一定的程度，他就到了瓶颈。这个瓶颈是双重的。怎么来了解这个瓶颈呢？台湾作家唐诺有一篇文章《画百美图的侠客金蒲孤》收录在《尽头》一书里。这篇文章不完全是为了武侠小说而讲的，但是唐诺读了这么多的武侠小说，另外他记忆力超好，小时候看的一大堆武侠小说他通通记得，因此他才能写出这样我写不出来的文章。

他说金蒲孤是谁呢？"金蒲孤是一名一登场就已声震全武林、完成品式的青年侠客，这意思是，作者司马紫烟（1936—1991）并不交代他的成长岁月，没儿时被哪个无名老人带走，或身负血海深仇掉落悬崖而在某山洞找到绝世秘笈之类的。"

我刚才讲的那些东西，在金庸小说里都出现过：被无名老人带走，至少是在无名的小岛上认一个老人做义父而长大，这是《倚天屠龙记》里的张无忌；身负血海深仇，在山洞里找到绝世秘籍，这是《碧血剑》里的袁承志。

唐诺继续说："这种必要奇遇的从略往往是武侠小说书写成熟期甚至进入晚期的征象……"所以他明白地告诉我们，司马紫烟所写的这部武侠小说(《冷剑烈女》),在武侠小说发展过程中是相对比较晚的作品。这样的一种征兆,隐隐显露出武侠小说的书写到达了极限。

相对而言,我们发现金庸也是这样写《鹿鼎记》的。韦小宝是一个有很多奇遇的人,可是韦小宝的奇遇是:一来,他没有因为这些奇遇而改变;二来,他没有因为这样而得到武功。

韦小宝最重要的本事是他怎么说谎,他如何诈骗,他如何演。但是这些在小说中,他从一上场就已经有了。在这个意义上,司马紫烟所写的金蒲孤很韦小宝,基本上是同样的角色。一登场,他身上的武功已经齐备了。

接下来,我们再看唐诺说什么。他说:"一旦书写者感觉用尽了它,读者也厌烦它拆穿了它,这部分便可以大家你知我知一句话带过了,同时也封闭起来不再开发新寻宝路径了。"意思是说不要再写了,写了每个人都知道,就是这一套。那算了,我们就干脆让他在上场的时候已经是这样了。当读者都知道也都预期武侠小说会这样写,以至于到一定的程度,武侠小说作者自己都不好意思这样写了。

我们再来继续看金蒲孤。"金蒲孤使用的不是有气质的三尺青锋之剑,而是一副特殊的强弓和神箭,奇怪武器的使用,也是武侠小说书写另一个成熟期的征象。"这不就跟古龙发明自己的武器,不要用别人原来的武器,很类似吗?

"这副弓箭之名和他姓名同音,相互呼唤,是为金仆姑,这倒是大有来历的,直接出自《左传》:庄公十一年,公以金仆姑射南宫长万。"这是春秋时代的。

"很显然,宝物神兵有灵,可抗拒悠悠时间的浸蚀分解力量,还仿佛有自主意识,最终像找到自己真正主人也似的抵达金蒲孤手中——我们倒无法说准金蒲孤是哪时代的人,武侠世界同时是时间的迷途之乡。"

金仆姑这个武器在《左传》里出现,是非常有趣的一段故事。如果大家有兴趣,可以看看庄公十一年南宫长万的故事。

我们继续再读唐诺。"金蒲孤辉煌人生的最大对手是老人刘素客,这是一个自己完全不会武功却对全天下各大门派武学无所不知、将黑白两道所有人玩于指掌之上的大阴谋家……"前半句的描述形容,让我们想起了《天龙八部》里的王语嫣,不过当然王语嫣不是这样的大阴谋家。

再往下看,"他收有三名义女,分别以日、月、星为名,当然都非美若天仙不可,故事最后也必定奉武林大义和爱情之名背叛他"。在这里唐诺没有直接写出,但是只要你阅读的范围稍微广一点,你就知道三个女儿背叛他,这不就是莎士比亚《李尔王》的故事吗?至少背后有《李尔王》的影子在那里。

接着,"事情便发生在金蒲孤和这三名女子的一场比试,其中一个题目是绘制百仙图和百美图,抽中百仙图的刘日英,工匠技艺精湛无匹地不到半时辰便天上人间地以针绣完成",可是要画百美图这一边的金蒲孤,信手画了几笔而已。

"刘日英将信将疑地走到案前,刘星英也好奇凑过去,她们都不相信金蒲孤在三笔两划之下,会完成一幅百美图!"大家可以想象吗?你知道这百美图怎么画吗?三笔两划,怎么画呢?

金蒲孤的书纸因为是反的,所以刘日英伸手把它翻转过来,看到了什么?"……白纸上只画了一个半圆形,圆弧上画了几笔像乱草一般的墨迹,半圆中间则是一个大叉。"搞什么?这是什么?

她们看了半晌。

刘日英才道:"金公子这是……"

金蒲孤一笑道:"这是一幅写意百美图,严格说起来,不过是土一堆草一堆,交叉白骨红颜泪……"

刘日英呆呆的不作声。

金蒲孤又笑道:"千古美人今安在?黄土白骨青草中,我这一幅百美图足以为千千万万绝色佳人写照……"

是了,所有的美女,所有的佳人,死了之后通通都变成土一堆、草一堆,这就是他的意思,所以他就画完了。

唐诺就特别解释,他说:"大致上止于1971年,武侠小说是早期台湾惟一本土自制成功的类型小说……"这个时候,是武侠小说的辉煌时期;当然,差不多同时,也就是金庸写《鹿鼎记》的时候,武侠小说其实也开始没落了。不只是台湾,还包括香港,"总产量其实还不小,彼此也就存在着追逐竞争,尽管基本上仍套公式写,但总会因此冒出些较特别的东西"。

什么叫做特别的东西呢?他随手举了一些例子,他说:"金仆姑挖掘自《左传》不起眼的一角,这对彼时多少有国学底子的武侠小说作家倒不算奇怪,更有趣的是欧美新东西新事物的偷偷渗入,像柳残阳写《金雕龙纹》就是大仲马《基督山恩仇记》的改写……"《基督山恩仇记》真的很好用,现在也就知道为什么金庸对在《连城诀》里用了《基督山恩仇记》这事特别要撇清,因为别人也在用。

所以柳残阳(1948—2014)的《金雕龙纹》里面,"书里父亲被逼死、美丽妻子失贞改嫁、飘流到无人岛上找到复仇宝物的浪子楚云当然是基督山伯爵爱德蒙·邓蒂斯"。

另外,古龙自己都承认他的"楚留香系列"来自英国小说家伊恩·弗莱明(Ian Fleming, 1908—1964),他最有名的就是创造了007情报员詹姆斯·邦德(James Bond)。原来楚留香是从詹姆斯·邦德来的。

唐诺接着说:"更厉害的是独孤红的《武林正气歌》,书中赫然有个复姓西门的'斑衣吹笛人'角色,改都不改一下,多年以后，我才知道这原来是个欧洲人外国人，真的就是西方民间传说故事里那个以催眠魅惑笛音拐走全村小孩的家伙。"这些通通都写进武侠小说里。

唐诺解释说："迢迢来时之路——半世纪前的台湾，贫苦蒙昧封闭，人容易慨然有广大世界之志却不容易有通向世界的道路、配备和盘缠，一知半解使得广大世界比任何时期都更像个诱人之谜，人各自以他仅有的、鬼使神差的方式奋力接听、窥视、捕捉和猜想，知识不仅破破碎碎而且通常二手三手扭曲变形真伪难分，半首歌、一句话、几个人名、没头没尾的一截故事、一张语焉不详的照片云云，都被人视若珍宝地收藏和不断炫耀传颂。因此，那年代的台湾社会的确有着一抹武侠小说世界也似的身影，人也会武侠中人也似的行动，有秘本，有毕生独门绝艺，有远方传说中的高人……"香港社会何尝不是如此？

的的确确在那个时代，如果你手上有别人没有的一张两张唱片，这就是独门秘诀了。你手上有旧本的《辞海》，你就可以写出很多文章。那个时候没有百度，没有谷歌，没有人知道你的这些东西到底是从哪里抄来的，没有人查得到，所以"启蒙学习仿佛得从收拾包袱、告别父母亲人、下定决心此去不回头开始"。这就是武侠小说的开头。

好了，唐诺还要提醒我们说"今天来看，成果当然是可疑的而且通常并不划算"。他的意思是，大仲马、伊恩·弗莱明实在不算什么了不起的作家，或者什么特别值得学习的对象，在学习在偷抄的时候风险还蛮高的——不是被发现，而是没有抄到好的东西。

这里很关键的一件事情，就是要告诉你：在那样一种环境里，即使是如此封闭，光是在江湖武侠的套路上，一直套，一直套，人也是会厌烦的。只要逮到机会，还是想要放一点新鲜的东西。

可是，这是两面刃：一面是你放新鲜的东西，你就破坏了江湖武林；另一面是你不放新鲜的东西，江湖武林在这个套路的写作中就停滞，也就慢慢失去了吸引人的能力。

金庸的《鹿鼎记》就是在这样一个节骨眼出现的。一方面，金庸写了决然的最后突破，把历史写到这种地步。另一面，当他把历史引进写到这种地步，就像古龙把所有的江湖武林都赶出他自己的武侠小说，江湖武林这个舞台被他们两个都拆完了；拆完了之后，就连金庸自己也都没有办法回到这个舞台上继续写了。

在相当程度上，也就是为什么金庸在他的最后一部小说中要这样写韦小宝，因为他必须要写一个过去的武侠小说里从来没出现过的一个角色。为什么写完了之后，他没有再写另外一部小说？因为这样写完了之后，已经没有武侠小说原来的舞台了，就连金庸自己都没办法继续写了。

这就是我借张大春和唐诺的意见，来为大家解释三个相关的问题。

侠：想象一个另类中国

儒以文乱法，侠以武犯禁

《史记·游侠列传》，开篇就引用了《韩非子·五蠹》中的话："儒以文乱法，侠以武犯禁。"韩非从法家的角度指责"五蠹"是国家动乱不安的祸首，这五种害虫使得法治国家——以法家为治理原则的国家——动荡不定。五蠹之民包括：儒士，游侠，纵横家之流的辩士和谋士，做生意的工商之民，以及逃避兵役的胆小之徒。从韩非的角度来看，战国末年，法家正在创建新兴的国家和社会，这五者是"邦之蠹"，是国君应该要排除的五蠹之民。在谈及国家利益时，《五蠹》篇特别凸显儒和侠，称他们是国家混乱的根源——"儒以文乱法，侠以武犯禁"。儒和侠的存在与国家法令背道而驰，他们共同的特性是谋求一己之私利。

从法家的角度来看，国家强盛的关键就是人人都遵守法令，法令统御一切，即秦始皇所订定的"以吏为师""以法为教"，利用法来管理国政，从百姓到官吏皆需遵从法吏的教导，一切诉诸法律规章。如此一来，"儒"与"侠"必然是麻烦的人物、国君的眼中钉，秦始皇就是在这个背景之下发动了焚书坑儒。不只是秦始皇厌恶"儒"，在任何时代，著书立说的儒士都遭人诟病，因为他们经常恣意抨击时政，对于法令政务也长篇大论，所以才引来"乱法"的非议。

至于"侠以武犯禁"，意指游侠、刺客聚集党徒，标榜"侠"的气节，彰显自己的名声，进而触犯国家的禁令。借由韩非批评"儒"和"侠"角度，可探索中国"侠"概念形成的历程，而将"儒"与"侠"并列讨论，意谓韩非深谙其中所蕴含的传统。虽然时值战国末年，但周代的封建制度尚未彻底瓦解，所以仍存在"士"阶层。

在周代封建制度当中，"士"为最底层的贵族，唯有贵族子弟才有资格受教育，及至孔子将这套西周贵族教育的内容偷渡出来，传授其弟子君子六艺，一般平民才有资格学习原本限定为士的专门之学——六艺知识及技能，这正是孔子的真知灼见。从孔子以"诗、书、礼、乐"传道授业解惑的轨迹当中，可观察到一个脉络，那就是自西周以至春秋战国时代一路传留下来的贵族教育，即《诗》《书》《礼》《易》《乐》《春秋》六艺，但在《周礼》中，君子的六种技能是礼、乐、射、御、书、数，这六艺是贵族子弟的养成教育。"养国子以道"，不仅包括礼法、音乐，还包括射箭驾车，意谓在周代封建制度中，最底层的这一群士文武兼备，文武教育合一，当时尚未有文士及武士的分别。

战国以后，封建制度彻底瓦解，封建社会不复存在，久远以前的历史记录，也就衍生出许多争议。例如，孔子的父亲叔梁纥，是陬邑大夫，而且是"力士"。陬邑附近有另外一座城，叫偪阳，两城互相攻战。有一次陬邑人进袭偪阳，偪阳人在城门上做了一个机关——悬门，也就是在原来的城门里，再多一道会从上方落下来的门。正常状况下看不到这道悬门，当陬邑人破了城门，兴奋地冲进去，悬门才会突然落下，将他们关起来。那一次，偪阳悬门落下来时，幸赖陬邑这边有一位"力士"，硬是及时顶住了沉重的悬门，让陬邑人赶紧退出去，才没有掉入偪阳人所设的陷阱里。

孔子出生于公元前551年，生在一个"士"的家庭，父亲是武士，所以从小受的就是传统"王官学"教育。这个时代，"士"在列国间有明确的功能。武士负责打仗，那文士呢？文士是一群深入了解"礼"的专业人员，在纷争的情况下，就转型成了外交上的专才。

此时，封建宗法虽已松动，但尚未瓦解，国与国之间的各种交往，仍然以"礼"为基础。然而外交上的"礼"，慢慢和其他"礼"区隔开，愈来愈重要，也愈来愈凶险。国与国之间的兼并，武力打仗是一种手段，外交、谈判是另一种手段。武力威胁、战场胜利究竟能为自己的国获取什么，那就要在外交谈判上决定。有能力处理国与国之间的"礼"、实质操控外交程序的文士，在这个时代大获重视。国君与传统的世卿不见得都擅长处理这种事，于是有了援引文士专才来协助的必要。一部分没落的贵族，不可能靠原来的宗法系统获得任何贵族待遇与保障，他们就转型以"士"的身份及条件，为国君或大夫提供有用的服务来换取待遇与地位。

孔家从宋奔鲁，几代下来，到孔子时，已经沦为低阶的"士"。然而孔子在成长过程中，对"礼"特别感兴趣，奠定了他作为一个有能力的"文士"的基础。《论语·子罕》："子曰：'吾少也贱，故多能鄙事。'"孔子做过"委吏"，帮人家算账；做过"承田"，帮人家管牛马。这些都是"鄙事"，也就是士训练下的副产品，却不是真正属于"王官学"的核心本事与工作。

从春秋末年之后，社会发生绝大变动，打仗的方式丕变。举例来说，春秋五霸之中最窝囊又奇怪至极的霸主，可说是宋襄公，他迂腐之极。在泓水之战中，宋军驻扎于泓水的北岸，楚军从南岸渡河，此时右司马公孙固力谏宋襄公趁楚军渡河的时候袭击楚军，但宋襄公坚持仁义之师"不推人于险，不迫人于阨"。等到楚军全部渡过泓水，开始布阵之时，公孙固又力劝宋襄公趁着楚军尚未布阵完毕发动攻击，但宋襄公仍然坚持要等待敌军布阵完毕才要开始击鼓向楚军进攻。战争的结果是楚军大败弱小的宋军，宋襄公股伤，战败也让宋襄公称霸失败。此役之后，楚国不断在中原扩张势力，跻身霸主之列。

这段历史故事更深层的意义在于，它彰显出时代风气的转变。春秋时代第一位霸主齐桓公去世后，贵族式作战已日渐衰微，原本这种君子之战重视礼节更甚于战败的后果，一旦在作战中"无礼"，其他封建诸国可能会联合起来制裁不顾君子之战的一方，进而付出惨痛代价。春秋末年以后，礼乐崩坏，战争的规模与方式都在改变，各诸侯国越来越不讲究礼让。

宋襄公之所以能够成为霸主，在于他在齐桓公之后召集诸侯各国参加鹿上之盟，以代替天子的知礼者身份主持诸侯会盟，继承齐桓公匡扶周室。据《史记·宋微子世家》太史公曰："襄公既败于泓，而君子或以为多，伤中国阙礼义，褒之也，宋襄之有礼让也。"宋襄公之所以位列五霸之一，是因为其好仁义的贤德形象。

到了春秋末年，进入战国时代，士的传统开始区分为文士与武士，从原先西周封建时期的"文武合一"走向"文武分途"，所以《韩非子》才将"儒"和"侠"并列分述，但在相当程度上来说，"儒""侠"仍具备传统"士"的精神及典范。

及至法家兴起，统治阶层开始厌憎这一群士人。由于社会风俗变迁、诸子百家争鸣，各诸侯国基于争霸目的，争相尚贤使能，先秦之士也就逐渐崛起并且分途而为，从事私人讲学、礼赞、文化或商业领域的士各贡献其所学。随着争霸及兼并越演越烈，一批游说之士应运而生，说客、纵横家游走各诸侯国间，养士之风于是盛行。这段时间，"儒"当然也会面临跌宕起伏的待遇。秦帝国时代，他们一度受挫，备受压抑，法家重典飙升到极致时，秦开始大肆进行"焚书坑儒"。坑儒的目的在于钳制言论自由，禁止士人漫谈国家政策及法令，更加为了稳固王权以及新建立起来的帝国制度，秦始皇下令坑杀儒士，并焚毁《诗》《书》以及百家语。不过，秦王朝仅维系了十五年就覆灭了。汉帝国建立之后，汉王朝统治者以秦灭亡为前车之鉴，时刻提防汉政权重蹈秦王朝覆辙，为了绵延国祚，想尽各种政治措施防患于未然。到了汉武帝时代，儒家地位重新升起，让人正视"儒"的这一面向，但也就忽略了"侠"的存在。

"士"阶层文武分途之后，"武"的这一面向在中国社会迅速没落，几乎遭人遗忘，但这些士人之所以没有完全绝迹，并不是由于社会结构所致，而是汉武帝时代政治情境的需求。汉帝国需要"儒"，借由"罢黜百家，独尊儒术"巩固中央集权，维护封建专制。

追索太史公《游侠列传》这篇奇文，我们才得以一窥儒士在"武""侠"上的概念及形象。阅读这篇奇文时，必须谨记太史公司马迁著述《史记》不只是记载、归纳或整理历史事实。据《太史公自序》，司马迁论次《史记》如同孔子困厄陈蔡而作《春秋》、屈原遭放逐而赋《离骚》、左丘失明而有《国语》、孙子膑脚而修《兵法》，就像圣贤们作《诗》三百篇，发愤著书，"述往事，思来者"。

《史记》背后隐含"侠"的精神，譬如在《报任安书》中，司马迁说"人固有一死，或重于泰山，或轻于鸿毛"，《太史公自序》

则言自己的先祖是"周室之太史也"。这两篇文章都强调史家的职责，以"究天人之际，通古今之变，成一家之言"的史家精神，"网罗天下放失旧闻，略考其行事，综其终始，稽其成败兴坏之纪"，搜集散佚的历史传闻，考订其真实性，并综述事情的本末，考证、推究其成败盛衰的道理。

中国史家最重要的职责之一，是记载可能遭人遗忘的史迹，唯有借由史家的春秋笔法，才能让那些不该被遗忘的人事物留传于后世，这正是司马迁的《史记》价值之所在。譬如，《史记》有一篇《日者列传》，借由卜筮者（即日者）与贾谊、宋忠的对话，讥讽那些贪图高官厚禄之士。单从篇名来看，《日者列传》像群传，但深究这篇文章，从头至尾只出现一个卜筮者司马季主，篇中还有两个配角来陪衬。名气响亮的贾谊是其中一名配角，他在《史记·秦始皇本纪》中地位很高，司马迁篇末说"善哉乎贾生推言之也"，接着大段引述《过秦论》，以贾谊评秦朝治国的过失作为评断秦朝灭亡之依据。但到了《日者列传》，贾谊和宋忠同车前往街市，两人在街上卜肆中游览，司马季主和三四位弟子讲解天地之起源与终止、日月运转法则以及阴阳吉凶的本源，讲得十分顺理成章。贾谊他们听了这段话后，惊异万分，从中有所领悟，于是整理冠带，正襟危坐，称赞司马季主言谈不俗，却又反问："为什么先生地位这么卑微，职业如此污浊？"司马季主捧腹大笑之际，不疾不徐，反唇相讥，说了一番大道理。贾谊他们两人听后，怅然若失，神情茫然，闭口说不出话来。他们起身道别司马季主，恍惚上车之后，趴在车前横木上垂头丧气。

司马迁有意向《春秋》看齐，拨乱世反之正，并且扬善贬恶，《日者列传》《扁鹊仓公列传》及《龟策列传》都是如此。世人认为那些寄居官位的人就是贤者，其实他们无法分辨贤与不肖，而卜筮者能解答人们的这种疑惑，所以历史应该记载卜筮者。司马迁认为古代史籍未记载卜筮者，他们的事迹因而也就不见于历史文献，此虽未明言，但隐讽史家失职。史家的价值在于记载世人察觉不到、容易遗忘的人事物，这正是司马迁值得敬佩之处，他秉持史家书写原则，将司马季主的事迹记载下来。

所谓能人志士，不仅有在朝为官的人，也有不愿与不肖者为伍的人，君子常离群索居、处在卑下地位，尤其是卜士。司马迁之所以能书写卜筮者行迹，有其家世来历之故。据《太史公自序》，司马氏世代掌周朝历史，到了司马谈（司马迁父亲）做了太史公，向唐都学习天文，向杨何学习《易经》，将死之际对司马迁说司马家先祖是周朝太史，在上古虞夏时便名声显扬，职掌天文之事。因此，司马迁特别熟知观察天文星相、卜算卦文的卜士。

江湖及街市里，不乏专精医药及卜算之士，这类人才不在庙堂之上，但他们天赋异禀。作为史家，必须忠于史家职责，将之记录于史册上，司马迁父亲司马谈临死前叮嘱："汉朝兴起后，一统海内外，对于明主、贤臣、忠臣、死义之士，我作为太史，都未能予以评断记载，断绝天下修史的传统，让我甚感惶恐，你可要念兹在兹啊。"司马迁承袭的史家精神，在于记录世人无法详知又值得被传留下来的人物事迹。举例而言，他写《李将军列传》，并未用史家标准为李广立传，全篇传记没有彰显李广多么能打匈奴，因为对司马迁来说，李广的名字不会消失在史册上，而他如何带领军队对抗匈奴以及选择以何种方式看待生命关键时刻的抉择，这些才容易被人遗忘。

另外在《吴太伯世家》这一篇中，从吴世家系谱来看，延陵季子始终没有继承吴国君王之位，其为人贤能、高风亮节，举国推崇，虽然出使各诸侯国，但在国政上没有重大事迹，司马迁为何长篇记录延陵季子言行？首先，在于让国之举。普通史家不会特别记载让位之人，只会书写继位为君王者，而让人遗忘让位之人。司马迁特别推崇让国之德，评断吴太伯三度让天下，是至德之人，人民没有办法以任何言辞去称颂这种至德。而延陵季子是一位君子，仁心慕义，见微知著，辨别善恶，博学多闻，以"季札挂剑"事迹传于后世。司马迁突显延陵季子，在于他重然诺。当他北行出使时，造访了徐国君主，徐君暗自欣赏季札的宝剑，但嘴上没透露半句，季札虽然心里明白徐君喜爱自己的宝剑，但碍于还要出使中原各国，所以没将宝剑献给徐君。他出使回国途中，经过徐国，才得知噩耗，徐君已死。季札解下宝剑，挂在徐君坟墓之树上，随从说徐君已死，还将宝剑献给徐君吗？季札回答："当初我在心里已经允诺要将宝剑献给徐君，岂能因徐君已死，就背弃我的心愿？"

"季札挂剑"算是历史事件吗？这个典故其实不是一般历史事件，但是叙述此事彰显了高贵情操，若没有史家记载下来，就会遭到埋没。太伯和延陵季子让国事迹都不该被遗忘，司马迁作为史家，为了赞扬吴太伯让位的美德，世家第一篇作《吴太伯世家》。

以司马迁史家精神及标准，才能够理解《游侠列传》的真正用意。《游侠列传》也是以这种标准立传，一般史家不会因为游侠救人于危难、济人于贫困之中而为他们立传。由于游侠有仁者美德，守信用，不违背诺言，所以这些游侠可谓义者，有其可取之处，司马迁因而为游侠立传。

侠的两面性

应该如何定义游侠？简单地说，游侠都具备令人畏惧的武勇暴力，他们的行为虽不合乎法律原则，却从不运用在私人利益上，"言必信，行必果"，宁愿牺牲自身性命，也要拯救那些陷于危难的人。以此为对照，从国家角度来看，这群游侠如同韩非所说"以武犯禁"，而且"其行不轨于正义"，凡事不依照国家法令，破坏国家法令所规范的社会秩序。

这群游侠禁得起生死存亡的考验，而不夸耀自身本领及功德，遭遇乱世时，这群游侠只是布衣平民，却能为道义而赴死。司马迁认为游侠对社会有贡献、言必有信，"侠客之义"不可或缺。又由于他们能为大义舍命，普天之下，没有人不称颂这些布衣侠客的贤德品行，因而从中产生一群游侠的粉丝、跟随者，譬如朱家、剧孟、郭解等匹夫侠客，与一般暴虐豪强之辈不同，有许多士依附他们，但也使公共秩序的维持者对他们更加侧目。

司马迁以"游侠"形容这群布衣侠客，他们救济贫贱，家无余财。如果从国家角度来看，他们是一群拥有暴力武勇的私人势力，破坏秩序；从民间角度来看，这些布衣侠客不为一己私利，救人于危难的大义更甚于私利，这是他们行侠仗义的原则，以此侠士之风闻名天下。《游侠列传》记载最关键的侠士原则，首先是"言必信"。从延陵季札挂剑故事到"侠客之义"，司马迁看重的都是"重然诺"道德观。游侠义气传颂千里，让穷困士人甘于交托命运，他们不只是"言必信"，对于别人请托之事，一定"行必果""已诺必诚"，已经承诺的事，一定实现。

侠客另一个关键原则是"义"。游侠是"义者"，不齿那些贪图自身享乐之徒，也不与豪强勾结去欺凌弱势。凡有士人处于困厄，这些"闾巷之侠"一定会前去救济，即使牺牲性命也在所不辞，如同鲁国朱家所藏匿、救活的豪杰有几百人，曾救济的一般人也不可胜数，更暗中帮助季布将军免于杀身之祸。这正是为何游侠必然与公共社会秩序或国家法律相冲突。这些意味着，倘若有人受到公权力不公平的对待，这些游侠会不惜一切代价帮助这些人摆脱危难处境，哪怕违背国家法律、违抗社会秩序。司马迁要告诉世人"何谓游侠",他之所以为这些"闾巷之侠"立传,彰显这种"侠客之义",是因为以往儒家、墨家都摒弃他们。秦朝以前的侠客事迹早已湮灭不见,司马迁深以为憾。

汉帝国建立之后,作为新兴法令国家,对于"正义"有统一标准,也就是《韩非子·五蠹》尊崇的国家法令与君主权力。法令被认为应由国家垄断,治国者才有制定权及法律解释权,同时也就有了制定是非对错的绝对标准。在国家体制之下,道德正义的标准都应由国家来衡量,一般人没有论断政策、法令的权力。帝国权力的代表高踞于法令背后,不论是皇帝或官僚,他们永远都能合法取得政权,这是因为他们照拂人民、为了社会安全而维护法令秩序。

基于帝国本身利益的考虑,任何统治权发展到后来都会异化。一方面,它会违背更加素朴的正义观;另一方面,在相当程度上,这种统治权必然有双重标准,这意谓着法令主要是规范平民,但有权势者可以逃离法令规范。在这种国家体制下,"侠客之义"变得不可或缺,因为平民无权无势,他们会不禁质疑国家是否能提供公平与正义。

当国家法令明显站在不公平、不正义的那一方,弱势平民该如何措其手足?他们会惶惑是否有人能实践真正的公平正义;因此,一群少数拥有正义信念、能逞暴力武勇的侠士应运而生,他们必然武勇,否则无法冲破庞大的国家体制,他们需要以"以武犯禁",才能违背国家原来集体社会的力量,进而去实践他们所相信的正义。

此外,游侠另外的一项特质,是必须愿意付出代价,置生死于度外,司马迁之所以将这群"闾巷侠客"称作"游侠",是因为前文所谓"文武合一"的武士传统。这群"游侠"宁愿舍命,也要实践自己内在的信仰,依循自己的信念而非国家标准去实践正义。因此，他们势必会付出代价，他们无法纳入国家"编户齐民"制度之中，也不能在社会既定的宗族体系中取得稳固的地位。他们无法像一般人那样安身立命，反而从国家社会体制中游离出来，因此游侠才被赋予一股特殊力量，自成一派。凡是生活困厄的儒士都愿意依附在游侠门下，或成为游侠门客。游侠既不靠宗族组织，也不依恃国家力量，他们凭什么兴起？这群侠客借由"重然诺""千里诵义"的名声，天下人称颂侠客贤德，慕名而来，让这群游侠能"游离"在国家体制之外，聚拢一群追随者，形成一种游侠式社会组织，进而发展出既非国家亦非宗族的新组织，这是游侠力量的基础来源。然后，这股民间齐聚而成的力量必然会一而再再而三地遭到宗族或国家的青白眼，甚至试图迫害、消解游侠徒众。

司马迁写《游侠列传》时，提及先秦侠士因为遭受儒、墨两家摈斥，查无相关史料，但汉朝有闻名于世之侠客，一为朱家，一为郭解。在司马迁笔下，郭解短小精悍，年少时杀过很多人，不惜以身犯险，也要为朋友报仇。他犯法无数，又私铸钱币、盗掘坟墓，但每当陷入危急之时，都能遇到天下大赦，因此幸免于难。郭解年长之后，才检点行为，以德报怨，愈加喜爱行侠仗义，因此在社会上发生巨大影响力，就连少年都仰慕郭解侠义，常常暗自替他报仇。及至汉武帝下令各郡县富豪都要迁往茂陵居住，家贫、不符合资格的郭解竟也列其中，官吏不敢违逆法令，只好将他押解到咸阳就近看管。当时卫青曾向汉武帝说郭解家贫，不符合迁徙条件，但汉武帝认为区区一名布衣竟有权势能请将军替他说话，可见郭家不贫。

但是当郭解迁徙到关中时，当地贤者、豪杰都争相与之结交，在地方上引起巨大骚动。先前，轵县人杨季主的儿子担任县掾，提名郭解列入迁徙名单，郭解哥哥的儿子杀死杨县掾，郭杨两家因此结下仇恨。郭解迁徙至咸阳后，又亲手杀死杨季主，杨家人愤而上书告状，没想到有人在宫门下杀死了告状之人。汉武帝听闻这则消息，下令逮捕郭解。郭解逃亡到临晋，请求籍少公帮他出关，辗转逃到太原。官吏循迹找到籍少公，未料籍少公自杀，断绝官吏追查线索的口供。

许久之后，官府才将郭解缉拿归案。轵县有个儒生陪同前来查案的使者，听到郭解门客赞誉郭解，骂道：郭解怎么会是贤人，他专务作奸犯科之事。郭解门客一听到这句话，杀死儒生，并割下他的舌头。官吏因此责问郭解杀人者来历，郭解不知凶手身份，官吏始终没查出凶手是谁，因此向上奏报郭解无罪。然而，御史大夫公孙弘告诉汉武帝：郭解以一介布衣的身份，以侠义自任，没有任何官职、头衔，就能行使权术，为人骄横，为了区区一点小事就杀人，郭解虽然不知道这件案子的杀人凶手是谁，但这件案子的罪过比郭解自己杀人还要重大，应当判处郭解大逆不道的罪名。汉武帝一听，立即就听懂公孙弘这段话的弦外之音，他从国家体制、皇帝的角度，评断郭解仅仅是一介布衣，其行侠的名声远播，竟能发挥出如此之大的影响力，他的存在势必不利于国家。这番话说服了汉武帝，下令族诛郭解家族。

司马迁记录的是一种理想型人物，他们在这个世界上不可或缺，这群人伸张正义，为什么正义需要游侠来行使？因为朝廷不能保证正义不受侵害，皇帝权力越大，帝王的统治就离正义越远；司马迁曾遭李陵之祸，囚于狱中，惨受宫刑，所以他深知这个道理，从《太史公自序》及《报任安书》中可体会他的悲惨经历。

《游侠列传》记载，郭解灭族之后，社会上出现一批为数不少的行侠者，但他们大部分都十分倨慢，不值一提，换言之，社会上出现了真假游侠。假游侠简直就是民间盗跖，是为从前朱家所不齿的盗贼之人。真游侠有谦让的君子之风，他们秉持正义，凡事实践正义的原则；假游侠只是假借正义原则，纯粹以暴力武勇谋取一己私利，贪图逸乐。

司马迁为游侠立传的意义在于：他借朱家与郭解的事迹，表达正义的价值及信念；不论在哪个朝代，居于弱势者都必须仰赖民间正义。行使正义的这群游侠来自民间，愿意为了坚守正义原则而付出生命代价，他们象征着司马迁心目中理想型的生命情调。我们需要这种人存于世，套用司马迁的话，"有国士之风"，譬如他从李陵平时待人接物，评断李陵为人"常思奋不顾身，以殉国家之急"，有"国士之风"。何谓"国士"？如司马迁所说，既能事亲至孝，以诚信对待士人，处世廉洁，取财合乎礼义之道。简而言之，"国士"是有才德的人，从这个角度看，游侠亦是"国士"，只不过游侠不是以身"殉国家之急"，而是不顾自身安危，行侠仗义，拯救民间陷于水火之中的苦难者。

在中国历史上，"侠"这个概念非常悠久。从《韩非子》追索"文武分途"之后的"儒"和"侠"，一直到太史公《游侠列传》，有两个事实显而易见：第一，在中国现实社会中，"侠"不存在；司马迁写《游侠列传》时，真正的"游侠"已经消失。秦以前的春秋战国时代，当时封建武士本就丧失立足于社会的基础，所以为"游侠"立传是一种理想建构，也因此"侠"在中国文化里具有高度理想性。第二，"侠"一出现，就具有暧昧性特质，意谓倘若统治权垄断正义之时，侠不去挑战国家秩序，也就不成其为侠。从此角度来看，这正是中国少有捕快成为"侠"的原因。捕快代表中国传统的执法者，但为什么他们从未被当成"侠"来看待？执法者不正是以保护正义及人民为职责吗？可是在侠义小说甚至武侠小说中，读者一点都不觉得六扇门或官场里的这些人能够担任"侠"的职责。六扇门其实是一种骂名，俗谚云："衙门六扇开，有理无钱莫进来。"六扇门不是为了维持社会公义而存在，这个特殊的捕快系统，其权力伸及朝廷和江湖内外。

如同之前所言，武侠小说被金庸写死了，后继作者很难再延续武侠小说的传统，也很难像金庸一样吸引大批书迷对武侠小说本身滋生巨大向心力。金庸之后，温瑞安可说是杰出的武侠小说家，成名作《四大名捕》曾被翻拍成电影。也许温瑞安自己都没有意识到，他以四名捕快来刻画侠这已经突破了武侠小说不以执法者为侠的传统。

如前所说，"侠"一出现，就是高度理想的象征，但为什么侠又同时具有暧昧性？侠有这两种面目，"侠"破坏社会秩序，他们拥有危及社会治安的武勇暴力，但他们也正是凭借这股力量掀起潮流、发挥影响力；在此情况下，侠具有暧昧性，他们虽是破坏者，但当他们行侠仗义时就成为至高的正义守护者，一切行侠之事都正当化了。然而，这两种面目必然随时抵触，侠在展现高度理想性时，一不小心就会显露他的暧昧性。

司马迁为游侠写传之后，很长一段时间侠其实并未受到重视，直至唐传奇出现"剑侠"这个角色，侠和剑侠才重归文学作品，而与后来武侠小说发生紧密联结。唐传奇的写作背景是中唐，也就是755年之后，此时距唐朝建立已有一百多年，大唐盛世也即将结束，唐朝自此之后步入藩镇割据的局面。

由于藩镇割据，出现了刺客，史家没有认真看待、记录他们的事迹，于是被世人遗忘。当时盛行刺客之风，也就衍生许多关于刺客的故事。这群武艺高超的刺客忠于任务，因此自成一派，一般人较为熟知的刺客，大约就是唐传奇中的聂隐娘。

侯孝贤电影《刺客聂隐娘》改拍自裴铏的《聂隐娘》，从唐传奇到电影，聂隐娘都是唐德宗年间货真价实的职业杀手。电影用绝美画面呈现出唐朝背景，取材唐传奇以及《资治通鉴》《旧唐书》《新唐书》，高度还原中唐时代氛围。侯孝贤在雍容深沉的苍茫山水下，刻画了聂隐娘这个人物：自幼接受白衣道姑传授的武艺训练，专杀祸国殃民、残暴无道的独夫，信奉"杀一独夫可救千百人则杀之"的刺客教条，成为无影无踪、杀人于无形的顶尖杀手。整部电影描述跳脱唐传奇故事框架，改写原型故事"各亲其主"的浑噩乱世，更为细致地描写刺客大义：一个身负异能的杀手，如何一次又一次背叛刺客教条，刀下留命，违抗师命，不杀田季安。

武侠小说的幽微世界，曾经深刻影响同一代电影人，譬如李安无论如何都要完成《卧虎藏龙》，呈现出"每个人心中都有一把青冥剑"的武侠世界；王家卫也耐心耗费十年工夫，拍摄出《一代宗师》里有胜负、有人情世故的乱世武林。这两部武侠电影之后，侯孝贤找到他心目中的"刺客聂隐娘"，以迷人的唐朝为背景，演绎出一个既别致又极具写实性的剑客世界。这三位导演武林风格迥异，但他们之间有个共同特点——他们都怀有武林梦。例如李安从《饮食男女》到《绿巨人浩克》，呈现出现代形式下的电影叙事；至于王家卫的代表作《重庆森林》，则演绎出香港城市的梦幻与爱情寓言。这三位导演惯用的电影语汇一直以来都与武林无涉，可是最后这三位电影大师都实现了他们从年轻时代就开始追逐的武侠梦。

对于李安、王家卫及侯孝贤那一代电影人来说，走在电影艺术这条路上，一生之中终究还是要拍出一部武侠电影。为什么他们每个人心目中都有一片江湖？这样的武侠梦来自他们年轻时就累积的庞大的武侠小说阅读量，读多了自然想勾勒属于自己心目中的江湖。因此，当武侠小说与武侠电影两者合韵后，迸发出巨大魅力。侯孝贤的选择比较特殊，因为他忠于史料，以写实风格为善于隐匿的刺客塑形，高度还原中唐面貌。

唐传奇中的剑侠世界是继《游侠列传》之后，另一片辉煌的武林，但它煜耀的光芒让人产生错觉，忘了剑侠处于中唐乱世。大唐的华丽身影，让人误以为大凡唐朝都是大唐盛世，但实情是自755年"安史之乱"后中国陷入乱世。这种状况一直延续至五代末年，才由宋太祖收拾混乱局面，开展新的近世史。

侠出于乱世，唯有乱世，侠才有存在空间。游侠之后，出现了剑侠，这是中国侠的第二次转折。五代以下至宋朝，中国侠发生了第三次转折。到了近世社会，人民生活在朝廷高压的钳制力量之下，所以社会组织不复存在，自主型社会组织的存在空间越来越小，游侠出现的可能性也就微乎其微。因此，游侠的社会性及现实性到了宋朝以下，就在中国近世社会消失无踪了。

何谓"儒侠"

然而到了19世纪末，为什么江湖及侠客会在武侠小说中重新崭露头角？

当然，一部分武侠小说仍然延续《水浒传》这类侠义小说的传统。明朝一直到灭亡前，都承受流寇外患这些隐忧。外患动乱频仍，促使明朝社会尚武成风，也让那些在科举考场上失志的士人转向习武这条人生出口，就连心学宗师王阳明也擅长骑射兵法，年少时沉溺于任侠习气。但侠义小说中虚构的江湖绿林，受到明朝士人的反复批判，因为现实并不存在绿林豪侠存在的空间。可是清朝末年之后，中国"侠"发生了第四次关键转折，"侠"的概念快速地重新组构，影响了后来武侠小说的创作。

及至清末，章太炎《訄书·儒侠》这篇文章讲述了"侠"的概念如何演变，从某个角度来看，章太炎的确是国学大师。然而，当他提及儒侠时，其实是重回封建时代"儒""侠""文武合一"的历史脉络。章太炎认为，"儒者之义"莫过于"杀身成仁"，"儒者之用"莫过于"除国之大害,扞国之大患",因此,"世有大儒,固举侠士而并包之",侠士可谓大儒。至于"刺客","乱世辅民,治世辅法",如果没有刺客以非常手段杀人,"巨奸不息"。

除了身为国学大师,章太炎还是激进派学者,他写《五无论》,主张"五无"——无政府、无聚落、无人类、无众生、无世界。"五无"观部分来自佛家思想,或激烈的印度佛教、印度哲学的概念。"五无者,超越民族主义者也",章太炎说他不从国家、政府狭隘眼界来立论,因为"夫于恒沙世界之中而有地球,无过太仓之有稊米",分割国家疆域则民族主义概念相应而生。五无一曰"无政府",章炳麟此时激烈主张无政府主义,在他看来政府是致使种族隔阂、相争之源。章太炎之所以特别谈论儒侠,源自他处于鸥鸮百姓的乱世。

如果想在乱世秉持"儒心",贯彻经世济民的忧国忧民之心,你非得成为一名"侠"不可,如同钱穆先生所说:"侠即儒之一派。文谓议礼,武是尚勇。"本身若无"侠"这种特质,不足以完成"儒"的使命;"儒"经常一心以解民倒悬为使命,解救人民于水火之中。想要实践救民使命,必须诉诸"侠"的手段,这种侠骨可回溯到唐代刺客传奇。

19世纪时,以暗杀遂行政治目的,一般而言皆视之为理所当然。那么,由谁来执行暗杀行动?正是"侠",章炳麟从中国儒侠传统重申中国历史上的刺客传统,打破当时一般人以为刺客传统是从俄罗斯传留下来的错误认知,并不是只有刺杀沙皇的人民意志党,中国自古以来就有"士为知己者死"的刺客豫让、聂政。而"漆雕氏之儒废,而闾里有游侠","侠"原来都是"儒","侠"舍生取义,与儒者向往的"义"等同。所以这个时候,仅仅是读书人不足以成为"儒",还必须有侠的尚勇特质,才是大儒。

除了章炳麟的《儒侠》,梁启超的《中国之武士道》也相当具有代表性，一看书名，"武士道"三字显然受到日本影响。戊戌变法失败之后，梁启超流亡日本，先是创办《清议报》，《清议报》停刊后，再筹办《新民丛报》，"取《大学》新民之意"，发表一系列"新民说"政论，旨在"维新吾民"，创造中国的新国民。《中国之武士道》可谓新民说当中极为激烈的主张，这与他逃亡日本的经验有关；时值日本明治维新，日本军部征召居无定所的浪人武士入伍，或派遣他们去其他国家执行谍报、侦察工作，成为日本侵略扩张的利器。

梁启超《中国之武士道》极有意思，在相当程度上，这本书等于呼应了章炳麟的"儒侠"说，从太史公《游侠列传》论证中国的尚勇、尚武精神——中国的武士道——与春秋战国政治相终始。《中国之武士道》是以纪传体写成，采集、评注春秋战国时代以迄汉初的中国武士。契合"儒侠"合一概念，梁启超编纂中国武士道传记，开篇第一人、中国第一武士从孔子写起，然后以《史记》之《刺客列传》《游侠列传》为纲目，曹沫、豫让、荆轲、高渐离、朱家、剧孟、郭解等人物必然被列在这本小书里。

梁启超写中国武士道，其用意在于写一本影响中国年轻人的教科书，以教科书形式书写中国武士传记，他希望当代中国人觉悟，启蒙年轻人认识中国武士道精神，而他之所以"取日本输入通行之名词"，将书名命名为"中国之武士道"，是为了"补精神教育之一缺点云尔"。然而，中国武士道是被遗忘了的武士道，所以梁启超大声疾呼"祖宗之神力"，重新评点名留青史的中国刺客及游侠，强调"武士道"也就是认知到日本快速强国的原因，正在于他们保留了武士道精神。倘若中国力图强国，其中一条重要的道路，就是重新认识、重新了解中国的武士道。寻回中国武士道之后，作为一个国家，中国就有机会像日本一样快速翻转国运，摆脱清朝以来的虚弱形象和灾难性命运。这种概念或想法影响所及,显现在武侠小说家平江不肖生的作品上。

近代武侠小说史上,平江不肖生有两部重要经典作品《江湖奇侠传》及《近代侠义英雄传》。小说《近代侠义英雄传》以清末武术家霍元甲为中心,叙述霍元甲"三打外国大力士"传奇。平江不肖生创作霍元甲及其他奇侠故事,出发点不是为了给读者消遣性阅读,他的创作用意与后起的武侠小说截然不同。小说以霍元甲传奇作为侠的榜样,是为了鼓吹强身、强国、强种意识。平江不肖生之所以特意写霍元甲传奇,而且霍元甲大战对手都是英国人、俄国人,显然是因为当时西方列强向中国伸出的掠夺、侵略的鹰爪,已经深深烙印在那一代人的心上。从清末西方人批评衰落、颓败的大清帝国为"东方病夫"以来,"东亚病夫"普遍成为中国形象。梁启超《新民说》:"夫中国——东方病夫也,其麻木不仁久矣。"他同样意识到西方人眼中的中国形象。

在西方人眼底,中国人是"东亚病夫"。清末禁烟运动,一部分是为了解决鸦片造成清廷白银外流的财务困境,另一部分则是因为知识分子的忧国忧民。梁启超等人从拯救民生、阻止鸦片毒害社会的角度,企图恢复中国失传已久的武士道。这股舆论感染了小说家平江不肖生,他借由武侠小说,鼓励人人以霍元甲为榜样,练武强身,透过强健体魄,进而强国、强种。

20世纪30年代,中国掀起波澜壮阔的历史研究及辩论,当时中国知识分子针对中国社会史问题及社会性质,展开为期十年的"社会史论战"。所谓社会史论战,讨论主轴围绕中国社会面貌在历史各个阶段如何转变展开。这波浪潮相当程度上受到马克思主义及唯物主义的影响,激烈争论中国是否存在奴隶社会制度、中国奴隶制社会如何进入封建制社会,以及中国封建制社会与中国封建制度是否能够等而论之。此次论战虽然难有结论,但从另一个角度来看,这次论战刺激那个时代的历史研究者、史学家重新检讨、看待中国社会的转变。中国社会不是凭空成形，而是经过不同时期积累而成。

中国社会史论战思潮席卷之下，至为关键的一件事就是重新认识春秋战国时代。历史学者陶希圣著《辩士与游侠》，针对春秋战国时代游离于国家体制之外的"游闲分子"："辩士"即是纵横家，属于知识分子；"游侠"则是游民无产者。这类游民的活动有两种：一种属于个人，例如司马迁《刺客列传》里的聂政与荆轲，是"英雄的个人行为"；另一种属于集团，例如信陵君食客侦赵及信陵君救赵事迹。不论是梁启超《中国之武士道》或陶希圣《辩士与游侠》，都极尽所能去挖掘秦汉以前的侠士及游侠史事。

在中国社会现实层面来看，从秦汉以下，"侠士"及"游侠"这种特殊人格渐渐在中国历史上消失，淡出世人的记忆。陶希圣在封建制度下的贵族、农奴阶级概念下写《辩士与游侠》，将这种特殊人格称为"游侠"，后来钱穆先生讲得更精彩。钱先生在《释侠》中指出司马迁《游侠列传》说侠有平民之侠，例如"布衣之侠""闾巷之侠""匹夫之侠"，不似贵族之侠，匹夫之侠湮灭于史籍中。与平民之侠相对照的是战国四公子，钱先生由此分辨孟尝君、春申君、平原君、信陵君可谓为"卿相之侠"，朱家、郭解之辈则是"闾巷布衣之侠"。"侠"赡养武勇之士，也就是《淮南子》所说的"任侠者"，而成为战国、秦汉之际一股不容小觑的社会势力，自然形成社会集团的性格。

钱先生分析春秋战国时代人的人格时，特别强调生死一贯的道德精神："教人以不违其内心之所安焉，于是而有种种之德目。而外界之利害祸福，可以一切不顾。即他人之是非评骘，亦可以弃置不问。唯此即为'道德'之完成。道德完成，即是其人'人格'之完成，亦即是其人'生命'之完成也。盖人生必达于是，乃始为完成其生命之大意义，乃始为善尽其生命之大责任。死生

一以贯之，人之死即所以成其生。则于完成道德、完成人生之一大观念之下，实无生死之可辩也。"（《论春秋时代人之道德精神》）

中国曾经发生过一个"重生轻死"的时代，人轻易就能自杀，抛弃生命。人为什么动辄就引颈自戮？这种现象极为奇特。换言之，自秦汉以降，我们再也看不到春秋战国时代的人格典型。秦汉以后，普遍认为中国人生命中最重要的意趣或信念，就是"好死不如歹活"，然而有那么一个时代，出现过一群人，他们深信人赖活着无用，不如死得其所，否则虽生犹死。选择抛弃生命或苟活，两者中间存在着一个关键信仰：活下去并非至关重要，继续活着不是首要选择；对春秋战国人来说，太多事情、许多原则及信念，都比只是活下来更加重要。

《史记·赵世家》记载了春秋时代的自杀故事，史上知名的"下宫之难"中，程婴、公孙杵臼救赵氏孤儿。屠岸贾灭赵氏一族，杀赵朔、赵同、赵括、赵婴齐，赵朔妻怀有遗腹子，逃匿到宫中。赵朔的门客公孙杵臼问赵朔友人程婴："为何不以死明志？"程婴回答："赵朔妻子怀有身孕，如果有幸诞下的是男婴，我奉养他，如果生下来的是个女婴，我就从容赴死。"不久，赵朔妻子诞下男婴，屠岸贾听闻后，到宫中搜捕赵氏遗腹子，夫人把婴儿藏在裤子里，祝祷说："赵氏宗族若是注定灭绝，你就大哭；若是不会灭绝，你就不要出声。"在搜索的时候，婴儿竟然没有发出半点声音。脱险之后，程婴对公孙杵臼说："今天搜索一次没有结果，之后势必会再来搜查，该如何是好？"公孙杵臼说："扶立遗孤与赴死，哪一个比较艰难？"程婴回说："死很容易，扶立遗孤很难啊。"公孙杵臼说："赵氏先君待你不薄，你勉为其难，扶养遗孤，我去做比较容易的事，请命先死。"于是两人谋取别人家的婴儿，给婴儿包上刺绣的襁褓，藏匿山中。程婴从山里出来，假意对众将军说："我程婴无能，不能扶养赵氏孤儿，能给我千金者，我就告诉他赵氏孤儿的下落。"诸将都很高兴,答应了他,派兵跟随程婴去攻打公孙杵臼。杵臼假意骂道:"程婴,你这个小人!昔日下宫之难你不能去死,跟我商议隐匿赵氏孤儿,如今你却出卖我。纵使你不能抚养孤儿,又怎能忍心出卖他!"他抱着婴儿呐喊:"天啊!天啊!赵氏孤儿何罪之有?请诸将饶他的性命,只杀我杵臼一人吧。"众将军不答应,立刻杀了杵臼和孤儿。众人皆以为赵氏孤儿已死,然而真正的赵氏孤儿还活着,和程婴一起隐居在深山里。

关键在于,为了原则、信念而活下去,才是人之艰难,与之相比,死不足惧。因此,为了坚持信念,而奉上一己性命,死又有何惧呢?这种生命意趣,到了20世纪30年代得到了张扬,展现出另一种刺激和感慨。

"死无所惧"并非从此让中国人对生命的态度改弦易辙,秦汉之前确实曾轰轰烈烈存在于中国历史上,这种人格特质别具一格,与"侠"相关。发展至后来,此一内涵全都充分反映于武侠小说的传统上。武侠小说沿着这一部分中国传统兴起,"侠"的概念自此风起云涌。

何谓"侠"?武侠小说必然包含两个部分,其一是"武",其二则为"侠"。武功则是"侠"存在的正当性之一,侠拥有平凡人所没有的武功;然而,倘若只是徒有武功,仍不成其为侠,无法形塑武侠世界。这句断言是先将《鹿鼎记》排除在外,因为《鹿鼎记》挑战了这件事,逼着我们去爬梳"武"和"侠"之间的关联,这项论证一时半刻讨论不完,暂且埋下伏笔——韦小宝算是"侠"吗?留待后篇再详细探索。

言归正传,为什么侠必然具备"武"?因为唯有"武"能赋予侠超越平凡人的特异本事,坦言之,这又是武侠小说必然存在的潜台词。前文已讲过,武侠世界与平凡世界平行而存在,彼此没有交集，只有少数倒霉鬼穿梭其中，都是衰运当头的代表性人物——店小二牵连在侠影幢幢的世界里。那么，店小二为何老是遭殃？因为他身上没有半点武功，只能任凭摆布。

抑或者是，只需稍做回想《射雕英雄传》。王处一身中藏僧灵智上人一掌毒沙掌，为救王处一，黄蓉和郭靖潜入完颜王府寻药。在偌大王府突然遇见路人简管家，黄蓉威胁他老实交代完颜康差人买断的血竭、田七、熊胆、没药四味药藏在何处，仗着简管家没有半点武功，"黄蓉左手在他手腕上一捏，右手微微向前一送，蛾眉钢刺嵌入了他咽喉几分。那简管家只觉手腕上奇痛彻骨，可是又不敢叫出声来"。郭靖在旁看着黄蓉下手毒辣，不觉惊呆——"黄蓉右手扯下他帽子，按在他口上，跟着左手一拉一扭，喀喇一声，登时将他右臂臂骨扭断了。那简管家大叫一声，立时昏晕，但嘴巴被帽子按住了，这一声叫喊惨厉之中夹着窒闷，传不出去。"直至"简管家痛得眼泪直流，屈膝跪倒，道：'小的真是不知道，姑娘杀了小的也没用。'"，黄蓉才相信简管家所言属实，命他去向完颜康谎称自己"从高处摔下来摔断了手臂，又受了不轻的内伤，大夫说要用血竭、田七、熊胆、没药等等医治，北京城里买不到，你求小王爷赏赐一点"。简管家只能听命于黄蓉吩咐，不敢有半点迟疑。黄蓉还恐吓说："要是你装得不像，露出半点痕迹，我扭断你的脖子，挖出你的眼珠子。""说着伸出手指，将尖尖的指甲在他眼皮上一抓。简管家打个寒噤，爬起身来，咬紧牙齿。"忍痛奔去，待到完颜康面前，"简管家满头满脸的汗水、眼泪、鼻涕"，面如白纸。

身怀武功者，才能够成为侠，才能闯荡江湖。当路见不平时，想要拔刀相助，你得先握有刀、懂得运用手中利刃，否则任何济世豪语都只是一番空话。因此，侠处于江湖，必须身怀"武"这项利器，唯有如此，才能证明侠为何能自外于庸碌平凡的世界去执行正义使命。这正是"侠"与"武"存在的根据。

　　武侠小说所描述的武侠世界，相当程度上反映出中国没有神话传统。神话有何重要性？人将他们对于世间种种不满或疑惑全都发泄在神明身上，将一切推托给神明，正是因为世间之人无力解决、承担所有罪过和灾难。那么，为何神可以解决一切难题？因为神拥有神力，神与人之间最大差距正在于此，神话建立在这个基础上：人不是神，神拥有凡人无法企及的神力，神无须受到人间限制，所以人在无力与挣扎之中得到了安慰；因为相信有神，神会发挥神力帮助人间解决问题。

　　但千万别忘了，在中国大传统——士人传统——当中，对神话完全不屑一顾，神话存在于民间信仰中，不登中国大传统的庙堂，神话不是主流思想。在此情势下，胸中的那一股义愤，相对而言，极难有出路。在相当程度上，武功旨在创造某种神话，意味着你我阅读武侠小说时，都放下了现实感；如若你仔细推敲一番，武侠小说里这些江湖中人，其实都是神而非人，他们有一身武功驱使他们离开人间，超脱现实，遁入另一种空间。

　　除了"武"这项能力，侠还须具备另一种特质。侠不能空有一身武功，而是必须有春秋时代"死生一以贯之""善尽生命之大责任"的信念及原则。换言之，侠须具备公共性。哪一类人可以成为"侠"？并不是单凭一身武艺而已，身怀武功之人，也有可能是暴徒，或是鱼肉乡民者。武侠小说承载《游侠列传》以来所传留的内涵，因此，"侠"抱持着正义信念，维护正义、保护弱小是他们一以贯之的原则，所以当我们论及金庸写作的基本脉络时，也必须对照着看侠的这些特质及传统。

　　1955年金庸开笔写第一部武侠小说《书剑恩仇录》，紧接着1956年发表《碧血剑》，但等到金庸完成"射雕三部曲"，这两部小说就一直受到金迷忽略。陈家洛与袁承志淡出读者心中，这两位侠令人爱戴的程度都不及郭靖、杨过。再回头细想，陈家洛及袁承志的形象其实完全符合武侠传统，他们都身怀绝世武功，差别只是在于陈家洛一上场就武功惊人，袁承志则是经过一番历练，武功与日俱增。事实上，他们都是神人，不是平凡人物，而且他们都是侠，意味着他们身上具有再清楚不过的公共性——"爱国爱民"。

"爱国爱民"这四个字对陈家洛来说十分重要，小说最关键的情节就是着墨于陈家洛如何替汉人寻找到出路。他立志推翻清廷，并且是借他亲兄弟乾隆皇帝的手颠覆清廷，让乾隆皇帝倒戈，以这种方式一举实现汉人天下。这是陈家洛最明确的公共性，他在小说当中，对于"爱国爱民""汉人天下"念兹在兹，这是小说的核心，以及最扣人心弦的使命。

袁崇焕之子袁承志也是如此，因身世之故，他在小说中背负着报仇任务，报父仇就是他存在的意义。他有两个公共性的报仇对象，一个是崇祯皇帝。袁崇焕之所以死，是因为皇太极直攻北京时，他为了抵挡回京救援的袁崇焕，使出反间计，假意泄露袁崇焕与后金阴结密约。兼之袁崇焕曾经主张议和、擅杀毛文龙，又频上奏折"催饷"，提出"发内帑以犒将士"，这些前因策动皇太极使反间计，使崇祯皇帝下令囚禁袁崇焕，最终以"鱼鳞刮"凌迟处死了袁崇焕。袁崇焕一生保卫大明江山，却换来三千五百四十三刀的报偿。因此，昏庸的大明皇帝是袁承志第一大仇人，而后金侵略中原，满人则是第二大仇人。这两大仇人不仅是袁承志私人的报仇对象，同时也是公共性的报仇对象，因为一名侠必须以解民倒悬、爱国爱民为己任。

袁承志复仇大业必须依托在闯王身上，借闯王大军推翻明朝，但当这个强者进入北京城之后，开始变质、腐败，不再骁勇善战，从这里显现"侠"存在之必要，一旦统治权力变质，就必须依靠

"侠"来收拾，解救苍生。然而，《碧血剑》这部小说的结尾是一个失败的故事，因为"侠"不足以在开干背叛人民之后，真正解救黎民，反而远逃至南方小岛隐居。

陈家洛、袁承志这两位侠以国家大义为己任，而在"射雕三部曲"中的第一部《射雕英雄传》中，虽然主角郭靖仍然是"侠之大者，为国为民"的典范，但我们不得不承认，在小说里和郭靖相比，道德性没有那么完美的黄蓉，以及一帮极具个性的配角，更吸引我们的目光。这时候，我们固有的对于侠的概念其实已经松动了。到了《神雕侠侣》，主角杨过又演绎出了完全突破读者想象的"侠"的样貌。再到后来，在金庸笔下，侠的面貌更是越来越多元。

武侠的核心价值存在于虚构之外

金庸一生传奇，一生隽永，度过了一般人好几辈子才能经历的人生，完成了其他人好几辈子加总起来的事功。

武侠小说家金庸与报人查良镛并行于《明报》报人生涯，可回溯至20世纪50年代。查良镛到了香港之后，于1959年创办《明报》，并且将《明报》从原先的小报经营成了香港报界首屈一指的大报。查良镛办报的野心不仅如此，后来还创办了《明报月刊》《明报晚报》，以及在整个华文地区占有特殊地位的《明报周刊》。这几个纸媒形成了大规模的报业集团，具有多样性特色。虽然都在"明报"旗下，但《明报月刊》在总编辑胡菊人主政下，堪称不折不扣、不同凡响的知识分子型月刊；而《明报周刊》与其截然不同，反而沿袭香港日渐发达的电影事业。因为香港自20世纪五六十年代开始，与电影、影剧产业相关之《南国画报》、邵氏影业陆续蓬勃发展，及至20世纪70年代，香港的电视事业也兴盛起来，所以《明报周刊》是一份以电视、电影明星为主的娱乐媒体。

"明报"在查良镛手中日渐变成庞大的集团，评论作为报人的查良镛在报业上的成就，他这一辈子在香港报业史上都将占有十分独特的地位，是全世界报业史、新闻史上的翘楚。然而除了报人生涯，查良镛还以金庸为笔名驰骋明报连载小说专栏，成为首屈一指的武侠小说家。在武侠小说领域上，金庸写出其他小说家需好几辈子才能实现的成就；将金庸小说划分成不同阶段来看，他每一段巅峰都可以是其他武侠小说家难以企及的成就，他个人的成就足以分配给好几位作家。从金庸首两部武侠小说《书剑恩仇录》《碧血剑》来看，在继承正统武侠小说传统时，他的起手式已经名列前茅，一鸣惊人。

金庸前两部起手式作品，突破既有武侠小说传统，以历史性的春秋笔法写出别开生面的武侠小说格局；在武侠小说写作中，融入历史小说特质，创作出前所未有的武侠故事。在《书剑恩仇录》《碧血剑》这两部武侠小说之前，从未有小说家写过乾隆，更不可能以袁崇焕为小说主角，但金庸一起笔，便将历史小说与武侠小说熔铸在一起，从而突破正统武侠小说的体例，并且时刻超越自我的写作功力。即使金庸从此之后，不断推出与《书剑恩仇录》《碧血剑》类似作品，他仍然可以在中国武侠小说系谱上名留青史。然而金庸从不住于眼前成就，绝不重复同样的小说模式，因此《碧血剑》之后，他在《射雕英雄传》里尝试新的写作路数。

金庸自知他在《射雕英雄传》中突破正统武侠小说路数，所以当他20世纪70年代重新修订《神雕侠侣》时，在"后记"中侃侃而谈小说主旨；其实从创作《射雕英雄传》开始，金庸已经意识到小说主角与江湖之间隐然未发的冲突及紧张，何者为真理？何者是虚妄的存在？——"我们今日认为天经地义的许许多多规矩习俗，数百年后是不是也大有可能被人认为毫无意义呢？"金庸切入这个观点，重新思考世俗礼法与人间至情之间的关系，在《神雕侠侣》这部小说中突破以往的写作，"企图通过杨过这个角色，抒写世间礼法习俗对人心灵和行为的拘束"，颠覆他在《射雕英雄传》中塑造的"为国为民，侠之大者"等武侠情结。《书剑恩仇录》与《碧血剑》弥漫爱国、抗敌情操，的确不存在这类情怀。

　　武侠世界充满虚构，充斥不合理的情节，诸如飞檐走壁、掌风如刀等，完全不符合物理常识，武功招数皆纯粹虚构，然而武侠世界应该含有虚构之外的事物，作为武侠的核心价值。江湖武林离开虚构，还有什么？

　　金庸尝试在《射雕英雄传》当中回答这个问题，从人物性格切入探讨，凸显出《射雕英雄传》独特之处。相较于其他武侠小说，《射雕英雄传》有两项重要突破。一是金庸首次尝试塑造迷人且个性极端的人物，譬如东邪、西毒、南帝、北丐、中神通五绝，这五大绝顶高手第一次华山论剑就迸发出戏剧张力。五绝在华山绝顶较艺，时逢寒冬岁尽、大雪封山，五绝"口中谈论，手上比武，在大雪之中直比了七天七夜"。东邪黄药师性格乖僻；西毒欧阳锋是手段凶狠的老毒物；南帝段皇爷慈和宽厚；北丐洪七公素有九指神丐称号，向来神龙见首不见尾；中神通王重阳，痴武甚于情爱。五绝个性鲜明，致使读者不会单以武功绝学去分辨他们，更多时候是以人物性格去分辨他们。

　　容我再强调一次，金庸不断地突破自我。他十分明白武功招数、群侠争战这些情节可以诱惑读者深入武侠情境，而建构这些小说情节的并非现实，而是虚构，正因为如此，这些在想象世界中栩栩如生的情景轻易就会被人遗忘；而那些与真实人生相终始的哲理，在极端或戏剧性的描述下反而容易深入人心。《射雕英雄传》之后，金庸已经成功补足以往武侠小说最弱的一环——向前推溯，无论还珠楼主还是白羽，甚至平江不肖生，他们的武侠作品中都普遍存在的一个问题——缺乏角色塑造。唯有少数作家，例如像王度庐，能够多所着墨人物性格，角色本身形象鲜明，让读者对于小说人物印象深刻。

读完《射雕英雄传》，你不可能对郭靖及黄蓉为人一无所知，东邪、西毒、南帝、北丐、中神通五绝人物形象更是跃然纸上。金庸舍弃了纯粹以江湖武林恩怨为故事主轴，他在《射雕英雄传》之后，形成以人物性格为主线的小说写作公式，以人物性格推动故事情节。到了《神雕侠侣》，他更进一步发展"人物性格的可能性"，诚如"后记"所说："道德规范、行为准则、风俗习惯等等社会性的行为模式，经常随着时代而改变，然而人的性格和感情，变动却十分缓慢。三千年前《诗经》中的欢悦、哀伤、怀念、悲苦，与今日人们的感情仍是并无重大分别。我个人始终觉得，在小说中，人的性格和感情，比社会意义具有更大的重要性。"

金庸《射雕英雄传》不仅在叙事方式上有所突破，还塑造出武侠小说当中从未出现过的角色——黄蓉。这个角色象征两种潮流，首先是女性角色被重新书写。女性过去是"侠"的对立面或者"侠"的依附，但在此时，尤其是与郭靖相比，黄蓉所流露出来的"侠"的特质及本事甚至高过郭靖，而且黄蓉根本不属于成为"侠"。这种人格特质承袭她爸爸黄药师，东邪黄药师无视世俗礼教，是个"正中带有七分邪，邪中带有三分正"的侠。在武侠正统之外，金庸提出了侠之另类。试问：武侠小说里至高的人物是"侠"吗？依照传统武侠小说天经地义的前提，侠本该至高无上，否则就失去了读武侠小说的意义。以往武侠小说的读者，首要的阅读兴趣是在江湖中寻找"侠"的踪影，因为"侠"理所当然是武林主角；就这点而言，《射雕英雄传》显现出暧昧性。从单一角色层面来看，这部小说第一主角是郭靖，但这个角色并未一直主宰小说情节。在阅读小说当中，出现了比郭靖更加吸引读者目光的角色——黄蓉，她让小说情节趣味横生，黄蓉的来历也促使我们思考何谓"侠"或"武侠"，"武侠"是否存在其他可能性？

正统武侠小说起源于小传统，最早可追溯至说书人、讲史艺人所讲述的民间传说，经过宋代话本及明清章回小说作者加以踵事增华，清朝中叶至后期大量出现以侠客、义士为主轴的侠义小说。部分唐传奇以及《水浒传》《三侠五义》沿袭民间信仰及庶民文化，其中不曾出现过大传统，即使内含诗词，都只是说书人用来当作道德教训的警语。然而借由书写黄蓉，金庸刻画新武侠小说人物的立体形象，融进武侠小说之前从未出现过的大传统架构，他将中国宋代以来的文人文化移植进武侠小说。金庸在写作上不停地突破，《射雕英雄传》延续《书剑恩仇录》《碧血剑》书写帝王或与帝王命运休戚与共的历史主题，所以《射雕英雄传》原本以成吉思汗传奇为核心，但故事开展之后，成吉思汗的存在感就与乾隆（《书剑恩仇录》）、崇祯（《碧血剑》）截然不同；随着情节推移，成吉思汗的历史成分被淡化了，成吉思汗在武林之中，其地位远远不及东邪、西毒、南帝、北丐、中神通五绝重要。

走出历史的局限，《射雕英雄传》离开《书剑恩仇录》《碧血剑》的江湖系谱，另创写作路数。金庸在这条路数上走得十分过瘾，决定延续《射雕英雄传》故事，续写第三次华山论剑之后郭靖和黄蓉闯荡江湖的故事，历史场景设定在元末襄阳围城之际。郭靖、黄蓉夫妻镇守襄阳期间，不仅成为武林盟主，更让晚年淫奢无度的宋理宗朝政苟延残喘十几年；原本金庸预计以此为《神雕侠侣》故事架构，但等到真正开始写作，他又会构思出别出心裁的小说情节，偏离原先的故事梗概。

继糅合武侠与历史小说之后，金庸又一次突破武侠小说正统，让赤练仙子李莫愁这个角色背负新的武侠情仇，他在武侠小说中增添通俗罗曼史小说元素，刻画出罗曼史小说都难以刻画的爱情传奇。《神雕侠侣》整部小说都包围在"直教生死相许"的爱情之中，几乎所有关键角色都陷入"问世间情是何物，直教生死相许"的罗网当中。惟一没有困在爱情这座围城之中的角色，大概就只有金轮法王，他不受爱情羁绊。

《神雕侠侣》中的江湖中人，很少有人能逃离爱情牢笼，金庸夸张地渲染人生当中的死生契阔，甚至塑造出郭芙这般不合理的角色，整部小说描写最震撼人心之处，在于颠覆了以往武侠小说里的正邪之分明；何谓正派人物？何谓反派人物？原本是泾渭分明，但《神雕侠侣》里最十恶不赦的角色，并不是蒙古人或其他民族的人，譬如金轮法王座下二弟子达尔巴性格就很憨厚，尤其在争夺武林盟主一节，杨过用心记下达尔巴所讲藏语，依样画葫芦，复诵达尔巴藏语："我师父是金轮法王。我又不是小孩子，你该叫我大和尚。"没想到达尔巴竟然将杨过认作早逝的大师兄转世，突然抛下金刚杵，向杨过低头膜拜，连称："大师兄，师弟达尔巴参见。"他内心对已逝的大师兄，含有深厚感情。

不似达尔巴鲁直，中原武林这边，郭芙犯下最多的罪行，然而却不能将她归类为反派人物，因为她站在武林正派这一方。反派之中有善人，正派之中有恶徒。郭芙作为恶人，隐含着一个道德教训——郭芙之坏，纯粹因为她是个被宠坏的小孩，小说直到临近结尾之前，郭芙都依然如此。"她自幼处于顺境，旁人瞧在她父母份上，事事趋奉容让，因此她一向只想到自己，绝少为旁人打算"，因此她会闯下比邪恶更加可怕的祸事。杨过断臂拜她所赐，她又错将两枚冰魄银针激射到正在运功驱毒的小龙女与杨过身上，"小龙女身中这枚银针之时，恰当体内毒质正要顺着内息流出,突然受到如此剧烈的一刺,五毒神掌上的毒质尽数倒流,侵入周身诸处大穴,这么一来,纵有灵芝仙丹,也已无法解救"。男女主角都受郭芙连累。被宠坏的小孩脾气暴躁、行事鲁莽,又骄纵蛮横,因此成为武林之中另类的邪恶力量。

小说即将结尾时,金庸特意为郭芙所有过失另做解释,倘若这个解释设置在罗曼史小说里,读者可以不那么在意,会略过作者的解释,但若对照小说前后情节,可察觉出前后情节难以吻合。当杨过救下郭芙丈夫耶律齐性命之后,战场上喊杀震天,郭芙竟突然顿生领悟:"我难道讨厌他么?当真恨他么?武氏兄弟一直拼命的想讨我喜欢,可是他却从来不理我。只要他稍为顺着我一点儿,我便为他死了,也所甘愿。我为什么老是这般没来由的恨他?只因为我暗暗想着他,念着他,但他竟没半点将我放在心上?"直到此刻,她才明白自己二十多年来的心事,她一生之中什么都不缺,最大的遗憾却是无法得到杨过的爱。这段描述彻底改写小说前半部分中郭芙与杨过两人之间的心结,郭芙像变了一个人,顿悟自己以往之非。

郭芙是一个彻底被宠坏的小孩,容易歧视别人,她第一次遇见杨过,就歧视他是个"小叫花子",但小说进行到结尾,突然之间这些嫌隙全都不算数了,杨过甚至说:"芙妹,咱俩从小一起长大,虽然常闹别扭,其实情若兄妹。只要你此后不再讨厌我、恨我,我就心满意足了。"显然金庸此时笼罩在罗曼史的爱情泥淖里,以至于他改写了郭芙个性,这实在很难说服我,我始终觉得郭芙不可能是如此浪漫之人。但无论如何,郭芙个性上的变异反映出《神雕侠侣》的特别之处——江湖之中包藏了罗曼史爱情小说的特质,其中的核心爱侣就是杨过及小龙女。金庸再一次突破武侠小说的传统,意谓在感情面前,"武"和"侠"不再至高无上。

感情挫折排山倒海而来时，"武"不再是人生最重要的目标；情感激荡时，人的行为容易脱离常轨，身怀武功之人则会做出比常人更加极端的事情。《神雕侠侣》中一段又一段的故事及大量例证逼你直视人生最极致的难关——感情坎坷。《神雕侠侣》中武林世界里的关键人物，除了金轮法王，没有一个不陷在情路崎岖之中，当每个角色都坠入情障，郭芙也就无法置身事外，最后必须悔悟她个人感情上的遗憾。

《神雕侠侣》中江湖的祸端源自情关上的劫难，女魔头赤练仙子李莫愁出现在风月无情之夜，所有腥风血雨由此展开；武三通家庭悲剧、陆家庄灭门之灾，全都起因于"为情所困"。这其中还有一段金庸不愿割舍的故事，他延续《射雕英雄传》中南帝段皇爷的故事，因此就连周伯通这般不谙人情世故的角色也牵连其中，段皇爷、周伯通与瑛姑三人纠葛在难解的三角关系当中。这三人的情障又波及裘千仞。第一次华山论剑后，铁掌帮帮主裘千仞潜入大理皇宫，暗中向瑛姑与周伯通私生子劈了一掌，目的是逼南帝以一阳指为瑛姑私生子疗伤救命，南帝在元气大伤、五年之内武功全失的情况下，无法争战于第二次华山论剑，与裘千仞争夺《九阴真经》。后来在第二次华山论剑时，裘千仞在南帝点化下皈依佛门，出家为慈恩法师，但由于过去尘缘未断，始终不能大彻大悟。因此他才在妹妹裘千尺的语言相激下，走入过往未解的情障，神智疯癫，欲杀黄蓉女儿郭襄为大哥裘千丈报仇。

裘千尺与绝情谷主公孙止之间的关系也缘于爱情，《神雕侠侣》中每一段恩怨情仇都源自感情的纠葛，每一个角色都是感情的牺牲者。其中情感最轰轰烈烈的角色当属杨过与小龙女。借由情痴这个主题，金庸又将武侠小说提升至另一个境界，他在每一个创作阶段都能打破武侠小说的传统局限，提升武侠小说的写作艺术。

《射雕英雄传》虽然是以郭靖、黄蓉为核心去推动小说情节，但其他关键角色诸如天下五绝，也同样令人印象深刻，每个读者心中都各有其最难忘的角色。而《神雕侠侣》的阅读效果则截然不同，主角杨过贯穿所有江湖故事，他涉及每一个关键事件，他的性格、身世牵动整个江湖局势，由此观之，《神雕侠侣》可谓为单一主角小说；小说叙事围绕着杨过延伸至小龙女、程英、陆无双及郭襄等角色。小说大篇幅描写杨过的故事，为了避免阅读疲乏，金庸在小说结尾构思了感情大高潮，将所有悬念设置在断肠崖场景，借生离死别铺陈"情是何物"。此时杨过身中绝情花剧毒，非死不可；小龙女也中了冰魄银针，她也必死无疑；这对命运多舛的情侣在结为夫妻后，走到生离死别人生关卡——"十六年后，在此重会，夫妻情深，勿失信约。""小龙女书嘱夫君杨郎，珍重万千，务求相聚。"为了等待小龙女定下的十六年之约，杨过服下断肠草，解了绝情花剧毒。

小说叙事没有停留在这段高潮情节，原来这两行文字埋有伏笔。小龙女留下这两行绝笔其实别有用心，因为黄蓉找到断肠草，可解杨过绝情花剧毒，杨过能够活下去，但小龙女仍然必死无疑。然而，纵然有绝情花解药，小龙女深知杨过也不愿独活世间，为了让杨过服食解药，才留下十六年后相约之期。这整段故事其实是为了铺叙十六年后的结局——他与小龙女是否会重逢。小说叙事架构最松散的部分在于杨过在这十六年过渡期的遭遇，幸而金庸以郭襄为桥梁，联结《倚天屠龙记》故事。但由于杨过变成了神雕大侠，几乎无坚不摧，任何事都难不倒他，如此一来，小说就很难出现高潮迭起的叙事，只有杨过为郭襄"献礼祝寿"这一段插曲比较吸引读者目光。十六年约期到来之前，缺乏人间故事的戏剧张力，这正是以单一主角为小说叙事架构的棘手之处。

那个庆生真的就是一个热闹，没有武侠或人间故事当中的张力，但是金庸需要这一段帮他自己带着读者撑过十六年。你看，连这样的十六年，单写杨过他都能撑得过去，硬是把《神雕侠侣》写成了单一主角这样的一部小说，把这个单一主角写得如此精彩。

到了金庸创作晚期，他笔锋一转，竟写出了故事前后将近五百个角色的小说《天龙八部》，这部巨著是金庸所有武侠作品中篇幅最长的小说，大致上与《鹿鼎记》相距不远。而且，这部小说还是一个多重中心的故事，不存在单一主角，无论是萧峰、段誉或虚竹都让人印象深刻，所有人物及他们各自的遭遇，最后共同编结成一个极为紧密的网络，这是金庸另一个写作上的突破。

继《天龙八部》《笑傲江湖》之后，金庸持续琢磨小说的写作技艺，直到他武侠小说创作人生的最后一部作品《鹿鼎记》，这是在武侠小说史上既不可思议又无可取代的武侠作品。《鹿鼎记》作为金庸封笔之作，绝对有其特殊意义；姑且不论金庸是否有意让《鹿鼎记》成为收山之作，《鹿鼎记》作为他最后一部武侠小说，为他二十多年武侠小说创作生涯画下精彩绝伦的句号，呼应并烘托金庸武林世界的迷人之处。

《鹿鼎记》小说背景以历史为本，重回第一部小说《书剑恩仇录》的虚构方式。金庸前两部作品《书剑恩仇录》《碧血剑》，分别以清朝乾隆皇帝及明末崇祯皇帝的故事为经纬，《射雕英雄传》之后小说中的历史性渐渐淡出，及至《鹿鼎记》才又更极致地以历史小说叙事手法刻画武侠世界。

《鹿鼎记》不只将小说背景设定在康熙朝，甚至刻意让小说主角韦小宝连贯起三大清朝史实：他叙述康熙杀鳌拜始末，引《清史稿·圣祖本纪》"上久悉鳌拜专横乱政，特虑其多力难制，乃选侍卫、拜唐阿年少有力者为扑击之戏"对照，小说则写康熙与"小桂子"韦小宝合力设局，假意让十二个小太监与鳌拜"练摔交"，韦小宝使计擒拿住鳌拜；康熙平定吴三桂，也归功于韦小宝；大清帝国与罗刹国（俄罗斯）签订《尼布楚条约》，也是靠着韦小宝赴俄罗斯，用计与摄政女皇签订条约。

金庸一面构思符合史实的小说情节，同时在历史的缝隙中虚构小说故事，这种春秋笔法不仅考验小说家的历史学识，也考验小说家如何判别历史中含有多少虚构空间。这是何等的企图？这是何等的野心？

金庸基本上就是一路这样写他的武侠小说，写完一部到达了一座高峰，他就把这座高峰忘掉，背向这座高峰，再去爬另外一座高峰。在这件事情上，没有人像金庸。我们要看到这样的金庸，才算是了解金庸所有这些武侠小说彼此的关联。

当《神雕侠侣》连载结束，再回过头去对照《射雕英雄传》，《神雕侠侣》所引起的回响远超过《射雕英雄传》；等到《天龙八部》《笑傲江湖》完成之后，读者逐渐遗忘金庸早期两部作品《书剑恩仇录》《碧血剑》。唯有金庸能够超越金庸，这两部早期作品皆足以在武侠小说史上脱颖而出，可是"射雕三部曲"、《笑傲江湖》之后，金庸早期武侠小说就显得相形失色了。

武林：为新秩序而生

平江不肖生《江湖奇侠传》在武侠文学上的巨大贡献，就是形塑了武林。何谓武林？江湖又是什么？武林、江湖是这一群奇异之士所组成的人际关系。武侠小说叙述的不是侠在凡人世界的遭遇，而是这些侠以非凡的武功创造奇观。武侠小说的叙事架构不在于凡人与侠之间的关系，武侠小说的叙事围绕侠与侠彼此之间的关系展开。武侠的空间独立存在于凡人世界之外，自成一格，有特定的人际关系。侠的人际关系有基本的套路或模式，侠并非单独存在，侠是依附在帮派之中，任何一个角色进入到武侠空间里,帮派就是他的首要身份。在武侠小说中,角色的帮派头衔极为重要,像在《射雕英雄传》里,柯镇恶是江南七怪之首,洪七公是丐帮第十三代帮主,帮派头衔明确标示出这些侠在武林人际关系中的地位。

从这点上看,平江不肖生以降的武侠之所以足可开创新时代新局面,关键正在其"系谱"以及"系谱"所织造出的异类世界。江湖或武林,从平江不肖生的小说里透显出来,成了一个藏在日常生活中,一般人却看不见听不到摸不着的隐形世界。江湖、武林与现实不即不离,亦即亦离。

从此之后,江湖、武林成了底层的另类中国。事实上,平江不肖生的小说会流行起来,作为一种文类,"武侠小说"会有那么旺盛且长久的生命力,吸引了一代一代的作者与读者,其中一项历史缘由,应该就来自在中国主流大传统历经挫折崩溃之后,人们可以借由"武侠"的中介,想象一个充满了义气英雄的"底层中国""小传统中国"。

19世纪以降,中国迭遭打击,终至使得一切旧有秩序都失去了合法性,当然也失去了效力。科举瓦解了,朝廷瓦解了,乡约宗祠瓦解了,进而连政府官家权威也瓦解了。在这种恶劣悲观的现实下,人们还能依赖什么?

杜月笙及青洪帮(清洪帮)的传说在民初广泛流传,甚至被夸张放大为传奇,正反映那个时代的"秩序渴望"。除了"秩序渴望",还有"尊严渴望",渴望面对被西方势力不断挫败的中国,还可以有些值得肯定、值得骄傲的地方。

基于上述武侠文学背景,即能解释金庸武侠小说为何能臻至武侠文学的巅峰。在中国武侠类型小说的规范之中,武林、江湖不断处于寻求秩序的状态。武侠小说起笔写的一定都是原有的武林秩序瓦解了,借由一个英雄或一群英雄,在一连串奇遇及武斗之后，最后创造出新的秩序。

　　武侠小说逃不掉的宿命，是不断在瓦解后的旧有秩序当中寻求新秩序。倘若不是如此，就违背了武侠小说的传统，而不被视为好的武侠小说。当然，在一般读者心目中，印象比较深刻的是金庸小说当中的"华山论剑"，但为什么会发生"华山论剑"？在《射雕英雄传》的叙事结构里，金庸因应武侠叙事传统的基本架构，两次"华山论剑"最令人印象深刻，这其中含有金庸的创新——他的现代叙述。

　　第一次"华山论剑"是回溯描述，小说第一次提到"华山论剑"时，事件已经过去很久了，可是小说仍反反复复描述这件事，因为那是整部小说中最核心的重大事件。东邪、西毒、南帝、北丐、中神通，他们七天七夜论武，最后，中神通王重阳压倒其他四个人，夺得武林奇书《九阴真经》。王重阳出家做道士，创造了全真派，他之所以取得《九阴真经》，目的就是藏起《九阴真经》，让武林从此远离腥风血雨，情节进展到此，新秩序形成了。但之后，与郭靖相关的遭遇、一连串的阴错阳差以及转折，又让武林世界再生波澜，刚建立起来的秩序又遭破坏。黑风双煞铁尸梅超风、铜尸陈玄风是一对夫妻档，他们原是东邪黄药师的徒弟。盗走黄药师的至宝——半部《九阴真经》，练成阴毒武技后，陈梅夫妇在江湖中闯荡。江湖再起风波，不少英雄人物的性命折损在他们手里。

　　之后开启一个漫长的故事，但无论这个故事走了多漫长的路，它还是依循武侠传统的基本模式，这意味着第一次华山论战，借由王重阳的修为及武功所建立起来的秩序遭到毁坏，所以此时必须依靠第二次华山论剑，重新收拾混乱的武林秩序。《九阴真经》重现江湖后，西毒欧阳锋不择手段夺取《九阴真经》，武林面临无法收拾的刀光剑影。郭靖和黄蓉介入这场混乱的局面中，他们最重要的作用是画出一道分水岭，按照武侠类型小说的需求，分隔出正派与反派人物。

金庸最杰出的成就是在他笔下，正派与反派人物之间的关系更复杂，但同时他仍然没有打破原先的武侠传统规范。金庸武侠小说的创作可以分成几个阶段，《射雕英雄传》是其中的分水岭，这意味着在《射雕英雄传》之后的作品，都与之前《书剑恩仇录》《碧血剑》截然不同，金庸衡量正反派的标准已有了变化。

在《书剑恩仇录》《碧血剑》当中，反派就是不折不扣的反派，换言之，反派之所以成为反派，完全来自一个人的心术不正，或者是邪魔般个性。但是到了《射雕英雄传》之后，金庸笔下的反派角色愈趋复杂，《倚天屠龙记》里的正派人物甚至也变得复杂；形象最突出的正派人物是灭绝师太，她绝非坏人，只是坚持原则，也是最刻薄、自以为是的人，她执行原则的程度颇为骇人。金庸小说的正反派人物开始出现了混淆，这些角色的性格或遭遇错综复杂，正派、反派人物之间的界线并不是非黑即白。

读者预期从武侠小说中会得到安慰，从不堪的现实逃入想象世界，这是平江不肖生开启的武侠世界。当时的中国人渴望秩序、渴望尊严，但凡维护秩序的人物就属于正派这一方，这类人是维护正义的正派角色；反之，破坏秩序的人物就是反派角色，读者不必去深究反派人物是如何误入歧途。就这点而言，金庸仍然明确依循武侠小说的规范。

依靠想象维持尊严

平江不肖生在《近代侠义英雄传》中，大书特书霍元甲"三打外国大力士"，先后打败了俄国人、非洲黑人和英国人，洗刷了对中国"东亚病夫"的歧视轻侮，最清楚反映出武侠小说在回应

"尊严渴望"上的重大功效；这是正义尊严之外，不容忽视的民族尊严。

苏格兰历史小说家华特·史考特（Walter Scott，1771—1832），也擅写这类江湖侠义的小说。之所以忽然提到史考特爵士，是因为出版《射雕英雄传》的Maclehose Press（麦克莱霍斯出版社）的总编辑保罗·恩格斯（Paul Engles）是不折不扣的史考特迷，他决定出版《射雕英雄传》，与这个背景有关。我曾经跟这位总编辑在谈话的时候，提到史考特爵士的历史小说与金庸的武侠小说之间存在绝大差异，因为史考特爵士的历史小说中没有民族主义成分，小说英雄的血统和民族身份都不重要。但是金庸的武侠小说承袭两个背景：首先，是平江不肖生所建立的武侠小说类型，武侠存在的作用是为了让中国人扬眉吐气；其次，金庸曾是对日抗战时期的流亡学生，日本侵华在他心中留下深刻的痛苦，反映在他的武侠小说里，就是异族与汉人之间的冲突，这始终都是他小说中的主轴。

也因此，金庸选择小说历史背景时，大致上都是以宋代、明末清初、清朝为主。《射雕英雄传》的民族冲突来自宋辽金之间的这一系列关系，另一系列关系就是汉人与满人之间。金庸擅写民族间的对立与冲突，从民族主义这个角度来看，这正是我认为《鹿鼎记》必须另外单独评说的原因。

武侠小说创造的武林、江湖里，藏着各式各样的中国英雄。他们神武、英俊、智慧，而且具有美德。中国文化的美好、中国社会得以战胜西洋的，不在朝廷士大夫或富商大贾的那个"显世界"，而在武林、江湖所形成的"隐世界"。"显世界"虽已被证明不堪一击、破败狼狈，这没关系，还有"隐世界"的存在。所以无论江湖、武林再怎么险恶，充满钩心斗角，或是在败破当中寻求新秩序，中国武侠小说世界里的武林绝对比现实美好，比现实更值得我们向往。

　　这种靠想象来维持尊严的路数，不是很像靠神符鬼咒就能"扶清灭洋"的义和团的思想吗？老实说，是蛮像的。平江不肖生必然也自觉到霍元甲"三打外国大力士"故事精神里，有太多"义和团成分"在，才刻意在《近代侠义英雄传》一书中，安排让霍元甲不只反义和团，而且还入义和团阵中诛杀义和团首领。

　　不过，霍元甲杀了义和团的首领，却杀不断武侠小说在社会意识功能上与义和团的相近关系。武侠小说是对那个悲苦年代的逃避，同时也是安慰。从不堪的现实逃入一个想象的世界，而且这想象因为有着完整的系谱与身世，看起来如此具体、如此立体。平江不肖生以降，武侠小说提供的最大阅读安慰，就在似真、拟真地告诉读者，在你们周围细微隐藏着没被你们识破的另一个中国，一个保留了侠义精神、高贵特质的中国，一个具有足以击败外国势力的中国。这个有英雄、有狗熊的江湖，不是任何人为了说故事、为了写小说而捏造出来的（不是"机械降神"）。平江不肖生这种写小说的人，是因为得了机缘之助，得以识破那世界一小角的偷窥者，将那个世界的样貌转述给我们。

　　虚构的小说作者，却想方设法排除附着在其叙述之上的虚构，假装那叙事声音来自一个记录者。《江湖奇侠传》里向乐山的故事，是怎么开头的？平江不肖生写道："清虚道人收向乐山的一回故事，凡是年纪在七十以上的平江人，十有八九能知道这事的。在下且趁这当儿，交代一番，再写以下争水陆码头的事，方有着落。"

　　这是平江不肖生的重要写作的策略，也是他开创"武侠史"的主要贡献之一，用这种方式开启了读者及未来作者心中虚实互动、现实与江湖两世界彼此穿梭互通的无穷可能性。

帮派系谱的建立

平江不肖生对"武侠史"做出的另一大贡献是他创造了帮派系谱。不只让群侠各归其位、各有所属,侠与侠之间有了千丝万缕的恩怨情仇,这套系谱还具备了不断创新扩张的弹性,诱引后来的武侠作者跟随他的脚步,投入到这一"想象武林"的创作中。

几乎与平江不肖生同一时期,只比他起步稍晚的武侠小说家是赵焕亭,时人称为"南向北赵"。赵焕亭的写作路数与平江不肖生很像,譬如《奇侠精忠传》书名就与《江湖奇侠传》雷同,但赵焕亭的《奇侠精忠传》无论在知名度还是地位上,皆远不及平江不肖生的《江湖奇侠传》,这其中有何缘故?除了小说本身的因素外,我们不能忽略文类传承上所造成的选择效果,也就是后来写作武侠小说的人,受到平江不肖生暗示,跟随平江不肖生的例子,将他们的故事附丽在平江不肖生关系上的那个武林、江湖图像上。这些后来者成就了平江不肖生,他们选择写一种"平江不肖生式"的武林,而不是"赵焕亭式"的武林,这真正注定了"南向北赵"中谁会成为"正统"。

同样情况,我们也可以在平江不肖生与还珠楼主之间看到。《蜀山剑侠传》气魄不为不大、成就不为不高,然而《蜀山剑侠传》的气魄、成就,尤其是巨大的篇幅反而阻止了后来者的仿袭。《蜀山剑侠传》如一座孤峰,凸出傲立;《江湖奇侠传》的文学风景,却是一片连绵不断的山脉。

《蜀山剑侠传》的篇幅约五百万字,大概等于金庸所有小说的总和,金庸他们那一代人都读过《蜀山剑侠传》,但今天的读者已经不读《蜀山剑侠传》了。为什么?这是因为读者不熟悉《蜀山剑侠传》的金光派,同样道理,读者对赵焕亭的《奇侠精忠传》也不熟悉,我们对这两部小说中武侠世界的来历、武功非常陌生。

我们比较熟知平江不肖生武林系谱中的帮派、武林组织。

平江不肖生创造的武林世界，吸引后继者承袭他的武林系谱，包括金庸在内。后起的作家都必须按照平江不肖生设置的武林，书写他们小说中的武林。再抄一段也是张大春的论断："系谱这个结构装置毕竟为日后的武侠小说家接收起来，它甚至可以作为武侠小说这个类型之所以有别于中国古典公案、侠义小说的执照。一套系谱有时不只出现在一部小说之中，它也可以同时出现在一个作家好几部作品之中。比方说：在写了八十八部武侠小说的郑证因笔下，《天南逸叟》《子母离魂圈》《五凤朝阳》《淮上风云》等多部都和作者的成名巨制共有同一套系谱。而一套系谱也不只为一位作家所独占，比方说：金庸就曾经在多部武侠小说中让他的侠客进驻昆仑、崆峒、丐帮等不肖生的系谱，驱逐了金罗汉、董禄堂、红姑、甘瘤子，还为这个系谱平添上族祖的名讳。"这就是平江不肖生所设立的武林。

阅读武侠小说的人一定具备武侠世界的基本常识，少林派的绝门武功一定来自拳脚掌风，昆仑派的弟子一定擅于使剑，武当派的绝学一定是以内功为主的拳法，四川唐门一定擅投暗器，峨眉派掌门一定是师太，直到《笑傲江湖》打破了规矩。

平江不肖生开创的武侠系谱在一代代小说家累积、扩张之后，变得如此逼真，读者更容易遁入武侠的"隐世界"，武侠小说家共同的这个系谱更加突显类型小说的特质。类型小说是集体性的，尤其像武侠小说这种类型小说，由于武侠小说一脉相承地沿袭了同一套系谱，没有读者只读一本武侠小说，熟知这一套武林系谱是阅读武侠小说的门槛及条件。当你阅读《白鲸》《卡拉马佐夫兄弟》《战争与和平》这类纯文学，你可以只读一本小说，只汲取一本小说的精华。但如果你只想读一本武侠小说，那就不必再读武侠小说这种类型小说，因为单读一本武侠小说，你无法陷入武侠世界的魅力之中，你不能读得欲罢不能。当你读了十本、二十本武侠小说，丐帮这个门派的来龙去脉、武学及阵法，你全都一清二楚，你一定对丐帮的打狗棒法如数家珍，也一定知道丐帮长老分五六袋、七八袋，长老身旁一定有护法，丐帮弟子彼此之间有特殊的联络密技。

不同作者所撰写的武侠小说形塑了一个集体世界，换另一个角度来看，如果你不愿意付出庞大的阅读时间，就不可能在武林与江湖中得到乐趣。

中国的侠传统：集体高过个人

武林另一个奇怪组织是佛寺跟道观，这是武侠小说的内部组织，它既不是原来中国政治上最典型的朝廷，也不是社会中最典型的宗族与亲属。小说虚构出既非朝廷也非宗族的中间组织。这种组织的性质不同于国家与宗族，在武侠小说当中，它之所以存在，其实恰巧反映中国近世以降——宋代以下——中国社会的最大特色；这意味着朝廷势力不断上升，以至于朝廷垄断了所有政治及组织的权力，除了亲族，朝廷不容许其他组织介入其中。例如魏晋南北朝至唐朝以来，曾经有巨大势力的佛寺，到了宋朝以后受制于朝廷，宋王朝开始严加掌控僧众的数量。但在中世纪，尤其是魏晋南北朝，甚至一直到隋唐时代，佛寺其实一直是非常庞大的组织。僧侣及庞大土地都是佛寺的资产，寺院财产私有化，甚至出现富有僧人。宗教组织有其经济系统，资产巨富，佛寺简直就是国中之国，但是到了近世宋代以下，再也看不到这种金碧辉煌的佛寺了。

然而武侠世界是平行于现实社会的虚构世界，它不存在现实性，因此"侠"经常与寺院、道观有关。最知名的例子即是少林寺、全真教及武当派，它们分别是佛寺与道观。道观与佛寺组织显露武侠小说的内在矛盾，它们与江湖格格不入。佛寺本应不问尘世，道家应讲求清静无为，但是从中国知识系统追根究底，就能探索到这个矛盾在中国社会的来历。道教讲求养生吐气，后来与气功、武术产生关联，此即道教武的一面。另外，佛寺武的特质，其实来自长远以前的隐性记忆，在中国消失已久，唐中叶后就渐渐泯灭了。除了明朝由于倭寇进犯边境，而有乡兵制以支持僧兵发展，必须追索至日本奈良平安朝。东大寺、兴福寺、药师寺等当时所谓的七寺，以及京都比叡山延历寺，这些大佛寺皆拥有僧兵。中国中古时期，寺庙僧兵是保卫寺庙的武力及军事力量，他们本身并不是僧人。佛寺僧兵与道观武术，之后成为一种隐性存在，在武侠小说中传留下来，与武侠结合。

宗教本应悲天悯人、慈悲为怀，尤其不杀生，但行走武林，必然会运用武功、动用兵器。对照《射雕英雄传》，裘千仞在华山之上提出一个大哉问："哪一位生平没杀过人、没犯过恶行的……"众侠皆默然，心中矛盾："一灯大师长叹一声，首先退后，盘膝低头而坐。各人给裘千仞这句话挤兑住了，分别想到自己一生之中所犯的过失。渔、樵、耕、读四人当年在大理国为大臣时都曾杀过人，虽说是秉公行事，但终不免有所差错。周伯通与瑛姑对望一眼，想起生平恨事，各自内心有愧。郭靖西征之时战阵中杀人不少，本就在自恨自咎。"

只有北丐洪七公义正词严地说自己"生平从来没杀过一个好人"。身在江湖，你能不杀人吗？在武侠小说里，那些侠能不杀人吗？可是当侠是僧人、道士，不在佛门、道观清净地，却混迹江湖中打打杀杀，成何体统？！但追溯历史，北魏时期、五代十国，僧侣曾经参与农民起义，或是留下抵御异族等壮烈事迹。

对于西方译者而言，金庸小说实难翻译。首先，他会遇到价值上的冲突。对西方读者来说，何谓"侠"？"侠"其实融合了各种不同矛盾，"侠"既追求正义但"侠"本身又是破坏社会秩序的一个源头。司马迁笔下游侠"赴士之困阨"，去救助他人于危难之中，这种精神一直留存在武侠小说当中。譬如在《书剑恩仇录》中，小说关键情节围绕"救文泰来"这段叙事展开，为了救文泰来，红花会杀了多少人？那些人的性命不值一顾吗？对照之下，这其中存在着一贯的标准。首先，"侠"与"武"融合在一起，面对生命时侠必然也会挣扎与痛苦，当他行侠仗义时该如何确定他手中伸张的正义是绝对的正义？当西方译者试图翻译这个正义矛盾时，西方读者缺乏这种默契情境，一定会问：你怎么能确信自己从未错杀过一个人？这极有可能是个恒真式逻辑（tautology）。究竟你是用何标准去证明杀的每一个人都是"贪官污吏、土豪恶霸、大奸巨恶、负义薄幸之辈"？大侠杀的都是坏人？死于奸徒刀下的都是好人吗？金庸意识到这个问题与矛盾，因此才会描写郭靖回想花剌子模屠城惨状："我一生苦练武艺，练到现在，又怎样呢？连母亲和蓉儿都不能保，练了武艺又有何用？……完颜洪烈、魔诃末他们自然是坏人。但成吉思汗呢？他杀了完颜洪烈，该说是好人了，却又命令我去攻打大宋；他养我母子二十年，到头来却又逼死我的母亲……拖雷安答和我情投意合，但若他领军南攻，我是否要在战场上与他兵戎相见，杀个你死我活？不，不，每个人都有母亲，都是母亲十月怀胎、辛辛苦苦的抚育长大，我怎能杀了别人的儿子，叫他母亲伤心痛哭？他不忍心杀我，我也不忍心杀他。然而，难道就任由他来杀我大宋百姓？学武是为了打人杀人，看来我过去二十年全都错了，我勤勤恳恳的苦学苦练，到头来只有害人。早知如此，我一点武艺不会反而更好。"

金庸借由郭靖"武功害人论"，试图去解决这道难题，使金庸在文学上的成就远超过其他武侠小说家。但古龙认真处理过这个问题,《多情剑客无情剑》主角李寻欢拥有神乎其技的绝世武功,江湖人人皆知"小李飞刀,例不虚发",却罹患肺结核,但李寻欢最突出的特质是他不杀人。不论如何,他坚持不杀人,所以经常让自己陷入艰难处境。楚留香也是一个不杀人的侠。古龙要着墨的是,人在生死一念之间,如果不杀人会付出什么代价?他会让自己陷入什么样的困境下?这是古龙独到之处,因为他意识到杀人及救人之间的巨大矛盾,在杀人跟救人上,小说家必须在生命逻辑上维持连贯性、一致性;如果侠的精神是救人至上,但为了救一个人,可能会杀害其他人,这中间的合理性究竟为何?单就这一点而言,英文就难以翻译出其中的思考脉络。

西方启蒙主义以下的理性观——自由与个人主义,最无法理解这种集体或组织性。然而,作为一个"侠",他不是独立存在的个人,必须经常为了自己的民族身份汉人或者江湖身份某某派弟子,随时献出性命。侠必须归属在门派关系下,这其中也产生了冲突与矛盾,武侠原本不是为了游离出传统宗族关系而存在吗?可是当侠依附于江湖组织,仍然必须尊师重道,现实社会的宗族枷锁透过武侠世界的师徒关系复活了,甚至有时比父父子子的人伦制度更加严格。在武林中,师徒关系无比重要,因此当杨过和小龙女打破师徒之道想结为夫妻时,才会产生种种曲折。

金庸常常在小说中提及门派之别,何谓门派之别?例如,《神雕侠侣》"武林盟主"那一回,当杨过抵挡金轮法王弟子时曾使出洪七公打狗棒法武功,却被指出不用本门武功,杨过回道:"你这次说的倒算是人话,这棒法果然非我师父所授,纵然胜得你,谅你也不服。你要见识见识我师父的功夫,丝毫不难。我刚才借用别派功夫,就怕本门功夫用将出来,你输得太惨。"即使小龙女毫不在意,但他心想:"姑姑岂不怪我忘了她传授武功的恩德?"比武论输赢,最忌讳使用非本门武功。所以在论及杨过与郭芙婚事时，黄蓉追问杨过是否对小龙女磕过头、行过拜师大礼，郭靖一时不能明白黄蓉话中意思——师徒乱伦，心想："他早说过是龙姑娘的弟子，二人武功果是一路同派，那还有甚么假的？我跟他提女儿的亲事，怎么蓉儿又问他们师承门派？嗯，他先入全真派，后来改投别师，虽然不合武林规矩，却也不难化解。"

金庸在他早期作品《碧血剑》中，铺陈袁承志武功养成过程时，交待他在山上其实有两个师父，其中一个师父是木桑道人，但木桑道人绝对不让袁承志拜他为师，坚持不直接教他武功。为什么？武林规矩坚持徒弟只能拜一个师父学艺，一日为师，终生为师。徒弟如果另外向其他师父学武，就是欺师叛门。这是武林理所当然的规矩。

然而，郭靖、黄蓉等人后来能够成为武之大侠，是因为他们融合其他门派的武功，或因缘际会获得各家各派的武功绝学，譬如洪七公曾传授郭靖和黄蓉丐帮武功。这其实是个巨大矛盾，金庸大胆探索这个矛盾，郭靖、袁承志、杨过、令狐冲之所以能够脱颖而出，就是因为其他人都遵守门派之别，所以丘处机教出来的徒弟几乎不可能比丘处机武功高强。对照古龙武侠小说，古龙完全不写门派之别，也不太着墨大侠们的功夫来历。金庸在写第一部武侠小说《书剑恩仇录》时，也依循这个武功传统，也因此让陈家洛不像"射雕三部曲"的大侠那么迷人，因为他没有武功来历。可是后来读金庸其他小说，其中一个非常过瘾的地方，正在于看金庸如何巧妙设计大侠们的武功来历；原本按照武林规矩，一个人一生只能有一个门派，却有少数大侠莫名其妙地经历各种奇遇，他们竟然可以打破江湖规定，传承了不同门派、不同师父的武功。

正因为突破了武侠传统，必须另做解释，读者在金庸小说中才能得到阅读上的趣味。例如说，当你看郭靖闯荡江湖的故事，最吸引人的是哪一段？哪一段情节让你欲罢不能？他学武功的奇遇。譬如他在桃花岛上巧遇周伯通，因而学会了左右手互搏，类似的小说情节吸引你一直阅读下去。

西方读者一定无法深刻理解上述这种叙事逻辑，他们会遇到阅读上的困难。首先，为何在生死相争之际，只能用本门武功决斗？集体性原则为什么高过一切，彻底压过了个人的个性，甚至超越了个人生死？即使在生死之际，都不能打破武林规矩，必须确定各自使用的是自家武器、自家本领及功夫，以西方思维来看，这极为不可思议、不可理解。但是，这是中国武侠小说内涵的精髓，正因为武侠小说有其曲折来历，侠有其理想性与暧昧性，所以如果你外在于这个社会或文化，脱离这段历史的角度来读武侠小说，其实非常不容易将金庸武侠小说读得深邃起来。

武侠小说是由整个时代打造出来，中文读者可能都没有意识到这其中的复杂性；这意味着金庸小说是产生在一个相当特殊的背景之下，延续清末以来直到1949年这段历史所累积的变化与发展，夹杂个人、组织与国家之间的复杂关系，武侠小说这个文类从中诞生了。当读者进入武侠世界，意味着读者本身也是这种历史力量中的一个产物。英语读者不存在于这样一个生命历程当中，他们读不到武侠小说幽微、深刻之处，却彰显出我们这一代读武侠小说的人特殊的自我认知与理解。

对比沃尔特·斯科特（Walter Scott）脍炙人口的《撒克逊英雄传》与金庸武侠小说，西方读者绝对能在《撒克逊英雄传》中读到现实和奇幻之间的诸多交会；中文读者虽然也能窥见《撒克逊英雄传》动人之处，但始终缺乏英国人的想象背景，无法真正体会英格兰的骑士风情。西方读者看金庸武侠小说也是如此，透过英文转译，西方读者眼中的武侠世界一定不同于中文读者所领略的那般。只需翻开《射雕英雄传》英译本，就能察觉译笔遗失了哪些江湖味，对比之下，更加明白何谓最特殊的金庸，只有在中文世界的读者才能领略金庸独特的武侠况味。

《侠隐》《城邦暴力团》：另一个武侠的黄昏末日

在金庸之后，当然还有人写武侠小说，有几位让我留下比较深刻的印象，像温瑞安、黄易（1952—2017）、郑丰。他们基本上是延续既有的武侠写法，他们也写得非常杰出、非常精彩。不过他们毕竟跟金庸不一样，因为没有人能够像金庸这样不断地突破，不断地探索武侠小说的边界，一直到《鹿鼎记》。到了那里，所有在武侠传统当中的边界都被他探索过了。

另外，我要特别提及的是，张大春的《城邦暴力团》以及张北海（1936—2022）的《侠隐》。这两个人写的这两部小说不太一样，他们已经有了一种非常清楚的意识，从文类、从文学史的角度，他们是明白知道武侠小说已经结束了，所以这两部小说都是在探索、在记录武侠小说的结束。

因为姜文以张北海的《侠隐》作为背景、作为基底拍了《邪不压正》，所以我先跟大家介绍一下张北海的这部小说。可是要特别提醒大家，姜文拍的电影和张北海所写的小说，不是同一回事。

张北海的小说书名叫《侠隐》，如果你从小说里看，你就知道这个书名看起来是来自当时北京小报上一个写打油诗的叫"将近酒仙"的人，他给小说里的李天然取了这么一个外号。

不过你稍微再认真想一下，你就知道这个外号取得不对劲。怎么不对劲呢？因为按照中文的逻辑，你称一个人就应该叫他"隐侠"，而不会叫他"侠隐"。显然"侠隐"这两个字，张北海选择了它，就另有寓意。

说白了，"侠隐"不就是侠不见了，侠没有了吗？侠没有了，因为武侠没有了。过去武侠小说当中,"侠"跟"武"——也就是过人的武功,是一而二、二而一,密不可分的。

没有武功还能叫做侠吗?金庸在《鹿鼎记》里大胆挑衅了武侠的基本定义,写出了一个没有真功夫、专门靠着满口胡言唬人来闯荡江湖的韦小宝,让韦小宝成为武侠小说的主角。这是金庸了不起的创意成就,在武侠小说史上空前绝后。不过即使如此,我们的很多朋友都还不太能够接受把《鹿鼎记》里的韦小宝叫做侠吧,因为毕竟这部小说里其他的角色大部分都是身怀武功绝技的。

张北海在《侠隐》当中才真的写了武侠的黄昏末日,小说里几乎所有身怀武功的人,最后都不是死于武功之下。

故事的核心是太行山庄灭门血案。小说一直到了快一百页,才用李天然对师叔追忆的方式来呈现。

李天然的回忆是:"第一枪打中了师父,就在我对桌,子弹穿进他的额头,眼睛上边,一枪就死了,紧接着十来枪,从我后边窗户那儿打了过来,我们没人来得及起身,师母倒了,丹心倒了,丹青也倒了,我也倒了。"一家五口没有人来得及起身,也就没有人来得及使上武功。

而这样的仇究竟怎么报呢?到了最后时刻来临前,蓝青峰说重话,告诫李天然:"你是想证明你比你大师兄厉害,武功比他高,还是想把他给干掉,给你师父一家报仇?"这两者关键的差别就在于到底用还是不用枪,李天然不愿承诺要用枪。蓝青峰就提醒他:"你忘了你师父一家是怎么给打死的?现在不用那把'四五',那你可真是白在美国学了那手好枪。"

是啊,死去的前太行派掌门和幸存下来报仇的现任太行派掌门,最明显的差别就在于一个不会、可能也不屑用枪,一个就算仍然不屑用枪却还是不能不精通枪法,这才会有这么一段报仇戏,还要面对到底要不要用枪，应该用什么方法来取仇人性命的问题。盖世武功，抵不过飞来射穿额头的子弹，就这么现实，就这么残酷。

侠不见了，张北海的小说《侠隐》里还写出了另外一个理由，那是侠赖以活动的江湖武林也消失了，这不是任何一个侠能抵抗、能抵挡的。

武侠小说最迷人的地方，就在于写出了和现实世界平行存在的江湖武林，在那里，人间事的轻重缓急有了不同的标准。最重、最急的，在集体层次，莫过于武林存亡，或者盟主宝座归属问题；在个体层次，则莫过于师门兴衰、决斗胜负，还有有冤报冤、有仇报仇。

《侠隐》里的故事主轴，顺着原来武侠小说的惯例，有太行派的灭门事件，引发惟一的幸存者李天然要从美国回到当时的北平寻仇报复。而小说最先出现和报仇有关的是一张圆脸，一个日本人的圆脸。从这里，《侠隐》就不再单纯是武侠小说了，它变成了历史小说，就牵扯出1936年老北平的复杂局势。

这段历史，正是过去现代史教育中说得最含混不清的。简而言之，就是1931年日本占领东北之后，持续对华北软硬兼施的侵略——硬的有军队不断南下迫近北平，软的则是扶持了各种势力与国民政府对抗，还有积极地在北平布置军事情报人员。

这个时候，南京政府明显采取对日妥协的态度。一方面，由张自忠带领二十九军防卫北平；另一方面，由宋哲元和日本人合作，实质上成立一个共同政府来管理华北。蒋介石选择要将华北放在日本人立即占领的威胁之下，以便将主要的军力用于"安内"。

李天然的仇人之一是和关东军有关系的日本人。另一个仇人是原来的同师大师兄朱潜龙，灭门案发生六年之后，他已经变成了北平警察便衣组组长；随着日军进城，接着又高升成为侦缉队队长。

别说要报仇，光是要找到仇人，李天然就非得要涉入这非常复杂的情势不可，其家恨与国仇越来越缠卷在一起，还缠卷得越来越密。到了最后，对朱潜龙的报仇，变成了同时替国民政府暗杀汉奸的行动，得到了和二十九军或蓝衣社有关系的蓝青峰的协助。李天然变成了一个不情不愿的历史角色，想要将自己的行为保持为单纯的报仇都不可能，甚至失去了自己选择报仇的地点和方式的自由。

这当然就不是传统观念的江湖武侠了，而是什么呢？是现实。国家、政府、军队，更不要说方方面面的社会力量，在这个时候的北平交错混杂，彼此影响、彼此干扰，形成让人无所逃于其外的现实。这就是现代生活，不像传统江湖，有那么多的空隙可以让人居停转走。如此高密度的现代现实，还能想象江湖武林存在的可能吗？张北海感慨无奈，摇摇头说：不可能了，最后的江湖武林要消失了，侠当然也就只能跟着消失了。

贯穿张北海小说《侠隐》的关键词应该就是"最后"。他刻意将小说的时间背景放在1936年到1937年，所以他写出了最后的北平。虽然严格说北平这个名字还继续存在到1949年，才由新建立的中华人民共和国取消了"北平"，改回"北京"。不过对真正的老北平人来说，1937年夏天爆发了七七卢沟桥事变，日军进城，北平就不再是北平了。

民国的北平和之前之后的北京，最大的差别就在于这座城市新旧巧妙杂陈混合，不单纯只是一个过渡，所有旧的历史性元素都还生机盎然地活着，而且和所有新的外来元素毫不扞格地并存，创造了既热闹又舒适的城市日常社会。

没有什么比小说《侠隐》一开场出现马凯医生，更足以代表这样的北平了。马凯医生是北平特有的那一类外国人，上海、天津都少见。"他在洛杉矶加州大学医学院刚实习完毕，就和新婚夫人依丽莎白来到北京，刚好赶上中华民国成立。后来凡是有生人问他来北京多久了,他就微微一笑:'民国几年,我就来了几年。'"

是啊,算算这是民国二十五年,这位马凯医生在北京(北平)过了四分之一世纪的时间了。他说的是京腔,住的是四合院,对中国事物了解,就可以介入江湖。但同时,他是开着黑福特回家的,回到家之后,他习惯喝上一杯威士忌。老北平就是一个能够让马凯医生安居、忘掉了自己是美国人的地方。

很明显的,日本人进城之后,这个条件彻底消失了。即使是经历了十四年抗战,1945年国民政府还都,那个曾经既传统又现代、既中又洋的北平也回不来了。更何况没有多久,内战爆发,主要战场在东北,北平又染上了前线的紧张气氛,要如何恢复原先安定的日常气氛呢?

张北海动用了自己的年少记忆,加上许多的搜罗考证,他要趁一切都来不及之前,把老北平给留下来。在这方面,《侠隐》实质上是一本生活史,里面充满了日常细节,穿越时光,可以神奇地凝视那一段历史的切片。

王德威教授为这本小说写过一篇文章《梦回北京》。他这样说:"细心的读者不难发现,张的主角回到北京,由秋初到盛夏,度过四时节令,遍历衣食住行的细节。为了营造叙事的写实气氛,张显然参照了大量资料,自地图至小报画报、掌故方志,巨细无遗。他的角色特别能逛街走路。他们穿街入巷,干面胡同、烟袋胡同、前拐胡同、西总布胡同、月牙儿胡同、王驸马胡同、东单、西四、王府井、哈德门、厂甸、前门……所到之处,旧京风味,无不排挞而来。"

小说结尾的最后一章,李天然醒来,听见夏蝉尖尖在叫,起床喝了一杯冰橘汁。这是1937年改变中国历史的盛夏。回头查看小说开头第一章,李天然开上黑福特车的是宝石蓝的九月天。这当然是张北海的仔细设计,故意让小说中发生的所有情节分散在一年之中。

10月15日，李天然去了圆明园废墟，一个月后下雨的深秋，他和师叔烧掉了一宇仓库。再一个月后发生西安事变的时候，他偷走了狂妄的日本人的武士刀。冬至的时候，他发现了东娘，腊八那一天他对巧红告白了他的身世。过完年，春分日，他借着还刀，废了日本人的手臂。然后五月节，端午节上，师叔在屋顶中了枪。

为什么要将发生的时间写得这么精确？因为张北海的重点不只在写情节，更在利用这些情节写老北平的四季，每个季节都有它相应的景色、节气、仪式，还有相应的活动与实物。所以李天然回到中国为师父报仇的故事，非得刚刚好花上一年的时间不可。如此这般，《侠隐》在叙事的过程中，就顺便给了我们老北平的四季实录。

借着《侠隐》，张北海也写了最后的武侠小说，当然不是说《侠隐》之后，就没有人可以再写武侠小说，而是说张北海探索了武侠小说成立的条件，明确地主张随着老北平的消失，武侠这回事也就没有了可以着落的时代背景。现代科技迫使武功无效，而现代社会的生活组构，又使得江湖和武林无法在现实之外存在，侠也就非隐不可，不会再在之后的时空出现了。

极有意思的是，几乎就在张北海写《侠隐》的同时，张大春也在写他自己最后的武侠小说《城邦暴力团》。两个人并没有商量讨论，虽然他们两个人认识多年，可是他们都选择了用武侠小说来探索武侠如何结束。

《城邦暴力团》把武侠写到20世纪80年代的台湾，也就是将武侠小说终结的这个时间点设得比《侠隐》晚了近半个世纪。从这个角度来看，张大春也就提出了《侠隐》之后武侠如何可能的观念，冥冥之中回应了张北海的挑战。

《城邦暴力团》是一部大小说，有兴趣的读者可以对照着读

《侠隐》和《城邦暴力团》。

抵挡不了子弹的武功,对于最后即将隐去的侠来说,还有什么用处呢?在小说《侠隐》中,李天然的武功最后都用在对付日本人了,也就是说至少似乎有着维护民族尊严的作用。一直到武侠彻底消失之前,中国人的武功始终没有让日本人追上。

武功另外一项更普遍的用处,是让李天然动不动就跳上屋顶,不受平面空间的限制,在老北平爱去哪就去哪。王德威说这本小说里的人物特别喜欢穿街走巷,而且他们常常不是真的穿、真的走,而是跳、飞、跃,从不同的角度看这座即将消失的老北平城。

那样跃着、飞着、跳着,从这个屋顶轻松到那个屋顶,从这个院落容易进入到那个院落的人,已经不是李天然了,而是借着记忆和梦回到老北平,从记忆和梦的高度来俯瞰老北平的张北海。

西方读者难以理解的"侠"

金庸文笔极难翻译,不仅金庸所描述的"武"不容易翻译,译者还要面对另一个更棘手的难题,这其中涉及中国武侠小说的传统,即中国的"侠"。究竟何谓"侠"?其实从西方角度来看,西方译者很难掌握"侠"的概念,因为即使在中国传统社会及文化当中,"侠"也是个矛盾的存在,同时具有高度理想性与暧昧性,以武勇暴力行侠仗义的同时,也在破坏社会安定。

"侠"在中国,除了太史公《游侠列传》《刺客列传》中曾经存在的游侠与刺客,唐代以后"侠"已非历史事实,这点极为关键。从中国历史事实来说,"侠以武犯禁",基本上就是在对抗国家力量,或对应于中国传统秩序而言,长期以来是社会组织当中坚不可摧的两股力量;这两股社会力量在不同时期,上上下下,并未完全消失踪迹。历史最悠远的一股力量来自宗族、亲族及家庭，基本上这股家族力量是由周代封建制度建立起来，中国一切社会组织最重要的核心就是亲族系统，意味着父子兄弟叔伯五伦是最重要的人伦关系。人与人之间的对待，诸如尊卑秩序及规矩，都是以亲族作为扩张脉络，到最后这种"君君、臣臣、父父、子子"无限上纲上线为皇帝，而皇帝是万民的父亲形象。整个中国的传统政治组织，都还是以亲族作为基本架构与运作秩序。

宗族之外，另一股中国传统秩序的力量，当然来自国家或朝廷。所谓"侠以武犯禁"，"侠"之所以存在，正是因为社会以亲族为核心，"父为子隐，子为父隐，直在其中矣"（《论语·子路》）。亲族关系凌驾在道德及法律之上，父亲犯罪儿子会为父亲隐瞒，儿子犯罪父亲会为儿子隐瞒；孔子认为父子相隐不仅保全了亲情，也是公正合理之事。当国家法令与亲情相冲突时，中国人常常陷入两难困境，挣扎于不孝抑或不忠之间，致使中国社会无法落实普遍正义；所有正义原则皆须在五伦纲常、传统道德观的原则下，做各式各样的调整与妥协。

然而，在传统伦常人情压力下做出妥协，被迫妥协的人心里必然抱有不满情绪，比亲族道德更巨大的妥协压力来自政治力量、国家法纪，所以"侠"为何会存在？因为在中国传统秩序下，现实中不存在普遍正义，而"侠"代表着离开国家法令、亲族系统后可以实现普遍正义的概念。但没有现实基础，"侠"就变成高度想象和理想性的存在，同时也是高度暧昧性的概念。及至近代，为何武侠小说会蓬勃发展？相当大程度是因为社会现代化后，传统宗族系统及国家体制不断遭受打击，因而维持表面正义的传统体制日趋瓦解、崩溃，人这个时候如何应对？唯有逃避，或是想象一个有正义及秩序存在的特殊世界。

如此一个正义凛然的世界，为何那么迷人？因为它与现实之间有距离，或者说正因为它非现实。太史公笔下《游侠列传》《刺客列传》中的侠世界，存在于传统社会架构下，郭解、朱家、荆轲之辈仍然是现实社会里的人。可是及至后来，到了唐代，这些侠客、剑客走进传奇里，几乎是魔幻写实的存在；再推至清朝，中国章回小说《三侠五义》在传统思想及价值观上，则是极为特殊的分水岭。《三侠五义》故事主轴围绕在宋朝开封城展开，有一群以展昭为首的侠客辅助开封府尹包拯惩奸除恶，去对抗各种不同的邪恶力量。《三侠五义》之前，明代的《包公案》是专司断案情节的公案小说，包公秉公执法、为民除害的形象透过民间说书艺人深植人心；《三侠五义》之后，中国传统小说渐渐分岔出另一条路线，小说叙事中的侠义与公案主轴开始分流。

我们可以依循中国古典文学六才子书之一《水浒传》，去追本溯源，分析《三侠五义》小说之流的滥觞。《水浒传》描述宋江等一百零八条好汉被逼上梁山，小说主轴围绕着官逼民反、朝廷招安等故事线索展开，绝非一本纯粹的武侠小说。即使许多人将武侠小说的源头推前至《水浒传》，但《水浒传》与武侠小说之间存在的差距太大了。《水浒传》不停地叙说"逼上梁山"这个小说主轴，梁山泊故事最精彩动人之处是这一百零八条绿林好汉集结梁山、对抗贪官污吏。当然并不是这一百零八条好汉都有清楚详细的身世来历，但大致上而言，小说叙事逻辑皆系因有奸邪害忠良，致使好汉命运乖蹇，只有上梁山一途能安身立命。"逼上梁山"才是《水浒传》的叙事主轴。

"官逼民反"显露出当时的社会现实，意味着小说家刻意讽刺时政，这些好汉之所以上梁山落草为寇，完全是受权贵陷害之故。一百零八人名为盗贼，实际上是起义造反，他们是不公义社会及制度的产物；贪官污吏始终在旁虎视眈眈，只有当他们上了梁山才能保全性命，至少能在朝廷以外的世界做江湖豪杰。成为盗贼并不是他们的过错。不过，当这些豪杰全都聚集于梁山上，原寨主晁盖中箭而亡，宋江继为山寨之主，把议事的聚义厅改为"忠义堂"，一百零八个梁山伯英雄按照"天罡地煞"排名次，小说情节发展至此，遇到一个棘手难题——然后呢？接下来这些江湖英雄该如何？他们在梁山上聚义，斩杀地方恶霸与无良官僚，故事发展至此，已然走到高潮阶段，他们似乎只要待在梁山上，就能一路完成劫富济贫、惩奸除恶的使命。

但这部小说存在着"道德危机"（moral crisis），这些英雄豪杰每个人身上都背负着仇恨，在落草为寇之前全都经历了一段悲惨遭遇，他们奔上梁山是有正义性和正当性的理由。武松、林冲、宋江及鲁智深等人落草，自然都有正当性，他们有各自的曲折身世。等到他们上梁山之后，势力之大，震动了朝廷，但他们就只能是盗匪而已，因为此时没有人再逼他们做盗匪了。他们已经是一方霸主，之后的故事，到底该怎么铺陈？施耐庵只能为这些好汉另辟蹊径，小说情节只能往两条路线走。一条路就是打官军，宋朝天子派重兵收剿梁山泊草寇，宋江十面埋伏团团困天子重兵，五次打败宋朝军队。仗打赢了，梁山泊豪杰与朝廷之间应该维持什么关系？这些绿林好汉不可能取朝廷而代之，宋江不可能据地为王，梁山泊也绝对无法形成国中之国；所以只剩下另外一条道路，就是聚积强大实力，让朝廷没办法剿灭，最后招安梁山泊一百零八将，实现宋江等人"替天行道""忠义双全"，返回正道，效忠朝廷。

作者一反原先套路，小说叙事着重于"招安"主轴。朝廷招抚梁山之后就一切太平了吗？梁山泊豪杰归顺朝廷之后就成为良民了吗？《水浒传》小说叙事一定要安排众义士去做一番轰轰烈烈之事，所以他们去平定叛乱，平定方腊，胜利归来。但是小说最后的结局并不圆满，大部分梁山好汉折损，幸存义士回京，宋江虽被封为忠臣，却被奸臣高俅设毒计害死。于是诞生了另外一个小说版本《水浒后传》，让幸存的好汉及英雄后代顺着官逼民反这条路数再度起义，为国为民，奋勇抗金。

从《水浒传》这本章回小说的叙事主轴，可以看出中国近世的问题，也就是宋代以下，即使是想象和虚构作品都不存在抵抗国家势力的空间，民间社会组织永远不可能挑战朝廷权威。《水浒传》讽刺时政、发泄不满情绪，因为"官逼民反"、朝廷与官场太过于腐化，所以想象出一群英雄豪杰去对抗朝廷。但是，小说最后再也不能顺着"反抗朝廷"的思路发展下去，因为梁山泊是小说虚构的空间。它还是无法违逆社会现实，所谓"忠义双全"是必须建构在效忠朝廷、天子的观念下，因此宋朝人完全不可能逃离国家体制的控制。

在中国传统社会约束下，小说家想象官逼民反的世界，其实是基于对素朴正义的需要。发展到后来，为了在虚构世界中满足对素朴正义的需求，《三侠五义》集合了两种路数及力量。第一个路数是包青天所代表的力量，官府衙门替天行道，为民除害，对抗贪官污吏。开封府大堂最震慑人的是那三口铡刀——龙头铡、虎头铡和犬头铡。龙头铡专铡皇亲国戚，这口铡刀象征素朴的正义感。皇亲国戚正是中国传统社会普遍正义之所以无法存在之关键。在宗族系统权威前，只要有皇亲国戚，正义就必须止步，包拯传奇和开封府故事其实是在这点上彰显出最大的意义。但是在《三侠五义》当中，除了包拯，还有几位侠客辅助包拯办案。侠士在虚构世界中天赋异禀，才能帮助包拯为民除害，这种叙事方式同样反映出中国近世社会以降的历史以及社会基本结构。公案小说从侠义故事中分途而出，明代章回小说《包公案》之后，清朝陆续出现《施公案》《彭公案》。小说主轴都是以官府力量来主持正义，但是清朝开始流行公案小说后，每况愈下，因为小说的虚构世界其实很难抵抗社会现实，地方官府收拾皇亲贵胄的现实性越来越难以维持下去。

公案小说有难以跨越的现实性门槛，但侠义小说一路发展至近代，成为武侠小说的起源，那么侠义小说与公案小说之间的差距何在？公案小说到后来无以为继，因为它涉及现实中朝廷国家的权力，既然牵扯现实社会，小说的虚构空间就有局限性。由于无法突破社会现实，侠义小说反而晋升为主流。倘若侠必须存在于现实世界，必须如同太史公列传所记载的那样，他非得是游侠不可，因为他必然要游离于国家体制之外，但同时也必须游离在亲属、宗族组织之外。从这个角度而言，侠具有了双重的游离性，他与现实才可能切割开来。

近代武侠小说崛起于混乱局势之中，旧有传统社会结构及正义秩序瓦解，武侠小说才能举起正义大旗，升起正义之声，迎合读者需要。然而当小说家把侠描述到无所不能，不仅维持正义，还能执行正义，侠士就非得与现实脱节；因为一旦在虚构世界融入现实性，侠就会在读者心目中失去可信度，小说叙事也就再也不能动人。武侠小说之所以能吸引读者目光，在于小说家所设下的诱饵——江湖、武林——自成一独立世界，这个虚构世界与真实社会毫无交错，两者间几乎存在决然的冲突与矛盾。

换言之，在中国现实社会结构中，国家朝廷如此强大，亲族、宗族系统如此不可违逆，这与江湖武林的虚构社会产生了矛盾，因为"游侠"必然在体制外以武犯禁。"游侠"不在国家朝廷体制之下，也不属于宗族亲属系统，游侠活在一个特殊空间，自有另外一套秩序，但他们必须付出代价，随时准备舍生取义，或是不断逃亡。

翻译任何一本武侠小说，包括金庸武侠小说在内，一定会面临价值系统的问题，或人生的抉择、理解与体会。从西方思维来看，人为何想从国家、朝廷或亲族系统游离出来，不难理解；譬如黄药师支持杨过反礼教，西方人认为理所当然，人不一定要受到传统及社会规范的约束，人脱离国家、宗族系统，就是为了追求自由，自然而然成为一个自由人。因此，从西方价值观来看，必然是个人主义对应国家与宗族系统。从这点可以反思一个问题：在金庸武侠小说中，自由重要吗？除了古龙作品，有哪一本武侠小说曾探讨过自由？

金庸在小说中叙事时，其实很少探讨自由，他笔下的侠士不以追求自由为人生目的。相反，这些"侠"最突出之处非但不是追求自由，反而是如何选择"抛却自由"。举例而言，郭靖为何能成为大英雄？因为他有机会选择自由，却拘束在国家大义的道理之下，无论是黄蓉或华筝都无法撼动他的抉择，即使在成吉思汗帐内，他还是以国家安危为至上，纵使他想跟黄蓉双宿双栖，但抵御外敌、国家大事全都是他优先考虑的事。他最后的选择都是不自由，还有至高重要的事凌驾在个人自由之上，这就是中国的"侠"。

中国侠士精神不崇尚自由，他心中永远都有国家大义，所以太史公笔下的游侠郭解和朱家他们的存在有其矛盾；他们从国家、宗族系统中游离出来，成为游侠，但他们毫无自由。他们是为了追求正义，而舍弃个人身份，而转变为"侠"，而成为亡命之徒。以正义为名，他们就会渐渐吸引一批追随者；以正义为师，他们就会以游侠组织来凝聚正义力量。

换言之，离开了国家、宗族，这些侠就不得不进入非国家、非宗族的组织。所以，武侠小说存在一种矛盾，意味着游侠从一种团体游离出去，而行于另外一个平行空间——武侠空间，这个空间在武侠小说中极为重要。

金庸的武侠世界仍然依循中国传统价值观，他笔下描绘的江湖组织当然是不自由的。几乎所有金庸武侠小说都涉及民族意识。例如说，侠首先是作为汉人而存在，所以凡是遇到其他民族，譬如《射雕英雄传》《神雕侠侣》及《碧血剑》这三部小说都围绕着金人、蒙古人、满人入侵中原展开，作为汉人必然与这些民族在民族认同上有所冲突。而且，这种冲突完全不是个人所能选择的，你生来就是汉人，必须站在汉人的立场上思考，这是你的第一个团体属性。

这种民族认同上的归属感，及至金庸最后一部小说《鹿鼎记》，有了截然不同的发展。《书剑恩仇录》中的陈家洛与之对比，同样是反清复明，陈家洛作为红花会掌舵，他始终不忘恢复汉人大统。但到了《鹿鼎记》中的韦小宝，他虽然也是天地会中人，除了韦小宝行走江湖，《鹿鼎记》最关键情节在于天地会命运所系——朝廷是否会覆灭天地会？从小说叙事来看，读者可以捉摸出韦小宝并不十分认同天地会宗旨，他游离在反清复明团体之外。

江湖帮派、武林团体是十分重要的存在，几乎每一个"侠"都必须属于某个帮派。他不是华山派弟子，就是武当派弟子，即使张无忌后来成为明教教主，他的身世也仍然源自武侠派系武当派。在传统武林中，几乎没有任何一个侠纯粹以个人而行走江湖。金庸武侠小说是新武侠，所以有其特殊与创新，金庸笔下有少数几个侠以独特方式闯荡武林。譬如杨过，杨过心中不以公义为至上，他为人处世重私情，所以他基本上不属于任何组织，与郭靖迥异，他身上完全没有陈家洛、袁承志的特质。我为什么不断强调《鹿鼎记》的文学成就？因为金庸终于写出一个追求自由的侠，韦小宝完全置身于国家大义之外，而令狐冲是另外一个典型。

杨过还不算是个自由人，他仍然有古墓派、小龙女等羁绊。武林是以集体逻辑为思考架构，侠客行走于武侠世界，基本上是被划入集体范畴里被制约的。从最高层次来讲，譬如汉人与异族之间，金轮法王和尼摩星都是非我族类，不可能得到侠的认同。另外，红花会与天地会的使命，与汉人集体的认同密切相关。再往下一个层次是各种不同的武林派别，每一个派别都以自身的集体性为理所当然,各门各派子弟遵循自家法度。举例而言,全真教为何自创七星剑法?为了以集体力量保护全真教。综上所述,武侠小说一直存在着一个大主题,一旦意识到这个大主题,读者自然而然就会进入到这个武侠情境,也就是仇人来寻仇时就有灭帮或灭派危机。譬如《神雕侠侣》描写全真五子闭关一段,为了防备古墓派来报仇,全真五子闭关,绞尽脑汁研发一套对付古墓派的武功:"原来那日大胜关英雄大会,小龙女与杨过出手气走金轮法王师徒,武功精绝,郝大通、孙不二和尹赵二道都亲眼得见。何况杨过在郭靖书房之中,手不动、足不抬,便制得赵志敬狼狈不堪,后来小龙女只一招之间,便将赵志敬震得重伤。他二人使何手法,孙不二虽在近旁,竟然便看不明白,倒似全真派的武功在古墓派手下全然不堪一击,思之实足心惊。后来又听说小龙女和杨过双剑合璧,将金轮法王杀得大败亏输,全真派上下更是大为震动。全真诸子想起郝大通失手伤了孙婆婆的性命,李莫愁、小龙女、杨过等人总有一日会来终南山寻仇。对付李莫愁一人已是大为棘手,何况再加上杨龙两个厉害角色?李莫愁和小龙女互有嫌隙之事,他们却不知晓……古墓派上山寻仇之时,倘若全真五子尚在人间,还可抵挡得一阵,但如小龙女等十年后再来,那时号称天下武学正宗的全真派非一败涂地不可。因此五人决定闭关静修,要钻研一门厉害武功出来和古墓派相抗,是以赶召尹志平回山接任掌教。"

这段小说情节合情合理,因为全真派一定要保全自身团体的利益及存续,这是武林帮派的普遍现象。各帮各派都有各自的尊严,不容师门受其他帮派欺凌、侮辱;也因此,谁做出"有辱师门"之事,便是犯了武林大忌。

下篇

《书剑恩仇录》：历史武侠的尝试

《书剑恩仇录》虽然是金庸第一部武侠小说，但千万别轻视这一部著作，因为他大胆做了一个尝试，在武侠小说的传统架构中置入历史元素。《书剑恩仇录》是不折不扣的武侠历史小说，意味着不只这部武侠小说有极其明确的时代背景——清代乾隆朝，更重要的是，在小说的框架中，究竟何谓历史，不只是时间性、朝代感，他还挑战记载于历史典籍中的历史人物。乾隆皇帝是小说角色，甚至可以说，小说之所以成立，是以乾隆皇帝的身世传言作为主轴，这个历史传说成为小说叙事架构的核心。海宁查家也出现在小说中，清初海宁查家曾在朝廷占据重要分量，出过清朝重臣，也就牵涉雍正夺嫡、继承皇位的诸多传言。

在清朝的祖宗家法中，皇帝不是最高权力者，在皇帝上面还有祖宗家法，皇帝必须依照祖宗家法治国。从皇太极以下，祖宗家法规定不立嫡，意味着不是嫡长子必然继承皇位，而是考核制，由大清皇帝考核阿哥们。因此，必然形成诸皇子之间的竞争。康熙在位六十一年，他的众阿哥在漫长的等待中，没有人知道谁是下一位继承者，所以当然会发生各种明争暗斗的事情。据史书记载,四子及十四子继承皇位的呼声最高,才有"传位十四子"被篡改成"传位于四子"的传言。但从史实上来看,这则传说完全站不住脚,因为清朝所有诏书都是满汉对照,皇帝诏书除了满文诏书,还有汉文诏书,不可能用同样的方式篡改满文诏书。直到雍正皇帝才开始采取秘密建储的办法,生前不公开立皇太子,而把秘密写有皇位继承人的遗诏放置在"正大光明"匾后面。皇帝驾崩后,取下遗诏,才知道由哪位皇子继承皇位。

另一方面,康熙在决定继承者的同时,也意识到自己已年迈的事实,同时他的众多阿哥也已在壮年之后的年纪。在清朝历史上,康熙不只长寿,而且精明,无能出其右者。皇位竞争的条件不只在于哪位皇子比较成器,还必须同时衡量皇孙这个重要因素。因此,流传另外一则传言,尤其是海宁人更加熟知,因为其中牵涉海宁陈家。史料上的确存在这个巧合,四阿哥胤禛(后来的雍正帝)的儿子出生的时候,海宁陈家也诞生了一个女儿。

胤禛为了确保自己比其他皇子更早有儿子,所以就决定调包,因为他的侧室原来生的是女儿,他硬逼海宁陈家割舍亲生子,两家调换婴孩,陈家的儿子就是日后的乾隆。那么,乾隆不仅是汉人,也是海宁陈家的后人。《书剑恩仇录》的写作素材撷取这段历史传说,小说的核心不是武侠故事,而是历史小说,而且它的叙事方式是以"如果"(what if)穿插小说架构。如果这个传说是真的,乾隆的确是汉人、海宁陈家的后人,接下来会发生什么情况?金庸借由悬疑的传说布局小说情节,铺陈出更奇特、更戏剧性的安排。

乾隆这个角色具有强烈的戏剧性,由于乾隆后来得知自己是海宁陈家之后,所以暗中去祭拜亲生父母的坟墓,在墓地遇到他的亲兄弟陈家洛。可是此时的陈家洛是红花会总舵主,红花会是反清复明的组织,兄弟俩各自身份的差距强化了小说的戏剧性冲突,兄长是清廷皇帝,而弟弟的事业是推翻清廷、刺杀清帝。兄弟之间的血缘问题扩张成汉、满民族对立——红花会与朝廷之间的关系。

简单来讲，这个情节的设定，主要透露两件事。首先，这个设定极为大胆，因为这是历史上的大假设，这种预设极为难写。其次，必须追究为什么没有其他作者也用同样方式写武侠小说。这是金庸的自信，因为他长期浸淫在中国传统典籍当中，精通中国传统士人、文人所熟稔的知识学问。《射雕英雄传》里的黄蓉为什么那么有趣？原因就在于金庸把进士以下的文人文化写到黄蓉身上。可是那只是小趣味，还有更大的背景，他没有将之写在任何角色身上，而是写在武侠小说的架构中。从一开始创作《书剑恩仇录》与《碧血剑》的时候，他构思了大的设局，在小说中重新写翻案历史、改写历史记载。

考据学的继承者

首先，金庸武侠小说结集成册的时候，包含注释。世上哪有武侠小说附有注释？这些注释都是针对武侠小说当中的虚构部分，以及金庸摘录史料、典籍记载，进行考据、对照。读到后来，你可以察觉到金庸历史考据方面的癖好。例如，《碧血剑》最后附上《袁崇焕评传》，来自金庸梳理袁崇焕历史史料的叙述；《射雕英雄传》附有《成吉思汗家族》。这些说明了金庸本人特别的来历，意味着他作为海宁查家之后，浙江海宁在清代占据重要的地理位置，例如钱家、查家都拥有最关键的知识学问——清朝的正统考据学。

我敢断言，你不能单纯只将金庸视作报人或武侠小说家，他其实是中国考据学传统中的继承者。虽然他不是正式承继了这种知识系统，可是他摆脱不了考据学所给予他的深刻影响。高阳也是如此，在这方面的造诣，高阳比金庸更加深厚。这一套考据学，主要的工作是对古籍加以整理、校勘、注疏、辑佚，及至清末再扩张出去，演变成疑古。高阳学会了这一套本事，并且发挥在考据掌故小说或是笔记小说上，因而成就了高阳的惊人学问。

金庸也来自同一套知识系统，他从历史文人的视野观察，将历史知识运用在第一部小说中。如果乾隆皇帝是汉人，接下来会发生什么事？照道理推测，接下来乾隆的汉人弟弟会策动红花会（天地会）造反，因为红花会的宗旨是推翻清廷、杀清朝皇帝。然而意外发现清朝皇帝身上流的不是满人的血，而是一个货真价实的汉人，所以在金庸穿针引线下，红花会的使命转移了，这是小说吸引人的地方。之后的叙事围绕如何借由兄弟之情说服乾隆皇帝承认他自己是汉人，转而将清朝变成汉廷展开，如此一来，也达成了红花会的使命。

这是多么庞大的命题，金庸的第一部小说已经印记上后来他所有武侠小说的根本关怀。比如说，他就是放不下民族之间的隔阂与对立关系，像《书剑恩仇录》里的乾隆究竟要不要承认自己是汉人？一旦乾隆承认自己是汉人，其他历史难题都会迎刃而解。但他的第一部小说的叙事当然相对天真，显然民族之间以及权力、政权之间的抉择，一定与金庸过去抗战生活中的经验有密切关系。换句话说，日本入侵中国，金庸切身经历过战争的威胁，这些对他而言是非常大的冲击。

群戏能耐

1955年，从金庸的第一部武侠小说《书剑恩仇录》，我们就可以清楚看到几件事情。

第一件事，虽然他才刚开笔写，但他对武侠小说已经非常熟练，他不需要经过练习。即使是在他的第一部、第二部作品里，我们都没有看到那种非常生涩像练习一样拙劣的内容。他从一开始，就已经拥有那些最基本的技能，尤其重要的是如何布局，从一个角色出发，如何用连载的逻辑把这个武侠小说一环一环地扣住，同时可以尽量延续这个连载的长度。

例如，虽然《书剑恩仇录》的主角是陈家洛，但是陈家洛这个名字在小说里第一次出现的时候，是在别人的口中讨论的时候提到，说有这么一个少帮主，他不愿意承担责任，不愿意当家。等到陈家洛真正现身的时候，仍然是一个过场。红花会的人在争执，陈家洛没有任何动作，他只是接受了后来当帮主的角色。

他在小说里真正变成一个角色，这个时候小说已经进行到大概八分之一了。那前面都在干什么？前面都是各种不同的铺衬，从隐居的陆菲青和他的女徒弟李沅芷，接下来引出关东六魔，这些配角正邪分明，再接着安排文泰来受伤、被围攻等。金庸首先是对勾连这些旁支人物非常娴熟，其次是酣畅淋漓地描写武打场面，从中牵扯出各门各派之间的纠葛，而且非常精细地呈现各帮派、门派的特质。例如像陆菲青一出场就是使剑，这完全是传承武当派的武功。金庸依循传统武侠、江湖的系谱去创作，但他另外在行的本事是写群戏。《书剑恩仇录》引发出诸多配角、支线的故事，比如四当家文泰来与其妻子骆冰，鹣鲽情深，文泰来身受重伤，骆冰死命保护丈夫。再从这条故事线勾连出去，师弟余鱼同暗恋骆冰，一度感情失控。虽然并未真正侵犯骆冰，但从此之后他深感愧疚。从这个支线埋藏伏笔，描述小说人物内心的心理，后来每当余鱼同出现，金庸就强调这个角色的心理阴影。

这种写法精彩至极，接下来是铁胆庄庄主周仲英的故事，这里出现了戏剧性的家庭悲剧——庄主周仲英惟一的儿子死了，妻子又离家出走，而后女儿周绮与红花会七当家徐天宏发展出暧昧情愫。金庸在写男女之情上，也很细腻。他不是写一见钟情的爱情关系,而是让周绮与徐天宏一开始互看不顺眼,直到患难与共时感情上才发生戏剧性的逆转而陷入爱情,这些都写出传统武侠小说所不能的叙述。

但金庸最精彩的招牌本领还是小说中的历史架构。《书剑恩仇录》之后,金庸做出修正,不论是《射雕英雄传》中的郭靖、黄蓉、东邪、西毒、南帝、北丐,或是《神雕侠侣》中的小龙女、杨过,以及《倚天屠龙记》中的张无忌,这些小说人物都深烙人心。这些小说都有非常明确的核心,但相对来说,由于《书剑恩仇录》群戏抢眼,支线的配角情节铺陈得太过精彩,你会觉得陈家洛面目模糊,这部作品也就较不受重视,逐渐遭人淡忘。

金庸写《书剑恩仇录》的成就,在于创作精彩至极的群戏,而不是一般武侠小说家擅长的主角戏。金庸在这部小说里设定的几幕最高潮的场景,都是群戏。譬如西湖边,陈家洛与乾隆两次相会。第一次,乾隆以东方耳的身份与陈家洛交谈。第二次,陈家洛已经知道东方耳的真实身份就是乾隆皇帝,邀乾隆湖上赏月、共谋一醉。陈家洛是带着整个帮派组织在湖边等乾隆赴会,乾隆身边也是跟着一行人:"西湖边上每一处都隐伏了御林军各营军士,旗营、水师,李可秀的亲兵又布置在外,一层一层的将西湖围了起来。"这幅场景在其他武侠小说中看不到,它最特别的地方是"组织对组织"的排场,这一边是清军,另一边是陈家洛领头的红花会。两派各召集大队人马在湖心相会,完全是组织对组织的冲突,最后红花会显然胜过了御林军。

然后再有第三次相会,这是陈家洛回到海宁陈阁老家,再次遇到了乾隆,从这个场景揭晓了乾隆的身世之谜。再往下,故事的核心越来越明显,原来小说第一部前半在写营救文泰来,乾隆出现之后,小说转而就是要写如何挟持皇帝。陈家洛要逼乾隆同意反满复汉,但是要让乾隆同意把满人驱除出去,就有一个条件——陈家洛必须要取得已故总舵主放在回部的几样东西，这当然就是乾隆的出生证据。

突破时代禁忌的两性关系描写

乾隆跟陈家洛在六合大谈判的时候，双方激战，突然之间天山双鹰现身。于是整部小说就转到天山的场景，在回疆里出现了有趣的一段插曲，那是李沅芷痴恋余鱼同。

在金庸的笔下，李沅芷又聪明又调皮，她的痴恋有一部分也就来自她这种爱捉弄的个性，但金庸的琢磨不止于此，她还主动地追求余鱼同。到了回疆古城那一段，大家在古城当中迷途，这个时候李沅芷假意被张召重擒住了，用计把张召重困在这个迷城里。在通往张召重藏身的道路上，她沿路做了记号，就用这种方式策动所有人完成她的心愿，这是了不起的计谋。

她抛下了张召重与英雄会合，所有人都觉得怪怪的，这李沅芷怎么会毫发无伤地逃出来，而且说法、言语与她的行动都有很多的破绽。这里有个回疆高手阿凡提，他一想就点出了：哎呀，我们要出去，明路在余鱼同身上。

大家问啊问，李沅芷的借口是，我失魂落魄，我很糊涂，我什么都忘了。这个时候，骆冰就在李沅芷的耳朵边低声跟她说："你的心事我都明白，只要你帮我们这个大忙，大伙儿一定也帮你完成心愿。"所以她就跑去拉余鱼同，在旁边说了好一阵的话。这个余鱼同神情原来颇见为难，后来咬牙切齿，下了决心，一拍大腿说：好，为了给恩师报仇，为了杀张召重，他什么都愿意做。

余鱼同怎么跟李沅芷说的？他说：张召重那奸贼害死我的恩师，只要有谁能够助我报仇，我就算一生给他做牛做马也是心甘情愿的。结果李沅芷不领情，把他给骂跑了。于是大家还在那里商量，为了让李沅芷心甘情愿去带路，骆冰就只好以言语相激，说"在外从师"这个道理。但伶牙俐齿的李沅芷忙说：女子三从四德，从来没有"从师"这一条。骆冰去找了李沅芷的师父陆菲青，说：怎么办呢？我抬出你，李沅芷还是不听。两个人说到了刁钻古怪的李沅芷不肯带路，这个时候终于猜到了，三从四德，这显然从谁呢？当然不会从远在杭州的父亲李将军，那还有一条路，对，如果她结了婚，她就得从夫，丈夫叫她领路，她就既嫁从夫了。这一语点醒了陆菲青，他就请天池怪侠袁士霄来当男方的大媒，然后叫天山双鹰当女方的大媒。于是余鱼同当场就用这半截金笛下定，终于圆满了李沅芷痴恋余鱼同的心事。

金庸非常擅长写这类的痴恋故事，而且在他的小说里，会一而再再而三地运用并翻转这一类的故事和角色。例如说，铁胆庄庄主周仲英的女儿周绮，一开始的时候，在所有的这些男人当中，周绮最受不了、最看不顺眼的就是徐天宏。但是这样的关系，却在金庸的笔下最后反而发展成为最亲密的一种从爱情到夫妻的关系。

这是金庸的特殊本事，因为他写的爱情相对是细腻的，不是一见钟情，也不是说两个人有感情就是有感情，而是感情会变化，感情会转折。在这上面甚至会出现像周绮和徐天宏这样一种逆转，本来讨厌一个人，到后来才发现，原来这种讨厌反而使得这个人在你的心里有了一个位置，从这里发展出一种特殊的爱情。

回到金庸的时代，我们读其武侠小说当中的人物感情关系，我们可以察觉金庸仍然受到时代的限制。除了武林江湖的故事，他的爱情观是另外一条故事的主轴。如果我们不是用今天的标准去衡量，回到那个时代，金庸是突破了那个时代的禁忌。用今天的眼光看，金庸相对在描写两性关系，尤其是女性身体的时候是比较保守的。比如说，当时的读者可以接受，在《射雕英雄传》中郭靖跟黄蓉两个人朝夕相处，甚至在牛家村七天七夜两掌双抵，从来没有离开过，但这样的两个人不知道什么是男女的肉体关系。

一灯大师替黄蓉治病了，侃侃而谈这个周伯通跟瑛姑之间的孽缘，黄蓉完全听不懂什么是夫妇之事，什么是肌肤相亲，也不明白刘贵妃瑛姑怎么会怀上了周伯通的骨肉。又比如说，黄蓉也完全无法了解，杨过的亲生妈妈穆念慈怎么会变成完颜康孩子的妈妈。

不过金庸这一部分的保守，到了《神雕侠侣》就有了重大突破，因为他就是借这种男女的肉体关系来刻画小龙女心境上激烈的转变。下面就是尹志平侵犯小龙女的一段文字："她黑夜视物如同白昼，此时竟然不见一物，原来双眼被人用布蒙住了，随觉有人张臂抱住了自己。这人相抱之时，初时极为胆怯，后来渐渐放肆，渐渐大胆。小龙女惊骇无已，欲待张口而呼，苦于口舌难动，但觉那人以口相就，亲吻自己脸颊。她初时只道是欧阳锋忽施强暴，但与那人面庞相触之际，却觉他脸上光滑，决非欧阳锋的满脸虬髯。她心中一荡，惊惧渐去，情欲暗生，心想原来杨过这孩子却来戏我。"

从这一段开始，这样的突破到最后，《鹿鼎记》就有了七人同床的这种戏，也有韦小宝低声哼那种极为淫荡的《十八摸》，胡天胡地，这就彻底突破了保守的尺度。

从《书剑恩仇录》开始，金庸就毫无保留地在武侠小说里刻画女性角色以及她们内心的感情，李沅芷可以说是在金庸小说类似的女性角色当中最早的一个原型。

武功的限制在哪里？

除了小说人物之间的感情关系，金庸在《书剑恩仇录》天山的场景里，还写出了一种异国异域情调。他借此设定了超越世俗环境的悬疑,这个大悬疑是出现了狼群。

其他传统小说基本上不会像金庸在这个小说里这样反复运用狼群,因为狼群在金庸的写法里,用意就在于强调:所谓这些有武功的人、这些侠者,他们运用武功的限制在哪里呢?金庸是有意在小说里探讨武功的限制,而且他从一个特定的面向来探讨。

在《书剑恩仇录》里,我们看到陈家洛带领红花会群雄到了回疆,面临着极大的危难。一次大危难是他们被兆惠将军所带领的军队包围,这段情节的用意也就在于,即使是身怀绝世武功的人,在正规军面前也是无能为力的。侠或武功,都无法战胜正规军。

回到前述平江不肖生的江湖系统。江湖是俗世以外平行的隐性世界,江湖世界自有其逻辑,还有恩怨情仇。江湖的一切事物跟俗世截然不同,而且这种江湖世界会有着非常戏剧化的情节。

江湖的这个特质,可以说是武侠小说作者和读者的一种自我保护,意味着真实的世界跟江湖是不可随意交杂的,只有倒霉的少数人才会游走在俗世跟武侠的世界之间。最典型的、最常见的这类型角色,就是客店里的店小二。

你看即使是拥有一身好武艺,这些武侠群雄还是需要填饱肚子,但他们经常在客栈里一言不合,就动武交手。倒霉的常常都是店小二,在混战当中要么被戏弄要么被打伤,甚至不幸身亡,有时候还要被掳走。

这些店小二就是不慎闯到武林当中,被牵连到武侠的纷争里。超现实的武林不会随意和世俗有交汇。20世纪中叶之后,武侠小说之所以会如此盛行,是因为小说帮助你逃避,让你暂时离开现实。阅读的同时,你也就暂时搁置了现实感。

可是金庸在写《书剑恩仇录》的时候,他一开始就对这种武侠世界的通则不满意,所以他舍弃了纯粹江湖跟俗世的这种平行状态。他决心要用武侠小说作为背景,写正史出现过的人物。如此一来，现实存在过的历史世界，就必须要和江湖世界相交接，两个世界就这样有了联结。

金庸的用意是要超越传统武侠的写作范围，这跟他自己的身世、跟他流亡的时候暂时逃难的经验有绝大的关系。所以金庸写武侠小说，他并没有天真地逃避现实，因为他逃不过战争曾经带给他的这种威胁感。

武林江湖里的侠客，他们也都没有办法就这样轻松地越过战争的壕沟。真正的战争爆发，武林终究会被无情的战火给碾碎，武林无法抵抗战争。正式的军队出动，绝世武功也完全派不上用场。

《碧血剑》里有过一段类似的描述，那就是闯王李自成攻占北京之后，多么令人怅惘。即使袁承志武功高强，他仍然无法挽救自己所支持的这个政权，只能眼睁睁地看着自己辛苦支持的政权在北京城里堕落、腐败。再大的侠，像袁承志，他都无法阻挡闯王的败坏，他只能徒呼负负，无能为力。

这样的主题出现在袁承志身上，也出现在陈家洛的困境中。他在回疆受困，被兆惠将军的军队包围，这就不是比武功了，这是完全不一样的一种斗争。最后是必须要依靠霍青桐，带着天山部落的军队，以军队对军队才能够打败兆惠将军。金庸在小说故事框架中，以这个武侠主角的困境，凸显了战争归战争、武林归武林的规则。

战争的面相一而再再而三地出现在金庸小说里。《射雕英雄传》一直存在着两条故事线：一条是武侠小说的传统叙事，这是要争夺《九阴真经》，争夺武林秘籍；还有另外一条，那就是争夺《武穆遗书》，这是岳飞所留下来的兵书。

郭靖的成就，是由《九阴真经》《武穆遗书》这两本书一起造就的。他回到蒙古之后，是依照《武穆遗书》来调兵遣将。两兵交接的时候，《九阴真经》就无用武之地了，必须要靠《武穆遗书》的指点。就如同兆惠军队进逼的时候，陈家洛无能为力，只能靠霍青桐所指挥的天山军队才能渡过难关。

武侠世界除了无法逃避战争的蹂躏，在大自然面前武功也会失效。《书剑恩仇录》的一道限制就是第一次出现大自然的力量，那就是狼群。金庸写得非常明白，你再怎么武艺超群，一旦身陷狼群，很难不被狼群给吞吃。

关东三魔用兵刃打死了十多头狼，仍然难敌狼群猛扑，之后只好跳到树上去躲避。小说里的大反派张召重悲惨的死法，就是被余鱼同扔进狼群中。张召重武功再高，一旦到了狼群中，一点办法都没有。

所以，大自然是武林的另外一道限制。金庸善用武林的限制，对比出绝世武功不会始终无往不利。小说家笔下的武侠，如果武功太高太强，他们就不会碰到困境，不会碰到挑战，这样其实小说就很难写了。

《射雕英雄传》里的郭靖、黄蓉，一旦名震江湖，所向披靡，武功的造诣又到了出神入化的地步，这个时候就意味着，作者很难在这两个角色上继续安排可以让人胆战心惊、摄人魂魄的悬疑情节。金庸一方面要安排郭靖、黄蓉死守襄阳城，因为那是武功的尽头。另一方面，从《射雕英雄传》到《神雕侠侣》，这个小说的主轴就从郭靖、黄蓉移开了，让杨过取而代之。

这是我们从金庸的第一部武侠小说《书剑恩仇录》里，找到的帮助我们进一步了解金庸武侠小说各种不同、创新突破的几个面向。

少林寺最难过的关

在《书剑恩仇录》里，故事里的一条主轴围绕着陈家洛展开，他要前往少林寺去取得乾隆身世的证据。这条故事线依循中国戏剧的艺术形式还有套路，但是金庸用独特的叙事手法来描述它。

开头是讲少林寺数百年来的惯例，如果少林寺弟子有违反清规戒律，这是不能向外人泄露的。所以陈家洛远道来到这里，要问被逐弟子于万亭他的俗世情缘，依照寺规是不可以的，但是又明白这件事关系到天下苍生气运，所以破了一个例。

破什么例？就是叫陈总舵主自己到戒持院去取案卷。本来陈家洛以为少林寺破例就把他的难题给解决了，可是周仲英提醒他，不是这么回事。一路要到戒持院必须经过五座殿堂，每一殿都有一位武功很高的大师驻守，你要能闯过了五殿才可抵达戒持院。

这闯五殿的桥段，金庸变换出各式各样的把戏。五关必须要各自有它的精彩之处，不能是单纯的比武，或者是单纯的武林厮杀。在写这样段落的时候，如果作者没有充分准备，没有足够的安排，故事会变得单调乏味，变成只是反复的打打杀杀而已。连闯五殿，每一关金庸都给了他一个特定的比武规则。

第一关是妙法殿，比试掌法，最简单。到了第二殿，大颠大师用他的疯魔杖把关。到了第三殿就开始有了变化的玄机，这个时候是藏经阁的主座大痴大师笑容可掬地在那里迎接陈家洛，要跟他比试暗器。

这就显现出金庸和其他传统武侠小说家写作的区别，因为他定的比赛规则是这样的："大痴笑道：'你我各守一边，每边均有九支蜡烛，九九八十一炷香，谁先把对方的香烛全部打灭，谁就胜了。这比法不伤和气。'向殿心供桌一指道：'袖剑、铁莲子、菩提子、飞镖，各样暗器桌上都有，用完了可以再拿。'"

看似规则非常简单，但暗器的打法五花八门。陈家洛本来就擅长暗器，围棋是他的独门暗器。他的衣囊里随时都藏着一把棋子，所以他先一起手，用师父教他的满天花雨，五颗棋子当暗器，"啪"的一声，五炷香应声而灭。

大痴大师赞声连连，好厉害，好厉害。然后他把颈中一串念珠的绳子给扯断了，也拿了五颗念珠用手打出。不过他打得不一样，大痴连挥两下，九烛齐灭。烛火一灭，黑暗中香头火光看得越加清楚，那就易取准头。

陈家洛这回输了，而且输得蛮惨的，因为他先打香柱，香柱难打，但火烛好灭。要打灭火烛，不是难事，棘手的是那一根一根的香柱。你可以用的方式，就是大痴大师的这种方法，先把烛火给打灭了。于是就只剩下香柱，看得清清楚楚，也容易打了。

陈家洛这个时候领悟了，太迟了。大痴既然知道，他就会识破你的用意，他会用暗器保护他自己的火烛。一时之间，陈家洛陷入困境。

金庸接着写出精彩的关键转折，看起来陈家洛第三关要闯不过去了。他突发奇想，比赛的规定是各种暗器桌上都有，用完了可以拿，他就一下子把桌上所有的暗器一扫而空，全部放到自己的囊袋里。所以，轮到大痴要来抓，一看桌上什么暗器都没有了。

就凭借着这种急中生智，陈家洛有惊无险，过了第三关。这是个有趣之处，这就不落比武的俗套。

最有趣的地方在最后一关，是由少林寺的方丈天虹禅师坐镇。陈家洛心想，之前他遇到第四关的天镜，厉害得不得了，天虹是少林寺的第一高手，要怎么能够敌得过？再看这个静室的空间很窄，就不可能比拳脚，也不可能比暗器。糟了糟了，这要比内功，那就更加没有取巧的余地了。正当陈家洛惊疑未定，天虹禅师合十躬身，说道："请坐请坐。"陈家洛在禅床一边坐了，两个人之间有一张茶几，茶几小香炉中檀香青烟袅袅上升。在壁上挂了一幅白描的寒山拾得图，寥寥不多几笔，却画得寒山跟拾得这两个和尚神采奕奕。

天虹禅师开始说话，说什么？讲故事。他是这样讲的。从前有一人善于牧羊，以至豪富，可是这人生性吝啬，不肯用钱。他遇到了一个人很狡诈，知道牧羊致富的人脑袋不灵光，知道他想要娶妻子，就骗他说：我知道一个女子漂亮得不得了，我替你娶做妻子吧！牧羊人很高兴，就给了他财物。过了一年，那个人又跑来跟他说：你的妻子给你生了一个儿子。牧羊人从来没见过他的妻子，但听说已经生了儿子，更加高兴，又给了他很多的财物。后来这个人哀伤地又回来跟他说：不行了，你儿子死了。牧羊人大哭不已，万分悲伤。陈家洛听到这里，他已经知道了，这是引述佛家宣讲大乘佛法的《百喻经》。

天虹禅师的意思是说：世上的事不都这样吗？皇位、富贵，就像那个牧羊人的妻子与儿子都是虚幻的，你干吗一直挂在心上，还要费力以求？得了就觉得欢喜，失了就觉得悲伤。看那个牧羊人，当他听说他有了儿子高兴得不得了，听说儿子死了悲伤得不得了，不都是虚幻的吗？你是不是也在求这些虚幻的东西？

陈家洛听了有所回应，他也说故事，而且同样引用《百喻经》里的故事。他说：从前有一对夫妇，家里有三个饼，结果两个人各吃了一个，剩下一个。谁吃？就约定了，谁先说话谁就没饼吃，用这种方式比赛，僵住了不说话。不久有一个贼进来，把他们家里的财物拿走了。夫妇俩因为有约在先，眼睁睁地看着贼在那搬东西。贼看到他们奇怪，也不出声，也不阻止，大起胆子就在丈夫的面前侵犯了他的妻子，丈夫也一句话都不说。妻子忍不住终于叫了起来，贼拿了财物逃走了。结果丈夫的反应是什么？他就拍拍手笑说：哈哈哎呀，你输了，你输了，饼归我吃。

天虹禅师本来就知道这个故事，听到这个地方也微笑点头。陈家洛就说：你看，为了一点点小小的安闲享乐，反而忘却了大苦；为了吃饼的口腹之欲，却不管贼子去抢自己的财物，侵犯自己的亲人，这样的选择难道是对的吗？佛家当普度众生，不能忍心专顾一己。

听了陈家洛的反应,天虹再说一个故事。他说:从前有个老婆婆躺在树下休息,突然有只大熊要来吃她。这个老婆婆绕着树逃,大熊伸着掌,在树后要拿她,老婆婆趁机把大熊两只前掌按在树干上,熊就动不了,可是老婆婆也不敢放手。后来有一个人经过,老婆婆就请他帮忙,说这样我们就可以一起杀熊分肉。那个人相信了,帮她把熊掌给按住。老婆婆一脱身,就跑了,结果那个人反而就被困在那里,换成他跟熊一直在那里了。

陈家洛听得出来天虹禅师这个故事另外的寓意,他就明白地回答说:救人危难,奋不顾身,就算受到牵累,终无所悔悟。于是天虹拂尘一举,让陈家洛进了殿堂,他算是过了第五关。

这不是比武,第五关一点武功都不需要比,第五关是比赛讲故事,以及借由故事来显现自己的心意。这当然不是传统武侠小说的写法。金庸是抄书,但他抄书抄得真高明,这种阅读上的小趣味、小典故也是金庸小说的迷人之处,因为读者本来没有预期会在小说里得到这样的阅读趣味。

陈家洛就这样通过戒持院五殿的考验,取回可以证明乾隆身世的证据。

失败的故事是令人回味的

故事发展到这里,小说进入越来越难收拾的阶段。《书剑恩仇录》故事的关键就在陈家洛要让乾隆知道他自己是汉人。如果乾隆知道自己是汉人,他会做什么?

陈家洛跟红花会的英雄,他们闯过了一个接一个的难关,达成了乾隆皇帝的要求。但是接下来怎么写?要符合历史,陈家洛最终的结局就必须是失败,一旦这个主角遭受了挫折,读者在阅读的过程当中将自己的得失投射在主角身上，主角失败的糟糕结局绝对无法取悦读者。

金庸给自己设了局，一心一意要写历史武侠小说，然而，当历史事实注定会让小说的主角陈家洛失败，这个小说如何收场？于是就只好让皇太后发现了这件事，去威胁乾隆：你真的要恢复汉家衣冠吗？你要把我们满人赶尽杀绝吗？在太后表态之后，乾隆反悔了，心一狠，决意要诛灭红花会群雄。他就回答皇太后，三日之内要叫那姓陈的身首异处，推翻了原先跟陈家洛的约定。

为了收场，接着金庸就写，乾隆用"反清复明"的复兴大业为条件，逼迫陈家洛劝说香香公主入宫为妃。这个铺陈解决了小说结尾的问题，乾隆决意布局杀红花会群雄。香香公主却只能靠着自杀示警，在西长安街清真礼拜寺里，她从衣袖中摸出短剑，在身子下的砖块上划了"不可相信皇帝"几个字，然后轻轻叫了两声"大哥，大哥"，就将短剑刺进了那世上最纯洁、最美丽的胸膛。她是以身殉情，为了传递信号警告陈家洛。等到陈家洛在清真寺哀悼香香公主，他看见刀尖划在砖上的几个字，才发觉自己被骗了。

小说最后，红花会的胜利是个惨胜，这些江湖英雄，他们只不过勉强胜过了乾隆的布局，全身而退而已。小说就戛然而止于此，因为这是一个失败的故事。陈家洛一路的努力，最后并不能说服乾隆，把乾隆变成一个汉人皇帝。

这部小说作为金庸的起手式，它已经突破了传统武侠小说的写作模式，也尝试了之前武侠小说从未开创的叙事手法。

《书剑恩仇录》写完，很快又进入第二部的《碧血剑》，金庸进步神速。

我们可以从文本上看得清清楚楚，写《碧血剑》的时候，金庸显然已经了解他在《书剑恩仇录》上所犯的错误。也就是说，他太在意连载的小说形式，小说开头设置了多重多线头的叙述层次，以便让小说每一天都有情节可以连续下去，以至于到小说过了八分之一的篇幅，主角跟主线才终于浮现，所以接着金庸在《碧血剑》中必须要改正《书剑恩仇录》这样的写法。

《书剑恩仇录》里，金庸犯了一个很大的错误，陈家洛是一个没有武功来历的人。陈家洛正式上场的时候，他已经身怀绝技，已经取得担任红花会总舵主的资格，也就意味着金庸没有用传的写法来描述陈家洛的来历。

我们之前提过平江不肖生在写作上的重大贡献，就在于用中国史书的纪传体，为每一个本来是虚构架空的武侠人物都描写了他的身世。介绍一个角色，一定要从他的籍贯开始讲起，包括他的祖父母、他的父母亲是谁，他的家世背景如何，更关键的是这个角色的功夫来自何门何派，这是固定的写法。

陈家洛缺乏这样的来历，我们不容易对陈家洛留下像后来金庸小说其他主角那样的深刻印象。于是在写第二部小说《碧血剑》时，金庸立刻修正了写作上的这个大缺点，主角袁承志还有其他侠客在《碧血剑》中都有了来历。相较之下，《碧血剑》的写作技巧比《书剑恩仇录》要成熟。

《碧血剑》：探索明朝灭亡成因

《书剑恩仇录》处理了大的历史问题，到了第二部《碧血剑》，金庸非但没有收束，反而在《碧血剑》里构思一个更大的历史命题。他把时代往前推，推到明末清初明朝灭亡的关键时刻。不只是确切的历史时代背景，小说中还有活生生的历史人物，小说的核心角色是袁崇焕，但袁崇焕并未真正登场，而是由他的儿子袁承志代父上场。小说情节从袁崇焕的遭遇开始设置伏笔，让袁承志来作为小说主角，从这个主角的身世开始叙事。以确切的史实为背景动笔写小说，非常棘手，因为金庸写的是复仇故事，他依循武侠小说的框架及写作方式，引发读者投射、认同他笔下的复仇故事，这种投射也与连载小说的传统叙事有关。

复式的时间叙事

《书剑恩仇录》的叙事，可以归类为一种直线的时间。从陆菲青开场一路一直到埋葬香香公主结尾，小说维持在同一个方向的线型的叙事，时间一直往前走。但是，到了《碧血剑》就开始出现了复式时间的叙事，这是为了方便描写各个角色的不同来历。换句话说，金庸在他的第二部小说里，开始学会了如何铺陈小说的中心主轴。小说的情节一环扣一环，才能够持续地调动读者的胃口，诱惑读者阅读小说。

一般而言，最先出场的角色通常都不是重要人物。但是借着一个又一个的角色勾连出最关键的情节，在高潮迭起的故事当中，让陆续上场的武侠人物武功越来越高深，借以符合读者越来越高的预期。《碧血剑》等于是回头套用了传统武侠小说的模式，但金庸写得更加精致。

在前后相衔的写作时间当中，《碧血剑》的路数就和《书剑恩仇录》已经不同了。到了后来的修订版当中，金庸《碧血剑》是先从张朝唐开始写起。张朝唐是一个从海外归来的中国人，从张朝唐引出杨鹏举，再从杨鹏举引发出一个让读者觉得神秘、好奇、莫名其妙的情节——他们到乡间的山屋里寄住，却遇到了恐怖的血案。

到了这个时候，孙仲寿才上场，孙仲寿是明史里有传的确实存在过的历史人物。借着孙仲寿又引出了众人要上山去祭拜袁崇焕的情节，这些人都是袁崇焕旧部。再从祭拜袁崇焕的场景引出了袁崇焕的遗子袁承志，这是小说重要的脉络。

厘清了小说是要写袁崇焕的儿子袁承志，接着小说就要告诉我们，袁承志是如何变成一个身怀武功的武林人物。袁承志的第一个师父是崔秋山，接着崔秋山把他交托给安大娘，安大娘又把他交给华山派的穆人清。袁承志跟穆人清学武的时候，又遇到了木桑道人。木桑道人虽然不是袁承志正式的师父，教他武功是为了要他陪自己下棋，但还是传授了他许多重要而且在后来非常有用的功夫。袁承志之后再有了一段奇遇，又成了金蛇郎君的隔世弟子。

这种叙事方式，就是一种复式时间的叙述，并不像《书剑恩仇录》着力于发展多条支线，而是从一个故事的主轴分歧出小说当中的各色人物。小说里的人物又有回忆，以此去追溯他们到底是怎么来的。小说里让安大娘重新出现，就是为了借这个机会去追溯安大娘的过往，再埋下伏笔，到后来安大娘投靠清廷，跟已经成了朝廷重臣的丈夫重逢，这都是来自小说前头的铺陈。

小说的主轴，另外分歧出穆人清这个角色，通过解释穆人清与华山派之间的关系，而有了华山派众弟子，并牵连到木桑道人。

十三岁的袁承志，他后来在山洞的石室里，找到了已经成为一副骷髅的金蛇郎君夏雪宜，他得到了《金蛇秘笈》。金蛇郎君在小说里就跨越了时空，成为袁承志最后一块绝世武功的拼图。跟金蛇郎君有关的情节在小说里占了三分之一的篇幅，这是一个非常复杂的武功来历。把金蛇郎君的故事讲完了，袁承志艺成下山，这是小说的前半部。借由这种方式，我们彻底了解了袁承志这个人以及袁承志的武功，我们跟袁承志之间的联系就这样牢牢地形成。

袁承志下山之后，遇到了闯王身边的李岩，再牵涉一桩奇异的黄金抢劫案。在这里出现了小说女主角温青青，后来我们知道她是金蛇郎君和温仪的女儿。从金庸塑造的女主角，我们也可以发觉这些角色的塑造方式，就使得《碧血剑》和《书剑恩仇录》在时间的安排与进程上区别开来。

《书剑恩仇录》是单线的，《碧血剑》就变成复式时间的叙事，多线进行。正是在这个时候，金庸为了让这样的主轴更吸引读者，开始磨炼他后来最重要的功夫，那就是如何让角色借由不同的个性给读者留下非常鲜明的形象。

金庸最早的这两部小说经常被忽略，但是回到他创作的原始上，这里有很多清楚的线索与痕迹，对于我们体会与认知金庸完整的武侠世界，其实是具有相当重大意义的。

复仇故事里的现实投射

前文提及，连载小说的祖师爷是大仲马写的复仇故事《基督山恩仇记》。读者很容易对复仇的故事有感，迟来的正义（belated justice）写来最酣畅淋漓，同时也大快人心。虽然正义被延迟实现，但在这个过程中读者期待正义开花结果，在"是非善恶终有报"的结尾中得到满足。正义虽然晚来，但它不是等不到，这是复仇故事最扣人心弦之处。

《碧血剑》小说的定位是袁承志的复仇故事，在史实上袁承志有两大仇人。第一，崇祯皇帝下令诛杀袁崇焕，崇祯皇帝是杀死他父亲的仇人，而且金庸在铺陈的时候，添加了一笔不共戴天之仇，他让袁承志长大成人之后，得知他父亲临死的惨状；袁崇焕不只是以叛国的罪名受戮，当时满人迫逼明朝北境，很多老百姓也恨之入骨，当场生吞他的尸体，以致尸骨不全。第二，袁承志的第二大仇人是满人，袁崇焕被磔杀，最主要原因是他力抗后金，也就是对抗满人。针对袁崇焕抗清这段历史,清史和明史的说法不一。清人后来修纂明史时,重修这段记载,但仍然留下很多记录。当时盛传清军使反间计,袁崇焕与清军有密约,满人怂恿崇祯皇帝杀了袁崇焕这颗满人的眼中钉。

袁承志的立场艰难,同时面对两大仇人,举步维艰。在此种历史情境下,金庸铤而走险,让袁承志转而支持闯王李自成,并借由他身怀绝世武功来辅佐李自成攻进北京城,这就是1644年的关键历史。

到后来一直都存在着争议,明朝究竟是如何灭亡的?尤其在清初,许多中国士人心中认定两个答案,但这两个答案无法并存,因为其中牵涉明朝遗民,尤其是前朝士人对待清廷的态度。一个答案是,一般认为明朝亡于满人入关。虽有效忠明朝的臣民抗拒清廷,但事实是仍有不少士人跟清廷合作,所以另一个答案是大部分遗民的理性思考,那就是明朝并非亡于清廷,而是亡于流寇。明朝亡于流寇这个推理是有证据佐证的。首先打进北京城的人是闯王李自成,他借机抢走了陈圆圆,吴三桂一怒为红颜打开山海关投降后金,满人的军队这才攻破北京城,赶走李自成。满人入关、吴三桂带领清兵入关的名义是救明朝皇帝或是因为明朝腐政,然而一旦进入北京,满人就不走了,顺理成章地建立全国性的中央王朝。

上述这些历史进程全都被金庸写进《碧血剑》。在这部历史小说里,可以看到他用非常长的篇幅描写袁承志如何遥奉闯王,然后跟随闯王,认同李自成的思想,以及他怎么暗领李自成号令,尤其是跟李自成手下的部属有很多来往,最后借着他的绝世武功打进北京城。闯王攻进北京之后,袁承志报了第一个大仇,崇祯皇帝上吊自尽,他不需要亲自动手杀了这个仇敌。但是他还有第二个仇人,他没有办法报仇,这是小说情节受限于史实的地方,因为李自成进入北京之后，开始腐败。李自成堕落后，不听从袁承志的忠告，快速腐败，让袁承志非常失望。然后，他无法掌控接下来的时局变化，因为这个时候，满人入关，他没机会去报第二个仇。

《碧血剑》刚开始的设定是双重复仇的故事，但到最后这部小说的复仇情节只完成一半，它是一个失败的复仇故事。主角由于复仇无望，心灰意冷，只得隐居南方海岛。金庸是在1957年开始写这部小说，你不可能不察觉到小说中的现实因素，首先是香港读者都洞悉的深刻寓意，同时反映金庸此时最明确的心境。

回到1957年，追索金庸撰写《碧血剑》的过程，小说最后的结尾——袁承志的抉择必然与金庸的处境有密切的关联。这个密切的关联，不只是金庸个人的处境，而且是金庸所写出的整个香港社会的共同命运和解答。

年轻的时候作为金庸的读者，我常用一种天真的方式读《碧血剑》。年轻读者对小说最深刻的记忆是金蛇郎君，没错，这个角色是袁承志武功的来历，也承载了袁承志与两个姐妹之间的复杂情愫。很庆幸的是，到了五十几岁的中途，我变成了世故的读者。重新阅读金庸，读到的是非常世故的信息，这是小时候单纯把《碧血剑》当作武侠小说阅读所捉摸不到的地方。当你读不到这些暗藏在小说中的信息时，也往往不太可能明白金庸作品与其他武侠小说的差异何在；他们同样都以连载形式创作小说，但两者的成就是云泥之别，只有金庸的文学成就与众不同。

历史武侠无法摆脱真实"结局"

金庸第一部小说《书剑恩仇录》写陈家洛故事，第二部小说《碧血剑》以袁承志为主角，这两部小说都遇到了棘手的问题，它们都无法抗拒史实的存在。《书剑恩仇录》主角陈家洛一心想让乾隆变成汉人皇帝的愿望，遇到了历史波折，即使小说中间还精彩地描述了一群红花会的人闯进皇宫，挟持乾隆皇帝。金庸费了这么多笔墨，但是最后只能在历史面前折了兵；故事虽然精彩，但读者早就知道了历史结局，有谁听说乾隆后来变成了汉人皇帝？绝对没有，这意味着金庸小说的起手式设定的就是历史武侠小说，但是都在中途磕碰到了一个极为强硬的铁板。他在写作上遇到了无法扳倒的强敌，这个敌人正是历史。无论如何，你就是无法以小说的形式去改变史实。

即使这两部小说都设定了让读者热血沸腾的历史大议题：如果乾隆皇帝是个汉人，如果袁承志报了仇杀死了崇祯皇帝，又阻止陷害他爸爸袁崇焕的满人政权入侵中原，结果会如何呢？读者也无须翻到小说结尾，就已经知道结局。乾隆后来继续当清朝皇帝；袁承志的第二大仇恨没有得报，满人后来还是攻进北京，迁都京师。难道可能在小说里看到违背历史的结局吗？这就是写历史小说的关键难处，但由于金庸写的是武侠小说，不仅是类型小说，还是通俗小说，所以他面对的是一般大众读者，必须要考虑读者的认知。虽然无法扭转一般读者熟知的通俗历史知识，但是对于一般读者一窍不通的历史，作者就可以在小说中尽情发挥。

你可以写陈家洛、海宁陈家和雍正调包的故事，因为这些是一般读者陌生的历史内容，一旦读者不熟知，就会在历史推理中发现新大陆，觉得非常过瘾。可是换句话说，一般读者都知道乾隆皇帝这号人物，你就没办法突破乾隆皇帝没有变成汉人皇帝这件事。如果擅改了乾隆这个角色在历史上的认知，这部小说就不再是类型小说，一般读者再也不可能接受这部作品。因为类型小说作者跟读者之间有一种默契，作者心中有一把尺，知道读者可以容忍小说虚构到什么程度。如果告诉读者清朝的命运一下子被扭转了，乾隆成了汉人皇帝，清朝从此不存在了，这就打破了默契，读者并没有交付作者如此巨大的权力，作者不能越过这道界限。

金庸写武侠小说的起手式，就艺高人胆大地写历史武侠小说，这种类型的小说就不会仅仅是通俗小说、类型小说，而金庸武侠小说的独特之处就会更加显著。美国犹太作家菲利普·罗斯（Philip Roth，1933—2018），写过一本精彩绝伦的历史小说《反美阴谋》（The Plot Against America），彻底改写了二战期间美国关键的一场总统大选。1940年美国总统大选，民主党候选人是违背美国宪政习惯——总统连任只限两任，追求连任第三任期的罗斯福总统。真实的历史情况是，在举国战争气氛弥漫之时，罗斯福连任第三任总统；1944年，他甚至连任第四任期，但是没有就任完第四任就去世了。

菲利普·罗斯在小说中改写1940年美国总统大选，让共和党提名一个奇特的人物——查尔斯·林白（Charles Lindbergh），人类史上第一位驾驶单引擎飞机横跨大西洋的人，杰出的飞行英雄。除了创下飞越大西洋的记录，林白这个人很有故事性。在政治立场上，他是极右派的人，许多美国大富豪都跟他交情匪浅，政商关系良好，但后来林白夫妻经历一场惨痛的悲剧。推理小说女王阿加莎·克里斯蒂（Agatha Christie，1890—1976）还曾将这件惨案写进小说《东方快车谋杀案》。

这本小说破案的关键核心是阿姆斯特朗绑架案，根据林白长子绑架案而改写。的确有歹徒觊觎林白的庞大财产，所以闯进林白家中，绑架了林白两个月大的儿子，尽管后来林白支付了赎金，小林白仍然惨遭撕票。尽管克里斯蒂虚构了某些小说情节，但仍然描述一些真实的核心事件。小说里的女佣就是关键角色，绑架案发后，警方在调查过程中，将这名女佣列为犯罪嫌疑人，怀疑她里应外合，勾结歹徒犯案，否则歹徒不可能进入家里绑架婴孩。最后这名女佣承受不了压力自杀了，这件世纪惨案在1932年震惊全美。

菲利普·罗斯在小说《反美阴谋》里，描述林白竞选1940年的美国总统大选，挑战罗斯福，结果是他成功当选美国第三十三任总统。林白上任之后，全面改写美国历史，美国社会也彻底转变，因为林白是个大右派，而且他还是最坚决、最邪恶的反犹主义者。那么，菲利普·罗斯挑选林白作为小说主角，他的写作目的是什么？这就是"如果"的小说叙事——"如果那一年，一个反犹主义者当选总统，美国会发生什么事？"当然，作家更关切一件事："如果林白成为总统，美国当时的一百二十万犹太人会遭受什么样的命运？"小说叙事非常精彩，林白如何与希特勒结成联盟，并且说服美国人民为了犹太人而向德国开战非常不值得；美国人为什么要为了犹太人牺牲性命，德国真的得罪了美国吗？小说反转了美国这一段历史。这种叙事笔法凸显美国社会究竟是以何种方式建立起多元文化，尤其揭露了反种族主义、反种族歧视的价值观成立的真相。在菲利普·罗斯的笔下，美国社会多么脆弱、不堪一击，只要历史出现偶然，就会有不同结果，这件事情就不会发生。

书写历史小说，不是必然不能写翻案文章。小说家并非绝对不能改写历史，不能写红花会最后推翻清廷、刺杀乾隆皇帝，但在写作上，小说家必须遵守一个限制；当你写的是一本类型小说、通俗小说，你的创作空间就不像菲利普·罗斯写现代小说那样有这么大的自由空间。这就是金庸前两部武侠小说所面临的限制，他以现代小说的手法撰写类型小说，写到关键历史时，读者势必会觉得武侠小说里的历史读来索然无味。

金庸前两部武侠作品，也许当时的读者阅读时没有特殊感受，今天的读者可能也是如此。但仔细再阅读一次，你不可能没有察觉到这两部小说所隐含的问题——小说从开头到结尾，主要情节的设定都是失败的。金庸并没有满足大众读者的预期，一开始阅读小说时，读者其实是期待站在陈家洛、袁承志这一边。因为他们是小说主角，读者当然认同袁承志和陈家洛的理念，希望他们最后可以复仇成功，但小说结尾为了符合历史，这两个主角最终都失败了。读者在掩卷叹息之余，该如何面对这个留有残念的小说结局？更重要的问题是，金庸怎么看待这两部作品？他的起手式选择以历史为小说主轴，即使《书剑恩仇录》《碧血剑》都大受欢迎，但在写完这两部作品后，金庸察觉到写历史大翻案文章其实非常棘手，却始终放不下自己对历史领域的深刻兴趣。

等到他开始连载第三部武侠小说《射雕英雄传》，他仍然不改历史小说的元素，严格来说保留了部分春秋笔法，因此成吉思汗登场了。然而，在这本小说中，金庸的写作手法有所改变，他重新做了调整，修正了小说中的历史写法。他稍微收敛起写翻案文章的野心，阅读《射雕英雄传》时，读者并没有看到小说设定郭靖改变蒙古人的企图，或是改变蒙古、后金与汉人之间的关系。小说中历史发挥的作用，与《碧血剑》《书剑恩仇录》相比，简直小巫见大巫；虽然据金庸从史书中翻找出的历史，成吉思汗的确曾邀请丘处机到漠北，但在小说情节中，郭靖、丘处机尽忠爱国，仍然没有改变宋朝的命运。即使这两位小说角色为大宋出力，也只稍微改变了不痛不痒的处境，让蒙古人在进军过程中少杀死一些人，如此而已。

历史并未在小说中发挥太大作用，金庸写完《射雕英雄传》，接着连载《神雕侠侣》。此时，金庸暂时收敛起他对历史的狂热，小说的历史背景不再那么重要，你可以把《神雕侠侣》的武侠故事搬演到其他历史背景，仍然无碍于小说情节的开展，故事主轴仍然成立。不过，金庸没有放弃写历史武侠小说，他在最后一本著作《鹿鼎记》中，回头重新运用历史元素，这一次他终于成功了。他塑造了韦小宝这个角色，借这个小说人物翻转历史。

《射雕英雄传》：侠之大者

金庸最像自己作品里的哪个角色？

《射雕英雄传》是金庸的第一部大长篇，确立了他的风格。虽然在这之前他已经写了《书剑恩仇录》和《碧血剑》，但是在写前面那两部小说的时候，最主要的是他有了那种历史的关怀。

他敢于写乾隆，敢于写袁崇焕，然而在历史的架构之外，相对的武侠写作上，他跟其他武侠小说的作者所写出来的作品并没有那么大的距离。

然而从《射雕英雄传》开始，他找到了怎么把小说写大、写长，但是能够一直扣住让读者追读的特别法则。

一来是以角色的个性为主轴，让角色的个性来推动情节。另外，他可以把小说写长、写大，因为他找到了一种绵长布局的方式，这也就清楚地显现在《射雕英雄传》的开头。

开头是丘处机，接下来是江南七怪，然后丘处机跟江南七怪怎么牵扯到郭靖？通过他们长达十几年的一次大打赌。丘处机跟江南七怪要赌这两个小孩十几年之后各自在他们的训练下去比武谁输谁赢。

这是多么长的一个布局！然后有这样长的布局才让郭靖上场，郭靖上场之后，又借他跟黄蓉之间的关系牵扯出黄药师，牵扯出所有这些稀奇古怪的角色。

真的是稀奇古怪的角色，因为每一个角色都有特别的性格，这就引领我们不得不注意到金庸对角色性格的认知与理解。

金庸在写武侠小说的时候，他非常重要的一个成就，就是在他的小说里创造了很多令人难忘的角色。这些角色既鲜明又众多，从写小说的角度来看，这其实非常非常不容易，意味着金庸要在小说里写出很多不一样的性格。

如果说光是写出鲜明的性格，写了一两个，这没问题，但是他要写那么多。这么多角色都让我们能够在阅读小说的时候，不只是看到了、感受到了，而且我们会记得，觉得难忘。

这样的一个成就，促使金庸的武侠小说迷之间产生了一种特殊的游戏。我相信很多喜欢金庸的人都玩过这种游戏，那就是你会去分析自己，或朋友，或名人——在新闻上甚至是历史上的名人，并问这样一个问题：这个人最像金庸笔下的哪一个角色？这样的一个问题，我不知道大家是不是想过、问过，把他套用在金庸本人身上，那写出这些角色的小说家金庸，可能又最像他笔下的哪一个人、哪个角色呢？

我问过这个问题，而且我认真地想过，我找到了我的答案。当然我的答案可能跟大部分的读者所得到的、所想的答案都不太一样，但是我只能说我有我的道理。我先解释我的道理。

第一个道理是我觉得要回答这个问题，我们先要破除理所当然的偏见。意思是说，想到金庸像谁的时候，请不要先必然地从金庸武侠小说的男主角里去找。金庸的武侠小说当然写了很多精彩的男主角，这一系列从陈家洛开始，到袁承志，到郭靖，到杨过,到张无忌,到萧峰,到令狐冲,一直到韦小宝。我觉得千万不能一下子就把自己的答案限制在我刚刚念到的这几个名字这些男主角身上。你一定要记得,金庸之所以了不起,是因为他写了很多的配角,而且这些配角在个性上很多都跟主角同等精彩。我还想再提醒一件事,更重要的是你不要忘了金庸不只是写男主角,金庸的武侠小说跟整个庞大的武侠小说传统上最大不同的地方,那就是他擅长写女性,而且他写了好多女性角色,我们不能忘掉他所写的女性角色。

另一个道理牵涉我对小说写作的基本认识与理解,意思是说,这同时也牵涉我们如何认识与理解作者和他所创造出来的角色之间的关系。

什么样的角色对作者来说是最难写的?而且虽然最难写,但是他还是写了。意思是说有一些角色,作者如果本身没有那样的个性,或者是没有那样的知识,或者是没有那样的兴趣,或者是没有那样的品位,他就写不出这种角色来。

从这样的角色和作者之间的关系来理解的话,那我就要告诉大家,我认为在金庸所有的小说里最难写的是谁。先让我们用排除法,比如说脑袋里马上要出来的一个,绝对不会是最难写的,那就是郭靖。

郭靖很容易写,老实说我也会写,你们也都会写吧?因为你就是把他写得笨笨的,但是却因为笨而认真、而努力,因为他那么笨,他那样认真,他那么努力,所以就是天道好还,因此好人有好报,经常都会有好的事情、好的运气掉在他头上。这就是郭靖,郭靖可以用这种方式写出来。另外,也绝对不会是杨过,杨过很清楚,因为杨过是一个偏执的人,你只要掌握住了他那种偏执,包括他对小龙女的那种一心一意的、激烈的爱情,你就可以写出来。

当然再往前一点，那就张无忌，难度高一点，因为张无忌开头的时候非常天真，一路误打误撞变成了明教教主。但是后面他又开始一点一滴地去学习，什么叫做人情，什么叫做势利，什么叫做世故。这个难度高一点，但张无忌还是不能跟另外一个最难最难的角色相提并论，这也就是我的答案。

金庸最像谁？如果我们从他没有那样的个性就写不出那样的角色的道理来看，那就一定是黄蓉。黄蓉是最难写的，因为黄蓉身上的品质，如果金庸没有那样的个性，那是无从去捏造、无从去假装出来的。黄蓉身上所具备的第一个特性是丰富的学识，还有兴趣，尤其是她的学识跟她的兴趣是在一起的。黄蓉身上所具备的第二个特性是她的调皮，是她的狡猾，以及虽然狡猾却不讨人厌的那种幽默感。这不是没有这种个性的人就可能凭空去想象、凭空去捏造出来的。

我们先讲第一个特性，那就是黄蓉的学识与兴趣。在《射雕英雄传》里有一段非常精彩的情节，那就是郭靖跟黄蓉遇到了瑛姑。

金庸在这一段写瑛姑，关键是什么？关键是算术，竟然是算术！当你想要读一个武侠小说的时候，你心里会不会想到说，我在这个武侠小说里会遇到艰难的算术？

你看这一段算术的写法。黄蓉看到了瑛姑，那时候还不知道她是瑛姑，就是一个老太太全神贯注地在那里看。看什么呢？看地下一堆竹片，竹片大概都是四寸长，两分宽。你看，黄蓉也看，我们不见得知道，但黄蓉一看就知道这是拿来算术用的。再看这些叫做算子的东西，被排成商、实、法、借算四行。黄蓉看一眼，她就知道这个老太太正在算五万五千二百二十五的平方根。我们知道这是我们算过的算术题目。好了，答案是多少？黄蓉脱口而出，心算一算，二百三十五。老太太吓了一跳，就瞪着她，自己不理她，又继续去拨她的算子。接下来算算，果然算出了二百三十五。

可是瑛姑脸上有怒容，似乎只在说，不过就是这么一个小姑娘，你不过是凑巧猜中的，不足为奇，不要在这里打扰我。然后，她再做下一题的算术，这一次大家可以跟着算一下，这次题目是什么呢？三千四百零一万二千二百二十四的立方根。这个够难了，非常难。但是老太太刚刚把算子排好，才算出了一个三。黄蓉就把答案给了她，黄蓉就说三百二十四。老太太不高兴了，她算了好久，终于才算出答案，真的是三百二十四。这是他们跟瑛姑相逢的开端。

这一整段其实都是环绕着算术展开，甚至一直到他们要离开的时候。因为瑛姑的身份被揭露出来后，瑛姑也知道了黄蓉是谁，她是黄药师的女儿，瑛姑与黄药师正是冤家，正有仇；所以瑛姑马上就大叫说，你是黄老邪的女儿，黄蓉也就了解到这是个仇人。

但黄蓉用什么样方式报复、修理瑛姑呢？剧情的安排也太有趣了。本来要吵架，但是不用吵，黄蓉灵活的脑袋一想，她马上想出了一个更恶毒的方法，怎么个恶毒法？她用竹杖在地下细沙上写了三道算术题，第一道叫做"七曜九执，天竺笔算"，第二道叫做"立方招兵支银给米题"。这两道题的细节我们都不知道。第三道叫做"鬼谷算题"，说现在有个数，我们不知道有多少，我们现在只知道一个整数除以三余二，除以五余三，除以七余二。问这个数是多少？

黄蓉把这三道题目写完了，就扶着郭靖的手臂走了出去。这个时候，瑛姑凝目望地，一直看着地上呆呆地出神。等到郭靖和黄蓉两个人走出林子安全了，郭靖才问黄蓉在沙上画了一些什么。黄蓉就笑着说，我出了三道题给她，半年之内她一定算不出，叫她的花白头发全都白了，谁叫她对我这么无礼。

这是黄蓉发泄的方式，但是如果金庸不是对数学那么有兴趣，他如果不曾钻研过中国古代数学,我想请问他怎么写黄蓉的这一段?在武侠小说里,我们看出中国的士人传统。还不止如此,同样接下来他们得到了瑛姑的三个锦囊。于是有机会想要去找段皇爷,但是在找段皇爷之前,必须要先经过渔樵耕读。

渔樵耕读事实上是四关。不过读者看了才会知道,这个表面上是四大关,要有四个难题。可是看起来好像只有三个半关,甚至应该说只有三点一关,因为这个樵子第二关,让人感觉黄蓉和郭靖是混过去的。

前面第一关多难过,又有瀑布,又有金娃娃,要靠着郭靖用千斤坠,用降龙十八掌当中的飞龙在天、潜龙勿用,搞了半天好不容易才过了这一关。所以大家一直以为过了这一关之后,第二关应该也是非常非常困难。但是到了第二关,这个樵子在做什么呢?樵子在那里唱歌,唱的是一个叫"山坡羊"的曲儿:"城池俱坏,英雄安在?云龙几度相交代?想兴衰,苦为怀。唐家才起隋家败,世态有如云变改。疾,也是天地差!迟,也是天地差!"小说里还跟我们解释,这是在宋末流传在民间的调子,不过调子虽一样,曲子却随人而作。很显然,这个曲子是樵子他自己作的。

这个时候黄蓉心里转着念头,其实是发愁的。她说刚刚闯过渔人那关,太困难了。这个樵子歌声不熟,也非一语之徒,这才到第二关,后面还有耕,还有读。她站在这里伤脑筋的时候,那个樵子又唱了。唱什么呢?唱:"天津桥上,凭栏遥望。春陵王气都凋丧。树苍苍,水茫茫,云台不见中兴将,千古转头归灭亡。功,也不久长!名,也不久长!"

后来又唱了一首,等到他唱了三首,黄蓉忍不住喝了彩,说"好曲"!那个樵子转过头来,把斧头往腰间一插,就问说好在哪?黄蓉本来想要讲一下她听到的这些曲子好在哪,但是念头又一转:好吧,你爱唱,我也用同样的曲子唱一首还你。当下微微一笑，低头就唱。唱什么呢？唱："青山相待，白云相爱。梦不到紫罗袍共黄金带。一茅斋，野花开，管甚谁家兴废谁成败？陋巷箪瓢亦乐哉。贫，气不改！达，志不改！"唱出这样的歌词，黄蓉是有她特别用意的。她料定这个樵子应该就是随段皇爷归隐的将军，虽然现在看起来是个樵子，以前应该是手绾兵符，显赫一时。所以她唱的这首曲子就是刻意去称赞这种人，能够看破功名，能够享受山林野居之乐。

她能够在片刻当中就作出这样一首曲子来，其实不是因为她真的聪明至此，而是在桃花岛上她曾经听父亲唱过，可是这个时候她把最后两句改了："贫，气不改！达，志不改！"她认为用这种方式来推崇这个樵夫当年富贵时的功业，这曲子唱完了，事情就了结了。那个樵子听得心中大乐，往山边一指，就跟他们两个人说，上去吧。于是这一关就用这种方式过去了。

这一关很有意思，意思在哪里？意思是如果从武侠、从武斗的角度来看，这一关什么都没有，根本没打起来。但是如果我们换另外一个角度，这一段是武侠小说当中最难写的，因为他不能够只写武侠的本事，他所需要的是另外一种本事，这种本事是过去在中国其他的武侠小说作品当中我们很难看到的。

黄蓉为什么难写？因为黄蓉身上具备许许多多本来是不属于武侠小说里武林中的文化素质、文化成分，这是属于士人大传统的东西，比如算术，比如诗词。金庸用这种方法，实质上改造了中国的武侠小说。

中国武侠小说之所以存在，本来是因为士大夫的大传统瓦解了，所以我们才回到小传统——去民间武侠和武林江湖里寻求虚构的想象的安慰。但是金庸却把这种帮助中国人在战乱时期得到逃避跟安慰的小传统，跟士大夫的大传统的内容套接上，而他要套接这些大传统的东西，他所选择的最重要的一个连接点就是黄蓉这个角色。

所以，黄蓉代表的就是金庸自己的文化底蕴与文化兴趣。换另外一个角度来看，如果金庸没有这种文化底蕴与文化兴趣，他怎么可能写得出这样的黄蓉来？这样的黄蓉代表的是金庸自己的知识性好奇，以及知识上大概他所做过的努力与能够掌握到的高度。再换另外一个角度来看，黄蓉性格上面的那种调皮、狡猾，还有幽默感，以及在危急时候总是能够绕一个弯，从别人想不到的地方去解决问题，我想我们也就可以更有把握认为这一部分应该也是金庸自己的性格，金庸自己为人当中非常重要的一部分。

黄蓉：懂吃、懂词、懂救命

黄蓉是金庸所有的武侠角色中最巧妙的一位，因为她的巧是多面向的。

《射雕英雄传》中，黄蓉刚上场的时候，她女扮男装。金庸写的是"那少年约莫十五六岁年纪，头上歪戴着一顶黑黝黝的破皮帽，脸上手上全是黑煤，早已瞧不出本来面目，手里拿着一个馒头，嘻嘻而笑，露出两排晶晶发亮的雪白细牙，却与他全身极不相称。眼珠漆黑，甚是灵动"，就是这样一个穷少年。

她上场的时候化装成一个小乞丐，到了店里，店伙就把她看作一个乞丐。当然，我们怎么也想不到，她非但不是个少年，她还是一个美少女，而且经过了小说一路的推延发展，到后来她变成了丐帮帮主。这前后有着非常有趣的呼应。

黄蓉怎么上场？最惊人的一件事情是关于吃，这里就借由黄蓉铺陈出金庸对于吃的看法。

店小二瞧不起这个少年。这个少年就说："你道我穷，不配吃你店里的饭菜么？只怕你拿最上等的酒菜来，还不合我的胃口呢。"

什么叫做最上等的酒菜呢？接下来且看。先说来四干果、四鲜果、两酸咸、四蜜饯。店小二吓了一跳，我们也吓了一跳。什么是四干果？荔枝、桂圆、蒸枣、银杏。四鲜果不指定，这个时候有什么就是什么。酸咸要砌香樱桃跟姜丝梅儿，还不知道买得到买不到。蜜饯要什么呢？要玫瑰金橘、香药葡萄、糖霜桃条、梨肉好郎君。梨肉好郎君究竟是什么？说老实话，我们都没有办法马上就知道。再下来，还有八个酒菜，就是花炊鹌子、炒鸭掌、鸡舌羹、鹿肚酿江瑶、鸳鸯煎牛筋、菊花兔丝、爆獐腿、姜醋金银蹄子。她说，我觉得你们做不出来，更名贵一点就别说了。另外还要十二样下饭的菜，再加上八样点心。

这就惊人了，这是干什么？一上场，黄蓉巧在哪里？黄蓉巧的不只是她好大的口气、好大的气派，更重要的是她摆气派的方式，她是个懂吃的人。而且在小说里，我们会从黄蓉后来跟洪七公的关系里看到，除了她对食物的知识，还有她在食物上了不起的手艺。

我们看金庸怎么描述黄蓉收服洪七公。"黄蓉笑盈盈的托了一只木盘出来，放在桌上，盘中三碗白米饭，一只酒杯，另有两大碗菜肴。"郭靖傻傻的，什么都不懂，跟我们一样，只知道"甜香扑鼻，说不出的舒服受用"。这两大碗菜肴，"一碗是炙牛肉条，只不过香气浓郁"；另外一碗是"碧绿的清汤中浮着数十颗殷红的樱桃，又飘着七八片粉红色的花瓣，底下衬着嫩笋丁子，红白绿三色辉映，鲜艳夺目，汤中泛出荷叶的清香，想来这清汤是以荷叶熬成的了"。

金庸快速地就这样描述出那一碗的美，那是特别配色配出来的。洪七公吃了，夹了两条牛肉条。他本来以为是牛肉条，送进嘴巴里才发现这不是寻常牛肉。它的味道，每咀嚼一下便有不同的滋味，有时候感觉是膏腴嫩滑，有时候却又是甘脆爽口，诸味纷呈，变化多端，所以只能够怎么形容呢？就像武学高手的招式，层出不穷。用这种方式把武侠跟美食连接在一起，而且连接的方式多么巧妙，多么自然。

洪七公惊喜，以为是牛肉条，但其实是用四条不同的小肉条拼在一起的。洪七公也懂，他闭着眼睛辨别滋味说：第一条是小羊羔，而且是羊羔屁股位置的肉；另外一条是猪耳朵，可是不能是大猪的耳朵，因为大猪的耳朵太硬了，所以是小猪的耳朵；另外一条是小牛的腰子；还有一条……黄蓉这个时候就笑了，就逗洪七公，说猜得出来算你厉害。洪七公吃出来了，原来这一条是獐腿肉再加上兔肉，揉在一起，这样才做出这一道菜来，了不起。再下来是那碗汤。那碗汤太好看了，洪七公甚至都舍不得吃。不只是好看，这里有荷叶的清香，这里有笋尖的鲜美，还有樱桃的甜。这是功夫菜，功夫到什么程度呢？先把樱桃核挖了出来，另外嵌了东西进去，这下又考到洪七公了。洪七公吃了，不知道樱桃里塞的是什么东西。他闭了眼睛，在口里慢慢地辨味，想着应该是鸟肉，不是鹧鸪，便是斑鸠。原来是斑鸠肉塞在里，所以洪七公就说这叫做"荷叶笋尖樱桃斑鸠汤"。

这个汤有什么名字呢？黄蓉先说：等一会，还少了一样，还少了花瓣。这个汤叫什么名目，从这五样作料上去想就是了。换句话说，黄蓉展现的是：第一个是对食物的认识与了解，第二个是在食物的烹煮上巧妙的手法，第三个是将各种不同的食物巧思创意的一种结合，第四是不只知道要怎么煮，还要有一个特别的名称。

什么名称呢？要把这个名称想出来，难。黄蓉提示，从《诗经》上面去想。洪七公不行了，这是书本上的玩意儿，老叫花一窍不通。金庸顺理成章地讲到《诗经》，靠着黄蓉灵巧的厨艺，彻彻底底征服了洪七公，后来才有洪七公加进在这个故事里所有变化的情节，这就是金庸了不起的地方。

接下来他把话写在黄蓉的身上。黄蓉说，如花容颜、樱桃小嘴，这是什么？这是美人。洪七公说，对，所以这是美人汤。黄蓉接着说，竹解心虚，因为有笋尖，所以有竹子。竹就是解你的心虚，这叫做君子；莲花又是花中君子。所以笋丁加上荷叶，这讲的是君子。洪七公就说我懂了，这是美人君子汤。黄蓉仍然摇头说，君子美人除了这四种食材，还有一样，是斑鸠。为什么要讲《诗经》？《诗经》开篇："关关雎鸠，在河之洲，窈窕淑女，君子好逑。"有君子有美女，所以这个汤叫做"好逑汤"。

这一段在书里不过就是两三页，但是这一段谁写得出来呢？谁能够创造出黄蓉这样的角色？更重要的是，谁能够给黄蓉这样一种巧妙？巧在哪里？不只是巧在她懂吃、她能够做吃的，巧的是她关于吃的知识、关于吃的名目。我们今天要欣赏金庸的武侠小说，我们自己得对美食有这种兴趣、有这样的根底，要不然你也就无从欣赏到其中的趣味。

如果这样的话，大家可能更了解为什么我说金庸最像黄蓉。如果不是金庸自己这么爱吃，更重要的是，如果他不能够理解所谓美食必然有这样重要的两面，他怎么能用这种方式来写黄蓉？

用英文来讲，美食关键的一点是 good for eating，吃起来好吃。但是如果美食仅限于这样的一个层次，那是不够的。美食还有另外一面，那是 good for thinking。这样的美食配上这样的食材，更重要的是，加上这样的典故、这样的名称，这个美食才吃起来格外有滋味，因为它不只是吃在我们的舌尖上，还是吃在我们的脑袋里。

《射雕英雄传》里，黄蓉第一次上场就让郭靖目瞪口呆，因为这是郭靖想都没有想到的食物的道理。

接下来，黄蓉第二次出现，那时郭靖终于明白了，黄蓉原来不是他以为的黄贤弟，而是个少女。变成了少女的黄蓉，把小船划到湖心里，取出酒菜跟郭靖说，我们在这里喝酒赏雪，好不好？郭靖心神渐定，就说以后不能再叫你黄贤弟了。黄蓉说，你就叫我蓉儿，我爸爸一向是这样叫我的。

他们两个人聊着聊着，黄蓉兴致起来了，她就要唱歌。她不只懂美食，她还会唱歌，但是她唱的歌也不一样，她唱的是："雁霜寒透幙。正护月云轻，嫩冰犹薄。溪奁照梳掠。想含香弄粉，艳妆难学。玉肌瘦弱，更重重、龙绡衬着。倚东风、一笑嫣然，转盼万花羞落。　　寂寞。家山何在？雪后园林，水边楼阁。瑶池旧约，鳞鸿更、仗谁托？粉蝶儿只解，寻桃觅柳，开遍南枝未觉。但伤心、冷落黄昏，数声画角。"

郭靖一个字一个字听着，当然听不懂，但只觉得清音娇柔、低回婉转，好听得不得了。他打娘胎出来，从来没有听过这么温柔、这么好听的声音。但黄蓉的巧不在于唱出这么好听的歌，更重要的是她还要教郭靖。教什么呢？歌词是辛弃疾所写的，词牌叫做"瑞鹤仙"。这个词写的是雪后梅花，重点反映了人的主观的寂寞心情，从寂寞的心情又联系到辛弃疾念兹在兹的江山——江山何在？

郭靖完全不懂。黄蓉教郭靖，其实背后是金庸在教我们，这也是你应该要知道的，或你必须要具备的。这本来不是武侠小说里的成分，这是来自中国士大夫大传统的精英文化。郭靖就代表我们，就说：我一点都不懂，歌很好听，但这个辛大人是谁呢？黄蓉教他，辛大人就是辛弃疾，是一个爱国爱民的好官。当年，北方沦陷在金人的手里，岳飞他们都被奸臣害了，只剩下辛大人力图恢复失地，这就是南宋的历史背景。

写着写着，黄蓉再度出现的时候，她陷入了一个困局，情节就越来越接近武侠小说的核心。黄蓉如何施展她的武功？因为黄蓉一路戏弄侯通海，所以侯通海这时就要抓她。黄蓉看着大家，出了一招。什么招呢？她说，我跟他各拿三碗酒来比比功夫，谁的酒先泼出来谁就输了，好不好？

所以，这又不是一般武侠的比法，这是有游戏规则的，而且像游戏一样。为什么要出这个游戏？这是黄蓉的另外一种巧。因为她看到梁子翁、彭连虎、沙通天武功都比自己高，而她没有那么高的武功，就算是三头蛟侯通海，自己也只是仗着轻功跟心思灵巧才能够这样戏弄他。

如果要讲真实本领，可能落不到好处，所以这里就有她的一个巧思，她心想"唯今之计"就四个字——以小卖小，跟他们胡闹，这样才有可能脱身。黄蓉说，好，要不然我让你，我身上放三碗酒，你空手，咱们比划比划。这又是巧，这是激侯通海。侯通海年龄比她大了两倍，怎么可以这样欺负一个少女呢？没办法，侯通海就把一碗酒往头顶放，两手各拿一碗，然后他左腿一屈，用右腿去踢黄蓉。

所以，接下来两个人当然比轻功。黄蓉上身稳然不动，长裙垂地，身子却像在水面飘荡一样。突然之间这已经不是比武了，我们想象那个情况，这叫做黄蓉之巧、黄蓉之美。

而且黄蓉的巧跟她的美是结合在一起的，好像脚下装了轮子在那里滑行，用细碎的脚步前去、后退，这样身上的三碗酒才不会洒出来。可是侯通海一步一顿、腾腾有声，因为他也有他的下盘功夫，扎得很坚实。黄蓉以退为进，想要用手肘碰翻他的酒碗，他都有本事可以侧身避过。遇到了这种状况，黄蓉怎么赢呢？黄蓉就往险中求，突然之间两手一震，头顶那三只碗飞到空中去，另外她双掌向侯通海的胸前一劈。

侯通海手里有碗，所以他不能够发招抵御，所以他向左闪。黄蓉右手顺势打出，侯通海避无可避，只好举背，"梆"的一下，侯通海两只手碗里的酒水撒得满地都是，碗被摔碎。但黄蓉这个时候往后疾退，还来得及，双手接住空中落下来的碗，另外一碗酒端端正正落在她头顶上，三碗酒没撒出来。她武功没那么好，但是靠着以小卖小，她硬是赢了。接着，不只是对侯通海，一关一关，一波一波，黄蓉全部都是靠她的巧思、她的巧技，才能够连连过关。

像黄蓉跟欧阳克之间的比武，那是另外一个经典。他们两个人要怎么比呢？欧阳克先是伸出右足，点在地上，用左足做轴，两条腿相距三尺，"哗"的一下，在原地画了一个圈子。当他画完圈子，地上的砖头就被他的右脚尖画了浅浅的一个圆圈，直径六尺，整整齐齐，这是他的内力。大家看了都吓了一跳。

欧阳克走进圈子里说，谁出了圈子谁就输了。黄蓉接着问，两个人都出圈子呢？欧阳克就说，我不欺负你，这样算我输。黄蓉说，如果你输了，你就不能再追我拦我。欧阳克说，那当然了，如果你被我推出了圈子，那你乖乖跟我走，所有的前辈都是见证。

黄蓉答应了，她走进圈子里，两个人就打起来了。黄蓉的掌力跟欧阳克身子一遇，不对劲了，因为欧阳克内功精湛，他不需要还手，光是借力打力，黄蓉有多少掌力打在他的身上，马上就反击出来。所以欧阳克手也不用动，脚也不用动，竟然让黄蓉几乎站立不稳，差点就出了圈子。

出了圈子，黄蓉就输了，怎么办呢？黄蓉没有再发第二招，她在圈子里边走了几步，说：我要走了，可是我不是被你推出圈子的，你刚刚答应了，我如果出了圈子，你不会追我，你不能赶我。你刚刚说了，两个人都出圈子，就是你输了。

欧阳克一愣，黄蓉慢慢地走出了圈子，说：不是大家讲好的吗？我如果被你推出圈子，我输，可你没说，我如果自己走出来，干你什么事；而且你自己答应了，如果两个人都出圈子，你就输；

你来追我，你走出来，那你也输了。能够有这种反应，能够有这种巧思，这才构成黄蓉迷人的身影。

但是我希望大家追究作者的动机：如果作者自己本身不是有这么灵巧的反应，他怎么想得出这样的情节？如果他不是对辛弃疾的诗有所感悟、有所体认，他怎么可能写黄蓉跟郭靖湖上弹琴的时候，唱辛弃疾的词？如果他不是对中国的美食尤其是中国美食的精神层次如此娴熟，他怎么可能写出这样的黄蓉呢？

正邪之间的暧昧角色

在读《射雕英雄传》的时候，除了主角，很容易浮上心头的是五个重要的配角：东邪、西毒、南帝、北丐、中神通。

这五个人是配套的，这是传统武侠小说的一种写法，就是写群体。《射雕英雄传》里也有好多的群体，像全真七子、江南七怪，他们都是一起出现的。一起出现有个好处——能够写群戏，还有，因为他们是一起的，所以我们在领略理解这些角色的时候，也就不用一个一个去记，而可以在这个联系当中认识他们。

不过，同样都是这种群体，东邪、西毒、南帝、北丐、中神通不一样。最大的不同，就是他们每一个人都有独特的个性。这五个角色在《射雕英雄传》里有不同的层次。

首先是中神通王重阳，他在这部小说里并没有真正上场，到了《神雕侠侣》才写了他的故事。可是有一个跟他关系非常密切的替代性人物在这里出现了——他的师弟周伯通，金庸把他写成了一个终极顽童。所谓终极顽童，除了好玩，人生所有的一切他都不在意。而且对他来说，最好玩的就是武功，练武功也是为了好玩。因为武功好玩，所以他对武功的追求犹如婴儿般着迷。

他这种顽童的个性极致到什么程度？怕无聊，怕无聊就怕孤单,一个人的时候就没有人可以跟他练武、比武,以至于他发明了左右互搏,想办法让自己一个人化身成两个人,左手跟右手来打,而且左手跟右手必须要心神真正地分开,要不然左手跟右手怎么打也不会有趣味。为了有趣,让左右手都能够各自独立,在这样的互搏过程当中,他才能够长期待在桃花岛,只有一个人的情况下才能活下去,还能活得下去。

我们再看南帝。南帝在《射雕英雄传》里跟王重阳一样,按照小说的时间来说,他们的故事都已经过去了。南帝这个时候不再是南帝了,他变成了一灯大师。他怎么会从大理国的皇帝出家变成了一灯大师,这中间有一段凄惨的故事,在小说里借由瑛姑的纠缠慢慢一点一点揭露出来。他选择退位出家,是因为与周伯通有一段特殊的恩怨。可是最关键的一件事情是,在面对周伯通跟瑛姑的感情关系上,他心肠刚硬。不管瑛姑在他的面前如何哀求,他都忍心看着出生的婴儿死去而不救。这件事情困扰了他非常久,以至于他最后选择出家来赎罪。但即使是他出家了,瑛姑仍然没有放过他,一路地追,这是既深且久的恩怨。

南帝、中神通其实写的并不多,写得比较多的是东邪与西毒。东邪与西毒看起来是反派,尤其是西毒欧阳锋,看起来是这个小说里真正的大反派。欧阳锋再加上他的侄儿欧阳克,是小说里让人最不舒服的,你会希望郭靖与黄蓉最好不要碰到他们,如果可能,最好把他们除之而后快。所以到了小说末尾,黄蓉三次把欧阳锋困在冰封顶上,我们看得很过瘾,这是真正的大反派。

而黄药师号称东邪,他也的确有他可怕的地方。郭靖到了桃花岛上遇到了周伯通,经过周伯通他才了解到桃花岛上的人都是又聋又哑。这是黄药师下的手,他必须保证这里的人没有机会听到什么,也没有机会把他的秘密泄露。又比如,如果黄药师的徒弟得罪了他,他也会在盛怒之下把自己一手调教出来的这些徒弟都打断腿,迁怒泄恨。所以看起来黄药师是个坏人,不是个好人。

但是,黄药师在小说里有一个关系,让我们没有办法用看待欧阳锋的方式看待他,因为他是黄蓉的爸爸。他对这个女儿可以说是宠爱有加,本来发誓一辈子再也不会离开桃花岛,就是因为黄蓉离开了桃花岛,他为了找女儿而重现江湖,才涉入这些江湖恩怨。

也正是讨论东邪、西毒、南帝、北丐、中神通谁是正派谁是反派的时候,我们不得不感受到,在正派与反派、好人与坏人、正与邪之间,金庸在这部武侠小说当中,有了非常不一样的写法。

单纯从形象上来说,《射雕英雄传》里有一个可怕的人物,叫梅超风。梅超风看起来就像武侠小说里典型的魔头,而且是个大魔女。一来,她杀人不眨眼,冷血无情;二来,她杀人的方式也恐怖,练了《九阴真经》,一下子插到人的头骨里,用最残酷最血腥的方式夺人性命。

不仅如此,我们在小说里刚刚知道梅超风的时候,先是看到被她杀死的人所留下来的骷髅头,一个一个排在那里。她已经不是残酷、不是坏了,而是实际上已经接近于魔。

这样的一种魔,在一般的武侠小说里,他们应该要被正派猎杀。通常他们有非常高超的武功,所以就成了整部小说当中正派角色必须要克服的最大难关。可是,就连梅超风这样的一个反派,在《射雕英雄传》里,竟然有这么一段——

梅超风找到了杀死她丈夫的仇人——不小心把匕首刚好插到他的功夫练门肚脐之中因而杀了人的郭靖,所以梅超风坐在地上,右手扼住郭靖的脖子,左手抓他的手腕。

十几年之后,她终于找到了杀夫仇人,霎时之间,先是喜不自胜,接着悲不自胜,往事纷至沓来。要干吗呢?在这里金庸让她用自述、回顾的方式来说她的故事:

"我本来是个天真烂漫的小姑娘，整天戏耍，父母当作心肝宝贝的爱怜，那时我名字叫做梅若华。不幸父母相继去世，我受着恶人的欺侮折磨。师父黄药师救我到了桃花岛，教我学艺。给我改名叫梅超风，他门下弟子，个个名字中都有个'风'字。在桃树之下，一个粗眉大眼的年轻人站在我面前，摘了一个鲜红的大桃子给我吃。那是师兄陈玄风。在师父门下，他排行第二，我是第三。我们一起习练武功，他时常教我，待我很好，有时也骂我不用功，但我知道是为了我好。慢慢的大家年纪长大了，我心中有了他，他心中有了我。一个春天的晚上，桃花正开得红艳艳地，在桃树底下，他忽然紧紧抱住了我。"

梅超风回忆到陈玄风和自己偷偷结了夫妻，怎样惧怕师父责罚，离岛逃走，丈夫告诉她盗到了半部《九阴真经》。以后是在深山的苦练，可是只练了半年，丈夫便说经上所写的话他再也看不懂了，就是想破了头，也难以明白。所以他们只好再去桃花岛，想办法把上半部的经书偷出来。

你再看她回忆的这段往事："我们打听到师父（黄药师）为了我们逃走而大发脾气，把众徒弟都挑断了脚筋赶走啦，岛上就只他夫妇二人和几个僮仆。我二人心惊胆战的上了桃花岛。就在那时候，师父的大对头正好找上门来。他二人说的就是《九阴真经》的事，争吵了一会就动上了手。这人是全真教的，说话傻里傻气的……"

这人就是周伯通。周伯通的武功当然也很高，高到让梅超风想不到的地步。但是到这里，她又有一段，她说："我想起师母待我的恩情，想在窗外瞧瞧她，哪知看到的只是一座灵堂，原来师母过世了。我心里很难过，师父师母向来待我很好，师母死了，师父一人寂寞孤零，我实在对不起他，那时候我忍不住哭了，忽然之间，看见灵堂旁边有个一岁大的小女孩儿，坐在椅子上向着我直笑,这女孩儿真像师母,定是她的女儿,难道她是难产死的吗?我正在这样想,师父发觉了我们,从灵堂旁飞步出来。啊,我吓得手酸脚软,动弹不得。我听得那女孩儿笑着在叫:'爸爸,抱!'她笑得像一朵花,张开了双手,扑向师父。这女孩儿救了我们的性命。师父怕她跌下来,伸手抱住了她……"这个小女孩就是黄蓉,但重要的是在小说里,像梅超风这样一个恶魔般的角色,金庸都给了她一个身世,给了她一个来历。她突然之间变成这个恶魔,是有她的经历的。

小说重要的地方,包括东邪、西毒、南帝、北丐、中神通,包括许许多多其他的配角,每个人都有身世来历。如此一来,我们读小说时的感受与重点也就不一样了,重点就不只是在分辨到底谁是好人谁是坏人,谁是正派谁是邪派。

这种小说会激发起我们心里一种试图理解的好奇。我们想要知道他们为什么会变成这样,还有更重要的是,我们想要知道为什么每一个人会有不一样的个性——是这些个性使得他们的经历不一样,使得他们在这样的人生节骨眼上变成正派或邪派。

其实金庸在小说里明确地写出来,在这样一种江湖武林的环境当中,塑造个性、决定命运有最重要的两种力量。一种力量是关于练武,是对于武功的着迷,像《九阴真经》《九阳真经》,这是整个江湖武林骚动的最根本原因。武林中人之所以变得偏执,相当程度上就是因为想要得到武功秘籍,有这样一种终极的欲望。

这个终极的欲望可能有不同的来源,像周伯通纯粹就是喜欢武功,喜欢玩,希望能够想出、练出最高深的武功,有一些人是希望借由武功得到权力、地位。但无论如何,当他们想到武功,想练到高超的武功的时候,他们就着迷了。

在桃花岛上,周伯通曾经把《九阴真经》这类武功秘籍的来龙去脉完完整整地讲给了郭靖听。可是郭靖听完之后的反应是:

"这样说来，这部经书倒是天下第一害人的东西了。陈玄风如不得经书，那么与梅超风在乡间隐姓埋名，快快乐乐的过一世，黄岛主也未必能找到他。梅超风若是不得经书，也不致弄到今日的地步。"

郭靖的这一段话就是在解释陈玄风、梅超风不是天生的坏人和恶魔，让他们变成恶魔的重要因素是对武功的着迷。听了郭靖这一段话，周伯通很惊讶，甚至有点生气，他就骂郭靖说："兄弟你怎么如此没出息？《九阴真经》中所载的武功，奇幻奥秘，神妙之极。学武之人只要学到了一点半滴，岂能不为之神魂颠倒？纵然因此而招致杀身之祸，那又算得了甚么？咱们刚才不说过么，世上又有谁是不死的？"

周伯通就这种态度，是与大部分其他角色同样的态度。你为了练功，连生命都不爱惜了，那还讲什么伦理，还讲什么道义？

所以在这里金庸就写出了武侠当中的一个紧张，甚至是矛盾。为了求武，很多时候你就顾不了侠，因为侠要有侠义，这两者之间不是那么理所当然的。武林江湖为什么会有这么多不一样的人物，因为追求武功，或者信守侠义，不见得随时都能够依照你要的让这两者同时并存。

另外一方面，金庸也借此解释了为什么整部小说当中，最正直的正派人物基本上只有郭靖，连黄蓉都不是。郭靖为什么能够在这样一个江湖武林的环境中随时保持着正直呢？正是因为他有着周伯通骂他的这种没出息的个性。他不觉得练武功有这么大的乐趣，从小他就是被逼着练武功的，天资不好，练武功辛苦得不得了。另外，他没有对武功的那种执念，因此他才没有从执念中诱引出的那种个性上的偏执。

除了对武功的执迷，在金庸的小说当中同等重要的，甚至更加重要的，是感情，是男女情爱的纠结、执着，这又是金庸在武侠小说上的大突破。因为以前武侠小说写的是武林中各种恩怨，基本上是男人之间的事情，不会有女性的角色。像平江不肖生写《江湖奇侠传》，虽然写到了女性角色像红姑，但红姑她先是一个江湖人物，然后才是一个女人。她女人的性格、女人的性情、女人的性质，没有那么重要。在大部分的武侠小说里，就算有女性的角色，往往是陪衬的。可是我们读金庸的小说就知道，像黄蓉写得这么精彩，这样的女性怎么可能是陪衬呢？而要让男性跟女性在小说里有同等的地位，那你就要联结、铺陈各种情节，那就变成了爱情。

所以爱情在金庸的小说里极度重要，甚至在很多地方是爱情决定论。因为你遇到了什么样的人，你有了什么样的感情，这段感情有还是没有结果，最后就决定了这个角色会是什么样的个性，有什么样的遭遇，因此才使得他变成正派或反派。同样的，郭靖在这方面一帆风顺，他是最幸运的人。因为他遇到了黄蓉，所以在感情上他没有任何纠结，也没有任何挫折，他避开了感情可能对他人格所带来的冲击。

然而在金庸的小说里，郭靖是一个大特例。绝大部分人都陷在爱情的泥沼里，由爱情卷着走，由爱情决定了他们变成一个什么样的人，像《神雕侠侣》。金庸写爱情，越写越深，以至于到了《神雕侠侣》，也就是《射雕英雄传》后面接续的这部作品。一开场，李莫愁在那里高歌："问世间情是何物，直教生死相许？"李莫愁是另外一个恶魔，跟梅超风非常相似。她原本也是一个情种，后来因为感情的挫折和种种变化，才转成了一个恶魔。

这也是金庸的武侠小说之所以能够离开原有的武侠读者而吸引更多读者的重要因素：吸引了女性的读者，吸引了以前不读武侠小说只读文艺小说的读者，或者对情感有着敏锐感受的年轻读者。

用这种方式，武侠小说不再只是武侠小说，它相当程度上变成了一种特别的爱情小说，借由执迷所产生的个性来解释正派、反派与正邪。于是原来武侠小说当中简单清楚、明白的正派和邪派，到金庸的小说里多了许许多多的暧昧，多了许许多多的层次，这是金庸了不起的成就。

香港新武侠：似电影，若戏剧

我们知道在金庸、梁羽生之后，香港有了所谓的新武侠。新武侠到底怎么个新法呢？新武侠是在写法上面新，是在内容上面新，当然它吸引读者的方式也新。

我们了解金庸在写法上怎么新，可以用《射雕英雄传》上的这段例子。《射雕英雄传》第二十四回"密室疗伤"。"密室疗伤"这一段是郭靖受了重伤，到了小说开头的牛家村，他们躲进曲三酒馆里。在那个密室里，黄蓉想尽办法，她需要花七天七夜的时间才能够帮郭靖疗伤。在这个过程当中，两个人两掌相抵，绝对不能离开。如果离开了郭靖的伤就好不了，而且会有更严重的后果。所以这里先设定的一个条件，那就是他们两个人必须七天七夜是不能分开的。所谓不能分开，也就意味着在这个过程当中，他们没有办法抵抗敌人。还好留着这样的一个密室，而且这个密室还有一个小洞，可以看到外面的屋子在发生些什么事。

二十四回用这种方式设了这样一个场景之后，接下来如果大家仔细地去看，你就会发现这个牛家村在这段时间真是热闹。这一间房子里先是有本来跟郭靖、黄蓉一起来的傻姑，然后来了一批人。这批人当中有完颜洪烈、杨康、彭连虎、侯通海、梁子翁、灵智上人，接下来又跑来了程大小姐和陆冠英，再然后全真派的尹志平也来了，跟在尹志平后面的是惊人的大师黄药师。

黄药师的出现提升了整个武功的层级，所以跟黄药师同等级的周伯通也出现了。周伯通本来就跟西毒欧阳锋在那里互相追逐，所以周伯通出现，欧阳锋也会出现。欧阳锋的侄子欧阳克也在这里。另外又有了穆念慈，甚至到后面更惊人的角色都出现了。本来应该在蒙古的托雷和华筝也来到了江南，并且也到了牛家村。在蒙古人后面，先是马钰跟着，跟在马钰后面的是全真七子所有人，包括丘处机都来了。再后来呢，还有一个招摇撞骗的裘千仞。裘千仞后面又跟来了那个杀人不眨眼、可怕但值得同情的恶魔梅超风。梅超风还不是最后出现的，梅超风后面还有江南七怪少了一怪的六人。先后出现这么多人，这些人进进出出，所以这一段从二十四回一直写到二十六回的开头才写完。

我们从一个角度来看，就像伞兵大队一样，这是荒唐的情节。这两个人在牛家村的破房子里，刚好找到了一间密室，好不容易有这样一个机会，让他们可以躲在那里想尽办法来疗伤。为什么偏偏就在这七天七夜当中，几乎是《射雕英雄传》当中所有重要的人物，就被金庸通通安排都路过他们两个人密室疗伤的这个房子？怎么可能？我们如果讲合理性的话，哪有可能七天七夜所有这些本来在各个不同地方、各有不同遭遇的人，通通齐集到了这个地方来？

但是金庸给了我们一个提示，他是有意识地写这一段，他说这一段是受到戏剧的影响。在这里，我们应该换另外一个角度来看金庸，我们就能够理解这段在做什么。金庸实质上在这里写了一个独幕剧，依据独幕剧剧场的逻辑，这些就说得通。因为独幕剧本来就是要在一个非常浓缩的时间与情境下，把各种不同的人跟人之间的冲突、人跟人之间的感情用最密集的方式表达出来。另外，他在这里也设定了一个情景，这是一个自我挑战、自我考验的情境。这个情景，首先就是要写尽可能多的角色，在可以解释的范围之内让他们这个时候齐聚在这个独幕的场景下。另外，他就是要借由这些人的进进出出，一直不断地提升我们读者对这个情况的紧张感。因为郭靖和黄蓉是不能动的，所以他们看到外面无论发生了什么事都无能为力，他们只能够在那里近乎坐以待毙。如果被发现了，会发生什么事？他们不知道，我们也不知道，我们也就在阅读的过程当中跟着紧张起来。

用这种方法，金庸在考验自己能够写出多少惊险来。这个人快要发现密室了，那个人快要闯进密室里了。甚至还有欧阳克，他已经知道密室里有黄蓉。再下来更惊险的，像丘处机所带领的全真七子要跟梅超风展开殊死决战，黄蓉与郭靖在里面看得到，但只能干着急。再下来，还有陆冠英与程瑶迦男女间亲密的语言，让郭靖心情浮动。毕竟他跟黄蓉如此接近，所以他差一点把持不住。你看，就在这样的情况下发生了多少事，但这些事情就是要一关一关地考验郭靖和黄蓉，同时也在考验读者的心情。所以不断让这么多人连环上场，在每一段的过程当中，有松、有紧、有快、有慢，这样形成了相当于小说当中近乎独立的一出戏。

这是新的写法，写出了新的内容，这不是来自武侠小说，不是来自中国的传统章回小说的写法，甚至不是小说的写法。金庸跳了远，他从西方的戏剧中把独幕剧的形式借用过来，写进《射雕英雄传》里。

我们绝大部分人，就觉得这一段很精彩，但不会觉得这一段跟前面或者后面搭不上，或者格外地突出。这又是另外一个重要的例证，金庸多么会运用新的笔法写法。但是他在运用这些新内容、新风格、新形式的时候，他不会去挑战读者的预期、读者的感受。

这时我们耐心地读、仔细地想，我们就会了解，这样的写法有多困难，金庸的成就就有多高。

《神雕侠侣》：问世间情是何物

逃港潮背景下的《明报》

　　金庸武侠小说有其独特魅力，掀起"金迷"阅读武侠小说的浪潮。倘若能在金庸武侠世界之外，试着去体会小说写作背景、金庸当下所处的历史脉络，较容易理解为何金庸会在武侠小说创作上有所突破，同时精读小说内涵，如此一来，就更能了解金庸思想中最终极的关怀。

　　然而，大部分金迷无法感受金庸创作的背景来自两个因素。其一，因为武侠小说是类型小说，读者不觉得需要严肃阅读类型小说，也无须全盘认识小说作者以及小说诞生的时代。其二，金庸在非比寻常的时代环境下，一边办报纸，一边写小说，今之读者确实难以理解或想象20世纪50年代的历史氛围。

　　1959年5月19日，金庸在《香港商报》写下《射雕英雄传》连载大结局。1959年5月20日，创办《明报》，在《明报》创刊号上开始连载《神雕侠侣》第一篇。如同前文所述，金庸下定决心办报，始于他曾在1955年为《新晚报》写连载武侠小说《书剑恩仇录》，他发觉连载小说有其死忠读者，虽然连载小说读者并不一定会买报纸，却可以刺激报纸名声，引起广大读者关注。因此，在报纸上另辟连载武侠小说专栏，可说是金庸办报纸的重要策略。

金庸以八万港币资本创办报纸，由于一开始设定以武侠小说作为报纸骨干与支柱，必然影响报纸的定位。因此，《明报》成为娱乐性小报，主要形式是一张小开版报纸，刊载内容基本上以副刊为主，没有太多大新闻。报纸营运绝大部分靠着连载武侠小说《神雕侠侣》，金庸苦撑了两年之久。1962年5月，爆发五月逃亡潮。记者报道逃港难民潮被集体遣返的新闻，《明报》才改变一直以来不左不右的中间立场，一时间舆论沸腾，也树立了《明报》人道主义的精神形象，而后渐渐转型为以新闻及评论为主的大型报纸。

重述这段历史，让我想起1962年是多么特殊的一个年份；我自己1963年出生，但我从未意识到这一年可以牵连起一段多么震撼的历史事件。2010年左右，我遇此殊缘，知道香港才子作家马家辉跟我是同一年出生；后来我们两人在深圳又遇到了胡洪侠，没想到他也是1963年出生。因缘际会，我们三人共同谋划在《深圳晶报》写专栏，后来结集成书《对照记@1963》，声明我们三人均出生于1963年。从此之后，看过专栏及书的读者都知道我是1963年生，经常遇见读者来相认说他也是1963年生，或者说他爸妈也是1963年出生。我开始意识到周遭也是有太多的人在1963年出生。

学术界一般从1959年开始定义"三年困难时期"，1959—1961年中国发生严重粮食短缺。到了1962年，连稻米之乡广东都发生了饥荒。广东饥馑，接连影响到香港，因为大批难民从广东沿海冒险涌入香港。香港当时人口约三百三十万，地狭人稠，港英政府认为香港人口负荷量已至极限，所以港英政府明确拒绝、禁止广东难民从新界进入香港，这是基于现实因素上的考虑策略；作为对比，只需观察香港现今紧张的局势即可，几乎是同样的面积，名义上人口已有七百五十万人，但实质人口大约逼近九百五十万。实际上这多出来的两百万人就是来自内地的移动人口。

内地人涌入香港，打乱香港当地的供需平衡，以香港狭仄的空间及社会结构而言，的确不可能容纳这么多人口。

分析香港1962年的局势，三百三十万人口当中，超过一百万是1949年之后的来港人口，很多人才刚离开内地不久，当时港人能完全对内地漠不关心吗？这里有非常复杂且矛盾的心情。以自我利益的角度来考虑，不宜接受广东难民，然而从人道主义角度来看，通过《明报》社评，金庸为大逃港事件定调，为香港人道精神发书……

《明报》以人道主义为出发点，既非左派也非右派立场，更不是站在港英政府立场上来发声，可是《明报》社评的确撼动当时许多港人，激发香港人的怜悯与同理心。金庸提醒香港人珍视安居乐业的当下，回想香港过去的移民史，身为被殖民的人民，对于同样血脉的难民处境可以置若罔闻吗？香港人至少可以付出人道关怀。所以金庸于1962年5月15日发表首篇社评《火速！救命！——请立刻组织救援队上梧桐山》，在短时间内派记者前去沙头角梧桐山报道难民的处境，这期间的新闻报道为《明报》带来非常关键的大转折。

1962年5月15日之后，《明报》转型成为香港大报，在原本以副刊为主的内容之外，增加了正刊新闻报道。《明报》开始报道新闻后，就必须面对香港的独特状态，即港英政府治理香港的基本态度与立场：一概是不涉及左右派之争，只要香港人在生活及经济上一律守法，完全按照港英政府法律行事，发表任何言论立场，港英政府皆不会干涉。所以在此情况下，香港同时关注内地

（大陆）及台湾动静，然而此时不论台湾及内地（大陆），都是处在非常封闭的社会状态，所以香港记者很难了解台湾及内地（大陆）真正的时事。

《明报》转型成为大报之后，金庸必须开始考虑正刊新闻报道的内容。金庸长期关注国际外交事务及国际关系评论，能够大量掌握国际媒体信息。在他的分析下，决定让《明报》正刊以台湾与内地（大陆）新闻为主，解析台湾与内地（大陆）之间的关系及动态。金庸写时评，很多时候只能依据官方消息判定局势，读金庸武侠小说之外，我们也不能忽略金庸写时评的能力。除了连载武侠小说，金庸在经营《明报》前二十年的时间里，共写了七千篇社评；虽然《明报》社评并未署名，但香港人都能辨别哪一篇社评出自金庸笔下，因为《明报》会以字体做区别，只要社评主笔是社长金庸，以粗体宋体刊载时评，金庸以外的时评主笔以楷体刊出。

让读者知道时评由谁主笔，其实担负着很大的风险。因为即使是今日之记者写新闻评论，都还是有消息掌握不够全面的风险，何况金庸当时只能从官方消息分析新闻局势。以我自己的经验来说，在《新新闻》做新闻媒体时，曾经与资历比我还深的记者共事过，他们身上必须要有很多本事。例如，这些记者脑袋里至少要能装下两千个电话号码，因为一旦突发任何新闻事件，连翻本子、找电话的时间都很局促，可能得拨打三十通电话，才能跑到一条独家新闻。

回顾香港当时局势，金庸洞悉《明报》最重要的地位及立基何在。1962年，他为《明报》新辟专栏"自由谈"；这个专栏名字现今已司空见惯了，但回到20世纪60年代的时代氛围，他提及"自由"，这绝不能等闲视之。专栏"自由谈"开版后，以"有容乃大，无欲则刚"为编辑室座右铭，以总编辑亲自审阅稿件，号召读者投稿。发刊词写道："本报定本月十七日起，每星期增出'自由谈'副刊，内容自由之极，自国家大事、本港兴革、赛马电影，以至饮食男女、吸烟跳舞，无所不谈。欢迎读者诸君，惠赐稿件。来稿思想意见极端自由，极左极右，极高极低无不拜嘉。本港迄今为止，当无如此'真正自由之至'的报纸副刊，《明报》不受任何政治力量的影响，为纯粹的民间报纸，有条件同时刊登资本主义和马克思主义的文章，来稿贵乎'言之有物'，最欢迎谈事实，比较不欢迎空谈漫骂，但车大炮亦为自由之一，车得精彩，岂非快事？'自由谈'副刊由本报总编辑亲自处理来稿，保证不偏不倚，公正无私，对任何读者均极端尊重。稿酬从丰，每篇希勿超过一千五百字。"同年6月17日，"自由谈"开版。

这段征稿的发刊词，其中真正关键的话在于"有条件同时刊登资本主义和马克思主义的文章"，这句话指出金庸深谙《明报》的重要性在于其既非左派也非右派立场，甚至可容纳左右两派不同意见。但这种做法容易使自己陷于两难，一方面从政治角度来看，既非左派也非右派，不逢迎左右两派各自的读者。但是另一方面，反映在报纸销量上，却立即凸显《明报》与其他报纸的高下之判，借此树立了《明报》的独特招牌。然而这种既非左派也非右派的立场，当然会引起左右派两方攻讦，这些报纸联合起来，指名道姓漫骂《明报》及查良镛，逐一查找查良镛社评所提各种议题。

出访日本

金庸前往日本参观《朝日时报》，同时见到《朝日时报》社长以及日本外相大平正芳（1910—1980），金庸才惊觉自己认错人，误认社长为外相。当外相对《朝日时报》社长鞠躬、社长回礼时，他下意识理所当然地认为鞠躬的这个人一定是《朝日新闻》社长，因为中国官场基本习惯向来如此。但一旁同行的人解释说鞠躬致意的人是外相，从来没有报社社长向官员鞠躬的道理。金庸一听，惊讶至极，这件插曲也反映出当时香港报业仍然保留中国官场自古以来的风气。这次出访日本所见所闻，让金庸体会到何谓新闻媒体的风骨与报格。

《朝日新闻》针对金庸此行，发布一则新闻，写香港《明报》编辑部长金庸来访。新闻一刊出，左派报纸立即抨击查良镛，时间长达一个月之久。这条新闻问题出在哪里？在于"编辑部长"四个字，左派报纸针对"编辑部长"四字大做文章，抨击金庸吹嘘自己，而中国从来没有"编辑部长"这项职称，但其实这源自日文编辑长或编辑部长的翻译。对于左派报纸有意攻讦，金庸丝毫不退让，他特意在《明报》头版刊登头条回应，写明"敬请"某左翼报纸"指教和答复"，《明报》与左派五大报之间的论战一直延续至1964年11月。这段香港报业大战完全不对等，一边是左派五大报，另一边是《明报》，从头至尾只有金庸一人执笔独战左翼报纸所有文章。

这次香港报业论战直到同年11月收场，突然之间，左派报纸全都停笔不写《明报》与金庸。这次笔战实质上等于金庸胜出，而且极有意思的地方在于——首先，这件事非常类似于武侠小说的情节，一段以一敌五、最终获胜的故事；其次，国民党虽然厌恶金庸，却从未以笔战方式围剿《明报》，当时主要是《大公报》及《新晚报》攻击以金庸为首的《明报》。

回首1955、1957、1959年，金庸开始写武侠小说主要是为了刺激《新晚报》报份。他创办《明报》之后，在相当长一段时间内，每逢《大公报》社庆，金庸都会受邀写《大公报》社论，这表示《大公报》十分看重金庸文笔，他与《大公报》也一直维持良好关系,甚至当《大公报》记者替《明报》写稿时,《大公报》也毫不干涉;从另一角度来看,《明报》之所以能够顺利经营,《大公报》其实功不可没。然而及至1964年,《大公报》《新晚报》与《明报》决裂,几乎想置《明报》与金庸于死地。金庸在这段过往时的心路历程,清楚留在他的武侠小说里。梁羽生曾经提过,当时金庸正在写《天龙八部》,对照现实,小说有一幕场景反映了金庸当时的心境;乔峰当时在聚贤庄英雄大宴上,端起一碗酒来说:"这里众家英雄,多有乔峰往日旧交,今日既有见疑之意,咱们干杯绝交。哪一位朋友要杀乔某的,先来对饮一碗,从此而后,往日交情一笔勾销。我杀你不是忘恩,你杀我不算负义。天下英雄,俱为证见。"饮酒断义之后,乔峰以一人之力大战丐帮群雄。这种武侠情结竟然出现在现实里。

依照武侠情结,人经历了四路人马围剿,应死而未死之后,武功一定会变得更高强。《明报》经历1964年这场论战,总发行量达到八万份。实在应该感谢这些左派报纸,读者都抢着去看《大公报》怎么攻击金庸,金庸又怎么响应。这是金庸人生当中另一段极为有趣的高峰,他的社评竟比武侠小说受欢迎,读者看《明报》时先读社评,然后才看武侠小说,金庸人生堪称十分戏剧性。当左派围剿《明报》时,《明报》已经站稳香港第一大报的位置。作为香港第一大报,《明报》的基本路线及特色在于大胆报道并解读内地(大陆)与台湾关系的新闻。

从这一角度来看,在香港报业史上,惟一能在立场与地位上与《明报》相提并论,甚至能挑战《明报》的新闻媒体,唯有《新闻天地》杂志。《新闻天地》创办人是卜少夫(1909—2000),这份周刊与《明报》最大的共同点,在于两者皆以中立立场解读内地(大陆)与台湾之间的新闻,而且都以见解精辟闻名。只不过《新闻天地》与《明报》在许多新闻事件的解读上,往往不一致。所以当时香港读者的另一个趣味，就是在大事件发生时，同时读《明报》与《新闻天地》，对照看查良镛和卜少夫两人是否有相同看法。

《明报》成为香港第一大报后，为维持名声不坠，金庸必须持续精准分析及预测内地局势，金庸也继续在《明报》社论发表他的分析与预测。所以在那段历史中，《明报》及查良镛在香港报业的地位是相当高的。但由于金庸作为武侠小说家十分成功，所以换另一个角度来看，查良镛也付出了很大代价，倘若他没有成为金庸，只是《明报》社评主笔查良镛，在那个时代的政治局势当中也绝对可以留名。然而由于金庸写武侠小说的名气远胜过写时评的查良镛，及至后来，查良镛走出所有人的记忆，大家不记得查良镛写时评的笔锋不亚于金庸写武侠小说的文笔。

当时，几乎全世界都认为《明报》是惟一可信的新闻媒体，它是精准预测中国局势的中心；能够收集到最多情报、消息的地方是香港，但其他报纸都从立场上发声，所以当时的确完全依靠不分左翼、右翼立场的《明报》观察中国局势。香港新闻界唯有"国家大事、本港兴革、赛马电影，以至饮食男女、吸烟跳舞，无所不谈"的《明报》，能够精辟地指陈时事。

《明报》影响力极大，部分肇因于查良镛的时评风格，读金庸时评令人趣味盎然。《明报》社评的巨大影响力，一方面显示出查良镛对这一期间政治局势的观察及用心，远超过他以往对中国任何政治事件所投注的心力；另一方面，他当时洞悉时事，也因此从中衍生出感慨。

在海啸来袭的时候，筑一道墙

为何查良镛如此关注"文革"？因为破"四旧"。破"四旧"

令金庸痛心疾首，举例来说，远流版金庸武侠小说是1977年金庸整理之后的版本，远流版本的小说前面必定编辑林林总总与小说主题相关的历史图像，读者也许完全不在意，但对于金庸来说却弥足珍贵；他竭力寻找一切与小说内容相关的图册，举凡宋代武器图、岳阳楼图、八大山人画等，全都在他珍惜和收藏的范围之内，虽然他并不一定收藏原件。然而，这些珍贵收藏到了"文革"时代都是"四旧"，全都成为欲毁之而后快的存在。正因为如此，1966年1月，金庸做了一件至关重要的事。他决定在原来的报社之外，另租一间办公室，并且打通办公室所有隔间，当作他所有藏书的图书室，供他个人办公使用。

金庸另辟一间办公室是为了创办《明报月刊》。早在1965年他就开始筹备这件事。将办公室打造成他个人全部藏书的图书室，是因为他下定决心要在编辑《明报月刊》时，用上他自己藏书里的插图。

1967年1月，也就是在"二月风暴"前一个月，那样的一个关键年代，《明报月刊》正式创办了。他后来在整理创办《明报月刊》心情的时候，曾经留下一句话："在海啸来袭的时候，筑一道墙，把能够留住的东西给留住。"

应该如何定义《明报月刊》？《明报月刊》绝非《明报》，对金庸而言，这份月刊是保存中国文化的重要基地，它能够留住应该留住的东西。这句话其实非常重要，我们回头可以这样看，其实在金庸写武侠小说的时候，他应该很早就已经动过了这样的一个念头。那时，时局不断变化，许许多多的东西在快速的变化当中似乎都将消失了，所以他就有这样一种心情，要把能够留住的东西留住。

到后来，虽然以香港作为他的基地，虽然他是在香港发行《明报月刊》，可是《明报月刊》是面对海外发行的，就是面对中国以外对中国文化有情感的所有海外华人。金庸自己是第一任总编辑，后来就只有另外一任重要的总编辑，那就是胡菊人。他们两个人的基本做法就是想尽办法收集关于中国的各种不同的文章。

仔细读金庸早期武侠小说，从《碧血剑》至《射雕英雄传》，金庸的写作发生了极大转折及飞跃，然后从《射雕英雄传》到《神雕侠侣》，又是另一段重要的转折期。从《射雕英雄传》到《神雕侠侣》最关键的转折，来自查良镛创办《明报》副刊的概念，举凡"自国家大事、本港兴革、赛马电影，以至饮食男女、吸烟跳舞，无所不谈"，他心里自有一个非常清楚的意念——企图在武侠小说当中保留一些珍贵的东西，这些是将来香港可能再也见不到甚至从此绝迹于时代洪流中的。那究竟是什么？其实就是天真的爱情。

仔细去探究《神雕侠侣》基本写法，为什么它与《射雕英雄传》截然不同？因为一开场，所有人事物的最大核心就是爱情，所有角色、恩怨情仇都始于爱情关系的纠葛，爱情竟可以在人的生命当中扮演如此关键的角色。因此，"爱情"元素虽在一般武侠小说中被视为过场，可是"终南山下至死不渝的爱情"其实就是小说通篇定调。小说以李莫愁与陆展元、何沅君与武三通之间的畸恋开场，实在太过奇特，以至于本来小说架构是以华山论剑之后黄蓉与郭靖这两个神雕侠侣为主线，却被杨过的爱情喧宾夺主。

武三通登场时是个"怪客"，疯疯癫癫说着伤心往事，将陆无双与程英挟在腋下，飞步向双槐树奔去。双槐树下"赫然并列着两座坟墓"，墓碑上分别刻着"陆公展元之墓""陆门何夫人之墓"几字，原来是他义女与女婿的坟墓，两人已逝去十年。武三通得知义女死讯，悲愤地狂叫拔树，不停出掌劈向陆展元墓碑，呆叫道："我非见你的面不可，非见你的面不可。"然后，"双手猛力探出，十根手指如锥子般插入了那座'陆门何夫人'坟墓的坟土之中，待得手臂缩回，已将坟土抓起了两大块。只见他两只手掌有如铁铲，随起随落，将坟土一大块一大块的铲起"。吓得陆、程二女面色如土。这是小说第一个开场。

接下来，第二个开场是陆家庄墙上"印着三排手掌印，上面两个，中间两个，下面五个，共是九个。每个掌印都是殷红如血"，李莫愁"杀人之前，往往先在那人家中墙上或是门上印上血手印，一个手印便杀一人"，陆立鼎一看，便知这是灭门警讯。这两段畸恋，第一段是武三通对义女何沅君的不伦之情，第二段是李莫愁对陆展元的偏执之爱。但陆展元却移情别恋，与何沅君结为夫妇，导致李莫愁因爱生恨，从此性情大变，杀人不眨眼。她但凡听到有谁"姓何"，便联想起"何沅君"横刀夺爱，伤心之余，竟痛下杀手，手刃与何沅君毫不相干的"何老拳师一家二十余口男女老幼"；只要一听到"沅"字，不分青红皂白，"在沅江之上连毁六十三家货栈船行，只因他们招牌上带了这个臭字"。

这两段畸恋都围绕在"所爱之人弃己而去"的纠结上，小说开场的因果埋于十年前陆展元与何沅君的婚宴上，武三通与李莫愁同时大闹宴席，却被喜宴座中"一位大理天龙寺的高僧"制止，高僧出手镇住武、李二人，"保新夫妇十年平安"。十年后，这两段畸恋的苦果又席卷重来。

十年约期一至，李莫愁心中仇恨高涨到不可思议的地步，她冷若魔头，现身陆家庄，一心要灭门泄愤。小说借由武三娘回忆，交代李莫愁、陆展元及何沅君之间的爱情关系，黯然叹息，心想"内中有不足为外人道者"，直接暗示武三通对何沅君已非单纯的义父义女之情。两段畸恋是小说中的过场，但同时也为小说主轴定调，如同李莫愁死前在烈焰之中凄厉唱着："问世间情是何物，直教生死相许？"这几句歌声道出《神雕侠侣》主题，堪称小说主题曲。

金庸严肃看待"情是何物"这个小说主轴，以往武侠小说提及生死，都是关乎侠客义气与武林存亡。从中国传统侠义小说以降，"义"重于一切。《射雕英雄传》也是如此，金庸在郭靖身上着墨最多的是"义气"二字，郭靖这个角色象征"义"。对照来看，黄蓉是武林怪胎，她完全不讲义气，而是以亲情为重，在角色设定上，她性格中惟一较不可信的地方，在于她对郭靖的一片痴情；如此聪明绝顶的角色，为何会深爱郭靖？但金庸仍然发挥小说家本事，让读者觉得黄蓉爱郭靖爱得合情合理。可是到了写《神雕侠侣》，他反而认真地问：为何爱情可以生死相许？爱情为什么大于生死？小说中所出现的重要角色都将爱情看得比生死还重要，这些人为何会将爱情凌驾于生死之上？因为他们全都是感情残缺之人，李莫愁、陆展元、何沅君、武三通这几个角色在感情上都有残缺。

两段畸恋开场之后，郭靖的故人之子杨过登场了，端看杨过遇见郭靖的场景，便知杨过此时还不是主角。

杨过：从《阿Q正传》里跑出的侠

杨过这个角色有趣极了，从创作上来分析，杨过不折不扣是个误打误撞的主角。依照金庸原先的设定，《神雕侠侣》武侠故事不是以杨过为核心，而是接续《射雕英雄传》，写成吉思汗死后郭靖、黄蓉的后续事迹。但写着写着，杨过变成了主角，从杨过初次登场的形象，可推测金庸在连载写作中，更动原先小说的情节设定。杨过出场时是"一个衣衫褴褛的少年左手提着一只公鸡，口中唱着俚曲，跳跳跃跃的过来"，在赤练仙子李莫愁、飞天蝙蝠柯镇恶等人大战之际，插科打诨，看见地上撒着明晃晃的十几枚银针，"针身镂刻花纹，打造得极是精致。他俯身一枚枚的拾起，握在左掌，忽见银针旁一条大蜈蚣肚腹翻转，死在地下。他觉得有趣，低头细看，见地下蚂蚁死了不少，数步外尚有许多蚂蚁正在爬行。他拿一枚银针去拨弄几下"，却因此中了西毒欧阳锋独门剧毒。欧阳锋疯癫，教杨过驱毒之法，两人说话间，半空中飞掠过双雕，欧阳锋脸色顿时大变，叫道："我不要见他们，不要见他们。"熟悉《射雕英雄传》的金迷，了然于心，是郭靖与黄蓉上场了。

《神雕侠侣》本来是延续《射雕英雄传》的武侠故事。金庸原本是想写郭靖和黄蓉后续的故事，因为《射雕英雄传》故事停留在成吉思汗崩逝后，郭靖、黄蓉辞别拖雷南归，"两人一路上但见骷髅白骨散处长草之间，不禁感慨不已，心想两人鸳盟虽谐，可称无憾，但世人苦难方深，不知何日方得太平"。金庸很容易将这个武林故事延续下去，他选择以杨康的遗腹子为引子，续写郭靖南归之后的江湖。

穆念慈在铁掌峰失身于杨康之后，回临安故居途中，在树林破屋里生下杨过，以捕猎采果为生，某天险遭丐帮彭长老凌辱，被郭靖、黄蓉巧遇搭救。黄蓉说起杨康已在嘉兴铁枪庙中去世，穆念慈垂泪请郭靖为孩儿取名字。"郭靖想了一会，道：'我与他父亲义结金兰，只可惜没好下场，我未尽朋友之义，实为生平恨事。但盼这孩子长大后有过必改，力行仁义。我给他取个名字叫做杨过，字改之。'"三人互道珍重，黯然相别。郭靖、黄蓉二人前去襄阳退敌，阻挡蒙古大军攻城；穆念慈则携子去嘉兴铁枪庙，看望杨康坟墓。金庸从杨康之子这条故事线，续写郭靖、黄蓉解襄阳城之危后的第一段情节。

金庸开始写杨过，背后隐含一个人物原型。杨过当时十三岁，住在一个破窑洞里，李莫愁来寻仇，与武三通、柯镇恶等人一路打到这个破窑洞里。就在李莫愁诱拐郭芙之际，杨过登场，见到窑洞前有人，"叫道：'喂，你们到我家里来干么？'走到李莫愁和郭芙之前，侧头向两人瞧瞧，笑道：'啧啧，大美人儿好美貌，小美人儿也挺秀气,两位姑娘是来找我的吗?姓杨的可没有这般美人儿朋友啊.'脸上贼忒嘻嘻,说话油腔滑调"。从这段叙述,简单来讲,杨过是一条流浪狗,郭芙喊他"小叫花"。杨过十一岁时,穆念慈就染病身亡了,杨过遵奉母亲遗命,将穆念慈遗体火化,葬在杨康故去的嘉兴铁枪庙外,从此之后,一人孤零零流落在嘉兴,住在破窑洞,"偷鸡摸狗地混日子"。说杨过是一条流浪狗,其实是不忍直言杨过是个乞丐。

将杨过这个角色设定为乞丐,意指杨过就是阿Q,他是从鲁迅《阿Q正传》里化身出来的一个角色。他伸出左拳打在郭靖腹上,本想出拳后逃之夭夭,但没想到拳头深陷在郭靖腹中,怎么也拔不出来,始终挣脱不出郭靖小腹的吸力。

"他小脸涨得通红,用力后拔,只拔得手臂发疼,却始终挣不脱他小腹的吸力。郭靖笑道:'你跟我说你姓甚么,我就放你。'"因为郭靖怀疑眼前这个少年正是杨康之子——"那少年道:'我姓倪,名字叫做牢子,你快放我。'郭靖听了好生失望,腹肌松开。"郭靖实在太过老实。"他可不知那少年其实说自己名叫'你老子',在讨他的便宜。那少年拳头脱缚,望着郭靖,心道:'你本事好大,你老子不及乖儿子。'"

以上这段对话完全是《阿Q正传》的化身,阿Q生来有癞疮疤,常常被人取笑,当他"被人揪住黄辫子,在壁上碰了四五个响头",心里想:"我总算被儿子打了,现在的世界真不像样……"于是也心满意足地得胜走了。几乎全庄的人都知道阿Q有"这一种精神上的胜利法",所以每当有人抓住他的黄辫子,都会冲着他说:"阿Q,这不是儿子打老子,是人打畜生。自己说:人打畜生!"

金庸着迷于将杨过写成阿Q,在遇见疯疯癫癫的欧阳锋时,杨过一直维持着阿Q形象。欧阳锋神志疯癫,第一次遇见杨过时,将杨过误认为私生子欧阳克,逼杨过叫他爸爸。当杨过第二次遇见欧阳锋,"杨过惊喜交集,叫道:'是你。'那怪人道:'怎么不叫爸爸?'杨过叫了声:'爸爸!'心中却道:'你是我儿子,老子变大为小,叫你爸爸便了。'"杨过此时完全是典型的阿Q。原本金庸描写杨过的阿Q精神、郭靖与黄蓉的侠义精神,是想保留侠义小说里的美好精神。然而当他描述李莫愁寻仇,杨过出场,这段以畸恋为故事线因果的过场之后,竟为《神雕侠侣》故事定了调,再也没办法着墨杨过的阿Q形象。

杨过初登场时是个丑角,在武侠场景中插科打诨,在小说里是个被嘲笑的对象,这意味着当时金庸有意借由杨过去写他眼中所见国民性。倘若顺着这个思路,杨过当然名副其实是个负面角色,但这个负面角色一路误打误撞,闯荡江湖,原先他阿Q的那一面旋即就消失了。

但金庸意识到他笔下的杨过,其实是个感情残缺的人;他是个遗腹子,母亲也早逝,葬母之后,就是个孤零零的小乞丐。阿Q也"没有家"。鲁迅从来没有同情过阿Q,因为他意识到中国文化的沉疴来自中国底层的阿Q精神,它导致革命失败,鲁迅借为阿Q立传,描绘中国最黑暗的一面。金庸不是如此,当他在写杨过这样一个阿Q角色时,时而同情、怜悯杨过,所以读者能在小乞丐杨过身上,感受他人生的问题在于自卑及自大;因为他是小乞丐,所以人人都可以欺负他、瞧不起他。当他对郭靖说"倪老子"的双关语时,其实是仿效了阿Q的"精神胜利法",借言语上的机锋来自我保护。对金庸而言,这样卑微的人饱受世俗白眼与委屈,因而发展出扭曲的性格,他实在不忍心继续让杨过彻底变成阿Q再世。

随着情节发展,杨过不仅无赖,还痴情无比,将这两个特质合在一起,才能完整形塑杨过。他为什么会对小龙女一往情深?

为什么那种痴情甚至到了义无反顾的地步？因为他是流浪儿，穆念慈病故后，他就是一名乞儿，从小没有亲爹疼爱，母亲又早逝，除了母亲，没有人真心疼爱他。杨过不是在正常的人情环境下长大，但凡有任何人对他释出一点善意，他就会牢牢抓住这样的情感。例如，当杨过为了逃避全真派群道追打，跃下一道深沟，摔在活死人墓旁的山坡上。孙婆婆救治了他，在孙婆婆慈爱关切声中，"杨过已好久没听到这般温和关切的声音，胸间一热，不禁放声大哭起来"，所以当全真派道士郝大通误杀了孙婆婆，杨过悲痛得号啕大哭。

他对小龙女的痴情，凌驾在自己的生命之上，金庸在杨过身上灌注了非常浓厚的弃儿情节，淋漓尽致地描写杨过弃儿般的身世。例如，当小龙女应允孙婆婆的死前遗言，照料杨过一生一世，教他武功，即使小龙女责打他，杨过的反应竟是："要是爱我的人打我，我一点也不恼，只怕还高兴呢。她打我，是为我好。有的人心里恨我，只要他骂我一句，瞪我一眼，待我长大了，要一个个去找他算账。"面对全真派群道污辱他、嘲弄他，他怒不可遏，但如果有任何人捎给他一丁点善意，他都悉数牢记在心里，不会遗忘掉，因为他从小就缺乏关爱。所以当小龙女问杨过"哪些人恨你，哪些人爱你"，他说道："这个我心里记得清清楚楚。恨我的人不必提啦，多得数不清。爱我的有我死了的妈妈，我的义父，郭靖伯伯，还有孙婆婆和你。"

除了痴情，杨过还非常狡猾，他能想得出各式各样的诡计，聪明绝顶，比如欧阳锋教他驱毒的口诀和行功之法，金庸描写杨过"极是聪明，一点便透，入耳即记"，就连欧阳锋也说："你这孩儿甚是聪明，一教便会，比我当年亲生的儿子还要伶俐。"而在写杨过时，为了凸显他的聪明与狡猾，很多时候，金庸不是从他的武功着手。杨过在江湖上，不是凭恃武功度过生死的关键时刻，绝大多数时候，他都是通过诡诈逃过难关。在江湖上，他给人的印象就是诡计多端，言语之中多有行诈，分不清他话里究竟是真话还是假话，需时时提防他话中有诈。

《神雕侠侣》有一幕，精彩生动地描述了"杨过与法王追赶李莫愁"三人途中的轮番缠斗。原来是郭襄在襄阳城出生之后，金轮法王与杨过、小龙女正在屋顶恶斗。法王乘势锤击杨过左肩，杨过半身一麻，怀中的婴儿落下，法王频频飞射金轮，将婴儿稳当地托在法轮上。正当杨过要连轮抱住婴儿，以肉身垫在轮下，却没想到李莫愁突然插手，抱走婴儿。从这里开始，金轮法王、杨过和李莫愁三人将襄阳城远远抛在背后，但三人"分别相距十余丈，法王追不上李莫愁，杨过也追不上法王"，三人混战，一路上出招拆招。刚刚出生的小婴儿是混战筹码，对于不怕伤害婴儿的人来说，婴儿是一面护住要害的盾牌；然而，另一方面，谁怕伤害到这个小婴儿，小婴儿就成为谁的累赘。两两对战之下，第三人旁观局势之余，也在琢磨下手的最佳时机。一场不断疾驰疾杀的混战，比的不只是功夫高下，更是一场心理战，较量谁能看破对方弱点，在破绽空隙下抢得先机。

几个回合下来，杨过使了无数次诡诈。当法王抢走了婴儿，才刚刚喜不自胜，一瞬间，想不到杨过扑来，夺走了婴儿。但杨过已被金轮法王看破弱点，两人斗招时，法王尽是专攻婴儿，杨过抵挡不住，急中生智，与李莫愁联手。论武功，法王功力最高强；论狠毒，李莫愁下手最毒辣；但说到诡计多端，前二人都比不上杨过。所以这场混战后半，全看杨过如何急中生智，引三国蜀汉联孙吴抗曹魏之鉴，强拉李莫愁作孙吴，以婴儿为饵。这一招是嫁祸恶计，唆使金轮法王攻击李莫愁，杨过坐山观虎斗，待两人斗至两败俱伤，才出来坐收渔人之利。在复杂的三人混战当中，他夺得制胜先机，最后联合李莫愁，打败金轮法王，全身而退，救了小婴儿，脱离法王要挟。

小说一再强调，杨过此时武功不足以抵挡法王等高手来袭，但最后都能想出万全的退敌之策。他之所以胜出，不是技高一筹，而是凭借他的聪明狡诈。杨过作为主角，他在小说中，形象截然不同于陈家洛和袁承志的英雄面目。

在正统的武侠世界里，"侠"必然有其原则，行走江湖时大侠迷人之处正在于他的正义原则。但是当杨过这样一个不按牌理出牌的侠，栩栩如生地在读者眼前行走江湖。认识了杨过之后，陈家洛及袁承志之类的侠，就显得有点无聊，因为他们太有原则。在任何关键场合，这些侠一律坚守江湖的游戏规则，尤其绝对忌讳以多欺少、以强凌弱。但及至后来，当金庸笔下杨过一出场，你会发觉，武林不应该就是现实的武林吗？武林之中，所有人永远都在比武吗？身在武林，面临生死存亡之际，谁能够赢才是至关重要的事。杨过本身就是这样一种现实主义的存在。

杨过性格中的现实感，其实有其来历，可从黄蓉这个角色联系到杨过身上，只不过杨过更具现实性。杨过与黄蓉其实是同一类人，《神雕侠侣》前半部多次描写杨过与黄蓉斗智，杨过藏在心中的种种奸巧计谋，黄蓉全都神算得出来。比如"襄阳鏖兵"这一回目，杨过下定决心要杀郭靖为父报仇，顺着郭靖夫妇与他研商前去敌营救武氏兄弟，他原想"郭伯母智谋胜我十倍，我若有妙策，她岂能不知"，但若他和小龙女皆临阵倒戈，或者是假手金轮法王诸人，借机杀了郭靖，岂不是反将黄蓉一军；他原心想："黄蓉啊黄蓉，你聪明一世，今日也要在我手下栽个筋斗。"但黄蓉毕竟智高一筹，回道："龙姑娘是个花朵般的闺女，咱们不能让她涉险，我要留她在这儿相陪。"杨过立即会意过来："郭伯母果有防我之心，她是要留姑姑在此为质，好教我不敢有甚异动。"两人斗智过程中，都猜出对方心中计谋，但几番交手，杨过处处落于下风。

唯有相似之人能看穿对方心中所想,从这点来看,他们其实属同一类人,这种人最大特色在于他们距离传统的"侠"非常遥远。杨过每一个关键决定,都与"为国为民"无涉。他永远感情用事,心目中的"第一优先"始终是他姑姑小龙女,直到小说后半,他备受父亲杨康死亡之谜折磨,他生命中才又多增添一项心愿——为父报仇的私怨和私情。所以才会在"襄阳鏖兵"时,描写杨过如何包藏祸心,想刺杀郭靖。在传统武侠小说中,绝不会在主角身上发生这段情节。杨过从未打算光明正大地苦练武功,与郭靖一对一决斗,他从没想过用有尊严的方式赢过郭靖,为父报仇,而是想在有限生命里完成夙愿,伺机而动,当杀就杀。

从司马迁《游侠列传》到章太炎"儒侠"说,武侠继承而来的"侠",不应该出现杨过这种侠,故事都发展至一半了,小说主角心里竟没有"为国为民"的价值观。他本一心一意手刃杀父仇人,但"见他二人(郭靖夫妇)赤心为国,事事奋不顾身,已是大为感动",临危之际,郭氏夫妇仍"以国事为重",他才动摇了杀心,将一切私心置之度外。杨过忽然想起襄阳城外郭靖曾对他说:"为国为民,侠之大者","鞠躬尽瘁,死而后已",忆起幼时黄蓉教他读圣贤书,记诵"杀身成仁,舍生取义",杨过身上终于有了正统侠道的气概。换言之,杨过作为武侠小说主角,他在小说中大半时候不是个"侠",他总是私情远高于公义。小说背景发生在宋朝,他爱上姑姑,师徒二人欲结为夫妻,完全是违背礼教。当然,杨过可以毫无悬念就违背礼教,但他之所以违背礼教,衷心是为了一己私情,而不是为了公共目的。于是杨过化身成为以私情为重、反礼教的象征人物,但也正因如此,他撼动了读者。他不像陈家洛、袁承志那样为国为民,以天下为己任,金庸在这部武侠小说里大肆翻转"侠"的形象。

私情比公义迷人

陈家洛、袁承志他们都可以归类于传统大侠，但武侠传统发展到杨过这里，突然间出现这么一个不成体统的侠，为什么会发生这种变化？回顾金庸写作史，其实有迹可循，因为金庸在写作过程中是慢慢转变的，其中关键在于他在武侠小说创作史上注入一股新的力量——探讨正邪之间的暧昧地带，这可以从《射雕英雄传》中看出。

阅读《射雕英雄传》，故事核心围绕东邪、西毒、南帝、北丐、中神通展开，但是从细节中稍做辨别，很明显金庸分别描述这五人时写法不太一致。首先，人物刻画最为单纯的是欧阳锋，因为欧阳锋就是纯粹的邪，所以即使洪七公曾在大船之上、木筏之下救欧阳锋幸免于难，他仍然不改其行，屡次暗算洪七公。北丐洪七公与西毒欧阳锋形成强烈对比，从正邪之分来看，北丐不折不扣是传统武侠人物，北丐西毒，一正一邪，从小说开篇至结尾，他们从未改其面目。小说有一幕场景最令人印象深刻，金庸借用了《圣经》故事。华山论剑前，正当瑛姑等人要取仇敌裘千仞性命，裘千仞仰天说道："若论动武，你们恃众欺寡，我独个儿不是对手。可是说到是非善恶，嘿嘿，裘千仞孤身在此，哪一位生平没杀过人、没犯过恶行的，就请上来动手。在下引颈就死，皱一皱眉头的也不算好汉子。"意思是说没有罪的人可以丢第一颗石头，你们这些人生平都杀过人，凭什么来指责我？只有一个人敢动手，这个人是谁？九指神丐洪七公，只有他说："老叫化一生杀过二百三十一人，这二百三十一人个个都是恶徒，若非贪官污吏、土豪恶霸，就是大奸巨恶、负义薄幸之辈。老叫化贪饮贪食，可是生平从来没杀过一个好人。裘千仞，你是第二百三十二人！"他接着痛骂裘千仞与金人勾结，卖国贼绝不能争得天下第一的名号。如此大义凛然，但这就是真正的"侠"，侠才会那么坚持原则。

是非善恶如此黑白分明，清晰划分正邪之别，但及至《神雕侠侣》，金庸自己都忍受不了，他开始模糊正邪之间的对比。又是在华山，洪七公与欧阳锋狭路相逢，但两人连续拼斗了武功、内力、棒法数日，最后却相拥大笑而死，正邪最后结局不是和解，而是超脱并理解了正邪之间的暧昧。正因为人人都断定邪不胜正，或正邪不两立，所以金庸没有为正邪对决写下最终结果，而是写道："北丐西毒数十年来反复恶斗，互不相下，岂知竟同时在华山绝顶归天。两人毕生怨愤纠结，临死之际却相抱大笑。数十年的深仇大恨，一笑而罢！"一切意在言外。

不只杨过，南帝段皇爷也不是传统的侠。当郭靖与黄蓉见到南帝时，段皇爷已不在尘世，而是皈依三宝，成为一灯大师。但段皇爷摒弃尘世国君身份，是为了感情，受困于"情"带来的懊悔与痛苦。当他贵为一国之君，爱妃刘贵妃（瑛姑）与周伯通竟在切磋点穴功夫之时，突破男女之防，铸下私通大错。此后，他郁郁不乐，荒废国务，只以练功自遣。回顾这段前尘往事时，一灯大师说当时虽未再召见刘贵妃，但"睡梦之中却常和她相会"，不能忘情，所以在超脱尘世之前，他必然还须面对人生终极的试炼——是否要出手救情敌的小孩？当时他心中甚为伤痛，他没有牺牲自己去救瑛姑的婴孩，一部分是受爱情欺辱，一部分是倘若为了救人，折损功力，"华山二次论剑，再也无望独魁群雄"。

因一己私欲，不救垂死婴儿，对段皇爷而言是罪孽深重的心理障碍。他不饮不食，苦思三日三夜后，"终于大彻大悟"，出家为僧，但这道心理障碍日日夜夜让他不得安息。段皇爷原来属于公共性角色，他贵为大理国皇帝，但却将私情凌驾在公共责任之上，因为私情放弃自己公共角色。

金庸笔下的江湖大侠中神通王重阳，也不是传统的侠。在《射雕英雄传》中，王重阳是丘处机的师父，第一次华山论剑七天七夜，击败东邪、西毒、南帝、北丐，夺得天下第一威名及《九阴真经》。但到了《神雕侠侣》，王重阳变得有血有肉，透过小龙女细数古墓派来历，王重阳生平重新被挖掘出来，全真派与古墓派之间的恩仇与纠缠，像倒影一般倒映在小龙女、杨过的爱情故事上。在金庸所有武侠小说中，王重阳与林朝英之间的感情纠葛，可说是最被低估的一段爱情故事。

王重阳与林朝英之间的虐恋，是一种绝对的爱情，金庸写出了终极的武侠爱情故事，而非一般浪漫爱情故事。这两人为什么相互吸引，尤其是林朝英为什么爱王重阳爱得无法自拔？全是因为"武"，这种爱来自佩服，也来自崇拜。但正因为如此，这两人永远无法双宿双栖、成为情侣；这种生根于"武"的爱情，必然激发出武学上的竞争。

王重阳和林朝英，两人各自潜心练武、钻研武学，一直在武功上论高下。最后一场比武，莫名其妙地打赌，"王重阳竟输给了祖师婆婆，这古墓就让给她居住"。王重阳在古墓遗下武功精奥，在古墓一座石室"室顶石板上刻满了诸般花纹符号"，林朝英移居古墓后，也在另一间石室室顶"刻满了无数符号"。原本这一场比武赌局结束后，这段爱情应该也就埋入古墓，但死亡又再一次延续这段绝对的爱情。原来林朝英故去后，王重阳偷偷回到古墓吊祭故人，在石棺盖子底刻下"玉女心经，技压全真；重阳一生，不弱于人"十六字。爱情发展到最深刻时，永远会对那个人念念不忘，一旦念念不忘，也会一并想起对方令人敬佩的武学，不可能忘却彼此在武学上的竞争。

但这种感情仅止于思念，因为永远都在竞争，越是思念，也越想在武功上比高下，不可能结成眷侣。但另一方面，却成就了古墓派的武功来历。古墓派祖师婆婆林朝英在石室顶上留下《玉女心经》，尽数破解全真派武功，但所破者不过是全真派粗浅功夫，王重阳在另一间石室室顶上留下破解《玉女心经》之法——《九阴真经》。古墓派绝学路数从林朝英学习全真派剑法为起点，然后针对全真派剑术，精心设计一套破除全真派剑术的《玉女心经》；林朝英死后，王重阳想起她一生对自己情痴，悄悄进入古墓吊祭，"但见《玉女心经》中所述武功精微奥妙，每一招都是全真武功的克星"，三年间足不出户，仍想不出一套融会贯通的武学，直到华山论剑后，秘密从《九阴真经》设计出一套克制《玉女心经》之法。这段感情牵绊着侠之自负，两个人武功既高且又竞逐武学高下，一直至死，无论在感情或是武学争竞上，始终不分轩轾，感情越深，好胜之心也越强。

王重阳不甘服输，依据前人遗书《九阴真经》，设计出破解林朝英自创的武学《玉女心经》；而林朝英在生命最后终结时，将竞争的心情化成一股爱慕，缕缕相思寄托在《玉女心经》最后一章《玉女素心剑法》上。此剑法发挥最大效力时，是与全真派剑法相辅相成，一人使《玉女心经》，一人使全真派剑法，"相互应援，分进合击"，两人心意合一时，才能展现双剑锋芒的威力。

王重阳是个情种，除了"组义师反抗金兵"，没有其他公义的事迹。在武侠历练上，他是个夺得天下第一称号的侠。除此以外，他与林朝英相知相惜又相竞的爱情故事，最令人印象深刻。林朝英思念王重阳，自创《玉女心经》；王重阳对林朝英念念不忘，取《九阴真经》破解《玉女心经》之法，让古墓派后人小龙女与杨过习得这两套绝世武功。

五绝之中，东邪黄药师以"邪"为名，但他不是真正的邪派，而是游走于正邪之间，东邪独生女黄蓉也承袭了亦正亦邪的性格，因而使《射雕英雄传》一开始就偏邪，已经不似《碧血剑》那样正统的武侠小说了。金庸脱离武侠小说正道，特别创造出郭靖这样一个既鲁钝又憨厚的角色；同时，也凸显黄蓉有多么聪颖和娇俏，必然只能写黄蓉牵引着郭靖，铺陈情节。当然，黄蓉也会受郭靖影响，但《射雕英雄传》这条重要的小说主线，并未顺着武侠小说的正宗发展下去。依照正宗武侠小说，侠形成的心路历程，应该让黄蓉一开始亦正亦邪，由于爱上了郭靖，日渐感染其正义特质，慢慢从只顾私情转变为国家大义至上，改邪归正。然而，如果完全依照这个写作公式，《射雕英雄传》就会变得乏味，不会让人读得废寝忘食；同时，也就不会有杨过、小龙女这样私情胜过公义的"侠侣"，对照成婚后之黄蓉，重视世俗礼教大防，处处以国家大事为念。

郭靖因为黄蓉，有时候会暂且放下公义，显现出顾念儿女私情的一面。金庸在《射雕英雄传》时稍微挑战了传统武侠小说，到了《神雕侠侣》他更毫无顾忌地发展自己的小说路数，借由杨过这个角色离开传统、正统的"侠"，因为原来传统"侠"的概念及形象再也施展不出乱世中侠之理想，高蹈又理想性的形象已无法拿来套用在杨过身上。

对于杨过及小龙女而言，私情胜于所有一切。江湖同时有两个世界平行，一边是国家大事，一边是两情相悦，但即使国家有难，绝对不敌杨过与小龙女之间的山盟海誓，他们眼中只有对方。举例来说，争武林盟主时，金庸把这两条故事线写在一起，金轮法王引起战局，正当众江湖人士一股脑儿争武林盟主时，纵使天下之大、千人围观，杨过与小龙女彼此情意缠绵，一派"我欲爱则爱，我欲喜则喜，又与旁人何干"。三场对战，金轮法王那一方胜了两场，对战间点苍渔隐所使铁桨桨片断为两截，哐当一声跌在小龙女身前，本来师徒含情脉脉、与世隔绝，却因为杨过气愤谁伤了他姑姑，打了个岔，搞了一场"季后赛"。

三战两胜，霍都打赢两场，金轮法王应该登上武林盟主宝位，但杨过在言语上使诈，说："今日争武林盟主，都是徒弟替师父打架，是也不是？"他又说："我师父的徒弟，你可没打胜。"用诡诈术延长赛事——"咱们也来比三场，你们胜得两场，我才认老和尚做盟主。若是我胜得两场，对不起，这武林盟主只好由我师父来当了。"最后借小龙女之力，用古墓派武功逼退金轮法王。如此一来，小龙女岂不变成了武林盟主？但小龙女只说："过儿，这些人横蛮得紧，咱们走罢。"小龙女毫不稀罕武林盟主，两人不拘泥世俗礼法，师徒相恋，不论走到何处，都是——"过儿，咱们走吧"，或是"姑姑，咱们去罢"。两人注定苦恋，经过生死离别、礼教责难，一路上风风雨雨，即使不像公义至上的大侠，还是让无数读者读之泫然欲泣。《神雕侠侣》故事的真正主轴在于私情的力量，私情比武林或者家国存亡更加至上。

问世间情是何物

爱情这条主轴在《神雕侠侣》里，随着杨过的遭遇，变得越来越重要，金庸以戏剧性且极端的方式描写爱情。故事写到杨过修炼古墓派《玉女心经》时，心经内功须二人同练。"练功时全身热气蒸腾，须拣空旷无人之处，全身衣服敞开而修习，使得热气立时发散，无片刻阻滞，否则转而郁积体内，小则重病，大则丧身。"杨过对小龙女没有丝毫邪念，对于世事一无所知，因其"本门修炼的要旨又端在克制七情六欲，是以师徒二人虽是少年男女，但朝夕相对，一个冷淡，一个恭诚，绝无半点越礼之处。此时谈到解衣练功，只觉是个难题而已，亦无他念"。这段叙述延续并翻转了武侠小说中的巨大矛盾：武侠小说里的众道士及和尚，为何都身怀绝世武功？这些出家修道之人为什么杀人呢？

但是在中国武侠小说传统中，本来就存在练武的道士与僧人，因为他们可以摒除世俗杂念，比一般人更能专注练功而成为武术大师。一般而言，少林寺正派形象深入人心，长期以来在武侠小说当中，童子功是少林寺秘传功法。依照武侠传统叙述，童子功是抑制肉体欲望的功法。如果练童子功的僧人与女性发生性行为，身体改变了之后，所练武功也就破功了。这点延续中医里的阴阳论。

金庸高明之处在于他翻转了武侠传统，改从小龙女身上写七情六欲。首先，男女倒错，此时是童女练玉女功；其次，小龙女武功深浅与肉体关系并无直接关系，她武功的致命伤是动情，如古墓派武功要诀："少思、少念、少欲、少事、少语、少笑、少愁、少乐、少喜、少怒、少好、少恶。行此十二少，乃养生之都契也。多思则神怠，多念则精散，多欲则智损，多事则形疲，多语则气促，多笑则肝伤，多愁则心慑，多乐则意溢，多喜则忘错昏乱，多怒则百脉不定，多好则专迷不治，多恶则焦煎无宁。此十二多不除，丧生之本也。"

金庸生怕读者无法意会这件事情，甚至刻意安排尹志平强奸小龙女这段插曲，目的在于让无法拥有清纯感情的人，了解感情的可怕之处。所以金庸又布局，设计绝情谷情节，小龙女用剑在断肠崖壁上刻下诀别语，一行大字写道："十六年后，在此相会，夫妻情深，勿失信约。"另一行小字写道："小龙女书嘱夫君杨郎，珍重万千，务求相聚。"纵身跃入绝情谷。十六年约期一到，杨过苦候小龙女不至，"双足一蹬，身子飞起，跃入了深谷之中……"这万念俱灰下的一跃，让两人终于见了面。这个桥段当时在香港引起非常多争议，倪匡也不欣赏这个十六年后重会的结局。

所谓"问世间情是何物，直教生死相许"，意味着不论生死，这份情最终应是震撼人心的悲剧结果。为何十六年后，杨过与小龙女竟会相聚呢？姑且不论杨过与小龙女团圆结局，金庸武侠小说有其来历，小龙女跃入绝情谷情节源自王度庐（1909—1977）小说《卧虎藏龙》，因此一般认为金庸是应读者要求，将结局改写为大团圆，但事实并非如此。

李安电影《卧虎藏龙》结尾时，玉娇龙跳崖，金庸也安排小龙女跃入绝情谷，两者命运多么相像。李安之后并未拍摄续集《铁骑银瓶》电影版，但王度庐在小说续集《铁骑银瓶》中，安排玉娇龙投崖遁世后，漂流大江南北。读过王度庐"鹤铁五部曲"最后两部小说的读者，可以预知小龙女绝不可能死，杨过与小龙女必定能够重聚。

绝情谷是个什么地方？地如其名，这座谷是个不能够有感情的地方。绝情谷中生长着剧毒情花，身中情花刺上之毒，便"十二个时辰之内不能动相思之念，否则苦楚难当"，谷主公孙止说情花之毒如同世间情爱——"情之为物，本是如此，入口甘甜，回味苦涩，而且遍身是刺，你就算小心万分，也不免为其所伤。"借由绝情谷中的风风雨雨，金庸特意凸显人间单纯而又至高之爱，正在于生死相许，整部小说借由杨过与小龙女的坎坷情路，讲人间至情至爱的故事。

《神雕侠侣》中的感情畸人

倘若顺着《神雕侠侣》这条感情线，你会发觉《神雕侠侣》大多数角色都是感情上的畸人，他们都不曾拥有正常感情。这是《神雕侠侣》与《射雕英雄传》的最大差别。读者容易理解《射雕英雄传》郭靖与黄蓉之间的感情，这段忠贞不渝的感情令人感到安心，即使成吉思汗封郭靖为金刀驸马，将女儿华筝许配给郭靖，这段插曲也属于正常的感情。但《神雕侠侣》完全相反，小说主角都是感情上的畸人，杨过是孤身一人的乞儿，小龙女自小生长于古墓之中，也无依无靠；郭靖与黄蓉万般宠爱长女郭芙，致使郭芙完全无法体会他人痛苦，她是个彻底被宠坏的小孩，是个没有爱人能力的畸人，她不能真心去爱人，才会让武修文、武敦儒两兄弟为爱反目成仇。为了争夺郭芙，兄弟相残，在绝斗中声明赢的人承担"手报母仇、奉养老父、爱护芙妹这三件大事"，武氏兄弟为爱不惜手足相残，也是感情上的畸人。

小说中最极致的感情畸人是王重阳与林朝英，因为"王重阳与林朝英均是武学奇才，原是一对天造地设的佳偶。二人之间，既无或男或女的第三者引起情海波澜，亦无亲友师弟间的仇怨纠葛。王重阳先前尚因专心起义抗金大事无暇顾及儿女私情，但义师毁败、枯居石墓，林朝英前来相慰，柔情高义，感人实深，其实已无好事不谐之理。却仍是落得情天长恨，一个出家做了黄冠，一个在石墓中郁郁以终。此中缘由，丘处机等弟子固然不知，甚而王林两人自己亦是难以解说，唯有归之于'无缘'二字而已"。

金庸写两人在切磋武学时，情根深种——"却不知无缘系'果'而非'因'，二人武功既高，自负益甚，每当情苗渐茁，谈论武学时的争竞便伴随而生，始终互不相下，两人一直至死，争竞之心始终不消。林朝英创出了克制全真武功的《玉女心经》，而王重阳不甘服输，又将《九阴真经》刻在墓中。只是他自思《玉女心经》为林朝英自创，自己却依傍前人的遗书，相较之下，实逊一筹，此后深自谦抑，常常告诫弟子以容让自克、虚怀养晦之道。"

这段感情的关键在无缘之"果"，王重阳与林朝英之间的感情始终无法超越他俩在武学上的竞争；换言之，两人的争胜之心蔓延为全真派与古墓派之间的恩怨，他们之间毫无严重的外在因素干预，却不能生死相许，显然他们心中怀抱比爱情更重要的事情。从这点来看，王重阳与林朝英是另一种感情上的畸人。除了王、林二人，绝情谷主公孙止与其妻裘千尺，是另一对感情上的畸人，他们像林朝英与王重阳故事的变形，而且这个变形令人感到非常悲伤。裘千尺武功在公孙止之上，又传授公孙止真正上乘的武功，是个名副其实的悍妻。另外，裘千尺年纪比公孙止稍长，两人虽无师徒之名，却有师徒之实。裘千尺因此对丈夫颐指气使，事事严加管束。公孙止惧内，忌惮裘千尺武功，暗中与一名年轻婢妾柔儿商议远走高飞。裘千尺得知丈夫计划与婢妾柔儿私奔，以"生死相许"这道难题考验公孙止。裘千尺将两人抛入情花丛中，让两人身中情花剧毒，并将丹药数百枚绝情丹浸入砒霜水中，几乎所有解药悉数毁去，只留下一枚绝情丹，对公孙止说："绝情丹只留下一颗，只能救得一人性命。你自己知道，每人各服半颗，并无效验。救她还是救自己，你自己拿主意罢。"公孙止没有顺利通过这道考验，反而一剑刺死柔儿，一人独吞解药。之后，公孙止无情狠辣地报复裘千尺，乘裘千尺灌醉沉睡，挑断其手足筋脉，再将裘千尺丢到万丈深渊的石窟之中。

王重阳与林朝英、公孙止与裘千尺这两对畸人，对照小龙女与杨过之间的深情厚爱。首先，小龙女是杨过师父，但两人之间从未有过任何竞争心理；其次，当杨过与小龙女都身中情花剧毒时，公孙绿萼偷出解药，杨过当下反应是救小龙女，他可以为小龙女舍弃性命。金庸试图凸显《神雕侠侣》这部小说最动人也最不可信的故事情节，但正因为这个爱情故事不可信，所以扣人心弦。

金庸写不可信的爱情，用意是借武侠小说来保留即将被冲刷殆尽、悉数毁灭的可贵事物，武功秘笈并不值得珍爱，人与人之间的感情才弥足珍贵。

当李莫愁及其徒弟洪凌波入古墓，逼迫小龙女交出《玉女心经》时，这一段故事情节铺陈了杨过与小龙女两人感情的转折点。原本小龙女在收杨过为徒时，指着两具空石棺，谈论生死大事，小龙女说："我答允孙婆婆要照料你一生一世。我不离开这儿，你自然也在这儿。"杨过回道："就算你不让我出去，等你死了，我就出去了。"小龙女接着又说道："我既说要照料你一生一世，就不会比你先死。"杨过反驳："为甚么？你年纪比我大啊！"小龙女冷冷回道："我死之前，自然先杀了你。"杨过吓了一跳，心想："那也未必。脚生在我身上，我不会逃走么？"但当李莫愁闯入古墓时，小龙女身受重伤，所以刚开始的时候，她反倒想让杨过独自逃出石墓，关键就在于这个转折。在此危难之际，从来不动真情的小龙女却两度想落泪，杨过没有放下古墓机关，反而说："好姑姑，我跟你死活都在一起。"当小龙女执意不违背师命，终身看守古墓，让杨过放下断龙石堵死墓门时，"杨过待巨石落到离地约有二尺之时，突然一招'玉女投梭'，身子如箭一般从这二尺空隙中窜了进去。小龙女一声惊叫，杨过已站直身子，笑道：'姑姑，你再也赶我不出去啦。'"杨过决定与小龙女共生死。这段转折刻画了何谓生死相许。杨过初拜小龙女为师时，他还想着倘若小龙女有一日要杀他他会逃，但当他们生命受到威胁，杨过发觉"我若不能跟你在一起，一生一世也不会快活"，此即生死相许。一旦生死相许，他们的情感就走向另一种境界，后续也就会经历风波与转折。

杨过固然深情，但金庸写武侠小说时，仍然依循传统武侠小说的惯例——塑造最迷人的男主角。在以男性读者为主流的年代，这些男性读者看武侠小说时心理投射的对象必然是大侠。当时令人读之沉迷的武侠小说，书中大侠都到处留情，也是所有女人的爱慕对象。金庸武侠小说仍然依循这条惯例，所以他也将杨过写成万人迷，所有女人都爱他，陆无双、程英、公孙绿萼全都爱慕他。但是金庸顺着惯例,又写出很不一样的典型,杨过在嬉笑怒骂间,看似油嘴滑舌,但其实他骨子里只钟爱小龙女一人。例如他之所以受陆无双吸引,是因为思念小龙女。他一路寻找小龙女下落,陆无双生气的神情令他想起小龙女,所以他故意去招惹陆无双发脾气,他想在陆无双的眉目之间找到一丝小龙女的神情。陆无双莫名其妙成了小龙女的替身。所有他欣赏的女人身上,都有些微小龙女的影子。

反观陆无双、程英对杨过的情愫,部分源自杨过对小龙女一往情深。杨过虽然看似到处留情,但他从未改变过他对小龙女的深情。武侠小说从此诞生出一个死心塌地的大侠,不论多少女人爱慕他,他一生只钟爱一个女人。"生死相许",至高无上。

但"生死相许"隐藏着另一面,意味着生死相许的情感,像武功一样所向披靡,其威力甚至超越武功。传统武侠小说是在武功上分胜负,可是《神雕侠侣》关键情节都是"以情制胜"。举例来说,当杨过眼见李莫愁要伤害小龙女,情急之下,"拦腰抱住了李莫愁"。金庸形容李莫愁的心理感受:"她虽出手残暴,任性横行,不为习俗所羁,但守身如玉,在江湖上闯荡多年,仍是处女,斗然间被杨过牢牢抱住,但觉一般男子热气从背脊传到心里,荡心动魄,不由得全身酸软,满脸通红,手臂上登时没了力气。"照道理讲,以李莫愁武功,她可以轻易摆脱杨过,但她一时之间迷惑于男子的拥抱,才被杨过克制住了。除此以外,绝情谷中,公孙止的十六名绿衫弟子交叉换位,将包围圈子缩小了几步,四张渔网或横或竖、或平或斜,不断变换,杨过眼见就要困于渔网之下,暗叫道:"罢了,罢了!落入这贼谷主手中,不知要受何等折辱?"忽听南边持网人中有人娇声叫道:"啊哟!"杨过回过头来,只见公孙绿萼摔倒在地,渔网一角软软垂下。杨过得以暂时脱险都不是以武功取胜,而是比武功更加重要的"情感"救了他。

此外，"生死相许"也可以克服传统武侠小说所不能克服的东西，譬如武林盟主这件武林大事，在《神雕侠侣》中，金庸把抢夺武林盟主这件事，描写成一个大闹剧。杨过从金轮法王手里把武林盟主的宝座抢回来，情节铺陈得像两个生死相许的情侣在闹场。闹场过程中，杨过与小龙女意外发现，一人使全真剑法，另一人使玉女剑法，可以发挥可怕的力量。他们用这种方式制服了金轮法王。原本林朝英想象如若她与王重阳都可以摆脱竞争心理，应该要有一种生死相许的情感，但唯有小龙女与杨过实现了"生死相许"的爱情。

金庸突破传统武侠小说的写法，生死相许之前，武林盟主的头衔毫不重要；金庸改变了传统武侠小说的面相，以突破的方式诠释武侠故事。《神雕侠侣》不仅改变了武侠小说向来以男性读者为主流的常态，女性读者也踏入金庸笔下的武林世界。即使是男性读者读了"生死相许"的故事，看到的关键重点也就不再局限于"谁的武功最好""谁当武林盟主"，而是杨过与小龙女之间是否会有圆满结局。《神雕侠侣》之后，全新种类的武侠小说诞生了，金庸保留了既纯真又高贵、深具意义的人间至情。

新武侠及女性读者的开拓

与传统武侠小说相对比、对照，金庸小说是不折不扣的"新武侠"。然而，新武侠绝不是诞生在香港武侠小说创作背景中，并非从梁羽生一路发展、继承而来，而是纯粹出自金庸个人手笔。金庸独创新武侠，他的"新"非常惊人，彻底改变传统武侠小说，完全影响武侠小说读者群的阅读设定以及想象；提及类型小说，一定会问：小说为谁而写？作者写作时针对哪一类读者群？从黄蓉、郭靖江湖故事，再到杨过、小龙女爱情故事，武侠小说的读者群已然改变。旧时传统武侠小说可以说是非常阳刚的文类，它基本上所设定的读者群是男性，倘若不是金庸，金迷的性别分布怎么可能会是如今这个样子呢？金庸迷倒了不少女性读者，在平江不肖生那个时代，女生看什么武侠小说啊？！

金庸武侠小说开始出现女性读者，终结了一部分的武侠小说，因为女性金迷绝对不会去读司马翎《焚香论剑篇》《剑胆琴魂记》，以及东方玉《东方第一剑》，更遑论武侠小说祖师爷平江不肖生的作品。原先武侠小说市场以男性读者为主流，现在读者群结构已然改变，影响武侠小说作家对读者的想象，短时间内武侠小说主轴快速转变，阅读武侠小说的乐趣不再是沉迷于武侠世界本身。这意味着从《射雕英雄传》至《神雕侠侣》，阅读武侠小说的乐趣已经转移了，"武"不再那么重要。

当然，金庸仍然擅于写武功招数。然而，当黄蓉和杨过闯荡江湖，他们的武功招式变得越来越诡诈，这意味着侠不仅仅是在拳脚上搏胜负，而以脑袋去组织作战策略更加重要；这正是金庸小说的迷人之处，直到《天龙八部》之后，金庸才开始改变这种叙事手法。金庸创作《射雕英雄传》《神雕侠侣》，涉及武打场面时，很喜欢将小说角色放在明显不会赢的那一方，再加一句套语。例如，第十三回"武林盟主"："二十余招之后，杨过便即相形见绌"；或者"杨过所使的打狗棒法神妙莫测，本非霍都的扇法掌法之所及，但洪七公所授的只是招数，棒法的口诀奥秘，他甫自黄蓉口中听到，仗着聪明，才勉强凑乎着两者使用，然要立时之间融会贯通，施展威力，自是决无此理。再斗一会，杨过东躲西闪，已难以招架"。他顶多只能过招二三十回。虽然拳脚之间的招式，金庸还是比划得精细至极，但此时比武重点已不在拳脚高下之分，真正令人拍案叫绝的是用计之巧妙。

领略过《射雕英雄传》五绝武功之高深莫测，再看《神雕侠侣》，阅读乐趣已经大不相同，你不会那么认真品味惊天动地的武功绝学。原本你会仔细看陈家洛的百花错拳、袁承志的金蛇剑法，但到了《神雕侠侣》你会快速往下看武打场景，因为后面情节更精彩，仅仅是看杨过怎么行诈，用各式各样的奇想和诡诈赢得局面，就让人读得津津有味。武不再那么重要，侠也是如此。郭靖镇守襄阳城，威扬四海，江湖中有郭靖一个大侠足矣。读者本来就不会预期在杨过身上看到行侠仗义、济困扶危这些特质，金庸的"新武侠"其实比想象中更有革命性。

金庸"射雕三部曲"，到了第二部《神雕侠侣》，他塑造出杨过这位江湖人物，已经完成武侠小说大革命。首先，武和侠都不再重要，即使不再尊崇武侠，武侠小说这个文类仍然存在，而且读者愈来愈多。新的读者涉足武侠小说的世界，于是乎开启了下一波武侠盛世；这一段时期，影剧界纷纷翻拍武侠小说，例如电影《火烧红莲寺》取材平江不肖生小说《江湖奇侠传》。《火烧红莲寺》一再重拍，但为何独挑《江湖奇侠传》中后半部情节"火烧红莲寺"为题材？纯粹是因为"女主角"，缺少女主角的电影乏人问津，这是颠扑不破的真理。此时，金庸武侠小说脱颖而出，创下一波又一波、滚雪球般武侠剧翻拍效应。本来，武侠小说读者一贯是"武痴"面目，但金庸笔下的江湖有情痴，令人断肠销魂，从而出现了新的读者群。新武侠小说吸引了更加多元、人数更多的读者，从这个角度去翻拍武侠影剧，也能创造出更多观众。

从《射雕英雄传》开始，金庸吸引了更多武侠小说读者。同时，金庸创作小说时胆大心雄，勇于突破武和侠的传统，去写既非武也非侠的新式武侠小说，而且越写越精彩。由此对照金庸前两部小说，正因为《书剑恩仇录》《碧血剑》都是太正统的武侠，而渐渐被读者忽略。

《倚天屠龙记》：正邪之分

所有的线索，只为"六大门派围攻光明顶"

金庸的读者应该都知道，《倚天屠龙记》是"射雕三部曲"当中的第三部，前面是《射雕英雄传》和《神雕侠侣》。不过这三部曲不是平衡的三部曲，因为《射雕英雄传》和《神雕侠侣》是密切地联系在一起的。但是到了《倚天屠龙记》，它就变得不一样了。

《倚天屠龙记》开始的时候，是借由郭襄跟《神雕侠侣》的结尾串在一起。这个时候郭襄在那里漫游，她在思念着杨过，然后才出现了《倚天屠龙记》里一个重要的角色，那就是张三丰。可是你要记得，开场之际张三丰还是一个小孩，等到《倚天屠龙记》的主角张无忌真的要施展身手的时候，张三丰已经是一个老人了。所以也就意味着这里有一个时空的跳跃，跳了几十年。从郭靖、黄蓉死守襄阳，然后宋朝灭亡，从这个时候跳跃到元朝末年，《倚天屠龙记》主要的戏是在这个时代上演的。

不只是时代上，《倚天屠龙记》跟《射雕英雄传》《神雕侠侣》没有这么紧密的联结，更重要的是金庸写《倚天屠龙记》又有了不一样的写法。

表面上看有一个基本的主轴,《倚天屠龙记》写的是张无忌如何变成一个大侠的成长史。可是读《倚天屠龙记》,我们一定要看到的,一定要追究的,那就是《射雕英雄传》《神雕侠侣》都没有的一个非常庞大的布局。

庞大到什么样的程度呢?《倚天屠龙记》的前半部是一整个大线布出去的大布局:从张三丰开始,接下来写张翠山,然后联系到魔教(明教);接下来又跑出金毛狮王谢逊,场景一下子拉到海外;这个时候张无忌一点影子都没有,因为他还没出生。

好不容易张无忌出生了,还在孤岛上,一直要到他九岁,金毛狮王跟张翠山回到了中土,这个时候小说已经过了四分之一,整个故事仍然跟这个九岁的张无忌没有直接的关系。接下来张无忌莫名其妙就受伤了,才开始一点一点地学武功。而且我们以为他要学武功了,其实不是的,因为这个时候他还是一个身带重病的小孩,所以他真正学的是医术,跟胡青牛的那一大段都不是武功,而是医术。

这太奇怪了,我们也许会想,金庸恐怕是不太知道他自己要写什么,所以东拉西扯吧。其实不对,你继续往下看,就知道实情刚好相反。《倚天屠龙记》最惊人的就是金庸的布局,这前半段就是为了小说中间的一大高潮在做铺陈,而且铺得非常非常长。这中间点的高潮就是六大门派围攻光明顶。

要记得,六大门派围攻光明顶,其实是两件事。第一件事,就是江湖正派的代表,少林、武当、昆仑、峨眉、华山和崆峒六大正派团结起来,一起去围攻明教。第二件事,就是六大门派围攻明教,竟然没有攻下来。为什么?是张无忌一个人顶住了这六大门派,救了明教。

如果没看过这个小说的人,听到这个描述,心里会觉得太怪了。这就是艺高人胆大,金庸的设定跟其他作者都不一样。我们看《神雕侠侣》,小说里杨过是从那样一个集狡猾、谄媚等各种不同负面性格于一身的人,一步一步地变成一个大侠。

如果你没读过《倚天屠龙记》,那我告诉你,这部小说写到中间时,六大门派围攻光明顶。这个时候,张无忌一个人顶住了六大门派,这很英勇,这很了不起。可是顶住了六大门派干吗?六大门派不是正派吗?顶住了六大门派,他就跑到明教的那一边。所以你就忍不住说,张无忌是个大魔头,他应该是个大坏蛋,他帮助明教打败了六大正派。我们知道,在武侠小说的传统里,少林、武当、峨眉、崆峒这些都是大家应该尊敬的派别。而这些派别还能够团结在一起,就显现出明教有多坏。

张无忌去救明教已经够奇怪的了,然后我们就会继续追问,张无忌凭什么?他哪来这么大的本事,六大门派都拿他没办法?因此,我们要问的最关键的问题就是,张无忌是个侠吗?

《倚天屠龙记》最了不起的地方就是大铺陈,故事为什么要扯那么远?就是为了要解释六大门派围攻光明顶,却被张无忌给顶住了,这是为什么?

最关键的是,这高潮事件,一点都不正常,一点都不自然。即使以武侠小说虚构的标准来看,就是说你爱怎么写就怎么写,人要跳多高就跳多高,掌力有多强就多强,用这种标准也很难写。

首先,你必须要有来龙去脉的解释。这六大门派怎么会结合在一起,一致去对付明教呢?其次,你还要解释,为什么主角张无忌不是站在六大门派这一边去帮助他们打明教?他怎么会站到明教的那一边呢?

原来武侠小说里正派是正派,邪派是邪派。可是要让张无忌站在明教那边打败六大门派,你先得把这件事给确定下来,也就意味着这六大门派去围攻光明顶,错是在六大门派这一边。不然张无忌就是个大魔头，张无忌就变成了我们应该要恨之入骨的一个负面角色了。所以，这六大门派会如此之蠢，他们都有了误会，他们都搞错了。他们误以为自己围攻光明顶这件事情是对的，而实质上却是错的。

因此小说就要解释，这是个庞大的误会。那么，这庞大的误会是如何产生的？小说又要解释，六大门派为何都认定这件事情是他们应该做的呢？

于是故事非拉远不可，要从金毛狮王谢逊，再到明教结构的背后是明教的历史，以及教主阳顶天死了之后发生了什么事。更进一步，到最后还要拉到更远——为什么原来叫做"明教"的这个组织，会被其他人视为"魔教"？因为把他们视为魔教，所以谢逊的行为就让所有的正派觉得为了江湖的安宁，非得尽一切的力量要把明教给除掉不可。

还有一件事很难处理，即使以武侠小说的标准来看，你可以这么虚构，可以爱怎么编就怎么编。要把它写得能够吸引读者，而且读者要觉得这是合理的，那就是张无忌只有一个人，这是极具戏剧性的。这一边是少林有多少高手，武当有多少高手，丐帮有多少高手。大家都有这么多的高手，偏偏就是另外一边的明教只靠张无忌一人打败了六大门派。这个人是怎么来的？他怎么可能有这样的武功？这又不是电影里的钢铁人，突然之间飞到了武侠小说里踢踢踏踏，然后有一大堆的武器，他高兴怎么用就怎么用，把整个光明顶炸成了平地都行。

《倚天屠龙记》不是这样的，张无忌必须要有一个来历，而且他的来历一环扣一环，最后要解释得通。所以他在光明顶上面对六大门派的时候，他用什么样的功夫，用什么样的方式，在他之前生命的历程里，这些都是有所说明的。就是因为六大门派围攻光明顶这件事如此稀奇，所以《倚天屠龙记》整个前半部，都是为了要把这件事情解释清楚。几百个线索，环环相扣，结在一起，才有办法让六大门派围攻光明顶以及它最后的结局看起来是有道理的。

我曾经解释过什么叫做连载的武侠小说，《倚天屠龙记》也是用连载写的。在连载的武侠小说里，它的出现是更不可思议的。

没有人在读连载武侠小说的时候去读它的布局。你怎么读布局呢？每天连载就只有那么一小块，你看完了这一块，明天看的时候，你只需要记得昨天的那一小块。你不会刻意去翻一个礼拜以前的报纸，你不会刻意把一整个月这个武侠小说里写了什么通通都记住。可是《倚天屠龙记》，金庸的写法是，不要说一个月前、三个月前，甚至七八个月前，他写了什么，一直到今天连载的这一块，跟七八月前他怎么写，都是一路贯穿下来的。

我们只能够这样假定，我们只能这样抱持着不可思议、敬佩的心情去想象金庸怎么写《倚天屠龙记》。他开笔写《倚天屠龙记》，在稿纸上写下这个书名的五个字，他明白这个小说不会是一本短的小说，因为它是从《射雕英雄传》《神雕侠侣》一路下来的三部曲的第三部。

前面两部都各自将近百万字，他不可能觉得那我现在来写一个五万字、十万字的第三部曲，这不对等。所以他明白，这很可能又要写一百万字。

一百万字换算成武侠小说连载的时间，那是要超过一两年的。他明明知道这部小说要连载一年，也就是要每天连续写，要写一两年的时间。当他已经从第一个字开笔写下郭襄到张三丰这一段的时候，他已经明白、想定了六大门派要围攻光明顶。

他不可能一边写、一边设计、一边想，然后想到这里，说也许到时候我可以把这些东西串在一起，变成一个高潮。你回头去检验，你就知道这绝对是不可能的，因为每样东西都是密切联系在一起的。

先是张三丰重要的弟子受了重伤，引出了鬼里鬼气的一个女子介入其中，然后张翠山爱上了这个女子，这是一种非正常状况下的恋爱。后来因为有一个场景上的突破，他们联系到金毛狮王谢逊，然后跑到了海上，一起漂流到孤岛，一待就待了十年。

为什么要跑到孤岛上去待十年呢？因为只有在孤岛的环境里，张翠山的婚姻才有办法成立，才能够生下这个叫做张无忌的小孩，同时也需要这十年的时间让谢逊从江湖武林彻底消失。在他消失的这段时间，江湖武林人士在干吗呢？因为他不见了，大家都在找他，他所犯下的这些令人发指的事情，终于让六大门派可以团结起来。

这就解释了六大门派为了要追究谢逊的下落，还要找寻屠龙刀，要让这十年的时间当中这些所谓的正派可以团结在一起，他们可以为此跑到武当派来登门问罪。就是在这种极端的状况下，张无忌失去了爸爸和妈妈——父母双双自杀。在这种状况下，张无忌的成长才成为武侠小说的关键和重点。

发生这件事情，都是为了让下一件事情可以发生。这个事情独立来看，当然有趣、有戏剧性，可是没有任何一件事情真的跟前后是无关的。每一段有它精彩的地方，但关键的是，任何一段如果消失了，或者如果不这样写，那么后面都没办法用这种方式一路发展到六大门派围攻光明顶。

金庸这是准备作长期抗战了，我们再回头来看，着实佩服他。每一天，在未来至少是一年的时间当中，一直写到六大门派围攻光明顶，他必须要非常耐心地按照已经架构好的布局，一段一段地写，而且还要能够把每一段都写得非常精彩。

像张无忌跟胡青牛之间的关系，这里写的全部都是医术。可是你回头看，金庸连写医术都有他的本事，都有他的办法。这个时候张无忌还没有武功，所以他不能写张无忌怎么去跟别人打斗，但是他就有了那么热闹的一场。

张无忌跟着胡青牛的时候，突然门口来了一大堆求医的人，通通都被胡青牛挡在外面。但这些人伤得都很怪，受伤的方式跟受伤的位置都非常非常怪，而且看起来是被同一个人给打伤的。

你看，这是多么精彩的一段描述。可是这段精彩的描述，关键的重点是要让张无忌在变成一个武功高手之前，先变成一个医术高手。然后，还要再安排那么一个小扣搭，也是一个小高潮——胡青牛用什么样方式警告张无忌，要张无忌离开？

这是张无忌的成长，他一路从出生开始就有好多的难关要过，当然每一关都不是那么容易过。阅读的过程当中我们都替他紧张：他遇到这个问题的时候怎么办呢？这个时候他武功够用吗？这个时候他够聪明吗？这个时候这些坏人可不可以别得逞？

一直到六大门派围攻光明顶，我们的紧张也就到了最高潮，意思是说我们要站在哪一边呢？我们一方面看到，这不是正派吗？你能够站在明教这边，希望明教把正派杀得片甲不留吗？不行。可是我们又能够在看了张无忌如是一路成长之后，不站在明教那边吗？我们不得不紧张地说：糟了，他遇到这些正派的时候，他赢得了吗？他怎么赢？他赢了之后，他跟这些正派之间又会变成什么样的关系？

层层叠叠扣着、勾着读者的这种阅读效果，非常惊人。难道金庸犯了写作上的错误？可是我们再设想，这是一个大布局，到了这个高潮也就产生了明确的效果：就是张无忌已经证明了六大门派都拿他没办法，那就叫做武功盖世。

武功盖世，没有对手了，武侠小说怎么继续写下去？接下来，难道就写张无忌遇到的任何事情，遇到的任何人，他一直赢下去吗？你想看这样的小说吗？不会，我们不想看这样的小说，因为要有悬疑。

所以金庸看起来是不是又犯了一个严重的错误？他怎么会把六大门派围攻光明顶写在小说的中间？这应该是小说最后的高潮，高潮结束了，最后小说也就结束了。大家要得到这个满意感、满足感，这样我们的读者也就都快乐都高兴了。

但金庸不是，他不是这样写的。当然，包括在少室山上的那一场在内，《倚天屠龙记》后面再也不可能达到像六大门派围攻光明顶这么好看的冲突场面。那继续写下去，能写什么？这个时候我们就要知道，金庸写《神雕侠侣》，写《倚天屠龙记》，基本上都是一种成长小说，是要看一个人如何成长的。

他成长的过程当中会有很多挑战，会有很多苦难，他要一一克服这些苦难。每过一关，他就多成长一点，就多坚强一点，不管是在个性还是武功上就多一点成熟，这是成长小说的主题。这样，我们也就明白知道，接下来《倚天屠龙记》怎么写、写什么。

他已经打败了六大门派，也接了明教教主之位，这是巅峰。很多武侠小说最戏剧性的故事就是争夺武林盟主，光是争夺丐帮帮主就能够写得这么生龙活现，而且结束的时候也就可以结束了。小说到此，张无忌已经达到武林的至尊地位，可是回头一看，在他人生成长之路上还有空白。因此金庸笔下一转，有一个小说前面大半部分从来都没有出现的人，偏偏在这个时候她才出现。这个人在这个时候出现一定是有道理的，她就是赵敏。

赵敏偏偏是在围攻光明顶之后才出现的。赵敏是个小角色吗？不会，她再重要不过。这么重要的一个角色，为什么偏偏最晚才出现呢？因为赵敏的出现，就是要把这四个女人统统与张无忌联系在一起：赵敏、周芷若、小昭和殷离。所以后半部要写什么？后半部要写这四个女人跟张无忌之间的关系。

还是用成长小说的概念，最容易解释《倚天屠龙记》的结构。

这个小说分成非常明确的两大部分：前半部是张无忌如何一步一步变成有能力在光明顶上独自打败六大门派的大侠，这是在武功上的侠；后半部写的是这个侠的感情教育。

所以，这后半部最适合的标题，应该套用福楼拜的小说《情感教育》(L'éducation sentimentale)——男人要如何面对女人？在跟女人的关系上，学到他如何应对感情以及如何处理感情。

我们回头看前半部，张无忌跟女人的关系，浓缩起来其实只是一句话。虽然这个时候，这些女性的角色除了赵敏以外，其他人都已经上场了，但是我们只会记得他妈妈告诉他的这句话：美丽的女人不要信任，她们都会害你。

就只有这句话，而且看起来这句话每次都是对的。他只知道这个，这是不可以的。金庸了不起，这又是他突破武侠小说框架惯例的一件事。作为一个侠，不能没有感情教育，赵敏的出现就是这所有感情教育的核心。有了赵敏，所以周芷若跟张无忌的关系因此就改变了。更进一步，就是这个感情教育所产生的巨大作用：让人看不清真相，有太多感情阻止我们去看到真相、理解真相。

所以接下来跟感情教育相关的，就是你如何世故地明白表面上的真相不是真相，大部分人以为的真相不是真相，这是非常深刻。幸好是放在武侠小说的形式下，所以到了最后，所有的这一切都会水落石出，都会真相大白。

因此，在金庸的笔下，张无忌必须学的是，如何了解女人，如何了解感情。更深刻一点的是，如何在感情的各种纠葛当中，能够有把握地看清楚如此简单又如此困难的一个问题——应该相信赵敏，还是应该相信周芷若？是赵敏在骗人、在害他，还是周芷若才有问题？

这多难啊，金庸用这后半部的情节在教张无忌。如果我们认真地阅读,就会发现这不就是金庸借由张无忌在给我们进行非常难得的情感教育吗?

正邪同在是张无忌的宿命

《倚天屠龙记》,这个书名是来自"倚天剑"和"屠龙刀"。不过如果按照金庸创作的历程来看,可能会有人知道,它其实是脱胎自一篇我可以负责任地告诉大家几乎不用读的金庸小说。

过去我一直在跟大家强调,金庸写的虽然是武侠小说、类型小说,这种类型小说一般写得快、写得多,金庸也写得快、也写得多,但他写出来的类型小说、武侠小说有很不一样的地方。

首先他非常强调要在小说当中写出特殊的内容,包括创造出不同的新写法。另外,他也对自己写过的东西极度在意,停笔之后,他还反反复复地不断修改自己的作品。所以我们从现在所留下来的《金庸武侠小说全集》里,看到大部分的作品都非常完整、非常精炼,只有极少数在我的评断当中没有那么重要。

一部是《越女剑》,《越女剑》并不是他自己原创的故事,那是他从旧有的《唐传奇》当中找了一些篇章改写的,所以可看可不看;另外一部不是改写,是原创,可是我的判断也是可看可不看,那就是《鸳鸯刀》。

《鸳鸯刀》为什么可看可不看?因为在金庸的创作当中,它真的是一个"戏作",意味着这里没有精彩的人物。有谁记得《鸳鸯刀》的主角到底是谁?谁又记得在小说里,哪个角色跟哪个角色到底是什么样的关系?没有任何一个真正精彩的人物主角,也没有非常精彩的武功。再下来,《鸳鸯刀》的情节其实也是非常简单,简单到简陋的地步。

然而,值得发问的是:金庸从开笔写《书剑恩仇录》的时候,他的笔法已经如此成熟,到了此刻,甚至他都写过《雪山飞狐》《飞狐外传》这种非常特别的在创作上面有着独特意义的二连作。他创作的自我意识如此高涨,而且具备强烈的超越传统武侠小说的自我意识,他怎么会写出这样一部贫乏的作品呢?他在干什么?

我只能解释说,那是因为《鸳鸯刀》是开玩笑的作品,所以称之为"戏作"。金庸之所以写《鸳鸯刀》,就是为了要嘲笑、嘲讽当时香港和台湾大量制造出来的那些武侠小说里约定俗成的写法。

所以《鸳鸯刀》在叙述的过程当中,有一个重要的核心角色,如果再说一次,这个角色甚至连名字都不用去提。金庸是用他来进行一种反讽,因为这个人最大的特色就是,他满脑子都是武林当中的旧智慧旧格言。

这些格言其实也就是从各式各样的武侠小说里去剪出来的,武侠小说里太多这种旧格言。这个人在小说当中,他遇到任何事情,他在脑袋里首先讲,说有一句话叫什么什么,有一句老话说什么什么。但是他每次按照这种 old wisdom,这种格言来行事,就一定会掉到坑里,只不过这个坑有的时候是小坑,有的时候是大坑。

换句话说,金庸在小说里所反讽的就是:在武林世界里,金庸创造了一个情境,让一个人老是照着武侠小说里这种格言去活着。结果他在武林上,他的路会越走越窄,越走越悲惨。

另外在小说里,鸳鸯雌雄有两把刀。武林当中传言,谁能够得到鸳鸯刀,谁就能够无敌于天下,所以小说主要的情节是去争夺鸳鸯刀,这是传统武侠小说的布局。金庸小说写到最后,鸳鸯刀要如何无敌于天下?拿到刀的人打开来一看,鸳鸯刀就是四个字"仁者无敌"。"仁者无敌"又是一句格言,可是"仁者无敌"跟武侠无关、跟武林无关,这是一个笑话。

金庸铺陈了半天，最后要写这样一个笑话来讽刺那些武侠小说：你们那么认真、装模作样地说，有什么样的秘籍、有什么样的武器、有什么样的功夫可以天下无敌，好，我就照着你们爱写的这种东西来写。

然后逗着读者，跟着这样走，走到最后，却是一个比武侠的老智慧更老的智慧，叫做"仁者无敌"——如果你能够拥有仁心，爱民如爱己，爱民如爱子，你就可以无敌于天下。真的拿到了鸳鸯刀，你学到了这个老智慧"仁者无敌"，你就能够无敌于天下吗？当然不可能，所以它就要告诉我们，武侠小说里这些可以无敌于天下的秘籍，你能信吗？应该信吗？

如果我们要信的话，我们得要多么天真多么无知。那我们也就跟《鸳鸯刀》里的那个角色同样可笑——每次遇到什么事情都要先去找旧格言旧智慧来指引自己的行为。

好了，有意思了，《鸳鸯刀》用这种方式写了。后来鸳鸯刀蜕化成为倚天剑和屠龙刀，小说里的情节也是江湖传言——倚天剑、屠龙刀如果放在一起就可以称霸武林。了解《鸳鸯刀》之后，再看《倚天屠龙记》，这时我们会觉得好奇怪：金庸已经在《鸳鸯刀》里如此嘲笑过，为什么在《倚天屠龙记》里又写了这个他自己都觉得很可笑、不像样的东西呢？

而且我们绝对不可能把《倚天屠龙记》当作戏谑之作，他是很认真的，并不像《鸳鸯刀》那样的写法。这两者明显不一样的地方是：《鸳鸯刀》合在一起，就是两个字"仁者"和两个字"无敌"加在一起，这是个笑话；可是倚天剑、屠龙刀的确是两把绝世神器。

在《倚天屠龙记》里的设定是，它们合在一起，经过一个特别的机关，里面有一个武功秘籍——这仍然是武侠小说的老套路。难道是金庸明明已经这样嘲笑武侠小说的套路，他自己又掉到这个套路里来写吗？显然不会。

我们在小说里看到，后来是谁拿到了倚天剑和屠龙刀，找到了藏在里面的秘籍呢？在这里，这部小说跟当时其他武侠小说要写这种主题写得不一样，因为拿到的人既不是小说里最主要的大侠、主角，也不是小说里最主要的反派人物。拿到的是谁？第一个拿到的是周芷若。

依照这个设定，我们在小说里就应该看到周芷若称霸武林了。但其实并没有，她也练了藏在里面的功夫。当然她一下子变得武功突飞猛进，但是哪一位读者读完了这部小说，因此你就佩服周芷若，或者你就留下一个最深刻的印象：在武林当中，最了不起的人是周芷若？不是，小说讲的仍然是张无忌的故事，我们脑袋里围绕的中心仍然是张无忌。所以这个设定，反而证明即使你取得了倚天剑和屠龙刀，也拿到了里面的秘籍，练出了这么高的功夫，也不可能称霸武林。小说到了后面，其实是推翻了前面的传言和设定：并不是只要拿到了倚天剑、屠龙刀就能统一江湖，就必然能称霸武林；除了武功，还有很多其他更重要的因素。

从《鸳鸯刀》看到《倚天屠龙记》，我们就会明白，这个时候的金庸不可能有耐心写一般武侠的主题，不可能去写这种老套路。《倚天屠龙记》在一个原则上是确实延续《鸳鸯刀》的，但是用了完全不同的方式，而且写得更庞大，写得更深刻，甚至可以说写得更雄浑。跟《鸳鸯刀》一样，《倚天屠龙记》在相当大的成分上，也是在挑战当时武侠小说约定俗成的一些写法的。

例如，《倚天屠龙记》有一个非常明确的主角，那就是张无忌。这部小说以张无忌为中心，写的就是张无忌如何成为一个大侠，前半部分讲的是武功上的成熟，后半部分讲的是感情跟世故上的成熟。这是读过《倚天屠龙记》的读者都最清楚而明白的印象。

可是，大家可以这样想象一下，如果有一个这样的读者，他打开《倚天屠龙记》,他不知道这是一部什么样的小说,也从来没有人告诉他这个小说在写什么,他就一路往下看。

《倚天屠龙记》如果分成四册的话,等到这个天真的、没有背景知识的读者读完第一册的时候,你来问他:你觉得这部小说的主角是谁?他的脑袋里转了半天,这个问题他恐怕回答不出来。他也许会觉得,可能是张翠山吧。但是等到他再往下看一点点,到第二册开头,张翠山就没了。那会是谢逊吗?无论怎么说,他都不会想到小说里的主角会是一个出生没多久的小娃娃张无忌。在今天分为四册的版本中,张无忌登场时已经是第一册超过一半,而且他怎么登场的?他是刚刚出生,呱呱坠地。

然后,张无忌作为一个武侠小说的男主角,最关键的事情就是要有武功,要跟别人比武。张无忌在这部小说当中,他第一次跟人家比武时已经到了第二册的一半了,而且动手的时候他是根本不太会武功,输得一塌糊涂。虽然输了,他还是有了一些重要的成长和重要的好处。也就是说,到了第二册的一半,张无忌才开始变成一个知道怎么跟别人打架、知道怎么比武的人。

那么,前面将近半册差不多三分之一的内容,《倚天屠龙记》到底在写什么?如果我们认真地问这个问题,我们就可以得到关键的而且非常了不起的答案。

金庸为什么要这样写?因为他要写的是挑战武侠习惯的一部武侠小说,而他要挑战的是非常庞大的一个传统、一个习惯。因为这个传统、这个习惯太过于坚固了,所以他必须找到特殊的方式,才能够挑战武侠小说里老智慧当中的老智慧,叫做正邪之分——正派、邪派。什么是正?什么是邪?在平常的武侠小说里,剧情最固定、最明显的就是正邪之分或者是正邪之争,而且武侠小说的通常写法都是邪不断地在前面压着正,但是到了最后一定是邪不胜正。要用这种方式铺陈,勾着读者读下去,其中也就要有一个前提，那就是我们明白谁是正、谁是邪。而且我们依照正邪之分，读者有了在阅读当中的一种认同与投射。要讲到正邪之分，我们不得不先稍微提一下《雪山飞狐》《飞狐外传》这二连作，这两部作品是密切地关联在一起的。

金庸先把胡斐这个角色写在《雪山飞狐》里，可是后来才在《飞狐外传》里补写他的身世。《飞狐外传》是如何开场的？这个开场，金庸很担心读者没有注意到，所以他特别在《飞狐外传》的后记里说，这整件事情是从商家堡开始的。为什么特别选择商家堡？这就是因为要对正邪之分有一个决然的挑战。

一般我们读武侠小说，我们的心情很轻松、很容易，因为这个人是好人，那个人是坏人。我们看到坏人迫害好人，我们就担心、我们就生气，然后我们就希望有一天坏人可以得到坏报。等到坏人得到了坏报，坏人被杀了，我们就很高兴，我们就觉得很乐，我们就不会再往下问了。

在这样一种好人、坏人（正邪）的划分当中，我们什么时候会关心坏人？只有坏人在陷害好人的时候，我们才担心、我们才关心他，我们才注意到坏人。一旦坏人得到了坏报，坏人得到了报应，就跟我们无关了。

可是金庸他就讨厌这样的一种传统阅读方式，从商家堡开始写《飞狐外传》，他要问一件在武侠小说传统里很奇怪的事，那就是：坏人被杀了之后，然后呢？我们读者的反应是认为坏人被杀了，大快人心，可是金庸他要追问：你有没有想过，如果你是这个被杀者的太太，如果你是他的儿子呢？我们认为他是个坏人，他理所当然就应该死。可是他的太太也会从这个角度认为：对，他就是个坏人，他死了，我们大家都很高兴吗？不会吧，坏人也会有人觉得他不是坏人吧？或者是一个坏人死了，也会有人认为他不应该死，甚至像商家堡的商老太太一样，她就是要培养他的儿子。

武侠小说的正邪之分，原本是天经地义的，因为这样才能够收到大快人心的效果，在阅读中吸引读者，给读者以阅读的愉悦。

在《倚天屠龙记》之前，即使是金庸自己写的小说，也都是正邪分明。可是到了《倚天屠龙记》，金庸就要挑战，他要写正邪不分，或者是说他要借正邪之分去挑战、去探索究竟什么是正什么是邪，因为所有的武侠小说写的都是前面邪压正，最后邪不胜正。

金庸不是要写单纯的翻案文章，他写的是更复杂、更细腻一点的，那就是探索正与邪的判断到底是怎么来的。你怎么知道这个人是邪的？你怎么知道这个派是邪的？你怎么知道另外一边是正的？判断邪与正的标准到底是什么？而且更进一步说，在这样一个标准之下，我们真的有把握可以用这种方法单纯地认定一边是正、一边是邪吗？我们难道可以说：没有一个灰色地带吗？没有那种暧昧的人或暧昧的情境吗？正与邪没有翻转的可能性吗？

《倚天屠龙记》这部小说，最重要的就是要挑战原来武侠世界里这种强烈而极端的分辨与分野。他在整部小说里铺陈了三个重要的主题。第一个主题就是，有理所当然且容易可辨的正与邪的标准吗？这不只是一个主题，而且同时是一个大问题。第二个主题也是一个大问题，那就是所谓邪派，如何看待自己？邪派会说：对，我就是个坏人，怎么样？我就是把自己当坏人！

我们以前看到很多武侠小说，坏人也把自己看作坏人，金庸问道：会这样吗？难道这个被视为坏人、被当作邪派的，他之所以有这样的作为、成为这样的一个人，难道没有他邪的道理吗？或者邪派的人就要接受你认为他是邪的吗？这里就牵涉第三个主题或第三个大问题，那就是众人或大家所看到的正邪标准，就是对的标准、惟一的标准吗？被视为邪派，就必然是邪派吗？这里不会有错误的判断，甚至不会有标准本身都错误的这种问题吗？

我是用抽象的语言，用教书的方式跟大家解释正邪之间的关系,金庸则是用小说的人物、情节去呈现、探索这些问题。这就是为什么到了第一部中段以后,让张无忌才出生。他必须要去设这个庞大的局,在张无忌身上铺陈正与邪宿命般被结合在一起的情节。

他的爸爸是张翠山,武当七侠当中的老五,这是正派。他的妈妈是殷素素,是天鹰教教主殷天正的女儿,也就是在武当派等一般武林人士眼中都认定的邪教。所以张无忌一出生,就身兼正邪两种不同的血统。

为什么要花这么长的篇幅来写?因为要让张无忌拥有既正又邪的血统,必须要有一个合理的解释——这边正派的张翠山,那边邪教的殷素素怎么会搞在一起生个小孩?

金庸一步一步地推演,从武当七侠当中的老三俞岱岩开始。俞岱岩倒霉地遇到殷素素,殷素素误伤俞岱岩,所以她要把俞岱岩送回武当去,但在送回武当的途中又发生了意外。俞岱岩之悲惨,就使得殷素素跟武当结下不解之仇。

从这里再引出张翠山,然后张翠山遇到殷素素,被殷素素深深吸引了。可是他是正派武当七侠当中的一个,他不可能爱上更不可能跟邪派的殷素素结合。于是必须要有一个他们两个人都没有办法抗拒的力量,那就是谢逊——把持、绑架他们两个,一路离开中原,漂流到甚至可以看到极光的一座北方孤岛上。

孤岛上冷得要死,人怎么活着呢?没关系,那是一个火山岛。在那里待着,不能离开,所以正派的张翠山和邪派的殷素素,在如此宿命的环境下,张翠山才得以放下正派的包袱,愿意跟殷素素在一起,并生下了张无忌。铺陈这一段就是为了让正邪两种血统都流淌在张无忌的身上,而且有着可信的过程,变成了几乎是理所当然的一件事。

张无忌出生了将近十年,到他九岁的时候,一回到中土,他父母一正一邪的冲突就回来了。虽然他只是这么小的一个小孩，但他不得不在后天的环境中又遭遇了正邪冲突。

这个小孩很可怜，回到中土没多久，就中了玄冥神掌。祖师爷张三丰为了治他的病，要把他带到少林去。少林跟武当一样，都是正派。但是到了少林，这个正派医不了他的病。偏偏在这个过程中，他遇到了明教中人常遇春，常遇春就拎着他，要去哪里？要去找邪教当中的神医胡青牛。明教在天鹰教的背后，是比天鹰教更庞大、更可怕的一个邪教。

你看这个小孩张无忌回到了中原，因为他父亲张翠山的关系，所以他跟武当正派就必然有所联结，连武当派的掌门张三丰都亲自带着他。可是他的遭遇，那个被玄冥神掌打中的身体另外一部分，却又逼着他非得要去接触胡青牛，去接触胡青牛后面的明教，后天的环境使他又变成正邪并居。

所以张无忌从一开始，先天和后天都是正邪并居，而不是一般小说当中的正邪不两立。光是写他后天环境当中的正邪并居，金庸就逼我们不得不感受到这中间有一些奇怪的地方。例如，张三丰不得已把小孩交给常遇春，可是他再三叮嘱常遇春：这个小孩绝对不能进你们的邪教。常遇春不只是同意，而且还很有气概、很有义气地保证说：你不放心的话，你拿我当抵押吧。如果他进了邪教，你就杀了我。张三丰也再三叮嘱张无忌：你在那里自己一个人，离开了祖师爷什么都可以，就是绝对不能加入邪教。所以在张三丰的概念、态度上，正邪仍然是截然分开的，谁正谁邪，清清楚楚。

可是，我们读小说的时候，从常遇春身上竟然感受不到任何邪气，完全不会讨厌常遇春这个角色。张三丰救了他之后，开始怀疑他时，他马上就说：拿我的生命当抵押吧。这个人他哪里是邪的呢？金庸在这里，就已经埋下了对读者来说不是那么清楚、不是那么安稳的一些成分。这边是正，那边是邪，可是就出现了一个明明应该是邪但身上却没有邪性的人。当我们看到他的时候，我们不会担心他，不会讨厌他。甚至我们看到小孩交到他手上的时候，他看起来也没有什么大的问题。

这就是金庸《倚天屠龙记》找到的一种写法：借由情节，借由角色，让读者可以进入到正邪不分或正邪难分的情境下。这是一个了不起的突破，值得我们认识，也值得我们珍惜。

何谓正邪，从何而来？

在《倚天屠龙记》里，最值得注意的是，金庸写了一个必须要透过大布局才能够说得清楚的非常复杂的故事。而讲这么复杂的故事，背后有一个重要的用心，那就是他要挑战原有武侠小说的惯例，尤其是最大的一个惯例"正邪分明"。

用这种方式，他挑战、打破原有武侠小说惯例的写法，包括他让主角张无忌开始的时候并不是以一个会武功的侠者身份出现在江湖上。他是一个病人，去找了胡青牛，然后跟着胡青牛而有了医术。也就是在他成为一个侠者之前，他先取得的是医者身份，这是金庸非常了不起的地方。

张无忌先以医者的本事介入武林，然后才一步一步获取奇功。在他获取奇功的过程中，他其实并没有忘掉祖师爷张三丰给他的戒律"绝对不可以加入邪教"。然而，事情一步一步地违背他的主观意愿，他最后竟然当上了明教教主。我们看到了张无忌变成明教教主的整个过程，我们的心情会怎样？我们非但不觉得这是怎样激烈的冲突，甚至跟随张无忌而被金庸带着认真地去想一想：这个明教真的是个邪教吗？这种邪教是怎么个邪法？

金庸让张三丰带着张无忌遇到常遇春，这就是在利用常遇春这个角色所做的一个小小试验：写一个明教中人，但是写得让我们不觉得他邪。大家都认为明教是一个邪教，可是为什么我们一路跟着张无忌，越来越不相信、越来越不觉得明教是一种应该把江湖人士集合起来除之而后快的邪恶力量呢？这就引发我们去思考：这个邪，其实际内容究竟是什么？

张无忌一步一步地取得神功，然后一个阶段一个阶段地被引诱进去，变成了明教教主。当然在这个过程当中，他还遇到了很多人、很多事。要写这一段复杂的过程，金庸必须动用很多角色。我们在读《倚天屠龙记》前半部的时候，需要特别注意到这一点：金庸如何创造以及如何使用他的角色？

需要提醒的是，武侠小说因为受得连载的限制，经常有很多我们可以称之为"用后即丢"的角色。意思是说，因为这里需要一个情节、一个高潮，那里需要一段冲突，所以就拉了一个、找了一个角色出来。这个角色只在这段故事当中是有作用有意义的。他要么很快就被杀了，要么离开这个主要的叙事情节，就再也不会有读者去注意、记得、关心他。很有意思的是，我们可以从这种用后即丢的角色来看一下金庸武侠小说的特色。

我们来看《倚天屠龙记》是怎么开始的。金庸刻意从郭襄开始安排，这是为了让《神雕侠侣》的剧情可以延续到《倚天屠龙记》来。郭襄上场后，然后的的确确遇到了几个用后即丢的角色。我讲了你们大概也不记得他们是谁，这就是他们的作用，或者是他们的宿命。比如说，先来了"昆仑三圣"何足道，把郭襄引到少林寺。到少林寺后，才出现了当时叫张君宝后来改名叫张三丰的这个角色。所以先写"昆仑三圣"，然后引到张君宝（张三丰），这是很传统的写法。

然而张君宝那个时候还是个少年，何足道引着郭襄来到少林寺，金庸一开始就塑造出一个大谜语。我不晓得多少读者会记得这个谜语"经书在油中",这其实是从《神雕侠侣》到《倚天屠龙记》的一个关键性接续。然后随着"经书在油中"这一段情节,我们又看到在《神雕侠侣》中不是那么重要的两个角色。但是金庸就是不会把他们用过即丢,他们从《神雕侠侣》一路还被写到《倚天屠龙记》来。

这两个人是谁呢?那就是潇湘子和尹克西。没有潇湘子和尹克西,"经书在油中"这个谜语是解不出来的。也因为有这样一个谜语,所以才使得《九阳真经》没有办法完整地被发现,也没有人完整地去练《九阳真经》的功夫。更进一步地说,这是铺陈了后来所谓正派三派之间真正最深刻、最复杂的关系。

武当、少林、峨眉,他们是在《九阳真经》这一点上联系在一起的。三家各自找到一部分《九阳真经》,各自练了一部分《九阳真经》的功夫。那为什么是如此分散?这就回到这个大布局当中,金庸让潇湘子和尹克西所扮演的角色。《倚天屠龙记》一开场,"经书在油中"这个谜语就跳出来,没有人知道它确切的意思到底是什么。什么时候我们才知道谜底呢?这你真得佩服金庸,连载小说这样写,但是他竟然能够一路忍住。

在通行的四册本当中,第一册开场就出现了这个谜语,要到第四册几乎所有的读者谁也不会再去想到这件事情的时候,这个谜语回来了,而且谜语被解开了。从第一册到第四册过程当中,牵涉这些门派彼此之间的关系,许许多多的秘密因此就在这里解开了。

这里讲的还不只是《明报》连载或者小说的长度,我们还可看在小说里所写的时间跨度。讲出"经书在油中"这个谜语之时,张君宝还是个少年,那个时候襄阳围城刚刚结束,郭襄的父亲郭靖、母亲黄蓉死在襄阳围城里。

可是等到小说替我们揭露、解答"经书在油中"这个谜语,那是什么时候？那是元朝快要结束的时候，张三丰已经一百岁了。小说里的故事经历了九十年，这个谜语才解开，这就叫做大布局。

再举另外一个大布局的例子，这是通行四册本当中的第二册。张无忌到胡青牛那里时，还不是个大侠，跟这些超世的武功还没有任何关系，他只是个病人。在胡青牛那里，关键的情节是来了一堆武林当中有名有姓的人，但都被打得乱七八糟，伤得一塌糊涂，而且每一个人的伤势都不一样，这些人纷纷来找胡青牛医治。胡青牛不愿意医治，这才有了张无忌借由医治这些人，让自己的医术突然之间有了长足的发展。

后来谁伤了这些人呢？金花婆婆。在第二册中，金花婆婆如此现身，又是要等很久很久。金花婆婆不会是一个用后即丢的角色，而且到了第四册小说快结尾的时候，豁然开朗——原来这个金花婆婆，是明教当中失踪多年的四大护法之一。这又是金庸的写法，真能撑！可以在情节和时间上撑这么久，他才告诉我们金花婆婆真实的身份，这就叫做大布局。

金庸的大布局最清楚地反映在小说中最了不起、大家绝对不会忘记的高潮——六大门派围攻光明顶。它表面上看起来是一场正邪大对决，然而我们跟随着张无忌参与光明顶围攻事件的时候，这就变成了一场暧昧的正邪大对决，因为我们所认同的大侠不在正派，反而是帮助邪派明教。

这也不是普通的武林决战，这是金庸靠着他的大布局，结结实实写出了两大阵营。这两大阵营，正的和邪的都有来历。

先来看一下正派。武当是这六派当中的核心，而这核心当中，师父是张三丰。不过张三丰在小说里其实只是个幌子，作为一个角色，张三丰蛮可怜的。十几岁的时候，我们看到他一眼，他再出现的时候就已经九十岁了。

十几岁到九十岁，张三丰都在干什么？我们知道他在干什么吗？不，我们只知道他干了一件事，那就是他培养出了武当七侠。武当七侠在小说当中个个都有故事、都有来历。例如，第一个上场的是俞岱岩，这又是金庸在挑战武侠小说基本写法的一个突破。

我相信很多朋友应该都看过电视剧《权力的游戏》。《权力的游戏》第一季，在美国以及后来其他那么多地方，为什么引起了那么多的骚动，有了那么多的讨论？那就是因为第一季依随着小说，小说就用了非常奇特的写法。

看小说《权力的游戏》的时候，读者认定的主角在完全没有防备的情况下，"啪"的一声，就不见了，他就被干掉了。为什么主角可以死？为什么主角可以这样就被杀了？所以大家吓了一大跳，留下了非常深刻的印象。

金庸在《倚天屠龙记》里做的其实也是这种效果。我们大家后来都知道，或者都先听说了《倚天屠龙记》的主角是张无忌，可是如果你单纯地看《倚天屠龙记》，在他的大布局当中，小说刚开始的时候，最英雄的是谁？是俞岱岩。

俞岱岩一度会让我们误以为他就是主角，可是很快，也几乎是没有任何防备的情况下，俞岱岩变成了废物。这么厉害的一个人，怎么会一下子就变成了废物？接下来，小说里就引出了他的师弟张翠山，以及白眉鹰王殷天正之女殷素素，这两个人就变成了故事叙述的重点。按照武侠小说必然以男性为中心的习惯设定，这个时候我们会想：原来俞岱岩不是主角，那么张翠山就是主角了。我们看到了张三丰教张翠山功夫，张翠山如何琢磨书法，神乎其技地从书法当中蜕化出他的武功，又有一个殷素素让他有很多感情戏。可是第一册快要结尾的时候，张翠山也没了，他跟殷素素两个人双双自杀。

这就是金庸的写法，他在挑战武侠小说写主角的方式。读者对主角有什么样的预期，认为这个人重要到不能死，他就把这个角色写死给你看。所以，俞岱岩、张翠山一度都被我们误以为是这个小说的主角，是推动情节主要的人物。殷梨亭，我们也留下非常深刻的印象。大师兄宋远桥，他虽可怜一点，但也令人难忘，他生了一个孽子，这个孽子害死了他师叔莫声谷。如此这般，莫声谷也就有了他一定的表现和戏份。所以说，武当七侠是一个庞大的组织，同时又有血有肉，每一个人都有着清楚面貌。

正派这边，金庸另外塑造了一个不准我们忘掉的角色，而这个角色又对前面所提到的挑战我们的正邪观念有巨大的作用：他写过黄药师这种正邪之间的人物，我们忘不了；黄药师还算是一个配角，接下来他写了杨过，又是一个正邪之间的角色，我们更忘不了，因为他是个主角。不过，不管是黄药师还是杨过，那种正邪之间的写法，都是正派之人身上有邪气，或者是说他有这样的一种邪气，但是在成长的过程当中他变成了正派的人物，他投入到了武林正派这边。

但在《倚天屠龙记》里，他却写了另外一种角色。这种角色在正邪之间，我们只能描述她是正道，但让人家觉得邪门。这个人是谁呢？那就是灭绝师太。灭绝师太的邪就在于她太正了，意思是她太过于坚持自己的原则，太过于把这些原则无限上纲，成为一个执念。用英文来讲的话，她不是 righteous，她是 self-righteous。她自以为是到这种地步，坚持所谓的正派立场到这种程度，于是我们就感觉到这样的人比邪派之人还要更可怕。周芷若后来的所有这一切悲剧，不就是因为灭绝师太这个正派的立场和这个正派的坚持吗？到了断气之前的那一刹那，她都不放弃，把周芷若紧紧箍住，这是多么悲哀的一件事情。

周芷若当然也是峨眉派，在峨眉派这一边，周芷若也是有血有肉、清清楚楚的重要角色；还有那个可怜的纪晓芙也是峨眉派的。由此可见，金庸在写六大门派围攻光明顶的时候，六大门派每一派我们都对他们是有深入的了解，而不是稀里糊涂地把他们全部杂凑在一起，然后去创造这种集体的大对决。

正派是这样，更惊人的是，金庸把邪教也写成了更完整、更庞大的一个组织，而这个组织是一个现在消散了的组织，所以要写明教的过去和历史。从教主阳顶天开始，教主旁边有教主夫人，然后有左右光明使者，还有四大护法。这样一种森严的组织，会让我们联想到之前他写的丐帮。的确，丐帮有帮主，帮主旁边有九代长老，九代长老下面再有八代、七代。这也是一个森严的组织，可是你知道，丐帮里光是到了九代长老，大部分这些长老都是陪衬的，不会每一个人都重要，更不会每一个人都有故事。可是《倚天屠龙记》里的明教，金庸的写法是，每个角色清清楚楚。

什么叫做清清楚楚？包括原来开场的时候，丢掉的两个人，一个右使，一个护法，但是后来这两个人都浮现出来了，而且他们不只回来了，还带着他们之所以失踪的故事回来了。再后来，金庸还讲到四大护法。读到小说的后面，我们才发现，这真是个大布局！我们先看到了金毛狮王谢逊。他出来的时候，像一个独行侠，为了找他的师父报仇，一路做了这些当时被认为是伤天害理的事。他生命当中最重要的就是这一段，在孤岛上跟张翠山、殷素素说的就是这个故事。只不过，大家有没有注意到，这里还有一个小小的伏笔。讲到殷素素的爸爸殷天正时，他就说殷天正跟他是一鹰、一狮——他是金毛狮，殷天正是老鹰。他就这样提一下，后来我们才知道，这是完整的组织架构——原来谢逊也是从明教出去的，殷天正也是从明教出去的，才会有一狮、一鹰的说法，他们都是明教组织当中的一部分。

换句话说，这个组织没有闲杂人等。明教的庞大组织，不是随随便便写出来的，不是罗列出这些数字，说两大使者、四大护法，接下来八大什么、十六大什么。在小说里，他把这些人都写得有血有肉，都有故事，而且所有人的故事还能够串接在一起。只有串接在一起之后，这才能构成两个世界巨大的冲突：一边是正派，一边是明教。

作为读者，两边的组织，两边的人物，我们同等熟悉。以前武侠小说让我们熟悉正派的人，我们对正派的人有同情、有投射。所以在看正邪对决的时候，我们很自然地就会期待、希望正派的人能赢。正派的人赢的时候，我们就高兴；反派邪门的人赢了，我们就不舒服，我们就期待事情应该要有所转变。

但是金庸写六大门派围攻光明顶，我们不会有这种心情，因为这两边对我们来说都是我们认识的，所以不会有这种必然的偏心。若说会有偏心，顶多是因为张无忌，张无忌在明教这边。

所以我们对正邪有暧昧、有矛盾，有时候被金庸用这种方式牵着鼻子走，但也没办法，我们还会想：这不可能吧，明教不会这样，明教不应该这样被消灭掉吧？

憋气式的伏笔

对于从来没有练过武术，甚至跟武术一点关系都没有的人，如果你问他们中国武术当中最有名的一套拳或者一种武功，你觉得他们会怎么回答？这里有一种武功，知名到、普遍到大部分人都不把它当作武功，那就是太极拳。

当然，我不知道今天怎么样。当我年轻的时候在大学里念书，如果有三天从来都没有看到人家在打太极拳，那就意味着我迟到得太严重了。如果按时、早一点去上学，大大的校园里只要是空旷的地方，总会遇到有人在打太极拳。

太极拳是这样普遍的一种武术，被认为是最基础的，当然也是最多人知道的。可是如果从武侠小说的脉络来看，太极拳是怎么被发明出来的呢？在《倚天屠龙记》里，还不只是太极拳，同一天同一个场景，太极剑和太极拳同时被发明出来。太极剑也很有名，同样也是中国武术当中最基本、最普遍的一种剑法。太极拳、太极剑，竟然在金庸的武侠小说里由他帮我们写出其来历。从这个角度来看，金庸真是大胆，连大家都知道的太极剑、太极拳，他都敢去改写、去发明它们的来历。

不过用写武侠小说的标准来看，这不是太了不起的事情，因为他能编、他敢编的东西太多了。等到我们看《鹿鼎记》就更惊讶了：杀鳌拜，谁杀的？韦小宝。平定吴三桂，谁平定的？韦小宝。《尼布楚条约》，谁签的？韦小宝。这些历史上的重大事件，他也能够编得如此头头是道。

不过重要的是，我们看他怎么编太极拳和太极剑的来历。武当派强敌环伺时，少林来踢馆，而且少林当中的空相法师竟然偷袭武当派的祖师爷张三丰并且得手了。看起来整个武当即将守不住了，但就在几乎要被少林整个给收拾掉的最危急的情况下，太极拳和太极剑被发明出来了。

我们还是得佩服金庸的布局和写法。我们都知道，太极拳和太极剑最基本的精神，那就是以柔克刚、以慢治快，非常慢，非常优雅，气非常悠长，绝对不急躁。但正因为这样，金庸刻意希望大家能够体会小说写作上强烈的戏剧性对比。越是如此悠远的拳法，他就越是给了它一个最迫切或最急躁的完全慢不得的一种场景。那时，张三丰身中一掌，已经吐血了，而且少林的这些高手在旁边虎视眈眈，他所创下来的武当派随时可能被灭。然而，他竟然先发明了太极拳，后来又发明了太极剑。

那么，为什么太极拳长成那个样子？因为是为俞岱岩而设计的。俞岱岩是小说一开头就出现的最大悲剧，他断手断脚，根本已经没有办法练武术了。因此只有在这种最危急的时候，必须要发明太极拳，特别针对俞岱岩重伤了几十年之后的这种身体素质，让他可以打太极拳。至于太极剑更有趣了，太极剑教给谁呢？教给当时化装成张三丰身边的一个小童，一个完全不起眼的年轻人张无忌。

然后在这个过程当中，有一段有趣的描述：太极剑被发明出来，所有人看着张三丰教张无忌，但那个教法一塌糊涂。这些明教中人，像韦一笑、杨逍，他们旁观者清，他们就诚实地表达：这在教什么？这个张无忌怎么可能学得会？这又是金庸特别的写法，因为他运用了一个非常有趣的来自《庄子·大宗师》里的典故。

《大宗师》有一段故事，讲"坐忘"。在庄子的书里，他很喜欢抓孔子上来演一演，拿孔子做他寓言的角色。他把孔子和孔子最欣赏的学生颜回拿来，编成这样一个故事：

孔子教颜回，不时要检查一下弟子的功课，说：你现在学得怎么样？这次，颜回跟老师说：我好不容易啊，现在已经把仁义给忘掉了。老师就称赞说：不错不错，但还不够，继续学，继续修炼。过了几天，孔子又来了，还是检查功课，说：做得怎么样？修炼到什么程度？这次，颜回跟老师说：真的好难好难，但再怎么难也得撑着，我好不容易啊，现在把礼节给忘掉了。老师说：不错，进步了，再继续、再努力吧。等到第三次，孔子又来问颜回。颜回说：我现在已经到了"坐忘"的阶段。这时老师吓了一跳，为什么？老师说：我没教你什么叫"坐忘"，这不是我教的。颜回就跟老师说什么叫"坐忘"。

"坐忘"是堕肢体，黜聪明。堕肢体，遗忘到什么程度呢？连自己的肢体、自己的身体都忘掉了。而"黜聪明"，这个"聪明"，古文当中指的不是脑袋聪明。"聪"是我们的听觉，"明"是我们的视觉，因此聪明指的是你的感官，身体忘掉了，把感官也忘掉了。接着是"离形去知",也就是关于"自己"。我如果用英文讲的话,你的 perception(感知)和你的 conception(观念)全部都解离掉、都消失掉,这叫做"同于大通"。你再也没有自我,你跟外界的所有这一切等同起来,这是"坐忘"的阶段。在《大宗师》里,老师佩服学生,因为学生已经比老师走到更前头了,他到达了老师都不知道的境界,当然老师也就绝对不可能教他这种境界。

这是张三丰教张无忌学太极剑典故的来历。他在那里教,教一教就问他怎么样。忘了。再教又说,忘了。最后说,只剩下三招还没有忘。这个老师父就说,差不多了,可以了。接着最后是他把招数通通都忘了,可以下场了。

这之后的描述非常漂亮:在最危急的情境下,张无忌使出他的太极剑。这个太极剑就是不管对方使出什么招数,他都拿着剑在那里画圈圈,大大小小的圈圈,一直画、一直画,他专注在他自己画圈圈的这个过程中。

小说的这段情节中很重要的一件事,就是它戏剧性地指出来,在武功的描述上完全符合太极拳、太极剑基本的性格,而且把这样的性格赋予了双重的戏剧性。一种戏剧性是,太极拳和太极剑竟然是在最紧急的情况下,发明出的一种最悠长、最悠远的武术形式;另外一种戏剧性是,要学会悠远的武功的方法是彻底跟一般的武功相反,是一种减法,不断地去掉,不断地遗忘,遗忘到最后完全没有招数了,你才学会了太极剑。

这项描述用这种方式把太极拳、太极剑乃至武当联系起来,完全符合武当武艺的最基本的形象。武当派因为有张三丰,因为有太极拳,所以它最悠长,也可以说是气最长的一个门派。

在《倚天屠龙记》当中,金庸刻意把明教写成一个非常吵闹、非常复杂的组织。组织当中有很吵闹的故事:教主阳顶天,阳顶天有个夫人，夫人有了外遇；教主下有光明左右使，光明右使消失不见了，只剩下光明左使；再下来有四大护法，四大护法当中又有一个护法不见了，另外一个护法背叛了，自己去创立自己的派别；然后还有以金木水火土分别五行布阵的这些部将……这样的组织已经够复杂了，到后来我们发现它还有一个更麻烦的来历。它根本不是中国的教派，这是波斯明教在中国的分支；后来正统的波斯明教又跑出来，在这里混杂在一起……这叫做既复杂又吵闹的一个组织。

与此对照，在另外一边的是武当。武当干干净净、简简单单，至少在《倚天屠龙记》里，金庸的写法基本上就是张三丰跟武当七子，勉强多出来的只有宋远桥的儿子，那是为了要写他如何害死自己的师叔莫声谷，所以多添了这个第三代。除此以外，武当基本上就没有别人了。

我们再对比来看，从《射雕英雄传》以来，金庸怎么写全真派？全真派也是全真七子，所以表面上看起来跟武当七子是一样的。可是人家全真七子，下面接着有第二代、第三代。丘处机所带领的全真七子是第二代，接下来还有第三代，到后来第四代都跑来了。而且从全真七子分裂出去，有他们的系谱，有他们各自不同的恩怨，还有上上下下复杂的关系。

这是全真派的写法，由此你就知道，金庸写武当是故意把武当写得很简单。这种组织上的简单，也包括人际关系上的简单，正好应和武当最有代表性的太极拳、太极剑的形式——悠长、简单，在风格上彼此相符合。我们更进一步推断，可能就因为《倚天屠龙记》要写武当派，所以在金庸所有的小说当中，他选择写《倚天屠龙记》的写法也是最悠长的武当气场。

因此，《倚天屠龙记》最大的特色，也是叙事上的一种气场。甚至可以更夸大一点来说，在写《倚天屠龙记》的时候，金庸运用了很多，我可以把它称之为"憋气式"甚至是"闭气式"的伏笔。除了大布局，他还设了好多伏笔，但这种伏笔真的就是憋在那里、沉在那里，读者基本上不会记得，可是这个作者没有忘。

到后来你真的不得不佩服金庸，说当时写的时候他就已经想好了，要让这么一件事变成一个伏笔。要让这个伏笔，不管是在小说的篇幅上，还是在小说的时间上，一路撑着，憋了好久，然后才重新浮上来。

这当然是彻底逆反连载小说基本写法的，连载小说诉求的是读者的短时记忆、暂时记忆，基本上让读者记得两天、三天的内容就够了，但金庸就不是这样写。举个例子，来说"憋气式"的一个伏笔。张无忌小的时候，一个穿着蒙古军服的人打了他一掌。他中的是玄冥神掌，到底是谁打他的呢？这个伏笔撑了好久，以现行的四册本来说，大概憋了整整六百页才揭晓——原来这是玄冥二老，一个是鹤笔翁，另一个是鹿杖客。至此，真相方才大白。有趣的是，后来这两人浮现出来以后，也有他们自己的作用。他们也不是随便写写，他们有一个有趣的对照。因为玄冥神掌的关系，所以我们对这两个人印象就是冰。可是后来这两个人出现了，他们一点也不冰。这两个人用英文讲的话，非常 sarcy（吓人的）：一个好酒、一个好色。在万安寺大乱的情况下，幸好高塔里有这两个人，制造出多少的乐趣！靠着他们好酒、好色，才让张无忌带领这一群人有机会利用这种方法，把被赵敏骗去关在万安寺的这些武林高手全部放出来。

在这个过程当中，在万安市的高塔又有另外一个憋了好久好久的伏笔，到这里才浮现出来。整个去设计、执行、陷害鹤笔翁和鹿杖客的人是谁？这个人叫做范遥。范遥又是谁呢？原来又得回头翻六七百页。六七百页前我们就知道这个人，不过那个时候我们知道他是明教的光明右使。我们知道光明右使失踪不见了，但没有人告诉我们光明右使长什么样子。金庸他自己记得光明右使不见了，必须要让他回来。而且这个回来的方法要完全搭合上，正因为他是光明右使，所以苦头陀范遥才会用这种方式去设计、去执行，用这种方式他才会在万安寺去做这样的事情。

再稍微短一点，另外一个人的来历，篇幅上大概"憋气"憋了一册，这个人就是小昭。小昭在光明顶出现时，是一个戴着手镣脚铐的侍女，她在那里服侍。他们怀疑她，不相信她，憋了一册之后才发现，怀疑她是有道理的。这小昭是谁？她的位阶比新任的明教教主张无忌还要高，是波斯明教的总教主。她就带着对张无忌的感情，接任了波斯明教总教主，随着堂皇的大船离开了中土。

金庸还不只是这些伏笔"憋气"，更大一点的东西，金庸也是这样"憋气"地写。写什么呢？例如最关键的一点就是明教。小说里明教刚出现时，当然就是一个邪教。我们看到了殷素素，还看到了天鹰教，然后明教里还出现了一个吸血鬼，这个吸血鬼把殷离抓走了。对于这样一个形象，我们就会理所当然，也不太去想，更不太去追究——对，这就是邪教。

可是张无忌介入了之后，到六大门派围攻光明顶要消灭明教，到这时我们才开始动摇，我们觉得好像不能让明教就这样消失。可是这一路的过程当中，明教到底是什么？在小说里，一直撑到第三册，金庸才让杨逍跟新任教主解释明教到底是怎么一回事。

杨逍讲了之后，读者才知道，原来明教就是从波斯传来的拜火教，即琐罗亚斯德教，等等这些过程，也因此解释了为什么大家会认为他们是邪教。邪是因为他们是异质的，他们是外来的，这跟一般人天生对外来的事物有不信任感是有密切关系的。金庸要撑到第三册，才跟我们解释明教到底是什么。放在小说的写作、小说的叙事上，我们又不得不说它有特别的道理，这特别的道理就是要由杨逍来解释这个来历。这意味着杨逍这个时候拉着张无忌不得不面对这件事情,他说:你知不知道你现在到底当了什么教的教主?你已经当了教主,这个教你好像还是一定要知道一下。这真的好怪,而且真的好笑。可是我们在读小说的时候,我们不觉得那么怪、那么好笑,在回头分析的时候才感觉到它那么怪、那么好笑,因为凸显了这件事——张无忌真的是莫名其妙地当上了明教教主。

可是为什么我们不觉得那样荒唐?首先,他为何跟明教产生了这样的关系,小说推展得非常非常长。从张三丰、张翠山一路下来,曾经被张三丰再三叮嘱绝对不准进明教的张无忌,怎么会变成明教教主呢?这是大布局当中铺陈的所有这些人际关系所造成的。其次,另外一件重要的事促使他变成了明教教主。那是在六大门派从光明顶散去之后,这个时候金庸写什么?金庸写突然之间又有另外一批人朝着光明顶来了,而且这一批人最重要的特色,可以直接地说是来了一群不入流的对手。正是因为有了一群不入流的对手在六大门派散去之后上到光明顶,这个情境激发了我们的同情。

我们看到的情节是这样的,人家六大门派浩浩荡荡杀到你门口来,明教撑下来了。可是现在明教风雨飘摇,大家疲惫不堪,这种状况下,那些上不得台面、一般武侠小说都叫不出来的门派想乘人之危。这个时候,明教很可能就会灭在他们的手里,这真的叫做情何以堪。已经对付了六大门派,元气大伤,怎么办呢?只剩下最后一条路,那就是躲。面对六大门派,张无忌都没有躲,硬是撑下来,但是现在非躲不可。这并不是因为明教胆小,而是我们读者也都同意:不可以,这时候怎么可以让这些捡便宜的小门派就把明教给灭了呢?英雄不吃眼前亏,我们大家都同意。

我们一边读,我们一边在后面也都在叫:你们去躲一躲,你们去躲一躲！躲到哪里呢？这个时候偏偏明明就有现成的地方可以躲啊，躲到密道里去吧！但困难来了，明教最大的忌讳就是：没有教主之命，没有人可以进密道。怎么办呢？阳顶天死了，这个时候怎么来答应让大家进密道呢？因此才会在完全不知明教历史和来历、状况下，张无忌为了救所有这些明教的教徒才变成了明教教主。

金庸用这种方式写，一方面明明白白写出来，张无忌是莫名其妙地当上明教教主；但另一方面，张无忌当上明教教主的其中每一个步骤都是有来历的、有理由的，而且都是读者接受、相信甚至是支持的。这是另外一个闭了很长的气把张无忌跟明教联系起来的大伏笔。

因此，我们读《倚天屠龙记》的时候，真的要欣赏金庸把武当、太极那种功夫当中的悠远、悠长，用这种方式显现在小说的叙事笔法上。

邪的来源是偏执吗？

金庸没有单纯、理所当然地把《倚天屠龙记》写成一个"邪不胜正"的故事，不过他写的也不是倒过来——"邪胜过了正"或是真正地去混淆正邪。如果真正地混淆正邪，也就意味着小说写到后来，每个人是正是邪都无所谓，谁赢谁输都没差别。

但金庸不是的，因为他写的毕竟仍然是类型小说、通俗小说，他并没有去挑战、推翻到了最后应该要有一个终极的正邪分野。只不过在小说里，终极正邪的分野跟原来武林当中表面正邪的分判是两回事，这也就是张无忌最重要的代表。

开头的时候，所谓明教是一个邪教。后来我们看一看，明教到底怎么个邪法呢？它的邪并不是因为它干了多少的坏事，不是道德上面的邪。明教变成了邪教，相当程度上是因为在立场、阵营的划分上有了冲突，所以明教站到所谓正派的对面。因此从正派的角度来看，明教就变成了邪派，就变成了魔教。

金庸用相当长的篇幅，铺陈了关于正邪的另外很重要的一个问题，那就是张无忌因为跟明教走得那么近，所以他就被视为邪教中人。因此，在张无忌身上有非常多别人的看法：别人对他指指点点，别人认为他是一个多么可恶的人，别人把他当作邪教教主，别人觉得他如此黑暗如此邪恶。

金庸要讲的或者小说里让我们不得不去思考的，就是别人误会你的时候，会发生什么事？别人误会你，难道你就变成他们口里、他们眼中所看到的那样的人吗？在小说中，张无忌的身上被加注了各式各样、不同的误会。当然，这是通俗小说，所以加在张无忌身上这些误会，到了最后都能够找到机会予以澄清。然后，一些造成误会的疑惑，到后来也都能够解答。但人生当然不是这样，人生比这个要复杂、要苦得多了。

我们可以在看到张无忌身上的误会得以解除之后，松一口气。然而那个问题仍然勾着我们：我们眼里看到我们认为的坏人，就真的是坏人吗？反过来说，更痛一点点的是，当别人把我们当坏人的时候，我们就必然变成了一个坏人吗？当我们被这种方式冤枉了，我们究竟应该要如何自处？

在小说里，金庸留了一样东西，让类型小说、通俗小说最后大快人心的效果还是保留下来，那就是绝对的恶。所有的一切，包括那些误会，包括正，包括明教被视为邪教，都是从这个绝对的恶引发的。这不能被推翻，这不能被质疑。

小说当中代表绝对的恶，那便是成昆。从金毛狮王谢逊上场开始，成昆就在那个背景上。后来他隐身到了少林寺，变成圆真和尚，但不管他的身份怎么变，他都是一路到底的恶。他这种绝不悔改、绝不动摇的恶，在《倚天屠龙记》小说里有它的必要性，有它的需要。正派这样严重地误会明教，把明教视为不可并立、不共戴天、一定要把它除去的一种邪派，其实完全来自成昆的操弄。

但除了成昆，这部小说最特别、最重要的是，其他所有的角色都有他们正派的一面，也几乎都有他们反派或者是邪派的那一面。这是这部小说最了不起的地方。我们说坏人有好的一面，好人有坏的一面，这已经相当难写了，但这还不是金庸在《倚天屠龙记》上真正的突破。再进一步地追究，他还解释了为什么明明这个人原来是个正人君子，却会变得如此乖僻？换另外一个角度看，那些邪恶的坏人，为什么有时候竟然表现出良善的一面呢？

从这边看或从那边看，在《倚天屠龙记》里，最后归结于一个共同的解答，这个共同的解答是从《神雕侠侣》延续下来的。应该还记得《神雕侠侣》开头元好问的词："问世间情是何物，直教生死相许？"可以明白直接地这样说，所有这一切，让好人变邪僻，让坏人变温柔，就是因为感情。再进一步说，那就是来自男女感情的偏执。

从感情的描述上，我们可以清楚地追溯金庸的变化。《射雕英雄传》里，郭靖与黄蓉的感情，从头到尾，我们可以说这叫做正常的感情，或者是来自人伦之正的感情。郭靖够笨、太笨，他绝对是正派，所以他的感情也就只投射在黄蓉身上，而且彻底符合礼法。

《射雕英雄传》里这种感情是人情之正，可是到了《神雕侠侣》这种感情就变偏执了，偏执的感情引发了所有武林大问题。你看最关键、最核心的，就是杨过与小龙女两个人的偏执。别人都说，你们两个人不能相爱，不能结合，不能在一起，但是这两个人就偏偏要爱给你们看，而且摆明了立场、态度：你们不让我们相爱，那我们不惜把你们搞得天翻地覆，我们两个就是非相爱不可。这叫做偏执。

于是金庸就开始写偏执的爱,到了《倚天屠龙记》就更进一步。我想用这样的一句话来描述《倚天屠龙记》里的角色,这其实是源自之前一本超级畅销英文书的书名。这本英文书的作者是当年英特尔前总裁安迪·格鲁夫(Andy Grove),他的书名叫 Only the Paranoid Survive(《只有偏执狂才能生存》)。所谓只有偏执狂才能生存,并不是说小说里只有偏执狂才能够活下去,而是说到了《倚天屠龙记》,在感情上只有偏执狂才会被金庸写到小说里,才能够活在这部小说里。

小说一开始,重要的感情是殷素素对张翠山。如果不是殷素素的偏执,就不会有张无忌。张无忌身上为什么会有正派与邪派两种不同的协同,以至于最后他变成了正派和邪派之间的桥梁呢?就是因为有来自殷素素偏执的感情。后来殷素素必须为自己过去所做的这些事付出代价,包括残酷地去屠杀龙门镖局,把人家灭门等。她就是因为对张翠山这一份偏执的爱,收敛、改变了原来的行为。张翠山也因为被殷素素偏执的爱所感染、所感动,所以对殷素素付出了他本来不可以、不应该的偏执之爱,也为此付出了自己的生命。

小说再往后一点,另外还有一个关键的角色胡青牛。胡青牛是一个医生,而且号称"医仙",但是这个医仙也陷落在一份偏执的感情当中——他的太太、他的妻子偏偏是一个"毒仙"。故事的关键就在于,毒仙永远都对医仙不服气,他们两个人一直在竞争。毒仙做事的方法就是,她去毒了人,然后看看医仙能不能救得活。如果医仙救活了,她就很生气,因为这就表示医仙的本事比毒仙大。所以最好是毒仙毒了人,医仙却救不活,这样毒仙就高兴了,她就觉得她赢了。后来胡青牛为什么见死不救?见死不救是因为他不敢救,他不能救。只要是他太太毒的,为了不让他的妻子不高兴，他就干脆让这个人死。你死了，我太太就高兴了。

这当然是偏执狂，偏执到这种地步。但是胡青牛见死不救的偏执，比起他太太毒仙的偏执还差得远。毒仙偏执到她知道医仙在让她，她毒了的人医仙不救，她觉得胜之不武，这不是她真正要的胜利，所以她就使出了最后的撒手锏。怎么使出撒手锏？怎么才能够逼医仙使出所有的一切本事来证明，到底他的医术比较高明还是毒仙的毒术比较高明呢？毒仙就毒她自己，因为她知道胡青牛爱她，爱她爱到如此偏执。胡青牛一定会想办法，使出一切本事来救毒仙，救他的妻子。

但你想想看，这是一个什么样的奇怪赌注？这个赌注一赌下去，一翻两瞪眼。如果毒仙比较厉害，她得到了什么样的证明？或者她的证明方式就是把自己毒死。如果换成另外一个结果呢？她被救回来，她活下去了，但是她会活得很不高兴，活得很不痛快。她会一辈子无法原谅医仙，因为她输给了医仙。这是彻底的偏执。当然我忍不住说，怎么会有人去想出这种偏执的故事呢？但这不过是其中的一段，《倚天屠龙记》整个感情的主轴都是偏执的。

又比如说纪晓芙。我们在小说里看到，纪晓芙跟她的师姐丁敏君在吵架的过程中，揭露了她本来应该要嫁给殷梨亭，可是出现了另外一个人，那是明教护法杨逍。这个杨逍本来在辈分上高她一辈，更有趣的是，杨逍还是明教中人，在他的旁边同样是一个护法，那人叫韦一笑，青翼蝠王。青翼蝠王怎么来的？他是个吸血鬼，他就是 Dracula（吸血鬼），他就是 Vampyr（吸血鬼）。他抓了人就要吸人家的血，吸血之后才能够温他的身体，才能够活下去。

不过金庸后来把韦一笑写成了自愿放弃吸血，他从吸血鬼变回了人。杨逍本来跟韦一笑这个吸血鬼是一起出现的，但是纪晓芙爱上了杨逍，杨逍也爱上了纪晓芙。这又是在所有客观的条件下不应该存在的爱情，偏执的爱情。

所有这些偏执的爱情在发生的时候，在小说的前半段中，这些情感都与张无忌无关。不管是张翠山、殷素素，他的父亲、他的母亲，他医学上面最重要的师父胡青牛，或者是武当派，更不要讲纪晓芙、杨逍，他们的感情都跟张无忌无关。所以张无忌在感情上面，他是一个后知后觉者。

这可不是金庸随便写写的，这部小说的前半段是一个侠的形成：他怎么样一路变成武林当中武艺最高者，而且不只是取得明教教主的地位，还压服了六大门派，等于他已经是天下无敌，年纪轻轻已经到达最高峰。

到了小说后半段，我们又一步一步地跟随他，看他如何变成一个失败的情人。这个转变已经很明显，从殷离出现，然后是赵敏出现，环绕着张无忌一共有四个女性，有四段感情，但这四段感情也都很迷离。

围绕着张无忌这个人，其中感情最迷离的是一个叫殷离的女人。殷离到底爱谁？在殷离的心里，跟她有感情的有两个人，虽然从阅读小说的过程中，我们知道这两个人其实是一个人，可是殷离从来没有搞清楚张无忌就是曾阿牛。而且更有意思的是，张无忌化身成为曾阿牛，然后在殷离死前陪她、爱她，而且答应娶她为妻。

可是殷离如此偏执，就是她知道曾阿牛对她真好，但她不知道也不相信更不接受曾阿牛就是张无忌。所以她痛苦，痛苦是因为虽然曾阿牛对她那么好，她就是不爱曾阿牛。她爱的是什么？她爱的是不存在的，那个装扮出来的、无情的、冷淡的、会欺负她的她心目中的张无忌。这是多么奇怪的一段感情，真实的张无忌愿意这样爱她、照顾她，但是在殷离的眼中，这个人叫曾阿牛，不是她爱的另外的那个张无忌。

没有读过小说的朋友，听我这样描述，你可能听得头都昏了。但这不是我的问题，这是因为这个小说里写殷离的感情偏执到这种程度，很难对没有从头到尾读过这部小说的人讲得清楚。

另外一段很偏执的感情存在于张无忌和周芷若之间，那是两度彼此互相背叛的感情。周芷若背叛张无忌严重到什么程度？她曾经拿倚天剑直接刺进张无忌的身体。张无忌没死是不应该的，当下应该就被周芷若杀死了才对。这是其中的第一次，第二次几乎同样严重，那就是周芷若背着他嫁祸栽赃给赵敏，把倚天剑和屠龙刀给偷走、给夺走了。

这是多么严重的背叛？一次是性命攸关的背叛，一次是牵涉武林盟主地位的严重背叛。可是即便如此，周芷若对张无忌仍然是有感情的，所以周芷若的感情也必然只能是偏执的。周芷若从来没有真正能够放弃她对张无忌的爱情，但是她的师父灭绝师太在死前要她发的那个誓言使得她必须逃避，甚至必须去拒绝对张无忌的爱情，所以说周芷若是一个悲剧性人物。她做了卑鄙的事，背叛了张无忌，但她不是一个卑鄙的人，而是因为有偏执的爱情，所以是一个被悲剧情境操弄的人。

从这里我们又可以了解到，金庸用武侠小说在检讨、在批判，或者说在嘲讽原来其他人写的传统武侠小说。一般的武侠小说如何看待、如何写感情呢？正派的男人只会爱上正派的女人，就算有邪派的女人爱上了正派的男人，正派的男人也不会接受。男女感情和正邪是用这种方式完全对应在一起的。

金庸在《倚天屠龙记》里，他就提出这个深刻的主张：如果永远只有正派和正派相爱的话，你永远不会知道什么叫做真正的爱情。真正的爱情一定牵涉偏执，只有偏执才能够让我们体会真正的爱情。人不可能既是正人君子，又有深刻的爱情。

如果你要用这种方式去写正邪，你写出来的大侠就是这种没有任何一点点偏执的正人君子,跟他有关的感情就顶多只能像郭靖那样从一而终,要不然一定是假的。真假还不重要,更重要的是一定是肤浅的。我们不能说金庸写的感情才叫做真实的感情,但你在读《倚天屠龙记》的时候,不能不感受到金庸所写的这种偏执的感情是如此深刻。

为什么会如此深刻?这就是因为,只有离开了原来正常的人与人之间的关系,离开了正轨,才会更深切地去体会:我究竟为什么喜欢这个人?我为什么非得要跟这个人在一起不可?这才是深刻的感情。

不被作者喜欢的男主角

《倚天屠龙记》重新整理完了之后,金庸写过一个后记,这个后记开头第一句话就说:"《倚天屠龙记》是射雕三部曲的第三部。"

金庸为什么要再度强调《倚天屠龙记》是三部曲当中的第三部呢?因为接下来在这篇文章里,他要去比较三个男主角。

他说:"这三部书的男主角性格完全不同。郭靖诚朴质实,杨过深情狂放,张无忌的个性却比较复杂,也比较软弱。"他对自己所写的这个主角是有意见的。什么样的意见?他说:"他(张无忌)较少英雄气概,个性中固然颇有优点,缺点也很多,或许,和我们普通人更加相似些。杨过是绝对主动性的。郭靖在大关节上把持得很定,小事要黄蓉来推动一下。张无忌的一生却总是受到别人的影响,被环境所支配,无法解脱束缚。在爱情上,杨过对小龙女至死靡他,视社会规范如无物……"

这当然了,你看杨过等了十六年,他最后还是可以义无反顾地说跳下去就跳下去,完全无怨无悔。那郭靖呢?金庸说:"郭靖在黄蓉与华筝公主之间摇摆,纯粹是出于道德价值,在爱情上绝不犹疑。"我们读小说也知道，郭靖就是爱黄蓉，但是他又觉得他对华筝公主有道德上或者是理法上的责任。但是他清楚这与爱情无关。张无忌呢？金庸这样描述他："张无忌却始终拖泥带水，对于周芷若、赵敏、殷离、小昭这四个姑娘，似乎他对赵敏爱得最深，最后对周芷若也这般说了，但在他内心深处，到底爱哪一个姑娘更加多些？恐怕连他自己也不知道。"

我们读完了《倚天屠龙记》，看起来赵敏在张无忌身边，可是好些事情我们不能忘掉。殷离要死的时候，张无忌是答应要娶殷离的。在殷离的墓上，张无忌题的是"爱妻之墓"，那是他妻子。后来他又正式跟周芷若结了一次婚，他也对周芷若信誓旦旦，要跟周芷若结为连理。还有即使到了小说的最后，周芷若闪身出现，他没有离开，他没有消失。

所以金庸就摊摊手，在后记里跟我们说，既然他的个性已写成了这样，一切发展全得凭他的性格而定，作者也无法干预了。这个作者真会推卸责任，他说，我就把张无忌写成这样了，我也没办法，就只好让他是这样吧。

从《倚天屠龙记》的后记，还有另外一篇有趣的文章是《飞狐外传》的后记，我们其实看到金庸明白地表现一个很有意思的态度，同时引发非常有意思的问题，那就是他不喜欢张无忌。

《飞狐外传》后记当中，他列出了他自己写过他喜欢的男主角，这里偏偏就没有张无忌。把郭靖跟杨过拿来跟张无忌对比，也是为了要批判张无忌。所以他明白地说：张无忌是有问题的，但我把他写成这样，因为我已经没办法控制他了；他的个性既然是如此，他在感情上也只能够这样。

引发的一个重要的大问题，那就是金庸你花了这么大力气，干吗写一个自己不喜欢的男主角？你到底要干吗？你要表现什么？或者是在你写这个小说和你自己感情的观念、爱情的观念上，有什么是你过不去的，你非得要透过像张无忌这样一个角色来予以显现、来予以表达？

金庸在《倚天屠龙记》的后记里有一段话，他告诉我们《倚天屠龙记》主题在写什么。大家听听看，同时想想，这跟你对《倚天屠龙记》所留下的印象是不是相符合的。他说："这部书情感的重点不在男女之间的爱情，而是男子与男子间的情义，武当七侠兄弟般的感情，张三丰和张翠山、谢逊和张无忌父子般的挚爱。"

我们所看到的《倚天屠龙记》真的是这样吗？有多少人想到《倚天屠龙记》，先想到张三丰跟张翠山的感情，或者是更奇怪的谢逊跟张无忌的感情？

如果真的是这样，后半本自从赵敏上场之后，张无忌跟殷离、赵敏、周芷若、小昭这四个女子，这是在干吗呢？这竟然是小说里的一个旁支，或者是小说里相对不重要的内容。金庸把不重要的内容还写得如此淋漓尽致，多少读者读完了《倚天屠龙记》，不能忘掉周芷若，不能忘掉赵敏，而不是忘不了张翠山。

如果说，我们读《倚天屠龙记》真实的感受不是这样，那我们会追问：为什么金庸用这种方式来说自己的小说写了什么呢？其实，后面有一个真正关键的句子。他说："然而，张三丰见到张翠山自刎时的悲痛，谢逊听到张无忌死讯时的伤心，书中写得太也肤浅了，真实人生中不是这样的。"

我如此理解金庸在写什么。他为什么特别提及我们不会留下深刻印象的张三丰和张翠山、谢逊和张无忌？这就是要告诉大家，说我那时候写这些东西写得不够深刻吗？这当然是矛盾的。如果你觉得写得不够深刻，你干吗又跟读者说，情感的重点是放在这上面？都不是。

这一段话的关键，不在于小说本身，而在于作者的痛，而且这是真实人生当中的痛,这是他的感慨。他说:"因为那时候我还不明白。"

1961—1963年他写《倚天屠龙记》,1977年他整理完《倚天屠龙记》,这中间的差别在哪里?这中间差别就是,真实人生当中,金庸的长子,当年在美国纽约哥伦比亚大学念书,一切看起来前途无量,但是却突然自杀了。我们可以想见,他听到儿子死讯的时候,那是什么样的震撼,那是什么样的悲痛,那是什么样的伤心。这样的经验怎么能够写在小说里?

所以当他整理小说时,看到自己在没有经历过这种悲痛和伤心的时候,那会是一种什么样的心情。那种心情是,多么希望回到还不知道这个痛有多痛、这个伤有多么深的状态下,希望回到那个相对天真、不知道那么多的状态下。

另外可能也会有一种迟来的不祥之感:为什么自己会在这部小说里,写到张三丰亲眼看到他的弟子张翠山在他眼前自刎而死?为什么谢逊要被用这种方式误以为张无忌已经死了?他多么希望自己的儿子也是假传死讯,但当一切都是在真实人生当中的时候,那样的一种深刻是小说里不可能表达的。

所以,这几句话与其说是金庸在教我们他的小说怎么写,不如说小说只是他的手段只是他的工具,他透过小说要表达的是他对死去了的儿子那种深深的怀念,还有知道了儿子自杀的时候他心中的震撼。

杨过是理想,无忌乃金庸

后记当中,金庸还有一段话也值得我们深思,他说:"像张无忌这样的人,任他武功再高,终究是不能做政治上的大领袖,当然,他自己根本不想做,就算勉强做了,最后也必定失败。中国三千年的政治史，早就将结论明确地摆在那里。中国成功的政治领袖，第一个条件是'忍'，包括克制自己之忍、容人之忍以及对付政敌之残忍。""第二个条件是'决断明快'。第三是极强的权力欲，张无忌半个条件也没有……"

小说当中，他用负面、相反的方式来告诉我们，他写了一个什么样的张无忌：张无忌不能克制自己，很多时候不能容忍。

例如，在小说的第三十二回，张无忌基于自己所处的状况，那时候他相信：第一，赵敏杀了殷离；第二，赵敏偷了倚天剑、屠龙刀；第三，赵敏设了奸计，派了炮船，在海边开炮，要轰沉他们的船。如果这是当时他所体认、他所理解的事实，换句话说，赵敏真是可恶至极，不只是敌人，而且是已经下手要将张无忌置于死地的这种死敌，只不过张无忌误打误撞，没有被害死而已。

这个时候遇到了死敌，张无忌的反应是什么？"（张无忌）喝道：'你要盗那倚天剑和屠龙刀，我不怪你！你将我抛在荒岛之上，我也不怪你！可是殷姑娘已然身受重伤，你何以还要再下毒手！似你这等狠毒的女子，当真天下少见。'说到此处，悲愤难抑，跨上一步，左右开弓，便是四记耳光。赵敏在他掌力笼罩之下，如何闪避得了？啪啪啪啪四声响过，两边脸颊登时红肿。赵敏又痛又怒，珠泪滚滚而下，哽咽道：'你说我盗了倚天剑和屠龙刀，是谁见来？谁说我对殷姑娘下了毒手，你叫她来跟我对质。'张无忌愈加愤怒，大声道：'好！我叫你到阴间去跟她对质。'左手圈出，右手回扣，已叉住了她项颈，双手使劲。赵敏呼吸不得，伸指戳向他胸口，但这一指如中败絮，指上劲力消失得无影无踪。霎时之间，她满脸紫胀，晕了过去。张无忌记着殷离之仇，本待将她扼死，但见了她这等神情，忽地心软，放松了双手。"

好不容易，赵敏才悠悠醒转，看到张无忌两只眼睛凝视着自己。这个时候张无忌的表情是什么？竟然是满脸担心的神情。

赵敏问道："你说殷姑娘去世了么？"一提到殷离，张无忌怒气又生，喝道："给你这么斩了十七八剑，她……她难道还活得成么？"赵敏这个时候才知道发生了什么事，声音都发抖了。她说："谁……谁说我斩了她十七八剑？是周姑娘说的，是不是？"因为当时只有谢逊和周芷若在，谢逊眼睛瞎了，所以她马上就判断应该是周芷若说的。张无忌就说："周姑娘决不在背后说旁人坏话，她没亲见，不会诬陷于你。"

你看这个过程，就是最典型的：第一，张无忌他不够残忍；第二，他不能决断明快，他在那里犹豫，他在那里迟疑：到底现在要做什么？赵敏已经在他的手里，他不知道该如何处置赵敏，这是张无忌第三个重要的特性，就是他没有强烈的权力欲望。所以，就算给他权力，他也不知道怎么用。反过来说，他也不会那么想要去或者一定要去得到什么权力，更不会想尽各种不同方法去保有已经到手的权力。

在后记里，金庸接下来又说"张无忌不是好领袖"。我们不需要金庸再告诉我们，我们已经知道张无忌当然不是一个好领袖。可是他说什么？"但可以做我们的好朋友。"张无忌不适合当历史上的大人物，也不适合当现实政治里的权力者。张无忌适合做什么？张无忌适合远离政治权力，"做我们的好朋友"。这一句话对认识、熟悉金庸的人有特殊的意义，金庸的好朋友就知道这是金庸的自况。

张无忌缺乏政治才能的这一部分，接近金庸对他自己的看法。金庸年轻的时候想要做外交官，他一路不断地观察国际政治，而且到后来他又在办报的过程当中深入地去剖析、去理解中国的政治。

后来，金庸所看到的成功的政治领袖所具备的这些条件，他自叹弗如。他觉得自己没有这种能力，没有这种条件。正因为他曾经有过一些政治上的期待，所以当他接受了自己不是一个政治人才的时候,他就自我解嘲说:我们这种人还好,至少我们可以在真实人生里当别人的朋友。

从这里再引申开来,我们也就了解了这种缺乏政治才能的张无忌,他的爱情态度其实也接近金庸本人。20世纪60年代,金庸也徘徊、周旋在几个女性之间,曾经有过相当多的牵扯,中间就包括了他离婚,还有他再婚。是的,因为张无忌太像金庸作者本人了,所以金庸不喜欢他。这应该是最关键的一个理由。

这在小说写作上其实很常见。小说是虚构的,为什么会有这种冲动去虚构?握有这样的一种虚构权利,最过瘾的地方在哪里?那就是你可以写出理想当中的一个 alter ego(密友),那样的另一个我、他我。

一方面,把自己一部分的身份投射上去,但是改变了你不喜欢的这些部分。如此写出来的主角,他不是作者现实上的自我认知和自我理解,而是进入到那样一种虚构空间里,去打造出想象当中更美好的自己。金庸投射想象更美好的自己是像杨过、令狐冲那样深情的男子,退而求其次是像郭靖那样一种专情的男子。

不管是杨过、令狐冲,还是郭靖,他们在人生当中都有一件相对幸运的事情,那就是遇见了让他可以深情挚爱的女子。因为有这样明确的感情投射的对象,所以他们不需要彷徨,他们不需要犹豫,他们不需要周旋在几个女人当中,到后来搞不清楚自己到底真正爱谁。另外一件事情,也就不必在如何爱或如何不爱当中去伤害对方,反过来也伤害了自己。

令狐冲、杨过,那是一种理想的情人,金庸在小说里可以写得淋漓尽致,但是离开了小说,他就会非常清楚那无法存在于现实中。所以在后记里,他又有这么一句话:"所以这部书中的爱情故事是不大美丽的,虽然,现实性可能更加强些。"这现实性,首先直接指的就是跟作者人生之间的密切关联。所以张无忌的爱情故事，相较于所有其他的金庸武侠小说，是最接近金庸个人人生际遇的。

金庸平常不谈论他自己的私生活，他极度地保护自己的隐私。但是作为这样一个报人，作为这么精彩、这么有名的武侠小说作者，他的人生无可避免会有公众性的一面。对金庸了解越深，我们就越能了解他跟张无忌之间的关系，也就明白在写《倚天屠龙记》的时候他写岔了。在哪里写岔了？他本来不想写在感情上那么靠近、那么接近自己的一个角色，但是从六大门派围攻光明顶之后，他写张无忌和其他女性之间的关系，在没有办法防备的情况下，他就把张无忌写得越来越像他自己了。

于是，一旦把自己的困扰写进去，就会越写越深，越写越不能自拔了。所以在后记里，他也就只能两手一摊说：既然张无忌的个性已经写成那样，一切发展全得凭他的性格而定，作者也无法干预。

但也因为这样，所以在《倚天屠龙记》里，这个看起来矛盾的现象，其实是有最简单也最深刻的答案：为什么写了一个自己不喜欢的角色？因为这个角色就像金庸。

另外一件事是，因为这样，所以《倚天屠龙记》跟前面的《神雕侠侣》、跟后面的《笑傲江湖》都不一样。在杨过和令狐冲这样一种理想感情形象之外，借由张无忌帮我们留下一种在面对感情时更困扰、更迷糊、更复杂，但是同时可能更真实也更现实的一种形象。

杨过和令狐冲已经写到了那种高度，如果张无忌也是那样的角色，那就重复了。金庸最大的本事，也即最高的成就，真的就是不重复。有时候这种不重复是他刻意追求的，但是像张无忌，看起来这是他误打误撞掉进去的，把自己感情这一面的真实人格写出来，而且成了另外一种突破。

《雪山飞狐》《飞狐外传》：
金庸最难读的小说

正派的敌人，就活该被杀吗？

金庸曾经在《飞狐外传》的后记中写过这样一段我们不应该忽视的话："武侠小说中，反面人物被正面人物杀死，通常的处理方式是认为'该死'，不再多加理会。本书中写商老太这个人物，企图表示：反面人物被杀，他的亲人却不认为他该死，仍然崇拜他，深深地爱他，至老不减，至死不变，对他的死亡永远感到悲伤，对害死他的人永远强烈憎恨。"

我们要了解这段话，首先要确认必须把《雪山飞狐》《飞狐外传》这两部作品当作二连作同时来读。

商老太是《飞狐外传》开场出现的第一个角色。我们看到马老镖头带着女儿、带着弟子来到了商家堡。这一看，非常突出的一个形象是商老太在训练儿子、训练徒弟，而且一边训练一边骂。骂什么呢？那就看训练的队里，拿来被当作射暗箭靶子的那个正反面人像。人像是谁？是胡一刀，是（金面佛）苗人凤。商家堡的商老太用这么鲜明的形象在小说的开头跳了出来，而且前面有相当长的一段篇幅。

所有的事情就发生在商家堡，这是一个重要的场景。金庸在后记里还特别提醒了，商家堡怎么来的呢？为什么要从商家堡开始《飞狐外传》？这个你没有办法在《飞狐外传》里找得到，必须要到《雪山飞狐》里才能够知道。

《雪山飞狐》里出现了一个人，叫商剑鸣。他怎么出现的呢？我们又得把这个背景说明白。

先是苗人凤遇到了胡一刀，接下来还遇到了胡一刀的太太。胡夫人向金面佛凝望了几眼，叹了口气，对胡一刀道："大哥，并世豪杰之中，除了这位苗大侠，当真再无第二人是你敌手。他对你推心置腹，这副气概，天下就只你们两人。"

当然这"天下就只你们两人"是从《三国演义》曹操和刘备的故事里蜕化出来的。这句话在这里，它的作用是什么？从胡太太口中，我们了解了两个人看待彼此叫做"可敬的对手"。可敬的对手、了不起的对手，在江湖武林甚至在一般深刻的人生中，其实真的比朋友还要更重要。当你有一个对手可以刺激出你最美好、最了不起的那一面，有这样的一种对手，你的人生被提升到不同的境界、不同的层级，因此对手往往比朋友更重要。但是，对手跟朋友最大的差别在哪里？对手之所以在你的生命当中扮演这么重要的角色，发挥这么重大的影响力，因为他逼着你一定要跟他分出胜负来。

胡一刀与苗人凤成了绝对的对手。然后，胡夫人抱着儿子，突然站起身，很有义气地问了一句话："苗大侠，你有什么放不下之事，先跟我说。否则若你一个失手，给我丈夫杀了，你这些朋友，嘿嘿，未必能给你办什么事。"

其实这个话背后还有一层意义，你要晓得苗人凤行走江湖这么久，以他的地位、他的功夫，他身边当然有一堆朋友。可是胡一刀,尤其是胡太太,她的心里是说,你不要以为你有那么多的朋友,等到有一天你不在了,这些朋友也就不会拿你当一回事。如果你有什么恩仇没有报,你有什么后事要交代,你不要相信这些现在围绕着你的人,当你有武功、有权势的时候这样去巴结你的人。如果你可能有什么遗憾,你最好还是托给真正可以信任的人。真正可以信任的人是谁?是跟你一样重义气,今天站在你对面的我的先生,这个真正的对手。

苗人凤显然也立刻体会到了胡夫人讲的是真话,所以他就想了一下,说:"四年之前,我有事去了岭南,家中却来了一人,自称是山东武定县的商剑鸣。"这是小说当中交代如何出现了商剑鸣。胡夫人道:"嗯,此人是威震河朔王维扬的弟子,八卦门中好手,八卦掌与八卦刀都很了得。"苗人凤就说:"不错。他听说我有个外号叫做'打遍天下无敌手',心中不服……"

在小说里,我们也知道苗人凤自称"打遍天下无敌手",其实就是为了刺激胡一刀来找他。他本来就只看得起胡一刀,所以宁可得罪天下所有的英雄豪杰,硬是把那个招牌拿出来。

"打遍天下无敌手",我们知道这个招牌是惹忌讳的,大家都会来找他。但他宁可这样,因为如果不这样,他担心碰不到他真正想要碰到的胡一刀。现在他终于见到了胡一刀,他就对胡一刀、胡夫人说:商剑鸣上门来比武,"偏巧我不在家,他和我兄弟三言两语,动起手来,竟下杀手,将我两个兄弟、一个妹子,全用重手震死。比武有输有赢,我弟妹学艺不精,死在他手里,那也罢了,哪知他还将我那不会武艺的弟妇也一掌打死"。胡夫人听了,当然就明白他的意思,说:"此人好横。你就该去找他啊。"苗人凤接着说:"我两个兄弟武功不弱,商剑鸣既有此手段,自是劲敌。想我苗家与胡家累世深仇,胡一刀之事未了,不该冒险轻生,是以四年来一直没上山东武定去。"胡夫人明白了,就说:"这件事交给我们就是。"

当然，胡夫人背后也有她的傲慢、她的自信，意思是说，看起来在比武当中一不小心，很可能你的命就没了，但你可以安心去，我知道你的遗憾是商剑鸣的仇没有报，我们会帮你报仇。所以苗人凤"点点头，站起身来，抽出佩剑，说道：'胡一刀，来吧。'"接着两个人开打，这看起来跟商剑鸣无关。两个人打了一整天，打得不分上下，心中相互佩服，就只好说：那歇会吧，明天再打。分手的时候还都用最恭敬的礼节，向对方致敬。

接下来就精彩了，小说里讲"胡一刀待敌人去后，饱餐了一顿，骑上马疾驰而去"。这一段在小说里有一个叙事者，这个叙事者讲故事说：胡一刀怎么跑了呢？而且还去了好久。这个人在隔壁房间，一直听另外那间房间的动静，隔壁房间没有人打呼。他一直留神，倾听胡一刀回转的马蹄声。守到半夜，没有任何的声息。奇怪了，胡一刀跑到哪里去了？他就算要去哪里，总是应该会很快回来。难道是因为他被苗人凤找到了？他觉得寡不敌众，所以逃跑了？

但是他越是不回来，让人越担心，越觉得奇怪。再一听，隔壁胡夫人还在，而且胡夫人非常安心地在哄小孩睡觉，那这就不像胡一刀跑走了、逃掉了。一直到五更天，胡一刀骑着马回来了。这个人紧张起来，看到胡一刀的坐骑，怪了，骑出去的跟骑回来的不是同一匹马，去的时候骑一匹青色的马，回来却变成了黄马。而且黄马跑到了店门口，胡一刀跳下来，发生什么事？马晃了两下，"嘣"地就倒下去了，口吐白沫而死。马全身大汗淋漓，一看是累死的。

太怪了，胡一刀不是在跟苗人凤斗吗？斗了一整天，不分上下，而且约好了，只要天亮了，第二天两个人还要继续斗。这个胡一刀干吗连夜跑马，不知道跑到哪里去。真是让人摸不着的一个人。

这时夫人也已起来,又做了一桌菜。胡一刀竟不再睡,将孩子一抛一抛地玩弄。待得天色大明,金面佛又与田相公等来了。苗胡两人对喝了三碗酒,没说什么话,踢开凳子,抽出刀剑就动手。打到天黑,两人收兵行礼。

金面佛道:"胡兄,你今日气力差了,明日只怕要输。"胡一刀道:"那也未必。昨晚我没睡觉,今晚安睡一宵,气力就长了。"金面佛奇道:"昨晚没睡觉?那不对。"胡一刀笑道:"苗兄,我送你一件物事。"从房里提出一个包裹,掷了过去。金面佛接过,解开一看,原来是个割下的首级,首级之旁还有七枚金镖。范帮主向那首级望了一眼,惊叫道:"是八卦刀商剑鸣!"金面佛拿起一枚金镖,在手里掂了掂,似乎分量挺沉,见镖身上刻着四字"八卦门商",说道:"昨晚你赶到山东武定县了?"胡一刀笑道:"累死了五匹马,总算没误了你的约会。"大家看着胡一刀,不可思议:"从直隶沧州到山东武定,相去近三百里,他一夜之间来回,还割了一个武林大豪的首级,这人行事当真是神出鬼没。"

再下来,金面佛问他道:"你用什么刀法杀他?"胡一刀道:"此人的八卦刀功夫,确是了得,我接住了他七枚连珠镖,跟着用'冲天掌苏秦背剑'这一招,破了他八卦刀法第二十九招'反身劈山'。"金面佛一怔,奇道:"冲天掌苏秦背剑?这是我苗家剑法啊?"胡一刀笑道:"正是,那是我昨天从你这儿偷学来的功夫。我不用刀,是用剑杀他的。"苗人凤明白了。苗人凤说:谢谢你,你替我苗家报仇,你用的是苗家剑法。胡一刀补上一句:"你苗家剑独步天下,以此剑法杀他何难,在下只是代劳而已。"

这整段故事讲胡一刀,更重要的是在讲胡一刀和苗人凤两人惺惺相惜。两个人是对手,但为什么非杀对方不可?因为有杀父之仇。故事这一段凸显胡一刀这个人,当他尊重眼前对手的时候,他做什么事情——他们夫妻两个人同心。这个胡夫人信心满满,她看到苗人凤，她觉得，你很厉害，但对不起，我老公一定杀了你。我们尊重你，你有任何没有交代的事情，我们帮你解决。

这不是什么大不了的事，三百里外，一个首级，当下一夜之间，胡一刀就解决了。这不只是一夜解决掉，不只是讲他的功夫，更重要的是要讲他尊重对手，跟对手惺惺相惜这种特别的豪气。这种特别的豪气要给足面子。

这段恩仇发生在四年前，苗人凤一路在找胡一刀。为了准备跟胡一刀决斗，所以苗人凤没有时间，也不能够去处理自己弟弟妹妹的复仇之事，胡一刀就去帮他复仇。帮他复仇，但是他不是要炫耀说：我胡一刀有多厉害，你的仇人你没有能力去报仇，我比你厉害，所以我就帮你报了。如果这样，这是侮辱人的。

他为什么用苗家剑法杀他？意思说，你苗人凤苗家剑法比我好五倍十倍，我用苗家剑法都能杀了商剑鸣，那商剑鸣怎么可能抵得住你苗人凤去使用苗家剑法呢？经过这样来回，清清楚楚说明，苗人凤武功远高过商剑鸣，苗家剑法也远远高过八卦刀。所以商剑鸣死了活该，从每一个角度来看，他都活该。

虽然小说当中，这就是三四页的铺陈，不过过程很细腻。传统的武侠小说当中，我们就知道这种该死的角色很多，而且就是"该死"这么两个字。这个人在小说里惟一的作用是拿来彰显苗人凤和胡一刀这两个人的这种义气以及惺惺相惜。

在《雪山飞狐》中，商剑鸣就是坏，坏到了底，去找人家比武，没找到主子，你去杀人家的兄弟和妹妹干什么？连人家的弟妇，完全不会武功的，你也能下得了手。这种人在一般的武侠小说里，真的就是死了连埋都不用埋，死了就死了，死了就算了。

但金庸不是，金庸在《雪山飞狐》里这样写，而到了《飞狐外传》，他把商剑鸣莫名其妙地拉回来了。商剑鸣虽然还是死了，但是他要写的是什么？他的太太对他念念不忘，要帮他复仇。在她心目中，苗人凤和胡一刀是最可恶的人，所以她要叫小孩把武功练好，要为父亲报仇。

金庸在提醒我们，老是这样读武侠小说，对吗？正派人物的爸爸被杀了，像胡一刀、苗人凤他们因私家恩怨，后人杀成一团。我们认为正派的人，爸爸被杀了，就应该要复仇。你想想武侠小说里死了多少人？而且从数量上来看，反派的人死的一定比正派的人多。这些反派的人，他们就没有儿子吗？这些人都没有人想要来帮他们报仇吗？他们乖乖地就会说：哎呀，我爸死了活该，死了就死了？

正派人物与反派人物在传统小说中，是被清清楚楚决然分开来的。我们跟随正派人物，我们的感情全部投射在正派人物身上，但是《飞狐外传》从一开始，金庸就挑战武侠小说里正派和反派的感受。武侠小说必然打打杀杀，必然死了好多人，可是说真的，大部分这些死的、被杀的都是应该的吗？只要我们认定了这叫做正派人物，被正派人物杀死的人就应该吗？

金庸意识到这件事情，就是正派和反派在一般传统的武侠小说中被决然地分开，其实这是诉诸读者的懒惰：我们不要去想那么多，既然这个人是正派人物，那死了的就一定是坏蛋，就是该死的。小说两三笔，就把这件事情给交代掉了。

在读《雪山飞狐》的时候，我们看到商剑鸣这个名字，我们连想都不会去想：好惨哪，好可怕，胡一刀竟然就这样把他给杀了。这个人怎么这么可怜呢？然而，我们不可能同情他。但是到了《飞狐外传》这二连作，金庸要深探这件事情，他要彰显这里有一种暧昧的相对性。

我们从苗人凤、胡一刀的角度，随着这些人看到的我们眼中认为的十恶不赦的大坏蛋，在他妻子的眼里，在他儿子的眼里，他们不可能也如此认为他十恶不赦。所以这种正派与反派的相对性,尤其是在情感上的相对性,在《飞狐外传》中被金庸用这种方式强调地凸显出来。

再跟大家稍微提醒一下,那就是金庸创作的前后顺序。《射雕英雄传》《神雕侠侣》《倚天屠龙记》,因为它是三部曲,是这样连贯写下来的。可是在写的过程中,他另外写了《雪山飞狐》《飞狐外传》,是在《飞狐外传》写完了之后他才写《倚天屠龙记》。

排列出这个先后顺序,我们就更加明确地可以了解:《倚天屠龙记》中的那个正邪混淆,究竟在金庸的思想中是如何一步步蜕化出来的。

奇特的二连作

在整理改写了《雪山飞狐》之后,金庸写了一个后记。这个后记没讲什么了不起的事,但在后记的最后面有一句话,他提到了"《雪山飞狐》与《飞狐外传》虽有关联,然而是两部各自独立的小说,所以内容并不强求一致"。金庸还特别提到了这一个重点:胡斐是《雪山飞狐》当中的主角,也是《飞狐外传》当中的主角,"按理说,胡斐在遇到苗若兰时,必定会想到袁紫衣和程灵素。但单就《雪山飞狐》这部小说本身而言,似乎不必让另外一部小说的角色出现,即使只是在胡斐心中出现"。

这段话有些地方是事实,也很重要。但是金庸所强调的,我们读的时候要稍微小心一点。我们知道,《雪山飞狐》先写了,后来金庸把《雪山飞狐》扩充为《飞狐外传》。这两部作品确实是有关联的,他把同一个故事讲了两遍。

不过,差别在哪里?首先,详略相差很大。《雪山飞狐》要比《飞狐外传》简略得多。其次,两部作品的叙事即讲故事的方法,非常不一样。相对而言,后来写的《飞狐外传》比较传统,或者是比较容易理解,仍然依循武侠小说大部分都是成长小说的写法。

《飞狐外传》开场的时候,胡斐还是个少年,然后就是他如何成长。不过在《飞狐外传》当中,胡斐的成长可以与《倚天屠龙记》中的张无忌对比。《飞狐外传》到了四分之一的篇幅时,胡斐就已经武功盖世了。那剩下的四分之三要写什么?就像在《倚天屠龙记》里,张无忌已经一人打败了正派的六大门派,那后面还能写什么?

我们现在知道金庸这个时候,他就是要写感情。侠这一部分的成长,重点放在感情上。因为写感情,所以《飞狐外传》里出现了袁紫衣、程灵素这两个重要的女主角,用这种方式把胡斐的情感成长来历交代清楚。但这样产生了一点麻烦,因为前面写的《雪山飞狐》里没有袁紫衣,也没有程灵素。不只是这样,金庸曾经尝试要改写《雪山飞狐》,但是后来他想一想,无论怎么办都没办法把袁紫衣和程灵素写进去。

关键在哪里呢?关键就在于《雪山飞狐》是先写的。在《雪山飞狐》的故事里,我们看到胡斐遇到了苗若兰,他对苗若兰一见钟情。要让胡斐对苗若兰的这种感情可信,他必须在情感上极度清纯。因为胡斐在情感上极度清纯,所以他才会为了苗若兰,以至于才有跟苗人凤(苗若兰的爸爸)斗到了悬崖上这样一个惊人的结尾。

如果依照《飞狐外传》,胡斐这个时候已经经过了两段刻骨铭心的爱情。他遇过袁紫衣。袁紫衣甚至不是她真正的名字,她不过喜欢穿一身紫衣,后来又变成了尼姑,也就是她跟胡斐之间的感情不可能有任何结果。那真是刻骨铭心,真是强烈。

胡斐在前面已经遇过了袁紫衣,又遇过了程灵素。苗若兰就算再怎么美若天仙,但跟他非亲非故,在那么短的时间之内,他怎么可能一见面就跟苗若兰产生这么强烈的情感?这个实在改不下去，因为牵涉整部《雪山飞狐》中关键的事情。所以他只得在《飞狐外传》中，把《雪山飞狐》里没交代的一些事情重写了一次。结果到后来，《雪山飞狐》与《飞狐外传》又没办法拼到一起，在情节上还是有矛盾。

因此，事实上那一段后记里的话，我们只能说金庸是强词夺理，"两部各自独立的小说"真的是胡说八道。这两部小说的主角都叫胡斐，两部小说当中胡斐的爸爸都是胡一刀，写的都是胡一刀跟苗人凤两个人之间的恩怨，然后都写到了这样的恩怨来历，还有下一代所引发的后续故事。它们怎么可能是两部各自独立的小说呢？这只不过是金庸不希望我们用这种方式看。

但我们诚实地说，这叫做失败的二连作。金庸非常在意自己的作品，他明明知道这是失败的二连作。因为写到后来连不起来，中间有袁紫衣跟程灵素的矛盾，写不回《雪山飞狐》里了。以他的自豪和自负，他当然讨厌人家意识到他写坏了，改不回去了。那我干吗又特别要强调这件事，又一定要这样去挑金庸的毛病呢？

不是这样的，而是我要特别强调《雪山飞狐》跟《飞狐外传》当然是二连作，这两部作品必须放在一起读。分开来读，不会有这种力量，合在一起读之后可以读到许许多多更深刻的东西。

独一无二的舞台剧手法

让我们也参考一下《飞狐外传》的后记，这会牵连出许多线索。

在《飞狐外传》后记里，金庸特别交代的是，这部小说连载的方式不一样。这是"在《武侠与历史》小说杂志连载，每期刊载八千字。在报上连载的小说，每段约一千字到一千四百字。《飞狐外传》则是每八千字成一个段落，所以写作的方式略有不同"。

因为是旬刊，一个月出三本的杂志，所以每十天他要写一段。

他就是一个通宵写完,那个时候是1960年,金庸够年轻,三十来岁,还可以这样干。一个通宵,从半夜十二点到第二天早上七八点工作结束,八个小时写完八千字。

作为一部长篇小说,每八千字就形成一个段落,对于金庸来说,这不是他熟悉也不是他喜欢的节奏。后来他所进行的修改,他要把这节奏调整得流畅一点,消去其中很多不必要的段落痕迹。

金庸交代完了这件事之后,他又提到了《飞狐外传》和《雪山飞狐》之间的关系,这里写得比《雪山飞狐》的后记要诚实一点。他说:"《飞狐外传》是《雪山飞狐》的'前传',叙述胡斐过去的事迹",《雪山飞狐》中的胡斐上场之前,他到底经历过一些什么。"然而这是两部小说,互相有联系",当然他强调这不是"全然的统一"。

在后记里他又说,《飞狐外传》"这部小说的文字风格,比较远离中国旧小说的传统,现在并没有改回来,但有两种情形是改了的:第一,对话中删除了含有现代气息的字眼和观念,人物的内心语言也是如此"。

之前也跟大家解说过,金庸写的是非常纯粹、非常漂亮、非常古典的中文,他基本的语词、语句和文气是传统的。不过旧有的《飞狐外传》,他明白自己用的文字比较古老,所以在改写《飞狐外传》的时候,刻意要把它写得比较现代一点,可是后来看看,自己还是觉得不顺眼,所以又把它改了回来。还有第二点,他说"改写了太新文艺腔的、类似外国语文法的句子",这两件事是同一件事。

有趣的是,为什么《飞狐外传》会写成这样?如果前后文读下来,当然其中可能的一个解释就是说,因为在《武侠与历史》这个杂志上连载,都是通宵熬夜赶稿,神志恍惚,于是就写成了那种奇奇怪怪、非常文青、非常外国式的句法。等到都弄完了,清醒了，就一定要把它给修回来。

不过我想这不是真正的理由，为什么在《飞狐外传》当中会跑出后来金庸必须修改的现代腔调？我认为那是来自《雪山飞狐》。《雪山飞狐》是金庸所有作品当中最现代的一部，他的现代不纯粹是文字的风格，更重要的是他叙事的写法。

《雪山飞狐》不只在金庸作品中独一无二，而且在武侠小说的传统中，他叙事的写法也是独一无二的。这么纯粹、独一无二，是来自戏剧，更重要的是来自金庸自觉受到西方戏剧、西方小说的影响，这是他在叙事上刻意进行的实验。因为《雪山飞狐》用这种现代手法来写，所以接着要扩充去写前传《飞狐外传》的时候，他就感染了这样的实验性，才会出现后记中所说的话，他必须要改掉那些他不喜欢的受到西洋实验性影响的文艺腔调。

在读金庸小说之前就爱读武侠小说的人，或者在读《雪山飞狐》之前已经读了很多金庸小说的人，换句话说，读武侠小说的大多数人，一般不喜欢读《雪山飞狐》，因为有很多东西看起来都不对劲。

第一个不对劲的是，我们对武侠小说里所写的武功会有一定的期待。一般来说，武侠小说的写法叫做"一山还有一山高"，刚开始出场的人通常不会太重要，他们在武功上是比较差的。所以这个输了，出了另外一个，后面又有更高的再把这个给打掉，然后再来了一个。一定是越来越高，因为越来越高，我们才会看得越来越过瘾。

武学或武功的高度要一直把我们往上引，引到终极的决斗，就是武功最高的两个人或武功最高的几个人，他们做最后的生死搏斗。然而，《雪山飞狐》里虽然有苗人凤跟胡斐最后的那一场决斗，可是在这场决斗之前，必须得说，我们所能看到的都是一群不入流的人在打斗。

开头的时候田家上场了，几个人一路追追打打。接着来了一个宝树和尚，噼里啪啦，全部的人都倒了。宝树一个人就把他们全部收拾了，那他们前面在打什么？可是宝树也没多了不起，宝树还是一个半路出家的，半路出家的功夫就比这些人都还要厉害。

重要的一件事情是，《雪山飞狐》在武侠、武打上，金庸写的不是小说中的现实。小说中的现实里，那些打打闹闹的人都不重要，或武功都不够高，真正的武侠是环绕着胡一刀和苗人凤。

但是小说里，胡一刀和苗人凤根本不在了，胡一刀已经死了二十七年。胡斐刚出生，他的父亲就死了。所以从武功层面上，它其实很难满足我们对武侠小说的想象或要求。

接下来，会让人更不习惯的。这一群人到了山庄，一个关键人物黄衣少女出现了，她就是苗若兰。苗若兰出现了，然后发生什么事？让宝树来说故事，说胡家和苗家的故事，讲苗人凤"打遍天下无敌手"这个头衔的来历。

可是就在宝树说故事的时候，这本小说是怎么写的？小说写的是山庄的一次聚会，而且它看起来非常清楚就是一个舞台剧，从不同的地方，这些角色聚集到山庄。他们是用篮子拉上去的，然后篮子没了。除了胡斐，没有任何其他人可以上来，也没有人能够离开，没有人能够下山。他们被困在山庄里，山庄就是那个舞台，这样产生了一个最适当的戏剧性场景，让大家来解决恩怨。

可是宝树讲故事时，小说里他是这样说的：但这个事情关系到苗家，我所知道的，没有苗家的女儿苗若兰来得清楚。所以苗若兰接下来讲，他们四家的后人如何恶斗。可是在这个时候，有一个奇怪的声音插嘴了，那是一个刀疤仆人。因为提到了胡一刀的儿子，他就插嘴，插完嘴了之后，宝树继续把故事往下讲。可是这次苗若兰对宝树说：我知道的跟你说的不一样。这次是苗若兰反驳宝树说的，更正宝树所说的故事。两个人讲了同样的事情，但是有两种不同的说法。

两种不同的说法并存的时候，插嘴的声音又来了。刀疤仆人为什么要插嘴呢？因为宝树说一套，苗若兰说一套，两个人说法一定有一个是错的。这时候，刀疤仆人平阿四出来判断究竟宝树还是苗若兰说的才是事实。但平阿四不只是参与讲故事，他还把现实的剧情往前推。他告诉大家说：现在我们都死定了。为什么都死定了呢？山庄里原来保存了十天的粮食，但是被这个平阿四给通通倒到山谷里了。

没有粮食了，大家就在这里饿死了。所以原来的那个舞台封闭了，谁也进不来，谁也出不去，那样一个环境，现在接着又变成一个必死的局面。人反正都要死了，产生的心理就是什么都不必隐瞒了。所有知道的真实的话，不管再怎么丑、再怎么难听，通通都应该拿出来、都可以拿出来。

小说到这里才揭露了胡斐到底是谁，为什么大家一听说胡斐要来就会有山庄上的这场风雪聚会，因为胡斐就是胡一刀的儿子，而且就是刀疤仆人平阿四救了他。揭露了胡斐和胡一刀之间的关系，交代了胡一刀和苗人凤之间的关系之后，白衣人出现了。

在不可思议、不应该出现的时刻和环境当中，胡斐现身了，但胡斐现身的方式很有趣。大家都怕他，所以这些男人，一个个孬种，全部都躲起来了。场上只剩下一个人来面对胡斐，那就是苗若兰。这一段在戏剧上真正的作用非常单纯，就是要让胡斐被苗若兰迷住了。然后胡斐就没事了，他又暂时下场去了。

原来的这一群人，他们继续讲故事。这个时候换谁讲呢？换成陶百岁讲，讲他们天龙门内部为了抢夺李自成留下的宝刀，如何产生了南北内讧，如此就又牵涉苗人凤和田归农他们之间的恩怨。

接着又有人插嘴了。这个插嘴的人是殷吉，说我们天龙门南北两宗，对这件事有不一样的看法，有不一样的说法。讲到天龙门内部抢宝刀的事情时,"嘣"的一声,旁边有一个人突然昏倒了。听故事的人竟然就昏过去了,那是田青文。

田青文一昏倒就换另外一个人来讲,一把鼻涕一把眼泪说:换我来说吧。既然走不了了,所以陶百岁的儿子陶子安就说了一个好可怕的故事,解释为什么田青文昏倒了。

原来田青文曾经有一个私生子,不能养,小孩出生后死了,要把他埋到土里。可是她要埋小孩的时候,偏偏就撞到了另外一个人(周云阳)也要埋东西,但是他要去埋宝刀。

两件事混杂在一起,这已经够奇怪够离奇了。接着刘云鹤又跳了出来,他说:等等,讲这些东西,有一个关键你们都讲不清楚,只有我能讲,因为当时我藏在房间里的床底下,所以我讲我看到的我经历的。

大家在这里到底在干什么?我们揭露了让大家到山庄来的这个主人是谁——杜希孟。再从杜希孟引发出前面的情节都没有给我们预备的一个奇怪的支线,这是为了解释宝树为什么把这些人通通都领来,为什么在那样一个封闭的舞台上宝树是第一个讲故事的。

宝树的作用,接下来就是要在宝刀里发现藏宝图,发现山里有宝藏,所以才引发大家齐心协力一起去寻宝。宝还没找到之前大家可以合作,可是一旦找到了必然就引发自相残杀。

这一段寻宝以及后来如何自相残杀的故事,金庸在《雪山飞狐》里用这种方式写了。到了《连城诀》里,他变了一种形式又写了一次。

但有趣的是对比,前面是刘云鹤藏在床底下,现在换成胡斐藏在床上。更麻烦的是,跟他一起藏在床上的还有苗若兰。至于为什么苗若兰跟胡斐藏在床上,只好麻烦大家自己再去看小说《雪山飞狐》了。

因为这样，他在床上看到了苗人凤来，同时知道了苗人凤被两个人暗算。胡斐本来是要冲着苗人凤，要为他爸爸报仇而来的，可是胡一刀和苗人凤上一辈子那样的关系在这里重演了一次。他尊重苗人凤这个对手，看到对手被别人用这种方式暗算，他无法忍受，所以就出面救了苗人凤。

不过麻烦的是，他旁边有苗人凤的女儿。作为爸爸，看到女儿跟胡斐躺在床上，他非常生气，认为胡斐侵犯了女儿。在误会的情况下，引发了胡斐和苗人凤两人的决斗。这两人的决斗在小说里写得非常精巧，因为它是要回归、重现上一代胡一刀和苗人凤之间的决斗。

简单这样整理《雪山飞狐》的叙事手法，那就是带有非常明确、非常强烈的现代剧场特性。宝树说、你说、我说、他说，大家在一个舞台上，真正的主角、真正的故事在舞台以外。

舞台上大家在做什么呢？我们大家来说我们所知道的。你说、我说、他说，而且你说了之后我帮你补充；还有的时候是，你说了之后我要反驳，我说了你反驳，还有第三者要来评断说，你们两个谁说得比较对；还有就是说了之后，突然之间有人会悠悠地说不对，因为我才是真正的当事人。

这样一种不断的揭露，在整个过程中，舞台上的角色，没有任何一个人知道事情完整的面貌。可是借由你说、我说、他说，说来说去，我们作为一个观众、作为一个读者，会慢慢地拼凑起整个全貌。用这种方法吸引我们跟随舞台上的所有这些角色，一起去了解、一起去探测到底发生了什么事。

所发生的最核心的这件事，解释了谁是胡斐，让胡斐的传奇性到达最高峰；另外一件事情就是解释、说明了这个恩怨，长期的恩怨原来跟舞台上的每一个人都有关系。这是前所未有地把故事和情节编在一起的方法，具有高度的实验性，当然不是传统的叙事。

还不只如此,在《雪山飞狐》里,金庸还动用了现代小说的一种流行写法,那就是这本小说没有确切的结局,这部小说结束在一个问题、一个问句上。

再思考《雪山飞狐》那一刀

《雪山飞狐》结束于胡斐跟苗人凤的决斗,这个决斗清楚地呼应了在这之前胡斐的爸爸胡一刀他是用什么方式跟苗人凤决斗。

胡夫人也会功夫,她注意到了一件事情:苗人凤武功高强,几乎完全没有破绽,惟一的破绽就是他的背部会抖,那是因为他曾经受过伤。当他背部抖的时候,你就可以猜到他的下一个动作会是什么。苗人凤只有一个人,但是胡一刀有另外一双眼睛在帮他注意、在帮他看。

当胡一刀的儿子胡斐跟苗人凤决斗的时候,又遇到了这个情况:他们在冰壁旁边决斗,因此胡斐有一个特别的优势,他可以透过冰壁看到苗人凤的背后。这是两场决斗当中的精彩呼应。

胡斐借着冰壁看出了苗人凤的破绽,所以他举起他的刀一招就可以把苗人凤给劈下山崖去。但是他突然之间闪过一个念头,他才刚刚答应苗若兰绝对不能伤害她的父亲。但是如果这一刀不劈下去,让苗人凤把一招"提撩剑白鹤舒翅"都使全了,那又变成自己非死不可。

"难道为了相饶对方,竟白白送了自己性命么?"刹那间,胡斐心里转过了千百个念头,让我们一个一个说。

第一,这个人,依照他的认知和理解,害死了他的父母,使得他变成了孤儿,一生孤苦。第二,换另外一个角度想,这个人豪气干云,是一个大大的英雄豪杰。他爸爸欣赏苗人凤,他自己也认为苗人凤是一个了不起的对手,那就不应该劈下去了。再说,这个苗人凤是自己的意中人苗若兰的生父，他实在劈不下去。

可是如果这一刀不劈，自己马上就会被杀死，自己才刚刚壮年。对比一下，苗人凤老了，自己小了一代，自己的未来比苗人凤一定要来得长，也有更多的机会、更多的可能性。可是接着又想，如果杀了苗人凤，你怎么回头去见苗若兰呢？你杀了他的父亲，你怎么见她？好，你不见她，你说我终生避开她，不再跟她相见。想到他对苗若兰一见钟情，那么深刻的感情，从此就再也见不到苗若兰，那干吗还活着呢？活着跟死了又有什么差别呢？这真的叫做"万分为难，实不知这一刀该当劈还是不劈"。

金庸是这样说的："他若不是侠烈重义之士，这一刀自然劈了下去，更无踌躇。但一个人再慷慨豪迈，却也不能轻易把自己性命送了。当此之际，要下这决断实是千难万难。"写到这里，小说突然跳过一个场景，用这种方式推到终局："苗若兰站在雪地之中，良久良久，不见二人归来，当下缓缓打开胡斐交给她的包裹。只见包裹是几件婴儿衣衫，一双婴儿鞋子，还有一块黄布包袱，月光下看得明白，包上绣着'打遍天下无敌手'七个黑字，正是她父亲当年给胡斐裹在身上的。她站在雪地之中，月光之下，望着那婴儿的小衣小鞋，心中柔情万种，不禁痴了。"

她不知道，胡斐跟她爸爸这个时候是那样彼此生死相斗。"胡斐到底能不能平安归来和她相会，他这一刀到底劈下去还是不劈？"

没了，小说就写到这里。劈还是不劈？所以在《雪山飞狐》的后记，金庸就说《雪山飞狐》的结束是一个悬疑，没有肯定的结局，让读者自行构想。

这部小说在1959年发表，到写后记的时候，经过了十多年，金庸说："曾有好几位朋友和许多不相识的读者希望我写个肯定的结尾。仔细想过之后，觉得还是保留原状的好，让读者们多一些想象的余地。有余不尽和适当的含蓄,也是一种趣味。在我自己心中,曾想过七八种不同的结局,有时想想各种不同结局,那也是一项享受。胡斐这一刀劈或是不劈,在胡斐是一种抉择,而每一位读者,都可以凭着自己的个性,凭着各人对人性和这个世界的看法,作出不同的抉择。"

这是金庸的真心话,不过真心话当中有一些我们可以进一步去理解、去探索的。所谓真心话,的的确确,那个时代流行的现代小说就是标榜应该让读者自己抉择。现代小说和传统小说最简单、最清楚的不一样的地方是,传统小说给答案,现代小说经常是提问题,让读者自己去想,或让自己去想象、延伸接下来要发生什么事、应该发生什么事。

的确,每一个读者都可以决定,胡斐到底劈下去还是不劈下去。然而这里有一个有趣的前提,那就是如果你只读《雪山飞狐》,坦白说,劈或是不劈,依照《雪山飞狐》小说当中所给我们的材料非常难判断,因为我们对胡斐这个人知道得太少了。

这也就是为什么我要反复地强调《雪山飞狐》之后有《飞狐外传》,这绝对是二连作。金庸告诉我们说,《雪山飞狐》《飞狐外传》是两部独立的作品,意思是说你可以只读《雪山飞狐》,或者你可以只读《飞狐外传》。但其实是不可以的,这里有很不一样的享受和很不一样的效果。

你再继续读《飞狐外传》,你就会了解《飞狐外传》在告诉我们胡斐是一个什么样的人、这个人他如何成长、在他成长的过程中他累积了哪些经验。我们甚至还可以把金庸后来没办法再放回到《雪山飞狐》里的胡斐跟袁紫衣还有程灵素的故事通通都加进去,我们就知道了胡斐的人生。他是这样的一个人,他背负了这样的一个人生,去到了杜希孟的山庄上。

我们既然在"前传"里看到了这样的人生,关于胡斐这一刀劈或不劈，我们就有了更多的依据。并不是说读完了《飞狐外传》，我们就有一个明确的答案，但是这一刀劈或不劈，它的可能性范围就小得多了：不会是50∶50，也许是60∶40，也许是80∶20。

武功的完成和侠的完成

为什么这样说呢？让我们进一步看看金庸为《飞狐外传》所写的后记。他说："我企图在本书中写一个急人之难、行侠仗义的侠士。"他特别还加了一句这样的评断："武侠小说中真正写侠士的其实并不很多，大多数主角的所作所为，主要是武而不是侠。"

通读下来，我们就了解《飞狐外传》为什么会有奇怪的布局。不管是杨过还是张无忌，他们一路要经过许许多多的折磨，有好多的灾难和好多的坑。他们一次次跳下去、掉下去，然后一步步地得到了武功上的成长。

胡斐，金庸用非常快速的方式让他从一个小魔头乒乒乓乓地一下子就拥有了绝世的武功。在《飞狐外传》里，"武"不是胡斐成长的重点，重点是除了要让胡斐和袁紫衣、程灵素有感情纠葛，特别要强调的还是胡斐"侠"的这一面。

金庸怎么说呢？他引用孟子的话说："富贵不能淫，贫贱不能移，威武不能屈，此之谓大丈夫。"武侠人物对富贵贫贱并不放在心上，更不屈于威武，这大丈夫的三条标准，他们都不难做到。

这就意味着，对武侠小说而言这是一个基本的规范，一个像样的侠当然要通过富贵、贫贱、威武的挑战和考验。你能够想象武侠小说里，一个大侠看到钱，简简单单地为了钱，他就去运用他的武功吗？有人在他面前说，我权力比你大，你给我跪下，你就乖乖跪下吗？这样的人怎么可能是个侠呢？

因此，一个侠绝对不能落在这个层次上，侠要有更高的层次。

金庸就在《飞狐外传》里说，他要给胡斐增加一些特别的要求，也就是在拥有了武功之后如何转身真的变成一个侠。

金庸要他第一不为美色所动，第二不为哀恳所动，第三不为面子所动。首先，先来看一下美色。"英雄难过美人关，像袁紫衣那样美貌的姑娘，又为胡斐所倾心，正在两情相洽之际而软语央求……"可以试想一下，一个大美女，你喜欢她、你爱她。在两情相悦的时候，她跟你提了一个要求，你答应还是不答应呢？

如果读《飞狐外传》，就知道所谓不为美色所动，并不是说英雄看到美人不会心动。胡斐真正大的考验是：他明明就已经心动了，他爱上了袁紫衣，而且跟袁紫衣两情相悦，这个情况下，袁紫衣所提的要求，他有可能拒绝吗？他如何拒绝？

我们并不是在讲一个英雄，他是柳下惠，女人在当前，完全不为所动。他要讲的不是这种侠，他要讲的侠所遇到的诱惑比这个更艰难。你深爱的人要求你，你会不答应吗？或者说，有比你深爱的人哀求你而你必须拒绝她的更重要的原则吗？这是他给胡斐的第一个考验。

第二个考验，不为哀恳所动。"英雄好汉总是吃软不吃硬，凤天南赠送金银华屋，胡斐自不重视。"可是小说里特别强调，关键的重点不在于送了金银华屋，而是金银华屋这些财富是用什么方式送给他的？

胡斐走到哪里都有人毕恭毕敬地说，有人交代好了，应该要怎么样怎么样，都是已经考虑周到了，根本不知道提前在那里帮他安排好所有这一切招待事宜的人究竟是谁。但是不管他怎么走，走到哪里，就是有人招待他。到了最后，连房子都帮他准备好了。

这就叫做诚心诚意服输求情，意思是这一路用行为来表现我错了，我反悔了，我不对，我跟你认输。一个人跟你认输，跟你求情，如果你不饶他，对一个侠来说，这是难的。这是给胡斐的第二项考验。

这第二项考验关键的重点，即不是人家去激你去骂你去反对你，如果是碰到这种状况，你的英雄气概被激起来了，你当然不可能让步。可是现在状况是什么？人家诚心诚意跪在你面前了，跟你说饶了我吧，你饶还是不饶？一般的侠、一般的英雄当然就饶了，但是《飞狐外传》里要写胡斐不饶。

第三项考验，对金庸来说，如果我们依照侠的概念的话会更难，因为江湖讲究的就是面子和义气。凤天南动用了一批像周铁鹪这些人，让他们给足了胡斐的面子，低声下气。意思是说不只是自己认错，还找了一群朋友都来动员，然后跟胡斐说：哎呀，看我们面子，不看僧面看佛面，你就饶了他。别人都这样说了，以义气和面子相求，让还是不让？答应还是不答应？胡斐也不让，也不答应。

依照《飞狐外传》后记，我们明白：他说我要写的胡斐，你应该读到什么？你要问的，你要读到的，你要认真地去理解和体会的，就是为什么这三件事情摆在他眼前他都不让？

给他这样的挑战、这样的考验，最后袁紫衣拜托他，他不答应；凤天南用这种方式跪在他面前求饶，他不答应；到周铁鹪这一群人都来拜托他，看他们的面子在朋友的道义上饶了凤天南，他也不答应。

关键就在这里，金庸真的是深刻。他说："胡斐所以如此，只不过为了钟阿四一家四口，而他跟钟阿四素不相识，没一点交情。"

这就要快速地回到《飞狐外传》小说的写法上。胡斐怎么上场的？在商家堡混乱的局面当中，当时核心、关键的事件是田归农带着田夫人南兰到了这里，误打误撞，偏偏就遇到了苗人凤带着苗若兰出现。

苗若兰是南兰生的，但是妈妈跟人家私奔了。这下子遇到了小女儿，就要妈妈抱她。但这个时候妈妈狠心，转头不理她。后面解释了，苗人凤是如何失去了他的太太，田归农又如何拐走了他的太太。

然而就在这一家人有如此复杂纠结的感情状况下，有一个小鬼不理所有的这一切闯了进来，指着南兰说：小女孩这样苦苦哀求你抱抱她，你为什么不抱她？怎么会有这么狠心的妈妈？

这是莫名其妙的一个小男孩，这个小男孩跟这些人一点关系都没有，至少他自己不知道跟这些人有什么关系。他不知道苗人凤跟他的爸爸胡一刀有恩怨、有过节，当下他跟这些人全都不相识。这就是胡斐上场的起手式。

这个起手式要干吗？就是要对我们彰显这是胡斐个性的基础。他不认人的，他只认什么是对的，尤其是有着一种直觉、冲动的感情，这是他个性的基础。

他并不是因为他跟这些人有什么牵挂，对他来说，当时这些人都是陌生人，可他认定了一个做妈妈的当你的女儿这样求你抱抱她你都不做，而你不过就是举手之劳抱抱她，这件事情做妈妈的一定不对。看到这种不对的行为，他就一定要讲，他才不顾你们到底是谁，也不管讲这个话会有什么下场、什么结果。

接下来关键的事件，就是凤天南仗势去欺负人家，欺负的是完全没有任何还手余地的钟阿四，他最卑微、最可怜，得不到任何人的帮助。正因为钟阿四弱势到这种地步，所以胡斐不放过凤天南。刚刚讲到的那三项考验，就是牵涉要不要原谅曾经如此欺负钟阿四一家的凤天南。

在《飞狐外传》里，金庸借由这件事情凸显出特别的侠。这个侠单纯得不得了，在他的心里有非常绝对的标准。与他心中正义的绝对标准相比，所有其他的一切他通通都可以不顾。

另外还有一件事，更进一步把《雪山飞狐》《飞狐外传》联系起来。《雪山飞狐》有一个重要的历史背景，不过这部小说写的时候，金庸基本上只是一笔带过。小说是这样写的，闯王李自成当时他"身边有四名卫士，个个武艺高强，一直赤胆忠心的保他。这四名卫士一个姓胡，一个姓苗，一个姓范，一个姓田，军中称为胡苗范田"。"这四大卫士跟着闯王出生入死，不知经历过多少艰险，也不知救过闯王多少次性命。闯王自将他们待作心腹。这四人之中，又以那姓胡的武功最强，人最能干，闯王军中称他为'飞天狐狸'！"这是胡斐后来变成"飞狐"的另一个来历，这其实是早就来自他的祖先。

"闯王给围在九宫山上，危急万分，眼见派出去求援的使者一到山脚，就给敌军截住杀死，只得派姓苗、姓范、姓田三名卫士黑夜里冲出去求救。姓胡的留下保护闯王。不料等到苗范田三名卫士领得援军前来救驾，闯王却已被害身死了。

"三名卫士大哭一场，那姓范的当场就要自刎殉主。但另外两名卫士说道，该当先报这血海深仇。三人在九宫山四下里打听闯王殉难的详情，那姓胡的卫士似乎尚在人间。三人心想此人武艺盖世，足智多谋，若得有他主持，闯王大仇可报。当下分头探访他的下落。

"武林中古老相传，只因这番找寻，生出一场轩然大波来。苗范田三人日后将当时情景，都详详细细说给了自己的儿子知道，并立下家规，每一代都须将这番话传给后嗣，好叫苗范田三家子孙，世世代代不忘此事。"

这是《雪山飞狐》历史背景的交代。这段故事，就来自胡苗范田这四家，到后来冤冤相报。什么叫做冤冤相报？先人之间的纠纷，后人不放过。这样的主题，这样的情景，延续到《飞狐外传》里。

《飞狐外传》开场商家堡的商老太一样是冤冤相报，她要教她的小孩一定要去报仇。金庸在《飞狐外传》中扯上李自成,把这个历史背景扩展开来,刻意勾连上自己的第一部武侠小说《书剑恩仇录》,这样就把《飞狐外传》写成了《书剑恩仇录》的续篇。

在《飞狐外传》当中,《书剑恩仇录》的主角陈家洛也上场了。他上场的那个情景非常有意思,被胡斐误认为是福康安。在《书剑恩仇录》里就是这样写的,因为陈家洛和福康安都跟乾隆有着比较近的亲戚关系,所以陈家洛和福康安长得非常像。

不过,陈家洛和福康安两个人面貌如此神似,这在小说《飞狐外传》里有另外一个作用,那就是胡斐拉着陈家洛假扮福康安去安慰临死的马春花,陈家洛也答应了。陈家洛是何等的身份?他不只是红花会会长,而且红花会最重要的目标就是"反清复明",他们的敌人就是清廷。陈家洛竟然答应愿意假扮福康安,就是为了让马春花瞑目而死?那马春花是谁呢,竟然动得了陈家洛来为她做这件事情?

最有意思的是,她叫马春花,这是一个多么不响亮、不起眼的名字。她这个角色跟她的名字一样,马春花其实也不是什么人物,但是她却贯穿《飞狐外传》全书。一开场就是马春花跟她的爸爸和师兄徐铮他们一群人到了商家堡,从这里展开《飞狐外传》的故事。

可是,马春花说武功没武功,说人品没人品。既然是女角,那她长相呢?她上场的时候,"十八九岁年纪,一张圆圆的鹅蛋脸,眼珠子黑漆漆的,两颊晕红,周身透着一股青春活泼的气息",感觉上不错。但是才过了两三页,金庸接着就这样写道:"厅门推开,进来了一男一女,男的长身玉立,气宇轩昂,背上负着一个包裹,三十七八岁年纪。女的约莫廿二三岁,肤光胜雪,眉目如画,竟是一个绝色丽人。"

马春花本来算得上是一个美女,但这个丽人一到,立刻就被比了下去。南兰一出现，就把马春花不知道比到哪里去，所以作为一个美女，马春花也不是第一等、第一流的。

但关键也就在这里，马春花真不是个什么人物。可是胡斐却一心一意地喜欢她，胡斐闯进皇宫就是为了要救马春花的儿子。

这里有个对比。《书剑恩仇录》里陈家洛率领红花会的这些英雄打进皇宫里，是要想办法让乾隆幡然悔悟，变成汉人，让这个江山从满人的手里转回到汉人的手里。这是多么冠冕堂皇的一个家国情怀啊。而胡斐也是闯进皇宫里，也经过各种不同的考验，却是为了马春花而去的个人私事。从这里，我们再度清楚地看到金庸的改变。

在写《书剑恩仇录》的时候，他还依循着原来武侠小说的写法，要写武林大事，要写家国大事。但是到后来，他越来越强调，其实真情比这些都更加重要。

就像他在《飞狐外传》的后记特别提到了钟阿四这个人，他充分映现出胡斐的个性。钟阿四他根本不认识，但是凤天南用这种方式欺压钟阿四。一个他不认识的人，人都死了，他都还要替他打抱不平，一路追杀凤天南到底。

马春花对胡斐，其实是同样重要。在商家堡的时候，还没有什么武功、武艺的胡斐被吊起来打，在那样一个最艰难最悲催的情况下，马春花替他说话。马春花不只替他说话，还愿意让商宝震占她一点便宜，以便让胡斐可以少受一点苦，就是这个恩情。这个恩情就足够了，让胡斐这样一种直个性、热心肠的人一辈子不会忘。而且他就会为了要报这个恩，他愿意为马春花闯进皇宫去救她的儿子。

如果我们仔细读了《飞狐外传》，我们体会并理解金庸给胡斐的这些身世、这些故事，那么请大家再回头去面对《雪山飞狐》那个没有明确答案的结局，或者你可以把解决这个问题当作一份去读《飞狐外传》的作业。

　　读完了《飞狐外传》，你再来想，你觉得胡斐会劈下去还是不劈下去？你认为胡斐这一刀应该会劈下去，那就请你在《飞狐外传》中找到这一刀会劈下去的证据或线索。你认为这一刀不会劈、不能劈、劈不下去，那也请你在《飞狐外传》中找到可以说服你自己、让你安心的基本理由。

　　首先，金庸的小说和好的小说一样，都经得起我们反复地读；其次，让我们用互文的方式来读，在不同文本当中互相比对，能够伺机解读出更深刻的意义来。一般我们不会反复而且用互文的方式来读武侠小说，因为大部分的武侠小说是经不起这样读的，但金庸的武侠小说就是不一样。为什么一再强调《雪山飞狐》《飞狐外传》是二连作？因为这里有太多太有趣、太重要的互文关系。

能解无药可救之毒的人

　　除此以外，《飞狐外传》延伸了《雪山飞狐》中另外一段关键的情节。从武侠的角度来看，《雪山飞狐》中写得最精彩、淋漓尽致的当然是胡一刀跟金面佛的决斗。但是，这个决斗最后是以悲剧收场，金面佛误杀了胡一刀。他怎么误杀了胡一刀？因为他的刀上淬有剧毒。

　　原来的小说《雪山飞狐》里，这个毒是指向大夫阎基（后来变成了宝树和尚），他在那个舞台上几次说谎、编故事，都被苗若兰给拆穿了。单纯如果只是读《雪山飞狐》，我们认为那个毒就是大夫阎基的，他用这种方式去陷害两个人。但是到了《飞狐外传》，却从这里另外拉出了一条线，而且是一条长线。这条长线经过了整本的《飞狐外传》，最后贯穿到快要结束的时候，出现了一个奇怪的人，这个人叫石万嗔。

石万嗔是"毒手药王"无嗔大师的师弟。这无嗔大师也很有意思，原来最早叫"大嗔"，后来叫"一嗔"，再改名叫"微嗔"，最后变成了"无嗔"。这意思是他一路不断地修养自己，让自己从一分的嗔，后来剩下半分，接下来剩下一点点，最后他终于修养好了，让自己变成了无嗔。

这个无嗔竟然有个师弟叫万嗔，那你就知道这个石万嗔没有修养，他是个坏人，是一个彻底的坏人。我们一直到小说的最后才看到石万嗔假冒无嗔大师出现，在这之前我们看到金庸所铺的线却是无嗔大师的弟子程灵素。

《飞狐外传》写了两个女主角，正是因为这两个女性角色写得太成功了，使得他没有办法回头去改写《雪山飞狐》。这两个女性角色，其中一个是袁紫衣，既美丽又武功厉害。袁紫衣只要一出现就是小说里的小高潮，走到哪里就去抢人家的掌门人，为了要收集足够多的掌门人去参加福康安所主持的天下武林掌门人大会。光是这个设定就太有趣了，高潮迭起。更进一步，她那么美，迷得胡斐神魂颠倒，脑袋里随时都有她。袁紫衣当然是女主角，不过她是一波又一波的高潮，不时跑出来亮一下闪一下，但是真正始终贯穿这部小说的女主角却是程灵素。

是程灵素而不是袁紫衣，一路一直跟在胡斐的身边。程灵素是一个什么样的女主角？最关键的一点是，她长得不够美，自己也知道在美貌、武功上都比不上袁紫衣，又知道因为有外貌那么美武功那么好的袁紫衣的存在，她没办法跟袁紫衣在所爱的这个男人心里竞争。

程灵素就是这样充满感情纠结的一个角色，但这个角色也是金庸在《飞狐外传》里写得最成功的一个。这样的一个角色，后来就一步一步地拉着我们，对她产生了越来越深刻的认同。

她的感情也非常清楚，那是另外一种偏执。偏执到什么程度?她是无嗔大师的弟子,她学的当然是药、是毒。她学得淋漓尽致,甚至在种出最厉害的毒物七心海棠这件事情上青出于蓝。她的本事,达到什么程度?在小说里,她人都死了,死了之后她还能靠半截蜡烛替自己报仇,杀了害死她的师叔石万嗔。所以,她死了之后,并不是靠活下来的胡斐帮她复仇,而是她自己复仇,并且再次救了胡斐。

但更重要、更关键的是,她怎么死的?程灵素之死和她用药关系非常密切。她身边有一本秘籍《药王神篇》,里面有两行文字写道:"碧蚕毒蛊和鹤顶红、孔雀胆混用,剧毒入心,无法可治,戒之戒之。"这是用毒当中的极致,这三种毒在师父留下来的书里明明写的是无法可治,但是谁中了这个毒呢?中了这个毒的人偏偏是胡斐。但是明明中了无法可治的毒,胡斐后来却活下来了。为什么他活下来了?我们看看程灵素最后所说的话。

她说:"我师父说中了这三种剧毒,无药可治,因为他只道世上没有一个医生,肯不要自己的性命来救活病人。"换句话说,她牺牲自己的性命,用一枚金针刺破了胡斐右手手背上的血管,然后用嘴巴把那个毒药给吸出来。把毒药吸出来,胡斐身上没有了毒,但是程灵素也就活不下去了。她这样牺牲自己的性命,破解了师父在医书里斩钉截铁说无法可治的毒药。

小说中胡斐在心里这样总结程灵素的本事和她的情感:"她一切全算到了,料得石万嗔他们一定还要再来,料到他小心谨慎不敢点新蜡烛,便将那枚混有七心海棠花粉的蜡烛先行拗去半截,诱他上钩。她早已死了,在死后还是杀了两个仇人。她一生没害过一个人的性命,她虽是毒手药王的弟子,生平却从未杀过人。她是在自己死了之后,再来清理师父的门户,再来杀死这两个狼心狗肺的师兄师姊。"

换句话说,你回头看程灵素的一生,她保有了完美的记录。

她的师父是毒手药王,多毒啊,可是她竟然可以保持在她有生之年没杀过任何一个人。等到她死了之后,她才杀了两个杀她的人——同时背叛师门的这两位师兄、师姐。

胡斐继续说:"她没跟我说自己的身世,我不知她父亲母亲是怎样的人,不知她为什么要跟无嗔大师学了这一身可惊可怖的本事。我常向她说我自己的事,她总是关切的听着。我多想听她说说她自己的事,可是从今以后,那是再也听不到了。"心里当然充满了悔恨。

对他所说的这个"二妹",其实他也非常地心酸,在小说里就是为了保有他对袁紫衣的爱情,拒绝程灵素跟他之间的男女情感,所以才跟程灵素结拜为兄妹,称她二妹。"二妹总是处处想到我,处处为我打算,我有什么好,值得她对我这样?值得她用自己的性命,来换我的性命?"

尤其悔恨的是,他知道中了这种毒,还有另外一种可能的出路,那就是赶快把中毒的手臂砍断。但砍断了之后,毒已经进入身体,没有办法根绝,所以在砍掉手臂之后,顶多还可以活九年。

这个时候胡斐就想:"其实,她根本不必这样,只需割了我的手臂,用他师父的丹药,让我在这世界上再活九年。九年的时光,那是足够足够了!我们一起快快乐乐地度过九年,就算她要陪着我死,那时候再死不好么?"

可是一转,他有更深层的认识和理解:为什么二妹这样选择?"我说'快快乐乐',这九年之中,我是不是真的会快快乐乐?二妹知道我一直喜欢袁姑娘,虽然发觉她是个尼姑,但思念之情,并不稍减。那么她今日宁可一死,是不是为此呢?"这是非常深刻的领悟和理解。当然这样的领悟和理解,内在是无法安慰的悲哀。换句话说,各有偏执。

胡斐的偏执是他对袁紫衣那样的一种感情，而这样的感情偏偏搭上了程灵素对胡斐另外这一份偏执的感情。偏执对偏执，就没有出路，最后就只能以程灵素为胡斐牺牲来作为结局。

这是金庸把《雪山飞狐》原来已经解决的一件下毒事情放在《飞狐外传》里，重新变成了一个谜团：到底谁在金面佛所用的刀上下毒？一路延伸开来，到后来我们才明白，关键重点不在下毒，而在于从这里引出了"毒手药王"；更重要的是，从这里他得以在《飞狐外传》里，创造出程灵素这样一个悲剧、偏执但又如此感人可爱的角色。也正因为他用这种方式写了程灵素，又写了袁紫衣，他就无法去处理原来《雪山飞狐》当中胡斐见到苗若兰所产生的那样一种情感。

可以这样说，金庸非常明白，曾经沧海难为水，如果胡斐真的经历过程灵素如此为他而死的刻骨铭心的爱情，那他对人生、对感情尤其对女性会有完全不一样的认知和看法。他就绝对不可能是原来《雪山飞狐》中所写的一看到苗若兰就一见钟情的那种天真青年。

然而我之前就说过了，金庸在联结这两部作品时的失败是，一来不应该让我们抹杀这两部作品之间非常有趣的呼应关系，二来不应该让我们因此而忽略了这两部作品各自的成就：《雪山飞狐》里那种舞台剧的特殊现代写法，《飞狐外传》里像程灵素这样一个非典型的女性角色所留给我们的深刻印象与深刻感动。

《鸳鸯刀》：咒语一般的"江湖上有言道"

这部篇幅短小的作品是1961年金庸在《明报》刊载的，这是一个讽刺之作。小说一开头的时候，第一个句子、第一个段落结尾在一个惊叹号上，所以我们念这个句子应该要这样念："四个劲装结束的汉子并肩而立,拦在当路!"感觉上好了不起。

这四个人的模样引发了故事当中的周威信一连串的狐疑和担心。他想:"若是黑道上山寨的强人,不会只有四个,莫非在这黑沉沉的松林之中,暗中还埋伏下大批人手?如是剪径的小贼,见了这么声势浩大的镖队,远避之唯恐不及,哪敢这般大模大样的拦路挡道?"看起来应该得出的结论是:这四个人是武林高手,而且应该是冲着自己所带领的镖队而来。

所以他就凝神打量这四个人:"最左一人短小精悍,下巴尖削,手中拿着一对峨嵋钢刺。第二个又高又肥,便如是一座铁塔摆在地下,身前放着一块大石碑,碑上写的是'先考黄府君诚本之墓',这自是一块墓碑了,不知放在身前有何用意?黄诚本?没听说江湖上有这么一位前辈高手啊!第三个中等身材,白净脸皮……他手中拿的是一对流星锤。最右边的是个病夫模样的中年人,衣衫褴褛,咬着一根旱烟管,双目似睁似闭,嘴里慢慢喷着烟雾,竟是没将这一队七十来人的镖队瞧在眼里。"

如果我们单纯这样看,如此描述下来,这就是一般武侠小说一个耸动的开场,马上就进入那样一种情境下。这里有一个悬疑:这四个人到底是谁?他们有什么打算?另外这四个人应该是武林高手,他们各自怀有什么武功?接下来要展开怎样的一场大战?

不过就在描述这四个人当中,金庸放了一个奇怪的句子,立刻就让我们感到这个描述的方式不是一般武侠小说的写法。

刚刚讲到了四个人,这"第三个中等身材,白净脸皮",接着金庸说:"若不是一副牙齿向外凸出了一寸,一个鼻头低陷了半寸,倒算得上是一位相貌英俊的人物。"这是什么描述?牙齿向外凸出一寸,鼻头低陷半寸,这是什么样的丑模样?怎么会说除了这个缺点,算是相貌英俊?可见这里不是正经的写法。

接下来是这个周威信内心的嘀咕。周威信,名头很响亮,陕西西安府威信镖局的总镖头，人称"铁鞭镇八方"。可是这个时候遇到了这四个人，关键的一件事情是他心里转的念头出现了"江湖上有言道"。"江湖上有言道"指的是江湖的 conventional wisdom，也就是说长久以来经验累积的指导方针。同时借由"江湖上有言道"，金庸也在指向一般武侠小说的写法。

这六个字变得像个咒语一般。周威信遇到了什么事情，马上心里就想"江湖上有言道……"整个算一下，"江湖上有言道"在这个小说里一共出现了二十四次。"江湖上有言道"第一次出现的时候是这样的。周威信心里想了好多江湖上的轶闻往事："一个白发婆婆空手杀死了五名镖头，劫走了一支大镖；一个老乞丐大闹太原府公堂，割去了知府的首级，倏然间不知去向；一个美貌大姑娘打倒了晋北大同府享名二十余年的张大拳师……"这三个例子有什么共同点？"越是貌不惊人、满不在乎的人物，越是武功了得，江湖上有言道：'真人不露相，露相不真人。'"

这不只是江湖传统智慧，更进一步来说，我们回头想一想，武侠小说不都是这样写的吗？甚至金庸自己的武侠小说也会这样写：貌不惊人的一个老乞丐，大家没把他放在眼里，一下子他突然变身成为最了不起的高手，收拾了所有的人；美貌的大姑娘，动不动一出手，就打败了大家看起来以为是最强悍、最有功夫的彪形大汉。

可是这篇小说的关键就是，周威信动不动就想起"江湖上有言道"，但是故事接下来的发展都证明周威信想错了，"江湖上有言道"错了，大错特错。

比如说"真人不露相，露相不真人"。这四个人是什么人？后来我们发现，这四个人的头衔很响亮：一个是烟霞神龙逍遥子，一个是双掌开碑常长风，一个是流星赶月花剑影，最后一个长得不得了——八步赶蟾、赛专诸、踏雪无痕、独角水上飞、双刺盖七省盖一鸣。但是搞了半天,这些人都是盖的,他们就是吹牛皮吹了这些好听的头衔,其实功夫稀松平常得不得了,一下子就统统被打垮被打跑了。

再接下来,小说的叙事跟随着这四个人。这四个人劫镖失败之后,其中逍遥子受了伤,躲在密林当中。他们在密林里看到来了一男一女,这一男一女在互斗。其中那个壮汉向前直冲,回头骂道:"贼婆娘,你这般狠毒,我可要手下无情了!"那少妇骂道:"狗贼!今日不打死你,我任飞燕誓不为人。"就在这个时候,吹牛皮的太岳四侠,拦在那个壮汉身前。少妇任飞燕又叫了:"林玉龙,你还不给我站住?"

然后呢,我们就看他们怎么打:"……(任燕飞)一弹打出,将逍遥子手中的烟管打落在地。这一弹手劲既强,准头更是奇佳,乃是弹弓术中出名的'回马弹'。任飞燕微微一笑,转头骂道:'林玉龙你这臭贼,还不给我站住。'只听林玉龙遥遥叫道:'有种的便跟你大爷真刀真枪战三百回合,用弹弓赶人,算什么本事?'耳听得两人越骂越远,向北追逐而去。花剑影道:'大哥,这林玉龙和任飞燕是什么人物?'"

我们也想知道,他们什么来历、什么人物。大哥逍遥子想了一会儿,怎么回答呢?他说:"林玉龙是使单刀的好手,那妇人任飞燕定是用弹弓的名家。"这不是废话吗?你知道一个叫林玉龙,一个叫做任飞燕,你明明看到一个用刀,一个用弹弓,你有讲出任何我们不知道的话吗?没有。但是旁边的盖一鸣立刻就说:"大哥料事如神,言之有理。"言之有理,因为这就是事实,但料事如神,那就纯粹是巴结是拍马屁了。

后面我们看到,盖一鸣不只是说这句话,还连续讲了两次,所以光是看到这里,我们已经非常清楚,这是金庸的戏作。金庸有幽默感,读金庸武侠小说的人都很熟悉,这不是什么新鲜的事情。金庸武侠小说吸引人的特点之一，就在于他的幽默感，这是让他跟其他武侠小说作者拉开距离的一种特性。

像《射雕英雄传》里，我们就看到了老顽童周伯通。周伯通可爱、有趣，他讲的话疯疯癫癫的，让我们读着读着忍不住就会微笑，有时候甚至会笑出声来。用幽默的方式写语言和对话，金庸到了后来越加炉火纯青。《笑傲江湖》里就出现了桃谷六仙，他们斗嘴的内容真的是让读者读得乐不可支。

我必须承认，到后来你都上瘾了。怎么上瘾呢？如果有一阵子桃谷六仙不出现，我们还会想他们，心说你们赶快出来，我好想看看金庸还能够再怎么发明这桃谷六仙彼此斗嘴的内容和斗嘴的方式。

金庸最后一部小说《鹿鼎记》，最会讲笑话、最会闹笑话的人，甚至就变成了主角，那就是韦小宝。不过如果以《笑傲江湖》《鹿鼎记》为标准的话，《鸳鸯刀》的幽默还没有那么高的等级。不过，《鸳鸯刀》不太一样，他多加了一种东西，那是讽刺。

在这里，讽刺的对象是武侠小说里的陈腔滥调。也就是这个时候，在台湾、香港，因为太多人在写武侠小说，都套用了各式各样的公式，这里抄一点、那里模仿一点。所以武侠小说很多我们还没看，都知道小说作者会怎么写，他就是用《鸳鸯刀》来讽刺这些粗制滥造的武侠小说。

可是还不只如此，他讽刺的对象不只是别的武侠小说作者，他甚至拿自己开刀。我们看一下这个时间点——他刚写完《神雕侠侣》。《神雕侠侣》里最惊人的武功是什么？是杨过用全真派的剑法，配合小龙女的玉女剑。两个人因为情意相通，所以彼此互相呼应，把古墓派林朝英所设计出来的这一套武功发挥到淋漓尽致。

这只有在两个相爱的人的身上才能够使出这种功夫，这种功夫让金轮法王也抵挡不了，这一段给我们留下非常深刻的印象。但是到了《鸳鸯刀》，金庸就拿自己写的这套武功来开玩笑，类比地在《鸳鸯刀》里发明了一套夫妻刀法。这个夫妻刀法交给了一对真正的夫妻，就是任飞燕和林玉龙。

可是正因为他们是夫妻，反而就一定练不成夫妻刀法，因为现实的夫妻随时都在吵架。已经变成了夫妻，就不可能心意相通，所以这两个人空有这一套夫妻刀法，但怎么和都和不在一起。这就是一个讽刺。什么叫做夫妻？以为是夫妻，所以情意相通，能够练出特殊的功夫。金庸好像就在旁边冷笑说：但现实里的夫妻真的是这样吗？

所以是倒过来，在小说里是本来不相干的一对男女萧中慧和袁冠南，他们明明是遇到了危机，为了要解围，临时抱佛脚去练夫妻刀法，练啊练啊，再加上共同抵抗敌人，反而在这个过程当中培养出情意来。因此，已经变成夫妻的人是耍不开夫妻刀法的，但是夫妻刀法可以倒过来，让这两个原来没关系的人产生感情，变成情人，变成夫妻。

另外一个更大的嘲讽，也是针对他自己的。金庸写完《神雕侠侣》，之后正要写《倚天屠龙记》。倚天剑、屠龙刀，两者加在一起就可以称霸武林，他就用同样的模式塑造了《鸳鸯刀》——谁拿到了鸳刀和鸯刀，一长一短，加在一起就可以无敌天下。

可是鸳鸯刀无敌天下本就是一个笑话。鸳刀和鸯刀怎么可以无敌天下？在鸳刀和鸯刀上，原来其中一把上面写着"仁者"，另外一把写着"无敌"，加在一起就是"仁者无敌"。这不过就是一个成语，或者说这不过就是总结了一套儒家的信念，如果你做国君的、做仁君的，你愿意慈爱你的百姓，百姓都会爱戴你，你就无敌于天下了。这跟武林、跟这个江湖有任何关系吗？一点都扯不上。

所以《鸳鸯刀》用这种方式讽刺了所有写这种拿到什么武林秘籍、什么了不起的宝刀,就可以无敌于天下、称霸武林的小说。金庸就说,有这回事吗?这些都是骗人的,你经不起现实的考验。就像他用这种方法嘲讽自己所发明的那一套夫妻共用的武功一样,没有这回事。

可是如果没有这回事的话,倚天剑、屠龙刀又是怎么回事?所以金庸已经先看破了这种事情的虚妄,而且在《鸳鸯刀》里自己已经把它点破了。所以金庸了不起的地方就是,他还可以用这种方法一步步地去铺陈倚天剑和屠龙刀之间的这种神话。

很显然,这不是单纯的幽默感,我们应该这样看、这样理解。不要说是写武侠小说的人,就是我们放眼所有的写作者当中,有谁像金庸那么豁达、那么幽默?没有这种豁达、幽默的个性,也就不会有《鸳鸯刀》这种豁达和幽默的写法。

他是拿整个武侠小说的传统来开玩笑,而且他不是尖刻地嘲弄别人。如果尖刻地嘲弄别人,那他就是自以为是,觉得我看得比你们远,我看得比你们精确,所以你们会这样写小说。

我为什么要嘲讽你?为什么要笑话你们?难道是因为我不会这样写,我写的跟你们不一样?不是的。在写《鸳鸯刀》的时候,金庸以他的幽默和戏谑,也拿自己刚写完的小说来开玩笑,而且还拿自己正要写的小说来开玩笑。我们看《鸳鸯刀》里好多的这种套路,金庸在自己的武侠小说里也都摆脱不掉。

既然自己也这样写,他用这种方式嘲笑,那就不是尖刻地去攻击别人,毋宁是用轻松细小的方式进行一种深层的反省。意思是说写武侠小说有简单的地方,有难的地方,我们作为武侠小说作者,你要分清楚,你要有所选择。武侠小说必然有一些套路一些模式,这是简单的,如果你完全没有这种东西,就不是武侠小说。但是一个武侠小说的作者不能沉溺在这里,或者是不能老是挑容易的路走。这些东西走多了走久了,你自己不烦,你自己不厌恶吗?你自己都烦了,读者能不烦吗?

因而在这种简单的写法之外,一个武侠小说的作者,他就要有这种自尊心,他要能够另外选择艰难的原创之路去走。这些艰难的原创之路,别人没走过、别人没写过,你必须要在套路当中穿插创意。

当然更重要的是,金庸自己的写法,他的套路为什么不会让我们马上就感觉到可笑、厌烦?因为实质上,他的大架构、大剧情、大故事,他带动剧情故事的这些人物的个性,以及人跟人之间的特殊关系,这些都是新鲜的,这些都是特别的。当有这么多新鲜特别的内容作为主轴、作为主干,你在细节上再填充一些理所当然的东西,读者很容易就能够接受,不会妨碍小说的价值和地位。

所以读《鸳鸯刀》,我们可以得到两个重要的结论。第一个重要的结论,就是为什么我们读金庸的武侠小说,我们要去辨析并找出它独特的地方。如果你找来找去,你看到的只是那些套路,他跟别人一样的地方,这不叫做读到了、读懂了金庸的武侠小说。第二个重要的结论,我们真的诚心诚意地理解了,在我们面前是一个空前豁达和幽默的作者,多么难得,多么珍贵。

《白马啸西风》:强人从己之恶

除了《鸳鸯刀》,金庸另有一个短篇戏作《白马啸西风》。

这部小说如果单纯独立地看,大概是金庸所有的小说当中我们最难感觉到这是金庸写的,意思是它没有什么金庸的印记,不会一看就觉得这小说跟别人的小说写得不一样,也就是没有太多可观之处。

然而，如果我们把这部小说放到金庸整体的武侠小说创作的脉络下，倒是会浮现出几个突出的重点。

第一，全篇基本上是以李文秀这个女主角作为中心，男人在这篇小说当中基本上都是陪衬。

在所有出现的男性角色中，看起来最像男主角的就是哈萨克人苏普。可是有很多清楚的条件让我们知道，苏普不可能也不能够当作男主角。

首先，苏普没有什么了不起的武功。没有武功怎么可以在武侠小说里当男主角呢？其次，苏普他爱的也不是李文秀，所以他跟李文秀之间没有可生可死的情爱。既然李文秀是女主角，那苏普感情的选择，也就违背了一般对男主角的预期和假定。所以这整部小说是以女性作为主角。为什么要特别选女性作为主角？从李文秀小时候开始，父母受到追杀，她一路逃到西域，然后在西域长大，整个故事都是围绕着她的。其最重要的一个作用，就是为了写痴情。

李文秀从小就爱上了青梅竹马——跟她一起长大的苏普，但是李文秀是一个从中原被带到西域、在哈萨克人之间长大的汉人，而苏普却是当地土生土长的哈萨克人。更麻烦的是，苏普的哥哥和妈妈都是被汉人强盗所杀的，所以他的父亲不可能原谅汉人，对汉人抱有根深蒂固的偏见和仇恨。当苏普的爸爸知道苏普爱上一个汉人女孩的时候，苏普被打得好惨。李文秀不忍心看到苏普被父亲苏鲁克用这种方式反复责打，所以她就做了一个痴情的选择，她选择牺牲自己而撮合了苏普跟另外一位哈萨克的女孩阿曼。

这在金庸的小说里就有了可以延续下来被我们辨认的特性，这是一个爱的考验。金庸武侠小说写到后来，在感情的面向上，只有那种偏执狂才值得被写，才能够被写在金庸的小说里，成为重要的角色。如果我们用这个标准来看，那么非常清楚，苏普就不是这种偏执狂。

这是一个爱的考验。爱的考验是什么呢？爱他的女孩——当时他也爱的李文秀，为了救他，不让他陷入这种父子关系的困境中而把苏普送给她的狼皮转赠给了阿曼，把注意力从自己的身上转到阿曼身上。这是李文秀痴情的自我牺牲，然而苏普如何反应呢？苏普并没有坚持：不管父亲怎么对待他，我就是爱定了这个汉人女孩；同时，他也没有看上跟他同族的那个可爱漂亮、跟他年纪相仿、对他也有感情的阿曼，心里仍然满满的都是李文秀，所以他就拒绝接受阿曼。

他就不是偏执狂，他是正常人。所谓正常人，就在这种环境和条件的诱引下，爱上了同族的阿曼。他后来也就非常正常地遗忘了小时候曾经跟他有过感情的李文秀。苏普不是偏执狂，偏执狂的是李文秀。李文秀（的偏执之处）甚至不是坚持要爱苏普，她放弃过苏普，她牺牲过自己，而是她偏执的理由；更深层一点，是她无论如何都无法变心。这无法变心的痴情决定了人会用什么方式，不只是对待爱情、对待情人，甚至对待自己的人生。

《白马啸西风》小说最后一句话，提到了这个美丽的姑娘李文秀如此地固执。固执到什么程度呢？她知道"那都是很好很好的"，后半句却说"可是我偏不喜欢"。她没有办法喜欢上苏普以外的其他任何男人，这是她的宿命，这是她的偏执。也正因为这样，她就值得被金庸写成《白马啸西风》的女主角。

相对应的，这下子我们更明白，尤其写到感情的时候，在感情上如此正常，会变心而且一变心就把之前曾经有过的感情遗忘掉，没有一点点偏执痕迹的苏普，他怎么可能会是金庸武侠小说里一个合格的男主角？

所以整部小说没有男主角，只有女主角，而且把她颠倒过来写。金庸接下来就像写一般的武侠小说，当以男主角为中心的时候,男主角的身边都会围着好几个女人,不会只有一个女人,那样的感情太单调了。总之,有好多女人同样爱上这样一个大侠,这才凸显出这个男主角的特殊价值。

《白马啸西风》以李文秀作为女主角,除了苏普以外,她还遇到了两段非常奇特的爱情。这两段奇特的爱情虽然突兀、短暂,但是真的很不一样,很特别。其中的一段爱情,是马家骏对她的情感。"马家骏"这个名字,一直到故事快要结尾的时候才出现。这个故事前面大部分的时间,我们知道这个人叫计老人。一直到后来我们才知道,他既不姓计,也根本不是一个老人,他叫马家骏,是一个三十岁左右的汉子,他化装成老人。回头算一下,当李文秀小时候逃到哈萨克人群中,被计老人收养的时候,其实这个计老人不过才二十岁左右,他原来是一个青年。有意思的地方是,我们所认识的这个计老人一直到故事快结尾的时候才揭露出来,但他一变回了马家骏,没有多久就死了。

我们回头再看一下,在他还装成计老人的时候,跟其师父瓦耳拉齐比武受了重伤,他跟李文秀讲的最后一段话,是一直在劝诱李文秀回到中原去。他说:"回到了中原,咱们去江南住。咱们买一座庄子,四周种满了杨柳桃花,一株间着一株,一到春天,红的桃花,绿的杨柳,黑色的燕子在柳枝底下穿来穿去。阿秀,咱们再起一个大鱼池,养满了金鱼,金色的、红色的、白色的、黄色的,你一定会非常开心……可比在这儿好得多了……"这是他给李文秀的一个梦想,当然后来他死了,这个梦想绝对不可能实现,不过这个梦想给我们留下非常深刻的印象。

当马家骏死了,李文秀心里立刻透亮,她知道发生了什么事。小说里说"……可是李文秀心中却已明白得很。马家骏非常非常的怕他的师父,可是非但不立即逃回中原,反而跟着她来到迷宫;只要他始终扮作老人,瓦耳拉齐永远不会认出他来,可是他终于出手，去和自己最惧怕的人动手。那全是为了她！"也就是为了爱情，所以这是另外一段痴情。

马家骏这十年之中，以像一个老人、爷爷般的身份，跟李文秀这个小女孩一起生活，但他其实是个壮年人。所以李文秀这样想："世界上亲祖父对自己的孙女，也有这般好吗？或许有，或许没有，她不知道。"她不知道吗？也许是她故意不想知道。就算她真的不知道，作为一个读者，我们知道。

马家骏深深地爱上了李文秀，依照他自己利益上的考量，他就应该一直留在那里，躲在那里继续当计老人。就算他放心不下，跟着李文秀来到迷宫，他也应该就一直在那里看着就好，蹲在那里就好，什么事都不要做。可是一旦他发现李文秀有危险的时候，便奋不顾身，闯了出去，跟他最害怕的师父过招。因为他知道这个师父武功有多高，更重要的是当年他暗算过他师父，在他师父的背上刺了三根毒针，师父不可能放过他，也不可能原谅他。他明明知道如果一旦在师父面前现身，恐怕就是死路一条，这就是爱情，这就是痴情，所以这是马家骏对李文秀的感情。

除此以外，还有一段更古怪的感情，就是这个师父瓦耳拉齐对李文秀的畸恋。他是马家骏的师父，误打误撞也变成了李文秀的师父。这个人最大的特色，就是性子残酷。小说里有这么一段，特别凸显出他残酷到什么程度。他放过了汉人强盗陈达海，没有杀他，但是他做了一件事情。他告诉李文秀说："我在他后脑上一拳，打晕了他，把他关在迷宫里，前天下午，我从他怀里拿了那幅手帕地图出来，抽去了十来根毛线，放回他怀里，再蒙了他眼睛，绑他在马背之上，赶他远远的去了。"

听到这个描述，李文秀想不到。她想不到这个性子残酷的人居然肯饶人性命，问道："你为什么要抽去地图上的毛线？"那个地图，就是找到迷宫、找到道路的地图。

对于李文秀这个问题，瓦耳拉齐干笑数声，非常得意地回答："他不知道我抽去了毛线的。地图中少了十几根线，这迷宫再也找不到了。这恶强盗，他定要去会齐了其余的盗伙，凭着地图又来找寻迷宫。他们就要在大戈壁中兜来兜去，永远回不到草原去。这批恶强盗一个个的要在沙漠中渴死，一直到死，还是想来迷宫发财，哈哈，嘿嘿，有趣，有趣！"要记得，瓦耳拉齐这个时候自己也身受重伤快死了，但这就是他残酷的本性。

"想到一群人在烈日烤炙之下，在数百里内没一滴水的大沙漠上不断兜圈子的可怖情景，李文秀忍不住低低的呼了一声。这群强盗是杀害她父母的大仇人，但如此遭受酷报，却不由得为他们难受。"这是李文秀的软心，但是李文秀的软心就更凸显出这些强盗是咎由自取。她接着想：如果我有机会遇到这群在沙漠上不断兜圈子的强盗，我会救他们吗？我会跟他们说，你们拿到的地图是错的吗？

她如此自问，她得到心里真实的答案是，她觉得自己会忍不住同情他们，会说。可是这里真正最可悲的是，她很快就明白，就算她说了，他们也不会相信。"他们一定要满怀着发财的念头，在沙漠里大兜圈子，直到一个个的渴死。他们还是相信在走向迷宫，因为陈达海曾凭着这幅地图，亲身到过迷宫，那是决计不会错的。迷宫里有数不尽的珍珠宝贝，大家都这么说的，那还能假么？"所以就算李文秀遇到了他们，李文秀想救他们也救不回来，这叫做最彻底的咎由自取。

瓦耳拉齐的残酷达到什么程度呢？他快要死的时候，李文秀在旁边陪着他说话，他忍不住说："阿秀，我……我孤单得很，从来没人陪我说过这么久的话，你肯……肯陪着我么？"因为阿秀陪着他，突然之间，瓦耳拉齐起了坏念头，他在拇指和食指之间握着两枚毒针，心道："这两枚毒针在你身上轻轻一刺，你就永远在迷宫里陪着我,也不会离开我了。"他太喜欢阿秀了,所以这个时候他喜欢阿秀的方式是要毒杀阿秀,让她永远陪在身边。

"两枚毒针慢慢向李文秀移近,黑暗之中,她什么也看不见。"就在那千钧一发之际,看起来李文秀就要因这畸形的感情被瓦耳拉齐带到可怕的黑暗死亡之地了,然而是什么原因救了李文秀呢?

李文秀当时丝毫不知毒针离自己很近很近了,但她说了一句话:"师父,阿曼的妈妈,很美丽吗?"她突然提到了阿曼的妈妈,阿曼的妈妈就是瓦耳拉齐当年爱上了却得不到的那个女人。想到了阿曼的妈妈,想到了人生最深的无奈,那是什么?那是爱情。爱情完全勉强不来,得不到就是得不到。在如此领会和认知之下,瓦耳拉齐突然之间全身力气消失得无影无踪,原来握着毒针"提起了的右手垂了下来,他一生之中,再也没有力气将右手提起来了"。

这是小说非常清楚的一个主题:爱情是勉强不来的。但小说里又不单纯只是讲男女爱情,它从这里引申出更大的一个结论,这个结论才让我们了解这篇短短的小说,金庸干吗把故事拉到大漠去,因为他要利用西域的背景去讲高昌国的故事。

高昌国发生了什么事?在唐朝的时候,高昌是西域大国,物产丰盛,国势强盛。唐太宗贞观年间,高昌国的国王叫鞠文泰,臣服于唐。唐朝派使者到高昌,要他们遵守许多汉人的规矩。鞠文泰就对使者说:"鹰飞于天,雉伏于蒿,猫游于堂,鼠噍于穴,各得其所,岂不能自生邪?"虽然你们是猛鹰在天上飞,但我们当个野鸡,我们躲在草丛里;虽然你们是猫在厅堂上走来走去,但我们是小老鼠,我们躲在洞里啾啾地叫,这有什么不可以?你们为什么一定要改变我们呢?为什么一定要强迫我们去遵守你们汉人的规矩和习俗?

然而这个话传到了唐朝,唐太宗听了非常愤怒,觉得高昌人野蛮，不服王化，所以就派了大将侯君集去讨伐高昌。这是高昌悲剧的来源，因为高昌国被围，所以才去建造了这样一座高昌迷宫。

这里关键的重点是，金庸点出了强人从己，不只是强迫人家听你的命令，还要别人学习你，要别人模仿你，要别人跟你过一样的生活，这样的一种态度是恶的，而且这是一个非常可怕的恶。要把别人变成跟自己一样，这种权威、这种霸道，是邪恶、可怕的。

这个观念就在小说《白马啸西风》里出现了，不过要到《笑傲江湖》里才完全开展。《笑傲江湖》里，大家想一想，一切灾难的源头在哪里呢？就是强要成立一个五岳派。本来分为五派，可是硬要把这五派合成一派，结果就产生了权力的狡诈。而相对应的，令狐冲为什么是《笑傲江湖》里的侠士、主角？因为他在这一点上，跟他的师父，跟嵩山派这些想要强人从己的人彻底相反。因为令狐冲是一个彻底的自由派，所以才会以男人之身去当衡山派的掌门。关键在于衡山派这些尼姑去拜托他带领她们，因为这些尼姑都知道令狐冲最重要的、最特殊的素质——他一定会尊重她们，他不会勉强她们要变成什么。她们是尼姑，她们是衡山派，即使令狐冲做了衡山派的掌门人，他也一定会尊重她们，任由她们去使她们的武功，去过她们的生活，所以她们才会挑选令狐冲来带领她们。

这是人与人之间最深刻的信任，而这种信任如何形成？就是反对强人从己的那种权力以及那样的邪恶，尊重别人的自由，尊重别人的风格，尊重别人的形式。这是《笑傲江湖》中金庸借由令狐冲所彰显出来的最高的人格价值。

《连城诀》：以荒诞靠近现实

用模糊的背景与主角彰显主题

要谈金庸的武侠小说《连城诀》，必须要先回到《倚天屠龙记》。在《倚天屠龙记》的后半部分，金庸开启了一个新主题，那就是"误会"和"冤枉"。

《倚天屠龙记》第三十二回里讲到，张无忌在雪地里发现了他师叔莫声谷的尸体。可是，就在这个时候，他又遇到了宋远桥（他的大师伯）他们一群人。他试图隐藏自己的身份，但是后来还是被发现了。在这样一个情境下，大家都认为师叔莫声谷就是张无忌杀的，此刻他就是别人眼中的杀人凶手。赵敏在他旁边，跟他说了一句话"大丈夫忍得一时冤屈，打甚么紧"，赶快走，既然无从解释，那就不解释，被误会算了。

在小说里，这一段节奏写得特别快。我们大概可以这样讲，因为金庸太偏心张无忌，舍不得让张无忌一直以这种方式被误会，所以转折得很快。

金庸先用夸张的巧合安排，接着让陈友谅追着宋青书出现在同样的场景里。就在张无忌和其他武当四子都能够偷听到的情况下，宋青书在跟陈友谅的对话中，就把事情的原委、来龙去脉讲完了。当然，听到的人都知道，原来是宋远桥的儿子宋青书杀了他自己的七师叔，而不是张无忌杀的。

这个场景其实有一个深刻的反讽，那就是赵敏。赵敏跟张无忌说了这句话"大丈夫忍得一时冤屈，打甚么紧"，而小说里真正最冤屈的人是谁呢？是赵敏。这个时候张无忌认定赵敏杀死了殷离。张无忌在葬殷离的时候，墓碑上特别写的是"吾妻"——这是我的太太，他认定没有过门的妻子殷离被赵敏杀了。

还不只如此，当时赵敏下落不明，同时倚天剑、屠龙刀跟着也下落不明，这个账在张无忌的心里也是算到赵敏头上的。赵敏所受到的冤屈不会比张无忌来得轻，她还要劝张无忌说，你要忍得下一时的冤屈。接着我们看到赵敏想尽各式各样的方法，让张无忌能够了解这一切不是她做的。是谁做的呢？真正做了很多坏事的不是赵敏，而是周芷若。然而周芷若做的，反倒把账算到赵敏的头上。

对于赵敏，单纯地读小说，我们总觉得赵敏怪怪的，赵敏不应该是那么单纯的坏人。可是好像要相信赵敏不是坏人而是好人，也非常不容易。再说，要我们怀疑周芷若干了什么大坏事，周芷若会是一个坏人，也非常困难。

这也就牵涉金庸写小说的一个绝招，同时也是他的罩门。金庸不断地在挑战武侠小说中善恶好坏的分辨，他不写单纯的好人。勉强一点，郭靖算是单纯的好人，就连黄蓉都不是单纯的好人。我们不能用单纯好人的标准来看黄蓉，更不要说黄蓉的父亲黄药师，或者是当年华山论剑的五个人，他们都各自有他们性格上以及行为上复杂的地方。

郭靖即使是在大漠长大，曾经加入成吉思汗帐下，然而最终郭靖还是死守襄阳。这真的叫做死守襄阳，他跟黄蓉双双死在襄阳围城的过程中。从这个角度来看，这条线是清楚地划在那里，或者说金庸在好坏善恶的判断上有着这么一条绝对的线。不过到了《倚天屠龙记》的后半部，在赵敏的身上开始有了变化。

赵敏是个蒙古人，原来是纯粹站在蒙古立场上的一个郡主，她还纯粹为了元廷以她的功夫来对付武林人物，可是她后来变了。什么力量、什么因素改变了她？我发现在《倚天屠龙记》里，这是一个夸张的主题，一路延续下来那就是"爱情至上论"。因为爱情，因为对张无忌的感情，赵敏放弃了自己蒙古人的身份。

小说里有这么一段，她跟张无忌说的一句话。我们事实上都不太能够确定，赵敏是讲真的还是开玩笑说的，毕竟赵敏是一个调皮狡猾的人。可是到后面，我们知道她说的是真话。她说了什么呢？她跟张无忌说：如果你是个汉人，我就会是一个汉人，这跟我原来到底是什么身份、什么民族、什么出身无关，我只认张无忌。所以赵敏放弃了她蒙古人的认同、蒙古人的身份，转而变成了在行为上、在自己的心里认定自己是一个汉人。

为什么要把赵敏设定成一个蒙古人呢？在小说的情节推动上，这是有作用的，这个作用、这个好处就是让赵敏有先天被怀疑的条件，这就构成了小说中很长一段的悬疑。张无忌一直相信是赵敏杀了殷离，她害了谢逊和周芷若，而且她把倚天剑和屠龙刀给夺走了。

当然我们必须说爱情对赵敏的作用，相当程度上也对张无忌有所影响。张无忌他是从先天的条件上，也就是赵敏的蒙古身份上，认定赵敏是最可恶的，在他心里不断冒出妖女的这种想象和形象。

不过，他明明觉得眼前的这个人是个妖女，但是心里却放不下，而且还舍不得。有多少次张无忌可以而且应该依照自己的起誓杀了赵敏,替殷离复仇,或者更简单的,只要让赵敏被杀了就好了。但是他舍不得,他动不了手,而且还一次又一次救了赵敏,这是爱情的另外一种作用。爱情的力量在赵敏身上所产生的效果,是让她跨越自己的身份,跨越她的民族,认同张无忌。爱情在张无忌的身上所产生的效果,是给他一种奇特的直觉,他一直觉得赵敏不应该那么坏。因为他有这样一种直觉,所以才一次又一次悬宕在这里。这是《倚天屠龙记》小说后半部非常精彩的地方,一方面感觉赵敏是个坏人,但是赵无忌又没办法下手去解决、去复仇、去处理赵敏。

悬宕到了最后,才产生了这样一个解答、一种张力扣旋着。到后来真相大白的时候,我们也不是单纯地说:哎呀,赵敏好可怜,这样一个好人被冤枉了好久,现在终于真相大白了,好人得到了好报,坏人就应该相应地得到坏报。

为什么我们不会有如此单纯的感觉呢?因为到了后来,最大的坏人被揭露出来是周芷若。周芷若害了殷离,周芷若为了抢倚天剑和屠龙刀,她也害了谢逊,然后她又把这一切嫁祸给赵敏。可是周芷若有可以被同情的地方,因为我们又看到她是得到师父灭绝师太临死前的这样一个死命令,因而断绝了她可以正常行为的任何可能性。

周芷若的命运最重要的转折点,当然就是灭绝师太之死。而灭绝师太之死,关键的事情,就是因为她这个人不能受一点点冤屈。她怎么死的呢?范遥跑去跟人家(鹿杖客)说,周芷若是他跟灭绝师太生下来的女儿。为了这件事情,灭绝师太立刻就死给人看,她不能承担、不能背负任何一点点的冤枉。这就是为什么要特别讲《倚天屠龙记》的后半部分出现的这个极为重要的主题,"冤屈"或"误解"。于是环绕着被冤屈、被误解这件事情,《倚天屠龙记》开展出一波又一波的情节。

1963年，金庸报业扩张到东南亚，为了新杂志，金庸又写了一部小说《连城诀》。《连城诀》创作的时间和《倚天屠龙记》差不多，可是从一个角度来看，它和《倚天屠龙记》非常不一样。第一，《连城诀》没有明确的历史时空，你根本不会知道这些情节和故事发生在哪个朝代，有什么历史背景。第二，《倚天屠龙记》花了大半部篇幅去铺陈六大门派围攻光明顶，我们读《倚天屠龙记》一定要把这些门派搞得清清楚楚。一边是魔教，比如明教、天鹰教等；一边是正派，这六大门派以武当派为核心，有少林、峨眉等。这些门派在《倚天屠龙记》里都非常重要。

可是，金庸同时写的《连城诀》，却没有任何一派，派别一点都不重要。《连城诀》也不是真的有一个连城派，在江湖系谱里连城完全是个外道，跟原来的系谱没有关系。让我再强调一次：《连城诀》是没有历史也没有派别的武侠小说。

另外一个很奇特的地方，张无忌当然是《倚天屠龙记》最重要的主角，而《连城诀》的主角是谁呢？即使读过该小说的人，他都不见得马上能够想到狄云是《连城诀》的主角。更难的是，他不会清楚地感觉狄云是个什么人。

狄云为什么给我们的印象如此模糊呢？有一部分是来自武的理由，有另一部分是来自侠的理由。先讲来自武的理由。张无忌一身功夫，这功夫怎么来的？我们有印象，因为有非常详细的过程。如果从这个角度来看，金庸写狄云是非常失败的。《连城诀》里写的武很拙劣，所谓拙劣是指狄云的一身功夫就这几样，跟人家打的时候，也就靠这么几样功夫。刚开始是丁典临死的时候，传给了他神照经。那个神照经也很神经，因为它打破了我们一般武侠小说里最基本的规范，它太神了。狄云也没有经过什么了不起的过程，学得也太容易了。而《倚天屠龙记》里，俞岱岩被废了武功，即使后来张三丰为了他发明了太极拳，他都没有恢复武功。

按以前武侠小说的惯例，最明确的废人武功的方式就是穿琵琶骨。穿了你的琵琶骨，你两臂就废了，你就再也不会有任何武功。而在《连城诀》里，金庸写丁典被穿了琵琶骨，狄云也被穿了琵琶骨，但他们后来全部恢复了武功，因为有神照经。来得太容易了吧？还不只是神照经，接下来狄云身上有一件乌蚕衣。乌蚕衣这种东西，在黄蓉身上已经出现过。但是狄云的更夸张，只要他有危险，人家剑刺不了他，人家一掌打了他，反而自己就会受伤。有神照经，有乌蚕衣，遇到了血刀僧宝象，宝象就莫名其妙地死了，狄云又练成了宝象的血刀经。所有这些东西，从武的角度来看，坦白说，没有细致曲折，写得非常粗。

写狄云这个人，不只是武的方面很粗，侠的方面也没有写得好到哪里去。比如，张无忌或其他这些大长篇小说里的男主角，他们都很了不起。郭靖在蒙古大漠成长，后来死守襄阳。整个南宋灭亡之前，在努力延续宋朝这方面，郭靖占有核心地位。张无忌统合了明教，扭转了明教，解决了明教跟武林正派之间的恩怨，最后让明教成为收拾蒙古人、建立明朝的主要力量。这都是"侠之大者"，都是他们在侠上的功劳，都是他们做出来的了不起的事。狄云做了什么？狄云跟武林没有直接的关系，他对武林没有任何贡献，就更不要说贡献朝廷或贡献国家。

从武的方面看，狄云不重要；从侠的方面看，他也不重要。但《连城诀》是一个失败的作品吗？不是的。金庸真的是一个奇特的具备高度创造力、爆发力的人。他一边写《倚天屠龙记》，以男主角为中心的这种小说，写到了那样的地步，突然之间又去写《连城诀》，还有另外一部《侠客行》。

其实，《连城诀》真正的主角就不是狄云，而是借由狄云所要表达的主题。狄云或戚芳或水笙，表面上看是主要的男女角色，但是在小说里，他们不是真正的重点，他们是工具。尤其是狄云，这是太明确的工具。什么工具？金庸把他写成被欺负的、被冤枉的代表，最重要的就是透过狄云，把《连城诀》写成一个几乎是绝对被欺负的、被冤枉的人的故事。

正是在这一点上，才联系上了《倚天屠龙记》，这是我的评断。在《倚天屠龙记》的后半部，金庸写赵敏怎么被误会，张无忌怎么被误会、怎么被冤枉，写到后来他觉得不过瘾，他决定在接着写的这部《连城诀》里，用比较小的篇幅，专心地写一个被冤枉的人，而且是被冤枉得很惨的人。他不像张无忌一时被冤枉，也不是一次被冤枉，而是多次、一直被冤枉。最糟的是，冤枉他的，让他感觉到最委屈的，竟然就是他最在意的人。

在《连城诀》里，狄云开始是一个乡下傻小子。傻到什么程度呢？傻到我们一看到就想笑他。笑他什么？我们笑他连最基本的唐诗都一点不懂。师父教他一套剑法，刚开始的时候，连他的师父也觉得可笑。哪有什么"躺尸剑法"？躺在地上像个尸体，这是什么剑法？"躺尸剑法"原来应该叫做"唐诗剑法"，因为每一招都是从《唐诗三百首》里出来的。金庸也没有要考我们，因为金庸选的都是最平常的一眼就认得出来的句子。"落日照大旗，马鸣风萧萧"，这我们会不懂吗？可是在小说里，不识字的人听了这声音，不小心写下来，全都是错别字。

一个乡下傻小子找了一个乡下师父，误打误撞，人家发明的唐诗剑法，到了他们这里就变成了躺尸剑法。傻小子傻到要去师伯家拜寿，终于穿了一套新衣服，爱惜这套新衣服爱惜到终于惹出后面的一切事情。他被人打了，被人欺负了。再出现一个老乞丐，教他几招，他回去了，打赢了。打赢了更糟，打赢了之后，人家开始陷害他。与陷害相应的是冤枉，冤枉的另外一面，是就连他的师父包括他自己最在意的师妹都开始误会他，冤枉、误会就这样笼罩着狄云。一直到小说最后，狄云走到哪里，冤枉、误会就跟着他走到哪里。

所以，关键的重点不在狄云，我们要看的、我们要追究的，就是金庸如何写冤枉、如何写误会，还有如何逗着我们去了解人与人之间的冤枉、误会到底是什么。

用这种方式，我们所看到的《连城诀》，一方面跟《倚天屠龙记》有一种细密的关系，另一方面又从《倚天屠龙记》以及之前的所有这些武侠小说中蜕化出来，呈现出另外一种完全不同的写法。

被冤枉到极致的人

《连城诀》在写什么呢？我们应该套用陀思妥耶夫斯基的一本小说的书名《被侮辱与被损害的人》，那我们就可以说金庸的《连城诀》写的是"被霸凌和被冤枉者"，这就是狄云。

狄云代表了所有被霸凌、被冤枉的人。狄云在他的人生中，先是在师伯的家里，被霸凌、被冤枉过一次，因而被关到大牢里。在大牢里，他遇到了丁典。相当程度上，丁典疯疯癫癫的，有点像《倚天屠龙记》里的谢逊。

因为有了和丁典的这种关系，才让狄云出了狱。然而，他出狱之后就能够不被冤枉吗？甚至他就能够让被冤枉的事情真相大白了吗？不是的，狄云在出狱之后持续被冤枉。

丁典死了，他抱着丁典的尸体，要去完成丁典的愿望，在那个过程中，他遇到了宝象。宝象是血刀门的高僧，武功很高，但道德非常卑下，到后来还有了淫僧的名号。狄云遇到宝象，后来还披上宝象的衣服，结果让人误以为他是血刀门的人，这样他就被变成了一个淫僧。

金庸还在中间写了一些不怎么高明的情节，让狄云更进一步被冤枉。例如，为了骗宝象，他竟然把自己所有的胡子和头发都拔光了。拔光了之后，他变成了一个光头，看起来更像一个和尚。再披上斗篷，那就更像那个淫僧了。一路因为这样，他不断被误会、被霸凌。

小说里两个主要的女性角色，其实都是工具，都是用来误会狄云的工具。刚开始在师伯家里的，是他的师妹戚芳。在万家人的包围下，连原来这么相信他，跟他一起长大、跟他这么亲密的师妹都误会他了。后来又有水笙，水笙一直深信狄云就是那个淫僧，因此既怕他又恨他。

因此这部小说的重点和金庸其他小说非常不一样，它不在于角色。我们要了解《连城诀》，就必须要讨论它的情节，情节才是关键，才是重点。1977年，金庸整理完《连城诀》，他写了一篇很长的后记。这是他在整理完武侠小说之后所写的后记中几乎是最长的一篇，所以特别值得我们注意。之所以把后记写得那么长，是因为金庸要交代被霸凌与被冤枉者的故事的来历。

金庸后记里说："儿童时候，我浙江海宁老家有个长工，名叫和生。他是残废的，是个驼子，然而只驼了右边的一半，形相特别显得古怪。虽说是长工，但并不做甚么粗重工作，只是扫地、抹尘，以及接送孩子们上学堂。我哥哥的同学们见到了他就拍手唱歌……"唱什么？就是嘲笑他的歌。

金庸接着说，"那时候我总是拉着和生的手，叫那些大同学不要唱"，就是要求他们不要欺负和生。"有一次还为此哭了起来，所以和生向来对我特别好。下雪、下雨的日子，他总是抱了我上学，因为他的背脊驼了一半，不能背负。那时候他年纪已经很老了，我爸爸、妈妈叫他不要抱，免得两个人都摔交，但他一定要抱。"

这是金庸所写的所有后记中最感人的一段。

然后他继续讲和生的故事："有一次，他病得很厉害，我到他的小房里去瞧他，拿些点心给他吃。他跟我说了他的身世。"

"他是江苏丹阳人，家里开一家小豆腐店，父母替他跟邻居一个美貌的姑娘对了亲。家里积蓄了几年，就要给他完婚了。这年十二月，一家财主叫他去磨做年糕的米粉。这家财主又开当铺，又开酱园，家里有一座大花园。磨豆腐和磨米粉，工作是差不多的。财主家过年要磨好几石糯米，磨粉的工夫在财主家后厅上做。"

接下来有一段很感人的话："这种磨粉的事我见得多了，只磨得几天，磨子旁地下的青砖就有一圈淡淡的脚印，那是推磨的人踏出来的。江南各处的风俗都差不多，所以他一说我就懂了。"

"因为要赶时候，磨米粉的功夫往往做到晚上十点、十一点钟。这一天他收了工，已经很晚了，正要回家，财主家里许多人叫了起来：'有贼！'有人叫他到花园去帮同捉贼。他一奔进花园，就给人几棍子打倒，说他是'贼骨头'，好几个人用棍子打得他遍体鳞伤，还打断了几根肋骨，他的半边驼就是这样造成的。他头上吃了几棍，昏晕了过去，醒转来时，身边有许多金银首饰，说是从他身上搜出来的。又有人在他竹箩的米粉底下搜出了一些金银和铜钱，于是将他送进知县衙门。贼赃俱在，他也分辩不清，给打了几十板，收进了监牢。"

"本来就算是作贼，也不是甚么大不了的罪名，但他给关了两年多才放出来。在这段时期中，他父亲、母亲都气死了，他的未婚妻给财主少爷娶了去做继室。"

"他从牢里出来之后，知道这一切都是那财主少爷陷害。有一天在街上撞到，他取出一直藏在身边的尖刀，在那财主少爷身上刺了几刀。他也不逃走，任由差役捉了去。那财主少爷只是受了重伤，却没有死。但财主家不断贿赂县官、师爷、狱卒，想将他在狱中害死，以免他出来后再寻仇。"

"他说：'真是菩萨保佑，不到一年，老爷来做丹阳县正堂，他老人家救了我命。'"

"他说的老爷，是我祖父。"

所以从和生开始，金庸接下来讲他的祖父查文清（1849—1923），借这个机会记录祖父。金庸讲到查文清当年为了教案被革职的过程，再联系到当时在台北故宫博物院的院长蒋复璁（1898—1992），这是金庸的表哥，他们都是江陵人。表哥还跟他说了一些祖父的事情，他就借机记录了他的祖父，然后再回到了和生。

"和生说，我祖父接任做丹阳知县后，就重审狱中的每一个囚犯，得知了和生的冤屈。可是他刺人行凶，确是事实，也不便擅放。我祖父辞官回家时，索性悄悄将他带了来，就养在我家里。"这就是为什么金庸小时候，和生会在他家里。

"和生直到抗战时才病死。他的事迹，我爸爸、妈妈从来不跟人说。和生跟我说的时候，以为他那次的病不会好了，也没有叮嘱我不可说出来。"

关键的联结在这一段："这件事一直藏在我心里。《连城诀》是在这件真事上发展出来的，纪念在我幼小时对我很亲切的一个老人。和生到底姓甚么，我始终不知道，和生也不是他的真名。他当然不会武功。我只记得他常常一两天不说一句话。我爸爸妈妈对他很客气，从来不差他做甚么事。"

这是明确的交代。第一，《连城诀》这个故事，背后是有来历的，纪念他小时候家里的不是真正的长工和生。第二，这是金庸摆明了告诉你，《连城诀》就是要写被冤枉的人。他讲和生的事情，小说里的确就写在狄云的身上。狄云就是因为他的师妹戚芳跑到了大师伯家里，师妹被人家看上了，所以人家就陷害他，把他关到牢里去。

但是有意思的地方是，狄云在牢里发生了什么事呢？和生的这个故事，是人家不想他出来碍事，明明偷钱也不应该关那么久，但硬是把他关了两年多。狄云也是这样，万家刻意去奔走，然后骗戚芳说：我们正在想办法把你师兄给救出来。但其实是万家一直吊着戚芳，一直塞钱跟人家说，千万不能把这个狄云给放出来。他就在那里被关了很久，关在一个最糟的牢房里，跟丁典关在一起。但后来正因为在牢房里跟丁典关在一起，才产生了其他的转折，这就是金庸告诉我们的这个背景——和生的故事里没有的一些转折。

中国版《基督山恩仇记》

然而我们不得不想一想，包括金庸所说的小时候和生的故事，我不知道大家有没有感觉到，听起来好像有点熟悉，或者说好像类似我们读过的另外一个奇怪的故事，这个奇怪的故事发生在法国的马赛。

法国的马赛有一个鞋匠叫皮卡尔，他有一个非常漂亮的未婚妻。旁边有三个邻居，有一天跑去告密，说他是英国间谍。因为那是拿破仑时代，欧洲各个国家跟法国都处于紧张的状态，所以去控告、去举报他是英国间谍。这个皮卡尔因此被关了起来，这是真实的事情。

皮卡尔被关了之后，他在牢里跟一个意大利人关在一起，关了很久。关到后来，意大利人死了。但他不知道的是：第一，这个意大利人家财万贯；第二，这个意大利人死的时候竟然把所有的遗产留给了他。他出狱的时候，一下子自己都吓了一跳，变成了一个大富翁。

出狱之后，他就有资源可以报仇，他拿牢里意大利人留给他的这些钱，想办法先去弄清楚到底谁陷害了他、为什么要陷害他——原来就是为了要抢他的未婚妻。于是他报仇的方式,是要让抢了他未婚妻的那个人也尝到这种家破人亡的滋味。真实的故事是,他跟陷害他的人一度起了冲突,却在冲突的过程中不幸被那个人杀了。当然这个人也因此坐牢了。

那么,讲这件事情的重点在哪里?重点在于,我们这一代人大概没有人不知道这个故事,因为我们曾经读过着迷的一部小说《基督山恩仇记》,就是从这个马赛故事衍生出来的。

大仲马把它写成了小说,而小说里最有趣的一段过程,就是皮卡尔为什么会变成了基督山伯爵——他在牢里如何认识这个人?如何取得惊人的家财?更重要的是,他后来如何运用在牢里所得到的家财去报仇?

把《基督山恩仇记》引进来作对比的话,我们不得不说,金庸不可能没读过《基督山恩仇记》。金庸不可能不知道他写的《连城诀》,尤其是狄云跟丁典这一段太像《基督山恩仇记》了,他绝对是受了《基督山恩仇记》的影响才写了这个故事。

我当然不能说和生的故事是金庸编出来的,可是一定要在后记里让我们对和生留下非常深刻的印象,这是他的障眼法,作用就是让我们忘掉了《基督山恩仇记》。这是金庸个性上的另外一点,前面我们已经看到了,在《雪山飞狐》里,他明明用的是西方现代戏剧或西方现代小说的叙事法,他把它放到武侠小说里,可是他会小心地把它遮掩起来。

写《连城诀》的时候,他则是受了西方通俗小说的影响,把这中间的元素和成分写到他的武侠小说里,把武侠小说写成了不是那么传统的一种叙事。

沿着这条线看下来,《连城诀》写到后面,还有一段很精彩的内容,那是大师兄万震山。你不会忘掉小说里后来他的一个形象,那就是他半夜会梦游,梦游时就开始在那里砌墙、拆墙、砌墙、拆墙。后来就是靠着他梦游的情境，帮我们解答了戚长发的去向。

不过重点是，在梦游中砌墙、拆墙，这种描写方式明显是受到现代西方的影响，借此来处理人在巨大的精神压力下，潜意识从梦里浮现，主宰了人的行为。

要在这上面了解金庸最好的方法，仍然是拿它跟古龙对比。在这方面，古龙相对是非常坦白的人。古龙留下了好多记录，有时候是他接受访问，有时候他自己写了一篇小文章，东一个、西一个。古龙就常常告诉我们说，他的小说里有海明威的笔法，他的小说的一些场景或者情节是因为他看了《007》的电影，所以得到了灵感而这样写的。这一点，古龙是透明的。我们知道古龙的武侠小说会有那么多的变化，有了那么多的突破，就是因为他把许多现代西方的情节、内容以及笔法通通放到他的武侠小说里。

在这一点上，金庸和古龙非常不一样，金庸十分小心地保护他自己小说的一些特别的来历。在《连城诀》的后记里，他刻意告诉我们和生的故事，一方面帮助我们读《连城诀》，另一方面是误导我们，让我们看不到《连城诀》和《基督山恩仇记》之间的关系，所以就不会想到他如何受到《基督山恩仇记》的影响。

金庸基本上不太公开讲自己的小说，当然有很多人想要访问他，访问他的时候一定会问到小说的来历，但金庸基本上讲得非常少，非常保守。他如此看重自己的武侠小说，所以他不希望别人找到他小说的一些非原创的来历。

可是知道了金庸武侠小说不完全是原创，知道他曾经受过一些什么影响，坦白地说，这并不会减损和伤害我们对金庸的敬佩，反而会让我们可以更清楚地了解金庸是一个什么样的作者用什么方式在写小说。

例如，读《连城诀》的一种方式，就是与《基督山恩仇记》一起读。看大仲马怎么写《基督山恩仇记》，然后你再看金庸的

《连城诀》有多少与《基督山恩仇记》相似的地方,而金庸用了什么手法予以转化它。

用这种方法,我们体会、我们理解金庸是一个广泛阅读的人,他之所以能够写出这样的小说,因为他不只读武侠小说,他甚至不只读中国书,他不只是关心普遍的人的处境以及人的反应,更重要的是他有这么多杂学的阅读。这些杂学的阅读,他予以充分消化,然后把它转变成自己小说里的人物、自己小说里的情节。

《连城诀》为什么跟金庸的其他小说这么不一样?因为它是以情节而不是以角色为主的。在相当程度上,我们必须要到大仲马所写的《基督山恩仇记》里才能找到更明确的一些线索。

拿《基督山恩仇记》与《连城诀》一起读,我保证你会读得非常有启发性,可以挖掘出这两部小说非常丰富的内容。

关于相信的故事

我们都知道武侠小说不是真的,武侠小说的根基就是虚构了许许多多违反现实的武功。不过金庸却擅长于另外一种违反现实的虚构,那就是他的小说人物都有非常极端、夸张的个性,也就是我们之前一再提到的偏执。

在《连城诀》里有一个关键的人物,丁典。丁典是个偏执的人,他的偏执就在于他只爱一个人,而且爱得彻底。他只爱凌霜华,爱到全世界任何其他东西都没有这个女人来得重要。

他误打误撞得了《连城剑谱》,这个剑谱不得了。武侠小说里有好多剑谱,有好多武功秘籍,光是我们看到之前金庸写的三部曲,里面就有《九阴真经》《九阳真经》这两大套武功秘籍,所以在武侠小说里,剑谱、秘籍不算稀奇。

但是《连城剑谱》很稀奇,稀奇在哪里呢?反映在它的名字上。"连城"来自"价值连城"。什么时候我们形容价值连城？形容的是财富。在《连城诀》里，金庸就写了很不一样的剑谱，因为这个剑谱同时是藏宝图。

倚天剑、屠龙刀基本的设定是，两件宝物互相砍断之后，就可以取出里面的秘籍。秘籍可以让你称霸武林，但它并没有任何现实财富的意义，这就不会叫做价值连城。《连城剑谱》最特别的地方是，这既是一套武功，又是一份藏宝图，得到的人在武功上可以称霸武林，又可以得到价值连城的宝藏。这当然不得了。

丁典是误打误撞得了《连城剑谱》，那是因为戚长发的师父（梅念笙）太贪心、太狡猾，所以《连城剑谱》没有传给他的弟子而落到了丁典的手里。得到了《连城剑谱》之后，丁典的遭遇可以称之为"怀璧其罪"。这是金庸这个时期武侠小说中的一个套路。

丁典很像谢逊，谢逊因为有屠龙刀，所以即使他跑到海外去，所有人都要追他，以至于不只他个人付出代价，也把张翠山和殷素素都连带害死了，这才有了张无忌变成孤儿的背景和过程。丁典也是，大家都要找他，大家都要追他，因为知道他身上有《连城剑谱》。

最努力想要从他这里得到《连城剑谱》的人就是凌霜华的父亲（凌退思）。凌霜华的父亲是另一种偏执，他为了得到《连城剑谱》，什么代价都愿意付出。可是偏偏他遇到的是完全相反偏执的丁典。丁典的特性，那就是他为了凌霜华，为了这份爱情，其他什么都可以不要，即使是别人最重视、最宝贵的《连城剑谱》。对他来说，只要有这份爱情，其他的一切都相对不重要。

然而凌霜华的悲剧就在于她的父亲。她的父亲想尽办法要得到剑谱，要得到财富，以至于后来他活埋了他的女儿。他要干吗呢？为了要骗丁典，要让丁典中毒。他以为这样，丁典就会愿意把《连城剑谱》交出来。

但是对丁典来说，遇到不对的人，像凌霜华之父，他宁死都不会让步，不会把《连城剑谱》交出来。可是在他的心里，凌霜华甚至不用开口，只要给他一个眼色给他一个暗示，他就可以把《连城剑谱》交出来给凌霜华。但是，因为爱，他绝对不会做这样的事。

这样的三角关系是建立在金庸对人的个性非常纯粹的假设上，这种假设是极端的假设。极端的个性假设在金庸的小说里非常重要。因为怀璧其罪，所以丁典有另外一个高度的偏执，那就是他不相信任何人。他觉得每一个人靠近他都是有用意的，都是为了要来骗、要来偷他的《连城剑谱》。

这样的极端对应另外一个极端，金庸把它们放在一起写，那就是当别人对你绝对不信任的时候，你有什么方法可以让人信任？你有什么方法可以让他改变而愿意相信你呢？

这段时期金庸乐此不疲，写了好多这样的故事。我们如何相信一个人？委屈别人、冤枉别人，这其实是一个常态。但要在什么状况下，我们才能够发现真相，我们才看到真正的人心？

比如像赵敏，她要如何能够说服张无忌？她在孤岛上被周芷若布局巧妙地陷害了，张无忌当然不信任她。可是她要怎么样？关键就在于她能够用什么方法让张无忌看到真相。

赵敏和张无忌的故事还没有那么极端，而在《连城诀》里有两个极端的故事。一个是丁典，这么多人来跟他要《连城剑谱》，所以他不相信任何人。即使在牢里那么孤单、那么寂寞的情况下，把一个人丢到同样的牢房里，他都不会信任这个人。狄云被放进去，他很自然地就把狄云看作别人的诡计，是刻意地放在这里。换句话说，丁典有百分之百的理由，不相信任何人，尤其是不相信莫名其妙丢进牢房里跟他关在一起的人。

狄云有什么方式可以取得丁典的信任，以至于最后他得到了《神照经》，还只差一点点丁典就把《连城剑谱》的秘密都告诉了狄云，靠的是什么？靠的是狄云个性上的另一种极端。

狄云是个傻小子，天真到没有一点点世故。这种天真让他不断地被冤枉，不断地受委屈，不断地被霸凌。但也就是这种没有一点点杂质的、最纯粹的天真和傻，才最后克服了丁典的怀疑，让丁典信任他。

《连城诀》还写了另外一个同样惊人的故事。狄云从狱里出来之后，他面对下一个挑战，那时他遇到了水笙。水笙一见到他，就把他当作淫僧。后来误打误撞，一路到了藏边，发生了大雪崩。大雪崩把所有的人都关了起来，大家都出不去了，那就开始考验人性。

对水笙来说，这个时候她身边有两个她害怕的人，一个是血刀僧，另外一个是狄云，对于水笙来说他们都是可怕、邪恶的人。首先，她可以相信谁？水笙的爸爸带了四个兄弟，他们要来救水笙，她当然最相信她爸爸。然而可怜的是，她爸爸很快就死了。其次，她应该相信谁？她当然不会相信狄云，她相信她爸爸带来的这几个弟兄。

在那样动荡的过程中，这四个人后来只剩下一个，叫花铁干。换句话说，水笙面临的状态，一边是血刀僧和狄云，另一边是花铁干。金庸写得最精彩的是，在这样一个封闭的环境里，水笙如何一步步认识、一步步了解，原来她认为最不可信赖的人，其实才是她应该信赖、她可以依靠的人。

反过来看，在《连城诀》里写得非常尖锐、非常戏剧性的就是花铁干这个角色。一个在正常状态下的正人君子，一旦被丢进了非常状态中，而且是彻底封闭的场域里，这生死之间的一切都不是他所预期的时候，他如何经得起考验？我们可以这样想象，像花铁干这种人，如果一直处在正常状况下，他应该就是以一种正人君子的方式，甚至在面对可能送命的场景时都会有英勇的一面。可是偏偏他被放到了这个非常情境下，花铁干刚上来的时候，就在看不清楚的情况下误杀了自己的一个弟兄，他已经心神不宁。接着发生了雪崩。雪崩之后，其他两个弟兄，包括水笙她爸也都死了，只剩下他自己面对血刀僧。

血刀僧的功夫比他强，那怎么办呢？这一切又在封闭的情况下，没有人看到，没有人会知道，于是花铁干原来身上的道德和尊严的防卫就瓦解了。瓦解之后，他就低声下气地求饶。一旦低声下气地求饶，他就回不来了。花铁干失去了原本作为一个正人君子的防线，几乎就伊于胡底，无所不用其极。

水笙就要在这里面对这个考验，一边是她原来以为最邪恶的人，另一边是她原来以为最正直的值得她信任的人，然而，这两个人就在这样一个情形下，在她心里的信任如何一个上升、一个下降。或者说正因为看到花铁干的下降，让水笙终于了解了、学会了这件事，她学到了如何不是依照外在的判断或外在所给予你的答案。你必须自己用心去体会，去认识一个人，去了解一个人他会做什么、他不会做什么，这才能够真正学到什么是信任。

荒诞加荒诞，是不是就不荒诞？

武侠小说本来就在写不可信、没有现实性的武功，从现实的角度来看，这是荒诞的。在金庸的武侠小说里，他还多加上另外一种荒诞，他写了很多在我们的身边绝对看不到的令人不可信的这种偏执的个性、这种偏执的人。

从这样一个角度来看，金庸武侠小说是荒诞加荒诞。武功这一边是荒诞、非现实的，人的个性也是荒诞、非现实的，那这样一种小说应该是双倍的荒诞。但很奇特的，正因为他写了这么多荒诞、非现实的个性，反过来反而使得金庸的武侠小说没有那么脱离现实，或者说没有那么荒诞。

我到底在讲什么呢？为什么荒诞加荒诞最后得到的是不荒诞，而不是双倍的荒诞呢？因为我们在这种偏执的人格里找到了与现实之间的联系，这种联系不是直接的联系，不是写实的联系，但我们不能否认这样一种假设之中的象征性联系。

金庸的做法是挑出了我们一般人格当中个别的面相，把它戏剧化、推到极端，让你看到在这种极端情况下，这种情感或这种个性会发生什么事。

一般写实主义的小说，彰显人的个性或人的情感之际，都要尽量表现每个人的复杂性，尽量让每个人都不是单纯单一的。每一个人：内心有善，也有恶；有坚强，也有脆弱；有坚持，也有背叛。写实主义小说之所以感动我们，是因为把人的复杂性放在一个角色上把它呈现出来。

但是金庸走的是另外一条路，他似乎在告诉我们，不见得只有用写实主义小说的方法才可以让我们探索人性、看见人性，他用的是一种个性上分工的架构。他的小说里绝大部分的角色都被分派到一种特别的个性，所谓人性所体现的都是在所有这些不同个性分工、不同角色当中所发生的事。

像丁典在《连城诀》里，他所分配到的个性就是纯粹的痴情，痴情概括了所有这样的一个人、这样的角色。那狄云呢？狄云所分配到的就是最天真、最傻的一个角色，他是没有心机的，甚至他是学不会心机的。再比如，像凌霜华之父，他也是一种偏执的代表，他所代表的就是贪婪。为了想象当中可以得到的财富，他不惜用一切代价去追求。水笙又代表什么呢？水笙代表的是轻信，人家讲什么，她就相信什么，她就以为是什么；只看外表，只听别人说的。也因为这样,所以水笙在小说里要通过这样的转化,她慢慢地要学习如何拨开外表、如何透过别人的描述看到事实、看到真相,让自己去独自判断一个人。

金庸写了这么多偏执的角色,这些偏执的角色还应该予以分类。有一种叫做正常的偏执者。听起来很怪,偏执者怎么又是正常的了呢?

让我们回到《连城诀》。《连城剑谱》是一套剑谱,同时是一套口诀。口诀是什么?它就是一连串的数字。这一连串的数字是密码,它必须跟《唐诗三百首》这本书结合在一起,透过密码找到书中的这些字,连起来之后,就能够找到古代聚集的庞大财富。因为《连城剑谱》可以带来财富,所以就引发像凌霜华之父这样的偏执。为了追求庞大的财富和权力,他们不择手段,金庸在《连城诀》要结尾之前,把小说里的世界写成一座可怕的人间地狱。这些偏执、贪婪的人,是正常的偏执者,意思是说他们被偏执放大的部分是普通人的欲望。这种人在武侠小说里被写得偏执,是因为平常我们会贪,但我们不会贪到那种地步。

这种贪,在许多人内心里都有,所以到最后它就变成一个集体现象,所有的人在那里找《唐诗三百首》,所有的人在那里猜这个口诀,然后所有的人在那里寻宝藏,这就意味着这种贪是每个人内在都有的。不过这种人在金庸的小说里,永远不会是主角。

金庸小说他要写的主角,一定是一种不正常的偏执者,意思是他们偏执的个性方向不一样,是我们一般不会认可也很难理解的一些特性。例如说,一般人不会傻到那种地步,天真到那种地步,一个人不会痴情到那种地步,一个人不会坚持正义到像胡斐那样一种程度。

正是因为有正常的偏执者和不正常的偏执者,所以虽然每一个角色都是偏执的、荒诞的，但由他们所构成的复杂人际关系却有它的真实性、现实性。

金庸就是用这种方式告诉我们，夸大地让我们知道，人的正常欲望其实是多么可鄙，而且放大了来看又是多么可怕。而真正值得珍惜的，是那种我们在日常生活里被隐蔽或被边缘化，所以不会凸显也就更不可能达到偏执程度的这种特殊个性。像杨过、狄云、丁典那种个性，相对于正常的偏执者或正常人，他们如此可爱，他们如此可贵。

在金庸的小说里，正常的偏执者代表的是对现实中欲望的一种夸张、放大，但去制衡或者去抵抗这种世俗性、现实的贪婪和现实的庸俗，也有一股巨大的力量，是由它的主角的另外这种偏执的个性来代表。

虽然我们身边任何人不可能像金庸所写的角色，可是为什么相对的，当我们读金庸小说的时候，却会对这些角色产生那么深切的印象，甚至那么深切的情感呢？其实那是我们自己的一种理想的投射，我们反而需要有这些角色，让我们来投射更美好的一种人性。

金庸小说所创造出来的这些不现实的、偏执的个性和角色，这种荒诞配上了武侠的荒诞，最后我们才能够超越一切荒诞。在读小说的过程中，靠近现实，更进一步地反思现实，这是金庸另外一项非常重要的贡献。

《侠客行》：人生识字忧患始

《侠客行》是金庸的另一部短篇小说，这当然不是用我们平常文学上的短篇小说的分法，而是跟相对动辄百万字的大长篇小说相比。大长篇小说在金庸的创作中，总共就写了六部，其他的都是短篇小说。

金庸的短篇小说，有一个清晰的特性，就是相对没有那么明确的历史背景。《侠客行》小说开头就出现了开封，可以从大梁、开封的称呼去揣测，这个背景应该是宋代。但这完全没关系，《侠客行》写了一个不需要准确的时代背景的故事。

另外，金庸的短篇小说常常会放进比较强的实验性。我们可以透过短篇小说来理解其实验性写法，也可以反过来从发掘他的实验性写法来理解他的短篇小说。

第一部引进台湾的金庸小说

要讲《侠客行》，我有一个比较私人的切入点，这要从1979年讲起。这是金庸武侠小说正式进入台湾的开始。

在相当长的一段时间，金庸被认为是一个左派文人；另外，因为他写了一部书名为《射雕英雄传》的小说，所以金庸作品在台湾一直都是禁书。直到什么时候才解禁？直到1979年。

关键的年代，关键的大事，牵涉台湾一位传奇的出版家，远景出版事业公司的沈登恩。那个时代，沈登恩做了什么事？沈登恩在并不确定台湾"新闻局"是否愿意解禁金庸小说的状况下，就大胆地付了一大笔钱去跟金庸签约。

为什么他能够拿下金庸的著作版权在台湾出版？正是因为当时没有人能够搞清楚出版金庸作品到底合不合法。沈登恩多次询问"新闻局"，要求"新闻局"解禁金庸，最后他得到的一纸公文也是模棱两可。

但正是因为这样，所以沈登恩的胆识是非常惊人的。他跟金庸签约，抱持着非常大的风险。第一个风险，就是金庸这些作品很可能根本没有办法在台湾合法出版；第二个风险，即使金庸作品取得了合法地位，大家一想也就知道，当时台湾的出版环境太容易盗版了。

金庸的作品，你给了这么大一笔版税，你把武侠小说作品合法出版了，后面立刻像苍蝇一般，一定就跟来了许许多多分食你利润的盗版商。盗版商可以卖得比你便宜，盗版商可以出得比你快，盗版商可以走你完全想象不到的渠道，你能赚到什么钱？结果费了这么大的力气，不过就是徒利了盗版商。

没有人想做这个事，惟一的就只有沈登恩，因为沈登恩设计好了一种怎么去阻拦盗版商的方法。什么方法呢？他出版极其精美的版本。当年的远景版，就有特别的设计。内里是白色的封面，外面包上雪铜纸印刷的彩印书衣。装订用线装，现在都没有这种装订的规格了。排版也非常大气。还有，前面一定附有金庸自己所选择的、提供的各种不同的彩色照片。

前面之所以用全彩，而且用雪铜纸印刷，是因为沈登恩想用这种最高规格的方式去解决金庸武侠小说作品的盗版问题。这件事情是突破性的。武侠小说本来被视为消遣读物，都是在租书店里租着看，你不会花钱买武侠小说，把它放在家里，供奉在你的书架上。但是，沈登恩就用这种方式来阻拦盗版，他首先要让盗版无利可图。你如果要做得像正版，你得花很高的成本。如果你不愿意花这种成本，那我太容易了，一看就知道这是盗版。我可以要求主管单位抓盗版，因为鱼目混珠太困难了。

另外，他还做了一个特别的设计，那就是把金庸武侠全集分开来出版，不要一批出版，而是一本本、一部部出，也是用这种方式来监视盗版。沈登恩认为：我先出了这一本，另一本我还没出，如果你出了，当然就是盗版；这一本我卖到相当的程度，同时我已经引发了读者非常高度的预期，准备要看第二本的时候，我再把第二本出出来，第二本很快就能够有相当大的销量。这些正版的销量就基本上让盗版也没那么容易可以席卷市场。我用这种方式把我的市场给养好了之后，依照我自己的时间、节奏来进行出版，这就是沈登恩的传奇和特别的本事。如果没有这种本事，那就不要想合法地在台湾出版金庸的武侠小说作品。

他就这样一本本地分批出版。当年，金庸的武侠小说每一本都写完了，我就问大家一个历史性的问题：如果换作是你，在金庸这么多的武侠小说作品当中，首先正式地要跟台湾读者见面（过去全部都是禁书），你会挑哪一本作为第一本让大家可以看到的远景版的金庸武侠小说作品？我不知道大家的答案是什么，但沈登恩选择的是《侠客行》。

为什么我们这一代的台湾读者对《侠客行》格外熟悉，印象格外深刻？因为我们先读到《侠客行》，而且因为先读到了这个合法且漂亮，在设计、装帧上那么讲究的《侠客行》，所以反反复复地看。往往都是在书店里买回去，一天两天就看完了。但是你想要再看别的金庸作品，那不行，你得等。那怎么办呢？再看一次《侠客行》，一看看了好几遍。

我刚才已经提到，沈登恩是别具慧眼的出版家，要不然他不可能在台湾创造那么奇特的远景传奇。因此，我不能假定说，沈登恩抓到了什么就是什么，他随便想到了《侠客行》就出《侠客行》吧。这不可能的，他一定有他自己的一些考量。我沿此思路，就问这个大问题，这个大问题就是问我自己，同时也就反映了我自己非常深刻的遗憾。

我认识沈登恩，跟他见过几次面，但是在他突然英年早逝之前，有一两次曾经脑袋里想过，说要下次遇到沈先生，我就要问他：当年你为什么先出《侠客行》？但是来不及了，因为他走得太快。而且还不只是如此，后来包括金庸版权的这些纷争，所以有几年的时间也不适合跟他聊金庸。

后来沈先生走了之后，我试着询问认识沈登恩或跟金庸版权有关系的几位人士，像我的老朋友詹宏志、王荣文，但是他们都没有办法给我答案：为什么沈登恩当年在出金庸武侠小说全集的时候，他首先选了《侠客行》？

没有得到明确答案，当然很遗憾，但相对来说也有好处，这个好处就是让我们自己来想一想。我们就必须回到《侠客行》的文本本身，想象这样一位出版家的独特眼光——他在《侠客行》里到底看到了什么，以至于跳过了《射雕英雄传》《神雕侠侣》，跳过了《鹿鼎记》《笑傲江湖》，他决定拿《侠客行》作为金庸正式登陆台湾的第一部作品？

比郭靖还傻人有傻福的男主角

从《雪山飞狐》开始，金庸在写短篇小说的时候，真的有不太一样的心情。他没有那么戒慎恐惧，他可以比较 playful，他会在短篇作品里放进比较多的实验。

从这个角度看《侠客行》，的的确确我们也会发现一种特殊的实验精神，这种实验精神是带有玩笑性质的，意味着在《侠客行》里我们可以几乎想象，金庸在写的时候就摆出一副非常调皮的样子。他会说：让我看看，把我过去写过的这些主题还能够再推到、再写到什么极端的程度。有两样东西，看起来他要在《侠客行》里再把它往极端推。

第一，我们回想一下郭靖。郭靖在《射雕英雄传》里的形象是什么？我之前跟大家说过，郭靖不难写，因为就是写"傻人有傻福"，写他的那种憨直。

然后在他身边安排了相对古灵精怪的黄蓉，再把情节一段一段地都设计为就是因为郭靖憨直——一方面他没有害人之心，他没有狡猾思考的能力；另一方面他甚至连人家要害他都没有办法辨识，他也不会躲藏，所以在每一个人生的重要转折点，他反而得到了最大的好处，这是郭靖的写法。金庸爱写这样的主题，包括《连城诀》中的狄云也是个傻人，只不过狄云不一样，他没什么傻福，他好可怜。

在《侠客行》里，金庸写石破天这一条主线就是"傻人有傻福"。傻人可以傻到什么程度？如果心里放着郭靖，一对比你就知道石破天相较于郭靖，还要更傻，傻到了极点。他傻到什么程度？傻到不知道自己的名字。开头的时候，他就只知道他妈妈叫他狗杂种，所以他一直认定自己的名字就是狗杂种。文章里都是写少年如何如何，为什么？因为不能一直写狗杂种如何如何。一直到今天我们要讨论《侠客行》，都不知道该怎么叫他才好，就只能勉强给他一个代号叫石破天。

他傻到什么程度？傻到人家郭靖至少有一个明确的出身，从小说一开始就是要告诉我们，他爸爸是谁，他妈妈是谁。糟一点的，像杨过，在《神雕侠侣》出场的时候也是一个小乞丐，穿得破破烂烂的，但是他不是没有身世，只是他自己不知道。我们读者比他清楚，我们一看就知道这是穆念慈的儿子，他爸爸是杨康。

但是狗杂种石破天就是身世不明。他被他妈妈用那种方式养大，我就只能猜测、怀疑那不会是他亲生的母亲，不是他真正的妈妈。真正的妈妈怎么可能叫自己孩子狗杂种呢？这不只是太奇怪，这也太犯忌讳了，应该是一个养母。

金庸对他真的非常坏，因为一直到小说结束，结束在石破天的"一片迷茫"。"石清和闵柔均想：'难道梅芳姑当年将坚儿掳去，并未杀他？后来她送来的那具童尸脸上血肉模糊，虽然穿着坚儿的衣服，其实不是坚儿……'"如果这样，被我们叫石破天的这个人，他就应该叫石中坚。到此时此刻，我感觉好像已经知道了他的身世，但是梅芳姑已经自杀死去了，死无对证，又留下了很多谜团，所以石破天"一片迷茫"。一直到小说的最后，他仍然在问："我爹爹是谁？我妈妈是谁？"好可怜。最后一个问题："我自己又是谁？"他傻到这种地步，他不知道自己的身世，他没有他自己的身份。

第二，比郭靖、杨过都要傻得多的，那就是他从头到尾不识字。而且石破天一直不识字，这一点在小说里非常重要。从小被妈妈叫狗杂种，打来打去，几乎是半虐待地养大了。又因为他不识字，遇到了谢烟客，然后才涉入武林当中。他不知道什么是人情，更没有世故的经验。

《倚天屠龙记》中，张无忌在孤岛长大，莫名其妙地到了中原，一路经历了这么多事情，变成了明教教主。小说要继续往下写，金庸就写了，要教会张无忌怎样当明教教主，就必须让他懂得世故，所以出现了赵敏。赵敏来教他怎么看待爱情，怎么对待女人。然后在这个过程中，教他如何学习人际关系，教他如何一步步地变得越来越世故。

相对而言，在《侠客行》里石破天从头到尾都是一个不世故的人，就像一直到结尾他在问"我自己又是谁"，他仍然不世故。在这部小说里，扮演类似像赵敏角色的是丁珰。可是丁珰也因为其他的因素，她跟赵敏所产生的影响就不一样。丁珰跟石破天之间也不是一个像样、正常的爱情，石破天是一个远比郭靖傻得多的傻人。

可是金庸就坚持傻人要有傻福，所以在小说里，石破天身上所具备的一切东西相当程度上都来自他的傻。他的傻和他的傻福，在小说一开始就被金庸以一种非常夸张的方式写到了极端。

狗杂种，一个小乞丐，莫名其妙地遇到一堆人在那里打打杀杀，死了一堆人，吓都吓坏了。可是因为肚子饿，他就在死人身上抢了一个烧饼来吃，一吃他手上就吃到了玄铁令。

这个玄铁令，在小说里，说老实话，也是一个近乎儿戏的设计。谢烟客承诺谁拿到了玄铁令，就可以要求他一件事情，他非帮他做到不可。这个小乞丐拿到了玄铁令，他根本不知道玄铁令是什么东西，谢烟客却必须要信守承诺，信守他自己所立下的誓言。

之前为什么这么多人在那里打打杀杀，原来都是为了抢到这块玄铁令。抢到了之后，你就可以去命令这个在武林中几乎有头号武功的人、无所不能的人，去帮你做别人做不到的事，这就是为什么玄铁令如此重要。

偏偏玄铁令却落到了这个小乞丐的手里，谢烟客害怕得不得了。谢烟客不知道这个小乞丐会叫他做什么，谢烟客就哄他，哄他干吗？因为他根本不知道玄铁令有多大的功能，他只要求我做一件事。比如他肚子饿了，说帮他买个包子，我帮他做到了，这就打发掉了。

但是傻人有傻福，他的傻就是一种素朴。从小被叫做狗杂种的他，他妈妈教他的方式，就是只要他求人就挨打。所以他从不求人，怎么样他都不求人。谢烟客惨了，谢烟客就只好把他带着。干吗把他带着呢？因为如果这个狗杂种给人家抓走了，玄铁令就落到别人手里，谢烟客要倒霉，所以谢烟客只好一直带着他。

接着谢烟客动了一个坏念头，他说：我不能杀你，这也是誓言当中的一部分，可是我可以教你功夫。这个功夫是倒过来练的，练到后来你就自己练死了，就不关我的事，所以我也没违背誓言，但我也同时解决了玄铁令给我的束缚。

这又是石破天狗杂种傻人有傻福，这个武林第一高手谢烟客本来是要害他，结果却让他身上有了一流的功夫。后面还有很多傻人的遭遇，这是其中的一个主题，在《侠客行》里借由石破天，金庸把"傻人有傻福"推到极端。

被冤枉的人间喜剧

除了"傻人有傻福",《侠客行》还有另外一个主题,那就是从《倚天屠龙记》经过《连城诀》,一路贯穿到《侠客行》而把它推到极端——"人可以被冤枉到什么程度?"

在《倚天屠龙记》里,张无忌被冤枉。不过金庸显然舍不得用这种方式折磨张无忌,所以张无忌被冤枉杀了他的师叔,很快就在小说里解决了这件事。真相大白说明:或者是张无忌没那么好欺负,或者是张无忌他舍不得欺负。

到了《连城诀》,金庸就找到一个比较好欺负的狄云。狄云在小说里一直被冤枉,连穿个衣服都被冤枉。偏偏他自己又把胡子和头发都给拔掉了,就更是坐实了,被人家看成一个淫僧,到处奸淫人家的妇女。

这样的故事到了《侠客行》,又被套在石破天身上,那就更狠了。石破天完全被误认为另外一个人,那个人叫石中玉。石中玉可恶得不得了,出生在名门世家。爸爸妈妈把他给宠坏了,不敢自己教,他们是上清观的,于是把儿子送到雪山派,让别人来教。结果这家伙在雪山派却酿出大祸。多坏呢?要强奸师父的女儿,害得师父生气、女儿自杀、师母出走;接着师父生气到把大师兄的手臂给砍断了,毁掉了人家整个雪山派。这是小师妹才十三岁时的事情,所以他不只是个淫贼,还是比《连城诀》里的淫贼更可怕、更坏的人。

但石破天在故事里,他就被误认为是石中玉,而且这个误会认真得叫人百口莫辩,更难分辨清楚,更难让真相大白。因为石破天长得跟石中玉一模一样,人家看到他就觉得,这不就是石中玉吗?

不只如此,他想说,我不是石中玉,石中玉跟我一定有差别的,所以他就说,石中玉有什么特征?石中玉身上有个伤口、有个疤。那你打开我看看,结果连他自己都没有想到,连他自己都不知道,他身上就真的有那样一个伤口一个疤。

原来大家知道石中玉身上有什么,石破天身上就有什么,好奇怪,这真的叫做一口咬死,百口莫辩。他就是石中玉,石中玉就是他。石中玉所做的一切坏事都按到了他身上,这个比狄云的冤枉更极致。

金庸把这么两个主题捏在一起——傻人有傻福和傻人被冤枉到底,于是就产生了《侠客行》这部小说最大的乐趣。

石破天是个傻子,他绝对当不了淫贼。要做一个淫贼,你得去骗女人,你得聪明,包括你要会甜言蜜语、口蜜腹剑。所有这些,这么傻的石破天怎么会呢?当别人把他误认为是石中玉的时候,他所说的话都被当作出于算计,是聪明、狡猾的石中玉要说的话,于是语言的说者跟听者之间产生了诸多误会。

那么,远景的传奇出版家沈登恩之所以选了《侠客行》作为金庸武侠小说全集在台湾正式出版的第一本,我觉得其中可能的一个理由就是这本书真的很有趣,有很多好笑的地方。读这本武侠小说的时候,很快就可以体会到这种乐趣。

举个例子来说,小说开头没多久,石破天被谢烟客抓去,接着他变成了长乐帮的帮主。为什么他变成帮主呢?因为人家的帮主原来是石中玉。

石中玉这个家伙在长乐帮当中,当然他是个坏人,而且这种坏人是平庸的坏法。为什么是平庸的呢?那就是有权力的时候就作威作福。对他的手下,会阿谀他的就给好处;如果比较耿直、说实话,甚至敢批评他、反对他的,他就会整你,让你死得很惨。这个坏人平庸的另一面,作为一个男人他是个淫贼,有那样一种随时勾引女人的本能和习惯,跟女人讲一些甜言蜜语,没有一句话是真的,用这种方式骗女人。然而石破天是个大傻瓜,他什么都不懂，连自己的名字他都以为叫狗杂种。这样的一个人到了长乐帮，却被当作石中玉。

这一段不是武侠，我们可以说很像马克·吐温所写的《乞丐王子》（又译《王子与贫儿》）那样，在被误认的环境下所产生的误会。金庸掌握了这样一个机会，精彩地去铺陈这样一个喜剧甚至是闹剧的效果。

石中玉在当长乐帮帮主的时候，不像话到什么程度？甚至会去拐骗、奸淫手下人的妻子。其中有一个展飞的妻子被石中玉奸淫了，很生气，就来寻仇，但是却被抓到了。抓到了之后，展飞跟石破天（他以为是石中玉）就有了这么一段对话。

展飞被抓了，先是表示英雄气概，说：被抓了，我反正也不打算活了，请你就不要折磨我，你要我死就赶快下手，我姓展的如果讲一句求饶的话，我就不是好汉。这个时候展飞的手臂断了，我们看看石破天要怎么对付他。

你看金庸写到这一段的时候，其实这个主角都还没有明确的名字，他的写法是"那少年"。那少年对展飞很惊讶地说："我为甚么要折磨你？嗯，你手臂断了，须得接起来才成。从前阿黄从山边滚下坑去跌断了腿，是我给它接上的。"

那少年与母亲二人僻居荒山，甚么事情都得自己动手，虽然年幼，一应种菜、打猎、煮饭、修屋都干得井井有条。狗儿阿黄断腿，他用木棍给绑上了，居然过不了十多天便痊愈。他说罢便东张西望，要找根木棍来给展飞接骨。

在石破天身边，有一个侍女叫侍剑。她的心很软，可是连侍剑都以为他是石中玉，所以侍剑问道："少爷，你找甚么？"

那少年道："我找根木棍。"侍剑突然走上两步，跪倒在地，道："少爷，求求你，饶了他罢。你……你骗了他妻子到手，也难怪他恼恨，他又没伤到你。少爷，你真要杀他，那也一刀了断便是，求求你别折磨他啦。"她想以木棍将人活活打死，可比一刀杀了痛苦得多，不由得心下不忍。

但听侍剑这一段话，那少年便说："甚么骗了他妻子到手？我为甚么要杀他？你说我要杀人？人哪杀得的？"他根本听不懂。但他一心一意就是要找木棍，卧室里当然不会有现成的木棍，他就提起了一张椅子，要去拆那个椅脚。可是这个时候因为谢烟客这一段历程，误打误撞，他内力已经很强了，傻人有傻福嘛，都不知道自己力气大到这种地步，所以椅子一下就被他拆了。

他嘴里还自言自语说："这椅子这般不牢，坐上去岂不摔个大交？侍剑姊姊，你跪着干甚么？快起来啊。"走到展飞身前，说道："你别动！"

展飞口中虽硬，眼看他这么一下便折断了椅脚，又想到自己奋力一掌竟被他震断手臂，身子立即破窗而出，此人内力实是雄浑无比，不由自主的全身颤栗，双眼钉住了他手中的椅脚，心想："他当然不会用椅脚来打我，啊哟，定是要将这椅脚塞入我嘴里，从喉至胃，叫我死不去，活不得。"长乐帮中酷刑甚多，有一项刑罚正是用一根木棍撑入犯人口中，从咽喉直塞至胃，却一时不得便死，苦楚难当，称为"开口笑"。展飞想起了这项酷刑，只吓得魂飞魄散，见帮主走到身前，举起左掌，便向他猛击过去。

那少年却不知他意欲伤人，说道："别动，别动！"伸手便捉住他左腕。展飞只觉半身酸麻，挣扎不得。那少年将那半截椅脚放在他断臂之旁，向侍剑道："侍剑姊姊，有甚么带子没有？给他绑一绑！"

侍剑当时紧张得不得了，不知道帮主要做什么，这下子真的很惊讶，问道："你真的给他接骨？"那少年笑道："接骨便接骨了，难道还有甚么真的假的？你瞧他痛成这个模样，怎么还能闹着玩？"侍剑将信将疑，还是去找了一根带子来，走到两人身旁，向那少年看了一眼，惴惴然的将带子替展飞缚上断臂。她为什么害怕呢？因为不知道这个帮主还会做出什么事来。那少年微笑道："好极，你绑得十分妥帖，比我绑阿黄的断腿时好得多了。"

展飞心想："这贼帮主凶淫毒辣，不知要想甚么新鲜古怪的花样来折磨我？"听他一再提到"阿黄断腿"，忍不住问道："阿黄是谁？"那少年道："阿黄是我养的狗儿，可惜不见了。"展飞大怒，厉声道："好汉子可杀不可辱，你要杀便杀，如何将展某当做畜生？"那少年忙道："不，不！我只是这么提一句，大哥别恼，我说错了话，给你赔不是啦。"说着抱拳拱了拱手。

展飞知他内功厉害，只道他假意赔罪，实欲以内力伤人，否则这人素来倨傲无礼，跟下属和颜悦色的说几句话已是十分难得，岂能给人赔甚么不是？当即侧身避开了这一拱，双目炯炯的瞪视，瞧他更有甚么恶毒花样。那少年道："大哥是姓展的么？展大哥，你请回去休息罢。我狗杂种不会说话，得罪了你，展大哥别见怪。"展飞更怕了：他说自己"我狗杂种"，那这是什么招？是绕圈子在骂我吗？为什么我都听不懂？因为他无法想象，更无法相信这个帮主会说自己是狗杂种。可是对于石破天来说，这就是一个事实，他就叫狗杂种，所以他说"我狗杂种"。

这个时候，展飞再也受不了这种狐疑，他就明白地大叫道："姓石的小子，我也不要你卖好。你要杀我，我本来便逃不了，老子早认命啦，也不想多活一时三刻。你还不快快杀我？"那少年奇道："你这人的糊涂劲儿，可真叫人好笑，我干么要杀你？我妈妈讲故事时总是说：坏人才杀人，好人是不杀人的。我当然不做坏人。你这么一个大个儿，虽然断了一条手臂，我又怎杀得了你？"后来就真的把这个展飞给放走了。

但是这个展飞他怎么都不相信，不只是展飞不相信，侍剑也不敢真的相信。所以展飞走了之后还有这么一段对话——

侍剑自从服侍帮主以来，第一次见他忽发善心……不禁心中欢喜，微笑道："你当然是好人哪，是个大大的好人。是好人才抢人家的妻子，拆散人家的夫妻……"说到后来，语气颇有些辛酸，就不敢多说了，因为这是讽刺帮主的话。

那为什么辛酸呢？因为这个侍剑其实是喜欢帮主石中玉的，但又看不惯他到处去勾引女人，去骗人家的妻子。可是这句话石破天又听不懂，这个少年就问她说："你说我抢了人家的妻子？怎样抢法的？我抢来干甚么了？"这还真是个问题，侍剑就半怒半笑地说："是好人也说这些下流话？装不了片刻正经，转眼间狐狸尾巴就露出来了。我说呢，好少爷，你便要扮好人，谢谢你也多扮一会儿。"她以为这石中玉这个时候又露出了那种好色的面貌，故意说"我抢人家的妻子，要抢来干甚么？你说说看，你跟我描述一下"，这当然是非常轻浮的。

可是这个少年是真的不懂，因为他就不是石中玉。他又说："你……你说甚么？我抢他妻子来干甚么，我就是不懂，你教我罢！"怎么教呢？怎么教你说抢人家妻子，你干了甚么事呢？侍剑就想：完了完了，原来这一切又是他戏弄女人的老把戏。

再看一段。长乐帮里有一个陈香主要来找他，这个时候，少年石破天，因为他不是帮主，不知道怎么办，就只好问侍剑该怎么做。侍剑说：这样吧，他说甚么，你就点点头。他就想：好，他跟我说甚么，我就跟他说甚么，这样应该不会错。

这个陈香主身材很高，看到帮主走进来，本来坐在椅子上，立刻站了起来，躬身行礼。他本来以为帮主生病了，就说："帮主大好了！属下陈冲之问安。"石破天就躬身还了一礼，因为你怎么说，我就学你说，说："陈香主也大好了，我也向你问安。"这句话一出，陈冲之脸色大变，向后连退了两步。

为什么呢？因为他素知帮主倨傲无礼、残忍好杀，自己向他行礼问安，他居然也向自己行礼问安，显是杀心已动，要向自己下毒手了。陈冲之心中虽惊，但他是个武功高强、桀骜不驯的草莽豪杰，岂肯就此束手待毙？当下双掌暗运功力，沉声说道："不知属下犯了第几条帮规？帮主若要处罚，也须大开香堂，当众宣告才成。"

这麻烦了，这段话太难了，石破天这个少年当然听不懂，惊讶道："处罚，处罚甚么？陈香主你说要处罚？"陈冲之气愤愤的道："陈冲之对本帮和帮主忠心不贰，并无过犯，帮主何以累出讥刺之言？"石破天记起侍剑叫他遇到不明白时只管点头，慢慢再问贝海石不迟，当下便连连点头，"嗯"了几声，道："陈香主请坐，不用客气。"陈冲之道："帮主之前，焉有属下的座位？"石破天又接连点头，说道："是，是！"

这个过程太有趣了。接着有人来长乐帮，这是白万剑他们一群师弟要来寻仇的。白万剑他们是雪山派的，雪山派被石中玉害得支离破碎，听说石中玉在长乐帮就来找他。

就在这里，他们就问："你在我们雪山派凌霄城做了甚么事情？"石破天当然很无辜，他就摇摇头说："我在凌霄城？甚么时候我去过了？啊，是了，那年我下山来寻妈妈和阿黄，走过许多城市小镇，我也不知是甚么名字，其中多半有一个叫做凌霄城了。"

白万剑听他这样讲，当然非常生气，就说："别东拉西扯的装蒜！你的真名字，并非叫石破天！"意思说，你不要用石破天的名字躲在长乐帮当帮主，我们知道你是害死我们的石中玉。

当他讲这句话，石破天高兴了，他微微一笑说："对啦，对啦，我本来就不是石破天，大家都认错了我。毕竟白师傅了不起，知道我不是石破天。"

白万剑就说："你本来的真姓名叫甚么？说出来给大伙儿听听。"意思是以为他要承认他就是石中玉。这个时候，在他旁边有个师弟叫王万仞,本来就很生气了,就站起来先说了:"他叫做甚么?他叫——狗杂种!"

这个时候"长乐帮群豪站起身来,纷纷喝骂,十余人抽出了兵刃",为什么?因为人家用最不堪的方式骂你的帮主,而他们要卫护自己的帮主。

王万仞已将性命豁出去了,心想我就是要骂你这狗杂种,纵然乱刀分尸,王某也不能皱一皱眉头。

但这个时候石破天怎么反应?他哈哈大笑,乐得不得了,这个傻人。他说:"是啊,对啦!我本来就叫狗杂种。你怎知道?"

此言一出,众人愕然相顾,除了贝海石、丁不三、丁珰等少数几人听他说过"狗杂种"的名字,余人都是惊疑不定。白万剑却想:"这小子果然大奸大猾,实有过人之长,连如此辱骂也能坦然受之,对他可要千万小心,半点轻忽不得。"

到了这里,小说其实已经制造了够多的乐趣,但金庸还不放过。

王万仞仰天大笑,说道:"哈哈,原来你果然是狗杂种,哈哈,可笑啊可笑。"石破天道:"我叫做狗杂种有甚么可笑?这名字虽然不好,但当年你妈妈若是叫你做狗杂种,你便也是狗杂种了。"王万仞怒喝:"胡说八道!"长剑挺起,使一招"飞沙走石",内劲直贯剑尖,寒光点点,直向石破天胸口刺去。这真是一塌糊涂,一团混乱。

一个被冤枉的故事,金庸就这样在写《连城诀》的时候把它写得如此悲苦,但是到了写《侠客行》时却把它写成了一个喜剧,让一个再傻不过的人被误认为聪明、狡猾的淫贼,因此产生了众多的误会和乐趣。

这是《侠客行》的开头,任何一个读者阅读的时候,立刻就被非常有趣的内容娱乐到了。

难以破解的、公开的武功秘籍

《侠客行》书名非常清楚,一开头就是李白的诗。

李白的诗一共有二十四句:

> 赵客缦胡缨,吴钩霜雪明。
> 银鞍照白马,飒沓如流星。
> 十步杀一人,千里不留行。
> 事了拂衣去,深藏身与名。
> 闲过信陵饮,脱剑膝前横。
> 将炙啖朱亥,持觞劝侯嬴。
> 三杯吐然诺,五岳倒为轻。
> 眼花耳热后,意气素霓生。
> 救赵挥金槌,邯郸先震惊。
> 千秋二壮士,烜赫大梁城。
> 纵死侠骨香,不惭世上英。
> 谁能书阁下,白首太玄经?

那这首诗里最有名的应该是这两句——"三杯吐然诺,五岳倒为轻"。

在开始的时候,金庸这样说:"李白这一首《侠客行》古风,写的是战国时魏国信陵君门客侯嬴和朱亥的故事,千载之下读来,英锐之气,兀自虎虎有威。那大梁城临近黄河,后称汴梁,即今河南开封。该地虽然数为京城,却是民风质朴,古代悲歌慷慨的豪侠气概,后世迄未泯灭。"

这就是小说的开头,我们了解了《侠客行》的标题来自李白的这首诗。但继续读下去,你会了解《侠客行》这首诗在小说里太重要了，不只是当作一个书名的引子出现而已。

小说关键的事件叫做"赏善罚恶令重现江湖"。有个赏善罚恶令使者，到各个帮派去送帖子给帮派帮主，请他们到大家都找不到的一个岛上去喝腊八粥。

规定是帮主不能不接令。武林各种门派的帮主、掌门通通受邀都要去，包括少林、武当这些大门派、这些最了不起的门派。每个帮主或者掌门去了，但都没有人回来。到后来，每十年赏善罚恶令要出来的时候，就在江湖上引起恐慌，所有的帮主、掌门都感觉到这是自己和帮派门派的一场大劫难。

这是整部小说当中的背景，一个恐怖的阴影。就是这个背景才解释了石中玉为什么会变成长乐帮帮主，因为遇到十年赏善罚恶令要来了，长乐帮这个帮里没有人要当帮主。

那怎么办呢？大家都商量说我们来找个替死鬼，找那种不知道其中利害关系的，因为不知道所以他不会怕。我们来推他当帮主，让他去接赏善罚恶令，去喝腊八粥。当然他就不会回来了，反正十年才一次，等到假的帮主去了，我们可以再做自己的事。

要不然这个石中玉何德何能，这样一个小淫贼，凭什么当上长乐帮帮主？就是因为帮里人如此打算，就是为了送他去喝腊八粥，然后牺牲他，所以才推了他当帮主。石中玉当上了帮主，偏偏他又跟石破天长得一模一样，阴错阳差，石中玉逃走不见了，他们就去找。因为一定要找到有人当帮主，所以他们必须去把帮主找回来，但其实找错了人，找回来的却是石破天。

石中玉在长乐帮里隐藏他的身份，改名叫石破天。然后这个小乞丐又被误认为是石破天，这个名字后来就这样一直跟着他。石破天用这种方法当上了长乐帮帮主，他假冒石中玉，但这个石中玉也不是真的长乐帮帮主，这是假冒中的假冒。这一切就源于赏善罚恶令，让大家都不敢当掌门、当帮主。

金庸创造了一个极端的情境,在这种极端的情境底下,就分出好几等人。

最下等的像长乐帮里这种人,一看到帮主必须要承担责任,基本上是需要牺牲生命来保全自己的帮派,于是帮主就逃了。接着也没有人要当帮主,所以找别人来替死,这是最糟的。

另外一种正直的人,明知道在这样一个时机当帮主、当掌门,就必须要付出生命:如果不去,整个帮会就会被灭门;如果去了,你自己就回不来了。怎么办呢?他选择为了帮派而牺牲自己。

还有另外一种人,这整件事本来跟他们一点关系都没有。他们根本就不是帮主,但是他们却抢别人的掌门来做,等于是去帮别人受难,帮别人解围。这就出现了关键的两个人——石清和闵柔这对夫妻。他们本来不是玉清观的掌门,却偏要去抢这个位置,去收给玉清观的赏善罚恶令。为什么呢?相当一部分是为了替他们的儿子石中玉赎罪。

养出了这么可怕、这么可恶的一个儿子,他们心里想,在江湖没有其他的方法,惟一的方法,就是死马当活马医。反正整个江湖武林大家都怕赏善罚恶令,这就是江湖上每十年一次的最可怕的浩劫。这么一批江湖上各门派的掌门、帮主全部死掉,一下子就少了不少。

石清和闵柔挺身而出,他们想:也许就存在那么一点点的希望、侥幸,我们可以把这群人救回来,或者是我们能够把喝腊八粥的整个秘密给掀出来,知道了背后是一些什么可怕的人、什么可怕的阴谋;给武林立下大功,救了江湖,或许大家会因此而原谅我们的儿子。

因为石中玉干的是完全不可能被饶恕的事情,因为疼爱儿子,所以他们宁可这么冒险一赌,顶多就是赌掉夫妻两人的生命。但是用这种方法,能够保留一线希望,救了江湖,同时可以让江湖武林原谅他们的儿子。

赏善罚恶令重出江湖，大家都害怕得不得了，我们跟着紧张。可是小说再往下写，他们真的到了岛上，然后让我们看到了事实。事实和传言完全不一样，甚至完全相反。事实是过去第一批、第二批被请去喝腊八粥的人，没回来的人都还在岛上；他们之所以还在岛上，并不是因为他们回不来，而是他们自己不想回来。

看到这里，我们必须说金庸有点玩过头了。也许是因为短篇的关系，所以他可以比较极端，可以大胆一点。这么一个赏善罚恶令，要能够对任何一个帮派、武林当中发生什么样的事情都有那么仔细的记录，然后像写功过格一样，把其善恶全部评量清楚，这个太夸张了。

但关键的重点在于，他真的就把这个主题推到了极端，这个极端就是所有江湖上听过这件事的人、相信传言的人通通都搞错了。

这里让我们想到了《鸳鸯刀》里反反复复地说"江湖上有言道……"。是的，他就告诉你，你相信江湖传言，那你就相信岛上这两个岛主是最可怕、最可恶的人，他们每十年就杀掉一批武林最顶尖的人物。

后来发现怎么可能会是这样的呢？他们根本不是。在这个之前，讲到喝腊八粥，没有人敢去，一喝就回不来。后来到了岛上，却发现这两个岛主喝腊八粥没有任何神秘的地方，是真心真意。十年，就在腊八这一天，请大家来喝腊八粥。而这腊八粥里，既没下毒，也没有任何其他的玄机，那干吗要大家来喝腊八粥呢？重点是要展示一个神奇的东西给大家看，那叫做公开的武功秘籍。这公开的武功秘籍刻在山洞里，所以他就邀武林第一流的人，看看谁能够破解这一套武功秘籍。

这武功秘籍是什么？那就是李白的二十四句《侠客行》。

《侠客行》写在那里，中间有密密麻麻的图像、注解。所以这些人被邀到岛上之后，他们在干吗？他们都是武林第一流人才，他们身上都有绝世的武功，这是他们最大的罩门。他们眼前看到的是，到目前为止没有人能够学得会，但是如果学会了也就没有能够超越它的绝世武功了，你走还是不走？你走了，担心其他人留在那里，万一把它给破解出来，所以舍不得走。舍不得走就每天待在那个洞穴里，面对着李白《侠客行》一直不断地参想，希望能够破解这套武功秘籍。

　　金庸就是要写一个傻人，这个傻人有傻福，他的傻福跟他的傻以及他怎么个傻法是密切地连接在一起的。

　　石破天怎么个傻法？我们前面讲到了，他不识字。去岛上的武林一流人才现在已经是第三批了，可是在那里的所有人，石破天是独一无二的：去洞穴这件事对他没有一点点意义。

　　因为李白的《侠客行》当然是用文字写下来的，刻在石壁上的也都是文字，偏偏这家伙完全不识字，所以他连去接触更不要说去破解这个武林公开的武功秘籍的基本资格都没有。因为他不识字，所以到了那个洞穴里，别人在讲什么，在那里讨论，在那里争议，他一样也听不懂。但是最后却是石破天，而不是任何其他的武林高手破解了这套秘籍。原来这个秘籍根本不是靠字的意思来表达的，那些字被还原成它的形象。这个故事最关键的就是，什么叫做傻人有傻福？正因为石破天不识字，所以所有人都破解不开的武功秘籍却对他展开了。

　　这里我们会很自然地联想，在中国有句名言，那就是"人生识字忧患始"。这句话其实非常有意思，如果深刻一点去追究的话，我们可以把识字当作一个时间点，意思是：在认字之前，那是真正的童年，还没有进学；一旦上学、进学了，你的童年就结束，你的坏日子就开始了。所以为什么每个人想到童年的时候都会很怀念？童年感觉上是一个什么都不需要关心的时光。开始识字，指的是人生进入另外一个阶段，这个阶段就开始有了各式各样的忧患。

我们还可以看第二层意思，"人生识字忧患始"，那就是因为人生有一些感受，你必须学会了那种语言，你必须具备那样的一种词汇，才会产生那样的情绪或者感受。情绪和感受，很多时候是记录在语言文字当中，借由学习语言文字，才进入到我们的生命里。开始识字，就使得你的感受变得越来越丰富。当然其中不可能都是好的正面的感受，你会开始知道什么叫做哀伤，你会开始知道什么叫做同情、悲悯，你会开始知道什么叫做内在的最深刻的痛苦。这些感受在你不识字的时候，没有用。在你不识字，没有透过文学来进行学习之前，它不容易进入你的生命里。

更进一步，我们可以说"人生识字忧患始"，因为用文字记载知识是一件麻烦的事，它本身就会带来很多的忧患。什么忧患呢？会让你缠绕在那个文字的意思上，你就在那里越绕越迷糊了。

这第三层的意思是金庸在《侠客行》里所运用的。在一个看重文字的社会里，认识了文字后，我们面对任何的文字都要去追究这段文字到底在讲什么。这其实又是金庸用半开玩笑但非常生动有趣的方法，重写了禅宗"不立文字"的信念。

禅宗"不立文字"，其中重要的一点，就在于本来禅宗是要教我们解脱，然后看清楚所有的一切都没有实相，都是虚空的，都是因缘和合的。可是搞到后来，记录这些道理的文字本身却变成了执着的对象。

一天到晚都在那里念这些佛经，然后在那里解释佛经，把佛经当作真理。你越看重佛经，你就越远离真的能够让你解脱的智慧。你要超脱，你要解脱，你就必须放弃文字，或者是说你要能够体会文字不过就是工具。你有了真理，你就不要继续在文字上缠绕。这样离开了文字，才能够真正去体会、真正去掌握文字所要传递的智慧。

金庸就是用这个武侠故事告诉我们：秘籍最大的谜，为什么大家都解不开呢？因为它根本就不是文字，它是图像。可是当这些识字的人，一看到文字，他们就看不到形象、图像了。

金庸在《侠客行》的后记里，他说："各种牵强附会的注释，往往会损害原作者的本意，反而造成严重障碍。"各种不同的解释本来应该是要来帮助说明，让我们更加了解文本在讲什么，可是倒过来，这些解释有的时候是偏斜的解释，有的时候是过度的解释，有的时候是太啰唆的解释，反而让我们搞不清楚它要解释的这个文字究竟在讲什么。

我们看到在洞穴前面，这些武学当中最有经验、最聪明的人，他们在干什么？他们就在讨论各家不同的注解到底是什么意思。这家的注解跟那家的注解为什么会如此不同？注解跟原来的文字之间又有什么关系？然后因为洞穴上有文字又有图像，所以还要费尽脑筋去想这个图像跟文字的关系又如何联结在一起。

再者，这些人为什么不走？因为他们不是没事做。面对这样一个庞大、复杂得像谜语一般的文本，他们不是坐在那里看着这些东西，看看就说我看不出来了、我不懂、我不了解，这样很容易就放弃了。

可是，十年、二十年，这些人天天有事做，因为天天都在面对着墙壁在争议，不断地试图解谜。可是稍稍解出来的东西，却又处在大家的讨论和争议之中，最后全部都纠结在一起。每十年被困一批就是这样来的。

石破天不识字，他绕在所有人中，什么也听不懂。到后来他也不听了，因为再听也没用，他就看那个石头。他不识字，他就只看到石头上的形意。一旦他看到了石头上有这么多的形意，把这一个一个字都还原，他就通了。

他通了，这秘籍就被解开了，震撼了这两位岛主，两位岛主邀了这么多高手来就是希望破解这件事。好了，傻人有傻福，傻福直接来自他的傻，他就变成了这部武功秘籍的最终解读者。

金庸很有趣，他在1977年所写的后记中说："《侠客行》写于十二年之前，于此意有所发挥。近来多读佛经，于此更深有所感。大乘般若经以及龙树的中观之学，都极力破斥烦琐的名相戏论，认为各种知识见解，徒然令修学者心中产生虚妄念头，有碍见道，因此强调'无着''无住''无作''无愿'。邪见固然不可有，正见亦不可有……写《侠客行》时，于佛经全无认识之可言，《金刚经》也是在去年十一月间才开始诵读全经，对般若学和中观的修学，更是今年春夏间之事。此中因缘，殊不可解。"

这段话的意思是，我当时并不是因为学了佛经，通了佛力，所以才写《侠客行》的。这一段话让我们相信其中的一部分，哪一部分呢？到了20世纪70年代中期，金庸当然花了更大的力气去读佛经，去学佛教，对佛教有了更多知识上的领悟。但是不能全信，因为他怎么可能在写《侠客行》的时候，对佛教没有任何的认识理解呢？

几乎在他写《侠客行》的同时，金庸写什么？他写《天龙八部》。《天龙八部》书名就是来自八个角色，八个角色通通不是人，他们是来自神界，非常特殊、各个个性不一样的神。来自哪里？来自佛经。

《天龙八部》小说一开始还仔细地跟我们介绍《天龙八部》究竟是哪八个不一样的人物、这八种角色跟小说里不同的人物之间会发生什么关系，就是要读者在读《天龙八部》的时候，同时对照佛经的内容去思考、去探索。

金庸这个时候怎么可能像《侠客行》后记里所说的那样对佛

经无知呢？当然不是，只能说那个时候或许他的探索没有那么深入。

如何面对子女之恶

在《侠客行》所写的这个故事里，金庸把另外一项主题推到了极端，那是护短的心情，或者是说，亲情和是非之间的纠缠。最明显、最清楚的是，父母如果生下了一个坏儿子，那该怎么办呢？

我们看小说里有一个重要的主轴，是环绕着石清和闵柔这一对。他们年轻的时候是金童玉女，结了婚。这真的是完美的伴侣，但是偏偏就生下了最不完美的儿子，这个儿子是石中玉。

为什么完美的伴侣竟然生下这样的儿子？因为本来生了两个小孩，其中叫石中坚的弟弟被掳走了、被杀了，只剩下石中玉。经历了如此巨大的打击，闵柔这个妈妈就特别保护剩下来的石中玉。简单来讲，用现代的概念，那就是小孩被宠坏了，就跟郭靖、黄蓉养出郭芙是一样的。

被宠坏的小孩宠到什么程度？爸爸都看不下去了，不能继续让妈妈这样教小孩，所以就把石中玉送到雪山派去。但来不及了，送到雪山派的时候，石中玉就已经是一个坏到底的坏胚子了，无恶不作。再从雪山派里逃出来，结果又变成了长乐帮的帮主，在帮里继续作威作福。

遇到了这样的一个儿子，做父母的怎么办呢？关键就在那一念。关于这一念，我们要回到《飞狐外传》，那是商家堡的商老太。你看在商老太心目中，不管别人如何认定，她自己认定她死掉的那个老头子就是一个最重要的人。别人认为他是坏人，别人知道他做了多少坏事，但是在他家人心里就不是这么回事。这是

《飞狐外传》当中金庸所要探索的。到了《侠客行》，那就更极端了。石清和闵柔这对父母，刚开始的时候也不愿意相信，儿子怎么可能这么坏？可是没多久，小说里举证历历，雪山派的人来找过他们，说你们儿子在我们那里惹了多大的祸端，整个雪山派被翻过来，雪山派的掌门人因此家破人亡。

一个孩子坏到这种地步，这对父母无法否认，这的确是事实，这是他们的儿子所做下来的。因此第一个反应，直觉的反应——杀了他，死掉算了，孩子这么坏。但这本小说之所以有趣，就是继续写下去，我们就看到了，这对父母没办法下得了手。

关键的事情是，明明已经知道自己的儿子这么坏，那做父母的怎么办？石清和闵柔就纠缠在其中。到后来他们干吗？他们去抢玉清观的掌门，为了赎罪。不是自己赎罪，是要替孩子赎罪，要找一个几乎不可能的出路。他们想说，如果在这种状况下，我们救了整个武林，大家最害怕的一件事情被我们解决了，也许他们会看在这件事情的份上原谅我们的儿子。

换句话说，明知道儿子坏到这种地步，他们哪能放弃？不要说自己下手把这么一个孽子杀了，连别人要追杀他们的儿子，他们都还想看看用什么方法让大家可以放过这个儿子。金庸在写什么？他在写父母对孩子的感情。这里让我们回到《倚天屠龙记》的后记。

金庸在《倚天屠龙记》后记里说，这本小说不是写男女情感的。不是写男女情感？小说里不是写了张无忌和四个女人这么复杂的纠结吗？这不是金庸要写的吗？那都在写什么？金庸偏偏告诉我们说，《倚天屠龙记》写的是兄弟之情，写武当七子的特别感情，写张翠山自杀的时候张三丰的悲痛，谢逊听到张无忌死讯的时候那种悲痛。

但他特别强调，这在小说里他写得不好。让我再一次提醒大家，后记里的这一段话，对我们解读《倚天屠龙记》这部小说其实没有帮助。但是金庸却非说不可,因为这反映了他的心情。他要点出的是,那个时候他还不知道什么叫真正的丧子之痛,因为他没有经历过儿子自杀。写后记的时候,他修改完了《倚天屠龙记》,他已经知道了。

那为什么写石破天?为什么写《侠客行》?因为他知道了做父母的心情。你可以感觉到这里有那么强烈的一个纠结,他写石中玉、写石破天,然后从父母的角度在说:我管你是什么样的儿子,我都想要。从这个角度,这个故事就变得非常沉痛、非常悲哀。我们所看到的,我们要体会和同情的,是那一个失去儿子的父亲。

他的心里转过了多少的念头?让我用小时候读过的美国的一个非常有名的鬼故事,来跟大家解释金庸可能在想什么。我不知道大家有没有人听说过猴手的故事,这是很恐怖的一个故事:有一个人有一天在路上捡到了一只干掉的猴手,就是猴子的手,他把这个猴子的手捡回家里。到了半夜,狂风大作,他醒过来,就发现这个猴手动了一下,然后他似乎听到了猴手给他的一个信息,说:"谢谢你把我捡回来。"这有一点像《天方夜谭》里神灯的故事。它说:"因为你把我捡回来了,所以我可以帮你完成三个愿望。"他一听,高兴地就把太太给叫了起来。两个人坐在那里商量,说:"有三个愿望,那应该要去实现什么样的愿望呢?要小心,只有三个愿望,所以要省着用。"

太太坐在那个客厅里东想西想,脱口而出,她说:"我希望我现在有两万块。也没多大的愿望,不用太贪心,有两万美金我就可以整修这个房子。"

讲完了,一下子,突然有人来敲门了。这个时候,打开门,这个人给了她一份通知,再加上一张支票,说:"对不起,你的儿子在我们工厂里发生了事情,被机器给绞进去了,所以公司送了两万块钱的支票来作为补偿。"

妈妈听儿子没了,当然就大哭,还后悔了。后悔了,她就激动地说:"我要我的儿子现在回来!"这是她的愿望。

再过了一会儿,又听到了敲门的声音。打开来看,门口是一个鲜血淋漓、被机器碾过的儿子,站在门口。

到了这个时候,不得已,轮到爸爸了。爸爸说:"我现在希望我的儿子消失。"儿子就消失了。

为什么要讲猴手的故事?因为我在看《侠客行》,尤其是石中玉这一部分的时候,我当时就在想:猴手故事里那个爸爸,最后当他说"我希望我的儿子消失",那是一种什么感受?

不是我们所想的那么理所当然,意思是说:换作是你,本来失去了儿子,儿子现在用这种方法回来,鲜血淋漓,不再是原来的样子,你要还是不要?你会宁可他消失,还是换另外一种态度说:就算你变成这副鬼样子,还是希望你回来?这也就是我体会到的金庸在这个小说里一种非常复杂的自我安慰。

自我安慰到后来变成了自我折磨,意味着如果我有这样一个儿子,在什么环境、什么状态下,他坏到什么程度,我可以安心地说:算了,我宁可没生这个儿子,他死了,也没关系?

他怎么写?他一路写一路写,石清和闵柔最后那个答案是"没有"——父母的爱是没有底线的,或者是父母的伤悲是没有底线的。

你看他笔下的石清和闵柔,他们绝望到只好想象自己变成了一个超人(superman)。superman最大的特色是什么?他们去拯救世界。并不是因为他们相信自己可以拯救世界,也不是觉得这个世界值得拯救,应该要由他们来拯救。那是为了什么?是说,只有我们像一个superman去拯救了这整个世界,这个世界才有机会原谅我们的儿子。这是多么悲惨的一种心情。

反感武林的武林高手

金庸正因为要写这样一种悲惨的心情,所以相较于石中玉,又续写出了一个石破天。石破天和石中玉是全然相反的:石中玉那种聪明,从聪明而来的所有的狡诈和邪恶,对比的另一面就是石破天。金庸也就写出了武侠小说里非常奇怪的一件事,石破天最后变成了大侠,而他成为大侠的条件,在原来的武侠小说的惯例中,应该会使他根本没有机会进入武侠的世界。

因为他那么淳朴,淳朴到什么程度?他内在有一颗最素朴的赤子之心,这种赤子之心是绝对反江湖、反武林的,根本不想打打杀杀,不想打人,不想伤人。那我请问你,怎么学武功呢?他根本就不会有想要学武功的动机,也不会有学武功的需要。

因而读这本小说,会有另外一个有趣的联结,我忍不住又要把古龙跟他的经典作品《楚留香传奇》抬出来。古龙和金庸在写武侠小说的时候,真的有这种对比的竞争性,例如说两个人都努力在写别人写不出来的武侠小说。古龙写了一个不杀人的楚留香,金庸也写了一个不想杀人、不想伤人的石破天。

不过,这样一比,读过《楚留香传奇》的人就知道,这两个人怎么比?这两个人完全不一样。楚留香不杀人有个前提。在古龙几部以楚留香为主角的小说里,最常见的一种情节,就是因为楚留香不杀人,所以他常常就被这个原则搞得处于非常难以处理的情境。意思是说,如果你不杀人,别人就杀了你,或者是如果你不杀人,别人就杀了你爱的人,你怎么办呢?碰到这种状况,你还要不要坚持你的原则?所以楚留香的故事有趣的地方,就在于我们看他怎么找出各式各样的方法,在保留不杀人原则的情况下,还能够首先自己不送命,还能够达成他要的目的。楚留香能够维持原则,作为一个不杀人的人,还继续在江湖上打混,关键的也就是这个前提——他武功绝世。他有这么高的武功，他又这么聪明，所以他可以不杀人。

另一面，金庸写的可不是这样，金庸写的是一个最素朴的人。他不想杀人，他不想伤人，他不想学武功，正因为这样，他反而学了《侠客行》最高深的武功，这是倒过来写。他们两个人写法真的完全不同，但是却形成了非常强烈而且有趣的对比。

石破天这样一个不愿意学武功、不愿意杀人的人，就变成了金庸笔下的一个原形。或者是说，他写一写，舍不得把石破天这样一个人、这样的写法丢弃掉。所以到了《天龙八部》，一开头，上场的是谁？是段誉。段誉表面上看和石破天完全不同，他是大理皇家的世子，他的伯父当皇帝，这样一路传下来，如果没有意外的话，他也有机会当上皇帝。他饱读诗书，是个读书人，石破天连字都不认识。可是他读书的结果跟石破天却异曲同工，走上了同一条路。

他是一个读书呆子，也是聪明的书呆子。因为他是书呆子，他念佛经，他读儒家的诗书，所以他不伤人，他根本就不要学武功。爸爸一直要教他武功，他就是不肯学，他拒绝学，他就是这样的书呆子。

金庸在《天龙八部》其中的一条线要写的就是段誉那么不想学武功，拒绝学武功，但是后来他怎么会变成身怀绝技的一个人？段誉的故事跟石破天的故事是平行发展的，对照的最大的反讽或最大的吊诡，牵涉一层人世的道理。你想想看，谢烟客因为玄铁令，抓住了还不叫做石破天的那个小乞丐，但这个小乞丐也有他的特色——他从不求人。

面对大家都想要的东西，或者是大家都视之为理所当然、一定会要的东西——长乐帮帮主的位置，像石中玉他就要，因为他知道做了帮主，就可以作威作福，就可以发号施令，可以奸人妻女,也就是可以有欲望的发泄,这是大家都求之不得的。但是对石破天这个小乞儿来说,长乐帮帮主有什么?他完全不能理解,他也不要。

石破天是什么?他就是不求人。他最傻的傻劲,别人认为求之不得的,他不知道这有什么好处。他对侍剑说,我偷人家的妻子,要干吗?我叫人家的妻子来帮我打扫吗?然后还说,你来教我什么叫做偷人家妻子?当然很好笑。

关键重点是这些欲望他不只是没有,他甚至完全不懂。包括他得到了所有人求之不得的武林秘籍,正因为他不求。对他来说,我知道我不识字,所以这墙上的所有这些字都跟我无关,我也不可能破解。

但是最后求的人都求不到,正因为有这么强烈的欲望,于是就使得跟他们所要的目标隔绝得越来越远,让自己走上了相反的方向。反而那些不求的人,不知道要求,也不觉得自己想要得到这种满足的人,他们反而才得到了大家都得不到的东西。这就变成了石破天身上最极端的"傻人有傻福",他没有要的,反而就掉到了他的身上。

不过,这里还有另外一番不能在武侠小说里表达,也没有办法在武侠情节里去追求的另一层反讽,这只是供大家思考:只有不求不要的人才能得到,可是也因为这样,当他得到了,他也不就没有乐趣吗?因为这件事对他没有那么重要,没有那么有意义。那他得了,又能怎么样呢?这不是反讽吗?

我们看小说的结尾,这个小说在某种意义上是不能再写下去的,因为再写下去会变成完全不一样的小说了。因为你要讲一个人,他根本不要武功,却有了武功。他不想杀人,也不想伤人,也不想当教主。我请问你,有了这些武功要干吗?对他来说意义何在?还有,有了武功会改变他的人生吗?

这是不能问、不能回答、不能写下去的，因为这牵涉更复杂的人生思考了。这不是金庸可以提供给我们的，但是如果大家有兴趣的话，你不妨自己想一想，你会得到什么答案呢？

《天龙八部》：寓言里的众生相

金庸个性与武侠特性的冲突

武侠小说是一个非常特别的文类，因为它是彻底反写实的，意味着没有任何人用写实的标准来看待武侠小说。所以武侠小说的作者跟读者必须要存在一种不可言喻、彼此互相信任的默契，这意味着作者写什么，读者就得读进去什么。在任何一部武侠小说真的成立之前，这个默契就已经存在了。作者是按照对这个默契的认识和理解去写，读者也是按照这个默契去读武侠小说的。

最简单一件事，例如发暗器。如果有读者一看，就从物理学上去追究说：怎么可能？我们的手能够发出多大的劲力？这个劲力把一个多小的物件投射出去，它有多快的速度？这样的速度在空气的阻力中，它能够飞多远？到两公尺之外，它变成了什么速度？例如轻功。依照人体，你要让一个六十公斤重的人跳起来能够飞三层楼高，这个时候需要多大的动力？这一动力又怎么可能在人的腿部肌肉上产生？

这是一种读武侠小说的错误方式。如果用这种方式读武侠小说，武侠小说就没有任何的乐趣了，除非我们要追求的是完全不一样的另一种乐趣。

我倒是想到，不知道朋友们有没有读过一本很奇特的书 The Science of Harry Potter : How Magic Really Works (《哈利·波特的魔法与科学》)。这是哈利·波特系列小说最红的时候，美国突然冒出来的一本奇书。它就真的是用科学的方法一一去检验哈利·波特小说里所写的各种魔法。这里有两个用意。一个用意当然告诉你说，绝大部分的魔法是不科学的。但是它还有另外一个用意，也就是告诉你说，在科学上通过什么方法，J. K. 罗琳想象中的一些魔法也许会变成现实。

这本书很有趣，当然它不是真正为了协助你去享受阅读哈利·波特世界的。我还看过另外一种书，那是专门破解我们在电影上会看到的想象画面。有一些对我还蛮有用的。例如，书里会告诉你，你在电影上看到很恶心、很可怕的一种画面，那是一只虫被放大了一百倍，跟人一样大，甚至像房子那么大。因此它那个脚一拨，列车就翻倒了，造成了非常可怕的灾难。

从科学上追究，如此巨大的昆虫绝对不可能存在。首先很简单的一件事，你把这个昆虫放大了一百倍，它的重量就变成了一百万倍。这么重的一只昆虫，不可能靠这么细的脚支撑，它根本站不起来，它的脚是不可能承受这种重量的。所以我们想想大象，大象要变这么大，它就非得要有这么粗、这么重的腿不可。蟑螂、蜜蜂那种腿放大一百倍，它就不可能支撑了。还不只如此，我们再想一下大象。大象的皮为什么那么厚？因为这里面有内外压力平衡的问题。你的体积这么大，你的内脏腔体所产生的压力跟外面的压力之间的差距也就更大。所以，如果真的有虫放大到那么大，那么这还是一个简单的结果，它就会爆开来。因为它腔体内在的压力跟外面压力不平衡，而它的躯壳太薄了，所以它无法阻止这两种压力差距之间所造成的可怕后果。当然对我来说，松了一口气，不用担心，这个噩梦不会成真。不可能有昆虫真的变得那么大，变得那么可怕。

回到武侠小说，要享受武侠，你就不能用写实的方法去读武侠小说。武侠小说允许虚构，允许天马行空。从这个角度看，金庸在武侠小说这个行业上，他是一个特例。因为明明武侠小说给了这么大的虚构空间，可以天马行空，可以有各式各样的不合常理，包括不合物理，有时候也包括不合心理学，甚至不合社会学。但是相对的，金庸在个性上是个控制狂。

我们还是拿古龙跟金庸作最清楚的对比。古龙写小说，每天开笔写连载，其实最关键的一件事情，不过就是要想怎么开头、怎么结尾。门口出现了一个人、一个暗器飞过来、墙角有一块血迹，那是昨天留下来的问题，他得想想说：昨天留下的问题，今天到底怎么解决？怎么继续写下去？好，这个解决了，写了也许几千字。然后他再想：我今天怎么结束？今天不能够平凡、一般地结束，那今天也得要有一个钩子。这个钩子可能是外面突然传来的声音，可能是一个人的尖叫，可能是回头一看，原来在身边的人不见了。他就把小说写到这里，接下来是明天的事了，明天再来想怎么继续写下去。

所以古龙的武侠小说连载非常好看，一段一段看，会一段一段地吸引你。但古龙有一个另外的问题，这样的小说结集起来，从头到尾连着看，有的时候真的就没那么好看。古龙巅峰时期的最好作品，像《楚留香传奇》《萧十一郎》《天涯·明月·刀》《流星·蝴蝶·剑》，或者是《小李飞刀》《多情剑客无情剑》，当然还有《绝代双骄》，这几部都很棒。

但除此以外，古龙也写了很多很烂的小说，因为他的小说很容易就散掉了。读连载不会有感觉，但是把它结集起来，当它变成了书的形式，读的时候，你就会觉得，为什么情节一直受到干扰，然后有很多很多的偶然，有很多真的即使是以武侠小说的标准来衡量都不太合理的事情不断地发生。

以此对照金庸，你就知道他多么特别。

金庸从开始写《书剑恩仇录》到写完《鹿鼎记》，中间一共花了十五年的时间。但是在《鹿鼎记》之后，他又花了整整九年的时间，没有任何新作品，他在干吗？他把每一部小说重新整理，一本都不放过。

包括从我的角度、我的标准，我认为大可放弃、大可不要的，像《鸳鸯刀》《白马啸西风》，乃至于他去改写唐传奇的《越女剑》，这几部作品，说老实话，再怎么改也改不成什么了不起的作品，但他就是坚持。

金庸之所以变成这样一位成就这么高的人，有如此特别的武侠小说作品，有一部分就因为他内在的个性与武侠小说这个文类是冲突的。古龙的个性正好协适于武侠小说，潇洒不羁，天马行空，可以写得那么自由，可以完全不顾约束。而金庸的内在，是控制狂。他的控制狂表现最清楚的是，别人的武侠小说是想到哪里写到哪里，写到哪里想到哪里；后面突然想到了，也可以把前面的东西拉回来，这里补一点，那里挖一点。别人是这样用连载的方式写武侠小说。可是我们看一下《倚天屠龙记》，它清楚地明示了金庸的控制狂可以严格到什么程度。

百万字的长度，竟然是依循一个严格的结构。开头拉得非常远，但是环环相扣，为的是要引出张无忌在光明顶上打败六大门派，变成明教教主；然后依据他明教教主的身份，再给他一连串同样是环环相扣的情节，让我们看到他如何理解、如何学习江湖世故，更重要的是他如何经历他的情感教育。但等到《倚天屠龙记》写完之后，出现了一个奇怪的转折，那就是《天龙八部》。和

《倚天屠龙记》相比,《天龙八部》简直没有结构。

《天龙八部》是一部失败之作吗?

首先,看一件奇特的事。金庸作品从一开始,我们讲《书剑恩仇录》心里就浮现出陈家洛,讲《碧血剑》就出现袁承志,再下来郭靖、杨过到张无忌,金庸长篇武侠作品中都有一个清楚的主角。他要让这个主角来贯穿小说,让他的叙事可以前后呼应,用这种方式来控制结构。

但是《天龙八部》真的好奇怪,因为后面的《笑傲江湖》也有令狐冲,《鹿鼎记》也有韦小宝,但相对而言,《天龙八部》上场是谁呢?是段誉。小说一度一直绕着段誉在写,在我们看来,段誉应该就是主角。可是如果大家看的是五册本的话,从第二册的中间,一路一直到第三册的后半部分,段誉不见了,完全没有段誉。小说这一大段在写什么?在写乔峰。

所以你看,光是在叙事布局上,金庸就打破了过去的习惯,它是双主角。而且这双主角有三个名字,前面段誉开场,后面接着是乔峰,乔峰后来又变成萧峰。事实上,我们讲两个男主角都还不是真正能够准确地描述,因为除了有北乔峰,还有南慕容,这个南慕容在小说里其实也占蛮多的篇幅。

用段誉这样一个完全不会武功的书呆子开场,一路一直到第一册的后段,连乔峰这个名字都没出现过。如果从来没有人告诉过你《天龙八部》的主角是谁,你根本想都想不到乔峰会是那么重要,甚至我们不会注意乔峰是什么时候第一次出现的。

乔峰第一次出现是在对话里,是人家提到了"北乔峰南慕容"。可是那个时候我们听到"北乔峰南慕容",我们对南慕容的印象是比较深的。因为与段誉相关的这些故事,包括遇到阿朱,遇到王语嫣,这都跟慕容家有关系,都是南慕容这一边,所以在我们看来,只不过是原来跟慕容复齐名的还有一个北乔峰而已。

再经过了将近半本之后,段誉到了一个客栈里,遇到一个大汉。再看到旁边有些丐帮的人进进出出,跟这个大汉讲话。莫名其妙地,段誉跑去跟这个人斗酒。这个时候段誉已经练了他的六指神剑,所以他就用功夫让酒气从手指头里逼出来,一路滴下去,他用这种方式跟这个人斗酒。

这个时候这个人没有名字,要到跟段誉斗酒斗完了,我们才知道这个人就是乔峰。而让乔峰借着和段誉斗酒上场的时候,突然之间段誉就不重要了,段誉就被丢掉了,故事主轴一下子转到了丐帮。

不只是转到了丐帮,而且就在那个杏林里,就展开了乔峰跟丐帮的高潮大戏。乔峰在那里跟丐帮过去的兄弟们敬酒、告别,从此之后他们不再是朋友,他们变成了敌人,这是再戏剧性不过的场面。段誉没回来,变成乔峰带着阿朱两个人去流浪。这流浪一写,就写了一整本,还是没有段誉的影子。

这非常清楚地显现,写完了《倚天屠龙记》后写《天龙八部》的时候,金庸又在摸索,又在试验,他要写不一样的小说。《倚天屠龙记》创造了这么严谨的武侠小说结构,把结构写到那样的地步,所以到了《天龙八部》,他先是让它散掉,变成了结构上相对非常松散的作品。

在《天龙八部》后面,大家也许可以找到一篇附录,这篇附录是陈世骧(1912—1971)先生写给金庸的信。这信很有意思,信里说:"又有一不情之请:《天龙八部》,弟曾读至合订本第三十二册,然中间常与朋友互借零散,一度向青年说法,今亦自觉该从头再看一遍。今抵是邦(指陈世骧到日本当访问学者),竟不易买到,可否求兄赐寄一套。尤是自第三十二册合订本以后,每次续出小本上市较快者，更请连续随时不断寄下。又有《神雕侠侣》一书，曾稍读而初未获全睹，亦祈赐寄一套。并赐知书价为盼。原靠书坊，而今求经求到佛家自己也。"

这封信要干吗？这封信是想读金庸的武侠小说，但是到了日本，手上没有书，更麻烦的是怕找不到书，怕等不到书，所以写了一封信给金庸，跟金庸要书。为什么陈世骧可以跟金庸要书？不只是因为陈世骧是一个大金迷，更重要的是当时陈世骧的身份，陈世骧是美国加州大学伯克利分校的文学教授，这样一个在美国名校教书的文学教授，来跟金庸要本书，你说金庸给还是不给？当然给。

另外也就沿着陈世骧学文学、教文学的这个特别身份，我们要提到留下来的一个很有趣的故事。陈世骧提到金庸武侠小说的时候，特别会讲到《天龙八部》。而留下来的故事说，他常常跟朋友抱怨说：《天龙八部》给我带来了太大的困扰。为什么？因为很多读过这部小说的人都抱怨说：这个小说怎么这么零散？角色太多、故事线太乱。然后陈世骧就说：我每一次都要为金庸的《天龙八部》辩护，以至于经常为了这个跟人家吵架。

我们要了解陈世骧的那个时代，多少在美国念书的留学生，金庸小说是他们最重要的精神食粮，没有金庸是活不下去的。尤其是许多读理工科的人，苦闷得不得了，他们能够得到的最重要的消遣，就是到图书馆去借，或者跟朋友借，大家一起传看金庸的武侠小说。另外看完了之后，不管是public这种聚会还是私人party，最热闹、最热门也最受欢迎的话题，当然就是讨论金庸的武侠小说。

在这个背景下，我们想想陈世骧先生的这个苦恼。碰到了学生，碰到了朋友，只要是中国人的圈子，他就开始讲金庸。大家都知道他是金迷，所以大家都跟他抱怨说：金庸《天龙八部》怎么会写成这样？真的很难看，看不懂，真的很不容易看。然后陈世骧就要在那里卫护金庸，更重要的是要卫护《天龙八部》。

从陈世骧那里就留下了这个有趣的问题：《天龙八部》真的很乱吗？《天龙八部》真的很不容易读吗？当然相关的问题是，作为文学教授的陈世骧，他在这部小说里看到了什么？他如何替金庸辩护呢？

在《天龙八部》的后记里，金庸曾经写过这么一段过程，他说："《天龙八部》于一九六三年开始在《明报》及新加坡《南洋商报》同时连载，前后写了四年，中间在离港外游期间，曾请倪匡兄代写了四万多字。倪匡兄代写那一段是一个独立的故事，和全书并无必要联系，这次改写修正，征得倪匡兄的同意而删去了。所以要请他代写，是为了报上连载不便长期断稿。但出版单行本，没有理由将别人的作品长期据为己有。在这里附带说明，并对倪匡兄当年代笔的盛情表示谢意。"

这段话里其实藏了一些金庸没有展开来说的东西。例如，他没有讲他的小说跟倪匡之间其实之前就有过非常有趣的交错。大家可能还记得《倚天屠龙记》是怎么结束的。《倚天屠龙记》结束的时候，周芷若突然之间出现，这看起来好像不是一个确定的结尾；再加上《倚天屠龙记》前面有《射雕英雄传》《神雕侠侣》，所以很多人都猜很多人都认为这个小说应该还有续篇。不过金庸写武侠很明确，他非常清楚、非常在意，要写什么不写什么，他认真以对，所以斩钉截铁，《倚天屠龙记》他没有要写续篇。

但是那么多的读者想要继续读张无忌后来的故事，于是出版社就跑去找倪匡，请倪匡续写，倪匡也答应了。然后去问金庸，金庸居然也说：好，倪匡你就写吧。金庸说，如果这个世界上有谁可以续写我的武侠小说，那就是倪匡，他认定了倪匡有这样的能力。

这件事后来并没有实现，可是到了写《天龙八部》的时候，这件事更奇怪了——因为本来说续写，意思是在《倚天屠龙记》后面，把张无忌的故事续写出来的这部武侠小说，是会挂倪匡的名字。可是《天龙八部》在报纸上连载的时候，根本没有倪匡的名字，大家都以为还是金庸继续在写，只有他们两个人说好了，用这种方式，倪匡来代笔。

刚刚那段话的意思是说，让倪匡自己从这里发展出一个独立的故事，让金庸回来之后他就不需要去接倪匡写的这些情节。可是真的写的时候，倪匡是怎么写的呢？他是从阿紫接续过来写的。为什么特别要牵扯阿紫呢？因为倪匡显然太讨厌阿紫这个角色，所以在倪匡写的这一段当中，就把阿紫的眼睛给搞瞎了，那是他对那么讨人厌的角色的一种报复。

金庸回来的时候显然非常麻烦，很难收拾——原来好好的一个阿紫，现在变成一个瞎子，那怎么办呢？因此，金庸在后记里说得其实很客气，说等到要发单行本的时候，我不能长期占据别人的作品，所以就不把倪匡的四万多字收进来。了解了这个背景，你就知道他写这段话的时候应该是咬牙切齿的，他说：这四万多字给我惹了多少麻烦！赶快拿掉，赶快拿掉。

这是《天龙八部》一个背后的故事。你知道阿紫有多可恶，可恶到倪匡逮到机会，就要用这种方式去收拾她去修理她。倪匡之所以写了另外这样一个重要的角色——游坦之，给他这么大的篇幅，相当程度上就是为了用他来映衬阿紫的可恶。除此以外，游坦之还有一个作用，即他是一个自愿被宰治者。游坦之当然很可怜，当然够倒霉，可是他的可怜、他的倒霉来自哪里？来自他迷恋阿紫，那是一种自我伤害。《天龙八部》也就是从这里开始，后来贯穿《笑傲江湖》，再到《鹿鼎记》，金庸探讨了什么是权力、什么是权力的运作，更重要的是探讨了为什么有弱势者、无力者会去配合强权者,让自己被这种方式宰治。这样的心理和现象,就变成这段时期金庸在小说当中探索的一个重点。游坦之是金庸小说里过去没有的,从被害者如何配合加害者的这个角度来看,游坦之是一个重要的开端。我们看了游坦之这个段落,继续往下走,段誉仍然没有回来变成理所当然的男主角,因为又冒出另外一个人,又冒出另外一段,那是虚竹和尚,虚竹和尚后来又变成了段誉的二哥。虚竹和童姥的故事,小说里又写了将近两百页,也就意味着又要再等两百页段誉才回来。

到这个时候,我们真的不知道该怎么看这部小说了。我们原来以为的双男主角的架构,显然被打破了,不是这么一回事。双男主角不是段誉和萧峰吗?萧峰到哪里去了?我们好想念他,因为在五册本中,整个第四册都没有萧峰,再到第五册的开头,萧峰终于回来了。萧峰回来了差不多一百页,"嘣"的一下,又让我们吓了一跳——我说怎么出现了这个角色?这个角色叫钟灵。钟灵是谁?钟灵是开场跟段誉一起上场的第一个重要的女性角色,为了要救钟灵,才引发段誉跑到水潭底下,才产生了段誉后续的所有这些奇遇。我们几乎都忘掉了钟灵,我们原来以为金庸也大概忘了这个角色,没想到钟灵竟然回来了。

我为大家这样梳理一番,就是为了让大家知道、确认《天龙八部》和《倚天屠龙记》真的非常不一样。

陈世骧说很讨厌每次跟人家讨论都必须要为金庸辩护,因为关于金庸为什么这样写《天龙八部》,有一个理所当然的看法和解释,那就是金庸江郎才尽,要不然金庸太忙了,所以他失去了焦点。为什么叫做"理所当然"?因为让我们看一下,他花了四年这么长的时间来写(这段时间,他当然持续在办报,还跑到欧洲去旅行),关键一点是,他办报的每一天,固定的工作习惯都是:下午、傍晚的时候,他进了报社,先写武侠小说;接着他从武侠小说作者的角色，转变成一个经营者的角色，先来和大家商量、讨论报纸怎么卖、广告状况怎么样；再下来他要变成一个总编辑的角色，要来看明天的报纸到底有些什么新闻，如何落版，如何下标；最后他还要再换另一个角色，那是一个时评家的角色，他必须要在午夜的时候写社评。

《明报》经过大转型，大获成功，这个时候已经崛起成为香港第一大报。到了1965年，《明报》每天十万份，以当时香港不到五百万的人口，这个比例非常高，这是个非常大的报份。《明报》凭什么占据香港第一大报的位置呢？因为它专门报道中国的消息。它的报道跟其他媒体所告诉大家的中国新闻完全不一样。这个时候不只是香港读者对《明报》的重视，还有全世界的中国专家、中国研究者，他们都非常看重《明报》，尤其是金庸的时评怎么写。

看这个背景，我们可以体会或者说可以原谅他。如果金庸这个时候没有心情再像以前那样专注地写武侠小说，他作为一个媒体经营者、作为一个总编辑，还要做这样一个忙碌的时评家，需要耗费的时间和精力越来越多，以至于他所写的武侠小说角色越来越不重要了。

这是一种解读方式，当然若用这种方式解读，《天龙八部》就是一部失败之作，因为散掉了，所以东写一个西写一个。在写《倚天屠龙记》的时候，金庸明明就已经掌握了一种紧实的、文学的结构性，庞大的作品在高度的控制和掌握下，但是到了这个时候，换成《天龙八部》他就收不住了。

延续这个看法，另外就可以解释《天龙八部》为何会写成金庸所有武侠小说当中相当长的一部，大概跟《鹿鼎记》一样长，但是跟《鹿鼎记》非常不一样。《天龙八部》之所以长，我们可以解释说，那是因为他收拾不了，他拉了太多线出去了。

刚刚讲到这个五册本里最后一册，萧峰出来之后，钟灵又回来了。金庸在干吗呢？他一路都在收拾，收拾前面提过的所有的人，把这些线头一个一个拉回来。你看，光是把所有的线头收回来，就要花这一册五分之一的篇幅。

我们可以用这种方式来理解、认知，《天龙八部》就是因为这样，所以写那么长。这跟《鹿鼎记》纯粹就是跟随韦小宝一路这样写，非常紧凑紧密地写了五册，意义是非常不一样的。这就是陈世骧说的，大部分人用这种方式看《天龙八部》，所以就会抱怨，觉得《天龙八部》很乱、很散，觉得金庸怎么把《天龙八部》写成这样，金庸写失手了。

从新派武侠回到传统叙事

为什么特别提陈世骧？陈世骧的辩护很简单，那就是《天龙八部》没有用《倚天屠龙记》的那种方式写，究竟是金庸不能也，还是不为也？意思是说，本来金庸仍然想要把它写成很有结构的小说，但是他没做到，这是失误；还是我们必须要思考另外一个可能性，那就是金庸别有用意，他有不一样的用心，他本来就没有要写像《倚天屠龙记》那样结构井然的另外一部武侠小说？

很重要的一个线索，让我们来看一下这本书的书名。大家都说《天龙八部》，没有任何一个人不知道《天龙八部》是哪一部小说，但"天龙八部"指的是什么呢？

它前面金庸写的大长篇叫《倚天屠龙记》，接下来这个大长篇叫《天龙八部》，这么对起来你不会笑吗？你不会说，金庸你除了天跟龙没有别的字可以用了吗？才四个字的篇名，其中就有两个字跟前面一部是重出的，你认识的字太少了吗？我们当然知道这不可能嘛——金庸认得多少字！？金庸用了多么丰富的中文啊！那为什么要叫《天龙八部》呢？金庸在书的前面，特别写了一段"释名"，告诉我们说："'天龙八部'这名词出于佛经。许多大乘佛经叙述佛向诸菩萨、比丘等说法时，常有天龙八部参与听法……'天龙八部'都是'非人'，包括八种神道怪物，因为以'天'及'龙'为首，所以称为'天龙八部'。八部者，一天，二龙，三夜叉，四乾达婆，五阿修罗，六迦楼罗，七紧那罗，八摩呼罗迦。""释名"这一篇接着就说"天"是什么，"龙"是什么，一路下去把这八个都不是人、不一样的角色解释了，这叫做"天龙八部"。

从这样一篇放在最前面的文章看下来，我必须承认我在前面一直跟你们说《天龙八部》是双男主角的结构，这是我故意误导了你们，那是因为一路下来我们都在找男主角。我们找到不止一个男主角，我们就以为段誉是一个男主角，那乔峰／萧峰又是一个男主角。可是如果回到《天龙八部》这个书名和那篇文章，你就知道了，其实金庸非常有可能从一开始就没打算要写单一的男主角。

要了解金庸《天龙八部》到底想写什么，我们必须聊一下什么叫做新派武侠。香港的新派武侠，主要是两个重镇：梁羽生、金庸。香港在左右派报纸第二次大论战的时候，20世纪60年代，梁羽生曾经用笔名写过一篇文章，总评梁羽生和金庸的武侠小说，里面特别提到说，两个人的武侠小说都叫新派，但是金庸小说里有比梁羽生更多的来自西方的元素。其中也就包括了《倚天屠龙记》所展现出来的金庸这种特殊的能力——用结构井然的方式去写武侠小说，这绝对不是中国的传统小说，更不是传统武侠小说的写法。

那么对应于新派，中国传统的小说是怎么写的？金庸就在《天龙八部》当中示范给你看。他回到这样的一个叙事传统，传统武侠小说的写法。中国近代武侠小说源自平江不肖生，平江不肖生的开山之作是《江湖奇侠传》，接着是《近代侠义英雄传》，都叫做"传"。奇侠传就表示不是一个侠，这是一堆人、一堆侠，这是列传，一堆人并排开来。

那排开来要有所联结，怎么联结呢？不管是平江不肖生开头的《江湖奇侠传》，还是其后这种传统式武侠小说中叙事最庞大、发挥最淋漓尽致的还珠楼主的《蜀山剑侠传》，这些小说都一样，不会有单一的主角，每一段有每一段的主角。

《江湖奇侠传》这部小说后来最受重视的是火烧红莲寺的故事，这段故事的主角是红姑。但是在《江湖奇侠传》中，红姑只是其中一个奇侠。有那么多的奇侠，怎么把他们放在一起，变成一部小说呢？这就要再往上溯源，直到中国的说书传统。章回小说或更早的话本，用一种最简单的方式，我们可以把它描述成"像打弹子一样"，打弹子就是说这里一颗球撞到了另外一颗球，然后就再用这颗球去撞另外的球。意思是说，这个角色本来是个主角，他遇到了另外一个角色，就把焦点换到了那个角色上，原来的那个角色就被摆到一边去了。这样一路衍生出去，就会有很多很多不同的角色连番地在不同的段落里作为主要的中心。

金庸作为一个新派武侠小说作者，他的新就是从《书剑恩仇录》开始，他就不用这种方式写，他有新派的写法。新派的写法，第一本陈家洛，第二本袁承志，第三本郭靖，接着杨过、张无忌作为主角。他明确扬弃旧派的写法，他是用主角为核心，推动内容，写他的新派武侠。

可是到了《天龙八部》，金庸却蓄意回到传统的叙述形式，所以我们要读《天龙八部》，也就应该用这种传统小说的读法，也就意味着这是大群戏，有好多个不同的主角，这些主角有他们自己的故事。所以主角的概念要扩大，不只是段誉是主角，萧峰／乔峰是主角，慕容复是主角，游坦之是其中一小段的主角，虚竹是其中更大一段的主角，甚至还有玄慈这个少林和尚，在他的那一段当中他也是主角。还有一定要提到的，那就是大反派丁春秋，丁春秋是另外一个主角，也有他自己主宰的那个段落。当然更不能忘掉的是段正淳，段誉的爸爸。整个故事搞得这么乱，有这么多的球可以到处撞来撞去，都是靠段正淳。借着段正淳的感情，就把这么多的线头、这么多的人物都连在一起了。

这些主角出现的时候，另外就有配套的固定配角会在旁边出现。慕容复背后是慕容家，慕容家固定的配角是王语嫣，另外有风波恶、包不同这几个人。讲到大理段家段正淳，那就有"渔樵耕读"这四个护法会跟在旁边，会跟他出现。还有四大恶人，这也是随时都会跟着出现的配角。

配角有配角的作用，配角也有配角非常明确的个性。读《天龙八部》，你对这些配角也会留下非常深刻的印象。像风波恶，不管走到哪里，就是要跟人家打架，即使是打到快死了，只要有打架的机会，他就不会放过。另外很有趣的是包不同，他是一个永远都不能同意别人讲的任何一句话，所以叫不同——永远都在跟人家抬杠，然后抬杠就抬出了非常有趣的内容来。

在小说当中，金庸甚至就开辟了一段把主角隐去全部都是配角在玩的内容。他们这四个人遇到了聋哑先生的六个弟子，一个下棋的一个读书的，包不同就跟那个读书的、唱戏的在那里搞得一塌糊涂，各式各样不同的花招都出来了，好玩得不得了。完全不需要主角，只要配角，因为配角可以有配角他们自己的热闹。

这是这本小说的写法，的的确确跟前面金庸的武侠小说完全不一样，他又选择了一种自己没有写过，甚至是与他的新派武侠形象相反，而回到传统老路子的另外一种写法。

如何把庶民写成英雄

回头看金庸以前的武侠小说里所写的这些主角，第一部《碧血剑》的主角是陈家洛，这是海宁陈阁老的儿子；第二部《碧血剑》的主角是袁承志，这是袁崇焕的儿子。不管是陈家洛还是袁崇焕，当然都反清。

再接下来到了郭靖，到了杨过，一路连续到《天龙八部》当中的段誉。段誉是谁呢？段誉是大理国皇家世子。金庸在这方面，他是延续着武侠传统，也联结到他自己出身的阶级意识，有着非常强烈的贵族倾向。

第一部小说为什么先抬出陈阁老的儿子陈家洛呢？因为金庸自己是海宁查家的公子，所以他就写海宁陈家的公子。海宁查家就是某种意义上的贵族，因为那是一个知识世家。金庸写武侠很重视、很在意身世，尤其是世家身世。就连杨过，他都有他非常清楚的家世，而且这些家世在越早的小说中也就越显贵、越高级。

但是到了《连城诀》，这是一个重大的转折。从《连城诀》到《侠客行》，那就是在写没有身世的人：狄云是确定没有身世的一个主角；到了《侠客行》的石破天，那更是连自己到底姓甚名谁都搞不清楚的一个奇特的人，这个奇特之处正在于他不知道自己的身世，那就更谈不上他有什么家世了。我可以明白地用这样的字眼来形容：狄云、石破天，他们都是"庶民"。

《侠客行》里写的石破天，不折不扣，是一个乞丐、一个庶民，他没有身世，原来只知道自己叫狗杂种。这个小说写到最后，金庸的姿态也非常有趣。写着写着，看起来这有一个大的悬疑、有一个谜，好像这个谜要揭开了。说原来石破天真的姓石，他是石中玉的弟弟，他是石清的儿子，这样就给了他一个明确的身世身份。但是这个时候金庸却收手了，我们仍然没有在小说里得到最后的答案，他到底是还不是？

为什么要在这里收手呢？这应该就是受到阶级意识、阶级大反转影响之后所产生的一种新意识。金庸是有来自海宁查家的这种背景，可是金庸这个时候不得不去面对庶民：要如何写庶民？或者是要考验自己能不能把庶民写成英雄写成主角？

金庸在前期的三部大长篇当中，并没有这样强烈的意识，可是在后面的三部大长篇《天龙八部》《笑傲江湖》《鹿鼎记》中，这种意识越来越明显。

最明显也是最高峰的，那就是狗杂种石破天，化身变成韦小宝——在扬州妓院里长大的另一个杂种，而且他是真杂种。小说里连像石清、闵柔那样一种可能的身世暗示都没有给韦小宝，他就真的是妓女所生，根本不知道自己的爸爸是谁，他是彻彻底底、最底层的杂种庶民。

这个杂种庶民混到了皇宫里，差点变成了太监。虽然没有变成真太监，但他毕竟混成了一个假太监。而太监在中国地位和身份，不管他们在宫里可以如何作威作福，社会上仍然是看不起他们的，他们也是很底层的人。

这是什么样的故事？这是什么样的来历？这也就意味着金庸在考验自己，除了原来用那种方式写有高贵身世的人，把他们写成高贵的人、英雄，有没有办法把没有这种身世的人，也能写出他的高贵性，或者是也能把他写成英雄？

当然这是两条路，这是两个方向，他就反应在不一样的小说中。

在《天龙八部》里，那是身世不对的乔峰／萧峰，他要把他原来已经没有身世的这样一个出身更进一步地摧毁，要把他从汉人变成契丹人。那么有着这样不对身份的乔峰，能不能再把他写成英雄呢？

到了《鹿鼎记》中，面对韦小宝这样一个扬州妓院出来的小无赖，不可能也没有要把他写成英雄。那要把他写成什么？要把他写成一个主角，让我们愿意一直跟着他，然后我们对他发生了什么事情产生好奇；甚至我们虽然不愿认同他，可是我们就是会替他担心，我们会一直不断地追着，想要知道在他面前还有一些什么挑战，这些挑战他怎么过关，以及在他周围的这些人如何对待他，如何跟他互动。

在《天龙八部》中，另外有一个非常有趣的对比，那就是段誉跟乔峰。段誉活脱脱的就是从原来的那个系脉里来的，那个系脉就是有身世，那是贵族；但是相对的，乔峰／萧峰是不一样的。我知道很多读者在读《天龙八部》的时候，难免都会对段誉与乔峰或者与慕容复作对比。大部分的人，在这三个人当中最喜欢乔峰／萧峰。

这绝对不是意外，也不是说我们每一个人在各种选择中，就这样偶然地大部分人选了乔峰，而是说这是金庸的布局，因为到这个时候他已经写腻、写够了这些世家。不管是段誉那种皇家世家，还是慕容复那种江南世家，对他来说，这都已经不再是他要在小说里写的核心内容。他让庶民凸显出来，他要让来自没有身份的庶民，他们一种素朴的、质朴的个性吸引我们，让我们认同他们。这里就联系到《天龙八部》另外一个非常奇特的部分，那就是它是多线发展的，而且这个多线有的时候金庸是用非常夸张的方式来表现。

段誉先上场，这是一大段段誉的故事，乔峰好晚才出现。两个人先在那里斗酒，斗一斗，两个人结拜成兄弟，大哥、二哥，然后接着段誉就不见了，很久很久都没有继续出现。

我们读者跟随着乔峰，直到乔峰变成了萧峰。再过了好久好久，段誉才又出现，可是这次他再度出现却没有恢复成理所当然的男主角,他的出现最主要的功能好像是要让乔峰消失——乔峰不见了,至少让我们熟悉的段誉回来了。可是,段誉是男主角吗?不是。

没有多久,又有一个人冒出来。这个人我们之前就听过他的名字,我们等了很久,因为等了很久,都已经等到小说的后半部,我们甚至都以为他一定不会出来了,这个时候他冒出来,这个人是"北乔峰南慕容"中的慕容复。

可是你看看这个南慕容出现的场景也很怪,如果大家还有印象的话,第一件事情,他是跟那个聋哑先生在那里下棋。看一看人家下棋,差一点他就死了。他上来出现的第一幕就差点死掉,拿着剑就要自杀,段誉用他的六脉神剑,突然之间有效了,阻止了他,要不然慕容复当场就死在那里。这不是一个太奇怪的上场形式吗?

《天龙八部》还不是第一次用这种方式让重要的角色上场。例如,小说里有一个大反派星宿老怪,他也很不称头,他现身在丐帮,而且是人家丐帮其中一支的聚会。这老怪有多了不起,在丐帮当中被那个大蟒蛇给缠住了,动不了,差点也死了。

好,段誉回来了,可是又牵出了慕容复。段誉不是男主角,那难道这一段慕容复就是男主角吗?不,又冒出了一个莫名其妙的人,而且这莫名其妙的人一下子占了大概一百页的篇幅。这一百页是以谁作为核心呢?讲的都是游坦之的故事。

读到游坦之的时候,我们真是忍不住在心里会问:金庸,你确定知道自己在干吗?之前我们才在《连城诀》里看到你用这种方式写,你怎么又来了呢?

金庸还特别在《连城诀》后记里掩饰故事的"来源",其实故事的"来源"很清楚,就是《基督山恩仇记》。可是他已经在《连城诀》里用过了《基督山恩仇记》,到了《天龙八部》游坦之的故事，我们怎么会看不出这"来源"是什么呢？这是铁面人的故事，又是从法国小说里抄来的。阿紫非常可恶，她看到了游坦之这个人，就把他留在自己身边，又怕被萧峰发现了，就把整个铁罩罩在他的头上，等于是烧在他的头上，再也拔不出来了。游坦之变成了一个古怪的铁面人。

铁面人的故事，据说是法国路易十四争夺王权的过程中一个极端的阴谋论，他用这种方式彻底除掉了可能跟他争夺王位的人。金庸竟然用了一百页的篇幅都在讲游坦之。所以说，《天龙八部》有太多线头了，这就是我们前面提过的陈世骧的困扰。多少人读《天龙八部》都觉得这个小说好凌乱，凌乱到不只是跟金庸之前的作品不同，甚至有的时候凌乱到让我们不知道该如何面对。

我们以为段誉是主角，就转到了乔峰；我们以为乔峰是主角，又转回段誉；我们以为段誉和乔峰是双主角，不对，又跑出了慕容复；好吧，那我们就说"北乔峰南慕容"的慕容复也是主角之一，又跑出了游坦之。你到底怎么办？你要怎么面对或你要如何去解释金庸为什么用这种方式来写？

其中一种解释，就是陈世骧一定不同意、一定会让他面对面跟别人吵架的说法：不是金庸江郎才尽，就是他不能够再像以前那样专心写武侠小说，因为《明报》变成香港第一大报后，有太多的事情需要他处理了。陈世骧不接受，陈世骧提出了另外一个说法：金庸这部小说回到了《江湖奇侠传》的传统中，他写的是一个个不一样的奇侠或奇人故事。

如果顺着这样一种奇侠传的文类和结构来看的话，那金庸写的《天龙八部》就说得通了。而且《天龙八部》江湖奇侠的系谱，金庸还用了一种特别的方式把它组合在一起，我们也应该要了解他组合的方式，以及背后所透现出来的特别创意。

书名里的人间寓言

《天龙八部》的附录里收了两封陈世骧给金庸的信,一封写于1966年4月,另一封写于1970年11月。

1966年,这个时候《天龙八部》还在连载当中,陈世骧这封信另有用意——想要跟金庸要书。不过要书要得真是巧妙,因为他先认真地表示了自己是怎么读金庸小说的。

信的开头,当然先是客客气气地打招呼:"金庸吾兄:去夏欣获瞻仰,并蒙锡尊址,珍存,返美后时欲书候,辄冗忙仓促未果。"意思是说,去年得到你留给我的地址,本来回到美国就应该要好好写信,但是因为太忙了,现在才写。

接着立刻就切入了重点,就讲《天龙八部》——"《天龙八部》必乘闲断续读之",因为在连载,所以读得断断续续。

"同人知交,欣嗜各大著奇文者自多,杨莲生、陈省身诸兄常相聚谈。"就讲了大家常常一起聊金庸小说,那是谁呢?特别提到的一个是哈佛数学系的教授、数学大天才陈省身;当时哈佛大学东亚系的大教授杨莲生,杨莲生是余英时的老师。

然后,后面一句是遗憾——"惟夏济安兄已逝,深得其意者,今弱一个耳。"因为夏济安是另外一个尤其喜欢读金庸武侠小说,对金庸小说有特别看法的人,同时他也是一个文学专家。

陈世骧接着又说:"青年朋友诸生中,无论文理工科,读者亦众,且有栩然蒙'金庸专家'之目者,每来必谈及,必欢。"不只是老师辈,连在学生当中,金庸武侠小说也非常受欢迎,甚至有一些人就自以为或被别人认为是"金庸专家"——读得很多,读得很熟。

再下来,"间有以《天龙八部》稍松散,而人物个性及情节太离奇为词者"。当然大家讲一讲,一定会讨论到正在连载的《天龙八部》。一个常遇到的意见,就是《天龙八部》太松散了,还有人物的个性跟情节太离奇了,不可信。当然这是批评,意思是说读起来没有那么吸引人。

"然亦为喜笑之批评,少酸腐蹙眉者。"意思是说,不过就算这样在批评的时候,大家还是说得高高兴兴,不是真的那样认真讨厌到恨之入骨。

于是在这种气氛底下,"弟亦笑语之曰",所以他也就轻松地跟大家解释。解释什么呢?《天龙八部》叫做"然实一悲天悯人之作也……盖读武侠小说者亦易养成一种泛泛的习惯,可说读流了,如听京戏者之听流了,此习惯一成,所求者狭而有限,则所得者亦狭而有限"。

他就是说,其实那是因为你们读不懂《天龙八部》。为什么读不懂《天龙八部》呢?因为读太多武侠小说,就会习惯有一种流气,你就觉得读武侠小说,你就是要读到那种东西,不是那种东西你就读不进去,你就不会接收到这种不同小说的内容当中所能够带给你的不一样的启发、不一样的体会。就像听京剧,你听到了一定程度的时候,你听这段你就是要听唱腔,这一段你就是要看做功,等等。到后来你要求得这么狭窄,你得到的当然也就不会多。

那他自己怎么读武侠小说呢?陈世骧又特别强调:"此为读一般的书听一般的戏则可,但金庸小说非一般者也。"所以你如果读得有流气,用流的方法来读金庸小说,你就会错过重点、画错重点了。

"读《天龙八部》必须不流读",怎么个不流读法呢?因为大部分人读武侠小说从哪里开始读?开篇就读了。可是读《天龙八部》,你这样读就错了——这是陈世骧说的,特别提醒你,特别警告你。

大家回头想一下,你读《天龙八部》有照陈世骧要求的这样读吗?他说什么?"牢记住楔子一章"。因为这个时候连载,所以还没有结集。结集了之后，金庸就把陈世骧所说的楔子这一章改叫"释名"，告诉你什么叫天龙八部。

这是陈世骧说的，你要先好好认真地读这一章，如果你读了这一章，"就可见'冤孽与超度'都发挥尽致。书中的人物情节，可谓无人不冤，有情皆孽，要写到尽致非把常人常情都写成离奇不可"。

我们认真地按照陈世骧的意见，他就告诉你说：你不读楔子，你不读"释名"，你怎么能够读得懂《天龙八部》在干什么呢？如果你先读了"释名"，再来从那样的联结体会《天龙八部》，这才叫做不读流了，不会用流里流气的那种习惯的方法来读这一部神奇之作。

在"释名"中，天龙八部指的是八种怪物，八种"非人"。这些"非人"跟我们一般通俗的想法其实不完全一样。

第一种是"天"。"'天'是指天神。在佛教中，天神的地位并非至高无上，只不过比人能够享受到更大、更长久的福报而已。"

第二种是"龙"。"'龙'是指龙神。佛经中的龙，和我国传说的龙大致差不多，不过没有脚，有时大蟒蛇也称为龙……古印度人对龙很是尊敬，认为水中生物以龙的力气最大"，陆上生物则是以象的力气最大，"因此对德行崇高的人尊称为'龙象'"。

第三种是"夜叉"。"'夜叉'是佛经中的一种鬼神，有'夜叉八大将''十六大夜叉将'等名词。"夜叉"的本意是什么呢？非常有意思，大家知道吗？"'夜叉'的本义是能吃鬼的神，又有敏捷、勇健、轻灵、秘密等意思……现在我们说到'夜叉'都是指恶鬼。但在佛经中，有很多夜叉是好的，夜叉八大将的任务是'维护众生界'。"

第四种是"乾达婆"。"'乾达婆'是一种不吃酒肉、只寻香气作为滋养的神，是服侍帝释的乐神之一，身上发出浓烈的香气。"大家想象一下，那是一种什么样的形象？

第五种是"阿修罗"。"'阿修罗'这种神道非常特别,男的极丑陋,而女的极美丽。阿修罗王常常率部和帝释战斗,因为阿修罗有美女而无美好食物,帝释有美食而无美女,互相妒忌抢夺,每有恶战,总是打得天翻地覆。我们常称惨遭轰炸、尸横遍地的大战场为'修罗场',就是由此而来。"

第六种是"迦楼罗"。"'迦楼罗'是一种大鸟,翅有种种庄严宝色,头上有一个大瘤,是如意珠。此鸟鸣声悲苦,以龙为食。"原来的那个第二种"龙",到这里就变成迦楼罗的食物。

第七种是"紧那罗"。"'紧那罗'在梵语中为'人非人'之意。他形状和人一样,但头上生一只角,所以称为'人非人',善于歌舞,是帝释的乐神。"

最后一种,第八种是"摩呼罗迦"。"'摩呼罗迦'是大蟒神,人身而蛇头。"

这是八种不一样的"非人"形象。金庸接着解释道:"天龙八部这八种神道精怪,各有奇特个性和神通,虽是人间之外的众生,却也有尘世的欢喜和悲苦。这部小说里没有神道精怪……"你当然不会看到什么吃鬼的、吃龙的,没有,小说里没写这种东西。但是天龙八部是重要的,因为要"借用这个佛经名词,以象征一些现世人物,就像《水浒》中有母夜叉孙二娘、摩云金翅欧鹏"。

陈世骧就是从这里告诉那些因为年轻而读不懂,或没有用正确方式在读《天龙八部》的人,跟他们说:"书中的世界是朗朗世界到处藏着魍魉和鬼蜮,随时予以惊奇的揭发与讽刺,要供出这样一个可怜芸芸众生的世界,如何能不教结构松散?"因为在《天龙八部》里,金庸要写的是芸芸众生当中有许多不一样的非人,非人的性格、非人的作为穿插在其间。"这样的人物情节和世界,背后笼罩着佛法的无边大超脱,时而透露出来。"

所以读《天龙八部》，要去分辨两件事或两个方向。一个方向是，他在写的是一则寓言，庞大的寓言。我们存在的这样一个世界里，我们以为正常或一般的世界里，其实到处随时都藏着魑魅魍魉，藏着这些非人的怪物。他只不过是用武侠小说的方法，虚构、夸张地把魑魅魍魉给写出来。小说写这些魑魅魍魉干吗呢？来寓言地描写芸芸众生。从楔子或"释名"，你就知道金庸要你这样读嘛，陈世骧也点得这么明白了。

另一个方向是，读《天龙八部》一个大乐趣，甚至可以说是一个基本功课——书一开始就说，佛经里讲了八种怪物，八种怪物各有清楚的形象，而且八种怪物彼此之间各有复杂的关系。这不就是明白告诉你说，读《天龙八部》你就应该要把这八种非人的形象、非人的角色放在心上、放在眼中？读到书里的任何一个角色，你就想一想，比对一下，或者是猜一下，谁是天，谁是龙，谁是阿修罗。这不就清楚地分出了八种类型类别吗？

如果你熟读《天龙八部》的话，请问：你认为书里的这些角色谁是天？谁是龙？谁是乾达婆？谁是阿修罗？一直到最后，谁是紧那罗？谁又是摩呼罗迦？

如果有这八种非人，虚竹在不在这八类当中？你认为虚竹是哪一类的？喜欢乔峰/萧峰的人告诉我，乔峰/萧峰是哪一类？我们来想想，阿紫身上显然有非常清晰的非人部分，这非人部分是这八部当中的哪一部？

要这样思考，要这样读，当然我们就要明白，金庸讲这八部，不是泛泛地讲。比如说，天神是非人，但是更重要的还要凸显天也有他的衰败。所以金庸还特别从佛经里找到了讲天神都会死的内容，而且天神临死的时候有五种症状："衣裳垢腻、头上花萎、身体臭秽、腋下汗出、不乐本座。"这有一个专有的名词，叫"天人五衰"。日本小说家三岛由纪夫一生当中写的最后一部小说,《丰饶之海》的第四部,就称为《天人五衰》,典故也是从这里来的。

这是天神最大的悲哀,连天神都抵抗不了时间。天神他能够享受更大、更长久的福报,可是等到他也必须面对死亡的时候,天神的"天人五衰"的死亡,那样一种衰败也就更加不堪。依照这样的描述,什么样的角色在这个小说里最有可能是代表天的?

再来说龙。讲到德性崇高的人,可以尊称为龙,但后面又跟着一个故事:"龙王之中,有一位叫做沙竭罗龙王,他的幼女八岁时到释迦牟尼所说法的灵鹫山前,转为男身,现成佛之相。她成佛之时,为天龙八部所见。"

意思是本来女人是不能成佛的,可是这个龙王生下了这个幼女,才八岁,有特别的慧根,她听了释迦牟尼说法之后,她甚至连性别都变了,她变成了一个男的,所以才能够成佛。这个龙的形象,和她的非人形象,又点出了这个奇特的重点。

夜叉是吃鬼的神,是维护众生界的。也就是说表面上看起来可怕,大家都躲着他,大家都怕他,甚至都讨厌他,但他其实是会护着众生,是所有的人的 guardian(守护神)。

乾达婆只寻香气。你看这个形象,很清楚吧?身上都是香味,离开世间的其他诱惑,只吸取自然界最精华的东西作为他的食粮。金庸告诉我们,乾达婆在梵语当中,又是变化莫测的意思,所以魔术师也叫做乾达婆,海市蜃楼就叫做乾达婆城。香气和音乐,都是缥缈隐约、难以琢磨的。为什么在《天龙八部》的小说里有这么多的音乐,有这么多的香气?

阿修罗重点在哪里?就在于他跟帝释大打出手,打到寸草不生,创造出修罗场。关键在哪?在于嫉妒。嫉妒就变成了修罗场上所有悲剧和杀伐的最根源、最恐怖的一种情绪,也是造成悲剧、造成恐惧的一种来源、来历。

"阿修罗王权力很大，能力很大，就是爱搞'老子不信邪''天下大乱，越乱越好'的事。阿修罗又疑心病很重……阿修罗听佛说法，疑心佛偏袒帝释，故意少说了一样。"

当释迦牟尼说法，说"五众"，他就抗议说：你跟帝释讲六众，为什么跟我讲就少了一个，变成了五众？

当释迦牟尼在说法时候说"四圣谛"，疑心的阿修罗说：不对不对不对，你跟帝释讲的时候都讲五圣谛，跟我讲少了一个，变成四谛。

你看他连对佛都是这样，这就是阿修罗的个性，他的特色。

迦楼罗跟龙是敌对的，它专门吃龙，"它每天要吃一个龙王及五百条小龙。到它命终时，诸龙吐毒，无法再吃……因为它一生以龙（大毒蛇）为食物，体内积蓄毒气极多，临死时毒发自焚。肉身烧去后只余一心"，所以迦罗楼的心是最珍贵的，它是纯青琉璃色。什么样的人一辈子吃龙、做坏事，累积了这么多的毒素，最后躲到那个远远的山上，把自己的肉身烧完了之后，烧出纯青琉璃色，最珍贵的心？

紧那罗是歌舞神，前面有音乐神，有花神，有香气神，这里又有歌舞神。

看，这一个个角色，不只是它们的形象，而且更重要的，它们之所以作为非人干扰人间，有一些它们基本的作用，每一个角色有其各自特别的作用。把它们全部统纳在一起，要告诉我们什么？就是每一个怪物其实就象征、代表人的世界，人的一种极端状态，可以是极端的好，也可以是极端的坏。

有时候不是好或坏，像讲到了阿修罗，阿修罗就是一种极端的情绪，或者说极端情绪的一种宿命。最可怕的，有了嫉妒，有了疑心，就足以毁灭这整个世界，或者是创造出世界上最可怕的人间地狱。

这就是为什么陈世骧明白地说这部小说"无人不冤，有情皆孽"。那正因为要写的是天龙八部，要写八种，至少八种不同的魑魅魍魉的非人形象，让它们混迹在人间当中，因此而彰显出什么叫做人间，以及人间为什么会有这么多的灾难，为什么会有这么多的苦。

陈世骧更进一步地明白说，要写这样的一部小说，怎么可能结构井然？要写这样的小说必然要掌握两个关键词。一个就是松散，因为要写这么多类型，当然写起来就必然松散。还有另外一个关键词是离奇，这些不是正常人，这些都是非人。非人就在于它们把人的各种反应跟情绪推到了极端，极端当然就离奇。陈世骧用这种方式最有效地解释了为什么《天龙八部》写得那么离奇。

金庸把陈世骧的信收在书里面，虽然作为附录，但这一定有他的特殊用意。我们好好听陈世骧的劝告，用陈世骧的方式来读《天龙八部》，能够得到很重大的收获。

"珍珑棋局"：人们如何下棋，便会如何失败

《天龙八部》有一场棋局，是由无崖子花了几年的工夫所摆的一个"珍珑"。要理解这一段情节，我们就得先要知道什么是"珍珑"。小说里跟我们解释说："'珍珑'即是围棋的难题。那是一个人故意摆出来难人的，并不是两人对弈出来的阵势，因此或生、或劫，往往极难推算。"这一段话是透过公冶乾嘴巴说出来的。可是后面金庸有一个小小的补充："寻常'珍珑'少则十余子，多者也不过四五十子，但这一个却有二百余子，一盘棋已下得接近完局。"这个补充可不是随便的闲话，我等会儿再跟大家解释。

无崖子摆了这个"珍珑"，却是由他的弟子聪辩先生苏星河在那里主持。这场来了好几个下棋高手，他们一一来挑战这个棋局，

可是基本上每个人都失败了。不过我说每一个人都失败了,金庸武侠小说里不是这样写的,他仔细地写了每一个人失败的经过。其中最简单的一个失败者是范百龄,他是苏星河的徒弟。很显然,他功力不够,看着那个"珍珑",努力想要解开,越看越入迷,以至于耗心费神过度,结果连一颗子都还没有下,就已经受了内伤,吐血了。

然后有一个人实际下了,那是段誉。段誉怎么下的呢?"万籁无声之中,段誉忽道:'好,便如此下!'说着将一枚白子下在棋盘之上。苏星河脸有喜色,点了点头,意似嘉许,下了一着黑子,段誉将十余路棋子都已想通,跟着便下白子,苏星河又下了一枚黑子,两人下了十余着,段誉吁了口长气,摇头道:'老先生所摆的珍珑深奥巧妙之极,晚生破解不来。'眼见苏星河是赢了,可是他脸上反现惨然之色,说道:'公子棋思精密,这十几路棋已臻极高的境界,只是未能再想深一步,可惜,可惜。唉,可惜,可惜!'他连说了四声'可惜',惋惜之情,确是十分深挚。"

为什么段誉让苏星河如此反应?这让我们知道,段誉已经是一个非常了不起的高手,而且这个了不起的高手还能够在这个棋局里已经想了十几步、十几招,可是到了那里也失败了。段誉为什么失败呢?其中有一个因素,那是之前他在无量山石洞里曾经看过这个"珍珑",然后从这个"珍珑"就想起了无量山石洞里他所看到的那个美丽的神仙姐姐。正因为这样,他就不可能那么专心地好好下棋。

接着上场的是"北乔峰南慕容"的慕容复,可是他试图要破这个"珍珑",却不是跟苏星河对弈,而是在苏星河尚未来得及下黑子之前,另外一个人闯了进来,那是聪明绝顶的鸠摩智。

鸠摩智先下了手,然后我们看他们两个人又怎么下:"慕容复对这局棋凝思已久,自信已想出了解法。可是鸠摩智这一着却大出他意料之外，本来筹划好的全盘计谋尽数落空，须得从头想起，过了良久，才又下一子。鸠摩智运思极快，跟着便下。两人一快一慢，下了二十余子，鸠摩智突然哈哈大笑，说道：'慕容公子，咱们一拍两散！'慕容复怒道：'你这么瞎捣乱！那么你来解解看。'鸠摩智笑道：'这个棋局，原本世人无人能解，乃是用来作弄人的……'"

你要记得这是聪明而且对棋非常有造诣的鸠摩智的评断。他认为这本来就是故意摆的，没有人能解的，是拿来捉弄人的，所以"小僧有自知之明，不想多耗心血于无益之事"。但他接下来就有一句让慕容公子听了很难受的评语，他说："你连我在边角上的纠缠也摆脱不了，还想逐鹿中原么？"这表示他们刚刚下在围棋的边角上。因为中间刚刚讲到了，已经下了两百多手，所以中间的大概局势已定，他们只能够在边角上去角逐。

但是这句话对慕容复来说心头一震，因为慕容复就是要恢复燕国，包括他之所以叫"复"，就是要恢复他们慕容家在历史上曾经有过的光荣，所以他——"一时之间百感交集，反来覆去只是想着他那两句话：'你连我在边角上的纠缠也摆脱不了，还想逐鹿中原么？'眼前渐渐模糊，棋局上的白子黑子似乎都化作了将官士卒，东一团人马，西一块阵营，你围住我，我围住你，互相纠缠不清的厮杀。慕容复眼睁睁见到，己方白旗白甲的兵马被黑旗黑甲的敌人围住了，左冲右突，始终杀不出重围，心中越来越是焦急：'我慕容氏天命已尽，一切枉费心机。我一生尽心竭力，终究化作一场春梦！时也命也，夫复何言？'突然间大叫一声，拔剑便往颈中刎去。"

哇，慕容复下个棋，下到差点自杀。接着再来了一个人，这个人就是四大恶人之首段延庆。段延庆怎么下？"段延庆下一子，想一会，一子一子，越想越久，下到二十余子时，日已偏西，玄难忽道:'段施主,你起初十着走的是正着,第十一着起,走入了旁门,越走越偏,再也难以挽救了。'段延庆脸上肌肉僵硬,木无表情,喉头的声音说道:'你少林派是名门正宗,依你正道,却又如何解法?'玄难叹了口气,道:'这棋局似正非正,似邪非邪,用正道是解不开的,但若纯走偏锋,却也不行!'"

段延庆听到玄难的评语,"左手铁杖停在半空,微微发颤,始终点不下去"。讲到这里,金庸才揭露了这个"珍珑"的玄妙——"这个珍珑变幻百端,因人而施,爱财者因贪失误,易怒者由愤坏事",如此一一跟我们解释这些人怎么失败的。

"段誉之败,在于爱心太重,不肯弃子",他自己的每一颗棋子,都要爱惜,绝对不肯舍弃,用这种方式,没办法下这个棋局。"慕容复之失,由于执着权势,勇于弃子",他跟段誉刚刚相反,他看的是大格局、大局面,相对的有一些零星的白子就可以不在意,可以放弃掉。但是他之所以勇于弃子,正就是因为怎么样他都不能委屈自己,让自己的势力有所损伤。这也是另外一种执念,也就带来了另外一种方式的失败。

"段延庆生平第一恨事,乃是残废之后,不得不抛开本门正宗武功,改习旁门左道的邪术,一到全神贯注之时,外魔入侵,竟尔心神荡漾,难以自制。"那是因为他本来是大理国的王子,可是后来走偏了,走到旁门左道上,所以他下棋也是开头是正派下法,后来就走偏锋,正邪混杂在一起,他就失败了。

这棋局讲得如此精彩,每个人下棋的方式决定了他如何失败。反过来看,这个人如何失败也就反映了他是什么个性。

这一场棋局,金庸把它写成同时是这三个人的生平遭遇和命运的巨大隐喻:段誉每一次遇到问题都是因为他爱心太重;慕容复每一次碰到问题都是因为他的野心太强,使得他无法顾及细节;段延庆就更不要讲了,明明好好的一个大理国王子,但是因为对权势的野心,就把自己搞到偏路旁门上了。

写到这里,参与下棋的都输了、都失败了,那"珍珑"怎么破呢?还是真的如鸠摩智所说,这个棋局根本就是个游戏?这部分也是鸠摩智的个性:他把所有的一切都当游戏。他太聪明了,所以他没有一种信仰,没有一种坚持,这是鸠摩智。

鸠摩智说:这就是游戏,根本就解不开。玄难,少林寺高僧,从完全相反的方向也说:这棋局正的也不行,邪的不行,偏锋也不行,看起来也不能解。看到这里,我们想说:好吧,金庸可能就随便虚构了一个根本就解不了的棋局。是这样吗?不是的,这个棋局被解开了。但是被谁解开了呢?是虚竹和尚。虚竹又是一个什么人呢?在小说里,虚竹自己在内心里想着,他说:我武功不佳,棋术低劣,喊师兄弟们比武下棋的时候,一向胜少败多。换句话说,他根本连上场去跟聪辩先生对弈的资格都没有。

那为什么他反而破解了这个"珍珑"呢?那是因为他不忍心看到段延庆走火入魔,落入这个棋局的迷障中,又要像慕容复那样一步步走上自杀之路。他为了救人,"慈悲之心大动,心知要解段延庆的魔障,须从棋局入手,只是棋艺低浅,要说解开这局复杂无比的棋中难题,当真是想也不敢想"。可是他可以干吗?"我解不开棋局,但捣乱一番,却是容易,只须他心神一分,便有救了。既无棋局,何来胜败?"他干吗?他是去捣乱的。

所以他捣乱了,还怎么下呢?"从棋盒中取过一枚白子,闭了眼睛,随手放在棋局之上。"但他放在哪里?他放在白棋的这一大块局势里的眼中。换句话说,这是好不容易做出来的,保护了自己这一块棋。眼要两个,他竟然填实了一眼。填实了一眼,对手黑子就可以一下子吃一大片的白子。

的确,哪有人这样下棋的?只要稍稍会下棋的人,就不可能下这样的棋,但是这就像《侠客行》里的石破天一样。石破天怎么解开武林秘籍呢？识字的人就不可能把那一个个的字还原成图像图形，而他反而因为不识字，绝对没有资格去破解用李白的诗《侠客行》所写的武功秘籍，他才获得了大突破。

虚竹也是一样，因为他不会下棋，他乱下反而就对了。怎么对了呢？"这一步棋，竟然大有道理。这三十年来，苏星河于这局棋的千百种变化，均已拆解得烂熟于胸，对方不论如何下子，都不能逾越他已拆解过的范围。但虚竹一上来便闭了眼乱下一子，以致自己杀了一大块白子，大违根本棋理，任何稍懂弈理之人，都决不会去下这一着。那等如是提剑自刎、横刀自杀。岂知他闭目落子而杀了自己一大块白棋后，局面顿呈开朗，黑棋虽然大占优势，白棋却已有回旋的余地，不再像以前这般缚手缚脚，顾此失彼。这个新局面，苏星河是做梦也没想到过的……"

再换段延庆的角度来看这个棋局："局面竟起了大大变化，段延庆才知这个'珍珑'的秘奥，正是要白棋先挤死了自己一大块，以后的妙着方能源源而生。棋中固有'反扑''倒脱靴'之法，自己故意送死，让对方吃去数子，然后取得胜势，但送死者最多也不过八九子，决无一口气奉送数十子之理，这等'挤死自己'的着法，实乃围棋中千古未有之奇变，任你是如何超妙入神的高手，也决不会想到这一条路上去。"就偏偏因为虚竹不是个高手，所以他才会误打误撞，有了这样的下法。

这个布局多么巧妙，更重要的是虚竹的下法也跟他的个性是完全相应的。他就是这样一种死脑袋，就是这样没有办法进入别人的情况，但是却又被情境逼迫着，非得参与，非得在里面不可。

这局棋，它的秘诀在哪里？那就是这个"珍珑"从一开始的时候，已经下了两百多手，跟一般的"珍珑"完全不一样，也就意味着这个盘上已经很拥挤了，而且黑子、白子已经摆出固定的局势。正因为这样，所以持白子之人，绝对都是以己方白子已经占下来的地盘当作不必思考也不可能去思考的前提。你看看这样的布局，那它就必然只能够出自深爱围棋而且熟知围棋的人。

还不只如此，《天龙八部》小说里的这一大段，前面是聪辩先生的八个弟子。这八个弟子很有趣，因为每一个人有一种专长，或者是有一种执迷。

大弟子是琴。二弟子是棋，也就是前面讲到的那个可怜的范百龄。他专注在棋上，但他的棋力不要说去解那个"珍珑"，连看那个"珍珑"都看得发晕，都吐血。第三个弟子是爱读书的。第四个是爱画画，专精于画画。第五个，号为"神医"，他的医术是江湖上人人盛传的。老六是个木匠。老七是个女生，她是专门养花的。老八太有趣了，他是个戏子，他爱演戏。

这八个人在神医家同时出现，这个时候还要配合上包不同、邓百川、公冶乾、风波恶。他们这四个人还不够，还有少林和尚。哇，真是热闹。接着，一大批人原原本本又通通跑到苏星河那里，才有了这样一场棋局。

如此情节的写法中，最大的特色就是很大的篇幅、很长的一段都没有主角。金庸把他对中国文化尤其是文人文化当中的那种兴趣和关怀，散写到这些人身上。

我们之前讲过谁最像金庸？我说黄蓉最像金庸，因为黄蓉一生聚集了所有的聪明和巧计。然而真正的金庸，作为作者的金庸，甚至连黄蓉都局限不了他。他比黄蓉还要更广泛，还要更聪明，还要有更多巧计上的兴趣。他就像这个无崖子和苏星河，因为他有太多的兴趣了，所以就把不同的兴趣分散写到各个角色上，因此他才能够写出这么长一段没有主角的情节。

这里写的、这里发挥的通通都是配角，可是这个时候我们也不太会去想主角。不管你认定的主角是段誉，是萧峰，或者是慕容复，或者是谁，这个时候你读小说就是沉浸在所有这些配角给予我们的乐趣中。

为什么大群戏，这么多配角，完全没有主角，还那么有乐趣呢？因为每个配角都有他们来自中国文化的特别身份。甚至包括包不同，包不同就是精善说话之术，或者说使用语言的挤兑之术，这也是一个了不起的文明资产、文明技术。更不要说这些琴、棋、书、医、木匠、种树、演戏等，因为这些文化的内容如此丰富，所以把它分配给每一个配角，每一个配角都能够撑得起。

于是，光靠这些配角，金庸就能写出这种没有其他的作者——不管是武侠作者还是非武侠作者——可以写得出来的精彩段落。

深读《天龙八部》的路径

在1970年11月20日的信里，陈世骧另有一个对我们非常重要的提醒。他说，金庸的这部小说，"意境有而复能深且高大，则惟须读者自身才学修养，始能随而见之"。陈世骧在讲什么？陈世骧在说，这不是一般、简单的娱乐之作，不是让我们消遣、看了很轻松就这样可以一直看下去的小说。

这部小说，我可以依着陈世骧的意见跟大家说：这样一部作品，它最不适合改编成影视剧，因为陈世骧告诉我们，读这部小说的读者是需要有准备的，或者说，读者有多少准备就会在这部小说中读到多么深或多么高的内容。

不过，因为金庸有他特殊的本事，他把这样的门槛硬是给藏了起来，所以有很多读者从来不觉得他需要准备，他也就这样读下去。这样的读当然也就是浅读。绝大部分的武侠小说只能够让我们浅读，可是这部小说，连精通于文学理论的陈世骧都告诉我们，它可以深读。

有浅读，有深读，那就看你要浅读还是要深读了。浅读，什么想法都没有，什么准备都没有，就这样一路把它当作一般的武侠小说读下去。但是既然要读《天龙八部》，而不是读其他武侠小说或其他小说，那你干吗就停留在浅读之上？这样花下的时间不也太可惜了吗？明明这部小说是可以深读的。

深读的其中一条路径，是让我们了解这段时期在金庸的生活和生涯上有什么重大变化，那就是他认真学了佛理、佛法。

佛教本来就在中国传统文化中。对中国传统文化稍有涉猎，就一定会碰触到佛教、佛法。再加上金庸成长的民国时期，佛教一度复兴、流行，陆续出现了像梁漱溟、欧阳竟无、熊十力、印顺法师等。这个时期，哲人辈出，对佛教的思想有了很多新的诠释，佛教也就一度蔚为流行。

在这种流行情况下，像金庸这一代的读书人也都必然对佛教有所涉猎。所以换句话说，在开始写武侠小说的时候，金庸本来就已经有了对佛教的一些基础认识和理解。

不过到了这个时候，20世纪60年代，他的人生阅历，他曾经有过的挣扎，还有各种不同的挫折……战争所带来的刺激，再加上在香港办报面临的各种不同变化，还有这个时候最难克服的丧子之痛——在美国纽约哥伦比亚大学念书的长子突然自杀了，于此种种均刺激金庸更深入地去理解佛法，就逼出了他没有办法对自己交代、没有办法糊弄过去的一个根本问题，那就是武侠和佛教的根本矛盾。这个矛盾尤其集中于这个焦点，那就是少林寺。

少林寺一向就是佛教第一大寺，但它又是武侠小说里第一大门派。光是这么简单的一个场景——出家人在那里打打杀杀，这像话吗？如果你要打打杀杀，你干吗出家呢？你出家了，不就是要识破所有这一切，不就是要学习一种放下的智慧吗？出家人怎么会涉入江湖的打打杀杀之中？如果不是涉入江湖的打打杀杀，少林寺怎么会变成第一门派呢？或者更根本的问题，少林寺如果不是涉入江湖里的打打杀杀，为什么会发展出这么精妙的武功？七十二绝技，由少林寺发展出来，这到底要干什么？

这样的佛教信仰，这样的一个佛门体质，为什么会跟武侠扯上这么密切的关系，还一路爬升到在江湖武林上人人所称道、人人所崇敬甚至人人所羡慕的少林武功呢？

当然，这不是金庸发明的，这是我之前就跟大家介绍过的中国现代武侠小说所变成的一个文类，这一文类就产生了如此惯例。此惯例一边绑住了作者，另一边绑住了读者，大家都认为武侠小说就应该要看到这些东西。所以换句话说，这是几十年大家集体创作累积出来的。

金庸大可以像其他人一样，反正武侠小说就是觉得少林寺是第一大寺，同时是第一大门派，跟着用就是了，不需要解释什么，反正读者早就已经接受，早就习惯了这样的写法。

要不然金庸还有另外一个选择的可能性，他可以像古龙那样，干脆就摆脱这个传统，自己创新，另辟蹊径。在古龙小说里，好多都是过去在武侠传统里没看过的门派。他甚至还刻意写过一部作品，专门讲武器，那些武器每一个都是古龙自己刻意从原来武侠传统之外创造出来的。

这是古龙的做法，用这种方式就可以不要去理会佛教跟武功到底有什么关系之类的问题。但金庸就不是这样，金庸有他特殊的选择——他朝难的地方去。所谓朝难的地方去，就是他认真地面对这个问题，而且他要在他写的武侠小说里解决这个问题、这个矛盾。

所以这个时候他写《天龙八部》，他的作者身份有一部分就变身成了一个佛教徒，是一个真正的佛教徒，要进入武侠传统中，为少林寺护法。护法意味着要保卫少林寺的佛法信仰。

他怎么做的呢？他到了小说最后面的地方，写出了一个连名字都没有的扫地僧。这个人在少林寺里没有地位，没有身份，甚至没有名字。为什么要让这样一个人上场呢？因为这才符合佛法的追求。

我们讲高僧，高僧怎么高法？他好有名气，他在少林寺里当住持……如果是这样的高僧，那他就有地位，就有权力。地位和权力不就必然夹杂着贪嗔痴吗？贪嗔痴看不破，才会追求地位、权力，才会拥有地位、权力。所以当我们讲高僧时，如果是这种高僧的高法，那就跟其僧之身份，也就是他追求佛法、追求真理、追求智慧的这条道路已经是根本矛盾了。

因此在小说里，金庸让扫地僧在出场之前，先摧毁了住持大师玄慈。玄慈被揭露和叶二娘生下虚竹，他根本连在克制基本欲望这方面都没有通过佛法的关口。所以虚竹跟梦姑那样一种关系好像也其来有自。这又是遗传所造成的效果吗？像玄慈那样的高僧，有地位，有权力，就不可能有超脱尘俗的智慧；更重要的是，当然也就没有实践这种智慧，他毕竟随时活在地位里，活在权力里。

因此，真正的佛法境界，就必须要通过一个连在少林寺里都没有一点点身份和地位，甚至没有排名和法号，这样一位最底层的扫地僧来为我们解释，究竟是怎么一回事。

这个老僧说："本派武功传自达摩老祖。佛门子弟学武，乃在强身健体，护法伏魔。"换句话说，这是一个工具。就是因为在佛教发展的过程中它是一个信仰，所以信仰的团体很可能受到外在的歧视和迫害，因此才需要用这样的武功来保护自己。

但是，"修习任何武功之时，务须心存慈悲仁善之念。倘若不以佛学为基，则练武之时，必定伤及自身。功夫练得越深，自身受伤越重。如果所练的只不过是拳打脚踢、兵刃暗器的外门功夫，那也罢了，对自身为害甚微，只需身子强壮，尽自抵御得住"，这是根本。

然后，老僧继续讲下去："但如练的是本派上乘武功，例如拈花指、多罗叶指、般若掌之类，每日不以慈悲佛法调和化解，则戾气深入脏腑，愈陷愈深，比之任何外毒都要厉害百倍。""本寺七十二绝技，每一项功夫都能伤人要害、取人性命，凌厉狠辣，大干天和，是以每一项绝技，均须有相应的慈悲佛法为之化解。这道理本寺僧人倒也并非人人皆知，只是一人练到四五项绝技之后，在禅理上的领悟，自然而然的会受到障碍。在我少林派，那便叫做'武学障'，与别宗别派的'知见障'道理相同。须知佛法在求渡世，武功在求杀生，两者背道而驰，相互克制。只有佛法越高，慈悲之念越盛，武功绝技才能练得越多，但修为上到了如此境界的高僧，却又不屑去多学各种厉害的杀人法门了。"

所以，借由扫地僧，金庸说出了这个根本矛盾。可是这个根本矛盾要如何统合呢？那就是每一种武功配一种慈悲的修养。慈悲的修养跟武功必须要一直不断地盘旋、互相配合，才能够往上练。

可是即便这样，那个矛盾也必然不能解决，因为它说明了这两者的配合很难始终平衡。如果你武功学得多一点，但你的慈悲跟不上，这个时候武功就变成有毒的东西，就进入你的身体里，侵害你自己。但如果你的慈悲比你的武功多一点点，这个时候你就不会再想要练这么多的武功了。

所以修炼少林寺的武功没有那么容易，更重要的是基本上两两制衡。这也就使得少林寺的武功，谁也不能既掌握所有的七十二门绝技，又相应地把七十二种慈悲全部都修养、领悟了。几乎没有任何人做到这件事。

如果勉强能够做到，也就只能是像扫地僧这样的人。这个扫地僧因为领悟了这内中最根本的矛盾，所以他才能够有高超的武功。但是他高超的武功，接着必然也就带来最深刻的一种慈悲。

扫地僧：以高超的武功行最深刻的慈悲

这样一个人，他要武功干什么呢？小说精彩地示范了他把高超的武功用在哪里。他既不当师父，也不教徒弟，甚至也不去保护少林寺的藏经阁。慕容博和萧远山在藏经阁进进出出，他也不去拦阻他们，因为这都不是武功真正的用途。

小说中，他是怎么用武功的？他先是杀了慕容博，让萧远山最大的仇敌慕容博在他眼前顿时消失了，因而让他当下具体领悟到复仇是空虚的。什么叫复仇？复仇原来就是当我受到了挫折，受到了打击，当我有所损失或者有什么我不希望发生在我身上的事发生了，在我的心里、精神上产生了巨大的伤害，我需要疗伤。

那用什么方式疗伤呢？如果我可以找到这样一个对象，所有的一切都怪他，然后我可以骂他，我可以打他，我可以杀他，这样的话，我心里的伤就可以得到复原。但这是自欺，因为你真的骂了他、打了他、杀了他，你的伤真的就没有了吗？不是。因为你还没骂到他、打到他、杀了他，所以这种欲望抓住你，它要发挥疗伤的作用。等到你的仇人真的死了，那能给你带来什么？惟一能给你带来的，就是一种最彻底、深刻的空虚之感。

然后，这个扫地僧又用高超的武功杀了萧远山。这是干吗呢？让萧峰不能再去找大恶人，不能再去找慕容家复仇。但是并不止于此。然后，扫地僧拖着这两具尸首跑到一个草地上，在那个草地上再用武功让这两个人复活。但是，这个时候复活了的不再是原来的慕容博和萧远山，他们复活成没有仇恨之心、彼此手抓着手、干干净净的新生命。这才是扫地僧所学的少林武功正确的用法。

少林武功如此高妙，又如何与佛法相应，而不要再打打杀杀呢？扫地僧做了最好的示范。是的，如果他没有这种高超的武功，他要如何解决慕容博和萧远山这两个人之间的仇恨呢？这种仇恨一直延续到第二代，甚至牵连更多的人，让整个集团里的人全部充满了恨戾之心。他是用武功来解决这个问题，解决了这个问题之后，给了萧远山和慕容博新的生命，同时这个新生命就能够解决很多旧问题，引导出新的和平境地。

这样一个过程有趣的地方是，扫地僧处理萧远山和慕容博的这种方法、这个过程似曾相识，在小说前面其实已经写过了，有一个明确的伏笔在那里。那个伏笔是什么呢？那不就虚竹所破解的"珍珑"棋局吗？

虚竹如何误打误撞，破了这个大家都破不了的"珍珑"呢？他就是先杀了旧有的占据大势力的白子——白子是他自己，可不是别人、不是对手，意思是自杀了之后才有空间。他必须要把旧有生命置于死地，对萧远山和慕容博的旧有生命就像虚竹对待"珍珑"中的那一大片白子一样，让它们先死了，先削去了这些我们以为是最根本的、最绝对的、一定不能丧失的东西。你把这样的东西摆开了之后，你才有空间——这个空间才能够长出一个干干净净、没有仇恨的新生命。正因为这样，读到扫地僧之后，我们回头对原来的那个棋局才有了更深刻的认识和理解。

这是我的修为和准备，所以我可以把《天龙八部》读到如此地步。我想提醒读者。第一，你也去想想看，依照你的修为和准备，能够在金庸设下的这个《天龙八部》的戏剧之局里，读到多少跟别人应该不一样的地方？你可以一次次用不一样的方式，一层层地读到《天龙八部》中更深刻的意义吗？

第二，我还是要请大家小心一点，对于那些改编金庸小说的编剧，你认为他们的准备有多少，你敢信任他们吗？看影视剧和读金庸小说，其实是完完全全不一样的两回事。

从乔峰开始，重新审视民族主义

相较于《倚天屠龙记》，《天龙八部》在结构上松散了许多，可是我想要提醒大家的是，这个松散是有其道理的。但是，这种松散，跟别人所写出来的因为连载关系、因为武侠小说类型不讲究结构的那种松散仍然不一样。

首先，《天龙八部》之所以松散，是因为金庸在这部小说里写了有三个名字的两个男主角。为什么两个男主角有三个名字呢？因为其中的一个前面叫乔峰，后来改名萧峰。改名的理由是什么？乔峰是一个汉人，他自以为是个汉人。后来他发现自己其实是个契丹人，所以就改了姓。认知了自己的契丹身份，他就变成了契丹人萧峰。

但我们要注意的是，段誉、乔峰/萧峰不只是两个男主角，更重要的是这两个人来历都不太一样，或者可以说来历都不正。什么叫来历都不正？他们都不是中原的名门正派。段誉来自西南的云南大理国，萧峰后来发现是个契丹人，这在以前的金庸小说里没看到过，尤其是萧峰这样的一个契丹人。

从《碧血剑》第二部开始，金庸就在探索原本传统武侠小说中的善恶问题：谁是好人，谁是坏人？

如果用一种比较世故的眼光来读金庸，我们一定不能错过的一件事，那就是他所认定的善恶比其他武侠小说的作者都要来得复杂。就像真实的人世间没有绝对的好人也没有绝对的坏人，我们不可能一眼看过去就分辨得出来，说这边的人是好人那边的人是坏人。好人当中有坏，坏人当中有好，关键的重点是你从什么角度看。

他的武侠小说写了这么多有偏执个性的人，在偏执个性的人中分辨好人、坏人更难。例如说，黄药师到底是好人还是坏人？黄药师是好人还是坏人很难判定，连带着这个武侠小说里的女主角黄蓉，也就是黄药师的女儿，要判定她真的就是好人，其实也没那么容易。

不过，就在写这种复杂的善恶好坏观念的时候，金庸在某个领域让大家仍然是放心的，那就是他的民族主义。在这之前，他的武侠小说里最坏的人，至少是一种我们可以安心判断他们是坏人。

例如，《倚天屠龙记》里姓完颜的金朝皇六子，坏到头了；《神雕侠侣》中，把所有的故事绑在一起、串在一起，一直到最后死守襄阳，这是汉人跟非汉人之间的斗争。这样的一种民族之分，最核心的就是牵涉对入侵者的厌恶、厌恨。

回到作者的生平，这一点我们并不意外，因为金庸这样的态度是其来有自的，毕竟他是在对日抗战中长大的人，他有他的成长经验。抗战中非常清楚的一个意识，那就是反抗、反对日本人。

所以，他后来在写武侠小说的时候，就很容易以某种曲折、变形的方式把它投射到武侠小说里。这样一路读下来，到了《天龙八部》，竟然出现契丹人萧峰作为小说的主角，即使不是惟一的主角，这都已经是太大的一个突破了。

我们回头查一下金庸传记的资料，你会看到，1964年《天龙八部》正在连载之际，金庸第一次去了日本。这不是偶然的，这个时候他不会突然心血来潮，到日本去旅游去访问一下，因为这段时间金庸的生涯有了改变。

从原本一个武侠小说作者，借由写武侠小说来惨淡创办了一份香港小报。1963年，这个时候不一样了，《明报》几乎已经变成了香港第一大报。1963年年底，《天龙八部》开始连载，这个时候开始了他的新身份，而这个新身份也为他带来了开拓的眼光和经验。

例如，这个时候他每年开始有一件特别固定的事情，那就是去参加国际新闻协会年会。他为此去了很多地方，当然他每次去都不是一次愉快的经验，因为他都很紧张。每年要去参加国际新闻协会年会活动的这几天，他都得先写时评，先写武侠小说的留稿。

他的时评每一天都要写，但不像我们今天这么便捷：有互联网，看看新闻，然后写了稿子马上传回来。因此，在那个时代，金庸不管到多远的地方，顶多来回就是五六天，他得先把五六篇的时评写好了留下来。换句话说，他走之前要能够预见未来六七天会发生什么事，每天先发一篇时评稿。

当然，这还得要看具体情况，如果今天的事情跟金庸所留下来的时评实在相差太远了，只得拿掉，但据说这种情况很少发生。一方面，他眼光看得准；另一方面，他在写时评留稿的时候，懂得怎么避免触碰到那些可能快速变化的题材。

时评要留稿，武侠小说也要留稿，所以他不能去异地太久。但是即使每一次去的时间都不长，还是给他带来了不一样的视野、不一样的经验。

为什么第一次他要去日本？那也是参加国际新闻协会的活动。他到了日本，首先备受礼遇，因为大家知道这是香港第一大报的报人。接下来他有机会去参观日本第一大报《朝日新闻》，这对他来说是个巨大的震撼。简单来讲，我是香港第一大报，但金庸一看，跟人家日本第一大报差这么远。

日本报业给他带来的震撼，以及这个震撼背后他的佩服，对金庸来说当然非常重要。也就是这几年，当他写《天龙八部》的时候，他的时代感，尤其是他的国际观，相较于他在写前面那三部大长篇时已经很不一样了。

写前三部《射雕英雄传》《神雕侠侣》《倚天屠龙记》的时候，金庸仍然处于过去的抗战心态中。可是从《天龙八部》开始，他明显地要跟自己的过去和解，要用另外一种态度面对自己的过去，要重新检讨抗战心态在他身上所建立起来的这一套价值系统与价值意识。

他对此——把抗战中的那种民族主义情绪尤其是民族仇恨，当作不需要解释、理所当然的价值——意识到越来越不对劲，因为这的的确确是他在武侠小说里一路表现的基本观念，这也是他武侠小说最好看的地方。他不相信，他也不会简单地告诉我们，好人就是好人，坏人就是坏人。为什么在民族的标准上，汉人跟非汉人就可以用这种方式截然分开来呢？

比如，《倚天屠龙记》中这么大的一场戏——六大门派围攻光明顶，关键就在于告诉你，正派不见得都是对的，邪派不见得都是错的。正派有正派的偏执，像灭绝师太那样，她有哪一点是违背好人的标准的？但是她把这种好人的标准推到如此偏执的极端，相对而言，她就变得一点都不可爱甚至可怕。这明明就是金庸过去在他的武侠小说里已经开展、所灌注的暧昧乃至于更复杂的善恶观念。

于是，这个观念到这里挡不住了，产生了这个决然的挑战：汉人当中没有坏人吗？在汉人跟蒙古人起冲突的时候，汉人一定是对的吗？我们知道《白马啸西风》就已经在边缘上碰触到这个问题。另外一个问题是，蒙古人里没有好人吗？

在《倚天屠龙记》里，他做了一点修正，我们知道赵敏是一个蒙古公主，但最后证明她是个好人。然而在这一点上，《倚天屠龙记》中的赵敏仍然跟《天龙八部》中的契丹人萧峰很不一样。

一来赵敏只是个女主角，而且不得不这样说，因为在武侠小说里，一定是以男主角作为优先的，女主角就算是主角，也是没那么重要的主角。二来赵敏比较容易处理。因为小说就让赵敏依随"嫁鸡随鸡，嫁狗随狗"这种传统模式，她认定了张无忌，张无忌是个汉人，她既然要跟张无忌在一起，她就愿意放弃自己蒙古人的身份，就变成了汉人。抱歉，这不能不说是有性别差异、性别歧视在内的，因为她是个女人，所以她就可以跟随着她所嫁的对象改变了她的民族身份。

这样才更凸显出《天龙八部》特殊的地方，从乔峰到萧峰，最直接的一件事就是，这个主角而且是男主角，他从汉人变成了契丹人。意思是说这里不再存在那个层次的问题，不是说契丹人里有没有好人，这个时候这个层次是大英雄、大主角就是一个契丹人。

乔峰上场的时候，他在那个杏林大会中被人揭露不是汉人而是契丹人，因而产生了各种不同的对他的侮辱以及对他的仇视。他为了证明自己的身份，到处去找证据。他带着阿朱，到了塞外，在小说里金庸就特别写了一段关键的转折。他看到了什么？他看到了汉人欺负契丹人。汉人抓了一大群契丹女人，欺负这些契丹女人。

这个时候乔峰心里清楚地闪过了那个念头，因为至此之前他仍然存着这样一道希望，他希望找找证据，最后不仅能否定别人对他的指控，还能够证明说：不对，你们都错了，我怎么会是个契丹人呢？我是个汉人。然而在那个直接挑战他正义概念的场景中，他不得不问自己：干什么？我一定非得坚持我是一个汉人不可？我做一个契丹人不行吗？

这就是金庸在《天龙八部》中正视、面对自己过去的偏见。什么样的偏见？那就是中国人跟日本人比，中国人一定是好的，日本人一定是坏的。

可是这个时候，金庸正式进入了另外一个阶段，他终于摆脱了在抗战中留下来的偏见——想到外族就是日本人，想到侵略者就是日本人，想到日本人就必然是不能原谅，必然是坏的，必然应该被批判，应该被鄙夷。

借由写乔峰到萧峰、从汉人到契丹人的这段故事，金庸同时在检讨他自己，这一点极为感人。他就对自己检讨说，有这么一个人，他原来认定自己是汉人，所有的人也都尊敬他，因为他做了多少的事情，他有多少的成就和功绩，所以他赢得大家对他的尊敬。一夜之间，他却发现在民族身份上改变了，他不再是个汉人，他是个异族，他是个契丹人。然后呢？因为这样，我们就推翻、否定过去尊敬他的所有的认知和理由吗？单纯只是因为他的民族身份，这样对吗？这样可以吗？

放到20世纪60年代的环境和架构下，金庸非常有可能也受到了美国民权运动的影响。美国民权运动当中有一个非常有名、非常重要的案子，这个案子在司法上称为"Loving vs.Virginia"。

这两个名字刚好都带有非常奇特的双关意味。Virginia就是弗吉尼亚州，但virginia同时又是处女的意思。Loving是这个案子的诉讼当事人，他真的就姓Loving，但Loving也是love的动名词。为什么会有这个案子呢？因为弗吉尼亚州州法当时仍然禁止黑人白人通婚。有一个人娶了白人太太，他却被指控有黑人血统，这个人就是Loving。两个人已经结了婚，但是在司法的追溯过程中，Loving被证明具有八分之一的黑人血统，所以他的婚姻失效，而且他违法了。法官给了他两个选择：如果你要继续待在弗吉尼亚州，我们只好把你抓去坐牢，而且你的婚姻无效；如果你愿意，请你不要给大家找麻烦，你离开我们，离开我们这一州就不干我们的事了。

这个案子之所以有名，是因为这个案子让人如此不安，因为你不得不想，到底一个人的种族如何判定？他有八分之一的黑人血统，所以他就是个黑人，所以他就不能跟白人女人结婚？更进一步，黑人男人不能跟白人女人结婚，它的根本道理是什么？就那么一条州线，在这一边这个具有八分之一黑人血统的人不能跟白人结婚，过了这个州线就完全没事。跨过了这条州线，他们两个人可以在别的州，过上他们正常自然的婚姻生活。

民族到底是什么？民族有这么重要吗？还有，民族到底怎么判断？民族到底如何影响一个人的人格或行为？在写汉人乔峰变成契丹人萧峰的过程中，我们几乎可以听到金庸自己内心的独白。如果你认为之前的乔峰是个好人，你怎么可能就这样接受，一旦他变成了契丹人就是个坏人？

当他是个汉人的时候，他有这样的能力，他有这样的资格当丐帮帮主，他所有的能力没有改变，他过去为丐帮所做的事情更不可能改变。那为什么这个时候发现他是契丹人，他就失去了做丐帮帮主的资格？甚至他就必须要在那个杏林大会中，用一杯酒跟所有过去的兄弟道别，从此我们就变成了敌人？

这个敌人的身份，这个敌人的界限到底是怎么划出来的？乔峰变了姓，变成萧峰，发现并承认自己契丹人身份，他就有可能变成了另一个人吗？在《天龙八部》里，金庸关键就是要暴露这个偏见。

在丐帮的杏林大会中，光是指控他不是汉人，就可以让乔峰不能当帮主，就可以靠着这样一个阴谋，把他从帮主的位置上给拉下来。更奇怪的是，乔峰一旦是个契丹人，好像过去大家怀疑甚至大家不相信的这些坏事都可能是他做的，甚至都被认定就是他做的。

从乔峰到萧峰，是《天龙八部》的巨大突破，这在前面三部大长篇中没有见过。这跟赵敏的故事非常不一样，而且这是直接抵触、直接挑战金庸自己在前三部大长篇当中的核心观念。

在这件事情上，我们不得不说金庸非常有良心，而且非常勇敢，因为他正视、挑战自己。他的意思是说，过去我在小说里写了这些人，单纯只是因为他们的民族性，我就把他们当作坏人、恶人。用那样的方式在写武侠小说，在评判善恶好坏的那个我，不就跟《天龙八部》中迫害乔峰的这些人一样吗？

他要借这种方式去破除我们原来的民族立场，更重要的是，这个民族立场也是他原来自己所相信甚至是自己在小说里提倡过的。

香港意识与中原意识

在读《天龙八部》的时候，我们很快注意到一个特色：这部小说里有一个男主角叫乔峰，后来也叫萧峰，是个契丹人；另外一个男主角叫段誉，他并不是中原汉人，而是大理国人。

这个小说写到后来，因为段正淳的关系，乔峰也跟大理国牵扯在一起。另外，在慕容家出现的这些人中，像阿朱竟然是段正淳的女儿，在身世上也是大理人。所以我们可以这样讲：大理是这本小说的主场。

一边是非汉人的乔峰，另一边是以大理为主场，把所有的线头都绑在大理上，这也就显现了这本小说和前三部《射雕英雄传》《神雕侠侣》《倚天屠龙记》不一样之处，因为这不是一个典型的中原武侠小说故事，而是一个没有中原或中原没有那么重要的武林故事。

在金庸的小说里，《射雕英雄传》就出现了大理国，有东邪、西毒、南帝、北丐、中神通，南帝就来自大理国。不过这是在平均的东西南北分配中，所以大理国分配到这样的角色，也分配到那样的篇幅。

《射雕英雄传》中的大理国跟《天龙八部》中的大理国当然是有关联的。在《射雕英雄传》里，黄蓉跟郭靖一路闯过去，要去找一灯法师，路上就遇到了"渔樵耕读"这四大护法。这"渔樵耕读"四大护法的模式，在《天龙八部》里又出现了。不过，这样的联结或相似，不应该让我们忽略了非常重要的差异之处，那就是大理国的地位、大理国的角色在这两部小说中非常不一样。

我们需要明白，金庸为什么用这种方式写大理国？其实，这充分反映出他那个时代的香港偏安论，因为时局改变了。到了1963、1964年，开始连载《天龙八部》的时候，金庸已经在香港住了十五年。在此之前，他所有的小说都依照原来武侠小说写武林、写江湖的方式，讲的是中原群雄。可是到了这个时候，金庸的香港意识不得不压过他的中原意识，有复杂的内在和外在的因素。到了他变成香港第一大报的发行人，他不可能不对香港有更深的认同。这个时候他怎么可能离开香港？他也不可能再抱持这样的想法：香港只是一个寄居之地，待时局有变，就回到内地，回到中原，回到浙江海宁家乡。

这个时候他不得不承认这件事情改变了——内地不管再发生什么变化，香港跟它之间的联结已经如此紧密。他是香港第一报人，要怎么走呢？走了之后又能去哪里呢？不管内地发生什么事，这个时候他已经变成至少三分之二个香港人了，他的香港意识非常明显地投射在《天龙八部》中对大理的写法上。

《射雕英雄传》里写大理国和《天龙八部》里写大理国大不相同，最重要的不同是《天龙八部》当中写大理国要写大理国的历史。在大理的历史中，他要凸显出来的就是宋朝的故事。大理国一直在，从五代这样延续下来。等到宋朝成立了，大理国仍然是一个相对独立的政权，当然不会是完全独立的。

和萧峰有关系的一件事，那就是段正淳当年怎么会卷入契丹跟汉人的纠纷，以至于变成了萧峰杀父的大仇人呢？小说当中有一个关键词，那是"唇亡齿寒"。这个时候，从大理来的段正淳有着强烈的欲望，非要帮汉人不可，因为如果汉人宋朝被契丹辽国灭了，大理国也就会跟着完蛋。因此，偏安西南的大理国和占据中原的宋朝，是有着这样一种既独立又依附的奇特关系。

这太有意思了。金庸当时作为香港第一报人，对他来说，如果历史他可以选择的话，这应该是其中最好的一种选择吧。香港可以和内地发生这样的关系——不可能离开，仍然有那样一种依附。在香港住了十五年之后，金庸有了一种新的香港意识投射到他的武侠小说里，这是我们在年少时看武侠小说看得快、看得乱而不会发现、不会注意到的。

对佛法和中国传统的挑战

陈世骧给了我们一个非常重要的提醒：《天龙八部》写得那么乱，不是因为金庸失手，不是因为金庸不会写、写不好了，而是金庸故意的。借着这样的一个提醒，我们来追溯一下金庸到底在《天龙八部》中写了什么。

容我再提醒大家。首先，金庸是一个大才，意思是说不能用我们看待一般人才、一般人的标准去想象、衡量他。金庸在十几年的时间当中，写出八百万字的经典武侠小说，我们当然觉得已经太了不起了。但是你不要忘了，在写这些八百万字经典武侠小说的同时，金庸还在做其他许多的事情：他经营一家报社，他写时评……他有那么多的事情要做。

金庸此时工作量大得惊人，但在这个时期中，还有一件金庸认真、用力去做的事情——读佛经。而且他读佛经的态度和方式，不是随随便便翻一翻、读一读，或者听老和尚讲讲经，而是认真地去学习最复杂、最艰难的佛经,去读、去探究、去弄清楚佛经的道理是什么,以及佛经为什么用这种方式写成这种样子。

这个时期,金庸这样认真读佛经给他带来的影响,让我把话稍微说得重一点,使得他决定要把武侠小说写成佛经。但佛经跟武侠小说能比吗?其实,从一个角度看,佛经跟武侠小说有那么不同吗?佛经里有很多"非人",也就是不是人的角色,佛经用各式各样的方法帮我们刻画、描述人以外的那个世界,或者是在人的世界里存在着非人的其他成分。对比来看,那很容易,武侠小说写的各个角色、角色跟角色之间的关系,这不都是非人的世界吗?

佛经里为什么会有"天龙八部"?之前跟大家介绍过,让大家去看这个"释名"里所写的这些非人角色,是因为佛经要用它们来建构寓言,用这种方式来描绘一个人跟非人彼此互相混居的世界。用陈世骧的话来讲,那就是到处都是魑魅魍魉。意思是说,要提醒我们,让我们可以看到人跟非人其实并没有那么绝对的区别——不是说外表上看起来像人的就通通都是人,也不是每一个人随时都是人。

这是什么意思?意思是说,每一个人都会有非人的行为,这才是现实。我们平常把现实认定为"正常",因此我们也就理所当然地认为,或想象或预期所有的人都活得像人——行为像人、思想像人。但是,这里要告诉大家:这种你以为的正常,其实是我们一厢情愿的虚构。

真正的现实是,绝大部分的人在不同的时候都会离开我们以为的这种正常状况。有时想法不像这种正常的人,有一些超越正常人应该想的部分;有时再严重一点,他的行为不像正常人应该做出来的,但他就是做了;更严重一点,他活着就不是我们以为的那种正常方式,他活着不像一个人。这才是现实。

但是很不幸的是,因为抱持着那样一厢情愿的虚构,所以我们往往看不清、看不透明明就在我们身边的重要事实。正因为这样，所以佛经需要用寓言的手法夸大非人的部分，让非人变成了具体之相。

本来非人是各种不同的瞬间、刹那，让我们偏离了正常而去想、去做；或者是我们的个性、行为中，有一些部分离开了原来作为正常人的基本正轨。可是在佛经里，就把这样的片刻、部分夸大，让它们变成具体的一个一个角色，然后又把它们予以分类。如此刺激，并且协助我们去看清、看透，要让我们好好地去分辨到底什么是人，做一个人活着究竟该如何。

这么简单的一句话，叫"活得像个人"，可是它真正的内容是什么？活得像一个人，究竟是怎么一回事？更进一步的问题，活得像个人，难道就对吗？就好吗？就是应该的吗？这是大哉问，请你自己问问看，你回答得出来吗？更进一步，谁是人，谁不是人？哪一种行为是人，哪一种行为不是人或不算人？

在小说里，你看到谁是人谁不是人？在所有是人或非人的角色里，又有哪些行为明确是人的，哪些行为明确不是人的？人的行为和非人的行为，究竟应该怎样分辨出来？而且更进一步，非人的行为就一定是错的吗？就一定是不好的吗？人的行为——一般的、正常的行为，一定就是对的就是好的吗？

读《天龙八部》，当然我们应该，也必然会读到金庸所写的武侠小说部分，然而我有更多的那么一点点期待，我希望大家也可以读到佛经的这一部分。什么叫做读到佛经的这一部分？那就是读《天龙八部》的时候，对你产生了如同读佛经一般的效果。比如说，可以因为这样把一些事情的纠结看得透、看得开。

是什么事？让我们举一个例子来说。例如《天龙八部》中有一个小小的插曲，那就是他们到了西夏国，大家都要去争当驸马。然后段誉突然失踪了，因此木婉清差一点就要替她的哥哥段誉去参加招亲。

然后，你看在这一描述中，这是什么样的一个情节？那就是妹妹替哥哥去娶嫂嫂。这是什么故事？这是在传统的明清小说里非常有名、再有名不过的故事《乔太守乱点鸳鸯谱》。

在《乔太守乱点鸳鸯谱》里，摆到乔太守面前的到底是一个什么案子？那就是妹妹替哥哥去娶嫂嫂，然后这个弟弟又替姐姐嫁到了姐夫家里。所以一边是妹妹，一边是弟弟，结果这两个人颠倒凤凰，在房里搞在一起了。那怎么解决这个问题？这才有了乔太守乱点鸳鸯谱的故事。

不过，在《天龙八部》里这个故事没有再继续发挥，可是却提醒了我们《天龙八部》里一个奇怪的主题，我可以把它称为"金庸乱点亲子谱"。

这是小说里很奇特的一件事情：几乎主要的角色，没有人是被生身父母养大的。萧峰误以为自己叫乔峰，这太严重了，他本来是个契丹人，却被汉人养大——他是被姓乔的人养大的，那是他的养父母，不是他的生身父母。

本来我们以为乔峰的身世好严重，但是继续读下去，你越看就觉得越来越不严重。为什么越来越不严重？因为在小说里太普遍了。结拜三兄弟中，萧峰不是自己的父母养大的，虚竹更惨，他原来没有父母，后来发现他竟然是和尚的儿子。难怪他没有父母养——和尚怎么养儿子？三兄弟当中，段誉好一点。原来以为段誉当然是段正淳的儿子，可是你读到最后就知道，他也不是段正淳的儿子，而是段延庆的儿子。三兄弟没有一个有对的老爸，没有一个是真的跟着自己的生身父亲一起长大的。

在小说当中，段誉碰到的一个最大困扰就是：他爱上了钟灵，但是发现钟灵是他妹妹，是段正淳的女儿；他爱上了木婉清，后来又发现他也不能娶木婉清，因为木婉清也是段正淳的女儿。

最惨的是，他一路迷恋王语嫣。而王语嫣心里只有慕容复，好不容易在那样一种特殊情况下，终于因为慕容复念兹在兹的只是复国，所以他像下围棋那样可以牺牲任何棋子，王语嫣就这样被牺牲了。

因为王语嫣被慕容复牺牲了，所以她才能跟段誉在一起。但是，当段誉终于赢得了美人，他又发现王语嫣好像也是段正淳的女儿，也是他的亲妹妹。

可是到后来，这些问题都不再是问题了——钟灵不是他妹妹，木婉清不是他妹妹，王语嫣也不是他妹妹。更进一步，我们知道钟灵根本就不姓钟，木婉清根本就不姓木；而且本来没有姓的阿朱变成了段姑娘，阿紫也变成了段姑娘。

大家把这些东西整理一下，就会发现金庸乱点亲子谱啊。这是什么？这是儿戏吗？我要说不完全是，意思是说有一部分是。把这个亲子谱乱成这个样子，有一点点太过分、太夸张了，但仍然有用意。有什么用意？如果我们了解这跟佛教、佛经、佛法之间的关系，我们就明白了。

我们可以回头来看看为什么小说会写这么多的线头。我们重整一下故事跟历史之间的关系：

萧峰拉出去的线是辽，段正淳、段誉拉出去的线是大理国。可是大理国另外还有段延庆，段延庆离开了大理国，结果就联系到了哪里？联系到了西夏。西夏后来又有了童姥，再从童姥联系到梦姑，后来我们才发现原来梦姑还是西夏国的公主。

再接下来，小说里有一个重要的角色鸠摩智，他是来自吐蕃的国师。还有一个我们也不能漏掉的角色，那就是慕容复。慕容复虽然成长于江南，但是他背后真正念兹在兹的，最后逼着他发疯的，是已经不存在的大燕。

所以如此通盘地看一番，你就会知道这是一个奇怪而刻意的布局：东边有大燕，北边有大辽，西北有西夏，西南有吐蕃、大理国，中间被包围着的才是大宋。这是一个对称方位的安排，干吗这样安排？这样的安排跟《射雕英雄传》中出现的东西南北中有什么差异？

最大的差异就在于家国关系。让我们清楚明白地把他们各自归队：萧远山、萧峰，这是大辽；四大恶人，这是西夏；鸠摩智，这是吐蕃；段正淳、段誉，这是大理国；慕容博、慕容复，这是大燕。他们在干吗？他们跟宋在这里竞逐中原。因为竞逐中原，所以他们才有非常复杂的合纵连横的关系。

为什么需要这么多的角色？为什么会有这么多条故事线？之所以有这个多线的叙事，是因为金庸要写复杂的关系。我们以为这是用中文写的武侠小说，写的当然是中国历史，但是这写的其实是中国历史当中的一段复杂的关系。

写那么复杂的关系为的是什么？为了到最后凸显出萧峰的结局、萧峰的选择。萧峰怎么死了？他的死，死于双重认同，不可兼得。一边是汉人，一边是契丹，契丹跟汉人，这双重的认同，这双重的效忠，这是萧峰永远逃不掉的矛盾。以至于到最后，他只能献出自己的生命作为牺牲。这是国家的认同。

在小说里，慕容博和萧远山得到了扫地僧的协助，他们终于勘破了。可是慕容复勘不破，所以慕容复最后疯了。另外萧峰勘破了一半，他没有完全地效忠契丹，也没有完全地效忠汉人，可是最后却造成他自己不得不在这个矛盾下自尽。这样的一种国家执念，我们应该用什么样的态度来对待？

同样纠结的就是亲子血缘。经过金庸乱点亲子谱，我们也不得不问，从血缘上来说，这种亲子关系你到底是谁的儿子，真的有这样自然而然也真的有这样重要吗？我们又如何面对亲子关系，以及亲子关系所带来的身份，还有它所有的一切牵连和纠结？

这一部分，一方面深研佛经，另一方面又深受长子自杀之苦，金庸在小说里有很多探索，他实质上也提出了自己一些重要的答案。这就是《天龙八部》，它不只是一部武侠小说，它还涉及佛经，这一部分有高度的寓言价值，而且有这么多的角色，拉扯出这么多的故事线头，我们还是不得不佩服：金庸最后竟然能够大致把所有的线头都收回来，让《天龙八部》有一个明确的结尾。这真的已经很了不起，很不容易了。

《笑傲江湖》：权力的解药

令狐冲："病侠"的意义

有系统地读金庸武侠小说，最简单也最有效的方式就是按照金庸创作时间一路读下来，我们会发现金庸几部作品之间那些特别的关系。例如，金庸的几部大长篇，《倚天屠龙记》之后是《天龙八部》，《天龙八部》之后是《笑傲江湖》，这样一读我们就发现《天龙八部》非常特别。我们可以这样形容，《天龙八部》与其他作品相比，那怎是一个"乱"字了得，前面的还有后面的小说都不是用这种方式写的。

金庸会选择这么乱的一种方法来写《天龙八部》，是因为他要追求不一样的目的，这是他故意而为的。然而很显然，写完了《天龙八部》，他不会自豪于用了这样松散的结构来写作，他的心里应该是有点不安的。所以在后来整理书稿的时候，特别拉来了陈世骧教授的权威来跟大家说：没有，这不完全是我写坏了，写失败了，你看，像陈世骧这样的文学教授都看得出来，《天龙八部》的这种写法有它特殊的价值。

写完《天龙八部》接着写《笑傲江湖》，这证明他要回头了——《笑傲江湖》和《天龙八部》形成了强烈的对比，这可以说是金庸写过的结构最紧实的一部小说。

开头是一个稍微长一点的序曲，从福州的林震南、林平之父子开始写起。但一路写下来，很快就出现了华山派二弟子劳德诺和小师妹岳灵珊，只不过那时候我们还不明白他们真实的门派身份。

一路贯穿下来，出现了恒山派仪琳小师太。这个小尼姑上来后，她就开始讲令狐冲的故事。令狐冲在上场之前先有了他的故事，这是在《雪山飞狐》里金庸就用过的一种笔法——主角正式上场之前，先被谈论。

不过这次这个谈论也没有谈很久，稍微说了一下，接下来就有了这个奇怪的场景：令狐冲跟田伯光——这个田伯光是江湖上大家都知道的大淫贼，令狐冲、田伯光旁边拉着一个小尼姑，更可笑或更奇怪的是在酒楼上喝酒。这个场景中，令狐冲就出来了，从这里开始，小说就再也没有离开过令狐冲。

令狐冲在酒楼上现身之后，这部小说用之前的小说都没有的最严谨的、最紧实的方法，一路一直跟随着令狐冲的经历，所有的一切都是围绕着令狐冲，由令狐冲所感受的，由令狐冲所体会的。

令狐冲贯穿了全部，从头到尾都没有偏离过，是核心的一个主角；全书没有离开令狐冲的其他分支，去讲令狐冲以外的其他故事、其他情节。这个结构如此紧实，跟《天龙八部》形成了决然的对比。

用这种有系统的方式，我们接下来就会发现《天龙八部》和《笑傲江湖》有另外的关系。那个故事线非常多元、非常混乱的《天龙八部》，我经常把它简化成叫做双男主角。这个双男主角一个是乔峰/萧峰，另一个是段誉。有这么多不一样的角色，为什么我会特别凸显萧峰和段誉呢？这仍然是从系统上一路整理出来的。

金庸写《天龙八部》的时候，已经有一些非常清楚的主题是他在意、会反复不断地写的。其中的一个主题，是被误会的人以及人在被误会的情况下如何自处，会选择做什么，同时会选择不做什么。

这种被误会的人从《倚天屠龙记》的张无忌，到《连城诀》里最可怜的被误会得一塌糊涂的狄云，这样的一条线立刻就凸显出乔峰/萧峰的重要。刚出现的时候他是乔峰，但接着他身上就出现了他洗刷不掉的民族印记，甚至不能说只是误会，而是所有的人都有理由鄙视他、瞧不起他，因为他不是汉人，而是契丹人。因为他是契丹人，所以原来敬他为帮主的丐帮里的兄弟，就在那个戏剧性的场景中，彼此互相敬酒断义，从此之后，分手变成敌人，慷慨激昂。这个主题是"被误会的人"。

他非常喜欢写的另外一个主题是"没有武功却闯荡江湖的人"。这里我们可以看到狄云是这个主题中的一个例证。另外还有石破天，没有武功却去闯荡江湖。

人怎么可以没有武功却还能够在江湖混得过去呢？金庸喜欢把自己的角色放到非常之情境下去试验，看看没武功的人怎么能够在江湖活得下去，还要怎么能够有故事有发展。

同时也就是在挑战自己——我有本事我有能力把一个没有武功的人放到江湖里，让他能够混得下去，能够活得下去。你看没武功却闯荡江湖的人，《天龙八部》当中就是段誉，他把这个主题写到了段誉的身上。

在金庸构筑他的武侠世界的时候，在他推动它的情节上这是非常重要的两个主题、两个元素，《天龙八部》延续了这两个主题。

不过让我们再说一次，《天龙八部》事实上是用了一种金庸自己不是那么娴熟的方式写的,写到后来,我相信金庸会发现因为这样的写法他浪费了一些题材,或者说在运用题材的时候他犯了一些不该犯的错误,因此到了《笑傲江湖》他就做了重大的修正。

我们可以这样讲。首先,《笑傲江湖》中令狐冲这个角色,他是段誉和萧峰——把两个主题收到同一个人身上。他既是一个被冤枉、被误会的人,也是一个在非常奇特的情境下,没有武功或失去了武功但必须在江湖里混的人。用这种方式,我们一方面可以把令狐冲当做段誉的修订升级版,另一方面也可以把令狐冲看作萧峰的修订升级版。

我们先从段誉和令狐冲的连接处来看。在《笑傲江湖》中,令狐冲一上场,他就是华山派的大弟子,他有一定的身份、地位,当然也一定要有相当的武功。

可是读这个小说,开始就觉得不太对劲,他的华山派大弟子的身份有点可疑,因为刚开始上场的时候,我们只能说令狐冲是一个"病侠"。什么叫"病侠"?回头一想,刚上场的时候,令狐冲和田伯光在客店里打。这已经是第二个回合了,前面是先从洞里开始打,然后打到了客店里。

这一路打,令狐冲打的是什么?令狐冲的功夫远远比不上田伯光,他一路输,一路受伤——这不只是令狐冲和田伯光之间的打,后来变成了一个模式。

令狐冲一路(无论)跟谁打,首先几乎他的对手都比他强,都比他厉害,他都赢不了人家,于是一而再再而三地受伤了;没受伤的时候,他又生病了;甚至到后来,师父之前教他练过的所有内功,通通都使不上来。再加上桃谷六仙或桃谷六怪,在他身上作怪,搞得他身上有八股真气互相冲突、跑来跑去,就算他有内功也完全不能用,因为一旦发功,就会先折磨他自己而对别人没用。令狐冲怎么这么可怜,怎么这么悲惨!

要记得令狐冲闯荡江湖时是有一定的身份、地位的，但是从他的能力和本事来看，他在江湖上其实是任何人都可以杀了他。没有人比他更惨，惨到一个小贼都可以打倒他，惨到连在路上跟流氓吵架都被流氓打了一顿。

所以这是什么呢？大家不要被骗了，这哪是什么武功多高的大侠？令狐冲就是一个没有武功却去闯荡江湖的人，而且他比段誉更糟。段誉知道自己没有武功，是个书呆子，傻傻的，就混在有武功的人中间。

令狐冲呢？他原来有武功，人家也认为他有武功，但是他却失去了武功。他武功不见了，人家还是认为他有武功。即使他有武功的时候，他也应付不了其对手的挑战。一次又一次，他基本上无法取胜。

这个小说有趣的地方就在这里：一路下来，令狐冲一直输，一直受伤，一直生病，但他为什么没死呢？他为什么死不掉呢？这才有意思。

从一开始，他跟田伯光之间的故事就确立了这样一个主调。我们就进一步来看，有什么因素什么力量让一个失去武功的、走到哪里用武功跟别人比都一定会输的令狐冲可以在江湖上活下来？他靠的是什么？

一次又一次，他在武功上输了，但是他赢得了尊重。这一情况使得令狐冲这个形象及其意义就远远超过了段誉。

田伯光是一个什么形象？他是个淫贼，而且淫贼不是别人叫的，他自己都承认，他干尽了别人不齿的所有这些坏事。在这种状况下，田伯光就代表了真小人，他是个真坏人，而且还知道他自己做的是坏事。令狐冲为什么得罪了田伯光？为了要救这个小尼姑仪琳，仪琳原来跟他一点关系都没有，但是为了阻止田伯光欺负仪琳，所以他就用这种方法，明知斗不过，却要一直不断地纠缠田伯光。

他的武功比田伯光差太多,到后来他干脆就耍赖,他说:站着打没什么了不起,我们坐着打,而且还非常有趣。他满口胡言,在语言上有一大堆的狡诈,就跟田伯光说,在武林上站着打是一回事,而坐着打有坐着打的排名,坐着打的排名排第几名,等等。

到了后来,田伯光大可以杀了令狐冲,但田伯光没有杀令狐冲,为什么?因为田伯光不得不尊敬他。为什么尊敬他?田伯光其实只是故事里的起头,后来一而再再而三地不断发生——令狐冲不是靠武功在江湖上闯荡,他靠的是他的义气,到后来田伯光都不得不被他的义气感动。

一个人义气到这种地步,你下不了手要杀他。再说一次,田伯光是一个真小人。当连一个真小人面对一个人时,他有这样一种生命上的决然坚持,你都不得不尊敬他,这才是最重要的,这才是最关键的。

这里就回到了武侠小说最基本、最古老的问题:什么是侠义?什么是义气?金庸这次探索这个问题的方式,就是刻意把令狐冲搞成一个病侠,让他武功全失,内力全失,逼到了极端的情境。他心知肚明,他比不过他的对手。

既然比不过,他就被迫一而再再而三地做这种抉择。抉择什么?是活着,保护我自己的性命比较重要,还是在眼前有另外的什么原则、什么事情比活着、保有性命更重要?这是令狐冲的巨大突破。

有系统地读下来,我们大概就明白,刚开始金庸应该是对传统武侠小说固定的写法感觉不耐烦。绝大多数一般武侠小说的写法,一开始一群人上来在那里打,打到后来,其中一个人打赢了。

这一群人在小说开头描述他们好像都很了不起,但是等这一群人打完了之后,后面一定有武功更高的人又出来了。以至于最后我们回头看,原来小说刚出来的这些人,其实他们都很糟,他们都是等级很低的,武功很烂的,因为这样才能引导、刺激我们不断地往后看,越看到后面武功越厉害。

但是,金庸显然对这种模式、这种写法感觉到不耐烦:武侠小说非得这样写吗?我可不可以倒过来写?我可不可以反过来写?你们都一定要把主角写得武功越来越高,那我可不可以来写一个武功越来越差的人,让他当主角;或者更进一步,根本不会武功的人,我把他当主角来写。

金庸就是具有这种挑战俗套写法的勇气和本事,所以我们读金庸的小说,才常常会觉得那样 refreshing,那样新鲜,让我们眼睛一亮。刚开始的时候是出于这样一种力反俗套的自我要求,可是写着写着,到了令狐冲,金庸就为这件事情赋予了另外非常高度的不同意义。

为什么要让失去武功的一个人在江湖打混,让他去做主角呢?因为这样一个人,他才能够经得起,或者是他最适合用来成为探索侠义内涵的载体。因为这个人,如果他武功超群,随时可以取人家性命,别人不可能威胁到他,别人打不赢他,他永远就不可能面对这样的考验。

什么样的考验呢?当你处于性命关头的时候,你怎么选择?性命关头的选择,就意味着这个时候逼着你一定要去看有什么东西比你的性命更重要。武侠小说里是会有这种情境,主角遇到了这种考验,但是从来没有哪一部武侠小说里的任何一个主角像令狐冲如此多次经历这样的考验。

这里就讲到了什么叫义,什么叫侠义。义,简单的定义:杀身成仁、舍生取义;义者,宜也,就是适宜的、应当做的事。如果这是应当做的事,这是我所服膺的原则,性命依之。即使你要取走我的性命,我都不退让。也就是说我的原则、我的信念比我的性命更重要,这是义最简单的定义。

在武侠小说中,侠和其他人有什么不一样?侠,成为一种人物的典范。在中国,我们就一定要推到太史公司马迁《史记》里所写的《游侠列传》。在《游侠列传》中,司马迁为什么要讲朱家、郭解这些人的故事?这种人有什么值得被他写在历史书里,他要凸显他们什么?

这些人在司马迁的笔下,给我们留下非常明确强烈的印象,基本上就叫做"重然诺",意味着我答应我承诺的事我就会做到。我答应了,我承诺了,我做不到,我宁可死给你看,我的性命都没有我的然诺和承诺来得重要。这就是一种原则高于生命的特殊表现,司马迁就记录在这里:不是所有的人都做得到,只有游侠这种人是选择了这种生命的情调。

在写《游侠列传》的时候,太史公司马迁另外就写:他们这种人有与官家立场、官方立场不一样的一种自我是非判断。游侠做什么事呢?他会去救他认为值得救的人,他会去帮助他尊敬的人,这是他的自我选择。当他是自我选择,他认定这样,即使是倾家荡产,也在所不惜,尤其是这种人——被官方视为罪犯,视为应该惩罚的对象,这个时候游侠就会站在他自己的立场,他根本不管官方怎么看,他更不管别人认为的标准答案是什么,他相信从他自己的精神原则上所做的判断,他有非常清楚的自己的是非。在这件事情上,他也不退让,这叫做侠。

武侠小说当然牵涉侠义,不过《笑傲江湖》中,金庸借着令狐冲这个角色,把侠义推到了一个新的高度,让很多读者都深深感动,留下了最深刻的印象。

宁可好死，绝不赖活

整个《笑傲江湖》的前半部，一直到令狐冲遇到了任我行，学到了吸星大法，几乎就是写令狐冲反反复复"自杀"的故事——这个人一直要自杀，然而死不掉。

为什么他一直要自杀呢？因为每一次遇到这样一个情况——"这件事情跟你的生命哪一个比较重要"，令狐冲永远都显示出"我的命不重要"，他总是选可能会让他送命的那一个选择、那一种决定。

这件事情的特别之处，就在于告诉我们：金庸这个时候他写出了一个没有武功而去闯荡江湖的人的特殊意义。因为没有武功，他随时可以死，他随时可能死，只要选错了，他就死了。

可是令狐冲怎么选呢？他每一次都选错，都选了可能会死的那一边。如此就凸显出在他生命的情调里，有那么多原则、那么多东西都比活着更加重要。这就是为什么我说他是一个"活得不耐烦"的人。

"活得不耐烦"，换另外一个方式，我们可以说令狐冲是一个"宁可好死，绝不赖活"之人。

在"宁可好死"这件事情上，我们首先就看到，这是违背中国人过去长期以来那样一种世俗智慧的教训。我们永远都是"好死不如赖活"，没有人倒过来说"赖活不如好死"。"好死不如赖活"，就是中国人的一种处事智慧，这正是"留得青山在，不怕没柴烧"。

坦白说，中国人把生死看得非常大，所以相比之下，比生死来得重要的事情很少。但我希望大家记得这件事，在前面我为什么特别讲了《史记》中的游侠？那就是回到中国历史、中国传统，或许你会有机会看到，中国历史上曾经存在过不一样的生命情调、不一样的精神、不一样的选择。

我要特别提及钱穆（钱宾四）先生，他曾经写过一篇短文，这个短文的主题是帮我们整理春秋时代的自杀。他用的是非常有限的几本值得信任、应该是记录春秋史实的史料，包括《左传》，也包括《礼记》，顶多用到一点战国时期的资料。

经过钱先生的整理，你会发现一桩太特别又太突出的事，那就是那个时代的人死得好容易，动不动就自杀，不把自杀当一回事。自杀，人就死了，但是他们却好像觉得自杀是任何一个人随时都做得出来的事。

钱先生整理了之后，他就问：为什么会出现如此特殊的现象？关键就在于秦汉帝国兴起、形成之前，中国人面对自杀这件事情其实有很不一样的态度。钱先生所点出来的那种春秋战国时的生命特质，那就是"赖活不如好死"。

那个时代的人，他们有好多原则都比活着来得重要。讲一个最简单的故事，那就是晋灵公找了一个刺客（钼麑）去暗杀赵盾。

赵盾是一个士卿，这个时候他实际上握有晋国国政。因为他管得很多，把政治权力握得紧紧的，让晋灵公受不了。他觉得与赵盾相比，自己什么权力都没有，自己什么决定都不能做，就想如此这般解决问题——把赵盾干掉。

这个要去暗杀的刺客，趁着天还没亮，大概是清晨两三点钟，潜入赵盾家里。一看，吓了一大跳。为什么？里面灯亮着。稍微往前一点看，又吓了一大跳。为什么？他看到有个人像一尊木头一样，坐在那里。再往前一点，认真再看一下，那个人是赵盾。干吗呢？他穿好了朝服，要上朝的衣服全部穿好了，坐在那里打盹。

这个刺客突然就了解这是怎么一回事：原来赵盾担心自己误了上早朝的时间，所以提早起来做好所有准备，在那里等天亮。

刺客很感动，他就想：这样一个人，对自己的职务如此看重，对人民如此尽责，以至于牺牲自己的睡眠，不愿意让自己误时，不愿意上朝匆匆忙忙，他就用这种方法严格地要求自己，这是一个好大臣。

刺客就想，这样一个为人民尽责之人，我怎么能杀他呢？他下不了手。可是他回头一想：我已经答应晋灵公要杀赵盾，却没有做到，那我就是违背了我的承诺，这样也不行。既不能违背自己的承诺，也没办法去完成这样的任务，刺客怎么办呢？在原来的文献记录里，刺客面对如此两难选择，他的决定就只有四个字，叫做"触槐而死"——看到赵盾家的那棵大槐树——他就这样把自己给撞死了。死得真容易。

这个故事在讲什么呢？那就是对刺客来说，有这么多的原则都比活着重要。当他坚持的原则彼此矛盾的时候，他没办法，就不活了，干脆死了算了。这是刺客的故事，它以史实而不以故事的方式记录下来。

我们再看是什么把刺客给逼死了？他并不是因为要忠于晋灵公，所以才觉得当他不能杀赵盾的时候，他对不起他的国君。他是忠于他自己的承诺，因为他对晋灵公有这样的承诺，却不能够做到，这是他对自己过不去的地方。

如果你去看《左传》，就知道《左传》里有很多明知自己会死却刻意走向死亡的故事。我们不得不相信钱先生的重要判断，这里存在着中国文化或社会关于自杀、生命的重大转折。

这种生命的选择，这种生命的情调，这种生命的慷慨，到了秦汉以后基本上就消失了。太史公马迁因为自己是一个史学家，是记录历史的人，所以他还记得、知道有过这样的时代。他为什么要特别去写《游侠列传》？因为他要把这种特别的人格给留下来。

后世的中国人遗忘了这样一种生命慷慨，这种东西消失、失传了。但是当金庸写令狐冲的时候,他就写出了好像属于那种时代,从那个时代活过来的一个特别的人。

金庸的许多男主角心里都有义,都讲义气,他们可能愿意为了各种不同的理由献出生命,但是所有这些男主角没有一个像令狐冲这样。在令狐冲的生命中,"赖活""活着"这件事情在他的生死价值排名中非常靠后。他把好多好多的东西都排在了"活着"前面,他可以为这些事情去死。

不过,吊诡的是,令狐冲遇到了一边是死一边是活的抉择,他老是选择死,但是他一直活下来——不然他怎么会变成一个主角呢?他死不掉,因为金庸又要借由令狐冲来写一个我们只能说那是理想的世界。什么样的理想世界?这种人,当他讲究义气,当他坚持原则,他讲究、坚持到这种程度,他就会感动所有的人。

为什么他死不掉?因为要取他性命、希望他死、要他死的人,面对他慷慨激昂地把死不当一回事,面对他更重视其他的原则,要杀他的人就下不了手,就必然被他感动。

这个理想世界中,所有人都会被感动的,不过金庸在《笑傲江湖》里写出了这个世界另外一个现实面,一个非常奇特的现实面。

像令狐冲这种人,他的侠义是把自己的生命跟义气、跟他的原则相比排到非常后面,一般的人包括坏人都会被他感动。但只有一种人不会被感动,什么人不会被感动?那就是"正人"不会被感动。这又是《笑傲江湖》在写道德伦理、生命价值上一个非常重要的突破。

《笑傲江湖》中,明确地把这件事情点出来,在哪里呢?那就是衡山派刘正风,他要金盆洗手,他把群侠邀来了,见证他金盆洗手。经过许多曲折,这个时候五岳盟主——嵩山派的左冷禅派了代表来阻止刘正风金盆洗手,如此才揭露了他为什么要收山,他为什么要退隐。

他金盆洗手主要的理由，是他遇到了魔教长老曲洋，他们两个人因为音乐成了好朋友。他知道他属于衡山派，是名门正派，而那边是魔教，正邪不两立。当他跟曲洋由结交变成莫逆之交，这个时候他选择金盆洗手。

他还先故意做了一个安排，去朝廷捐了一个很小的武官，然后昭告江湖说：我要去做官了，所以我从此不再管武林上你们大家的事情。这意味着将来正派跟邪派起冲突的时候，他已经先表明了这不关他的事，他不会管。

但这件事情在他金盆洗手的仪式上，被揭发了。接下来有一连串的对话。嵩山派代表费彬就拿着左冷禅给他的盟主五色令旗，高高举起说："刘正风听着：左盟主有令，你若不应允在一个月内杀了曲洋，则五岳剑派只好立时清理门户，以免后患，斩草除根，决不容情。你再想想罢！"

其实这个时候，刘正风就是碰到了和令狐冲在小说里一而再再而三同样的一种处境，意味着明白地给你选两条路，一条是活，一条是死，要活你就去把曲洋给杀了。

刘正风什么反应？他惨然一笑，道："刘某结交朋友，贵在肝胆相照，岂能杀害朋友，以求自保？左盟主既不肯见谅，刘正风势孤力单，又怎么与左盟主相抗？你嵩山派早就布置好一切，只怕连刘某的棺材也给买好了，要动手便即动手，又等何时？"

这个时候，岳不群出来协调，起身说道："刘贤弟，你只须点一点头，岳不群负责为你料理曲洋如何？你说大丈夫不能对不起朋友，难道天下便只曲洋一人才是你朋友，我们五岳剑派和这里许多英雄好汉，便都不是你朋友了？这里千余位武林同道，一听到你要金盆洗手，都千里迢迢的赶来，满腔诚意的向你祝贺，总算够交情了罢？难道你全家老幼的性命，五岳剑派师友的恩谊，这里千百位同道的交情，一并加将起来，还及不上曲洋一人？"

岳不群这番话指的是，你只要同意，不用你自己去杀曲洋，我去帮你杀，我杀了就算是你杀的，你就没事了。刘正风怎么选择呢？他摇摇头说："岳师兄，你是读书人，当知道大丈夫有所不为……"

请大家一定要记得这七个字，《笑傲江湖》就是在讲"大丈夫有所不为"。你怎么知道大丈夫有所不为？那就是你要取我性命，我都不会去做。摆在我眼前这样的选择，其中有一个就是我绝对不会选的，你要让我死，我就去死，我仍然不会做，这叫做"大丈夫有所不为"。

刘正风继续说："你这番良言相劝，刘某甚是感激。人家逼我害曲洋，此事万万不能。正如若是有人逼我杀害你岳师兄，或是要我加害这里任何哪一位好朋友，刘某纵然全家遭难，却也决计不会点一点头。曲大哥是我至交好友，那是不错，但岳师兄何尝不是刘某的好友？曲大哥倘若有一句提到，要暗害五岳剑派中刘某哪一位朋友，刘某便鄙视他的为人，再也不当他是朋友了。"

刘正风这段话又在讲什么呢？他转了一个弯，在骂岳不群。他说：如果你是我的朋友，曲洋也是我的朋友，曲洋叫我把岳不群杀了，我就不耻他的为人。现在是你岳不群，还有你们这一群人，叫我去杀了曲洋，所以当然就意味着我不耻你：怎么会有这种想法呢？当然更明白的是，我绝对不能这样做。

岳不群还在继续说："刘贤弟，你这话可不对了。刘贤弟顾全朋友义气，原是令人佩服，却未免不分正邪，不问是非。魔教作恶多端，残害江湖上的正人君子、无辜百姓。刘贤弟只因一时琴箫投缘，便将全副身家性命都交给了他，可将'义气'二字误解了。"

这是关键。那到底什么叫做"义气"？依照岳不群的说法，朋友义气是朋友义气，但在朋友义气之上先要有正邪之分。但刘正风不是这样看的，后面我们当然知道，令狐冲也不是这样看的。

刘正风淡淡一笑，说道："岳师兄，你不喜音律……"意思是说你不懂音乐，你是个音盲，所以你不知道这种东西。什么东西呢？"言语文字可以撒谎作伪。"你们都是要说话的，你们都是写字的，说话、写字的最大特色，因为意义在语言里、在字面上，所以你爱说什么你就说什么，可以作假。可是琴箫之音它是抽象的，音乐是心声。所以他讲得很重，叫做"万万装不得假"，跟语言文字相比，音乐更诚实、更透明、更坦白。

"小弟和曲大哥相交，以琴箫唱和，心意互通。小弟愿意以全副身家性命担保，曲大哥是魔教中人，却无一点一毫魔教的邪恶之气。"刘正风是从音乐里知道这么回事，他是从音乐里得到他的信念。

这就是这部小说的大主题。为什么要让令狐冲失去武功去闯荡江湖？就是要问：侠义的"义"究竟是什么。

让我们沿着令狐冲在小说里的选择和作为看下来，金庸很明显给了一个非常重要、非常有意义的答案。这也是之前的武侠小说，包括金庸自己写的武侠小说，都没有的一种答案。

一般武侠小说里所讲的侠义，是指像郭靖、黄蓉那样效忠朝廷，忠于国家。这是对的，这不用多说。要不然有不共戴天之仇，为了父亲为了母亲报仇。这也没有问题，问都不要问，这一定是对的。

为了忠、为了孝而死没关系，稍微暧昧一点的是朋友义气——可以到什么程度就没有那么理所当然。金庸小说另外写了一种是为了爱情可生可死，但所有这些都不能使用在令狐冲身上。

令狐冲是一个什么样的人？令狐冲坚守其一项原则，因而让他不断地陷入麻烦。什么原则呢？就是"不耻以强欺弱"。谁以强欺弱，令狐冲就自然站到弱者那一边，而且这个时候他完全不管这个强弱：弱到什么程度、强到什么程度。当他站到弱者那边的时候,他是坚决的,坚决的意思就是为了保护弱者他不惜一死。

小说开头田伯光要欺负仪琳,只不过因为这个小尼姑会被田伯光欺负,这个小尼姑绝对没有保护自己的能力,因此令狐冲就硬是要保护仪琳。从山洞一路打到客栈,明明知道自己打不过、打不赢田伯光,他就是不退让。他绝对不能容许自己的是,明明看到有一个人在这种状况下被欺负,我就明哲保身。只要有这种状况,他就站在弱者那边,愿意为弱者献出他的生命。

一而再再而三都是这样的情境,包括小说中的一个转折点。他在亭子里莫名其妙地遇到了向问天,看到向问天被邪正两派几百个人围攻,他就受不了。他跟向问天之间完全没有交情,完全不知道向问天的来历,甚至也不知道向问天的武功有多高,光是看你们这么多人要对付一个人,令狐冲就冲过去。

冲过去他就不放弃了,他不可能说:我没想到人这么多,这些人光是吐口口水就会把我淹死了,算了,我干吗蹚这趟浑水?他也不会说:一看这个人,我真的就不认识你,我干吗为了你,跟你一起丧命呢?bye bye,那我走了。他也不会说:我刚刚没注意到,原来你武功那么好,你武功比我还好,我干吗要帮你?我走了。这些他都做不到,这是他的义气,他舍生取义,这个"义"可以普遍到这种地步。

所以金庸要写的是这样一个理想的背景,那就是当你用这种方式对待别人的时候,一般人和坏人都会被你感动。令狐冲在小说里遇到好多坏人,一开始不就遇到了一个大淫贼、大坏人田伯光吗?但田伯光被他感动了。你看向问天,在魔教权力核心里的人也被他感动。向问天莫名其妙地说:这个人干吗跑过来帮我?为什么要站我旁边?他们都会感动。

当然借由这种方式,金庸另有深意,他要表达这样的一个对比:什么样的人不会被令狐冲感动?这些不会被令狐冲感动的人,看起来真的好奇怪。但是金庸就真的这样安排，他们几乎都是所谓的"正人"。

这太奇怪了，为什么这些所谓的正派、正人就不会被感动？为什么田伯光以及小说里所有的反派、所有的坏人基本上都被令狐冲用这种方式感动了，也就等于被令狐冲用这种方式收服了，可是偏偏从他的师父岳不群到嵩山派左冷禅，只要是那种表面上正义凛然的正人就不会被他感动？

什么叫做"正人"？可能用英文来讲比较容易解释。我们说仁义道德，在英文中，"仁"通常翻译成 benevolence，"义"一般翻译成 righteous，或者如果是名词形式的话就是 righteousness，那就是"对的事情"，我坚持做对的事情叫做"义"。

不过在英文里，righteous 或 righteousness 有一个非常密切相关的词，如果你把它加上去，这个意思就会翻转，变成是负面的。加什么词上去呢？ self，就是自己，self-righteous 或 self-righteousness——一旦前面加了 self，那就变成了"自以为是"。

self-righteous 的人，这种人你不能说他是坏人，因为他有是非之心。只不过他坚持是非，却没有思考是非的能力。对他来说，是就是是，非就是非，不用解释，就一定是这样。而且他非常骄傲，自己总是觉得站在是的那一面，他们永远都觉得自己相信的"是"是绝对的，相信的"善"是绝对的。

抱持着这种绝对的善恶是非信念，于是像令狐冲那种义气——"为了什么原则，愿意牺牲自己的性命"，他可以感动一般人，他可以感动坏人，他可以感动真小人——因为他还有真。可是"正人"呢，当他的是非观念都用这种方式被绝对地固定下来，那将出现可怕的结果。这种人的心是死的，他不会被动摇，他已经先想好，先站在那里，他没有要被感动，他就是要坚持。

self-righteous，什么是对的？就是用他自己的立场、自己的看法，把它固定下来，他所相信的都是非常僵化的。能够这样僵化地相信这种原则，那是因为他的心是死的，所以他不会被令狐冲的个性、行为所感动。

升级版的段誉与萧峰

《笑傲江湖》里的令狐冲，和《天龙八部》里段誉、萧峰都有非常密切的关系。理解令狐冲的一种方式，是我们可以把他视为段誉和萧峰的升级版或修正版。

《天龙八部》一开始就写段誉，不过段誉出场的假想和设定，其实真的蛮勉强的。他是一个娇生惯养的书生，是书呆子中的公子爷，完全没有武功，拒绝学武功，傻傻的，憨憨的，哪里他都敢去。他就遇到了钟灵，他傻傻地想要去救钟灵，于是就掉到那个山洞里。运气很好，在山洞里就遇到了武功秘籍等这些东西。

但是我们看，到了《笑傲江湖》里，令狐冲跟段誉一样，都是没有武功却要闯荡江湖的人，可是令狐冲就比段誉合理多了。

第一，他不是没有武功就进入江湖的，他是原来有武功，后来武功不见了。

在这方面，金庸又将自己过去写的一种模式给翻过来写。在这之前，他写了一种模式，那是关于内外功夫的。从狄云、石破天，一路到段誉，他们这几个人特色是什么？他们原来都没有什么像样的武功，但是误打误撞先有了内功，养成了体内庞大的内功，然后再慢慢地去学外面的这些招数或剑法。

可是到了令狐冲，金庸就把这种模式倒过来写，内外逆转了。令狐冲是有一段时间失去了内功，只剩下外功。他原来是有武功的一个人，因为他的个性，因为他的机遇，一次又一次把武功给搞丢了。但他已经是武林中人、江湖中人，所以他走不掉，这个江湖不会放过他。跟段誉那种傻傻的飞蛾扑火般一路冲进这个江湖相比，我们不会觉得段誉那么可信，相较之下，令狐冲就可信多了。

还有一点，令狐冲为什么"活得不耐烦"？这一点跟段誉有非常类似的地方，但是他的整个经历又比段誉更加人性化。

令狐冲之所以"活得不耐烦"，是被他的师妹给弄的。这里我们看到前后两部小说相对应的故事。段誉一见钟情，爱上了王语嫣，但是这个时候王语嫣别有所属，心里都是他表哥慕容复。所以好长一段时间，段誉都只能在旁边痛苦：你为什么不多看我一眼？为什么我在这里却好像我不在？

段誉很痛苦，这样一种痛苦，金庸到了《笑傲江湖》当中，就用升级版的方式写到了令狐冲身上。为什么是升级版？因为他比段誉更可怜。

他原来和师妹岳灵珊两个人青梅竹马，甚至保留了小师妹七八岁时候的记忆，等等。两个人一起长大，而且原来是两情相悦——岳灵珊刚刚上场的时候，遇到同门里的任何一个人，开口闭口都是问：大师哥呢？令狐冲喜欢岳灵珊，岳灵珊也喜欢令狐冲这个大师哥，这当然就是两情相悦，好好的一对。但莫名其妙闯地进了一个林平之，林平之就改变了这一切。

在令狐冲的爱情经验上，他比段誉有更多的层次。段誉就是一直暗恋，如此而已，令狐冲却是亲眼看见所爱之人为人所夺。而且更麻烦的是，这个为人所夺不是卑鄙的，而是一种正常故事的转折，这个转折在人性人情的道理上是说得过去的，是我们完全可以体会可以理解的。

在华山派当中，原来最高的就是师父，师父底下，就是大师兄。然后这个师父的女儿，基于一种少女成长过程当中的心情，崇拜大师哥、喜欢大师哥。这毋宁是自然的，因为他是小师妹，家里乃至整个华山派，别人都比她大。

但是，后来莫名其妙地收了一个林平之。其实，林平之比岳灵珊大，可是岳灵珊这个时候就耍赖了，她说：我永远都是小师妹，我不要这样子，我从来没有师弟。所以她硬是逼着林平之叫她师姐，林平之就变成了她的师弟。

于是在林平之和岳灵珊之间，他就变成了最特别的一个人。特别在哪里？这是上上下下所有人当中惟一一个岳灵珊可以欺负的人，因为只有他必须叫她师姐。也正因为这样，他是小师妹可以欺负的人，她就越来越喜欢欺负他，她就跟他越走越近。

在《天龙八部》中写段誉和王语嫣之间的关系，没有这么细腻的安排和设计。到了《笑傲江湖》当中，金庸又特别安排了令狐冲为了救仪琳，加上跟淫贼田伯光中间的这些纠葛，被师父罚一年到山上去面壁。

小师妹就这样没有大师哥在旁边陪伴，自己在家里。刚开始的时候，她天天送饭，殷勤得不得了；但是后来有了师弟，和师弟的关系越来越好，师兄又每天都不在，于是她就变了。令狐冲看在眼里，但无可奈何。

接下来，因为失去了师妹的爱情，所以他的生命就彻底地改变了，对他来说，"活着"就变成了"赖活"。

每一次遇到了生死攸关的时候，他脑袋里就会闪过这个念头：继续活下去又怎么样呢？活下去不过就是继续去看师妹跟师弟打情骂俏，然后看了不爽，还要在旁边一直不断地压抑自己，骂自己说你怎么那么小气，你为什么要在意这个事情？你不应该这样，你不应该那样。这样活着到底有多大的意义？算了算了，死了算了，"好死"比"赖活"重要。

为什么一次又一次，他不会选择"赖活"？因为受到了师妹移情别恋这件事的打击，他本来就没有那么强烈的意志或愿望要继续活下去,这就更无所谓了。

另外,在令狐冲身上有的而段誉没有的,那就是金庸所写的爱与被爱的挣扎。他爱他的师妹岳灵珊,但是另外一面,他有仪琳,还有更轰轰烈烈的魔教前教主的女儿任盈盈。

仪琳因为是一个尼姑,她爱令狐冲,明明知道自己绝对不能爱,这样的身份怎么可以去爱令狐冲呢?但是她就如此深深地爱着令狐冲。任盈盈,魔教魔头的女儿,也不能跟华山派的大徒弟有什么关系,然而她也阻挡不了自己。

不管是仪琳,还是任盈盈,她们都是愿意为了令狐冲牺牲自己生命,用这种方式爱他。任盈盈为了救令狐冲,冒着自己生命的危险,把令狐冲送到少林寺去,希望借由让他可以学《易筋经》,让令狐冲或许有机会活下去。

所以在《笑傲江湖》里,这是写了比《天龙八部》中的段誉更复杂、更深刻的感情上的挣扎。虽然在文学领域里,关于爱情这个主题翻来覆去讲了很多,但是不管说了多少次,这样一种对比,一直还是能够吸引人的。这种对比就是爱与被爱。

你爱的人不爱你,或者你不爱的人却深深地爱你,到底爱比较幸福还是被爱比较幸福?遇到爱和被爱的时候,你应该要选择主动去爱,即使是你爱的人不见得爱你,还是你就干脆放弃你主动的爱,当一个被动、被爱的人,这样反而比较幸福?这就是金庸透过令狐冲,他要写的另外一种爱情面相。

令狐冲为什么在小说里一而再再而三地,在"好死"跟"赖活"中做选择的时候,他往往都不选择"赖活"呢?这又牵涉另外一个主题,这个主题就是令狐冲同时看起来像《天龙八部》中萧峰的升级修正版。

萧峰和令狐冲最重要的关联,就是被误会。令狐冲也是被误会得很惨,他一路被误会。开场他一出来,为了救仪琳就被误会。

当时和田伯光联系在一起，令狐冲就被叫成了淫贼，跟田伯光相提并论。

到了小说快结束的时候，他又跟这些恒山派的尼姑混在一起，混了好几天。就连小说里相对比较正直的莫大先生都忍不住跑去偷偷地看了一下，看了之后才跟令狐冲说：江湖上都说你怎么把这些恒山派的尼姑骗得七荤八素，每天跟她们在那里厮混？我特意看了，才发现你是个正人君子，其实你不会贪恋女色。

但是你看，从故事开头一直到故事结尾，令狐冲在武林江湖上名声坏得不得了。他有女人的问题。刚开始的时候跟仪琳，因为有田伯光。接着他还跑到妓院里，在妓院里跟他一起盖在被子里的有两个女人，这些都是洗刷不掉的。

光是女人的问题就已经讲不清楚、洗刷不了了，再后来还有更麻烦、更倒霉的——两部武功秘籍，一部是师父的《紫霞神功》，掉了、不见了，大家都认定是令狐冲偷走了，或者是他偷藏起来；还有林震南他们家的剑谱、剑诀也一样，林震南死在令狐冲的怀里，最后的话只告诉了令狐冲，所以找不到这个剑谱，大家当然通通都看着令狐冲，令狐冲百口莫辩。金庸在前面的作品中已经练得很熟了，对他来说，要在情节里让一个人百口莫辩，这个太容易了。

这后面还发生了令狐冲在山洞里练功，他的太师叔祖风清扬竟然就出来教他剑法。然后进到了山洞里，他又看到了原来魔教苦研五岳剑派各种不同剑术的时候想出来的对应招数。令狐冲就这样学了独孤九剑，接着又学了这些魔教的功夫。

等到他从山上下来的时候，他的身上其实根本不是华山派剑法，师父原来教他的功夫全部不见了，已经不是那样的功夫。于是令狐冲就更难洗脱人家的怀疑，从这里联系到他跟魔教的关系。这些方面他也是百口莫辩，也是洗刷不清。

为什么对他来说"赖活不如好死"？因为活着一天就要过一天这种被误会、完全无法洗刷的日子。更糟的是，这两项因素后来还加在一起，因为连他的师妹也误会他了。那他就不只失去了师妹的爱情，甚至连跟岳灵珊师兄妹之间基本的关系都没有办法继续维持了。

他也经历了江湖武林把他隔绝、逐出门外，变成一个 outcast（放逐者），和萧峰一样的遭遇。不过令狐冲和萧峰也有根本的差异，所以我特别讲这不是萧峰的翻版，而是萧峰的升级版。

既是武林高手，更是政治人物

1980 年，金庸把原来写的《笑傲江湖》整理了一番。他给这个整理完的版本写了一篇后记。在后记里，他自己提到了这本书的重要特色，他说："因为想写的是一些普遍性格，是生活中的常见现象，所以本书没有历史背景，这表示，类似的情景可以发生在任何朝代。"

这的确是金庸大长篇中独一无二的。从《书剑恩仇录》《碧血剑》开始，他就写历史。几部大长篇——《射雕英雄传》《神雕侠侣》《倚天屠龙记》，一直到《天龙八部》，乃至于在《笑傲江湖》之后的《鹿鼎记》，都有非常明确的历史背景。所以金庸自己都意识到，关于这个特殊的现象，他必须要解释。

他的解释是什么呢？《笑傲江湖》为什么不写历史了？他说想写一些普遍性格，这个"普遍性格"讲得太普遍了，其实更聚焦的，他要写的那是政治生活中的常见现象。

《笑傲江湖》开始写的时候，金庸就明确知道这会是一部政治小说。可是他特别强调，他说"这部小说并非有意地影射"，所以不能把这部小说拿来当作有影射性的小说读，这是金庸明确不希望我们有的一种读法。

在读《笑傲江湖》的时候,麻烦大家一定要听一下金庸的这一段话,他说:"任我行、东方不败、岳不群、左冷禅这些人,在我设想时主要不是武林高手,而是政治人物。林平之、向问天、方证大师、冲虚道人、定闲师太、莫大先生、余沧海等人也是政治人物。"

这个话的写法真是有趣,这中间有一个"也是",这个"也是"是有深意的。因为在他一连串列下来的名单当中,前面我们很容易可以体会——任我行、东方不败,他们都是日月神教的教主,小说中关键的那一条故事线,就是任我行怎么被东方不败赶了出来,借由向问天,然后又得到了令狐冲的帮忙,任我行得以回到日月神教,把教主的位置夺了回来。这个清清楚楚,我们知道他在讲"什么叫做政治"。

再来看岳不群、左冷禅,这也没问题。他们争夺的是什么?他们在争夺要把这五个门派合并而一;然后再争到底是由谁来主导、谁会变成五岳剑派的领导人、掌门人。

所以说前面这些人,他说写小说的时候,我们只是稍微惊讶一点,然后我们想一想也就通了。这些人都是武林高手,可是他提醒你,重点不在于他们武功高强的那一部分,我们要看到的是他们的权力手段。好,我们理解了。

但是后面这句话就不一样了,金庸又说在他的主观当中,《笑傲江湖》写政治,比写任我行、东方不败、岳不群、左冷禅这几个人还要更普遍。

后面他列出来的这些人,一般我们读武侠小说,我们怎么会觉得这些人跟政治有关呢?例如说,刚刚名单里大家有没有注意到,有方证大师,这是少林寺的掌门,有冲虚道人,这是武当的掌门,一佛一道。照道理讲,这都是出家人,他们跟权力怎么可能有关系，他们怎么会是政治人物呢？

然而金庸既然已经这样提醒我们，我们在读小说的时候，因此就会稍微读到不太一样的一些感受。

他说冲虚道人、方证大师都是政治人物，让我们想想看，他们在哪里涉入了政治呢？我们看到，左冷禅想要把这五个门派结合起来，要夺得五岳剑派的掌门，这中间有一段非常精彩的对话，那是方证大师和冲虚道人联手去找令狐冲，他们怂恿令狐冲出来争夺五岳剑派的掌门。这个时候令狐冲是在恒山派，他莫名其妙地成为这个尼姑派的一个男掌门人。

这个对话当中，冲虚道人就帮令狐冲分析，说如果左冷禅当了这五岳剑派的掌门人，接下来会发生什么事。"接下来发生的事"这一段内容，就不是武侠而是政治。

他讲的关键重点是——要是左冷禅如愿了，他一定要去对付少林和武当，然后他把所谓的正派全部集合在一起，去对付日月神教、冲虚道人和方证大师。

这段对话中最重要的而且还要彰显出来的，就是令狐冲没有左冷禅那样的野心。他们就跟令狐冲解释左冷禅的真正野心，这个野心是一统江湖。

那为什么方证大师、冲虚道人是政治人物？连定闲师太、莫大先生，还有余沧海，他们都是政治人物呢？这几个人的政治性都在于他们有对权力的敏感性。

林平之、向问天也是政治人物。向问天一路一直忠于任我行，在东方不败赶走了任我行之后，他逃了出来，但他念兹在兹的是要借由任我行回到日月神教。因为金庸的提醒，连向问天都是政治人物，于是小说里有一段内容跳了出来，我们有了不一样的敏感看法。

东方不败被杀了之后，任我行、向问天回到了日月神教，令狐冲也在那里。令狐冲有一个非常短暂的 reflection，就是突然之间想到了一件对他来说不可思议、奇怪的事情，那就是令狐冲看到东方不败用这种方式统治日月神教。

令狐冲就觉得好奇怪，这些人都是闯荡武林的人，都是江湖人物，这种江湖人物为什么要跟人家在那里打打杀杀，为什么要冒着生命的危险？不就是因为你有一身的功夫？那你训练一身的功夫是要干什么？不就是因为你不想低声下气，你不想听人家的命令？

这是令狐冲的想法，令狐冲认为，要不然我们干吗练武功，要不然我们干吗闯荡江湖，不就是为了不要对别人低声下气？可是东方不败统治日月神教的方法，就是叫这些江湖武林人都要向他跪拜。

所以当下令狐冲觉得好奇怪，他无法想象，尤其无法想象像向问天这一号人物，武功如此高强，也要在那里跟着跪拜吗？向问天武功高强到什么程度？我们清楚。那时候令狐冲莫名其妙地跑去帮他，因为他被正邪两派三百个高手围攻。如果向问天武功不是那么高，两个人怎么能够成功地从山谷里逃出来？

当然小说里并没有刻意地凸显，但是小说真的就这样写下来了。我们发现向问天的的确确回到了日月神教，他对任我行的恭敬，包括后来任我行袭用了东方不败的这套仪式，向问天的表现是什么？他也就在那里一起喊口号，该跪就跪，该拜就拜。

为什么？这里不就清楚地凸显了他跟令狐冲不一样的地方吗？因为他也是一个政治人物，他知道权力是怎么一回事，他的选择是一种权力的选择。

林平之也是一样。在小说刚开头的时候，他是一个花拳绣腿的花花公子、镖局里的少爷。可是小说一路发展下来，林平之的的确确有他政治的一面。他最政治的一面，就是他能够猜到岳不群的心思。

如果他没有这种权力的敏感性，那他就不可能了解岳不群在想什么。更进一步地说，他也有他自己的心思，他知道什么时候该用什么方法保护自己，什么状况是他面对的危险。很多东西都得从权力关系上去观察，然后才能够预先猜得到、想得到。

金庸就是用这种方式清楚地告诉我们，《笑傲江湖》为什么故意不写明确的历史背景，免得你误以为只有在某个时代，说这是一个腐败的时代，这是一个糟糕的政治局势，所以才有这种人用这种方法争权夺利。

不是，借由拿掉了明确的历史背景，他要告诉我们最重要的一件事就是：虽然这不是影射小说，但的确是一部政治小说。这部小说中的政治性，使得它跟金庸所有的其他小说都不一样。

守规矩的浪子和虚伪的君子

金庸不断在改变，不断在进步。他利用武侠小说所要表现的对世界和人生的体会、认知以及理解，到了《笑傲江湖》又有了另外一番提升，这种提升就反映在令狐冲身上。

金庸要写的令狐冲，是在举世滔滔都为权力而疯魔的状况下，他是一个少之又少可以抗拒政治权力的人。那么，为什么会有令狐冲这种人？什么样的人在这种状况下可以抗拒权力？

金庸借由令狐冲要写什么呢？在后记里有一个答案，他说："中国的传统观念，是鼓励人'学而优则仕'，学孔子那样'知其不可而为之'，但对隐士也有极高的评价，认为他们清高。"由此可见，他是要借由令狐冲来写隐士。

他接着说："隐士对社会并无积极贡献，然而他们的行为和争权夺利之徒截然不同……"所以隐士就是一个讨厌权力、会规避权力的人，他们天生不会被权力引诱，隐士"提供了另一种范例"。

金庸继续说："中国人在道德上对人要求很宽，只消不是损害旁人，就算是好人了。《论语》记载了许多隐者，晨门、楚狂接舆、长沮、桀溺、荷蓧丈人、伯夷、叔齐、虞仲、夷逸、朱张、柳下惠、少连等等。"你看，他一路列了好多的名字，的的确确都是在《论语》里出现的。金庸特别强调，"孔子对他们都很尊敬，虽然，并不同意他们的作风"。

接着他又借由孔子讲三种隐者。孔子把隐者分为三类，像伯夷、叔齐这种人是"不降其志，不辱其身"，不会放弃自己的意志、自己的原则标准，不牺牲自己的尊严，这是一种隐士。

至于像柳下惠、少连，那叫做"降志辱身矣，言中伦，行中虑，其斯而已矣"，这是第二等的隐士。他们在意志跟尊严上有所牺牲，但是他们的言行合情合理，更重要的是合乎自己的原则。这是第二种、第二等的隐士。

还有第三种，像虞仲、夷逸，放肆直言，不做坏事，不参与政治，也就是逃世隐居。但为什么要逃世？就是为了要保有自己的言论自由。他不做事，他也不参与政治，也就不用去顾忌别人，别人也管不了他。

金庸说："孔子对他们评价都很好，显然认为隐者也有积极的一面。参与政治活动，意志和尊严不得不有所舍弃，那是无可奈何的。柳下惠做法官，曾被三次罢官，人家劝他出国。柳下惠坚持正义，回答说：'直道而事人，焉往而不三黜？枉道而事人，何必去父母之邦？'（《论语》）关键是在'事人'。"

什么意思呢？你要做事或者是你要进入到这样的一个系统里，你就得委屈自己，你要去因应别人的标准，你就没有办法贯彻自己的想法、自己的原则了。

"为了大众利益而从政,非事人不可;坚持原则而为公众服务,不以功名富贵为念,虽然不得不听从上级命令,但也可以说是'隐士'——至于一般意义的隐士,基本要求是求个性的解放自由而不必事人。"在他写后记的时候,这就是他强调的令狐冲身上他所要彰显的东西。

还有这么一段,他就明说了:"令狐冲是天生的'隐士',对权力没有兴趣。"不过如果回到武侠小说本身,整部武侠小说并没有出现"隐士"这样的名词。小说里倒是有另外一个名词,这是令狐冲的自觉、自称,他说他自己是一个"浪子"。

什么叫做"浪子"呢?"浪子"表示令狐冲每次都会被师父骂。他从小说一开始,一直到小说的结尾,他就是一个师父无法彻底管束的人。

从他的师父岳不群的眼中看去,乃至于师父所代表的我们可以称之为"超我"(super ego)的伦理概念凌驾在他的身上,可是他就是放不进去,或者是他就没有办法兼容得那么准确。所以他自己都感慨、不断地反省:我就是一个浪子,我就是摆脱不了这种浪子的个性。

浪子的个性是什么呢?按照岳不群的标准来看,这个大弟子很麻烦、很棘手,因为他无法克制自己的浮言浪行。但是小说里令狐冲最精彩的地方,很多读者之所以特别喜欢令狐冲,就是因为他有很多的浮言。

例如,他遇到了任盈盈。任盈盈是这样一个深情的女孩,同时又身怀绝技。但是跟她的深情、身怀绝技加在一起的这种特性,就是她还有另外一个完全不相称、彻底相反的个性的部分——她非常害羞、极度害羞。但是你看看,即使是遇到了这样一个极度害羞的任盈盈,令狐冲忍不住还是有好多玩笑的浮言。这是他浮言的部分。

他也有很多的浪行,那是不顾后果的。人家都觉得不应该做不能做,令狐冲不管,他就是要做。很多时候他的浪行是伤害自己的事,对自己没有利益的,也就意味着对于那些拥有权力和政治直觉判断的人,这就是不可思议、绝对不应该做的事。

在《笑傲江湖》当中,金庸当然写令狐冲不守规矩,但那是刻意的一种写法。令狐冲有的时候莫名其妙,他守规矩得不得了。举个例子,关键的一件事情,贯彻全书前后两大段——

他到少林寺病得一塌糊涂,内功全无了,八种真气在他的身体里一直不断地冲突,他死定了。所有的路都被堵死了,是任盈盈牺牲她自己,把他背到少林寺去求方证大师,要传授他《易筋经》。但有那么一个条件,《易筋经》只能传给少林弟子,所以令狐冲必须要入少林寺之门。看看这件事,他怎么会是个不守规矩的人呢?这个时候他守规矩守得不得了:我是华山派,我不可能入少林之门。

在这件事情上,他跟《天龙八部》里的虚竹,非常有趣,构成了彻底的相反,但是源自同一种态度。虚竹少林的武功全部没有了,身上加入了逍遥派的奇功,可是他无论如何就是不愿意离开少林寺,离开少林派。令狐冲完全相反,他是临死都不肯进去,而且是真的确确实实会死。方证大师跟他说:你反正已经被你的师父赶出来了,你已经不再是华山派了,你就加入我们少林寺吧。但是令狐冲宁可放弃学《易筋经》,宁可放弃得救,他说:死就死了,我干吗要做这件事呢?

他不是不守规矩,令狐冲只守自己相信的原则。作为一个浪子,令狐冲的特色在哪里?他就是不那么在意守规矩可以带来的好处。将令狐冲写成这样的特性,就是金庸要借由小说跟我们深刻地讨论,什么叫君子,什么叫伪君子。

在小说里,一上场,华山派就是正派。用我们一般的判断,主角所在的门派，是个正派。而且这个正派的师父，他的绰号还叫"君子剑"。连他的大徒弟、男主角令狐冲都怕他怕得要命，所有的人都尊敬他。看，这是个好人，这是个君子。所以一直要读到最后面，我们才明白，我们才了解，我们才吓了一跳——原来所有最坏的事都是他做的。

不过我在读《笑傲江湖》的时候，没有被吓一跳，因为还没有完整地读《笑傲江湖》之前，我就已经知道岳不群是一个坏人了。正是因为金庸塑造的这个角色形象太鲜明了，岳不群这个名字就变成了"伪君子"的代表。

但伪君子其实不能真正地跟岳不群等同起来，岳不群后来变成了超级大坏蛋这件事情，反而掩蔽了金庸在这部小说里另外一个非常深远而重要的成就，那就是写伪君子的普遍性。

岳不群成了伪君子的代表，但是在这部小说里，伪君子不限于岳不群一个人。我们要如何了解《笑傲江湖》里的伪君子？什么叫伪君子？就是要拿令狐冲来对比。

伪君子是什么样的人？他守规矩，因为他们在意守规矩会为他们带来的利益，所以他们表面上看起来行为是君子，可是君子的行为是源自利益的动机，他的动机是要让人家觉得他是个君子，他是为了这种名声。

换句话说，作为一个君子，是为了君子之名。他拿做君子为手段，追求君子的名声。然后，这个名声也是手段，干吗呢？为了要用这个名声去换取权力。这种人之所以是伪君子，是因为他的君子之行并不是来自他内心真正的信仰，他不是因为这事应该这样做他才这样做。

他的想法是，如果我不这样做，人家会看不起我；如果我这样做了，人家就会尊重我，人家就会觉得我是一个君子。当人家觉得我是一个君子的时候，我就可以博取君子的名声，去换更重要的东西，那就是权力，以及随着权力而能够得到的利益。

令狐冲一方面自己都觉得是个浪子，可是金庸刻意地凸显在一些他所相信的原则上，即使必须付出生命代价，他也遵守到底，生死依之。

在小说里，令狐冲常常在担架上躺着，是一个受伤的人。他一上场就受了伤。小说里就显现恒山派有一个重要的长处——她们的伤药很有效。仪琳身上当然带着恒山派的伤药，而且仪琳都已经直接告诉令狐冲，叫他从她身上把药拿去，因为仪琳被点了穴道，动不了。

可是令狐冲怎么反应？他不要，他宁可受了重伤，继续在那里流血，明明知道有好的伤药，但他不用。为什么？他不敢。意思是说，这个时候，受到田伯光的沾染，他挂着一个淫贼的头衔。

他不见得会想要积极地去辩解，不让人家把他当淫贼，这个无所谓。可是他在意、他计较的，首先他不能够随便去碰一个女人；接下来更糟，如果在这种状况下他碰了仪琳，那么同时也就伤害了仪琳的名声，让仪琳挂上了被淫贼动了的这样一个恶名。所以他不做，他宁可让自己继续流血，就是不能把手伸到仪琳的怀里去拿这个药。

这怎么是个浪子呢？这是多么地拘谨，多么地拘束。浪子的那一面，是因为遇到了他没有感受到的规矩。不在他自己的信念原则下，他就不会遵守这些规矩。你再跟他说一百次，他都不会记得这样的事情是不能做的。

什么叫做伪君子？伪君子为什么可怕？因为所有的一切都是手段，为了要换取权力，可以装出一个君子的外表，可以做君子行。但这都只是手段，没有内在的原则。

东方不败:"非个人化"的个人崇拜

金庸在《笑傲江湖》中所写的政治权力,其非常重要的一个面向就是日月神教。

金庸借着其政治权力的意识,在《笑傲江湖》当中写了一个我们应该去体会、去学习的非常重要的悖论(paradox),意味着个人崇拜的系统发展到了极端之后,竟然会变成一个非个人性的个人崇拜。

真的很奇怪吧,个人崇拜可以是非个人性的,这到底什么意思?在《笑傲江湖》里,金庸小说写得非常精彩,这是他对政治权力的洞见。

我们从日月神教的权力大挪移开始讲起。任我行原来是日月神教的教主,但是后来他出了一个问题。什么样的问题呢?来自他的吸星大法。

任我行的吸星大法是一个非常清楚的比喻,去吸了别人的功力,就像联结了不同的次要敌人。打击主要敌人的过程当中,你联结了太多的次要敌人,以至于你的身体就吸纳了太多异质的成分。这个时候,任我行必须要面对这个问题,他要去调整、整顿,纯化自己的内部。

于是就在任我行忙着处理太多异质的成分所带来的困扰的时候,东方不败崛起了,就把任我行给赶了出去。东方不败把任我行赶出去之后,他彻底改造了日月神教组织,把它改造成极富个人崇拜的气氛,有各式各样的仪式、口号。

我们就看到了东方不败他所打造的日月神教,的的确确就是这样一种组织,所以它成了一个极端的个人崇拜的体系。

任我行刚回来的时候,看到东方不败这套系统,他本来是嗤之以鼻的,就说:"当年打天下,大家都是兄弟,哪有这么多这种狗屁叨叨的事？我是教主，但我这个教主跟我的弟兄们的关系不是这样。"

到这个时候，日月神教是东方不败打造出来的个人崇拜的机制和体系。那崇拜的对象是谁？当然是东方不败了。

任我行要夺回他教主位置的时候，他对这套东西讨厌得不得了，非常不以为然。可是变化来得太快，东方不败死了之后——这就是金庸刻意写的——任我行坐在那里，所有这些弟兄都来了，这时候也就不再是弟兄了，一个个都变成了臣下，开始喊口号，开始拜任我行。任我行就沾沾自喜，得意了，觉得这样也不错。

有没有发现这里产生了吊诡？很奇怪的是，表面上这是个人崇拜，但是这个"个人"到底是谁？是东方不败，还是任我行？你看，这个系统其实并不在意。换句话说，也就是换了一个人之后，这套组织、这套系统可以继续运作，就把这个人当作他崇拜的对象。

如果这些人真的只崇拜、只服从东方不败个人，那么任我行上去了，他们对任我行就不搞个人崇拜这一套了。甚至他们就不服任我行，这套东西也就不可能继续运作、存在下去。但金庸要写的不是这样，他要写的就是这套系统最可怕的地方。

之前在创作《天龙八部》的时候，金庸就试着写过。在哪里呢？在星宿派丁春秋跟他的徒弟们这种关系上。不过相比《笑傲江湖》里的日月神教，星宿派简直就是小巫见大巫。

为什么说小巫见大巫呢？因为《笑傲江湖》里的日月神教这套东西有更清楚的历史来历，而这个历史来自汉高祖，是真正皇帝的典故。

刘邦打天下的时候从沛县发迹，跟在他旁边的是沛县的小流氓、小混混、鸡鸣狗盗之徒，可是大家一路打，竟然把项羽给打下来，拿下了天下。

之后就有了一个有学问的人，叫叔孙通。叔孙通这个时候就说："这样子不行，一路打打闹闹。刘邦，你要当皇帝了，人家秦始皇当皇帝，就不是这样。你可以不要学秦始皇，但至少要有规矩。"因此叔孙通就替刘邦立朝仪。什么叫朝仪呢？就是上朝的一套规矩。

刚开始的时候，刘邦也是这种态度："真的吗？我需要这种东西吗？"这个时候的刘邦不就是任我行吗？已经死了的东方不败不就是秦始皇吗？刘邦也是说："我不需要这种东西吧。我们大家这样一路过来，是弟兄相称，我们有弟兄的情谊，他们敢不听我的吗？我跟他们都好好的。"

叔孙通就劝他说："好了，没关系，你可以不要，但让我们来演练一下。演练一下总没坏处吧？可以演练一下，再判断你要不要嘛。可以吧？"于是就这么练一下。原来那些小流氓、小混混、鸡鸣狗盗之徒在打天下的过程中，本来都已经变成牛鬼蛇神，这一下都来排班，乖乖地、规规矩矩地走进来，一个个照规矩拜皇帝。

这个时候，本来是演习、演练。刘邦这个人也很当真，马上体会到当皇帝的好，就说："到这个时候才真的明白当皇帝怎么个好法。当皇帝真好啊，原来这是当皇帝会过瘾的地方。"你也就知道，这一演练就不会停了，以后就照这样做。

这是权力的诱惑，权力的诱惑是非常全面的。

用东方不败、日月神教写权力，就引发了这部小说另外一个奇怪的地方。

我只能假定大家都看过《笑傲江湖》，不过对这个假定我没那么有把握。如果你没看过《笑傲江湖》这部武侠小说，当你听到东方不败，是什么样的印象？你在想的是什么样的角色？因为很多人对金庸小说的认识和理解不完全是来自武侠小说，而是来自影视改编。就在影视改编和小说原本上，东方不败就有奇特的纠结。

对于不是真正认真读过小说的人,他大概都会觉得东方不败是个了不起的角色,东方不败当然很重要。为什么很重要?因为徐克,因为林青霞。当年徐克拍《笑傲江湖2》的时候,标题不就变成了《笑傲江湖2:东方不败》吗?那其实是徐克编的故事。

这些角色都在那里,可是这一部电影的主角是东方不败。东方不败这个角色可能是林青霞在她电影生涯中演得最过瘾、演得最精彩的一次。李连杰演的是令狐冲,可是如果你看了这部电影,你根本不会记得李连杰,你根本会忘掉了令狐冲。

重点在于忽男忽女的林青霞一下子变成了女性。用女性形象出现的时候,他爱上令狐冲,可是偏偏他还是个男人,在生理上他是个男人,所以他就只好派底下的一个真正的女人去勾引令狐冲。反正这里面编出了好多好多的故事。

留有这样的印象,我们会以为《笑傲江湖》小说里的东方不败很重要、很厉害。但如果回到小说上来看,金庸不是这样写的。

东方不败,很奇怪的一个人物,从一开始他的名字就很响亮,也很惊人——"不败",从来没输过,但是他在小说里从头到尾都是传闻。大家在讲东方不败听到东方不败时,都说东方不败好可怕,但是东方不败在小说里真正上场到下场,你去看、你去查,他那个物理时间应该不超过一个小时。

东方不败是什么时候现身的?就是任我行、向问天、令狐冲、任盈盈他们四个人已经闯进了黑木崖。然后,东方不败在干吗?在那里绣花。厉害,一根绣花针,对这四个大侠。可是不到一个小时的时间,他就被杀死了。

如果你没看过这部小说,而是先看了电影,或者你之前听过东方不败的名字,到这个时候你看到小说里说东方不败死了,你脑袋里第一个想法一定是不可能,东方不败不可能是这样死的,后面一定还有蹊跷,一定还有发展。但抱歉,他就这样死了,就这样没了。

原来东方不败在这个小说里，金庸是有特定的功能要给他的，跟徐克所呈现的完全两样。

东方不败心里设计、心里想的是对我自己的个人崇拜。可是东方不败一定要死，而且东方不败必须快速地死，因为这就是他的功能。

他死了之后，任我行回来变成了教主，任我行就接受了这一套个人崇拜。这一套个人崇拜不是真正针对东方不败个人的，它变成了一套自主的系统——谁坐到那个位置上，就可以得到这样的个人崇拜。这是一个自主的权力结构，这是可以独立于东方不败个人而存在的一种权力结构，这使得这个权力结构如此可怕。

金庸在写这样的权力结构的时候，后来碰到了非常重要的一个瓶颈，所以相对他有一种不是那么聪明、不是那么有技巧的方法。在类型小说里一般我们称之为天外救星或机械降神（deus ex machina）的这种方法——刚好有那么巧，就这件事情帮你解决了巨大的难题。

什么难题？东方不败叫不败，但他是一个人，他还是会败的，他败了他会死。可是真正不败的——这才是金庸小说里隐含的要凸显的意义——什么是真正不败的呢？真正不败的是这套系统，这套系统不败，这套系统不死。

金庸要彰显东方不败死了，任我行承接了这套系统，他不会回到他原来领导日月神教的方式，日月神教已经变成了东方不败式的日月神教。任我行领导了这样一个组织，然而这个组织现在麻烦了，这是一个邪恶的组织。

我们拿这个组织怎么办？如果这个组织真的就是不败，东方不败死了之后会有任我行，继续往下，任我行死了还会有另外一个人在这个位置上利用这种个人崇拜的方式，然后就可以运用他的绝对权力。因此，这样一个邪恶的组织，岂不就长长久久，一直都会存在，没有办法被打败了？

于是，金庸必须要找出一种方法，让这个不败的组织最后还是要能够被打败。他用的方法是什么呢？关键就在于东方不败是怎么败的，他后来就让东方不败建立起来的这套系统也以这种方式败了。

这里关键的地方是《葵花宝典》，而《葵花宝典》又牵涉男女的身份。金庸的确在这上面有了非常大的突破，就是武侠小说里怎么写女性。

实质上武侠小说仍然是以男人为主，以男主角为中心，可是金庸一路写出了非常精彩的女性角色，正是因为他没有在江湖武林的架构下，没有单纯地依照原来中国武侠小说的写法，把女人在小说里当附属品，在他的小说里，女人不是被动的，女人不是附属的，所以他突破了武侠小说的俗套。

然而毕竟还是有一些东西没那么容易可以超越。当金庸要写东方不败，要形容、描述一个最邪恶的组织和最邪恶的武功的时候，他选了什么？就是不男不女的人。

《葵花宝典》第一页，就是要引刀自宫。你要引刀自宫，才能够学《葵花宝典》。因此东方不败在小说里出来的形象其实非常丑陋，这又跟徐克的电影里林青霞饰演的那个模样完全不同。

这个东方不败的声音、音调是男人的，可是他说话的口气是女人的；身体的体型看起来是男人的，可他动作是女人的。这就故意让你对东方不败以及由东方不败所建立的这套系统，立刻感觉到有一种邪恶在。

更进一步，后来我们了解了，不管是《葵花宝典》还是《辟邪剑法》，这两种功夫本身都是邪恶的，这也是林震南叫他的儿子千万不要看《辟邪剑法》的原因。

说它邪恶，这是金庸在当时那样一个时代环境下他所选择的方便说辞。你要找到一个在当时读者心里最不舒服的一种形象，那就是不男不女。用这种方法，金庸在读者心里确切地建立起这样的认知：《葵花宝典》是邪恶的，练《葵花宝典》的人是邪恶的，以及这个人所建立的这套系统通通都是邪恶的。

这是在《笑傲江湖》小说中环绕着东方不败，我们应该要看到、应该要体会到金庸在时局的刺激下认真思考并认真努力想要描述那样一种时局的荒谬感，这也是我们读《笑傲江湖》的时候不应该遗忘的金庸的用意。

权力的解药

但是当金庸写到这里，他就有一点点难以收拾了。他不能再像《倚天屠龙记》那样让张无忌变成了明教教主——明教也是邪教，跟日月神教一样，因为张无忌不是那样一个邪恶的人，好人变成了教主，这个教连带地也就被改变了。

到了《笑傲江湖》，金庸不能再写这样的情节了，而是一定要让东方不败之后任我行回来了，他又变成日月神教个人崇拜的对象。当任我行没有改变这套系统的时候，实质上他就被这套系统同化了，他自己也就变成这样一个邪魔的代表。这个组织具备自我内在的运作特质，这是金庸在《笑傲江湖》当中让我们看到又让我们看得毛骨悚然的东西。

那么，怎么解决如此可怕的魔教呢？前面讲到，在这一点上，金庸的处理方式有点不是那么漂亮、不是那么干净，有点像天外救星、机械降神。他让任我行死得刚好，更方便的是，任我行死了之后，谁变成了黑木崖的主人呢？那就是他的女儿任盈盈。她变成了日月神教教主，来解决这个系统、这个组织，因为任盈盈在小说里基本的作用,跟令狐冲在这点上是一样的——她是另一个对权力免疫的人。

所以,让我们再回头读《笑傲江湖》的后记,金庸是这样说的:"盈盈也是'隐士',她对江湖豪士有生杀大权,却宁可在洛阳隐居陋巷,琴箫自娱。她生命中只重视个人的自由,个性的舒展。惟一重要的只是爱情。这个姑娘非常怕羞腼腆,但在爱情中,她是主动者。令狐冲当情意紧缠在岳灵珊身上之时,是不得自由的。只有到了青纱帐外的大路上,他和盈盈同处大车之中,对岳灵珊的痴情终于消失了,他才得到心灵上的解脱。"

后记这一段就是要对照令狐冲的感情纠结。前面提到了,是去爱比较重要、比较幸福,还是被爱比较重要、比较幸福?金庸显然给了一个很有趣、很特别的答案,那就是当令狐冲这样爱岳灵珊的时候,他是不自由的。那个爱情使得他没有办法放得开,没有办法去发展他自己的其他面向,那个爱情把他绑住了。

但是倒过来,如果他是被任盈盈所爱,他在这种被爱的状态下,任盈盈对他的爱反而没有任何约束。任盈盈自己是一个热爱自由的人,因此她这种特殊的爱,在小说里写得那么感人,那就是令狐冲不会被她拘束。

令狐冲在与任盈盈的关系里,他是自由的。这个重不重要?当然非常重要。不过我也提醒大家,我很看重金庸的后记,但是我不会直接照单全收,因为有的时候还是要回去对比一下小说里到底是怎么写的。

回到小说里,不太对劲。小说中,在青纱帐外的大马路车上,的的确确,这是令狐冲跟任盈盈感情中间的重要转折,但那里没有令狐冲"对岳灵珊的痴情终于消失",没这段情节,不是这样的。如果在那个车里,他就已经可以解决自己对岳灵珊的痴情,坦白地说,小说后来也就不必让岳灵珊死了。

而且你看，岳灵珊还要死在林平之的手里，还要让岳灵珊到了将要死的时候，对令狐冲说什么话？要他来照顾林平之。为什么要写这一串的事件呢？就是因为金庸在前面把令狐冲对岳灵珊的痴情写到了那种程度，他又把令狐冲写成了一个浪子，对这个浪子来说，不会有任何世俗的东西可以改变他对岳灵珊的感情。

岳灵珊嫁人了，因为他是个浪子，所以他也不可能说。由于有礼教，她嫁人了我就不能爱她。这些东西在他身上都不能起作用。那怎么办呢？所以，岳灵珊必须死，岳灵珊不死，令狐冲的感情就会一直挂在她身上。

还不只如此，岳灵珊死了之后，不能变成一个烈士。金庸不能让岳灵珊变成烈士，如果她用任何其他方式死了，她会永远在令狐冲的心里被供成那样一个神主牌，令狐冲心里永远都会有一个死了的岳灵珊在。任盈盈更不可能跟死了的岳灵珊去竞争，令狐冲怎么能跟任盈盈在一起？

因此，我们看的情节是这样的：岳灵珊到临死都没有悔改她对林平之的爱，所以令狐冲你只能死心吧。她死的那一刹那、那一刻，她心里惦记的仍然是林平之。她死都死了，你就更没有挽回的机会了。到这里，令狐冲才真正死心。

所以，小说里金庸写的比他后记里所说的，其实更加绝对、更加极端。

不过，后记里有一段是非常重要、非常正确的话，那就是他讲任盈盈。任盈盈和令狐冲，这是一组人，在相当程度上，任盈盈的个性和令狐冲非常类似。令狐冲是什么？他是浪子。当然我们语言上不能把任盈盈也讲成"浪子"或者"浪女"，不过任盈盈在政治上真的很像令狐冲。

前面讲到了举世滔滔，所有的人都被权力迷惑。什么样的人才能够对权力免疫呢？令狐冲可以，任盈盈也可以。

任盈盈接了日月神教，因为她是一个彻底不喜欢权力而要个人自由，而且也看重别人个人自由的人。这样的一个人，才能够解消被东方不败打造出来，然后又被她爸爸任我行接过来运用过的那套可怕的权力系统、权力机器。

这是金庸在小说里找到的一条出路，将任盈盈和令狐冲两个人加在一起，对小说在权力思考或反省权力上又有另一层更重大的意义。

这个意义在哪里呢？金庸在后记里说："她对江湖豪士有生杀大权，却宁可在洛阳隐居陋巷，琴箫自娱。她生命中只重视个人的自由，个性的舒展。"在这里，我想要凸显四个字"琴箫自娱"。这是我们不能忽略小说里另外的一个重点，那是什么？那是音乐。书名是什么？《笑傲江湖》。《笑傲江湖》哪里来的呢？这是刘正风和曲洋两个人一琴一箫合在一起的一部音乐作品。

大家回想一下，任盈盈第一次出现的时候，她是个老婆婆。为什么她变成一个老婆婆？她明明就不是。因为她在弹琴，所以令狐冲误以为她是一个弹琴的老婆婆。

为什么要特别凸显"琴箫自娱"呢？因为这关乎任盈盈凭什么可以抗拒权力，她可以作为一个不被权力所诱惑的隐士。

在这件事情上，必须容我特别提示一下，金庸真的是进步。任盈盈为什么不喜欢权力，没有权力的欲望？他并没有说：因为她就是个女人，女人就是没有权力欲望。不是的，金庸在这里把任盈盈当作一个能够抗拒权力的隐士。他还在任盈盈的身上写了要帮助我们更进一步认识令狐冲的线索——任盈盈是一个音乐和艺术的爱好者。

换句话说，什么东西是权力的解药？权力的解药是，如果你有一种内心自足的心灵追求、心灵享受，你就可以无视权力。对任盈盈来说，我可以有音乐，权力对我有什么好处？我可以有爱情，权力对我有什么好处？

用这种方式，我们可以进一步地说：金庸《笑傲江湖》他所提出来的政治主张是什么？人为什么这样贪恋权力、追求权力？因为你要借由权力来满足自己，在追求的过程中，你就会无所不用其极。在人格上面，这是消耗的，它会一直不断地掏空你。于是就算你用这种方式追求到了权力，权力仍然不会带来饱足的感觉。

权力不能饱足，那什么东西可以让我们感觉到饱足呢？爱情可以让我们饱足，艺术可以让我们饱足。所以在这部小说中，艺术非常重要，艺术可以让人痴狂，艺术可以让人不只是忘却权力，而且选择远离权力。

除了任盈盈，重要的角色还有江南四友（梅庄四友），这四个都是对琴棋书画痴情的人。

这四个人后来我们知道了，他们原来是日月神教里武功高强得不得了的人，现在他们在这里看守监牢，为什么？因为他们对艺术的爱好、对艺术的追求，使得他们对帮内跟权力有关的这些钩心斗角都没兴趣。只要教主给他们一种让他们能够去追求自己艺术的自由，他们就满足了。

艺术可以让人饱足，他们是自愿选择离开了这套权力的系统。就像任盈盈一样，你心里有艺术，你的生命里有艺术，权力相对就没那么重要。

再回头看一下令狐冲。令狐冲为什么可以抗拒权力？因为他也有内在、内心非常丰富的地方。他的自给自足不完全是爱情，也不是艺术，那是什么？那就是我们一再说的他忠于自我的原则，这样一个基本精神。你如果能够做一个忠于自我的人，外面这些东西都不重要，尤其是权力。

从令狐冲对照看任盈盈，我们再把任盈盈和梅庄四友放在一起看，又有了新的看法。

《笑傲江湖》这个书名，源自那首曲子，可是那首曲子是刘正风和曲洋两个人合在一起所创作出来的。所以后记当中，金庸又写了一段充满感慨、应该好好读的话，金庸说："人生在世，充分圆满的自由根本是不能的。解脱一切欲望而得以大彻大悟，不是常人之所能。"

这句"解脱一切欲望而得以大彻大悟"，是佛经里的解脱，这也是金庸在前一部大长篇《天龙八部》里所要探索、指引的方向。可是这个时候，到写《笑傲江湖》，他又不一样了。

接着他又说："那些热衷于权力的人，受到心中权力欲的驱策，身不由己，去做许许多多违背自己良心的事，其实都是很可怜的。在中国的传统艺术中，不论诗词、散文、戏曲、绘画，追求个性解放向来是最突出的主题。时代越动乱，人民生活越痛苦，这主题越是突出。"

所以《笑傲江湖》另外一个典故或另外一层意义就是：人在江湖，身不由己。你看刘正风，"要退隐都不是件容易的事。刘正风追求艺术上的自由，重视莫逆于心的友谊，想要金盆洗手；梅庄四友盼望在孤山隐姓埋名，享受琴棋书画的乐趣；他们都无法做到，卒以身殉，因为权力斗争不允许"。

所以这里什么叫做"笑傲江湖"？江湖原来是不允许你笑傲的，这是一个悲凉的反讽。什么叫做江湖？江湖就是你没有自由。所以笑傲江湖，要在江湖中得到自由，哪有那么容易？

这又是另外一种现实面，而现实面把"笑傲江湖"这四个字变成了悲凉的反讽。

或者你进一步问道，他要探索什么？他看到权力可以扭曲人，所以他希望有一种力量和希望，让人不要在权力中通通被扭曲。

一方面他找到了这个力量和希望，那就是艺术，但是时局又逼着他对这样一个理想不得不抱持怀疑的态度。他希望借由文化艺术，让人可以保持冷静、保持清醒、保持清高，这是文化艺术带来的饱足，这是这种饱足所产生的自尊心。

但不幸的是，这几乎是痴人说梦。比如说，中国传统下的隐士，你有你自己内在巨大的生命力量，你可以不用管这个世界，不受这个世界的权力诱惑，可是这个世界的权力不会放过你。

写梅庄四友，金庸为什么这样写？从刘正风跟曲洋的故事联系到任盈盈，联系到梅庄四友，我们知道他在感叹什么。或许也有很多人忘掉了，可是那个时代，金庸每一天在那里读他的新闻，写他的时评。

梅庄四友有权力欲望吗？不，他们是最不可能有权力欲望的一群人，可是权力不放过他们。当权力不放过你的时候，文化和艺术可以帮助你离开权力，但文化和艺术却没有办法帮助你对抗权力，甚至没有办法帮助你躲开权力。

这是金庸在后记里所提到的，隐含着带有这种悲伤的一个巨大课题。这个巨大课题，小说里不可能解决，甚至我们可以说不只在《笑傲江湖》里无法解决，金庸在他自己的生涯中也没办法真正解决这个问题。

《笑傲江湖》不是一部影射小说，而是探索权力的一部小说——特别为了这个，他把历史背景拿掉了，让《笑傲江湖》里没有任何朝代，没有任何明确的历史事件。

如果一部小说是你跟着时局而创作出来的，那么很简单的一件事情，就是它必然要付出代价：时局随时在变动，小说也要跟着变动，就一定被时局时事牵着走，小说里就会有很多转折。换句话说，小说就可能会照顾不到结构。

如果《笑傲江湖》写出来像《天龙八部》，甚至比《天龙八部》更混乱，说老实话，我们反而比较能够理解。但惊人的是，

《笑傲江湖》完全不像《天龙八部》，其结构其实非常严谨。

我的解读方式是，这是《天龙八部》写到这个时候他自己的一个反省，他不愿意放任自己写一部结构散漫的小说，所以在《笑傲江湖》里他又把结构抓得非常紧。

之前我们提过《倚天屠龙记》分成前后两部，《笑傲江湖》也明显分成前后两部。前半部是什么呢？前半部是令狐冲一路如何最后得到了吸星大法这个过程。他本来坚持自己作为华山派的身份，却阴错阳差跟日月神教有了这种最彻底的关系。

因此，虽然小说开始时令狐冲就是一个大人、一个成人，但是小说的前半部，我们仍然可以把它看作一个特别的成长小说，而且仍然是在武侠上的成长小说。他一直输、一直生病、一直受伤，这样的一个令狐冲，最后取得神功。这是前段。

那后段是什么呢？让我们对照想一想，《倚天屠龙记》的后段在讲什么？我特别一再告诉大家，《倚天屠龙记》里张无忌变成了明教教主之后，赵敏上场，这是张无忌的 sentimental education（情感教育）。他已经变成了一个拥有绝世武功的人，但他对感情、世故通通都不了解，所以要在这个过程中，教他认识什么是感情，教他如何作为一个世故的人活着。到了后半本，张无忌的师父是谁？不再是张三丰，不是任何其他人，而是赵敏，是赵敏教他如何理解感情、如何处理感情。

那相对的，令狐冲在《笑傲江湖》的后半本，他要经历的是什么？是他的 political education（政治教育），或者是 power education（权力教育），他必须要见识到什么是政治，而且这政治是双重的。因为他跟任我行的关系，他得到了一个身份很特别的位置，像张无忌一样，他介于正派和邪派之间。可是他的身份和角色，和张无忌需要学的不一样。

他学到了什么？他学到了不论是正派、邪派，政治无所不在、权力无所不在，正教、邪教都是权力，都是政治的算计。而唯有这样一个有隐士性格，对权力绝缘的人，才能够混进这当中，最后解决了这两派、这两大领域的政治问题。但同时也就更确认了令狐冲再加上任盈盈，他们两个人和权力、政治之间的关系。

借由令狐冲，金庸带领我们去经历了一趟权力教育，教我们认清楚、看明白什么是无所不在的政治，什么叫做权力。不过这个教育不是现实的教育，因为他除了要让我们看到他如何进行权力的思考、权力的算计，他还让我们看到他在努力寻找权力的解药，让我们可以找到一点净土，在那里可以摆脱权力和政治的无所不在的算计。

《鹿鼎记》：超越民族主义的小人良知

逃避现实与道德朝圣

　　武侠小说是虚构的。在武侠小说里，有人可以施展轻功就飞上绝壁，也有人可以一掌隔空就取人性命。这些内容，武侠小说的读者都可以接受。

　　可是让我这样问一问：如果金庸在武侠小说里写了南宋末年的郭靖，他提起一口真气，狂奔在一条平坦的高速公路上，你能接受这样的内容、这样的情节吗？你大概会说，郭靖活在南宋末年，那个时候怎么可能有高速公路呢？但让我回头问一下，难道南宋末年有隔空一掌就可以把树打倒的降龙十八掌吗？

　　这里很有意思，即使对于明知道是虚构的内容，读者也有一套他自己的标准，决定什么是他要接受的，什么是他不愿意接受的。我们从来真的都不是那么宽容的读者，因为读者一定保留了最后最大的一个权力，那就是要不要读下去。

　　并不是作者高兴怎么写就怎么写，我们内在有一种机制在提防着——你跟我说什么必须要符合我认定、接受的标准，我读不下去就不读了。读得下去或读不下去，内在有一个标准。如果你琢磨不到这小说的内在规矩，你就觉得读不下去了。当然，每一个人的内在标准不太一样。

另外，我们对不同的小说，我们愿意容忍和接受的程度也不一样。越是不以现实为标准的，要记得它越需要一种内在的规律去说服读者，或者让读者安心。读者必须要知道，我在这个小说里会读到什么，更重要的是我不会读到什么。

武侠小说可不可以瞎扯？这就看你所谓的"瞎扯"是什么意思，如果从现实、写实的角度来看，武侠小说里没有一件事情不是瞎扯的。那你怎么划这条界限、这个标准呢？

提一口真气，飞上绝壁，我们说这不是瞎扯；提一口真气，跑在高速公路上，我们说这叫做瞎扯。不要小看这样的判断，这种判断相当程度上，在帮助我们决定有哪些武侠小说比较好看、比较结实、比较严谨，又有哪些武侠小说就是让你看不下去。

武侠小说靠着这个文类各种不同的作品互相呼应、加强，产生了这套规矩。如果我们要了解这套规矩，就应该要去理解这个文类所产生的时代，这个文类的标准就对应了那个时代的读者要求。

读者要求什么呢？非常简单但也非常重要的，是逃避。你看武侠小说，从头到尾，它的基本读者是一个对现实有着非常强烈的无力感、焦虑感的人。这无力和焦虑来自大时代。

什么叫做大时代？就是时代比人大，意思是说，在时代面前你不太知道自己能做什么。历史一而再再而三的激烈变化、时代环境难以捉摸的变动，都让你没有把握你下一步该怎么做，更没有把握做了之后会得到什么结果。

再稍微往更远一点说，在中国社会集体价值的底层，一直都有一种以人为核心的观念，认为要解释任何事情，我们都要追溯到有一个什么人，做了什么事情，造成什么影响。

这就像中国文字。我们想要了解中国文字，在这样一种价值观里就会说，那是因为有一个了不起的人叫仓颉，是他创造了文字。我们一定要找到这样一个人，在中国文化传统观念里才觉得是对的，或者是才能够安心接受的解释，以至于包括中国史学，它的核心、主流的形式是纪传体，是以人为中心的。

然而在这样一个大时代的变化中，为什么会感受到强烈的无力感？有一部分是对这个世界的认知必须要进行巨大的调整。一直到今天，我们还在这个调整中，调整就是你要去认知什么叫做"社会"。

"社会"已经变成了我们日常生活语言中非常常用的词汇，可是回到一百年前，在中国传统里，没有社会这样的词，没有这样的观念。

社会这两个字是从日本的"社会"（しゃかい）翻译过来的，而日本的"社会"又是翻译自英文的"society"。那什么是"society"（社会）？这不是中国传统固有的概念。社会变得如此重要，就是在这段时间中逼着中国人去体会、认识——原来我怎么过日子、我获得了什么，它背后有一个超越个人，甚至反过来可以控制、摆布个人的巨大力量、那种集体，那就是社会。

所以刚开始的时候，人们经常用这种反面的方式去感知社会：活在这个世界上，你就觉得你能够做主的事情越来越有限——国家不是你能做主的，政治不是你能做主的；接下来收入、财富不是你能够做主的；一步一步降到私人领域、私人生活里，婚姻不是你能做主的，甚至连儿子都不是你能做主的。

环顾一下四周，好像所有这一切都不是你能做主的，于是就产生了非常强烈的无力感。

尤其是在面对公共领域的时候，这种无力感就更强烈了。例如说，面对战争，你能做什么？从鸦片战争以降，外国势力来了，割地赔款，你能干嘛？中日战争爆发了，你能干嘛？你会觉得，作为一个人，你是飘荡摇摆在各种不同的势力中间，你不只是定不下来，而且你什么事都不能主动地决定、主动地去做。

如果我们了解这样的一个背景，我们就明白那样的读者需求对应他们要逃避的东西会产生什么。武侠小说带来一个非常重要的安慰，帮助那个时代的读者逃避现实，因为在武侠小说里仍然保留了非常强大的个人性。小说里有非常突出的个人，让你可以认同，这个"个人"就是武侠小说里的hero（主角）。

hero这个英文单词有双重的意思，既是英雄，同时也是主角。这也就是为什么西方大众小说的这些基本格式、基本写法后来到了台湾、香港会大大流行。

什么是大众小说？大众小说其中一个重要标准，那就是小说你读了，你会着迷——中间有一个角色，或者有几个角色是你明确认同的。你觉得自己好像跟着他变成了他，你进入到了这个情境里。

绝大部分畅销的、受欢迎的大众小说，都具备这样的特质。所以武侠小说一定要有一个让你明确认同的对象，这个对象具有高度强烈个人的可辨识性，他一定是个英雄。

作为一个英雄，这个角色有两项重要的成分。

第一是武侠。他之所以成为英雄，因为他有武功，可以用他高超的武功来解决许多事情。所以武功很重要，这是一个人在那个环境里能改变、能影响多少的最重要因素。

武侠小说一定要比武功高下，武功越高的人越重要，读武侠小说的都肯定这个基本的标准。在武侠小说的流派变化过程中，最早像平江不肖生的作品里，这个主角出现的时候他已经带着武功，武功已经在他身上了，所以写的是有武功的人彼此之间发生的事。

可是这个过程当中，卧龙生就有了一个特别贡献，因为他开始写一种很特殊的小说，后来影响很大，那就是他不是写有固定武功的人之间彼此发生的事，而是写武功的来历。

从卧龙生开始，后来在台港有很多的武侠小说作者跟着写，就产生了武侠小说的另外一个模式。这个模式是一个年轻人（通常是少年），经过了一连串的遭遇，他的武功越变越强。他中间一定要中过一次毒，他的功力多加了一成；他一定要掉到山崖里一次，他的功夫又多了一成；他一定要拿到一个秘籍，拿到秘籍之后，他的功夫又多了一成。

于是，这样的故事就被改写成一种非常奇特的 initiation story（成长故事），也就是一个大侠的完成。

武侠小说越写越长，因为现在武侠小说有很大的部分——可能是这本书中的百分之六十到八十——都在写大侠如何变成大侠。依据这样的写法，书中人物就有一个发展过程，越早出现的人物武功越差，越早出现的武功层级越低、越不厉害；用这种方式一层一层地堆上去，堆到最后，这个大侠身怀绝技。我们读小说很大的乐趣就在跟随这个人一步一步地变成一个大侠。

这种小说另外一个基本的写法是，大侠要能成其大，不只是武功要好，而且他一定要牵涉重要的大事。这也是来自读者内心的逃避需求，因为这样写能够给读者最大也是最重要的安慰，回头相信、继续维持这样的想象——一个人够厉害的时候，他是可以改变的。

他可以改变什么？他不只是让乡下人不再互相打架，他不只是解决帮派之间的仇恨，如果只是这样的话，这怎么能够是大侠呢？你也不会想继续看下去，这个不够重要，所以武侠小说里就必须创造出非常重要的大事。

那么，大事是什么呢？什么事情让我们觉得够重要呢？随着大侠越来越厉害，大事之大也就越来越困难了。

其中有一面和大侠的成长有关系，武侠小说通常出现的一个重要主题就是争夺武功秘籍。

争夺武功秘籍，至少要牵涉两边，一般就是一边好人，一边坏人。如果这个秘籍落到坏人手里，那不得了了，坏人就会做另外一种重要的大事，是什么呢？就是要毁灭这个江湖，或者使得江湖酿成大祸。因此，我们知道这一本武功秘籍一定要让大侠得到，他就变成了天下无敌，你要看的就是他如何得到秘籍。

这个大事一部分就是跟随着他的成长而来，也解释了大侠如何在武功上到达巅峰。在这个过程中，读者就可以认同这个主角，把自己想象成这个主角，心里就会想：你看，我现在再怎么努力就是考不到第一名，那是因为我没拿到这本秘籍。我来看他如何得到秘籍，等到他得到秘籍，就会变成天下第一。

另外，武侠小说里一定要创造出一种大事的氛围，需要大侠用武功来解决的事情，不可以也绝对不会是个人之间的小事。所以武侠小说难写的，就是你要创造出吸引读者、令读者认为足够重要的事情，大概可以归纳为以下几种。

一种是血海深仇，关于复仇的故事。这个我们可以不用多讲，因为我们在讲《连城诀》的时候，讲《基督山恩仇记》就已经讲过了。《基督山恩仇记》是一个重要的原型，它彰显了复仇这件事有多迷人。每个人都很容易相信、很容易接受复仇的过程中可以无所不用其极，也会发生许多光怪陆离的事。

再来，和复仇主题联系在一起，那就不只是个人之仇，而是一帮一派之仇，甚至是一家一国之仇。所以看武侠小说到后来有稍微明确一点的历史背景的时候，通常都会把它放在民族冲突之中。如此也就可以解释为什么清朝是武侠小说的重要的大背景，其中的关怀也就是民族大义的复仇。

民族大义的复仇又牵涉那些年读武侠小说的读者,他们也遭受长期深刻的民族主义挫折,民族主义是他们生命当中很重要的基调。

还有一种大事,就是武林的存亡。通常表达的方式是,有一个够坏、够邪恶的人,这个人坏到什么程度呢?如果让他取得了武林盟主的位置,他会毁掉所有的人,这件事情就够重要了。

武林盟主这个位置就是帮助我们进入虚构的江湖当中,让我们觉得有一件再重要不过的事情正在发生。我们化身成为这个大侠,一一过关斩将,我们就感觉到自己救了这个世界,解决了问题,让这个世界回归正常。

武侠小说最根本的逻辑,其实是很小孩子气的。最简单的原型、最简单的表现方法其实就是Superman(超人),就是那个漫画当中的超人。超人窝在《地球报》里当记者,但是遇到了大事发生、重要的时候,他才进入电话亭里去换装,就变成了超人。

所以你随便找一个看超人漫画长大的美国小孩,你问这样的一个八岁小孩:你将来最大的志愿是什么?他会告诉你说:To save the world(我要解救世界)。

这是他八岁时候的态度,你不要以为长大了,这就跟他无关了,不是。到了六十岁的时候,他去骑脚踏车,他吃素,你问他:你在做什么?他还是会告诉你说:我做这些事情是为了要save the world。他人生的整个逻辑就是这样的,他必须要觉得自己在解救这个世界,他的生活才有意义。

武侠小说也是在这样的一套逻辑里,那个大事自身不能够站起来,是什么意思?因为事情够大,但是如果没有斗争,没有奋斗,没有善恶之间的戏剧性的话,这个大事看起来就不够大。所以接下来,按照武侠小说内在的规矩,必然有善有恶,而且是善恶之争,最后一定是善有善报,恶有恶报,维持这样一个道德的信心。

从这个角度来看，我们可以说武侠小说一定有一种 moral pilgrimage（道德的朝圣之旅），它是一段道德的天路历程。一开始，武侠小说就不会混淆是非，它就黑白分明，你所认同的、你跟随着其生命一路走过去的这个人是个好人。

对于这个好人，武侠小说里不只让你知道他是好人，你不用怀疑，你不用迷惑，而且这个好人在他不断成长的经历中，即小说里展开的各种不同情节中，他一直不断地被考验、被挫折、被折磨，所以那是一个 pilgrimage（朝圣）。

你跟随着他，经历了这么多危险、这么多失败，但是到了最后，你会得到那个圣杯，你会跟随着他完成心目中必须由他也只能由他完成的大事。

所以这是一个天路历程，这个历程和原来在武功上面的成长，从卧龙生之后，就在武侠小说的情节里卷在一起，被写在一起。这是武侠小说一般最好看的地方，就是看一个人如何在善恶当中代表善，然后恶的势力不断攻击、挑战他；一而再再而三，他克服了这个恶，变得更强大，再克服了那个恶，又变得更强大，最后变成了解救武林、解救世界的大侠。

这是原来武侠小说的基本规矩，我们要在这个规矩下来读金庸的最后一部小说《鹿鼎记》，因为只有这样，你才知道《鹿鼎记》有多了不起。

简单地整理一下，在《鹿鼎记》之前，金庸所承袭的武侠传统，包括金庸自己之前所写的武侠小说，基本上就是由这三大元素形成了规矩：

第一，一定要有武功，没有武功的，就不是武侠小说。

第二，一定要有大侠，一定要英雄。而且小说里的大侠、英雄要能够让读者在阅读的过程中投射、认同他；读者认同大侠，所以在武功上面，他会一直不断地让你赞叹，武功越来越高；他同时要具备能够让你认同的善的标准，他就是一个好人。

第三，那就是在小说里一定要有大事发生。大事才能够吸引你，有足够的认同，让你跟随着这个大侠，仿佛在说：快去，快去，解救这个世界，我们把这件事给搞定了，我们就能够解救世界。

反英雄小说

武功、英雄、大事，当我们用武侠小说这三大元素回看、检验金庸所写的《鹿鼎记》时，会对《鹿鼎记》的成就有全新的认识。

我想不会有人否认，《鹿鼎记》里面的"大事"被金庸推到了最极端——没有任何一个人在读《鹿鼎记》的时候，会有一点点怀疑说：这是个重要的事情吗？需要你们拼得如此你死我活吗？金庸不允许你质疑，他不给读者这样的机会，因为他用的是过去武侠小说里没有用过的那么重的手法——他用武侠小说做历史现场报道给你看，意味着这个小说里所牵涉的事件不是只有在这部小说里、在武侠小说里是重要的，这是我们一般在讲清朝历史的时候都认为是重要的、一定要讲的大事。

一开始的时候，先上场的是谁呢？吕留良、顾炎武、黄梨洲。然后康熙皇帝上来了，再后来有鳌拜，有陈近南，有郑克塽。所有这些都是历史人物——什么事情、什么人物会被写进历史里？我们明白，大事才会出现在史书里，重要的人才会在史书里留下他的名字。所以《鹿鼎记》里写的当然是大事，在"大事"这一点上，金庸不只是继承了武侠小说，而且把它推到了极致。

在《鹿鼎记》小说舞台上所发生的是什么？那是武侠小说前

所未见的真正大事。这部武侠小说帮我们叙述了清代康熙一朝重要的史事，而且它就像带着你到了历史现场，看到康熙做了什么事，在鳌拜身上发生了什么事，在吴三桂身上又发生了什么事。这些人都在小说里一一登场。

可是也就因为这样，这个小说才难写。最难的地方就在于，真实历史的结果是不能改变的。康熙在那儿，你不能让康熙变成不是皇帝；康熙在位六十一年，你连让它多一年、少一年都不行；你也不可以改变鳌拜的命运……历史小说那些最根本的东西就卡在那里。

把历史带进来，这绝对不是一个便宜的手法，这是非常大胆的做法。而金庸的大胆程度，我一贯只能用大魔术师哈里·胡迪尼（Harry Houdini）来形容他。

胡迪尼是个魔术师，但他是一个很不一样的魔术师，他最厉害的魔术并没有变出任何东西，而是把自己绑起来，把自己放在看起来是出不来的地方。他用手铐把自己的手反铐起来，然后用绳子绑着身体，放进一个外面用铁链锁住的箱子，再把这个箱子放到一个巨大的水族缸里，里面灌满了水。

你想想看，在那种情境下，胡迪尼在他被淹死之前只有非常有限的时间，他竟然就可以在这么短的时间之内，解开我们刚刚讲的层层束缚，然后我们看到他活着从这个水箱里逃了出来。

我们应该在脑袋里放着胡迪尼这种魔术师的形象，然后你再读《鹿鼎记》，你明白我们在看什么吗？我们在看金庸如何一层一层地把自己绑起来，竟然可以用这么高度的限制，还能写出这么精彩、这么活泼的一部小说来。

他把自己绑起来的第一层——我就照着历史书的内容写历史上的重大事件。他不在这里虚构，他不给自己任何自由，说我在这里掰一下，在那里混一下，他就是要写在史书上记录康熙这一朝发生哪些重要的事情：杀鳌拜，平定三藩之乱，签订《尼布楚条约》……这些大事完全依照原来的历史，就这样写，而且把这些大事写成小说故事里的主要情节。

他先这样把自己绑起来，然后他还要给自己更不自由的另外一个条件——他选择了一个主角，这个主角叫韦小宝。没有人不知道韦小宝是个什么人，只要读了前面的第一册，韦小宝的形象就跳出来了，因为你知道，从任何角度、任何标准来说，韦小宝不只不是大侠，而且不具备任何大侠的资质和条件。

韦小宝出生在扬州妓院（丽春院），他只知道妈妈是谁，甚至不知道爸爸是谁。所以他常常拿韦小宝这个名字来赌咒，他会说：我如果如何如何，我就不姓韦了。他心里就想说：我本来就不姓韦，我怎么知道我爸爸是谁呢？不姓韦就不姓韦。

更惊人的是，韦小宝如果叫人家妈妈，其实在心里就是在骂人家婊子。他是一个私生子，不知道爸爸是谁。他不识字，所以武功秘籍给他也没用。他还不像石破天，有那种天生的领悟能力，看到字会看到形，所以能破解武功秘籍。

韦小宝上场的时候，他是个小孩，十三四岁，完全不懂任何规矩，身上具备的最大本事，一个是逃，另外一个是骂人。除了骂人、用下三烂的打架手法，他没有任何能力。小说一开始，韦小宝遇到茅十八，他为什么能救茅十八？因为他不知道江湖规矩，他用他下三烂的手法。

还有，不要说他不是君子，这太抬举他了。他满口胡言，没有一句是真的，甚至不觉得人应该说真话。韦小宝在妓院里学到的最大本事就是说谎。

我们一般认为一个人身上最可怕的缺点，通通都集合在韦小宝身上。这真的已经很惊人了，因为你选择了一个主角，他一站出来的时候，跟任何其他的武侠小说包括在这之前金庸自己武侠小说的主角,都完完全全不一样。

想象一下,把郭靖和韦小宝摆在一起,那算什么回事?不然,张无忌呢?把张无忌和韦小宝摆在一起,能看吗?甚至连令狐冲,已经讲到了在《笑傲江湖》里他浮言浪行,可是令狐冲跟韦小宝还是有很大很大的差距。

金庸喜欢写武林中那种怪诞的人,这是武侠小说另外的一个传统,只不过过去武侠小说这种人都是配角,他们可以是重要的配角,但就只是配角。例如,怪诞的欧阳锋、黄药师,金庸也写得很精彩,可是非常清楚,那就是配角,主角不可能是这样的。

在这之前,主角的怪诞性顶多就写到令狐冲这样。虽然令狐冲不是一个规规矩矩的大侠,但和韦小宝放在一起,令狐冲的不守规矩根本不值一提。

金庸写过的主角当中最有可能可以跟韦小宝放在一起的,大概只有杨过。所以韦小宝是有来历的,之前有杨过,他们都没有任何礼法概念,刚上场的时候也都没有江湖认知,因此不会遵守江湖原则。

但韦小宝跟杨过仍然不一样。杨过到后来就脱胎换骨,变成了一个大侠,不只是他的武功,而且他的侠风、侠义都跟他刚刚上场的时候那种小乞丐、小瘪三完全不可同日而语。但金庸让韦小宝一路都是这个样子。

从旧派武侠里翻出新派武侠的金庸,他当然了解他在做什么,这意味着他断绝了、不让自己去写我们刚刚讲过的过去武侠小说的另外一种元素,就是大侠成长的故事。

杨过、张无忌甚至石破天,他们都有成长的经历,他们都遭遇很多稀奇古怪的事。那样的故事好看,也容易吸引读者。更重要的是,你就可以把原来不是一个大侠的人,让他逐步提高,变成值得人家崇拜、高高在上的大侠。

可是写《鹿鼎记》的时候，金庸也把这个拿掉了，这就等于哈里·胡迪尼又给自己多绑了一道绳子。他打定主意，我不写这个大侠怎样成长。虽然韦小宝一开始出来的时候是一个小孩，可是他从此基本上只有年岁增加，作为一个无赖小孩的个性部分，他是没有变化、没有发展的。韦小宝从头到尾并没有真正地成长起来，就维持原来那个样子，没有在这个过程中得到作为一个大侠最基本的素质、最基本的成分。

最重要，也是最奇特的，韦小宝一直维持着不会功夫、不学功夫。武功只是他的幌子，他的武功只有两种功能，一个是逃命，一个是拿来骗女孩子。

这样一个不会武功的人，我们真的不得不问，他怎么会在武侠小说里呢？照理讲，一个武功这么烂的人，在武侠小说里就只能够被分配到一个无足轻重的角色。但是，金庸确实让不会武功的韦小宝在这个小说里充当主角，而且他主角的分量、主角的身份让你完全无法怀疑。

他其实是去挑战这件事——"武侠小说的第一大元素不能没有武功"，但这个小说里武功基本上和主角无关。小说里出现了很多武功高强的人：陈近南武功高强，天地会的每一个人都身怀绝技，又出现了神龙教，甚至连在皇宫里的太监和皇太后都武功高强……这真的不可思议，皇太后这种角色住在皇宫里，怎么可能会是武林中人呢？一个老太监都有这种神功奇功。

可是，很抱歉，所有这些人在小说里都必须围绕着韦小宝，才能够发展他们所有的叙述。

这部武侠小说里有武功，有惊人、了不起的武功，有具备这些惊人、了不起武功的人。但是小说里最后要写这些大事，主导这些大事、完成这些大事，不是靠武功。

用这种方式分析，你就知道《鹿鼎记》有多难写。既然要有一个韦小宝插在这里，就让那些会打的人去打，有计谋的人去搞计谋。只是刚好他们在打打杀杀的时候，在费尽心计的时候，韦小宝就在旁边。意思是说，不小心韦小宝就被写成 accidental observer（偶然的观察者）。

每次发生事情，韦小宝不小心在场，他就看到了，他就记录了，那就变成什么呢？就变成福尔摩斯与华生医生关系里的华生医生了。华生医生就是这样，他通常没什么用，他通常给的建议都是错的，可他一直都在。他的用途就是让福尔摩斯说"华生，不是这样的"，或者是对华生说"你不要急，你的猜想是错的"。华生是一个错误示范。

华生一直跟着福尔摩斯，可是我们绝对不会把华生误以为主角，主角当然是福尔摩斯。我们在读小说《福尔摩斯》的时候，我们虽然知道这是华生的记录，所以我们才会有对福尔摩斯的认识和了解，可是我们认同的，我们紧张的，我们跟随着的都是福尔摩斯。

你要记得金庸他没有写成这样，他不只是让小说中最重要的成就都不是来自武功，而且都要和韦小宝有关。韦小宝还一路经历过所有这些大事。可是你有没有注意到，他经历的一件件大事，因为他在，所以使得事情有所改变；但是反过来，他自己却没有被这些大事改变，他一直维持他原来的样子。

还有另外一点，我们也必须要注意。前面讲到武侠小说另外一个重要元素，它要有善恶之分。武侠小说被写成了一个道德的天路历程，善恶不断地争斗，有的时候虽然恶一时盖过了善，恶不断折磨善，但是最后善一定要能够压过恶。

可是《鹿鼎记》里没有这样的东西，或者说这种 moral pilgrimage 不能运用到《鹿鼎记》这部小说上，因为这里没有一个善的主角，这个主角不是一个纯洁的白衣大侠。韦小宝从来没穿过白衣服，韦小宝永远都是过度华丽或过度破烂，而且他过度华丽比他过度破烂的时候要多得多。

这是一个什么样的故事？这是一个以武侠小说为外形，但是实质上在写我们很少看到、非常经典的一个反英雄的故事、反英雄的小说。反英雄是 anti-hero，anti 这个字头很重要，它就指出并不是说小说里没有英雄。没有英雄的小说很多，大部分的小说，尤其是纯文学的小说不会有英雄，可是那顶多是 non-hero（非英雄），那是非英雄的小说，而不是 anti-hero。

anti-hero novel（反英雄小说）必须要来自英雄小说，它采用了英雄小说的外表，但它实际上是要去嘲弄或挑战英雄的概念。反英雄小说是站在英雄小说的基础上才能够产生的，反英雄小说是要写给熟读英雄小说、熟视英雄的人。只有彻底了解英雄小说的人，才有本事、才有条件去写一部反英雄小说。

反英雄小说它最大的作用，就是借由看起来很英雄的东西、借用英雄小说的模式，但是将它扭曲、嘲弄、翻转、颠覆，最后逼着我们重新去想：到底什么是英雄？我们原来以为的英雄究竟是怎么一回事，是怎么来的？

《鹿鼎记》是一部不折不扣的反英雄小说，而且是反英雄小说中的经典。只有透过对武侠小说规矩的了解，看到金庸每天晚上坐在他自己的书桌前，那样去挑衅、去破坏这个巨大传统的用意，我们才能够进一步去思考，究竟读到了什么。

《鹿鼎记》用一种反英雄小说的角度去看，我们在阅读上可以有很不一样的思考。例如，容我问一个很简单的问题，武侠小说的阅读当中，我们最大的乐趣是什么？最大的乐趣是认同。我们喜欢这个大侠，认同这个大侠，把这个大侠当作自己的典范；甚至有的时候我们觉得跟这个大侠有非常亲密的关系，他代表着我们去征服罪恶、解救世界。

我们认同这个角色，这是武侠小说阅读上最大的乐趣。可是读《鹿鼎记》，我们的趣味到底在哪里？这是必须要很认真问的问题。如果《鹿鼎记》对你来说，是具备阅读上的乐趣，你就不得不问，你为什么喜欢读《鹿鼎记》？读《鹿鼎记》的过程中，你在乐什么？

油滑与天真并存

之前在阅读武侠小说、读金庸的小说，我们对这些小说留下了什么印象？你会记得《笑傲江湖》里，令狐冲遭遇了什么，做了一些什么事情；想起《倚天屠龙记》，你会想到倚天剑、屠龙刀，想到谢逊，想到张无忌，他们都做了什么事……

武侠小说阅读的核心是它的主角，那么多各种不同的角色，他们发生了什么事，他们做了什么。如果用这种方法的话，那么《鹿鼎记》我们就没办法读，或者说《鹿鼎记》依照它的设定是写不下去的。

之前讲到《鹿鼎记》的特色，里面有这么多的角色，个个都是武林高手，但是这些武林高手，没有任何一个人是真正的主角。他们一路跟随着韦小宝，可是韦小宝跟这些人不在同一个等级上，他的武功跟这些人都相差太多了，也就意味着如果凭武功，韦小宝怎么能够在这群人中做出什么特别的事呢？

金庸《鹿鼎记》的写法，也是我们从中得到的非常特殊的阅读乐趣，那就是我们读到的其实很大一部分是说的而不是做的，也就是武侠小说中主角做了什么与主角说了什么，这中间的 priority（重点）被翻转过来了。

本来武侠小说里说什么只是补充用的，因为我们不知道为什么而做，这需要解释，所以要说。可是在《鹿鼎记》里，却是做了什么、发生了什么，这只是材料，为的是让我们能看韦小宝到时候怎么说。

最精彩的、让所有事情能够发生的，都是韦小宝说了什么。

《鹿鼎记》一开场，韦小宝误打误撞，跟随着茅十八到了北京，进入宫中，这是真正故事的主体的出现。这里关键的事情是韦小宝杀了小桂子，然后不小心把海大富（海老公公）的眼睛给毒瞎了。为什么要这样设定？因为海大富看不见他，就只能听他说。

他假装自己是小桂子，然后开始说。海大富也在利用他，所以就叫他去跟人家赌，赌了之后再回来告诉海大富发生了什么事。

接下来韦小宝又遇到了皇帝（康熙），他跟康熙也是满口胡言。海老公公接着再查，到底这个冒牌的小桂子和康熙在干什么，他也只能依赖韦小宝一路告诉他。

这部小说基本上只要有事，就一定要有韦小宝的说法，而且韦小宝的说法比真实发生了什么事都要来得重要。有的事如果照着发生的方式被说出来，那没戏了，这小说写不下去，这个小说就结束了。

所有的东西都是依赖韦小宝的语言，这造成了我们读《鹿鼎记》的特别乐趣，我们其实是在读被韦小宝语言所带动的这种特殊的表演。韦小宝绝对是空前，当然不敢说绝后，在所有的小说、古今中外的小说里，他是最了不起的语言表演。

韦小宝的语言表演，大致分成几个方向：第一是看他怎么骂人，怎么发泄；第二是看他如何说谎；这两点又牵涉第三，那就是他如何运用说的，运用讲的，运用改写、描述、说谎来控制别人的情绪。

韦小宝最大的本事，他示范给我们看，然后我们跟着他得到了很大的乐趣，就是看他如何在一次又一次极端不利的情况下talk it through、talk it out（把它说出来）。

越是困难的处境，就越彰显了韦小宝没有别的本事。韦小宝有什么呢？他没有武功，金庸勉强给他设计了两样东西，随时要救他，一个是他的宝衣，一个是他的匕首。

当然了，宝衣和匕首，有的时候写到不太合理的地步，因为他的宝衣不止刀枪不入，后来好几次，就连别人了不起的神功"啪"的一掌打在他身上，他吐一口血又起来了。这个作用其实是保证让韦小宝打不死，把韦小宝卡通化。这就很像卡通里的顽皮豹，被压扁了，还能够再回来；或者是猫捉老鼠的过程中，猫从悬崖一路掉下去摔成了肉饼，一下子还是会回来。

在这方面，韦小宝有这种卡通性，但是关键的重点是，金庸常常设计到让韦小宝不利到就连宝衣和匕首都救不了他的程度，这个时候他要如何脱困？他就只能说。

他怎么说、他说什么，很大一部分依照当时临场究竟是谁在听他说话，他就决定采取什么姿态——高一点的姿态、低一点的姿态、圆滑一点的姿态、正气凛然的姿态，要有什么样的表情，要有什么样的反应，把这个话说得让人相信。

他一口谎言，但他谎言最大的特色——一路都能说服人，都有人会相信他。他的谎言一而再再而三地接受各式各样的考验，在各种不同的困境下帮助他找到脱困、解围的方法。

这种语言表演在这部小说中，比任何武功的打斗、武侠的成就都要来得重要，也就让我们在读小说的过程中，有很多的情节、很大的篇幅——乐趣都是从这里来的。

这样又产生了另外一个我们在阅读上不得不被逼着思考的问题。在《鹿鼎记》中，韦小宝的一张嘴比任何人的武功还要厉害，甚至比所有人的武功加起来都还要厉害。

你们看，次等人物以下就不要讲了，我们看顶层的这几个人，他那两个师父，一个是天地会的陈近南，一个是明朝的落难公主九难师太，还有神龙教洪教主、洪夫人，哪一个不是武功顶尖的人呢？这些武功顶尖的人，哪一个没有被他骗得团团转？还有，更进一步地评估，在小说里所有这些人哪一个做的事情比他更多？哪一个成就比他更高？

这是武功、武林的这一面，还有另外一面，我们看金庸在《鹿鼎记》里他怎么写康熙皇帝。

我们可以说这是在文的世界里最聪明的一个人，可是相对的，遇到了韦小宝，平常那样一个睿智、精明的人——十岁的时候看见鳌拜，立刻察觉鳌拜有问题；他十几岁的时候临朝了，朝中大臣都已经害怕他了——可是如果你仔细看，就会发现这是小说里一个完全矛盾的角色。

面对其他的人，康熙是最聪明的，但面对韦小宝，康熙却又是最笨的，他连怀疑都没怀疑过。他从来不知道韦小宝是干什么的，只是一而再再而三地称赞韦小宝，听韦小宝胡说八道，然后感谢韦小宝做的这些事情，一直不断地给他升官，让他拥有更大的权力去做更多的事。

如果说面对韦小宝，康熙有任何反思的话，惟一的反思只是洋洋得意地说，"你看韦小宝在外面做得成这种事情，如果换作我去做，我一定比韦小宝厉害，我也应该做得成"，在那里得到一种空洞、空虚的满足，康熙再笨不过。这么聪明的人，面对韦小宝却如此地笨！

整部小说里所有能够有成就的人，不管在聪明才智上还是武功上，没有一个人能够比得上韦小宝的一张嘴。这就完全将阅读的乐趣移转了。

所以再回到这个问题——我们到底在乐什么？我们认同韦小宝的成就，但那是什么成就？意味着你认同韦小宝满口胡言，所有的东西可以说得天花乱坠，因为这样就有很高的成就，是这样吗？

还是说，读《鹿鼎记》可以完全感觉不到一种认同的乐趣，却持续一直读下去，那不也很奇怪吗？如果你不认同韦小宝、不喜欢韦小宝，你怎么能够继续读下去呢？

我诚实地说，在读金庸小说的时候，会遇到让我读了不那么舒服的段落。举个例子来说，在《鹿鼎记》里，有一部分我不太喜欢，过去第一次读知道内容了，后来每一次重读，如果不需要很认真读的话，我就跳过去。那是哪一段呢？那是读的时候，让我觉得金庸犯了规的一段，即阿珂的那一段。

阿珂那一段为什么犯规呢？你想，你把韦小宝写成这么皮、这么油又这么坏的一个人，你要我怎么去感觉到韦小宝突然之间遇到了阿珂会变得如此痴情呢？所以这一段我一直都不喜欢。

然而因为有这样特别的机会，例如说不只是自己独乐、高兴，还要认真地来分析金庸为什么写，这个时候不得不读。

读了之后，就有了不同的领会，现在我会把阿珂这一段和陈圆圆联结在一起。为什么要写阿珂这一段？那就是用韦小宝在说明、在示范，为什么历史上记录陈圆圆有这么大的魅力——为什么吴三桂会被陈圆圆迷成这样，为什么李自成也会被她迷成这样，甚至还有那个不过就在赌场上碰到，因此为了陈圆圆就愿意在菜园里待上十几年的人。

金庸用韦小宝遇到了阿珂一事，再次告诉我们，这是因为我们没有看过真正的美色，那种美色会美到让你完全无法抗拒，那是超越善恶的。当陈圆圆美到那种地步，她做什么你都拿她没办法，就连韦小宝遇到了阿珂，这样一个无赖耷懒的人，对阿珂一点办法都没有。

回头讲，读《鹿鼎记》，我们认同的对象究竟是什么？我们得到的乐趣是从哪里来呢？

让我这样假定吧。第一个可能，我们仍然用以前读武侠小说的方式读《鹿鼎记》。所以我读《倚天屠龙记》，我认同张无忌；因此，原来你是在读《鹿鼎记》的过程中，你就认同了韦小宝，你把自己当成了韦小宝，所以在这里得到乐趣。

想想这个假定，真的愿意同意、愿意接受的人，恐怕不多。所以我就必须换成第二个假定，试着为大家解释你到底在《鹿鼎记》里读了什么，那就是我们并不是认同韦小宝的行为。韦小宝不是一个大侠，我们也不可能认同他从妓院里带出来的那套价值观。

我们还能认同什么呢？那是这背后更深刻的一种情境，就是一个手无寸铁的真正处于彻底、绝对劣势的一个 underdog（弱狗），他如何 put it through（开挂人生）。而且这个 underdog 一路在条件上都是最劣势的，却能够一而再再而三地化解危难，让自己脱身。虽然有一部分来自运气，但更大的一部分靠他的机智。

我们在读韦小宝这些经历的时候，很有可能一部分的乐趣就来自我们想象或许我们也会碰到如此过瘾的事。什么样的事情呢？被老板叫到办公室，问你说：三天了，这个货该到，为什么没有到？你发生了什么事？你去哪里了？你把时间花到哪里？你忘了这件事吗？

可是设想一下，你眼睛一转，讲出一番话来。讲到后来，本来怒气冲冲的老板流下眼泪抱着你说：这家公司幸好有你，有你这个人多好，我们多幸运……

其实我们心里多多少少都闪过这种 everyday drama（日常情景），我们认同的是韦小宝有这样一种特质，跟我们其实是类似的。像韦小宝在少林寺里跟澄观两个人之间的这种对比，澄观永远想的是练个十年可以练好这个，练完了再练下一个，总共这样练三十年就可以练完。

这像我们一般的思考方式吗？难道我们遇到了问题，可以一天到晚就回头想：如果三十年前我就开始这样做，如果十年前我就不要把时间花在这里，而花在别的地方……这不可能的，这种东西想的都是空的。

我们比较可能的想法不就是韦小宝式吗？可不可以现在、当下，让我三天当中就可以逆转这个情况？当我们在这种不利的状态下，我们会有幻想。幻想是切身的，那就是我身上突然多了一种本事，让我在如此劣势的情况下，不用害怕，不用紧张，可以战胜一切困难。

我们认同韦小宝，是认同他作为一个无能的底层小人物，但是他有这样奇特的本事，还有这种"幸运"的遭遇。那个也不完全是幸运，好像有一些个人可以控制，是韦小宝自己创造出来的。这一部分至少说明了我们和《鹿鼎记》之间的阅读关系。

再换另外一个角度来看，我们更要佩服金庸，因为还有一部分的阅读乐趣是金庸特别设计出来的。虽然韦小宝是这样一个猥琐、爱钱、好赌，身上挤满了各种缺点的人，然而金庸知道要让你能够读下去，必须有一些点，韦小宝要给你足够的理由，不会让你停下来。也就是说韦小宝身上还是要有一些特质，在特殊的情况下仍旧呼应了原来武侠小说的根本价值。

韦小宝身上有这么多的缺点，可是从一开始遇到了茅十八，他就非救茅十八不可。在他所有的缺点里有一个最根本的缺点，一次又一次把他带到几乎没有路可以走的这种困境当中，逼着他只能用语言表演来想办法脱困。这是什么缺点呢？那就是他自不量力。可是他自不量力常常不是为了自己，而是为了一种非常素朴、天真到很傻的义气。

听起来，正因为他不识字，很多事情他不懂，他不会去怀疑，所以韦小宝坏。可是韦小宝在某些事情上没有那么多的算计。虽然他也有很多的算计，可是他的算计是会在关键的情况下突然之间通通消失了，以至于把自己丢进一个最糟糕的环境下。

金庸把韦小宝这么一个有很多缺点的人放在这里，完成了这么多的事，他还是继续那么坏。可是在这个过程中，他让你感觉到，你和韦小宝这个人中间，你不会被他得罪。

一方面，是因为他那么聪明。他骗人，最重要的是他骗得了。看他骗人我们会私下一直偷偷地点头，为什么呢？因为我们期待，你要骗就真的骗聪明一点。最后我们被他说服了，韦小宝借由东讲西讲、东演西演，他真的就骗过了所有的人。我们就随着韦小宝而得到了一种胜利、过瘾的感觉。

另一方面，金庸让韦小宝一直有一种没有真正消失的天真，这份天真会在奇特的时候跑出来。

例如，他一边很爱钱，绝对没有说我不爱钱、钱不重要，这跟韦小宝完全不搭，他爱钱爱得不得了。可是，同时他又慷慨得不得了，所以这就让他有特别的本事和机会。

一方面爱钱，所以口袋里动不动四十万两银子。但另一面他非常慷慨，所以他随时钱一撒，就经常可以 by his own way（自行其是），借着钱买到自己脱身的空间。也就是说，韦小宝并不像我们在阅读过程中（如果不认真去追究的话），以为的那样单纯。

韦小宝具体有两面，他一面是违背、挑衅了我们的基本道德观念，这让你作为一个读者跟韦小宝这个角色有距离，也会让你讨厌他。可是如果他只有这一面，韦小宝就会变成反派人物，就不能成为小说主角，这部小说也不会是武侠迷看得下去的。所以必须有另一面，让韦小宝是光明的，让韦小宝令我们安心，让我们觉得不需要把他看作一个坏人——他不坏，或者说他没有那么坏。这两面必须被结合在一起。

正因为金庸把这两面结合得太好了，以至于一路读下去，我们往往就忘记了韦小宝其实有这样的两面。所以接下来的一个问题就是，金庸怎么写的？怎么能够在韦小宝身上把这两面结合得这么好呢？

金庸让韦小宝在妓院里出生，这个背景非常重要，对韦小宝的个性有着充分的解释力。另外一个，这种环境养成了韦小宝好赌的特性，而韦小宝好赌的这种特性，是把韦小宝光明和黑暗结合在一起的一个最重要的技法。

韦小宝好胜，所以他赌博的时候会作弊，我们会看到他坏的这一面。可是另一面，他因为好赌，赌性很强，以至于他常常把遭遇的一切都视为赌局。既然是赌局，就有不可控制的一面，所以韦小宝常常会豁出去，豁出去就赌吧。

例如，我们看到，他遇到了西藏桑结喇嘛的时候，他其实没有任何赢的机会。可是他就赌一下，赌桑结不会把刀砍到他脑袋上。只要不砍在他脑袋上，他身上穿着宝衣，这个时候他就赢了；但是如果桑结把刀对着他的脑袋，那他脑袋就没了，他命也就没了，他就输了。

这是性命，可是即使面对性命，他都有这样的一种赌性。当有办法的时候，他就拼命作弊；可是到没有办法的时候，他也就会有这样的一种豁达：算了，就赌吧，愿赌服输。

因此就产生了韦小宝的迷人之处，让我们不太容易讨厌他的这两种特质。一种特质，因为他爱赌，赌有输赢，有输也有赢，所以韦小宝在看待事情的时候永远都有一种乐观。即使状况再怎么糟糕，韦小宝从来不会真正沮丧，只要一想到赌，用赌来看待，这个时候，不管这个概率是多少，赌赢的机会总是有的。

韦小宝还有另一种特质，即他不算计的那一面。到了一定程度，他就押上去，就放在那里，看看会发生什么事情。这是一种潇洒，一种豁达。

虽然当我们讲潇洒、豁达这样的形容词时，感觉好像跟韦小宝搭不上，但是在小说里，的的确确，金庸是这样写韦小宝的个性的。而且韦小宝的这种豁达、潇洒，很多时候也不是为了自己，他是只要到了这个状况，别无其他方法可想，那就算了，就赌上去。

在韦小宝这样无赖、怠懒的个性背后，其实金庸给他藏了一根骨干，这根骨干是"知其不可而为之"。在这上面，他其实还是延续着跟令狐冲类似的地方，有的时候傻乎乎的，一部分出自无知，一部分出自冲动。他也就会把自己搞到那种没办法的处境里，没办法就算了，反正就是赌。而且既然要赌，那就愿赌服输。当他有这样潇洒、豁达的时候，我们就会认同他，虽然过一阵子他又开始说谎，他又开始演。

但是他说谎、他演，有的时候是因为他真正不得已。他把自己像令狐冲一样弄到一种极端狼狈的状态下，我们就能够原谅、同情、认同他。就算后来他又做了一些坏事，我们离开他，冷眼看他还能搞出什么，可是我们的注意力不会离开韦小宝，我们会一直不断地关心他、担心他接着会遭遇什么，他又如何在完全没有武功的情况下从困境中解脱出来。这就是金庸的功力。

纯熟的小说技艺示范

《鹿鼎记》有一个清楚的结构，那是完全按照清史事件建构起来的：从康熙帝亲政开始，接着杀鳌拜，然后插写一个跟顺治帝有关也是清初历史的重要疑案。那时有传言说顺治皇帝其实并没有死，而是为了董鄂妃去五台山当和尚。康熙帝为此去寻找他的父亲顺治帝，于是金庸就把这一桩清初疑案写了进去。

接着是两个大的事件平行变化发展，历史分成两头。可是在

《鹿鼎记》中就不只这两条线，因为还要联结插写其他武林的事情。在结构上来看，一件事是跟天地会和台湾有关。郑成功死后，郑克塽、冯锡范、陈近南等人又秘密地在大陆搞各种活动。还有另一件事，是跟平西王吴三桂有关，也就是后来如何发生三藩之乱，又如何平定三藩之乱。

这两条线（台湾和三藩之乱）解决之后，再接下来还有个大事的背景，那就拉扯到了俄罗斯。这是康熙朝要跟欧洲国家的政府开始打交道，那是1648年欧洲《威斯特伐利亚和约》所开创出来的新国际秩序，中国跟这样一个新国际秩序中的欧洲国家俄罗斯签了第一份正式的外交条约《尼布楚条约》。

《鹿鼎记》基本上按照这个结构展开，不过在大结构之外，我们可以稍微细腻一点去探讨，那就是《鹿鼎记》用什么样的节奏去写。

《鹿鼎记》的节奏十分巧妙。掌握节奏，这当然不是金庸到这个时候才学会的，金庸本来就擅长掌握武侠小说中的节奏，只不过这种节奏掌握到《鹿鼎记》这样的程度，这是之前金庸小说从来没有过的。

节奏有两种，一种是松紧，一种是快慢。用这种小说技法上的观念，看金庸如何处理节奏，我们可以真的分析到非常细腻的地步，你会更了解金庸在小说写作上有多么了不起。

这部武侠小说不断地给你惊讶，如果你要去跟别人讲《鹿鼎记》的情节，其实在转述的过程中，你自己常常讲一讲都会觉得这好像不太可信，讲起来这个情节、这个变化好像蛮荒唐的。可是倒过来，你会不会觉得：奇怪了，我在读《鹿鼎记》的时候，为什么没有觉得荒唐、不可信呢？那就是因为金庸布了这个局，而你进到了金庸所布的局里。

金庸布的局非常重要，靠的就是节奏，也就是意味着他有一个基本的掌握。遇到了突兀的变化,他就用慢的节奏写。他把节奏放慢,干吗呢?让读者有足够的空间去接受这件事情。然而慢的节奏写多了,读者就会失去对整件事情的整体感受,所以这个时候他就会加快节奏。这是快慢之别。

另外还有松紧。跟剧情、跟后面情节的变化有关者,他会写得很紧,这是要让事情不断地发生。可是事情一直发生会让我们看得眼花缭乱,看得我们也挺累,这个时候金庸就放松。松是什么呢?这个时候没什么大不了的事。虽然没什么大不了的事,但这是金庸另外的本事,他却能够在里面填入很多的内容,包括一些细腻好玩的跑野马的内容。

在金庸所有的武侠小说中,没有任何一部小说可以像《鹿鼎记》经得起我们用这种方式做节奏上进一步的解释与分析。我们光是看开头,开头先是黄梨洲、顾亭林上场,让这两位明末清初最重要的文人上场之后,接着写明史案、文字狱。这看起来真的不像武侠小说。除了对话,我们甚至不觉得他在写历史小说,看起来就是在讲一个真实的历史事件。

引诱我们带着这样一种疑惑的心情进入小说之后,到了第二回,他就开始让你安心了。不能一直把你吊在那里,否则你就不想看了,就是要让你安心。安什么心呢?武侠小说的写法回来了,最重要就是那个节奏。

丽春院一开始就来了盐枭,然后有人来寻仇闹事,这样出现了茅十八。从茅十八牵出去,一路就开打。先在丽春院打了一段,然后再回顾过往,原来茅十八到丽春院之前就已经受伤了。在这之前,用快速的倒叙交代说,茅十八为了逃狱,他先打了一场;逃狱了之后,跑到丽春院,莫名其妙再打了一场,而且打得遍体鳞伤。茅十八虽受伤,他还要去跟人家决斗,跑到了北京的德胜山上去赴生死之约。

这些都是传统武侠小说的写法，不断地有事件，而且事件跟打斗决斗有关。不过和传统的武侠小说写法有一个不一样的地方，莫名其妙，不太对劲，就是多了这个小孩。十二三岁的丽春院妓院里的这个小孩一路跟在旁边，一路在捣蛋。可是，他捣蛋竟然有效果，靠着非常不入流的手法捣蛋，竟然还救了茅十八。

这个就是用快的节奏来写的。可是快的节奏写到这里，就又慢下来。因为太多事情了，所以要慢。接下来，故事要从扬州拉到北京，这一段写得又松又慢。它插了一段情节，他们在路上碰到了云南沐王府姓白的人。

韦小宝说，这个姓白的原来是一个吃白食的，茅十八就特别告诫他：姓白的就是姓白的，你不能因为人家姓白就说他吃白食，"他们姓白的，在云南沐王府中可大大的了不起哪。刘、白、方、苏，是云南沐王府的四大家将"。

韦小宝还是不当一回事："什么三大家将、四大家将？沐王府又是什么鬼东西？"茅十八不准他这样讲，说："你口里干净些成不成？江湖之上，提起沐王府，无不佩服得五体投地，什么鬼不鬼的？"到这里他才解释："当年明太祖起兵反元，沐王爷沐英立有大功，平服云南，太祖封他沐家永镇云南，死后封为什么王，子孙代代，世袭什么国公。"

这是一段历史，但关键是到这里，韦小宝一拍马鞍："原来云南沐王府什么的，是沐英沐王爷家里。"讲得真的好熟。然后他还怪茅十八："你老说云南沐王府，说得不清不楚，要是早说沐英沐王爷，我哪还有不知道的？沐王爷早死了几千年啦，你也不用这么害怕。"

茅十八就说："什么几千年？胡说八道。"韦小宝说："啊，这位沐天波老爷，原来就是《英烈传》中沐英的子孙。沐王爷勇不可当，是太祖皇帝的爱将，这个我知道得不想再知道啦。"他为什么知道呢？因为他听说书的讲过。

再接下来对照很好玩。茅十八他是个草莽英雄，对明朝开国史实一窍不通，甚至徐达、常遇春的名字虽听过，但也不知道他们是什么六王，还有四个什么其他的王。可是韦小宝却在扬州的茶坊里把这部《英烈传》听得滚瓜烂熟。那个时候明亡未久，人心思旧，却又不敢公然谈论反清复明的事情，所以茶坊里说书先生讲明朝故事，听客最爱听的就是这部敷演明朝开国、驱逐鞑虏的《英烈传》。

韦小宝熟，所以他开始转述，讲说沐王爷沐英如何帮明太祖打天下。干吗讲沐英的故事给茅十八听？一方面是让我们读者知道沐王府的来历。可是讲了好多，远超过单纯交代沐王府背景的功能，可是我们看了却不会腻，为什么呢？因为他就用松的方式写，松有松的乐趣。

比如说，他就讲一支箭连穿十名将军，说"沐王爷眼见得达里麻张开血盆大口，又要大叫，于是弯弓搭箭，飕的一箭，便向达里麻口中射去。沐王爷的箭法百步穿杨，千步穿口"，这是韦小宝自己发明的，"这一箭呼呼风响，横过了江面，直向达里麻的大嘴射到。那达里麻也是英雄好汉，眼见这箭来得势道好凶，急忙低头，避了开去。只听得后军齐声呐喊：'不好了！'达里麻回头一看……这一箭连穿十名将军，从第一名将军胸口射进，背后出来，又射入了第二名将军胸口，一共穿了十人"。

故事讲到这里，还要再加这一段："也算达里麻命不该绝，第一箭正中他的左眼，仰后便倒，第二箭、第三箭又接连射死了鞑子八名大将。"这个元朝的军人，蒙古人，他们身上多毛，明军叫他们毛兵毛将。"沐王爷连射三箭，射死了一十八员毛将，这叫做'沐王爷隔江大战，三箭射死毛十八！'"

他在跟茅十八讲故事，茅十八一听："什么？""沐王爷隔江射死毛十八!"这个时候,韦小宝自己都忍不住笑了出来。茅十八才明白,说你这是拐着弯骂我、讲我。

这就是松的写法,这里面没有发生任何事情,可是我们看着觉得好有趣,韦小宝竟然能够拐弯抹角发明这种故事,用这种方式骂茅十八。

韦小宝还没完,讲了一堆沐王爷过江的故事,又说这一仗元兵大败,溺死在江中的不计其数。江中的王八,指的是乌龟,乌龟王八吃了不少长毛元兵的尸首,从此之后江里的王八身上都有毛。这种王八就叫做毛王八,那是别处所没有的。

他叫茅十八,但是这个时候,韦小宝说故事,一说就说出了一个江里的毛王八。茅十八还真为难,哼了一声,一方面觉得他应该又是拐着弯在骂我,骂我是毛王八,可是又不敢确定,说不定真的在沐王爷说书的故事里,云南江里有毛王八,谁知道呢?你看,这就是松,松就带来了另外一种乐趣。

接着到了北京城,他们在路上被打了,然后被海老公公抓到宫里去。节奏立刻又变了,开始变快,而且变得非常快。茅十八跟韦小宝被抓到宫里,再然后是韦小宝误打误撞,逮到了机会,用药把海老公公弄瞎了,又把小桂子杀了,他就只好冒充小桂子。

剧情的转折非常快,转到哪里去呢?转到韦小宝遇见了康熙皇帝。康熙在《鹿鼎记》上场的时候,不叫康熙,叫小玄子。接在前头的快节奏、多事件之后,金庸又要松一下,让我们休息一会儿。

这个时候他就要用到他角色的设定——韦小宝,扬州妓院丽春院出生。跟他的出生有关的是海老公公叫他练习掷色子,要他去赌钱,教他怎么赌。后面金庸还补一段知识,让我们知道,说掷色子作弊有灌铅的、有灌铁的,这两种作弊有不同的手法,以及怎么个不同法。

海老公公就让韦小宝刻意跟宫里其他太监掷色子去赌，因此跟温家兄弟赌钱，用这种方式吊温家兄弟，这是松的部分。然后才引到韦小宝去偷吃点心，遇到了小玄子，跟小玄子打架。

这一段金庸仍然很有耐心，慢慢来。两个人在这里打一打，各自回去找师父。不过虽然慢，却有它的紧张。紧张指的是什么？因为有 suspense（悬念），有好几条线拉着在这里。

第一条线，海老公公跟韦小宝之间的关系。海老公公教韦小宝武功，让他去跟皇帝打架，可是在这个过程中，读者隐隐约约地感觉到，这个海老公公虽然瞎了，但他不应该那么好骗，不应该不知道韦小宝不是小桂子。这是一条 suspense 悬在那里——海老公公知道还是不知道？

第二条线，海老公公为什么一直教他武功，去跟小玄子斗？我们又知道，因为小玄子的师父太奇怪了。皇帝怎么会在宫里练武功？谁教他的？海老公公海大富就想尽办法，要套出康熙背后的师父究竟是谁。这是另外一条悬在那里的 suspense。

两个人打啊打，接下来关键的一场，韦小宝到了尚书房，本来要偷书——海大富让他赌钱赌输，为的就是要去偷《四十二章经》。在这部小说里《四十二章经》当然非常关键，然而，这趣味就来了，让韦小宝去偷书，还真麻烦。他假装小桂子的身份，所以他不敢说他不识字。幸好听说偷《四十二章经》。好险，要不然就一定穿帮了。

"四十二"他认得，这几个数字他知道。他就想，我到尚书房里看到《四十二章经》，把它拿出来就好了。一去，完了，书房真的就是书房，都是书，从何找起？他总共也就只认得四十二这几个字，要在这么多书里把四十二找到，太困难了。

然后就在那里从松到紧，也就在这里要从慢再转快，因为他发现了跟他打架的这个小玄子原来就是皇帝。康熙皇帝在尚书房里,不是他自己一个人,鳌拜也在。误打误撞,韦小宝必须献身,挡在康熙与鳌拜中间。于是叙事又变快了,康熙因为鳌拜嚣张的关系,就联络了韦小宝,找了这些小太监拉手拉脚练摔跤,抓了鳌拜,接着要杀鳌拜。

从这一大段来看,它都是快板,都是快节奏,一直有事件,直到鳌拜之死。中间有一个小插曲,把这个快的节奏给稳住,让它稍微慢一点。鳌拜被抓之后,皇帝赏赐韦小宝,命韦小宝和索额图去抄鳌拜的家。抄家的过程当中叙述变松了。

这个叙事表面上看起来,与正在快速进行当中的事件和时间是无关的,是插写的,可是这里很重要的作用是要表明金庸对官场、对政治的观察。另外一件事情,这是长的大伏笔。也就是要在抄家的过程中,让韦小宝得到宝衣和匕首,凭着宝衣和匕首,韦小宝后来才能不练武功也能活着。

这一段写得松,是为了表现历史小说的这一面,因为金庸要写社会,尤其是官场,用非常具体而夸张的方式写什么叫官场。

索额图的每一个想法都是做官的想法。他首先想的是:皇帝为什么要派这个人跟我一起去抄家?意义何在?接着他所想到的答案是,这个人是来监视我的。这是官场上首先必须要有的警觉。表面上说皇帝叫他去帮助你,不可能真的来帮助你,一定是来监督你的。

索额图其次想的是:另外,这个人有功于皇帝,所以他来我该怎么对付他?我不能够压他,因为我不知道他跟皇帝之间关系到底有多亲近。那怎么办呢?我就收买他,贿赂他。怎么收买?这是有手法的。这个手法就是算算算,从两百多万两中抹去一百万两再呈给皇上,报上去的就只剩下一百多万两。抹下来的一百万两,二一添作五,你一半我一半,于是韦小宝突然之间就多了五十万两。

索额图想的还有：用这种方式收买还不够，还要再细腻一点。怎么再细腻一点？我们两个人各拿出五万两来赏周围那些人，这是见者有份，免得人家去告密。你看，这是用戏剧性但细微的方式在观察官场，或者是分析官场。

在《鹿鼎记》中，一直到杀鳌拜，不断有事件发生。前面是政治面的快节奏，然后又转回武侠面的快节奏。武侠面的快节奏就是鳌拜被抓了之后，前面铺的那一条 suspense（悬念）这个时候有了答案。这时候我们明白了，海大富早就知道韦小宝不是小桂子，所以他要收拾韦小宝，告诉韦小宝说你中毒了，你活不久了。

接着在慈宁宫后花园，而且是皇太后的后花园，发生了惊天动地的夜间戏。这夜里最关键的大事，就是顺治皇帝身边的人出现了。这个时候顺治皇帝还没死，但是他出家了。海大富奉了顺治皇帝的命令，回到紫禁城，回到北京来，就是为了查明顺治皇帝念兹在兹的事情——董鄂妃的死因。

董鄂妃到底是怎么死的，海大富查明之后，奉命要去惩罚、诛杀害死董鄂妃的人，害死董鄂妃的就是当今的皇太后。这是了不起的大事，它还需要有一个牵连，牵连什么呢？我们现在知道了，这个小说最难写的地方是韦小宝必须要在场。

韦小宝怎么在场呢？于是又牵出了另外一条线，在这里金庸写了这部小说当中韦小宝遇到的第一个女生，那便是宫女蕊初。他因为看到了蕊初，动了色心，所以就要拿皇帝那里的点心给蕊初吃，才会在后花园有约。他们约到后花园，因而就撞见了海大富和皇太后的对决。

在对决的过程当中，小说写到这里，非常重要的角色海大富就死了，他被消灭了，就产生了另外一大疑惑——怎么会有武功这么强的一个皇太后？这个人应该是一个武林人物，武林人物才可能有这么强的武功。武林人物怎么会跑到皇宫里？更进一步，一层一层吊我们胃口，接下来发现，皇太后不只武功很强，她竟然还有师兄师妹。原来皇太后是神龙教的人。

你看，光是安排这样一个皇太后，金庸拖了多长？这样一路变化，一路发展。

我们只不过拿开头的这一小段作为示范，让大家了解什么叫做金庸写的节奏变化，怎么样有松有紧，又如何有快有慢，而且彼此交互作用。

如果大家有兴趣的话，可以把这样的一个节奏概念一直放在心上，重新再读一次《鹿鼎记》，然后去看金庸如何运用节奏的变化牵住我们，一方面让我们进入这个情节和情绪中，一方面说服、勾引、诱惑我们相信很多难以相信的情节。在这里，他创造了我们阅读的巨大乐趣，同时他示范了一个小说家在小说的技法上多么纯熟。

回到武侠起点，"重写"《书剑恩仇录》

金庸武侠小说的创作，有着非常奇特的历程，它有明确的开端，也有明确的结尾。为什么说这样就叫做奇特呢？因为绝大部分的作者不是这样的。

大部分的作者，他的开端要经过很多的练习，写了一些不成熟、青涩的作品，可能在那个练习的过程中也没有办法发表，必须要经过很多模仿、学习、被退稿，然后慢慢一点一点突破，才开始有了像样的作品。面对这样的作者，我们很难说他写作的开端是哪一篇，是从哪里开始的。金庸不是，他的开端非常非常明确，就是《书剑恩仇录》。《书剑恩仇录》一写，金庸就在报上连载，就这样写出了非常成熟的武侠小说。

另外，绝大部分的作家写着写着，创造力慢慢衰退，越写越没办法突破，遇到了一两个瓶颈，江郎才尽。勉强写了，偶尔灵光一现，回到原来的状况。所以那样的写作生涯一定有一段是拖长的，甚至有的人到了去世之后，还有遗稿在生前没有发表，我们都很难说什么状态、什么时候是他的创作终结。金庸不是，金庸在这上面更特别，他有一个非常明确的终点，这就是《鹿鼎记》。

《鹿鼎记》不只是他写完的最后一部长篇武侠小说作品，而且更特别的是，《鹿鼎记》在写的时候，金庸大致就已经意识到这是他的最后一部作品。他的开头虽然有点误打误撞，他的结尾却是他自己非常明确的选择、决定，竟然也就没有改变。在这一点上，金庸真的非常特别，因为他自己选择要如何结束武侠小说的写作生涯，所以他所选择的结束不可能是意外。

我们可以这样讲，他怎么开始就怎么结束。他的起点是《书剑恩仇录》，写的是清初的故事。主角陈家洛是红花会的领袖，跟陈家洛对应的还有另外一个主角、关键的人物乾隆，这本书写的就是大清统治者乾隆皇帝跟红花会之间的关系。

《书剑恩仇录》小说中最重要的悬念是乾隆的真实身份。在血缘上他是一个汉人，陈家洛和红花会就想了各种不同方法，试图策反乾隆，让他变成汉人皇帝，借这个机会把满人赶走。

到了金庸武侠小说结尾的时候，重新回到这个故事上，他明确重写了开头的故事。《鹿鼎记》写谁呢？换了一个皇帝，写的是康熙。他开头写乾隆，结尾写康熙。

最重要的一个联系是，陈家洛因为红花会产生了和乾隆这样的关系，而在《鹿鼎记》里，金庸明白地写天地会，而红花会和天地会基本上是同一回事。

金庸历史学得非常清楚，他不会搞错的。到了乾隆，也就是时间更晚了，离明朝灭亡的时间更久了，这个反清复明组织经过各种不同的转折变化。其中重要的变化是天地会太有名了，天地会被围捕、被追杀，以至于到后来不得不改名为红花会，把天地会这三个字都隐了。红花会就是天地会。

《鹿鼎记》里表面上看起来没有红花会，可是这中间却有一个明确的联系。《鹿鼎记》当中有一段是陈近南收了韦小宝当徒弟，教他一件事。

陈近南说："北京天桥有一个卖膏药的老头儿，姓徐。别人卖膏药的旗子上，膏药都是黑色的，这徐老儿的膏药却是一半红，一半青。"

陈近南就交代韦小宝："你有要事跟我联络，到天桥去找徐老儿便是。你问他：'有没有清恶毒、使盲眼复明的清毒复明膏药？'"这是他们要反清复明意识形态的一个反射。"他说：'有是有，价钱太贵，要三两黄金、三两白银。'你说：'五两黄金、五两白银卖不卖？'他便知道你是谁了。"

韦小宝在这里就要插嘴，他说："人家货价三两，你却还价五两，天下哪有这样的事？"

于是陈近南就跟他解释：这是担心误打误撞，万一真的有人跑来，莫名其妙要买清毒复明的药，你要确认这个人是真的买药，还是会里面的兄弟。陈近南接着说："他一听你还价黄金五两、白银五两，便问：'为什么价钱这样贵？'你说：'不贵，不贵，只要当真复得了明，便给你做牛做马，也是不贵。'他便说：'地振高冈，一派溪山千古秀。'你说：'门朝大海，三河合水万年流。'他又问：'红花亭畔哪一堂？'你说：'青木堂。'他问：'堂上烧几炷香？'你说：'五炷香！'烧五炷香的便是香主。他是本会青木堂的兄弟，属你该管，你有什么事，可以交他办。"

看，关键就在这里——他又问："红花亭畔哪一堂？"你说："青木堂。"韦小宝这时候是青木堂堂主，在这个地方特别把"红花"标识在这里,就是要告诉我们后来天地会为什么会改名叫红花会。这个时候,"红花"早就在这里,这是来自明朝洪武皇帝,这个"洪(红)"就留在天地会里,作为明朝的另外一个象征。

开头的时候金庸写《书剑恩仇录》,写红花会和乾隆之间的关系;结束的时候他写《鹿鼎记》,写天地会和康熙之间的关系,有头有尾。这一头一尾其实只隔了十几年的时间,但是我们就清楚看到金庸的变化。

在《书剑恩仇录》里,一边是乾隆皇帝,一边是红花会的领袖陈家洛;到了《鹿鼎记》,一边是康熙皇帝,一边是天地会的领袖陈近南(陈永华)。陈家洛就是《书剑恩仇录》的主角,但是陈近南却不是《鹿鼎记》的主角,关键就在于金庸的写法大幅地改变了。到了《鹿鼎记》里,主角是谁?主角是韦小宝。你翻遍了《书剑恩仇录》,这是你找不到的一个角色。

这十几年来,最重要的是,金庸到了要停笔的时候,他的小说里长出了开头绝对不会有的一种东西,那就叫做"不像主角的主角",甚至可以说是"不应该当主角的主角"。而且我们可以用这个主题去回头整理十几年当中,有脉络可循的金庸武侠小说所发展出来的这个最大的特色,也就是靠这一点,让金庸写了其他人都写不出的这种小说。

不应该当主角的主角是怎么来的?是怎么演变的?首先,最早出现的是《神雕侠侣》里的杨过。相对地,郭靖是个苦命的孩子,他妈妈逃过了杀劫,在蒙古生下他,但郭靖一生下来就有那种素朴的正义感,也就是说他本来就是一个大侠的材料。

但是到了《神雕侠侣》,金庸就写了一个本来并不具备大侠材料的杨过,他身上背负着原罪,那就是一个坏胚子,那是坏的遗传——他的爸爸是杨康,是一个恶人、坏人。他上场的时候是个小乞丐,关键不在于他是乞丐这个身份,而是上场的时候他的心态、他的个性。那是脱胎于鲁迅的《阿Q正传》，那种阿Q精神，满脑子狡猾邪恶的念头，这是杨过。

不过，在《神雕侠侣》里，金庸用这种方式来写杨过，他却借此写了一个感人的过程，也是这部小说最迷人的地方，我们可以把它称为"爱情万能论"。即使有这样的遗传，用这种方式开始他的生命，杨过后来还是成了一个大侠。为什么呢？因为有他和小龙女之间的爱情。为情执着这件事情，修正、改变了原来开端不应该是大侠、不能够成为英雄的这种基础。

接下来，在《连城诀》里看到了狄云，这是另一个不像主角的主角。乡巴佬，土得不得了，武功烂得不得了，因为师父根本就没有打算要教他。然后是复制了《基督山恩仇记》，被关在牢里，一路一直被冤枉，他才学到了神功，他才在江湖上行走，这是狄云。

在这方面，另外一个非常突出的角色，那是《侠客行》中的石破天，他也是一个小乞丐。小乞丐肚子饿了，去抢烧饼，吃到了玄铁令，开始了所有的故事。石破天不像大侠，也不是个书生，你看从头到尾他不识字，没有侠客应该具备的一种涵养。他能够解读《侠客行》的武侠秘诀，就在于他不识字。他最不像大侠的一项条件，却误打误撞让他超越所有其他的人、所有其他的大侠。

再接下来，到了《天龙八部》，还有段誉。段誉从一个角度来看，好像跟石破天是截然相反，但其实是一体两面。段誉和石破天闯荡江湖，一样都没有武功。没武功要如何闯荡江湖呢？段誉为什么没有武功？跟石破天刚好相反，他不是不识字，而是他识字，而且他读书读得太多了。

读书，不只读书，而且入迷；不只入迷，而且相信书中所说的道理，以至于他跟不识字的石破天到后来一样，都是傻子。一个因为没有读书，所以傻；一个没好到哪里去，因为读太多书，所以傻。

这都是不应该作为主角的主角,因为他们不具备可以闯荡江湖的基本条件,也就是过去所有的武侠小说中让读者立即就能够辨识出他们都没有作为侠的性格和条件。这是这几个角色共同的特色。

金庸刚开始写武侠小说,像他写陈家洛,陈家洛一上场就已经具备了所有大侠应该具备的条件。到了《碧血剑》,写袁承志,那就更仔细了,小说里完整地交代了他如何开发自己作为侠的好的遗传。因为他是袁崇焕的儿子,所以经过努力,加上一些特别的遭遇,他也就顺理成章变成了一个侠。

可是到了写郭靖,我们明确地感觉到金庸已经对这样的写法开始烦腻了。他烦腻了这种传统的写法——具备侠的特质,在对的情况下就变成了侠。我们可以说这种叫做顺向的故事,金庸没有耐心写这种顺向的故事。

从杨过开始,他转而写逆向的故事,不是 because of(因为),而是 in spite of(尽管)——并不是因为这样因为那样就变成了侠,而是即使这样即使那样,竟然还变成了一个侠。这是不一样的逆向故事的说法。

武侠小说作为类型,要让人读得顺,容易读,这种顺向是本来基本的写法。但金庸他要写 in spite of:尽管是这样的一个人,竟然还变成了一个大侠,还能够成为一个主角。

刚刚我们讲到了段誉,在段誉之后还有令狐冲。令狐冲也不是我们想象中的侠,那种侠在比武的时候一般都会赢的,顶多说这里赢得困难一点,那里赢得惊险一点。不,令狐冲是一路输的。这一路输的人竟然还能当主角,让我们如此痴迷,如此吸引我们。金庸从杨过开始,他的写法都是"竟然"。

在令狐冲之后,接着他写了韦小宝。韦小宝在这一方面,我们只能用"无以复加"这四个字来形容。韦小宝作为一个主角,应该说金庸在他身上堆起了各式各样不像、不应该当主角的素质。

而更惊人的是，金庸不只是要把这样一个不像主角的韦小宝写进江湖里去当主角，他还把韦小宝写到历史里去当主角。这是很不一样的两回事。

从江湖武林的这一边，我们看到韦小宝就是他从杨过、狄云、石破天、段誉、令狐冲一路写，写到了最极致。可是这个时候我为什么特别强调"（他）怎么开始，他（就）怎么结束"？他的结束回到了历史小说，或者是用写历史小说的方式来写武侠小说。

于是韦小宝这个不像主角的主角，要承担双重主角的考验，要做一个在武林江湖里闯荡的主角，还要做一个在各种不同重大历史事件中发挥重大作用的历史小说的主角。这就远远超越从杨过到令狐冲这些人，他们不过都只是武侠小说的主角。

陈家洛、袁承志虽然也是历史小说中的主角，但是：第一，他们本来就具备主角的身份、主角的特质，作为一个主角，没有那么困难；第二，作为主角，他们要在历史小说里发挥的作用，仍然与韦小宝不一样。

陈家洛、袁承志在历史小说中，他们最后是悲剧的主角或悲剧的英雄，意味着经过这么多的努力，他们最终是无法扭转历史的。可是在这方面，韦小宝跟他们不一样，他在所有历史关键的时刻都发挥了作用，都扮演了举足轻重的当事人。

韦小宝凭什么？韦小宝怎么可能？韦小宝怎么会不只是在武侠小说里是一个主角，到了历史小说里还是一个主角呢？这真的是金庸非常惊人、不可思议的笔法，也是他跟《书剑恩仇录》还有《碧血剑》非常不同的逆向写法的极致。

"颠覆"明明白白的历史

在《鹿鼎记》中，金庸要把韦小宝这个主角写进历史里。既然写的是历史、是历史小说，就必须要接受许许多多的限制。

《鹿鼎记》并不是只给韦小宝的故事一个历史背景，像讲述郭靖、黄蓉的故事那样提供宋末元初这样的历史背景而已。大家要记得，《鹿鼎记》就是回到了金庸开始写《书剑恩仇录》的这个起点，他要把韦小宝写进历史里，甚至借由韦小宝这个角色挑战我们一般人对历史的概念。

一般人对历史的概念是什么？你所知道的历史是什么？你认为的历史是什么？那不就是一些大人物在特定的时间做了一些什么事情吗？换句话说，历史对一般人来说，是由历史人物和历史事件所构成的。

《鹿鼎记》要把韦小宝写进这样的历史里，你知道这要受到多大的限制？他不只要写历史情境，还要写确切的历史人物和确切的历史事件。也就意味着他没有要改写康熙是一个什么样的皇帝，也没有要改写康熙这一朝发生什么重大的事件，而是要把韦小宝写进康熙朝这几个重大的事件中。

在康熙朝发生过的重大事件，又有一部分和《书剑恩仇录》里的不一样。《书剑恩仇录》所写的发生在乾隆身上的事，是野史里的传言。

《鹿鼎记》里也有类似的这种事件。例如说顺治出家在五台山上，所以韦小宝奉康熙旨意去寻找顺治，然后去保护顺治，这是传言。还有，例如说他参与如何处理董鄂妃被谋杀的疑案，这也是野史的传闻。这都比较像《书剑恩仇录》里所说的那样，原来乾隆具有汉人的身份。

但是在《鹿鼎记》里，更重要的是，他要把韦小宝写进大家都知道的正史里记载的事件中。几件大事：第一件事，是康熙抓鳌拜、杀鳌拜，这是康熙亲政之后的第一件大事；第二件事，是与平西王吴三桂有关；第三件事，是到了 17 世纪 80 年代与扩张中的俄罗斯所发生的关系。光是这三件大事就已经很麻烦了，因为你不能改变这三件大事的结果。

我们在讲《书剑恩仇录》的时候就讲过了，金庸对历史非常有兴趣，所以他就把武侠小说和历史小说写在一起。但是第一本《书剑恩仇录》这样写，第二本《碧血剑》也这样写，然而等到他写《射雕英雄传》，我们知道发生了什么事，他必须要改变——因为历史小说让他遇到了瓶颈，那就是你必须配合历史事件，所以产生了一种无奈、一种不舒服的感觉。

去看《书剑恩仇录》，你就知道《书剑恩仇录》里陈家洛恨乾隆。你读着读着，坦白说，你心里面已经开始无奈，开始不舒服，因为你知道结果是什么，你知道红花会的群雄成功地绑架皇帝，把皇帝关在塔里。然后你接下来就想说，那会有什么结果？你想说，不对，乾隆并没有变成汉人皇帝，我明明白白知道这段历史。

因此，这种小说写下去只有两种结果，两种结果都让人不舒服。一种结果是，如果说写着写着乾隆被他们说服了，他就跟他的兄弟陈家洛两个人联手起来，把大清变成一个汉人王朝。我问你，你读了会有什么感受？你想读吗？或者是说读完了之后，你不会觉得说：这什么东西？我在读什么？这是没有发生的事！

当然其实所有小说里写的都没有发生，但是你不会在意。可是用这种方式篡改历史，让清朝在乾隆的手里转变成一个汉人王朝，你会说不对，这我不能接受。你不能接受，金庸也知道你不能接受。所以另外一种结果，那就是他们注定失败。我早就知道了，看到后来，这部小说一定是一种怅惘的结局。

读小说读到这个程度，我们对这些英雄豪杰，如此地佩服他们每一个人的个性、每一个人的本事。在雪山里经历了所有这一切，但都是没有结果、没有用，都是虚幻，以至于最后他们就只能隐身到塞外去了。你读完了，真的就是一种怅惘、无奈。

读《书剑恩仇录》是这样，读《碧血剑》也是这样。《碧血剑》还是这样，袁崇焕死得这么悲惨，袁承志因此投靠了闯王，帮助闯王进入北京。

崇祯皇帝死了，袁承志的父仇得以报了。可是写到这里就麻烦了，你怎么可能完全不知道这段历史呢？所以你一直要告诉我说，闯王会建立一个朝代，取代了明朝，后来清朝也就没了，不，这我不可能接受。所以闯王必然要失败。

可以想见，金庸写了两本这种不得不无奈结束的历史小说，他自己也一定觉得很灰心，也一定觉得很不舒服。所以再进一步，到《射雕英雄传》，他就不这样写了，他不写这种历史小说了。

可是经过十几年之后，我们必须说，在这段过程中他练了功。这叫做"艺高人胆大"，他就回到了自己开头的地方。

回到《书剑恩仇录》的设定，他要写真实的历史人物、真实的历史事件。但之前他没办法解决的挑战，现在不也还在吗？我们也都知道这些事件的结果。

但重新回来、回到自己原点的这个"艺高人胆大"的金庸，现在带着微笑对读者说：那又怎么样？你们知道就知道，我不在意。我一点都不在乎你们早就知道结局是什么，我仍然有本事写得让你们看得目瞪口呆，让你们不断地看下去。

这个时候他把韦小宝写进历史的方式，和他把陈家洛、袁承志写进历史的方式不一样了。之前他在写这种历史小说，他逗读者的是假定历史有可能这样。这是一个 what if（假设）：当时如果有这样一个陈家洛，当时如果乾隆是汉人，那会发生什么样的事情？

因为这是一个 what if，推翻了历史的假定，所以开始的时候我们看得很兴奋，说原来历史不是这样。但是麻烦了，因为无论这个 what if 有多大的可能性也都有其限度，不会真正推翻原来的历史，所以写到后来，这个what if写不下去，他失败了。

等到写《鹿鼎记》的时候，他还是写历史小说，还是写what if，但是写法不一样了。他要写的不再是历史事件上的what if，而是历史解释上的what if，意思是说，不是改变结果，而是改变经过。

为什么金庸这个时候不怕我们知道历史的结果？因为结果不重要。他现在告诉你的是，没错，到后来康熙就是杀了鳌拜，你知道康熙杀了鳌拜，你知道康熙派兵平定了吴三桂，你知道所有这些东西的结果，但是你不知道这些事情是怎么来的。

这就叫把韦小宝写进历史里，让历史的经过、历史的解释多了一个角色，这个人叫韦小宝。所有这些事都跟韦小宝有关。为什么会发生这种结果？康熙为什么杀了鳌拜？因为有韦小宝。康熙为什么平定了吴三桂？因为有韦小宝。清朝为什么会跟俄罗斯签订了《尼布楚条约》？因为有韦小宝。

不是改写历史的结果，而是改写了历史的原因。在这几个重大的事件中多写了一个原因，于是有了韦小宝才有这个结果。这是他给自己写历史小说的一个非常清楚的限制，他不去改变历史发生的事件，他要改写历史的因果。

要写这样一种历史小说，其实真的非常非常困难，我们举个例子就知道到底有多难。大家可能看过好莱坞的电影《回到未来》。《回到未来》这部电影是1985年的时候上演的，可是电影开场是2015年，然后把这些人送回到1985年。为什么要这样做？因为你就会发现，如果在1985年哪一件事情被改变了，后面的历史会蝴蝶效应般不断地放大，所有一切都会变得不一样。

如果在那个节骨眼上，这个男孩没有看到这个女孩，那就麻烦了。这个男孩没有看到这个女孩，他没有爱上这个女孩，接下来他没有跟这个女孩结婚，她后来会生出来的这个儿子就不见了。

历史是这样环环相扣的，不是简单地说你要让结果一样，但过程当中稍微改一下，最后还能够得到同样的结果，没那么容易。这就了解到，历史小说要写那种 what if——改变了一个主要、关键的因素，然后来看这个因素改变了之后会发生什么事——其实相对是容易的。

我再举一个非常重要、非常好看的美国小说，那是由菲利普·罗斯所写的，叫《反美阴谋》。这部小说最重要的就是，假设当年那位第一个驾机飞渡大西洋的飞行员林白，靠着他的知名度，再加上他拥有的政治热忱，他竞选总统而且他赢了，那会发生什么事？

因为林白是一个法西斯主义者，一旦他当选了总统，会彻底改变整个美国历史。所以这一点改变了，后面一定跟着改变。金庸不这样写，他要写结果不会改变，可是让它的过程、原因不一样。他就要多加一个角色，而且就是因为有这个角色，事情才会如此发生。

因为这个多出来的角色是关键因素，所以此时金庸就不会再碰到像《书剑恩仇录》《碧血剑》的那种问题，他彻底改写了过程，但他不改写结果。

之前曾经用美国魔术师哈里·胡迪尼来比喻金庸在写《鹿鼎记》时候的写法，所以你看他给自己戴上了手铐，那是他要写历史小说。接下来他给自己捆上了铁链，他要写一个不改变历史结果却改变历史原因的小说。再接下来，他也把自己放到一个箱子里，那是他要改变历史原因，但是这个历史原因要全部扣着同样的一个人，因为这个人才会让历史这样发生。

还不够，他要把自己丢到水里，要写这个最关键的人，但这个人从任何角度来看都不像一个大人物。从武侠这一面来看，他没有武功；从历史、政治、权力、重大事件这一面来看，他没有身份、地位、知识，没有我们认可的政治本事。

这样一个人，把他放到历史里，最后要靠着他来决定所有历史中这些重大事件，因此才有这样的结果，这够难写的吧？还没完，我甚至都已经不知道这个"哈里·胡迪尼"还要给自己什么样的考验了，都已经把箱子也丢到了水里。好吧，水族箱外面再加一层火还是什么吧——你要知道，他还硬要再多那么一点点。他干吗呢？他要挑战，或者说他要挑衅历史学者。

他知道，当你读了这部小说，读了这样的历史解释，这就是金庸版的历史。如果你遇到了一位历史学家，你跟这位历史学家说，鳌拜是韦小宝杀的，平定吴三桂是因为韦小宝，签《尼布楚条约》也是因为韦小宝，你猜这位历史学家会有什么反应？他会告诉你说：金庸胡说八道。

既然他是一位历史学家，他就跟你这样说，史料上是怎样，清史汉文档有些什么材料，满文档又有些什么材料，谁有什么记载，谁又说了什么，一路排开来。干吗呢？这就是历史学家嘛，这是他们的本事、权威，历史学家最爱干的就是这种泼冷水的事。

如果你遇到了像我的老师陈捷先那样的清史大家，他当然会告诉你说，金庸这种东西不可信。金庸就说：不，就算他是清史大家陈捷先，你还是可以去挑战他。

那你怎么挑战他呢？小说里明明白白告诉你，而且跟你解释，为什么韦小宝干了这么多事，历史史料里却没有他。

例如说杀鳌拜，这件事情不可能记到他头上。那个时候的韦小宝是谁呀？一个小太监。更重要的是，他为什么去杀鳌拜？他是偷偷地去帮康熙杀鳌拜的。这件事情能够用这种方式揭露吗？如果别人知道了康熙用这种方式去暗杀鳌拜，这是多么毁损名誉的一件事呀。

那我问你，谁控制史料？史料谁写的？谁看的？谁决定的？不都是皇帝吗？皇帝会让这件事情记录下来吗？这件事情跟皇帝有关，皇帝当然会把它抹杀掉，谁敢让它留下来？所以当下正史的史料中,没有韦小宝杀鳌拜这件事情,毋宁是理所当然的。

再接下来,例如《尼布楚条约》是谁签的?大家去查《鹿鼎记》里的说法,谁担任特使到俄罗斯去签《尼布楚条约》,明明就是韦小宝。这里有一个更细腻的考证上的预备:包括条约上最后的签字为什么是我们今天所看到的史料那样,韦小宝到底是怎么签的,韦小宝签了之后为什么今天我们不知道韦小宝的名字,小说替你解释得清清楚楚。

所以,这部小说有什么乐趣?我告诉你,不要放弃这种乐趣,这个乐趣就是让你去跟历史学家抬杠用的。

好了,真的很乐。我们也许可以有小乐趣,可是你要知道,为了达到这一点,这部小说有多难写?金庸必须花多少脑筋,动用多少构想,然后中间设计多少转折,才能够写到这种程度。这是《鹿鼎记》伟大、了不起的地方,金庸这样一层一层地看似已经把自己全部绑死了,没有任何机会活着回来,但是最后他把自己设定的所有这些限制一一解脱,然后把它写成这样一部小说。

我们要体会这部小说,你非得要了解金庸的心态不可,你要知道金庸自我挑战到这样的地步——一道不够,二道不够,三道不够,四道不够,用这种方式架构他才去写。在阅读的过程中,我们应该用心、慢慢地一点一点去体会,一点一点去还原,原来他给自己设了这么多层的限制。在这么多层的限制中,他还能怎么写?他怎么把自己从这里救出来?

和其他武侠小说不一样,《鹿鼎记》分成两个部分,或者说虽然都以韦小宝为主角,但是金庸刻意划分成两个世界。

一个是康熙朝廷的这个世界,开始的时候,韦小宝跟茅十八误打误撞闯进宫廷里,然后误打误撞认识康熙。在韦小宝杀鳌拜的时候,刚好天地会青木堂的人闯进来,把他绑架拎了出来。另外一个世界出现了,那就是天地会陈近南的这个世界。

两个不同的世界，一方面借由韦小宝结合在一起，另一方面也让韦小宝借由这两个世界的存在，让他可以穿梭其间，到这个世界去找那个世界的解决方案，到那个世界去找这个世界的解药。

满人凭什么留下来？

因为曾经经历过抗日战争，金庸到了香港之后，关于抗日战争的这些记忆都还在，所以他开始写《书剑恩仇录》的时候，有着非常强烈的民族观念。

满人跟汉人泾渭分明，他理所当然是站在汉人的立场上。陈家洛当然是好人，红花会这些反清复明的志士都是好人。乾隆是中间角色，自身血统上明明是汉人，却变成了满洲皇帝，所以才要想方设法把他争取回来，让他回到原来对的、好的身份，变成一个汉人皇帝。

这是《书剑恩仇录》的基本设定。这个设定里最核心的就是不会去质疑，也不能去质疑满人和汉人之间的差异，还有满人和汉人中间的好坏评断。但是这样的立场，到了《天龙八部》，金庸改变了，他觉得这不是那么有道理。于是他刻意写了乔峰到萧峰的故事，等于是改写了也重新交代了自己民族主义的立场。

到了《鹿鼎记》的时候，就让我们特别好奇：怎么好像回到了开头的立场上？好像和《书剑恩仇录》一样，一开始写文字狱"庄廷鑨明史案"，一路到黄梨洲、顾亭林，他们都是痛恨满人的。韦小宝从扬州出来，有一次讲"扬州十日"，这是多么可怕的惨案，这都是汉人痛恨满人的理由。

所以好像金庸回到开头的态度和立场上了，怎么开头，怎么结尾。他回到他开头的故事，表面上看，好像也回到开头的民族立场，但是仔细看下去，就不是这么回事。

这是金庸了不起的地方，他找到韦小宝这样一个角色，如此急懒这样一种个性，作为《鹿鼎记》的主角。

跟在康熙的身边，他有两种身份。一个身份是宫里原来最不堪的太监，而且是小太监，是地位最低的太监。后来稍微改善了一点，因为他向康熙忏悔告白，他是一个假冒的太监，让他恢复了非太监的身份。可是正式恢复非太监的身份，皇帝宠他、喜欢他，他又在五台山上立下了功劳，于是皇帝就赐姓，让他当满人。本来是个汉人，现在变成了一个满人，这是他的一重身份。

另外，他参加了天地会，变成了陈近南亲手收的徒弟。天地会是反清复明最重要的组织，这是他的另一重身份。

这两种身份是极端对立的，那就一定只能写在像韦小宝这样一个从妓院里出来、连亲爹到底是谁都不知道的人身上。他没有这个包袱，根本就不知道他的父亲是谁，也就没有来自父亲宗族系统的血统和身份，所以他可以当满人。

这已经是很暧昧的一个立场了，更进一步，你会发现《鹿鼎记》里的冲突，有来自满汉之间最大的主轴。天地会为了把满人赶出去，可是金庸绝对不可能回到《书剑恩仇录》那种天真、一分为二的简单观念，这个时候他的想法复杂多了。到了这部小说里，也就没有说汉人想要反清复明，把满人赶出去就一定是对的。

还有，汉人根本就没有反清复明的本事，还没等到满人来镇压你，你们自己内部就打起来了。所以金庸为了彰显汉人之间内讧的性质，他刻意设计了沐王府白家和天地会徐老三之间非常严重同时也非常不堪的冲突。

这个冲突严重到什么程度？即使陈近南自己出面，都没有办法解决。汉人啊，说什么反清复明，其实根本没有办法团结。不会因为你们都是汉人，所以你们就没有恩怨，就可以一致向外。

最严重、最大的问题，完全没有办法妥协的，是各自认定、各自选择的,到底要支持谁来当皇帝。这是不能动摇的。

看看南明这些人所选择所支持的皇帝,我们远远地从历史上看,会觉得可笑、愚蠢。是的,金庸在这方面,他是真的在嘲笑这些角色,包括陈近南在内。

你们这样愚忠,就是说一定选择了鲁王,一定选择了桂王,一定选择了什么王,我们一定坚持只有这个我认定、支持的对象可以当皇帝。所以反过来说,你们反对满人当皇帝,跟你们反对别人支持的汉人当皇帝,这中间真的有巨大的差别吗?

我们再看小说里为什么特别标记《四十二章经》。《四十二章经》这条线,这牵涉作为历史学家的金庸的史观:简单地说,就是要表现满人到底是怎么在中原站稳脚跟的。

在历史上重大的问题有:满人凭什么留下来?如果他们真的这么坏,"嘉定三屠""扬州十日",汉人讨厌他们不得了,汉人是多数人,人口比满人多多少倍,为什么赶不走满人?发生了什么事?

在这件事情上,金庸有他的史观,有他的解释。

第一,《四十二章经》之所以重要,那就是因为满人特殊的意识保住了满人。这是顺治皇帝在五台山上见到韦小宝并把那本正黄旗《四十二章经》交给韦小宝的时候说的,他要小宝去转达给康熙:如果汉人不要我们,讨厌我们,不要我们留在这里,那么我们回家去。

所以一定要保留"龙兴之地",这个态度这个立场,是历史的实事。满人入关,一直到清朝灭亡,他们一路都有非常强烈的这种危机感,他们一定要保有自己的大本营,那是不能动的。

尤其是有鉴于历史,他们称自己为后金,所以看到历史上跟宋人相对峙、后来被蒙古人灭掉的前金,最可怕的一件事情就是他们忘掉了要保护自己原来的"龙兴之地"。因此,号为后金的满人随时都保持这个心理:如果我待不下去,我就走。正因为他们不断地想待不下去我就走，所以反而能够留下来。

小说里同样也是借由顺治要韦小宝去转告康熙皇帝四字箴言"永不加赋"。"永不加赋"，也是个历史事实。在历史上，康熙立下了清朝绝对不能够动摇的祖宗家法——"永不加赋"。

因为太明白、太了解汉人不喜欢他们，然后也不能欺骗自己说汉人其实服服帖帖，汉人其实拥戴我们，其实非常高兴我们来帮忙解决李自成的问题。这个对外宣传是可以，但他们自己没有真的愚蠢到、天真到去相信这种说法。所以他们保持着高度的危机意识。

我们来到这里，一个不受人欢迎的地方。因为不受人欢迎，所以我们要努力地做两件事：第一，争取让自己能够扭转局势，被汉人接受，被汉人喜欢；第二，我们永远留有退路，如果真的不行就走，我们不要硬撑在这里。更重要的是，我们不能把一切都押在这一点上：假设汉人那么好统治，我们必定一直留在中原。

正因为这样，清朝皇帝不坏，至少比起之前明朝的某些皇帝，从各种角度、各种标准来看，清朝皇帝都比明朝皇帝好太多了。永不加赋，也就是给予尊重人民和经济自主的空间。在这样的原则下，创造了康雍乾三朝太平盛世，还有农业生产上的繁荣。

金庸用这种方式写出了一个对照，关于政治、关于统治，有比民族更重要的因素。

第一，如何尊重人民，给人民经济自主的空间，让人民可以过得比较好。这太重要、太关键了。

第二，政治统治上的领袖，必须要战战兢兢，不能把自己手上的权力视为理所当然，你必须要假设你的权力随时可能被取消，底下的人随时可能不服从你，你就只好走人。在这种状况下，战战兢兢、勤勤恳恳地行使你的权力，反而能够把政权保住。

反过来，看另外一边。汉人一心一意想要把满人赶出去，不会因为你们是汉人，你们就是对的。更不会因为你们是汉人，你们就一定有本事把满人给赶出去。关键在于，你到底要凭什么去反清复明？你要拿什么条件、拿什么方式把满人赶出去？你们真的想清楚了，你们真的有准备吗？光是一件事情上，就搞得你们七荤八素，你们自己在那边乱成了一团。好了，如果真的把政权拿回来，谁来当皇帝？

回头一看，金庸刚开始的时候写《书剑恩仇录》，这实在是太方便、太便宜了。意思是说，可以避开这个问题。怎么避开呢？仍然还是乾隆当皇帝，也就没有把满人赶走之后谁来当皇帝的问题，就不用争不用抢，乾隆仍然是乾隆，只不过他从满人变成汉人。

我相信到写《鹿鼎记》的时候，金庸回头想到这件事，自己会嘲笑自己：这太幼稚，这太方便了。如果世上有这么便宜的事，就没有政治这回事了。

十几年下来，金庸对政治对统治，尤其是对政权和人民之间的关系，他想得太多。在他的价值观念和思考上，已经成长太多，所以他不可能继续用这么简单到有点幼稚的民族主义的概念来看待历史。

历史上真的没有韦小宝吗？

前面讲到《鹿鼎记》是一部金庸给自己设定了很多限制、非常难写的历史小说，有多难写呢？我们只要举一个很简单的例子——怎么开场？

开场的时候，写韦小宝是一个扬州妓院里十二三岁的小孩。你不要小看这个角色设定，这个角色设定跟后来很多事情都有关系。

例如说他来自扬州，在扬州的妓院里出生，到后面有特殊的作用。为什么不让他就在北京出生呢？后面所有要发生的事情明明都在北京——跑到北京，进了宫里，认识了康熙，跟皇帝扯在一起。那为什么不把他写在北京？金庸有他的道理，因为后面需要他是一个扬州人。

可是我们要明了，金庸写的是连载小说。连载小说这样开头，其实韦小宝在扬州很不方便。不方便在哪？他十二三岁要怎么样从扬州跑到北京去，要有解释。你不能让他突然搭个飞机到北京。这必须要有一个过场，要有一个情节，让他合理地到北京去。

反过来你想想，那就不要让他是十二三岁了，我们可以让他是十八岁。一个青年，他从扬州去北京，设计这个情节的时候就自由多了，可以找到很多理由。

为什么要有茅十八这一段？因为要让茅十八带他去北京。这也一样，必须要合理。合理是说如果你是拐骗绑架小孩，不是他自愿去的，那么后面的所有情节通通都不一样。必须要让他是十二三岁的小孩，而且自愿去，家人还不会找他，这一切才合理。

所以他必须要在妓院长大，经常在外面胡混，这是一个条件。今天没回家，妈妈不会找他。明天没回家，妈妈可能突然觉得这两天好清净，这个家伙没闯祸。可能要到十天之后，甚至要到两个月之后，妈妈才想说：到哪儿去了？好久没见到了。

再者，在小说里要解释韦小宝为什么自愿跟着茅十八到北京去。这仅仅是开场而已，但是金庸已经编排得如此仔细、绵密。他让茅十八在那个过程中，人家误以为他是天地会的人，扯到了反清复明，扯到了鳌拜，扯到了说他要去北京找鳌拜比武。听到这里，韦小宝兴奋得不得了，他说我跟你去，看你跟大清第一武士鳌拜比武，所以他才会去北京。

为什么要让他十二三岁呢？因为如果他不是十二三岁，他怎么能够进了宫变成假的小太监？如果他没混进宫里成为一个小太监，他就不会遇到小玄子。小玄子是谁呢？就是康熙皇帝。这每一样都是连环，都是仔细设计的。到后来你发现他非得是十二三岁不可，不然还有一段情节也写不了。

一个小太监，怎么能跟皇帝结交？他必须是一个假的小太监。宫里所有真的太监看到这样的一个人身上穿什么样衣服走过来，马上就知道他的身份，就知道这是皇上，吓都吓死了。可是韦小宝是一个扬州来的小混混，他当然什么都不知道，他是跑到那里去偷吃点心的。他看到这个人走进来，年纪比他大一点，他就很自然地根据自己的想法，觉得这个人也是来偷吃点心的。

他不认识皇帝，那他为什么可以跟皇帝相交？因为打架。皇帝从来没有机会跟人家打架，谁能跟皇帝打架啊？可是这个时候，十四五岁，而且在学功夫的皇帝，恨不得有人可以跟他打架。你就知道韦小宝必须要具备这么多的前情安排，必须具备这么多的身份，金庸才能够把他跟康熙的关系解释得合理。

好了，他在康熙身边，康熙用这种方式抓了鳌拜，他必须是这个身份，要不然杀鳌拜的那一段也没办法写了，这是一个刻意安排的巧合。

皇帝叫他去把鳌拜干掉。要把鳌拜干掉，有各种不同的方法。他原来想的一个方式，就是手上有海公公留下来的各种不同的药，随便混一些到鳌拜的食物里，反正总是会把鳌拜毒死的。偏偏就在这个时候，天地会青木堂的人来劫狱，他们要抓鳌拜，要杀鳌拜。

在那样一个混乱的局面中，你看金庸是怎么写的。韦小宝以为这些人是来救鳌拜的，他怕得不得了。这群人看到他是一个小太监，也不可能放过他。所以他怎么办呢？他怎么逃的呢？

他们要撬开关押鳌拜的铁门，铁门撬不开，就在那里弄栏杆，栏杆被剜了一个洞。这个时候因为韦小宝才十二三岁，是个小孩，就从大人钻不进去的洞"咚"一声钻进去了。他钻到关鳌拜的地方，别人钻不进去，非得他是这种小孩的年纪、小孩的身形不可，才有机会在那个牢房里杀了鳌拜。

他杀鳌拜的时候,所有青木堂的人都在外面目睹了,所以才把他抓走。把他抓走之后,这两个事件才联系起来。一边是宫中跟康熙皇帝的关系,另一边是跟天地会、陈近南的关系。陈近南又是何等身份?在宫里,这么巧,韦小宝可以认识皇帝;到外面,也那么巧,韦小宝认识了天地会的领袖。这是怎么回事呢?因为这也是细密安排。

青木堂的人为了赌一口气,他们要抓鳌拜、杀鳌拜,为他们的尹香主复仇。大家抱持了坚定复仇的信念,一起在灵前发誓:谁杀了鳌拜,谁就当香主。这下糟了,不是他们任何一个人杀了鳌拜,是谁杀的呢?偏偏这个人现在又落在他们的手里,是韦小宝杀了鳌拜。所以,韦小宝不只是跟天地会扯上关系,而且跟天地会的纠纷扯上关系。

青木堂由于没有香主而产生的这种争执,已经到了兄弟反目的地步,非得要天地会领袖陈近南出面解决不可。所以他做了为难的决定,让韦小宝当香主。韦小宝才十二三岁,当什么香主呢?没有身份、没有地位、没有功绩、没有交情。没办法,就让陈近南收他当徒弟,别人才不能多说什么。于是韦小宝因为这一点当了香主。

这不只是两个世界,而且还要让他在这两个世界里都扮演重要的角色。这边他在康熙皇帝身边当亲信,另一边他在天地会陈近南身边当他的弟子。所有这一切一环扣一环,你很难想象它如此紧密,而这不过来自金庸对韦小宝这个角色的初步设定而已。

从扬州丽春院到北京,十二三岁的小孩,他没有武功,随时说谎,擅长表演,有狡猾的个性,同时又有着非常坚强的赌性。你看,要把所有这一切放在韦小宝的身上,把这样一个韦小宝写进皇宫里,写进武林里,这是多么高的难度。

金庸用这种方式写，看起来像武侠小说的历史小说，或者看起来像历史小说的武侠小说，这个历史的成分是非常重要的。他甚至挑战、冲击常识，要我们去思考，我们究竟是如何认识历史的，我们光是借由历史的记录来认识历史，那我们认识的是什么样的历史呢？

在许多的内容和面相上，金庸在跟我们说一些奇怪的悄悄话，借由作者跟读者的默契，在跟我们讨论这些问题：到底什么是历史，你以前怎么知道历史的，你对你知道的历史究竟有多少把握。

金庸虽然没有明讲，不过我们在阅读过程中，你可以感受到这部小说完全可以有另外一个书名《康熙秘史》。它就是一个秘史的形式，在形式上它为你揭开甚至是还原清朝初期实际上究竟发生了什么事。这就是我们平常爱看秘史的原因：正史是这样说的，但是我们揭开来看，秘史实际上是那样说的。

他的基本态度跟秘史是一样的，也就是跟你说，你被骗了，后来的历史记录如何如何，但事实上又是如何如何。事实上所有的这些大事都有韦小宝，可是在写历史的时候不行，这些人觉得他很不方便，就硬把韦小宝排除掉了。只有我金庸偷偷告诉你们，事实是这样的。

这其实是一件令人不安的事，为什么呢？他在挑战我们所接受的历史知识，只不过因为他把韦小宝写得滑稽、荒诞，所以你不会觉得这是如此真实，好像历史真的被还原了，你会自然告诉自己说：这是武侠小说嘛，这就是虚构嘛。

然而那样的腔调、那样的趣味，在阅读过程中，从头到尾，你知道他在跟你说悄悄话，包括在你耳边偷偷地跟你说：你知道台湾为什么会被施琅（1621—1696）打下来吗？

我们原来看到的是，都说因为施琅跟郑家有恩怨，施琅又很厉害，所以康熙派他用某种方法把台湾打下来。这个时候，金庸借由这个小说,悄悄地跟你说:不完全是这样,施琅也许重要,可是有一篇你没看到、你没有听到的,那就是你知道陈永华(即陈近南)跟郑克塽什么关系吗?如果你不了解这些复杂的东西,讲什么打台湾,讲什么台湾历史呢?那就不必了。

我们被金庸这种口气、这种方式吸引到秘史领域中,我们突然感觉到,真的,有一些历史没有告诉我们的事。这是阅读《鹿鼎记》特有的一种乐趣,金庸其他的小说里也都没有,这个乐趣就是"原来如此"。

而且,这个"原来如此"是很吊诡、很奇怪的一种乐趣。所谓吊诡的意思是,我们本来就有这种本能,看到表面的东西会猜后面应该还有别的,要不然我们就不会对所有的这些八卦、揭露有这么高的兴趣。

那么,什么样的八卦让我们最感兴趣,可以让我们讨论最久呢?就是八卦所牵涉的东西与表面的差距越大越远,我们就越有兴趣。

在什么样的状况下,你谈八卦可以谈得很兴奋?越是这种正经八百、道貌岸然的人出了一件奇怪的事,揭露他没有那么正经,他背后做的都跟这种身份不符合的狗屁倒灶、歪瓜裂枣的事,这个时候我们就越兴奋,我们就一直讲,生怕别人不知道。

这也是金庸《鹿鼎记》要提供的一种兴致,表面上康熙这一朝所有的功绩,最后揭开来,原来是那不识字、不讲仁义、不讲江湖道义的小鬼韦小宝搞出来的,所以越荒诞就让我们觉得越有趣。这是一部历史小说,可是这部历史小说的写法背后有这样一套历史概念的转移。作为对照,其中有一段让我们最能够清楚知道,这个趣味是怎么来的。

在《鹿鼎记》最后一册,韦小宝到了岛上跟施琅重逢。这个时候施琅平定了台湾,他奉旨要来封韦小宝为"二等通吃侯"——

真的好奇怪的一个头衔。两个人聊天，韦小宝不想让施琅太得意，所以他就一直问当年国姓爷郑成功是怎么打败荷兰人的，旁边还有一个部将在解释水淹鹿耳门的故事。

这整部小说写的都是历史，可是这个时候在小说里加插了一段施琅与部将两个人讲水淹鹿耳门、郑成功赶走荷兰人的历史，你就会觉得这中间很不一样。为什么？因为这段历史格外无趣。为什么格外无趣？因为这就是历史，里面没有韦小宝，没有任何其他人介入。

我们看到这里有如此对照，金庸在写国姓爷的这段文字，是用我们平常在历史里会读到的那种方法写的历史，但那是无趣的历史。我们那么清楚感觉到无趣，因为在其他地方，他不是这样写历史的。金庸都是在你认为事情是这样的情况下，他来把它剥开来，然后让我们一看，就露出了韦小宝，看到韦小宝在那里恶搞。

吴三桂本来在云南好好的，最后搞得非反不可，其实都是因为韦小宝，牵连建宁公主、吴应熊，这些复杂的关系就是被他搞出来的，所以我们才觉得这有趣嘛。我们看到，假如按照历史的写法——吴三桂长期当平西王，就想把平西王的王位传给他的儿子，但是康熙想要借这个机会削弱他的势力，这样这两个人就起了冲突——我们怎么会觉得有趣呢？或者，比起有韦小宝的这种历史，那就无趣多了。

安全、正规的历史解释，就是让我们觉得不够有趣，而且让我们无法完全相信。金庸要在这样的历史解释之外，给你一些加入了韦小宝之后不一样的历史解释，我们不应该放掉这件事，我们不应该那么理所当然地轻松接受金庸这么多的烟幕，而看不到他要刺你的地方。

而且他刺你的地方，其实是刺得很重的，读《鹿鼎记》，你非得要读到这一部分。这是个大问题，而且这真的是一个问题，我自己没有答案，只是在问你：历史到底是什么？历史的真与假，我们到底如何分辨？如果历史记录里的东西有可能是假的，真的重要的可能没被写进历史的记录里，那么我们今天靠着这些历史记录所建立起来的历史的知识、历史的理解和历史的解释又算什么？这到底应该是什么？我们应该用什么态度来对待？

在这里，金庸用上我们史学里一般所说的"反证"。反证是一件困难的事。所谓反证的困难就是指，没有资料不代表没有发生过这样的事，有资料就能代表发生过这样的事。

你能说，我从头到尾在所有史料里没有发现宫廷阴谋，就能证明没有这项宫廷阴谋吗？同样的道理，你查遍所有史料，你就能自信满满地说：我查遍所有史料，没有韦小宝这个人吗？不对，没有韦小宝这个人的记录，你怎么证明从来没有真的出现过韦小宝这个人呢？我们只能说韦小宝没有被写在历史记录里。可是小说里给了你这么多的理由，为什么这里没留下韦小宝的名字，为什么那里没有记录韦小宝，你证明不了的。

所以，我们凭什么对我们所理解、我们所掌握的历史知识，那么有信心，那么有把握？你说这是历史学家讲的，历史学家我认识很多，而且我还认识很多头脑不是很清楚的历史学家。拜托，你不能给我这个答案。

更进一步说，当我们都不在，我们可以想象，千年之后也许有人看到了《鹿鼎记》。它可能是断简残篇，说不定书名都没有了，或者是中间哪一个部分永远消失了。所以千年之后读这本书的人，他不会知道这是一部怎么被写下来的书，他不知道这是武侠小说。千年之后，这很可能就是史料，人们要建立历史就靠这个资料。那个时候就会有人说，千年之前有一个叫金庸的人写了这么一段历史记录，于是借由金庸的记录，我们现在可以还原康熙朝原来发生的这些事。

如果你觉得这样是荒唐的，那对应一下我们现在读到的一千年前所写的事情，他记录的可能是一千三百年前的事情，我们凭什么相信这就叫做于史有据？当我们用这种方式在读一千年前的书，记录一千三百年前的事情，我们把它当作于史有据，那不就跟一千年之后的人读《鹿鼎记》，靠《鹿鼎记》来还原康熙朝发生了什么事一样吗？

虽然我没有答案，但这是一个极为有趣也很重要的问题。当然不是所有人类的时代、人类的环境都会问这种问题，可是在特殊思想变动的过程中，这种问题会被凸显出来。

金庸就活在这种思想激烈变动的时代里，所以当他看到这些历史记录有些被推翻，有些被建立，更重要的是，他看到各式各样的历史解释在他这一代人中此起彼落，同样的事件可以有很多不同的解释，他当然就会有这样的疑问：历史到底是什么？我们到底如何来解释历史？

金庸提出了这个巨大的问题，不过他提的方法跟我现在在这里跟大家说的不一样，我是用一种论理的方式提出来的。的确是有不少人这样提过，主要是放在史学探究、史学方法论里。可是很少有人像金庸用这么精彩的方式放在小说里，告诉我们、提醒我们这个巨大的问题。

畸形的权力来源

金庸一边办报，一边写时评，一边写武侠小说，所以在他每一部武侠小说里，多多少少都反映了那个时候的政局。《鹿鼎记》也不例外。

我们首先来看一看，韦小宝在《鹿鼎记》里，第一次到神龙岛所遇到、所看到的景象。"过了一条长廊，眼前突然出现一座大厅。这厅硕大无朋，足可容纳千人之众。韦小宝在北京皇宫中住得久了，再巨大的厅堂也不在眼中。可是这一座大厅却实在巨大，一见之下，不由得肃然生敬。"

神龙教的大厅，不是中国式的宫殿，而是一个非常非常广大，可以群聚很多人的地方。

再看里面："但见一群群少年男女衣分五色，分站五个方位。青、白、黑、黄四色的都是少年，穿红的则是少女，背上各负长剑，每一队约有百人。大厅彼端居中并排放着两张竹椅，铺了锦缎垫子。两旁站着数十人，有男有女，年纪轻的三十来岁，老的已有六七十岁，身上均不带兵刃。大厅中聚集着五六百人，竟无半点声息，连咳嗽也没一声。"

从这里，我们又可以了解到金庸要在《鹿鼎记》里把主角韦小宝写成一个十二三岁少年的原因。当然，后来韦小宝进宫的时候，变成了十三四岁，但他毕竟是一个不折不扣的少年。

所以读《鹿鼎记》，有一种特别的读法，就是对读一本20世纪经典的英国小说作品，它的时代跟《鹿鼎记》相差不多。作者是谁呢？是曾经得过诺贝尔文学奖的威廉·戈尔丁（William Golding，1911—1993），他写了一本小说 Lord of the Flies（《蝇王》）。

《蝇王》写什么？它写一群少年流落到荒岛上，因为没有大人，所以失去原来的社会秩序。在这种情况下，少年们会干出什么事来？威廉·戈尔丁写什么？他就写没有完成社会化的这些少年，他们那种内在可怕的邪恶。

金庸没有写到这么极端，他写出了另外一种更恒长的政治小说。

首先我们应该把《倚天屠龙记》中的明教、《笑傲江湖》中的日月神教、《鹿鼎记》中的神龙教这三个组织串联起来。我们看到了什么？我们看到一个夺权的组织在三个不同的阶段产生了不同的性格，这是其中的一种政治面向。

第一次是在《倚天屠龙记》里，是明教。第二次是在《笑傲江湖》里，那是日月神教。"日""月"加在一起不就是"明"吗？所以日月神教跟明教是同一回事。

到了第三次，又在《鹿鼎记》里出现了神龙教。虽然神龙教不像明教跟日月神教有这种字面上的联结，可是如果你仔细看一下，就会知道在日月神教里有斗老部将的情节，在神龙教同样也有斗老部将的情节。所以这是金庸在情节上刻意安排的一种关联，我们可以把它视为一个团体在三个不同发展阶段的隐喻。

同一个团体在这三个阶段的演化与成长，可不是金庸的创作。这毋宁是因为金庸一边在写时评，一边在悲伤又心惊胆跳地观察时局，以及他有非常敏锐的政治分析和非常强烈的感触，所以他忍不住把它写进自己的武侠小说里。

另外，金庸还描述了中国式的政治基底。中国式的政治基底就是中国的社会，我们可以用阅读社会小说的方法来读《鹿鼎记》。我们看到了一个什么样的社会？或许，逆向追问这个问题会更清楚——要一个什么样的社会，才会让这样一个从妓院里出来的孩子，可以不断取得越来越大的权力，而且横行无阻？他凭借的是什么？

相当程度上，韦小宝永远都是四个字"狐假虎威"。韦小宝一个小孩有什么好怕的？他走到哪里，都明白他背后有康熙和陈近南，还有他背后最可怕的一件事情，就是他知道别人的秘密所给他带来的权力。

韦小宝最厉害、最坏的一招，东听一个，西听一个。从那里听了，他就到这里卖给这个人，再从这个人这里换来另外一个秘密，去卖给另外一个人。

例如，他偷听到皇太后跟海大富所讲的关于顺治皇帝的秘密，于是就拿着这个秘密去跟康熙讲；等到康熙跟他说了什么、交代了什么，他再把这个秘密变形了之后拿去吓唬皇太后。他就这样来来去去的。

当然，要写这样的小说，非常不容易。然而金庸设计了对复杂秘密的如此运用，为的是什么呢？其中一个功能，就是让韦小宝象征、代表中国社会最畸形的权力来源。

这个权力并不是来自你有多大能力，而是来自你装出来你有什么靠山，同时你找到了什么靠山。靠山是关系，因此更重要的是不只你有关系，而且你还懂得适时适地在对的条件下去炫耀你的关系，借由炫耀你的关系取得更多的关系、取得更大的权力。

这是使得传统政治如此黑暗的社会基底。在这样一个社会基底下，人没有自己真正的位置，也没有自尊心，都是靠着可以拉拢谁、依靠谁、拿谁来威胁谁，最后是这种方式决定你自己是个什么人。你没有独立的人格，你这个人是由你的关系来决定的。

对社会相对黑暗的这种描述，也就必然牵涉国民性。我们可以这样讲，金庸在这方面并没有真正完全离开《阿Q正传》，没有离开鲁迅。他在写《神雕侠侣》的时候，借由杨过碰触到了阿Q和阿Q精神。后来他用别的方式，主要是透过对小龙女的爱情，让杨过得以摆脱身体里的那一份阿Q性格。

可是到了韦小宝，韦小宝其实也有很多阿Q的地方，只是他没有让我们那么讨厌。金庸也没用鲁迅那么尖刻、那么嘲讽的方式来写韦小宝，他给了韦小宝一些正面的性质。

可是，这并不表示鲁迅所看到的民族性中的一些黑暗，反映在他笔下阿Q身上的这些性质，金庸可以遗忘掉、可以放掉。他只是没有把韦小宝写成一个阿Q，但是他把阿Q身上许许多多的东西分散来写，写在这个神奇的故事里。

韦小宝怎么招摇撞骗，他如何在这个社会上拥有他的权力，得到这么多的利益,那个环境本身是一个扩大了的阿Q性格,或者是阿Q精神。

韦小宝厉害的地方、他的本事,是他知道在这个国民性中很重要的一个代表——如何去运用最黑暗、最卑微、最卑鄙、最猥琐的这一面性质。

从这个角度来看,金庸《鹿鼎记》写了一个反武侠的故事。反武侠不只是韦小宝不是一个武侠人物、英雄人物,而更重要的是,所谓反武侠意味着这里写出来的环境是刚好与武侠、武林相反。

我们可以想见,武侠、武林跟义气有关,所有正面素质在《鹿鼎记》里都改头换面,用一种相对黑暗的方法写出了武侠对面的这个社会。

包括像陈近南,本来是武侠小说中应有的武侠主角,可是在《鹿鼎记》里,就连陈近南都是玩权谋的,他必须借由权谋去处理青木堂堂主遇害之后所引发的严重内讧。你看到他跟冯锡范、郑克塽之间的关系,这就是权力关系。你会看到,最高权力在宫廷里,所以只要牵涉宫廷,没有人要这种英雄人物,没有人要义气。每一个英雄人物在小说里不会有好下场,没有好结果。

再换另一个角度来看,《鹿鼎记》所揭露出来的国民性其实相当黑暗,可是我们在读的时候不会那么沉重,这又要感谢韦小宝,因为金庸把韦小宝写成一个这么有趣的角色。但其实很多时候,他的很多个性、很多做法,应该是让我们觉得不安的。

《鹿鼎记》必须要写得很有趣,正因为金庸要写的是最底层的国民性,上面一点、上面一层是那样一个社会,这个社会所支持、所形成的政治就是最上层,同样也是黑暗的,所以就出现了像神龙教这样一种民间组织,也出现了有各种贪污腐败的清朝宫廷。他要写的是这样一个巨大的结构。

金庸也很聪明,他知道如果写得既庞大又黑暗、沉重,就保证你不会要看。或者说庞大、黑暗又沉重的小说，我大概还是会看，可是在这个社会上百分之九十的读者不会想看，所以他就故意选择了这样一种笑闹、轻松的方法，写出了韦小宝这样一个角色，以此来呈现这个故事。

把这个故事写完了，金庸自己清楚，他离武侠很远很远了。他在后记里，一方面提到，有人说这不像金庸写的，这不是历史小说吗？金庸写的是武侠小说，而这个《鹿鼎记》却变成了历史小说。但是接下来还有这么一段，他在后记里更明确地表现出来。金庸低调地宣告《鹿鼎记》的地位，他说："有些读者不满《鹿鼎记》，为了主角韦小宝的品德，与一般的价值观念太过违反。武侠小说的读者习惯于将自己代入书中的英雄，然而韦小宝是不能代入的。在这方面，剥夺了某些读者的若干乐趣，我感到抱歉。"

虽然话是这样说，但是我们知道金庸没有真的抱歉。他清楚这中间的关键差别在哪里，也许他不会用我的这种理论性语言来说，但我愿意把它挑明来讲，也就是类型小说或娱乐小说跟严肃小说、纯文学小说之间的差距。

绝大部分的娱乐小说、类型小说建立一个主角，主角就是hero（英雄），意味着在阅读过程中，它要读者把自己投射在这个英雄身上。你觉得这个英雄所经历的一切事情就像你自己经历的一样，你就觉得很过瘾，你就觉得很爽。

你知道在《鹿鼎记》里，金庸也在讽刺这样一种关系。写在哪里呢？写在康熙身上。康熙每一次听到韦小宝讲他的经历，就很像我们作为类型小说的读者一样，读着读着、听着听着就会说，如果我去我也可以做这件事，这好像我可以去做的、我要做的、我在做的事情。康熙把自己投射在韦小宝身上，就如同我们一般读类型小说、武侠小说把自己投射在主角身上一样。

但是什么叫做严肃小说？为什么严肃小说的地位比较高？因为严肃小说不必然用这种方式写。这是金庸的用意，他明白地告诉我们，他自己认为《鹿鼎记》跟什么样的小说放在一起。

同样在这篇后记里，他说："但小说的主角不一定是'好人'。小说的主要任务之一是创造人物；好人、坏人、有缺点的好人、有优点的坏人等等，都可以写。在康熙时代的中国，有韦小宝那样的人物并不是不可能的事。"你看，他指的就是中国社会的一种必然性，所以把韦小宝写在那样一个社会里不是不可能的。当然换另外一个方向看，你没办法把韦小宝写到别的社会里。

接着他又说："作者写一个人物，用意并不一定是肯定这样的典型。"然后就有了好多的例子："哈姆莱特优柔寡断，罗亭能说不能行……"所以这是他的自我认同，他写的跟莎士比亚、屠格涅夫写的是类似东西。

接着他脑袋里出现了霍桑，他说"《红字》中的牧师与人通奸"；再接下来他脑袋里又是托尔斯泰，"安娜·卡列尼娜背叛丈夫，作者只是描写有那样的人物，并不是鼓励读者模仿他们的行为"。最后一段他又讲到谁呢？当然他就讲"鲁迅写阿Q，并不是鼓吹精神胜利"。他当然知道鲁迅，他跟鲁迅有这样密切的文学关系。

更重要的是，金庸非常明白，到了《鹿鼎记》他在做什么。他用表面的武侠形式、非常轻松笑闹的口气，在写一部严肃小说。他利用嬉闹、捣蛋的韦小宝，要写的是对背后非常黑暗的国民性的检讨。

对社会的批判，这是我们绝对不能忽略《鹿鼎记》了不起的地位与成就的原因。

到这里就明白了，《鹿鼎记》是以武侠写反武侠。为什么会这样？

第一个理由，那个写时评的金庸，他所看到的从新闻时局到当时现实发生的所有事情，以及所看到的、所关切的、所在意的，不可能不写进他的武侠小说里。要写那样的一个社会，他就不可能再写过去武侠小说里的那种武侠。

第二个理由，那个写时评的金庸，这个时候你没有办法把他挡在武侠小说之外，让他只写时评。一直在写武侠的金庸，这个时候也有一种动力。他把武侠写到如此程度：任何其他武侠小说的规律和规范都被他打破了，他不愿重复自己去遵守这些武林规则。他在不断地打破过程中，打破到武林已经没有别的东西可以让他打破，所以写出来就变成了一个反武林之作。

他明白地说，这应该是我的最后一部武侠小说，他知道自己不可能继续写武侠小说，再继续写也不会是武侠小说了。只不过他后来连小说都没有写，但是当下他已经清楚，他不可能再写武侠小说了。他的企图、他的见识、他的关怀，这个时候都已经远远超过武侠小说所能容纳的范围。

他在武侠小说上挑战自己所开发出来的每一个面向，到了《鹿鼎记》都推至最极端：完全不应该当主角的人当主角，武侠跟历史直接写在一起，一个武侠的好坏善恶的价值观彻底混同了……

本来这就是他过去写武侠小说的重要动力，他要找别人不会写、别人没写过的写法，一部一部不断地写、不断地突破自己。到这个时候，基本上能够走的路都被他走绝了，他就写不下去了。不只把自己的路给写绝了，再说一次，他也写尽了这样一个脉络系统下的中国武侠小说的其他可能性。

读金庸小说其实是不断地破坏我们读其他武侠小说的乐趣。我们读其他武侠小说的乐趣，相当程度上是因为这些小说提供给我们的是读者与作者之间非常坚固牢靠的默契。作者知道读者想要读到什么东西，作者就把读者预期要的东西写到小说里，让你可以一路读下去。读得很快，又读得很轻松，也就是之前讲过读武侠小说原来的乐趣，这是一种低度满足。我本来就想读一些，本来就预期会看到很多熟悉的东西，也的确读到了这些熟悉的东西。

可是读一般的小说，尤其是严肃小说，它带给你的是高度满足。高度满足的意思是挑逗你的好奇心——会发生什么事？为什么会这样发生？我没有猜到会发生这样的事情，这是对我来讲完全陌生的，吓我一跳，逼着我去想怎么会这样，怎么可能这样，为什么发生这样的事情。这个时候我们阅读的满足感更高了。

读金庸小说，一部一部地一路读过来，他一直在追求更高度的满足。于是读金庸到了一定程度之后，你当然就没有办法回头再去接受其他武侠小说所能给你的那种低度满足。

《鹿鼎记》不只是写完了金庸自己的武侠小说，还断绝了读者能够继续享受阅读其他作者的武侠小说的机会。除非你不读金庸的武侠小说，如果你读完了金庸的武侠小说，真的不用试了，你回不去了，你没有办法回去要求武侠小说只能给你低度的满足。

另外也太难了，你怎么可能再找到像金庸这样的作者，因为真的就是百年不得一遇，非常高度的天分，加上时局的各种不同条件，凑合在一起才出现了金庸。金庸小说写作的技法，放在任何时代、任何社会，都经得起考验，尤其是到了《鹿鼎记》。他把《鹿鼎记》写完了，他停笔了，我们应该高兴，至少这是一个完美的结局。

不管你怎么追溯中国武侠小说的起源，我只能说至少到目前为止，也就是金庸改订完了《鹿鼎记》四十年之后，武侠小说的结局句点在哪里？仍然是明确的。你可以不管武侠小说如何开始，但你就得知道武侠小说结尾在金庸的《鹿鼎记》。

我知道我自己讲的这句话说得很满，可能也得罪了很多后来写武侠小说的人，但我只能如此诚实地向大家报告，这四十年来，我没有找到任何东西可以挑战、改变到目前为止我所认定的这一句断言——《鹿鼎记》结束，中国武侠武林的传统也就随之结束。